# BLACK-OUT

# CONNIE WILLIS

# BLACK-OUT

## *Blitz, première partie*

Traduit de l'anglais (États-Unis)
par Joëlle Wintrebert

*Titre original :*
BLACKOUT

© 2010, Connie Willis
© *Pour la traduction française :*
2012, Bragelonne

*Pour Courtney et Cordelia,*
*qui font toujours beaucoup plus que leur part.*

*L'Histoire, c'est maintenant, et c'est l'Angleterre.*
T.S. Eliot, *Quatre Quatuors (Four Quartets)*

# REMERCIEMENTS

Je souhaite remercier tous ceux qui m'ont aidée et soutenue pendant que *Black-out* passait insidieusement d'un seul à deux volumes et que le stress et la fatigue commençaient à me rendre folle : mon éditrice, Anne Groell, pour son extraordinaire patience ; mon agent, Ralph Vicinanza, qui me soutient depuis si longtemps ; ma secrétaire, Laura Lewis, qui me supporte depuis encore plus longtemps ; ma fille et confidente en chef, Cordelia ; ma famille et mes amis ; tous les bibliothécaires dans un rayon de seize kilomètres ; ainsi que les *baristas* chez *Margie*, *Starbucks*, tout comme l'association des étudiants de l'UNC qui m'a pourvue en thé – enfin, en *chai* – et en sympathie, jour après jour. Merci à tous de m'avoir tolérée, et de ne pas avoir renoncé à me soutenir, moi et mon livre.

Je veux témoigner surtout ma reconnaissance au groupe admirable des femmes que j'ai rencontrées au musée impérial de la Guerre, le jour où j'y effectuais des recherches. Il s'est avéré que ces femmes avaient toutes été secouristes, ambulancières et préposées à la Défense passive pendant le Blitz, et leurs récits se sont révélés précieux pour mon livre et pour ma compréhension du courage, de la détermination et de l'humour que montrait le peuple britannique alors qu'il affrontait Hitler. Il me faut rendre grâce à mon *merveilleux* époux, qui les trouva, les installa, les approvisionna en thé et en gâteaux, puis vint me chercher afin que je puisse les interviewer. Nul ne peut rêver de meilleur compagnon !

*Venez tous ! Attelez-vous à la tâche, partez au combat,*
*oubliez la fatigue – chacun à sa place,*
*chacun à son poste, il n'y a plus une semaine,*
*plus un jour, plus une heure à perdre.*

Winston Churchill, 1940

## Oxford, avril 2060

Colin essaya la porte, mais elle était fermée. À l'évidence, le concierge, M. Purdy, avait parlé sans savoir quand il avait affirmé que M. Dunworthy était allé à Recherche. *Zut ! j'aurais dû deviner qu'il ne serait pas là*, se dit Colin. Seuls les historiens qui se préparaient pour des missions venaient à Recherche. Peut-être M. Dunworthy avait-il informé M. Purdy qu'il allait *faire* de la recherche, et dans ce cas il serait à la bibliothèque Bodléienne.

Colin s'y rendit, mais M. Dunworthy resta introuvable. *Je vais devoir interroger son secrétaire*, pensa Colin. Il revint à Balliol. Il aurait bien aimé que Finch soit toujours le secrétaire de M. Dunworthy, plutôt que ce nouveau type, Eddritch, qui ne manquerait pas de lui poser

13

un tas de questions. Finch n'en aurait posé aucune, et ne lui aurait pas seulement dit où trouver le professeur, mais aussi quelle était son humeur.

Colin courut d'abord à l'appartement de M. Dunworthy, dans l'espoir que M. Purdy ne l'aurait pas vu revenir, mais il n'était pas là non plus. Puis il traversa la cour et entra dans Beard, gravissant les marches jusqu'au secrétariat.

— Je cherche M. Dunworthy, annonça-t-il. C'est important. Pouvez-vous me dire où…

Eddritch le regardait froidement.

— Avez-vous un rendez-vous, monsieur… ?

— Templer, se résigna Colin. Non, je…

— Êtes-vous étudiant de premier cycle ici, à Balliol ?

Colin fut tenté de répondre oui, mais Eddritch était du genre à vérifier s'il était bien inscrit.

— Non. Je le serai l'année prochaine.

— Si vous postulez pour devenir étudiant à Oxford, vous dépendez du bureau du principal, dans Longwall Street.

— Je ne suis pas candidat. Je suis un ami de M. Dunworthy…

— Oh ! M. Dunworthy m'a parlé de vous. (Il fronça les sourcils.) Je croyais que vous étiez à Eton.

— Nous sommes en vacances, mentit Colin. Il est essentiel que je voie M. Dunworthy. Si vous pouviez me dire où le…

— À quel sujet voulez-vous le voir ?

*Mon avenir*, pensa Colin. *Et ça ne te regarde pas*, mais une telle réponse, évidemment, ne lui serait d'aucun secours.

— C'est au sujet d'une mission historique. C'est urgent. Si vous pouviez juste me dire où il se trouve…, commença-t-il, mais Eddritch avait déjà ouvert le carnet de rendez-vous.

— M. Dunworthy ne peut pas vous recevoir avant la fin de la semaine prochaine.

*Ce sera trop tard. Zut ! il faut que ce soit* maintenant, *avant que Polly revienne.*

— Je peux vous donner un rendez-vous à 13 heures le 19, continuait Eddritch. Ou à 9 h 30 le 28.

*Quelle est la partie du mot « urgent » qui échappe à ta compréhension ?* se demandait Colin.

— Tant pis, prétendit-il.

Et, descendant l'escalier, il rejoignit l'accueil dans l'espoir d'obtenir davantage d'informations de M. Purdy.

— Êtes-vous certain qu'il a bien dit qu'il se rendait à Recherche ?

Quand le concierge eut répondu par l'affirmative, il insista :

— A-t-il déclaré où il se rendrait ensuite ?

— Non. Vous devriez essayer le labo. Il y est resté sacrément longtemps ces derniers jours. S'il n'y est pas, M. Chaudhuri saura peut-être vous indiquer où il se trouve.

*Et s'il n'est pas là, je pourrai questionner Badri sur la date du retour de Polly.*

— J'essaie le labo, l'informa Colin.

Allait-il lui demander de prévenir M. Dunworthy de son arrivée s'il le voyait ? Non, autant s'abstenir. Un homme averti en vaut deux. Ses chances seraient meilleures s'il lui sautait dessus à l'improviste.

— Merci ! s'exclama-t-il.

Et il descendit en courant vers le High et jusqu'au labo.

M. Dunworthy ne s'y trouvait pas. Seuls Badri et une jolie tech qui ne paraissait guère plus vieille qu'une lycéenne occupaient les lieux. Ils étaient tous les deux penchés sur la console.

— Il me faut les coordonnées du 4 octobre 1950, dit Badri. Et... Qu'est-ce que tu fabriques ici, Colin ? Tu n'es pas censé te trouver au lycée ?

Pourquoi se conduisaient-ils tous comme des surveillants ?

— Tu n'as quand même pas été renvoyé, hein ?

— Négatif. (*Pas s'ils ne m'attrapent pas.*) Vacances scolaires.

— Si tu es venu me persuader de te laisser partir aux croisades, la réponse est non.

— Les *croisades* ? s'exclama Colin. C'était il y a *des années*…

— M. Dunworthy sait-il que tu es là ? demanda Badri.

— En fait, je le cherche. À Balliol, le concierge m'a dit qu'il pourrait être ici.

— Il y était, intervint la tech. Tu viens juste de le rater.

— Savez-vous où il est allé ?

— Non. Tu devrais essayer Garde-robe.

*Garde-robe ?* D'abord Recherche, et maintenant Garde-robe. À l'évidence, M. Dunworthy se préparait pour une mission.

— Où part-il ? À la cathédrale Saint-Paul ?

— Oui, confirma la tech. Il cherche…

— Linna, je veux ces coordonnées, l'interrompit Badri en la fusillant du regard.

La tech hocha la tête et se rendit à l'autre bout du labo.

— Il part sauver les trésors de Saint-Paul, n'est-ce pas ?

— Le secrétaire de M. Dunworthy devrait savoir où il se trouve, lui opposa Badri, qui retournait à la console. Pourquoi ne pas retourner à Balliol et le lui demander ?

— Je l'ai fait. Il n'a rien voulu me dire.

Et il était clair que Badri ne lui en apprendrait pas plus.

— Colin, grogna-t-il. On est très occupés, ici.

La tech, Linna, qui était revenue avec les coordonnées, approuva.

— On a trois récupérations et deux transferts cet après-midi.

— C'est ce que vous faites en ce moment ? demanda Colin, s'avançant pour regarder les plis drapés du filet. Un transfert ?

Badri s'interposa sur-le-champ et l'empêcha d'approcher.

— Colin, si tu es ici pour essayer de…

— Essayer quoi ? Tu me traites comme si j'avais l'intention de me glisser sous le filet, ou quelque chose comme ça.

— Ça ne serait pas la première fois.

— Si je ne l'avais pas fait, M. Dunworthy serait mort, et Kivrin Engle aussi.

— Sans doute, mais ça ne signifie pas que tu peux en faire une habitude.

— Je n'en avais pas l'intention. Tout ce que je voulais…

— … c'est apprendre si M. Dunworthy se trouvait ici. Il n'y est pas, et Linna et moi sommes extrêmement occupés. Alors, s'il n'y a rien d'autre…

— Il y a. J'ai besoin de savoir quand la récupération de Polly Churchill est programmée.

— Polly Churchill ? fit Badri, immédiatement suspicieux. Pourquoi t'intéresses-tu à Polly Churchill ?

— Je l'ai aidée pour ses recherches de prépa. Pour le Blitz. Je veux être ici à son retour…

Il allait ajouter : pour lui donner ce travail, mais Badri était capable de lui dire de le laisser et qu'ils le lui donneraient eux-mêmes, aussi modula-t-il :

— … pour lui apprendre ce que j'ai repéré.

— Nous n'avons pas encore programmé sa récupération.

— Oh ! ira-t-elle directement à son affectation du Blitz quand elle rentrera ?

Linna secoua la tête.

— Nous ne lui avons pas encore ménagé de point de chute…, commença-t-elle, mais Badri l'interrompit en lui décochant un nouveau regard meurtrier.

— Ça ne sera pas en temps-flash, hein ?

— Non, en temps-réel. Colin, nous sommes extrêmement occupés.

— Je sais, je sais. Je m'en vais. Si vous voyez M. Dunworthy, dites-lui que je le cherche.

— Linna, contrôle le départ de Colin. Ensuite, trouve-moi les coordonnées spatio-temporelles de Pearl Harbor, le 6 décembre 1941.

Linna hocha la tête et escorta Colin jusqu'à la porte.

— Désolée. Badri est d'une humeur de chien depuis quinze jours, chuchota-t-elle. La récupération de Polly Churchill est programmée à 14 heures, mercredi, la semaine prochaine.

— Merci, murmura Colin en retour.

Il lui adressa un sourire en coin, avant de s'esquiver.

Il avait espéré que ça se passerait le week-end, afin d'éviter une nouvelle fugue de l'école, mais au moins ce n'était pas *ce* mercredi. Il aurait plus d'une semaine pour persuader M. Dunworthy de le laisser partir en mission quelque part. S'il s'apprêtait à sauver les trésors, Colin pourrait imaginer un moyen de lui parler des travaux de recherche qu'il se sentait capable d'effectuer pour lui dans le passé. À condition qu'il se trouve encore à Garde-robe. Il tourna sur le Broad, le descendit jusqu'à Holywell Street et suivit la rue étroite qui menait à Garde-robe, puis escalada les marches, espérant ne pas l'avoir manqué de nouveau.

Ce n'était pas le cas. M. Dunworthy se tenait devant le miroir dans un blazer en tweed au moins quatre fois trop large pour lui et fusillait du regard la tech recroquevillée.

— Mais la seule veste en tweed que nous avions dans votre taille a déjà été attribuée à Gerald Phipps parce qu'elle lui allait, s'excusait-elle. Il lui fallait une veste en tweed parce qu'il part à…

— Je sais où il part, mugit M. Dunworthy, qui remarqua soudain Colin. Que diable fais-tu ici ?

— Je porte des vêtements qui me vont beaucoup mieux que les vôtres, sourit Colin. Est-ce ainsi que vous avez prévu de sortir clandestinement les trésors de Saint-Paul ? Sous votre manteau ?

D'un haussement d'épaules, M. Dunworthy se débarrassa de la veste.

— Trouvez-moi quelque chose à ma taille !

Et il balança le vêtement sur la tech, qui s'en saisit et partit en courant.

— Vous auriez dû le garder, dit Colin. Il était assez grand pour contenir *La Lumière du monde*, et la tombe de Newton au-dessous.

— La tombe de sir Isaac Newton est dans l'abbaye de Westminster. La tombe de *lord Nelson* est à Saint-Paul, ce que tu saurais si tu passais plus de temps au lycée, où tu devrais te trouver à cet instant. Pourquoi es-tu absent ?

Ça ne marcherait jamais, l'histoire des vacances.

— Une rupture de canalisation. Ils ont dû fermer des classes pour le reste de la journée, alors j'ai pensé en profiter pour venir voir ce que vous deveniez. Et j'ai bien fait, puisque vous vous apprêtez manifestement à partir pour Saint-Paul.

— Une canalisation, grommela M. Dunworthy d'un ton dubitatif.

— Oui. Elle a inondé ma chambre et la moitié de la cour. On a presque été obligés de nager !

— Étrange que ton maître d'internat ne l'ait pas évoquée quand Eddritch lui a téléphoné.

*Je savais bien que je n'aimais pas Eddritch*, pensa Colin.

— En revanche, il a signalé tes absences répétées. Et la note lamentable que tu as obtenue à ton dernier essai.

— C'est la faute de Beeson. Il m'a demandé de travailler sur ce livre : *Voyages temporels : une menace imminente*, et c'est complètement débile. Ça prétend que la théorie du voyage temporel est erronée, que les historiens ont une incidence *réelle* sur les événements, qu'ils les ont affectés de tout temps, mais que nous n'avons pas encore été capables de nous en apercevoir parce que le continuum spatio-temporel a pu annuler les changements. Mais qu'il n'aura pas toujours ce pouvoir, et que nous devons d'urgence arrêter d'envoyer des historiens dans le passé, et...

— Je suis parfaitement au courant des théories du docteur Ishiwaka.

— Alors, vous savez que c'est nul. Et tout ce que j'ai fait, c'est de l'écrire dans mon essai, et Beeson m'a collé une note affreuse ! C'est totalement injuste. Je veux dire, Ishiwaka déclare ces trucs ridicules, comme son affirmation que le décalage ne se produit nullement afin d'empêcher les historiens de se rendre dans des temps et des lieux où ils auraient un impact sur les événements. Il soutient que c'est le symptôme que quelque chose ne va pas, comme la fièvre chez un patient victime d'une infection, et que l'importance du décalage va croître comme lorsqu'une infection empire, mais que nous ne serons pas en mesure de voir quoi que ce soit, parce que c'est exponentiel, ou quelque chose d'approchant, si bien qu'il n'y a aucune preuve de ça, mais que nous devrions arrêter d'envoyer des historiens parce qu'à un moment ou un autre nous aurons *effectivement* une preuve, et il sera trop tard, et il n'y aura plus aucun voyage dans le temps. C'est complètement nul !

M. Dunworthy fronçait les sourcils.

— Eh bien, ce n'est pas votre avis ?

Dunworthy ne répondait pas.

— Vous ne trouvez pas ? insista Colin.

Et comme son interlocuteur restait muet devant lui :

— Vous n'allez pas prétendre que vous croyez à cette théorie ? Monsieur Dunworthy ?

— Quoi ? Non. Comme tu dis, le docteur Ishiwaka n'a pas été capable de fournir des preuves convaincantes à l'appui de ses idées. D'un autre côté, il soulève certaines questions troublantes qui méritent investigation, plutôt qu'une réfutation comme « nullité intégrale ». Mais tu n'es manifestement pas venu ici pour débattre avec moi de théories sur le voyage temporel. Ou, comme tu l'as prétendu, pour prendre de mes nouvelles.

Il posa sur Colin un regard affûté :

— *Pourquoi* es-tu venu ?

C'est là que ça devenait délicat.

— Parce que je suis en train de perdre mon temps à étudier les maths et le latin. Je veux étudier l'Histoire, et la réalité, pas des livres qui tombent en poussière. Je veux aller en mission. Et ne dites pas que je suis trop jeune. J'avais *douze ans* quand nous sommes allés affronter la peste noire. Et Jack Cargreaves n'en avait que dix-sept quand il est allé sur Mars.

— Et lady Jane Grey avait dix-sept ans quand on l'a décapitée, assena M. Dunworthy. Devenir historien *est* encore plus dangereux que de prétendre au trône. Il y a toutes sortes de risques, et c'est la raison pour laquelle les historiens…

— … doivent être des étudiants de troisième année, âgés d'au moins vingt ans, avant d'espérer se rendre dans le passé, récita Colin. Je sais tout ça. Mais je suis déjà allé dans le passé. Je vous ai assisté sur un *dix*. Rien ne peut être plus dangereux que ça. Et il y a toutes sortes de missions où quelqu'un de mon âge…

M. Dunworthy n'écoutait plus. Il regardait fixement la tech de retour avec une veste en cuir noir bardée de fermetures Éclair métalliques.

— Qu'avons-nous là, exactement ? interrogea-t-il.

— Un blouson de moto. Vous m'avez demandé quelque chose à votre taille, ajouta-t-elle, sur la défensive. Il vient de la bonne époque historique.

— *Mademoiselle* Moss, dit M. Dunworthy sur le ton qui faisait toujours sursauter Colin, le but essentiel du costume d'un historien est le camouflage… lui permettre d'éviter d'attirer l'attention. De se fondre dans la foule. Comment espérez-vous y arriver (il gesticula en direction du blouson de cuir) en m'habillant de cette façon ?

— Mais nous avons des photographies d'un blouson comme celui-ci en 1950, commença la tech avant de se raviser. Je vais voir ce que je peux trouver d'autre.

Elle s'enfuit dans l'atelier, renfrognée.

— En tweed ! lui lança M. Dunworthy.

— Se fondre dans le décor est exactement ce dont j'étais en train de parler, dit Colin. Il y a toutes sortes d'événements historiques où un garçon de dix-sept ans s'intégrerait à la perfection.

— Comme le ghetto de Varsovie ? rétorqua sèchement M. Dunworthy. Ou les croisades ?

— Je n'ai plus voulu faire les croisades depuis mes *douze* ans. C'est exactement ce dont je parle. Vous et…

Il se rattrapa :

— … vous, et tout le monde à l'école, vous me considérez encore comme un enfant, mais je ne le suis plus. J'ai presque dix-huit ans. Et il y a plein de missions que je pourrais mener à bien. Comme le deuxième attentat d'al-Qaida sur New York.

— New…

— Oui. Il y avait un lycée près du World Trade Center. Je pourrais passer pour un élève et assister à tout.

— Hors de question que je t'envoie au World Trade Center.

— Pas là. Le lycée est à quatre rues, et aucun des élèves n'a été tué. Aucun n'a même été blessé, si l'on excepte les produits toxiques et l'amiante qu'ils ont inhalé, et je pourrais…

— Hors de *question* que je t'envoie où que ce soit à proximité du World Trade Center. C'est bien trop dangereux. Tu pourrais être tué…

— Alors, envoyez-moi à un endroit qui n'est pas dangereux. Envoyez-moi en 1939, voir la « drôle de guerre ». Ou dans le nord de l'Angleterre, observer les enfants évacués.

— Pas question non plus de t'envoyer sur le terrain de la Seconde Guerre mondiale.

— *Vous* êtes allé à l'époque du Blitz, et vous avez laissé Polly…

— Polly ? s'éveilla M. Dunworthy. Polly Churchill ? Qu'a-t-elle à voir avec ça ?

*Crétin !*

— Rien. Je veux juste dire que vous laissez vos historiens se rendre dans toutes sortes d'endroits dangereux, et *vous* allez dans toutes sortes d'endroits dangereux, et vous ne voulez même pas me laisser aller dans le nord de l'Angleterre, qui n'est pas dangereux du tout. Le gouvernement évacuait les enfants là pour qu'ils soient hors de danger. Je pourrais prétendre avoir emmené mes petits frères et sœurs…

— J'ai déjà un historien en 1940, qui observe les enfants évacués.

— Mais pas de 1942 à 1945. J'ai regardé, et certains des enfants sont restés à la campagne pendant toute la durée de la guerre. Je pourrais étudier les effets d'une aussi longue séparation avec les parents. Et manquer l'école ne serait pas un problème. Je pourrais y assister en recourant au temps-flash, puis…

— Pourquoi as-tu tellement envie de te rendre à l'époque de la Seconde Guerre mondiale ? Est-ce parce que Polly Churchill s'y trouve ?

— Je n'en ai pas si envie que ça. Je le suggérais seulement parce que vous ne voulez me laisser aller nulle part où je risquerais quelque chose. Et ça vous va bien de parler danger quand vous vous rendez à Saint-Paul la nuit qui précède l'explosion de la bombe de précision…

M. Dunworthy le regarda d'un air étonné.

— La nuit qui précède la bombe de précision ? De quoi parles-tu ?

— De votre sauvetage des trésors.

— Qui t'a dit que je sauvais les trésors de Saint-Paul ?

— Personne, mais il est évident que c'est pour ça que vous allez à Saint-Paul.

— Je ne suis pas…

— Dans ce cas, vous vous apprêtez à reconnaître les lieux, de façon à pouvoir procéder au sauvetage plus tard. Je pense que vous devriez m'emmener. Vous avez besoin de moi. Vous seriez mort si je ne vous avais pas accompagné en 1349. Je peux passer pour un étudiant de l'université venu examiner la tombe de Nelson, ou quoi que ce soit d'autre, et vous établir une liste de tous les trésors.

— Je ne sais pas où tu as eu cette idée ridicule, Colin. Personne ne part à Saint-Paul sauver quoi que ce soit.

— Alors pourquoi y allez-vous ?

— Ça ne te regarde pas… Qu'est-ce que c'est que *ça* ? s'exclama-t-il alors que la tech revenait avec un long manteau en soie jaune brodée de fleurs violettes.

— Ça ? dit-elle. Oh ! ce n'est pas pour vous. C'est pour Kevin Boyle. Il se rend à la cour du roi Charles II. Il y a un appel téléphonique de Recherche pour vous. Dois-je leur répondre que vous êtes occupé ?

— Non. Je le prends.

Il la suivit dans l'atelier. Colin l'entendit demander :

— Rien sur Paternoster Row ? Et sur Ave Maria Lane ? Ou Amen Corner ?

Longue pause, puis :

— Et les listes des victimes ? Avez-vous été capable d'en trouver une pour le 17 ? Non ? C'est ce que je craignais. Oui, bon, tenez-moi au courant dès que vous avez du nouveau.

Il sortit de l'atelier.

— Ce coup de fil était-il lié à votre prochaine visite à Saint-Paul ? demanda Colin. Parce que si vous avez besoin de découvrir quelque chose je pourrais revenir à Saint-Paul et…

— Tu ne vas pas à Saint-Paul, *ni* à la Seconde Guerre mondiale, *ni* au World Trade Center. Tu retournes au lycée. Après que tu auras passé tes examens et que tu auras été admis en section d'Histoire à Oxford, alors nous pourrons discuter de tes déplacements vers…

— Mais alors il sera trop tard, murmura Colin.

— Trop tard ? releva M. Dunworthy d'un ton coupant. Que veux-tu dire ?

— Rien. Je suis prêt à partir en mission maintenant, c'est tout.

— Si c'est le cas, pourquoi t'exclamer : « Mais alors il sera trop tard » ?

— C'est juste que trois ans, c'est une éternité. Quand vous me laisserez enfin partir en mission, les événements les meilleurs auront tous été pris, et il ne restera plus rien de passionnant.

— Comme les enfants évacués, remarqua M. Dunworthy. Ou la « drôle de guerre ». Et c'est pour ça que tu sèches tes cours et que tu es venu jusqu'ici pour me convaincre de te laisser partir en mission tout de suite, parce que tu craignais que quelqu'un d'autre prenne la « drôle de... »

— Que pensez-vous de ça ? l'interrompit la tech, surgissant avec une veste de tir en tweed ceinturée et des knickers.

— Qu'est-ce que votre « *ça* » est supposé être ? gronda M. Dunworthy.

— Une veste en tweed, repartit-elle sur un ton innocent. Vous avez dit...

— J'ai *dit* que je voulais me fondre dans...

— Je dois retourner au lycée, intervint Colin, avant de s'esquiver.

Il fallait bouger avant qu'il soit trop tard. Quand M. Dunworthy se saisissait de quelque chose, il ressemblait à un chien acharné sur son os. Colin n'aurait jamais dû mentionner Polly. *S'il comprend pourquoi je veux partir en mission, il refusera même de l'envisager*, pensait-il tandis qu'il marchait vers le Broad.

Non qu'il soit en train de l'envisager, pour l'heure. Colin allait devoir trouver d'autres arguments s'il voulait le convaincre. Ou, faute d'y arriver, un autre moyen de partir pour le passé. S'il pouvait découvrir pourquoi

M. Dunworthy se rendait à Saint-Paul, peut-être réussirait-il à le persuader qu'il avait grand besoin de lui à son côté. La tech avait dit quelque chose à propos de la provenance de la veste. Elle venait de l'année 1950. Pourquoi M. Dunworthy aurait-il voulu aller à Saint-Paul en 1950 ?

Linna saurait. Il tourna dans Catte Street et descendit en courant jusqu'au labo, mais le trouva verrouillé.

*Ils n'ont pas pu fermer ! Ils disaient qu'ils avaient deux transferts en cours, et trois récupérations.*

Il frappa.

Linna ouvrit la porte au minimum. Elle semblait affligée.

— Je suis désolée. Tu ne peux pas entrer.

— Pourquoi ? Quelque chose a dérapé ? Rien n'est arrivé à Polly, n'est-ce pas ?

— Polly ? répéta-t-elle, surprise. Non, bien sûr que non.

— L'une des récupérations a échoué ?

— Non… Colin, je ne suis pas supposée te parler.

— Je sais que tu es très occupée, mais j'ai seulement besoin de te poser quelques questions. Laisse-moi entrer, et…

— Je ne peux pas, dit-elle, l'air encore plus accablée. Tu n'es pas autorisé à entrer dans le labo.

— Pas autorisé ? Est-ce que Badri…

— Non. M. Dunworthy vient de nous appeler. Nous ne pouvons plus te permettre d'approcher du filet.

*J'ai dit à l'homme qui se tenait à la Porte de l'Année :*
*« Donne-moi de la lumière, afin que je puisse cheminer*
*en toute sécurité dans l'inconnu. »*
*Et il m'a répondu : « Sors dans l'obscurité,*
*et place ta main dans la Main de Dieu.*
*Ce sera mieux pour toi qu'une lampe,*
*et plus sûr qu'un chemin connu. »*

Le roi George VI, discours de Noël, 1939

## Warwickshire, décembre 1939

Quand Eileen parvint à la gare de Backbury, le train n'était pas là. *Oh ! pourvu qu'il ne soit pas déjà parti*, se dit-elle. Elle se pencha au-dessus du quai pour regarder par-delà les voies, mais ni d'un côté ni de l'autre elle ne put apercevoir un signe du convoi.

— Où est-il ? demanda Theodore. Je veux rentrer à la maison.

*Je sais que tu le veux*, pensa Eileen, qui s'était retournée pour examiner l'enfant. *Tu me l'as dit toutes les quinze secondes depuis que je suis arrivée au manoir.*

— Le train n'est pas encore là.

— Quand viendra-t-il ? insista Theodore.

— Je l'ignore. Allons interroger le chef de gare. Il saura.

Elle ramassa la petite valise en carton et le masque à gaz de Theodore, saisit sa main, puis descendit le quai jusqu'au bureau minuscule où le fret et les bagages étaient entreposés.

— Monsieur Tooley ! appela-t-elle, avant de frapper à la porte.

Pas de réponse. Elle frappa derechef.

— Monsieur Tooley ?

Elle entendit un grognement, puis un pas traînant, et M. Tooley ouvrit. Ses paupières clignaient comme si elle l'avait réveillé, ce qui était sans doute le cas.

— Que se passe-t-il donc ? grogna le vieil homme.

— Je veux retourner chez moi, dit Theodore.

— Le train de cet après-midi pour Londres n'est pas déjà parti, n'est-ce pas ? demanda Eileen.

L'homme la regardait à la dérobée.

— Z'êtes une des bonnes du manoir, pas vrai ?

Il baissa les yeux sur Theodore.

— C'est un des évacués de Mme la comtesse ?

— Oui, sa mère le réclame. Il doit prendre le train pour Londres aujourd'hui. Nous ne l'avons pas raté, n'est-ce pas ?

— Le réclame, hein ? Elle a prétendu que son précieux lardon lui manquait, je parie. Elle veut son carnet de rationnement, ça, c'est plus probable. Même pas capable de venir le chercher elle-même !

— Elle travaille dans une usine d'aviation. Elle n'a pas pu obtenir un jour de congé.

— Oh ! elles peuvent. Et sans problème, quand elles veulent. J'en avais deux, là, mercredi, en route pour Fitcham. « On ramène nos loupiots à la maison pour être tous ensemble à Noël », qu'elles disaient. Elles voulaient plutôt s'rincer la dalle au pub de Fitcham. Elles avaient déjà un beau p'tit coup dans le nez.

*Ça te va bien de parler de ça*, ironisa Eileen… qui sentait depuis le seuil l'odeur alcoolisée de son haleine.

— Monsieur Tooley, reprit-elle, tentant de le ramener à son sujet de préoccupation. À quelle heure doit arriver le train de cet après-midi pour Londres ?

— Y a que c'lui de 11 h 19. Ils ont arrêté l'autre la semaine dernière. À cause de la guerre.

*Oh non !* Cela signifiait qu'ils l'avaient manqué, et qu'elle aurait à convoyer Theodore sur tout le chemin du retour jusqu'au manoir.

— Mais il n'est pas encore passé, et qui sait quand il sera là. C'est à cause de tous ces transports de troupes. Ils poussent les trains de passagers sur des voies de garage et attendent donc, le temps qu'ils aient tous défilé !

— Je veux…, commença Theodore.

— Aussi ratés qu'leurs mères, fit M. Tooley, qui le regardait fixement. Aucune éducation. Et Mme la comtesse qui s'use les doigts jusqu'à l'os pour tenter de décrotter ces mômes ingrats !

*C'est plutôt : qui oblige ses serviteurs à user leurs doigts jusqu'à l'os !*

Eileen l'avait appris, lady Caroline ne s'était préoccupée que deux fois en tout et pour tout des vingt-deux enfants évacués de Londres, la première quand ils étaient arrivés – à ce que prétendait Mme Bascombe, elle avait l'intention de s'assurer qu'elle n'en aurait que de « gentils » et s'était débrouillée pour se rendre au presbytère et les choisir elle-même comme des gâteaux –, la seconde quand un journaliste du *Daily Herald* lui avait rendu visite pour un article sur les « sacrifices de la noblesse en temps de guerre ». Le reste du temps, les soins de la dame se bornaient à donner des ordres à ses domestiques et à se plaindre du bruit excessif produit par les enfants, de leur usage exagéré de l'eau chaude, et de leur terrible propension à érafler ses planchers cirés.

— C'est merveilleux de voir Mme la comtesse s'y coller et faire de son mieux pour l'effort de guerre, proféra

M. Tooley. J'en connais d'autres, à sa place, ils n'accueilleraient même pas un chaton perdu ! Ils ouvriraient encore moins leur maison à toute une flopée de gosses des taudis.

Il n'aurait pas dû prononcer le mot « maison ». Dans l'instant, Theodore tirait le manteau d'Eileen.

— À combien estimez-vous le retard du train aujourd'hui, monsieur Tooley ?

— Impossible à dire. Des heures, peut-être.

Des heures, et déjà l'après-midi touchait à sa fin. À ce moment de l'année, le ciel commençait à s'obscurcir dès 15 heures, et il faisait nuit noire à 17 heures. Avec le black-out...

— Je veux pas attendre des heures, protesta Theodore. Je veux rentrer à la maison *maintenant*.

M. Tooley ronchonna.

— Connaissent pas leur bonheur. Maintenant que Noël approche, ils vont tous vouloir rentrer chez eux.

Eileen espérait que non. Les évacués avaient déjà commencé à revenir à Londres pendant les mois de la « drôle de guerre » et, au moment où le Blitz débutait, soixante-quinze pour cent étaient de retour, mais elle n'avait pas imaginé que cela se produirait si vite.

— Tu veux rentrer chez toi maintenant, et quand les bombes vont se mettre à tomber tu souhaiteras être ici, grinça M. Tooley, qui agitait son doigt en direction de l'enfant. Mais alors il sera trop tard.

Et, réintégrant son bureau d'un pas lourd, il en claqua la porte, sans que cela provoque le moindre effet sur Theodore.

— Je veux rentrer à la maison, répétait-il, inébranlable.

— Le train arrivera bientôt, assura Eileen.

— J'parie qu'non, clama la voix d'un petit garçon. L'est...

— Chuuut ! l'interrompit-on sur un ton virulent.

Eileen se tourna, mais il n'y avait personne sur le quai. Elle se hâta vers le bord et regarda les voies en contrebas. Personne là non plus.

— Binnie ! Alf ! appela-t-elle. Sortez de là-dessous tout de suite.

Et Binnie surgit des entrailles du quai, suivie par son petit frère, Alf.

— Ne restez pas sur les voies. C'est dangereux. Le train pourrait arriver.

— Non. Impossible, fit Alf, en équilibre sur l'un des rails.

— Tu n'en sais rien. Monte ici immédiatement.

Les deux enfants grimpèrent sur le quai. Ils étaient tous les deux dégoûtants. Le nez du garçon, qui coulait en permanence, avait produit une traînée crasseuse, et sa chemise était à demi sortie de son pantalon. Sa sœur de onze ans n'avait pas meilleure apparence, les bas en accordéon, ses cheveux dénoués et les pans de son ruban pendouillant.

— Mouche-toi, Alf ! ordonna Eileen. On peut savoir ce que vous fabriquez ? Pourquoi n'êtes-vous pas à l'école, vous deux ?

Alf essuya son nez sur sa manche et désigna Theodore du doigt.

— Ben, l'y est pas, lui, à l'école.

— Aucun rapport. Que faites-vous à la gare ?

— C'est qu'on vous a vus passer, expliqua Binnie.

Alf hocha la tête.

— On pensait qu't'avais rendu ton tablier.

— *Pas moi*, le contredit Binnie. *Moi*, j'pensais qu'elle nous plantait pour un rancard. Una aussi, elle fricote.

Elle adressa à Eileen un sourire narquois.

— Tu nous quittes pas, hein ? s'inquiéta le garçon, l'œil arrêté sur la valise de Theodore. On veut pas. T'es la seule un peu chouette avec nous, t'sais. La mère Bascombe et Una, c'est des peaux d'vache.

— Una sort en douce pour bécoter un soldat, ajouta Binnie. *Dans les bois !*

Alf acquiesça.

— On l'a filée toute sa demi-journée de congé.

Binnie lui décocha un regard si meurtrier qu'Eileen se demanda s'ils l'avaient aussi pistée pendant son temps libre. Elle devrait s'assurer qu'ils se trouvent effectivement à l'école la semaine prochaine. Si la chose était possible. Le pasteur, M. Goode – un jeune homme sérieux – était déjà venu deux fois au manoir signaler leur absentéisme répété.

— Ils paraissent avoir quelque difficulté d'adaptation à la vie chez nous, avait-il observé.

Eileen pensait au contraire que les deux enfants s'adaptaient trop bien. Dans leur cas, lady Caroline avait clairement échoué à reconnaître les « gentils ». Ils n'avaient pas été choisis depuis plus de deux jours qu'ils se conduisaient en maîtres pour voler les pommes, provoquer les taureaux, piétiner les légumes du jardin, et laisser tous les portails ouverts dans un rayon de vingt kilomètres à la ronde.

— Dommage que ce plan d'évacuation ne marche pas dans les deux sens, avait déploré Mme Bascombe. Je les aurais expédiés à Londres dans la minute en leur attachant au cou une étiquette à bagages. Petits vandales !

Binnie ajoutait :

— Mme Bascombe dit comme ça que les filles convenables, ça donne pas des rancards aux bougres dans les bois.

— Certes, mais les filles convenables n'espionnent pas davantage les gens, assena Eileen. Et elles ne sèchent pas les cours.

— C'est l'maître qui nous a renvoyés au manoir, affirma Binnie. Cause que Alf y a pris mal. Sa tête, l'est chaude comme la braise.

Alf tenta de paraître malade.

— Tu fous pas l'camp, hein, Eileen ? demanda-t-il sur un ton plaintif.

— Non, grogna-t-elle. (*Malheureusement.*) C'est Theodore qui s'en va.

*Quelle erreur !* L'enfant se fit entendre sur-le-champ.

— Je veux…

— Tu partiras, trancha-t-elle. Dès que le train arrivera.

— Ça risque pas, dit Alf. En tout cas, z'ont poireauté pour rien, hier.

— Comment le sais-tu ? s'enquit Eileen.

Mais elle connaissait déjà la réponse. Ils avaient également séché les cours la veille. Elle se rendit au bureau et martela la porte.

— Est-il vrai que le train de voyageurs ne vient parfois pas du tout ? interrogea-t-elle dès que M. Tooley eut ouvert.

— Il… Qu'est-ce que vous foutez là, vous deux ? Si je vous chope encore, les Hodbin…

Il lança son poing, menaçant, mais Binnie et Alf s'étaient déjà envolés sur le quai, avaient sauté à l'extrémité, et disparu.

— Dites-leur d'arrêter de jeter des pierres sur les trains, ou je les balance, cria-t-il, rouge d'indignation. Criminels ! Ça finira au violon de Wandsworth.

Eileen était tentée d'en convenir, mais elle ne voulait pas s'écarter de son sujet.

— Est-il vrai que le train n'est pas venu du tout hier ?

Il hocha la tête à contrecœur.

— Des ennuis sur la ligne, mais y a de bonnes chances que ce soit arrangé, maintenant.

— Vous n'en êtes pas sûr ?

— Non. Dites à ces deux-là que je leur colle les flics aux trousses s'ils reviennent encore rôder par ici.

Il rentra d'un pas lourd dans son bureau.

*Ah ! quelle poisse !* Ils ne pouvaient pas rester là toute la nuit, sans savoir si le train viendrait ou non. Le visage de Theodore était déjà rouge de froid et, avec le black-out, l'éclairage n'était pas autorisé dans la gare. Si le train arrivait après la tombée de la nuit, le conducteur ne pourrait même pas voir qu'ils attendaient et ne s'arrêterait pas. Elle devait se résigner à se taper tout le chemin du retour, ramener Theodore au manoir, et essayer de nouveau demain.

Seulement son billet était pour aujourd'hui. Et elle n'avait aucun moyen de prévenir sa mère et de l'informer que son fils ne serait pas au rendez-vous. Elle scruta anxieusement les voies, guettant l'apparition d'une fumée au-dessus des arbres dénudés.

— La ligne est flinguée à cause d'un train écrabouillé, j'parie, proclama Binnie, qui surgissait de l'arrière d'une pile de traverses.

— Moi, j'parie qu'un avion boche l'a survolée, et qu'y a craché sa bombe, et que tout l'train a explosé, dit Alf.

Ils se hissaient non sans mal sur le quai.

— Boum ! Des bras et des jambes partout ! Ratatinés !

— Ça suffit, maintenant ! ordonna Eileen. Vous deux, vous retournez à l'école.

— On peut pas, protesta Binnie. J't'ai dit, Alf s'est chopé la mort. Il a le carafon en…

Eileen plaqua sa main sur le front parfaitement frais du garçon.

— Pas une ombre de fièvre. Allez, hop, on y va !

— Impossible, renchérit Alf. L'école est finie.

— Alors, rentrez à la maison.

À ce mot, le visage de Theodore se convulsa.

— Là, dépêchons-nous de mettre ces moufles, se précipita Eileen en s'agenouillant devant lui.

Elle ajouta, dans l'espoir de distraire son attention :

— As-tu voyagé en train quand tu es venu à Backbury, Theodore ?

— Nous, on est venus en bus, intervint Binnie. Alf a dégueulé sur les godillots du chauffeur.

— Le train, ça te coupe la caboche si tu te penches par la fenêtre, lança son frère. Pfuit !

— Suis-moi, Theodore, dit Eileen. On va se poster au bout du quai. On pourra voir si le train approche.

— Une pote à moi, elle a marché trop près du bord, lâcha Binnie. L'a chuté sur les rails et un train roulait droit sur elle. Ça l'a tranchée en deux.

— Alf, Binnie, je ne veux plus entendre un mot sur les trains.

— Même pas si y en a un qui vient ?

Binnie désignait les voïes. Effectivement, le train approchait, sa locomotive massive couronnée de vapeur.

*Merci, mon Dieu !*

— Voilà ton train, Theodore, annonça Eileen.

Elle s'agenouilla pour boutonner son manteau et suspendit à son cou la boîte de son masque à gaz.

— Ton nom, ton adresse et ta destination sont écrits sur ce papier, expliqua-t-elle avant de glisser la feuille dans sa poche. Quand tu arriveras à Euston, ne quitte pas le quai. Ta mère viendra jusqu'au train te chercher.

— Et si sa p'tite maman est pas là, y fait quoi ? demanda Binnie.

— Et si on l'a tuée sur la route, y fait quoi ? insista Alf.

Binnie hocha la tête.

— Tout juste. Y fait quoi si une bombe a zigouillé sa mère ?

— Ne les écoute pas, soupira Eileen.

Qui pensait : *Pourquoi est-ce que ce ne sont pas les Hodbin que je renvoie chez eux ?*

— Ils te taquinent, Theodore. Il n'y a pas la moindre bombe à Londres.

*Pas encore.*

— Pourquoi qu'on nous a largués ici, alors ? s'enquit Alf. Si c'est pas pour nous protéger des bombes ?

Il colla son visage à celui du petit garçon.

— Si tu regagnes tes pénates, j'crois bien qu'une bombe aura *ta peau.*

— Ou le gaz moutarde, renchérit Binnie, qui agrippait sa gorge et faisait semblant d'étouffer.

Theodore leva les yeux sur Eileen.

— Je veux rentrer à la maison.

— Je te comprends.

Elle souleva sa valise et l'entraîna vers le train qui ralentissait. Il était plein de soldats qui se glissaient sous les rideaux de black-out des compartiments pour regarder, agiter la main, sourire, et qui encombraient les plates-formes aux deux bouts des voitures, certains d'entre eux à demi pendus au-dessus des marches.

— Tu viens nous voir partir au front, mon chou ? l'appela l'un des garçons alors que sa voiture s'arrêtait dans un crissement de roues juste devant elle. Tu viens nous faire un petit baiser d'adieu ?

*Seigneur ! pourvu que ce ne soit pas un train militaire !*

— Est-ce que c'est bien le train de voyageurs pour Londres ? demanda-t-elle avec espoir.

— C'est bien lui, déclara le soldat. En avant, ma jolie !

Il se pencha vers elle, une main tendue, l'autre cramponnant la rampe.

— Nous prendrons *grand soin* de vous, clama un soldat costaud aux joues rouges, qui se tenait à son côté. Pas vrai, les gars ?

Un chœur de ululements et de sifflets lui répondit.

— Ce n'est pas moi qui voyage, c'est ce petit garçon, dit-elle au premier soldat. Il faut que je parle au chef de train. Iriez-vous le chercher pour moi ?

— À travers cette foule ? soupira-t-il en jetant un regard en arrière. Rien ni personne ne traverserait ça.

*Seigneur !*

— Cet enfant se rend à Londres. Pouvez-vous veiller à ce qu'il y arrive en sécurité ? Sa mère doit l'attendre à la gare.

Il hocha la tête.

— Vous êtes certaine que vous ne voulez pas venir aussi, ma jolie ?

— Voilà son billet, dit-elle en le lui passant. Son adresse se trouve dans sa poche. Il s'appelle Theodore Willett.

Elle lui tendit la valise.

— Allez, Theodore. Monte. Ce gentil soldat va s'occuper de toi.

— Non, se mit à crier le garçon, qui s'était retourné pour se précipiter dans ses bras. Je *veux pas* rentrer à la maison.

Elle vacilla sous son poids.

— Bien sûr que si, Theodore. Il ne faut pas écouter Alf et Binnie. Ils cherchaient juste à te terroriser. Là, je grimpe avec toi.

Elle essaya de l'installer sur la première marche, mais il se cramponnait à son cou.

— Non, tu vas me *manquer* !

— Tu vas me manquer aussi, dit-elle en tentant de détacher ses doigts. Mais réfléchis, ta maman sera là, et ton joli petit lit, et tes jouets. Rappelle-toi combien de fois tu m'as demandé à rentrer chez toi !

— Non.

Il enfonçait sa tête dans son épaule.

— Pourquoi tu le balances pas dedans ? suggéra Alf d'un ton obligeant.

— Non ! sanglota Theodore.

— *Alf*, gronda Eileen. Aimerais-tu qu'on *te* balance au milieu d'un tas d'inconnus, puis qu'on te laisse te débrouiller tout seul ?

— J'adorerais ça. J'les aurais à la bonne. Y m'paieraient des bonbons.

*Je parie que tu y arriverais, mais Theodore n'est pas aussi coriace que toi.*

Et, de toute façon, elle ne pouvait pas le balancer. Il avait verrouillé ses mains autour de son cou.

— Non, criait-il alors qu'elle tentait de desserrer l'étreinte de ses doigts. Je veux que tu viennes avec moi.

— Je ne peux pas, Theodore. Je n'ai pas de billet.

Et le soldat qui s'était chargé de la valise avait disparu dans le wagon pour la ranger, si bien qu'il était désormais impossible de récupérer le bagage et le billet de l'enfant.

— Theodore, je crains que tu ne sois *obligé* de monter dans ce train.

— Non, hurla-t-il droit dans son oreille, et il affermit sa prise autour de son cou, au point de l'étrangler.

— Theodore…

— Là, là, il n'y a pas moyen d'y couper, Theodore, dit la voix d'un homme, presque contre sa joue.

Et Theodore passa abruptement de son cou aux bras d'un homme.

C'était le pasteur, M. Goode.

— Bien sûr, tu ne veux pas y aller, mon garçon, mais dans une guerre nous devons tous réaliser des exploits que nous n'avons pas envie d'accomplir. Tu dois te comporter en soldat courageux et…

— Je suis *pas* soldat, gronda Theodore.

Le pasteur déjoua très habilement son coup de pied à l'aine en attrapant le pied de l'enfant.

— Si, tu en es un. Quand il y a une guerre, tout le monde est soldat.

— *Vous* en êtes pas un, clama le petit, insolent.

— Mais si. Je suis capitaine dans la Home Guard[1].

— *Elle*, c'est pas un soldat, insista-t-il en désignant Eileen.

— Bien sûr que si. Elle est le général de division en charge des évacués.

Il la salua avec beaucoup d'élégance.

*Ça ne marchera jamais*, pensa Eileen. *Bien essayé, mon révérend !*

Pourtant, Theodore demandait :

---

1. Home Guard. Formation paramilitaire britannique constituée de volontaires et instituée au début de la Seconde Guerre mondiale pour protéger le territoire national.
Un glossaire en fin de volume donne les traductions et les détails des éléments historiques et des sigles. (*NdT*)

— Je suis quelle sorte de soldat ?

— Un sergent chargé de monter dans le train, répondit le pasteur.

Il y eut un échappement de vapeur, et la voiture fit une embardée.

— Il est temps d'y aller, sergent !

Et le pasteur poussa l'enfant dans les bras du soldat aux joues rouges.

— Soldat, je compte sur vous pour veiller à ce qu'il retrouve sa mère, le pria-t-il.

— J'y veillerai, mon révérend.

— Je suis un soldat, moi aussi, avertit Theodore. Un sergent ! Aussi, tu dois me saluer.

— Ah, bon ? repartit le soldat qui souriait.

Le train s'ébranlait.

— Merci, clama Eileen pour dominer le cliquetis des roues. Au revoir, Theodore !

Elle agita la main dans sa direction, mais il parlait avec le soldat, tout excité. Elle se retourna vers le pasteur.

— Vous êtes un faiseur de miracles. Je n'aurais jamais pu m'en sortir toute seule. Quelle chance que vous soyez passé par là.

— En fait, je cherchais les Hodbin. Vous ne les auriez pas croisés, par hasard ?

Voilà qui expliquait pourquoi ils avaient disparu.

— Qu'est-ce qu'ils ont encore fabriqué ?

— Ils ont mis un serpent dans le masque à gaz de l'institutrice.

Il avait atteint le bout du quai et scrutait les voies.

— Si jamais vous les apercevez…

— Je veillerai à ce qu'ils viennent faire des excuses.

Elle poussa sa voix, au cas où ils se cacheraient sous le quai.

— *Et* à ce qu'ils soient punis.

— Oh ! je ne me montrerais pas si dure envers eux, intervint le pasteur. On peut comprendre qu'ils supportent mal d'avoir été expédiés dans un endroit inconnu, aussi loin de chez eux. En attendant, je ferais mieux de les trouver avant qu'ils ne réduisent Backbury en cendres.

Il jeta un dernier regard inquisiteur alentour et quitta les lieux.

Alf et Binnie ne réapparurent pas dès qu'il fut hors de vue, comme Eileen l'avait à demi anticipé. Elle espérait que tout se passerait bien pour Theodore. Qu'arriverait-il si sa mère n'était pas là pour l'accueillir, et si les soldats le laissaient seul à la gare ?

— J'aurais dû l'accompagner, murmura-t-elle.

— Et qui s'occuperait de *nous*, alors ? dit Alf, jaillissant de nulle part.

— Le pasteur m'apprend que vous avez mis un serpent dans le masque à gaz de votre institutrice ?

— Jamais fait ça.

— J'parie qu'y a rampé dedans tout seul, lâcha Binnie, qui surgissait à son tour. P't'être ben qu'y trouvait qu'ça chlinguait l'gaz toxique.

— Tu vas pas cafter à m'ame Bascombe, hein ? demanda Alf. Elle nous foutra au lit sans dîner, et j'suis à moitié mort, tellement j'ai la dalle.

— Oui ? Eh bien, il fallait y penser plus tôt, assena Eileen. Maintenant, on y va.

Aucun des deux ne lui emboîta le pas.

— On t'a entendue jaser avec ces gus, prévint Alf.

— La mère Bascombe, elle dit comme ça que les filles convenables, ça baratine pas les drilles, renchérit Binnie. On la ferme si, *toi*, tu la fermes sur ce qu'on a fait.

*Ces deux-là sont depuis longtemps des grandes personnes*, spéculait Eileen, *et on les a envoyés en prison, ou à la potence !*

Elle regarda autour d'elle, dans l'espoir que le pasteur allait réapparaître et voler à son secours, puis elle leur enjoignit :

— En route ! Dans l'instant ! Il fera bientôt nuit.

— Y fait déjà nuit, constata Alf.

C'était vrai. Pendant qu'elle se colletait avec Theodore et parlait avec le pasteur, les dernières lueurs de l'après-midi s'étaient évanouies, et le manoir était à près d'une heure de marche, la plus grande part à travers bois.

— Comment qu'on dégottera l'chemin dans c'te sac à charbon ? demanda Binnie. T'as une lampe de poche ?

— C't *interdit*, tête de nouille, se moqua Alf. Si les Boches y zieutent la lumière, y balancent une bombe. Et toi, boum !

— J'sais où l'révérend escamote sa torche, annonça Binnie.

— Pas question d'ajouter le cambriolage à la liste de vos crimes, protesta Eileen. Nous n'aurons pas besoin d'éclairage si nous avançons vite.

Elle attrapa la manche du garçon et le manteau de sa sœur et les propulsa vigoureusement jusqu'à ce qu'ils aient dépassé le presbytère et traversé le village.

— M'sieur Rudman, y dit qu'les Boches, y s'planquent dans les bois, la nuit, prétendit Alf. Y dit qu'y a trouvé un parachute dans son pré. Y dit qu'les Boches y *tuent* les enfants.

Ils avaient atteint l'extrémité du village. La petite route qui menait au manoir s'étirait devant eux, déjà plongée dans l'obscurité.

— C'est vrai ? interrogea Binnie. Qu'y tuent les enfants ?

*Oui*, pensa Eileen, se remémorant ceux de Varsovie, et d'Auschwitz.

— Il n'y a pas un seul Allemand dans les bois.

— Y en a, affirma Alf. Tu peux pas les voir parc'qu'y se planquent en attendant l'invasion. M'sieur Rudman, y dit qu'Hitler y va nous envahir l'jour de Noël.

Binnie hocha la tête.

— Pendant l'discours du roi, quand personne s'y attend, vu qu'y sont tous bien trop occupés à rigoler du bé-bé-bé-bégaiement du roi.

Et avant qu'Eileen ait pu lui reprocher son manque de respect, Alf ajouta :

— Non, tout faux. Y va nous envahir c'te nuit.

Il désigna les arbres.

— Les Boches vont sauter des bois, cria-t-il à tue-tête à Binnie, et nous percer à coups de baïonnette !

Il en fit la démonstration, et sa sœur se mit à le frapper.

*Quatre mois*, soupirait Eileen, tandis qu'elle les séparait. *Il ne me reste plus que quatre mois à passer avec eux.*

— Personne ne se prépare à nous envahir, annonça-t-elle fermement. Cette nuit, ou n'importe quelle autre nuit.

— Comment tu sais ça ? s'enquit Alf.

— On peut pas savoir c'qui n'est pas encore arrivé, assena Binnie.

— Pourquoi y va pas nous envahir ? insistait Alf.

*Parce que l'armée britannique s'échappera de ses griffes à Dunkerque, et parce qu'il perdra la bataille d'Angleterre. Il bombardera Londres pour mettre les Britanniques à genoux, mais cela ne marchera pas. Ils lui résisteront. Ce sera leur heure de gloire. Et cela lui fera perdre la guerre.*

— Parce que j'ai confiance dans le futur, assura-t-elle.

Et, affermissant sa prise sur les deux enfants, elle s'enfonça dans l'obscurité.

*Les projets les mieux élaborés...*

Robert Burns, *To a Mouse*

## Collège de Balliol, Oxford, avril 2060

Quand Michael revint de Garde-robe, Charles se trouvait dans leur appartement.

— Que fais-tu là, Davies ? demanda-t-il.

Il s'arrêta en plein milieu de ce qui ressemblait à un mouvement d'autodéfense, sa main droite raidie devant lui, la gauche protégeant son estomac.

— Je croyais que tu partais cet après-midi.

— Non, répondit Michael d'un ton dégoûté. (Il drapa sa tenue blanche sur une chaise.) Mon transfert a été reporté à vendredi, ce qu'ils auraient pu m'apprendre avant que j'aille me faire implanter mon accent américain. Ça m'aurait évité d'arpenter Oxford pendant quatre jours en ayant l'air d'un parfait imbécile.

— Tu ressembles toujours à un idiot, Michael, se moqua Charles, tout sourires. Ou devrais-je t'appeler par ton pseudo de couverture, de façon que tu puisses t'y habituer ? Qu'est-ce que c'est, au fait ? Chuck ? Bob ?

Michael lui tendit ses plaques d'identification.

— Lieutenant Mike Davis, lut Charles.

— Ouais. Je prends des patronymes aussi proches du mien que possible depuis que les segments de cette mission sont si courts. Quel est ton nom pour Singapour ?

— Oswald Beddington-Hythe.

*Pas étonnant qu'il s'entraîne à l'autodéfense*, conclut Michael tandis qu'il posait sur le lit les chaussures que Garde-robe lui avait fournies.

— Quand pars-tu, *Oswald* ?

— Lundi. Pourquoi ton saut a-t-il été reporté ?

— Je ne sais pas. Le labo a du retard.

Charles hocha la tête.

— Linna dit qu'ils sont tout simplement submergés, là. Dix transferts et récupérations par jour. Si tu veux mon avis, il y a beaucoup d'historiens au départ. On va se crasher les uns sur les autres, bientôt. J'espère qu'ils reporteront mon saut. Il me reste des masses de choses à apprendre. Tu ne connaîtrais pas quelque chose sur la chasse au renard, par hasard ?

— La chasse au renard ? Je croyais que tu te rendais à Singapour ?

— J'y vais, mais apparemment, là-bas, un grand nombre d'officiers britanniques étaient des aristos. Ils passaient tout leur temps à discuter de leurs exploits à la chasse.

Il souleva la tenue blanche que Michael avait suspendue sur la chaise.

— C'est un uniforme de l'US Navy. Qu'est-ce que la flotte américaine foutait à la bataille des Ardennes ?

— Pas la bataille des Ardennes, Pearl Harbor, précisa Michael. Ensuite, le second attentat du World Trade Center et, *pour finir*, la bataille des Ardennes.

Charles paraissait perplexe.

— Je pensais que tu partais faire l'évacuation de Dunkerque ?

— J'y vais aussi. C'est en quatrième position sur la liste, après quoi je fais Salisbury et El-Alamein.

— Rappelle-moi pourquoi tu te rends dans tous ces endroits extrêmement dangereux, Davies.

— Parce que c'est là que l'on trouve les héros, et c'est ce que j'étudie.

— Mais est-ce que tous ces événements ne sont pas des dix ? Et je croyais que Dunkerque était un point de divergence. Comment peux-tu...

— Je ne peux pas. Je vais à Douvres. Et seules des parties de Pearl Harbor sont des dix : l'*Arizona*, le *West Virginia*, l'aérodrome de Wheeler Field et l'*Oklahoma*. Moi je serai sur le *New Orleans*.

— Mais as-tu vraiment besoin de te trouver *sur* le bateau de lord Nelson, ou qui que ce soit d'autre ? Tu ne pourrais pas observer depuis un endroit sûr ?

— Non. Premièrement, le *New Orleans* est un navire, pas un bateau. Les bateaux, c'est ce qui a sauvé les soldats à Dunkerque. Deuxièmement, observer d'un endroit sûr, c'est ce que les historiens étaient obligés de faire *avant* que le voyage temporel ait été inventé par Ira Feldman. Troisièmement, lord Nelson s'est battu à Trafalgar, pas à Pearl Harbor. Et, quatrièmement, je n'étudie pas les héros qui commandent des navires, ou des armées, et qui gagnent les guerres. J'étudie les gens ordinaires, ceux dont on n'aurait jamais imaginé qu'ils se conduiraient en héros, mais qui, quand une crise se présente, montrent un courage hors du commun et n'hésitent pas à se sacrifier. Comme Jenna Geidel, qui a donné sa vie pour vacciner la population pendant la Pandémie. Et les pêcheurs, les retraités qui possédaient un bateau, les marins du dimanche qui ont sauvé l'armée britannique à Dunkerque. Et Welles Crowther, ce trader d'actions cotées en Bourse âgé de vingt-quatre ans qui travaillait au World Trade Center. Il aurait pu s'enfuir quand les bâtiments furent frappés par les terroristes, au lieu de quoi il y retourna plusieurs fois, sauvant plus de dix personnes… et mourut. Je vais observer six ensembles différents de héros dans six situations différentes pour essayer de déterminer quelles qualités ils avaient en commun.

— Comme une aptitude à se trouver à la mauvaise place au mauvais moment ? ou à posséder un bateau ?

— Les circonstances sont l'un des facteurs, admit Michael, qui refusait de se laisser piéger. Mais aussi un sens du devoir ou de ses responsabilités, un mépris total de sa sécurité personnelle, une faculté d'adaptation…

— D'adaptation ?

— Ouais. Tu es en train de prononcer ton sermon du dimanche, et la minute d'après tu aides à passer les obus de 127 mm pour les canons qui descendent les chasseurs Zéro japonais.

— Qui a fait ça ?

— Le révérend père Howell Forgy. Il s'apprêtait à célébrer la messe du matin à bord du *New Orleans* quand les Japonais ont attaqué. Ils ont riposté, mais l'ascenseur entre la soute à munitions et la chambre relais était HS, et c'est lui qui a permis aux gars de servir les canons, en organisant, dans le noir, une chaîne humaine pour monter les obus jusqu'au pont. Alors que l'un des marins lui disait : « Vous n'avez pas eu le temps d'achever votre sermon, révérend, pourquoi ne pas le terminer maintenant ? », c'est lui qui répondit : « Dieu soit loué, et faites passer les munitions. »

— Se faire flinguer par les chasseurs Zéro japonais, tu es certain que ce n'est pas considéré comme un dix ? Je ne comprends toujours pas comment tu as réussi à convaincre Dunworthy d'autoriser un projet comme celui-là.

— *Toi*, tu vas bien à Singapour !

— Certes, mais j'en reviens avant que les Japonais arrivent. Tiens, ça me rappelle un truc : quelqu'un a téléphoné pour toi, tout à l'heure.

— Qui était-ce ?

— Je ne sais pas. C'est Shakira qui a pris le message. Elle était là pour m'apprendre le fox-trot.

— Le fox-trot ? Je croyais que tu devais apprendre la chasse au renard ?

— J'ai besoin de connaître les deux. Ainsi, je pourrai me rendre au club de danse. À Singapour, la communauté britannique organisait un bal toutes les semaines.

Ses bras adoptèrent la position d'autodéfense qu'ils avaient quand Michael était entré et il se mit à danser avec raideur autour de la pièce en comptant :

— Et gauche et deux et trois et quatre et…

— La communauté britannique de Singapour aurait dû passer plus de temps à se soucier des préparatifs japonais. S'ils s'en étaient préoccupés, ils ne se seraient pas laissé aussi complètement déborder.

— Comme vous autres, les Américains, à Pearl Harbor, *lieutenant Davis* ? assena Charles en souriant.

— Tu disais que Shakira avait pris le message. A-t-elle écrit quelque chose ?

— Oui. C'est là, près du téléphone.

Michael saisit le bout de papier et tenta de le lire, mais les seuls mots qu'il réussit à comprendre furent « Michael » et, un peu plus loin, « à ». Le reste lui demeurait impénétrable. Il y avait quelque chose qui pouvait signifier « halo » ou « bals » ou « dote », et à la ligne suivante un « 910 » ou « glo ».

— Je suis incapable de déchiffrer ce charabia, grogna-t-il en le tendant à Charles. A-t-elle dit quelque chose sur le contenu ?

— Je n'étais pas là. Il fallait que je coure à Garde-robe pour les mesures de mon smoking. C'est à mon retour qu'elle m'a parlé de cet appel pour toi, et du message qu'elle avait rédigé.

— Où est-elle, à présent ? Est-elle retournée dans son appartement ?

— Non, elle est allée à Fournitures voir s'ils avaient un enregistrement de *Moonlight Serenade*[1] pour que nous puissions nous entraîner tous les deux.

Il attrapa le bout de papier.

— Voyons ça. Laisse-moi essayer. Bon Dieu, son écriture est vraiment minable ! Je crois que là nous avons un « gra ». Il désignait le « glo ». Et le mot précédent ressemble à « changement ». Changement de programme ?

Changement de programme ! Et, dans ce cas, le « halo » devait être « labo ».

— Ils ont intérêt à ne pas m'avoir décalé de nouveau ! grogna Michael en décrochant le téléphone.

— Salut, Linna ! Passez-moi Badri, je veux lui parler.

— Puis-je savoir qui est au bout du fil ?

— Michael Davies, répondit-il, impatient.

— Oh ! Michael, je suis terriblement désolée. Je ne vous avais pas reconnu, avec cet accent américain. Que désirez-vous ?

— Quelqu'un m'a appelé tout à l'heure et m'a laissé un message. Était-ce vous ?

— Non, mais je viens juste de prendre mon service. C'était peut-être Badri. Il est en pleine récupération. Je peux lui demander de vous téléphoner dès qu'il aura fini.

— Écoutez, pourriez-vous vérifier si l'heure de mon transfert a été changée. J'étais programmé vendredi matin à 8 heures.

— Je vérifie, ne quittez pas. (Il y eut un bref silence.) Non, l'heure n'a pas bougé. Michael Davies, vendredi matin, 8 heures.

— Parfait. Merci, Linna.

Il raccrocha, soulagé.

— J'ignore qui a appelé, mais ce n'était pas le labo.

Charles était toujours absorbé par le message.

---

1. *Moonlight Serenade*. Chanson créée par Glen Miller en 1939.
Le glossaire en fin de volume apporte donne les traductions et les détails des éléments de culture anglo-saxonne. (*NdT*)

— Ça pourrait être Dunworthy ? Il me semble que ceci ressemble à un D.

Dunworthy n'aurait appelé Michael que pour une seule raison : lui annoncer qu'il avait changé d'avis, qu'il avait décidé que Pearl Harbor était trop dangereux, pas question de le laisser partir. Et, dans ce cas, Michael n'avait aucune envie de lui parler.

— Ce n'est pas un D, assura-t-il. C'est un Q. Shakira a-t-elle indiqué quand elle reviendrait ?

Charles hocha la tête.

— Elle devrait être revenue.

— Et tu dis qu'elle est allée à Fournitures ?

— Ou à la Bodléienne. Elle devait essayer là, ou Recherche, si les archives musicales n'avaient pas le morceau.

Ce qui signifiait qu'elle pouvait être n'importe où, et que s'il se mettait à la chercher il était probable qu'il la manquerait. Il était plus sûr de rester ici. Il avait besoin de vérifier quelques éléments, de toute façon. Il avait déjà fait les recherches principales pour Pearl Harbor. Il connaissait l'agencement des ponts du *New Orleans*, les noms et rangs de l'équipage, et il savait à quoi ressemblait l'aumônier Forgy. Il avait mémorisé les règles du protocole de la marine américaine, l'emplacement de chaque navire, et une chronologie détaillée des événements du 7 décembre. Le seul point qui l'embêtait encore, c'était un moyen de monter à bord du *New Orleans*. Son transfert était programmé à 22 heures, le 6 décembre, à Waikiki. Pour accéder au navire, il prendrait l'une des chaloupes de bordée – qui faisaient la navette jusqu'à minuit –, mais ses recherches lui avaient appris que le samedi soir Waikiki se remplissait de GI ivres et de marins cherchant la bagarre, ainsi que de détachements de police militaire trop zélée. Il n'avait aucun intérêt à se retrouver enfermé à fond de cale quand les Japonais attaqueraient, dimanche matin. Peut-être devrait-il examiner à quelle distance de son site se situait le club des officiers, et si des chaloupes l'avaient relié dans un sens et dans l'autre au cours de cette nuit-là. C'était sans doute le cas. Une soirée dansante s'était tenue à cet endroit. Il pourrait...

Le téléphone sonna. Michael se précipita pour répondre.

— Hello, Charles ! s'exclama Shakira. Désolée d'avoir été si longue. Je n'ai pas pu découvrir un seul enregistrement de Glen Miller. J'ai localisé un Benny Goodman...

— Ce n'est pas Charles, c'est Michael. Où te trouves-tu ?

— Vous n'avez pas la *voix* de Michael.

— On vient de me faire un implant L-et-A d'américain, expliqua-t-il. Écoute-moi. Quand tu étais ici, quelqu'un a appelé pour moi...

— J'ai tout écrit sur un papier, protesta-t-elle sur un ton agacé. Le message doit être juste là, près du téléphone.

— Mais que disait-il ?

— Je te l'ai *écrit*, insista-t-elle, énervée. L'ordre de tes transferts a été changé. Tu pars à Dunkerque d'abord. Vendredi matin à 8 heures.

## Warwickshire, février 1940

Il se mit à pleuvoir juste à l'instant où Eileen s'apprêtait à étendre le linge. Il lui faudrait accrocher les fils dans la salle de bal au milieu des portraits des ancêtres de lord Edward et de lady Caroline en fraises et robes à paniers, puis y suspendre les draps mouillés, ce qui lui prendrait deux fois plus de temps. Quand elle en aurait terminé, les enfants rentreraient de l'école. Elle aurait voulu être partie avant leur arrivée. La dernière fois, les Hodbin l'avaient pistée dans les bois, et elle avait dû différer son transfert à la semaine suivante.

Et de nouveau, le lundi précédent, elle avait passé sa demi-journée de repos à désinfecter par fumigation les petits lits des gamins contre les punaises. Et le lundi *d'avant*, elle avait dû emmener Alf et Binnie jusqu'à la ferme de M. Rudman pour présenter des excuses, parce qu'ils avaient carbonisé sa meule de foin. Ils avaient soutenu qu'ils s'entraînaient à allumer des feux de signalisation dans la perspective d'une invasion.

— L'révérend y dit que si chacun y fait pas c'qui peut, c't impossible de gagner la guerre, assurait Binnie.

*J'ai l'impression que le pasteur ferait une exception dans ton cas*, ruminait Eileen. Mais les Hodbin n'étaient pas les seuls à l'empêcher de partir. Depuis Noël, elle avait été mobilisée pendant chacune de ses prétendues demi-journées de congé. On lui demandait de quêter pour la vente de timbres épargne en vue de la récolte de fonds, ou de travailler à quelque autre projet que lady Caroline avait imaginé pour « soutenir l'effort de guerre », effort qui ne l'amenait jamais à s'impliquer *elle-même*, simplement ses servantes.

*Si je ne rejoins pas très vite Oxford, ils vont penser que quelque chose m'est arrivé et envoyer une équipe de récupération.*

Elle devait au moins expliquer au labo pourquoi elle n'avait pas pu se présenter, et peut-être les persuader d'ouvrir la fenêtre de saut plus d'une fois par semaine.

— Ce qui signifie qu'il me faut finir d'accrocher ces misérables draps avant que les Hodbin reviennent, dit-elle à haute voix au portrait d'une précédente lady Caroline à épagneuls.

Elle se courba pour attraper un autre drap dans le panier.

La fille de cuisine, Una, se tenait à la porte.

— À qui vous causiez ? interrogea-t-elle, scrutant la pièce entre les étendues de linge.

— Moi-même, répondit Eileen. C'est le premier signe de la folie !

— Oh ! s'écria Una. Ma'me Bascombe vous mande.

*Et quoi, encore ? Je n'arriverai jamais à filer.*

Elle pendit en vitesse le dernier drap et se hâta dans l'escalier qui menait à la cuisine.

Mme Bascombe cassait des œufs dans un bol.

— Passez un tablier propre, ordonna-t-elle. Madame vous réclame.

— Mais c'est ma demi-journée de repos, aujourd'hui, protesta Eileen.

— Oui ? Eh bien, vous pourrez partir après. Madame vous attend dans la salle de réception.

Le salon de l'étage ? Cela voulait dire que quelqu'un était venu récupérer son enfant pour le ramener chez lui. Le manoir avait régulièrement perdu des évacués depuis Noël. Si beaucoup plus s'en allaient, il ne resterait personne à observer. Ce qui était l'une des raisons pour lesquelles il fallait qu'elle se rende à Oxford sans délai. Elle tenterait de persuader M. Dunworthy de l'envoyer à un autre endroit. Ou de raccourcir cette mission et de la laisser choisir celle dont elle rêvait : le VE Day. Eileen se dépêcha de nouer un tablier impeccable autour de sa taille et de sortir de la cuisine.

— Attendez ! la rattrapa Mme Bascombe. Prenez les cachets pour les nerfs de Madame. Le docteur Stuart est passé les apporter.

Les cachets étaient de l'aspirine, dont Eileen doutait qu'elle puisse se montrer d'un grand secours pour les « nerfs » de lady Caroline. Une affection qui, de toute façon, servait essentiellement à exiger des évacués qu'ils se tiennent tranquilles. Eileen saisit la boîte que lui tendait Mme Bascombe et se hâta vers le salon de réception. Quels parents allait-elle découvrir ? Pourvu que ce ne soient pas les Magruder ! Barbara, Ewan et Peggy étaient les seuls enfants bien élevés qui restaient. Alf et Binnie avaient totalement corrompu les autres.

*Peut-être est-ce leur mère ?* pensa-t-elle, revigorée par cette idée. Mais ce n'était pas elle, pas plus que celle des Magruder. C'était le pasteur. Elle aurait été heureuse de le voir si sa présence ne s'expliquait pas d'évidence par un nouveau méfait commis par les Hodbin.

— Vous m'avez demandée, ma'ame ? s'enquit-elle.

— Oui, Ellen, répondit lady Caroline. Vous est-il arrivé de conduire une automobile ?

*Oh non ! Ils ont volé la voiture du pasteur et l'ont fracassée !*

— Conduire, ma'ame ? répéta-t-elle avec circonspection.

— Oui. Nous avons discuté, M. Goode et moi, de l'organisation de la Défense passive et, particulièrement, de cet impératif : la formation d'ambulanciers.

Le pasteur acquiesça.

— Dans l'éventualité d'un bombardement ou d'une invasion…

— Nous aurons besoin de conducteurs entraînés, termina lady Caroline. Savez-vous conduire, Ellen ?

À l'exception des chauffeurs, les serviteurs, en 1940, n'étaient pas censés avoir d'occasions de conduire, aussi cela n'avait pas fait partie de sa préparation.

— Non, ma'ame. Je crains de n'avoir jamais appris.

— Alors vous devrez. J'ai offert à M. Goode l'usage de ma Bentley pour aider à l'effort de guerre. Monsieur Goode, vous pouvez donner sa première leçon à Ellen cet après-midi.

— Cet après-midi ?

Eileen n'avait pu réprimer sa consternation. Elle se mordit la lèvre. Dans les années 1940, les domestiques ne répondaient pas.

— Est-ce un moment inopportun pour vous ? lui demanda le pasteur. Je pourrais tout aussi facilement commencer les leçons demain, lady Caroline.

— Il n'en est pas question, monsieur Goode. Backbury peut subir une attaque n'importe quand. (Elle se tourna vers Eileen.) Quand la guerre arrive, nous devons tous nous préparer à faire des sacrifices. Le révérend vous donnera votre leçon dès que nous aurons terminé ici. Et ensuite vous resterez pour le thé, n'est-ce pas, mon révérend ? Ellen, dites à Mme Bascombe que M. Goode reste pour le thé. Et dites-lui qu'elle et M. Samuels prendront leurs leçons après. Vous pouvez nous laisser.

— Oui, ma'ame.

Eileen fit sa révérence et descendit en courant l'escalier jusqu'à la cuisine. Maintenant, il devenait vraiment urgent qu'elle gagne le point de transfert. C'était une chose de ne pas savoir comment conduire, c'en était une autre de ne rien savoir du tout des automobiles en 1940. Il fallait qu'elle prenne un peu d'avance. Elle se demanda si elle allait essayer d'effectuer le saut aller-retour avant la leçon. Telle qu'elle connaissait lady Caroline, ils en avaient au moins pour une heure. Mais si ce n'était pas le cas…

*Peut-être pourrais-je persuader Mme Bascombe de prendre sa leçon la première ?*

Elle la trouva à la cuisine, en train d'enfourner des gâteaux.

— Les enfants viennent de rentrer. Je les ai envoyés à la nursery enlever leurs manteaux. Que voulait Madame ?

— Le révérend doit apprendre à conduire à tout le monde. Et lady Caroline m'a demandé de vous dire qu'il reste ici pour le thé.

— *À conduire ?* s'exclama Mme Bascombe.

— Oui. De telle façon que nous puissions piloter une ambulance en cas de bombardement.

— Ou au cas où James serait mobilisé et où elle n'aurait plus personne pour l'emmener à ses réunions.

Eileen n'avait pas pensé à ça. Lady Caroline pouvait très bien s'être inquiétée de l'éventuelle mobilisation de son chauffeur. Le majordome et les deux valets de pied l'avaient été, le mois dernier, et Samuels, le vieux jardinier, était désormais de service à la porte d'entrée.

— Eh bien, il est hors de question qu'elle me fasse monter dans une automobile, déclara Mme Bascombe, bombardement ou pas.

En conclusion, Eileen ne pourrait pas changer de place avec elle. Il fallait convaincre Samuels.

— Et quand pourrions-nous trouver le temps pour ces leçons ? Nous avons déjà beaucoup trop à faire. Où allez-vous ?

— Voir M. Samuels. Le révérend doit me donner ma première leçon cet après-midi, mais c'est ma demi-journée de repos. Je pensais que nous pourrions faire un échange.

— Non. La réunion de la Home Guard a lieu cet après-midi.

— Mais c'est important, protesta Eileen. Est-ce qu'il ne pourrait pas manquer...

Mme Bascombe lui jeta un regard pénétrant.

— Pourquoi désirez-vous tant prendre votre demi-journée de repos aujourd'hui ? Vous n'avez pas rendez-vous avec un soldat, n'est-ce pas ? Binnie m'a affirmé qu'elle vous avait vue flirter avec un soldat à la gare.

*Binnie, sale petite traîtresse ! Alors que j'avais tenu ma part du marché et que j'étais restée muette au sujet du serpent !*

— Je ne flirtais pas. Je donnais des instructions à ce soldat pour qu'il remette Theodore Willett à sa mère.

Mme Bascombe ne paraissait pas convaincue.

— Les jeunes filles ne sont jamais trop prudentes, spécialement dans des moments comme ceux-ci. Les soldats leur tournent la tête, les entraînent à les rencontrer dans les bois, leur promettent le mariage...

Il y eut un bruit sourd de craquement au-dessus de leurs têtes, suivi d'un cri strident, et d'un martèlement qui ressemblait à celui que pourrait produire un troupeau de rhinocéros.

— Qu'est-ce que ces satanés gosses fabriquent ? Vous feriez mieux d'aller voir. Au son, on jurerait qu'ils se trouvent dans la salle de bal.

Ils s'y trouvaient. Et, à n'en pas douter, c'est la chute des fils à linge chargés de draps qui avait produit le bruit de craquement. Un petit groupe compact d'enfants était recroquevillé dans un coin de la pièce. Deux fantômes couverts de draps, les bras déployés, les menaçaient.

— Alf, Binnie, enlevez ça immédiatement ! ordonna Eileen.

— Ils nous ont dit qu'ils étaient des nazis, se justifia Jimmy, sur la défensive.

Ce qui n'éclaircissait en rien l'accoutrement de draps.

— Ils disent que les Allemands *tuent* les petits enfants, expliqua Barbara, du haut de ses cinq ans. Ils nous ont *attaqués*.

Les dommages semblaient n'avoir concerné que les draps – *merci mon Dieu !* –, quoique le portrait de l'ancêtre en robe à paniers ait adopté un air penché que lady Caroline eût désapprouvé.

— On les a prévenus que c'était interdit de jouer ici, mais ils n'ont pas écouté, précisa Peggy, que ses huit ans n'empêchaient pas de prendre des poses vertueuses.

Alf et Binnie tentaient toujours de se dépêtrer des plis mouillés et collants de leur déguisement.

— Les Allemands tuent les petits enfants ? interrogea Barbara, qui tirait la jupe d'Eileen.

— Non.

La tête d'Alf émergea du drap.

— Y les tuent. Quand y vont débarquer, y zigouilleront les princesses Elizabeth et Margaret Rose. Elles s'f'ront couper le citron tout de suite.

— C'est vrai ? s'affola Barbara.

— Non, grinça Eileen. Allez, ouste, dehors !

— Mais y pleut ! protesta Alf.

— Il fallait y penser avant. Vous pouvez jouer dans l'écurie.

Elle conduisit la horde à l'extérieur et remonta dans la salle de bal. Elle redressa le portrait de l'ancêtre de lady Caroline, raccrocha les fils à linge, puis entreprit de ramasser les draps qui jonchaient le plancher. Elle devrait les laver de nouveau, tout comme les housses qui couvraient les meubles.

*Je me demande à quel point j'affecterais l'Histoire si j'étranglais les Hodbin !*

Théoriquement, aucun acte susceptible d'être accompli par un historien ne pouvait en altérer le cours. Le décalage évitait tout accident. Mais à coup sûr, dans une circonstance pareille, il ferait une exception. L'Histoire aurait été tellement plus confortable sans ces deux terreurs !

Elle se pencha pour ramasser un autre des draps piétinés.

— Vous d'mande pardon, mam'selle, clama Una depuis la porte, mais Madame vous réclame au salon.

Eileen plaqua son paquet de draps entre les bras de la fille et dévala les marches. Elle changea une nouvelle fois de tablier avant de remonter en hâte jusqu'à la pièce de réception.

M. et Mme Magruder étaient arrivés.

— Ils sont venus pour… hum… leurs enfants, annonça lady Caroline.

Qui n'avait manifestement pas la moindre idée du nom desdits enfants.

— Pour Barbara, Ewan et Peggy, ma'ame ? l'aida Eileen.

— Oui.

Mme Magruder s'était tournée vers Eileen.

— Ils nous manquent tellement, expliqua-t-elle. Notre maison nous a paru d'un calme de tombe depuis qu'ils sont partis.

À la mention « d'un calme de tombe », lady Caroline eut un rictus douloureux. Elle devait avoir entendu crier les petits.

M. Magruder ajouta :

— Et maintenant que cet Hitler retrouve un peu de bon sens et s'aperçoit que l'Europe ne tolérera pas sa folie, il n'y a plus aucune raison qu'ils ne rentrent pas chez nous. Croyez que nous apprécions tout ce que vous avez fait pour eux, Votre Seigneurie, à les prendre avec vous et à les aimer comme s'ils étaient les vôtres.

— J'étais plus qu'heureuse de m'y consacrer, assura lady Caroline. Ellen, rassemblez les affaires de Peggy et… des autres enfants, et apportez-les ici.

— Oui, ma'ame.

Eileen exécuta sa révérence, et se dépêcha d'emprunter le corridor qui menait à la salle de bal. Si elle parvenait à croiser Una, elle pourrait lui demander d'empaqueter les affaires des petits Magruder pendant qu'elle-même se rendrait au point de transfert.

*Seigneur, pourvu qu'elle n'ait pas quitté la salle de bal !*

Elle s'y tenait, les bras emplis de l'énorme pile de draps mouillés.

— Una, emballez les affaires des Magruder, ordonna Eileen. Je cours chercher les gosses.

Et elle s'envola mais, alors qu'elle sortait du manoir, elle se trouva nez à nez avec le pasteur, debout près de la Bentley de lady Caroline.

— Mon révérend, je suis désolée, mais je ne peux pas prendre cette leçon maintenant, argua-t-elle. Les Magruder sont ici pour emmener Ewan et Peggy et…

— Je sais, l'interrompit-il. J'ai déjà parlé à Mme Bascombe, et je me suis arrangé pour que vos leçons commencent demain.

*Je vous adore !* pensa-t-elle.

— Una prendra les siennes aujourd'hui.

*Oh ! pauvre de vous !*

Au moins, elle était libre de partir.

— Merci, mon révérend, dit-elle sur un ton fervent.

Et elle se dépêcha de traverser la pelouse qui la séparait des écuries, sous un crachin brumeux, puis bifurqua derrière la serre et fila jusqu'à la route le long de laquelle elle se hâta, soucieuse de ne pas se faire rattraper par Una et le pasteur dans la Bentley.

Elle s'était éloignée de quatre cents mètres quand il se mit à pleuvoir plus fort, mais au fond il fallait s'en féliciter.

Même les Hodbin, ces sales petits inquisiteurs, n'essaie-raient pas de la traquer sous une pluie torrentielle. Elle tourna dans les bois et courut sur le sentier boueux qui conduisait au frêne.

*Pourvu que je ne vienne pas de manquer la phase d'ouverture*, se dit-elle.

La fenêtre de saut ne s'ouvrait qu'une fois par heure, et dans une heure il ferait nuit. L'emplacement était assez enfoncé dans les bois pour que le miroitement ne puisse être aperçu de la route, mais avec le black-out toute lueur devenait suspecte, et la Home Guard, faute de mieux à faire, patrouillait quelquefois dans les bois, à la recherche de parachutistes allemands. Si l'une de leurs patrouilles, ou les Hodbin…

Elle perçut un soupçon de mouvement à la périphérie de son champ visuel et fit volte-face, s'efforçant de détec-ter l'un des rubans flottants de Binnie ou la casquette d'Alf.

— Qu'est-ce que vous faites ici ? dit une voix d'homme, derrière elle.

De terreur, elle fit un petit bond en l'air avant de se retourner brusquement. Une lueur à peine visible scin-tillait près du frêne. À travers, elle pouvait voir le filet, et Badri, qui se tenait à la console.

— Vous n'êtes pas censé partir avant le 10, décla-rait-il. On ne vous a pas expliqué que votre transfert a été reprogrammé ?

— C'est bien pour ça que je suis là, fit une autre voix d'homme sur un ton coléreux, tandis que le scintille-ment gagnait en force. Je veux savoir pourquoi il a été reporté. Je…

— Cette explication devra attendre. Je suis en plein milieu d'une récupération…

Eileen traversa le halo et pénétra dans le labo.

*À l'époque, nous ignorions
que c'était une bataille capitale…
Nous ignorions de même que nous étions
aussi près de la défaite.*

James H. « Poil de carotte » Lacey,
commandant d'aviation dans la Royal Air Force,
au sujet de la bataille d'Angleterre

## Oxford, avril 2060

— Ils t'envoient à Dunkerque ? demanda Charles quand Michael eut fini de téléphoner. Qu'est-il arrivé à Pearl Harbor ?

— C'est ce que j'aimerais apprendre, répondit Michael.

Il se rua au labo dans l'intention d'y affronter Badri.

Linna le cueillit à la porte.

— Il prépare le saut de quelqu'un. Puis-je vous être utile ?

— Oui. Expliquez-moi ça : pourquoi diable avez-vous changé l'ordre de mes transferts ? Je ne peux pas me rendre à l'évacuation de Dunkerque avec un accent américain ! Je suis censé être un journaliste du *London Daily Herald*. Vous devez le...

— Il vaut mieux que vous parliez à Badri, je crois. Si vous voulez attendre ici...

Et Linna se hâta vers la console où se tenait le tech. Lequel était occupé à entrer des chiffres sur son clavier, contrôlant les écrans d'un regard et tapant de nouveau. Debout à côté de lui, un jeune homme que Michael ne connaissait pas l'observait, visiblement l'historien que l'on s'apprêtait à transférer. Il était vêtu d'un pantalon de flanelle en tweed défraîchi, et portait des lunettes à monture d'acier. *1930, un professeur d'université à Cambridge*, interpréta Michael.

Linna se pencha brièvement sur Badri et revint.

— Il prévient qu'il en a encore au moins pour une demi-heure, rapporta-t-elle. Si vous ne voulez pas attendre, il vous téléphonera...

— Je vais attendre.

— Souhaitez-vous prendre un siège ?

Avant qu'il ait pu répondre par la négative, le téléphone sonna et elle s'avança pour répondre. Il l'entendit expliquer à son correspondant :

— Non, monsieur, à cet instant précis, il est en train de transférer quelqu'un. Non, monsieur, pas encore. Il part pour Oxford.

Eh bien, il ne s'était pas trompé de beaucoup. Il se demandait ce que ce type allait chercher à Oxford dans les années 1930. Les Inklings ? L'entrée des premières femmes à l'université ?

— Non, monsieur, c'est juste de la reco et prépa, disait Linna. La mission de Phipps ne commence qu'à la fin de la semaine prochaine.

Reconnaissance et préparation ? On s'en servait seulement pour les missions particulièrement compliquées ou dangereuses. Il considéra Phipps avec plus d'intérêt. Il s'était avancé vers le filet. Qu'y avait-il à observer de si compliqué, en 1930 ? Dangereux, en tout cas, sûrement pas, le garçon paraissait trop pâle et trop grêle.

— Non, monsieur, il se rend juste sur un seul site temporel, précisait Linna au téléphone.

Elle fit une pause le temps de consulter sa console.

— Non, monsieur. Sa seule autre mission était en 1666.

— Postez-vous au centre, indiqua Badri.

Et Phipps s'avança sous les plis drapés du filet et se tint sur les emplacements marqués, remontant d'un doigt ses lunettes sur son nez.

— Vous désirez une liste de tous les historiens actuellement en mission et programmés pour un départ cette semaine et la prochaine ? insistait Linna auprès de son correspondant au téléphone. Coordonnées spatiales, ou juste temporelles ? (Une pause.) Historien, mission, dates.

Elle griffonna la requête. Michael espérait que ses notes étaient plus lisibles que celles de Shakira.

— Oui, monsieur, je m'occupe de ça pour vous tout de suite. Voulez-vous rester en ligne ?

Il devait avoir répondu par l'affirmative, parce qu'elle ne raccrocha pas et se précipita vers Badri qui n'avait pas achevé de mettre Phipps en position, puis vers un terminal auxiliaire.

— Prêt ? interrogea le tech.

L'historien tâtonna sa veste en tweed, vérifia quelque chose dans la poche intérieure, puis hocha la tête.

— Vous ne me faites pas débarquer un samedi, n'est-ce pas ? interrogea-t-il. S'il y a décalage, j'arriverai un dimanche, et…

— Non, un mercredi, interrompit Badri. Le 7 août.

— Le 7 août ?

— C'est ça, fit Linna. 1536.

Michael la dévisagea, perplexe, mais elle était de retour au téléphone, et elle lisait d'un trait une sortie sur imprimante.

— Londres, le procès d'Anne Boleyn…

— Oui, le 7, confirmait Badri en direction de Phipps. La fenêtre de saut s'ouvrira toutes les demi-heures. Bougez un peu vers la droite. (Il fit un geste de la main.) Un peu plus.

Le garçon se poussa docilement dans la direction indiquée.

— Un peu à gauche. Bien. Maintenant, tenez la position.

De retour à la console, Badri frappa une série de touches, et les draperies du filet commencèrent à s'abaisser autour de l'historien.

— J'ai besoin que vous notiez l'importance du décalage temporel sur ce transfert.

— Du 10 octobre 1940 au 18 décembre, disait Linna au téléphone.

— Pourquoi ? demanda Phipps. Vous ne vous attendez pas à plus de décalage que d'habitude, hein ?

— Ne *bougez plus*, lui enjoignit Badri.

— Il ne devrait y avoir aucun décalage. Je ne m'approche pas de…

— Le Caire, Égypte, continuait Linna.

— Prêt ? interrogea Badri.

Phipps embraya :

— Non, je veux savoir…

Mais il était parti dans un éclaboussement de lumière. Badri rejoignit Michael.

— Je suppose que vous avez reçu mon message ?

— Ouais. Qu'est-ce qui se passe, bon Dieu !

— Il est inutile de jurer, rétorqua Badri d'une voix douce.

— Ça, c'est ce que vous pensez ! Vous ne pouvez pas modifier mon programme à la dernière minute comme ça ! J'ai déjà fait les recherches pour Pearl Harbor. J'ai déjà mon costume, et mes papiers, et le fric, et j'ai subi l'implant pour que ma voix ait un accent américain.

— On ne peut rien y faire. Voilà le nouvel ordre de vos transferts.

Badri lui tendit un listing d'imprimante.

« Évacuation de Dunkerque, Pearl Harbor, El-Alamein, bataille des Ardennes, seconde attaque sur le World Trade Center, début de la Pandémie à Salisbury », indiquait le planning.

— Vous les avez tous changés ? s'emporta Michael. Il est impossible de les permuter comme ça ! S'ils se trouvaient dans l'ordre que je vous avais donné, c'est pour une bonne raison. Regardez !

Il agita la liste sous le nez de Badri.

— Pearl Harbor, le World Trade Center et la bataille des Ardennes sont tous américains. Je les ai programmés ensemble de façon à pouvoir obtenir l'implant L-et-A. *Que j'ai déjà !* Comment le correspondant de guerre du *London Daily Herald*, en reportage sur l'évacuation de Dunkerque, est-il censé se comporter avec un tel accent ?

— Je vous présente mes excuses pour ça. Nous avons tenté de vous contacter avant l'implant. J'ai bien peur que vous deviez vous le faire enlever.

— Enlever ? Et ensuite, qu'est ce que je fous à Pearl Harbor ? Je suis supposé incarner un lieutenant de la marine américaine. Vous avez tout alterné, nom d'un chien, Anglais, Américain, Anglais ! Ce n'est pas une mission ordinaire où je stationnerai pendant un an. Je me trouverai dans chacun de ces endroits seulement quelques jours. Je ne peux pas me permettre de les passer à contrefaire un accent et à me demander si je me trompe chaque fois que je nomme quelque chose.

— Je comprends, fit Badri d'un ton apaisant, mais…

La porte s'ouvrit et un jeune homme à la forte carrure se précipita dans la pièce.

— Je veux vous parler, dit-il à Badri.

Il avançait bille en tête vers le tech et l'accula dans le coin le plus éloigné du labo.

Michael l'entendit s'exclamer :

— À quoi ça rime de me changer mon transfert comme ça, bordel de merde ?

Ainsi, à ce qu'il paraissait, Mike n'était pas le seul dont ils avaient chamboulé la mission.

Il jeta un regard à Linna. Elle était encore pendue au téléphone.

— Au 6 février 1942, lisait-elle sur son listing.

— Comment croyez-vous que je pourrai me préparer pour lundi matin, bordel de merde ? hurlait le grand gaillard.

— Denys Atherton, débitait Linna. 1ᵉʳ mars 1944...

— Je comprends votre contrariété, admit Badri.

— Ma *contrariété* ? éclata le jeune homme.

*Vas-y*, pensait Michael. *Explose-le ! Fais ça pour nous deux.*

Mais le garçon se dégonfla. En sortant de la pièce, il claqua si violemment la porte que Linna sursauta.

— ... au 5 juin 1944, continuait-elle à l'adresse du téléphone.

Nom de Dieu ! combien de départs d'historiens avaient-ils prévus au même moment pour la Seconde Guerre mondiale ? Charles ne s'était pas trompé. Ils étaient sur le point de se crasher les uns sur les autres. Était-ce la raison pour laquelle ils avaient changé l'ordre des sauts ? Mais si tel avait été le cas ils l'auraient envoyé à Salisbury ou au World Trade Center.

Badri revint à Michael.

— Ne pourriez-vous jouer le rôle d'un journaliste américain ?

— Ce n'est pas seulement l'accent. Il y a la prépa. Je ne peux pas être prêt en trois jours. Je n'ai ni habits ni papiers, et je n'ai effectué que des recherches générales, pas les...

— Nous sommes conscients que vous avez besoin de temps pour une prépa additionnelle, convint Badri d'un ton apaisant. Aussi, nous avons déplacé le transfert à samedi...

— Vous m'avez généreusement octroyé *un* jour de plus ? Il me faut au moins deux semaines ! Et, je suppose que vous ne pouvez pas me les donner, de toute façon.

— Non, non. Évidemment, nous pouvons reprogrammer, déclara Badri, qui retournait à la console, mais vous serez soumis à la disponibilité du labo, et nous sommes monstrueusement surchargés. Laissez-moi regarder… (Il scrutait son écran.) Le 14 pourrait marcher… Non… il faudra au moins trois semaines. Je pense que vous feriez mieux de raccourcir la prépa avec des implants. Le labo peut vous arranger ça si…

— J'ai déjà atteint la limite. On vous en autorise seulement trois, et un L-et-A compte pour deux. Et on m'a fait un « Événements historiques en 1941 » qui sera *le comble* du pratique à Dunkerque.

— Les sarcasmes sont inutiles, grogna Badri. Le labo peut vous obtenir une dérogation, de façon à vous permettre de bénéficier d'un…

— Je ne veux pas de dérogation. Je veux que l'ordre de mes transferts revienne à ce qu'il était au départ.

— J'ai peur que ce soit impossible. Et le prochain créneau vacant nous porte au 23 mai, ce qui reculera encore vos autres sauts. Peut-être pourrons-nous vous programmer plus vite si une annulation se présente, mais…

L'écran se mit à clignoter.

— Désolé, cette conversation devra attendre.

— Ça ne tient pas debout. Je…

— Linna ! annonça Badri qui ne lui prêtait plus attention. Récupération !

Le signal sonore gagnait en intensité, et une faible lueur transparaissait entre les plis du filet. Elle s'aviva et s'étendit, et Gerald Phipps apparut entre les fronces vaporeuses, repoussant ses lunettes sur l'arête de son nez.

— Je vous avais assuré qu'il n'y aurait aucun décalage, déclara-t-il.

— Rien du tout ? s'enquit Badri.

— Presque. Vingt-deux minutes. Cela m'a pris juste deux heures pour tout mettre en place. J'ai posté les lettres, passé ma communication interurbaine, attrapé le…

— Et pour le retour, demanda le tech. La fenêtre de saut s'est-elle ouverte à l'heure ?

— Pas la première fois, mais des bateaux naviguaient sur le fleuve. Ils ont probablement gêné l'ouverture.

Il rejoignit la console.

— Quand ma mission est-elle programmée ?

— Vendredi, à dix heures et demie, l'informa Badri.

Il n'avait pas dû changer la date du transfert parce que Phipps hocha la tête.

— Je serai là.

Et il quitta la pièce.

Avant que Badri se penche de nouveau sur la console, Michael intervint :

— J'attends toujours qu'on me dise pourquoi il est impossible de remettre à sa place initiale mon saut pour Pearl Harbor.

— Vous devez être envoyé dans l'ordre autorisé…

— Excuse-moi, Badri, l'interrompit Linna, qui téléphonait encore. Quel était le décalage sur le transfert de Phipps ?

— Vingt-deux minutes.

— Vingt-deux minutes, répéta-t-elle dans le combiné.

— OK, faisons un marché, proposa Michael. Je vais à Dunkerque et, en échange, vous m'envoyez à Pearl Harbor et sur les autres lieux où j'ai besoin de l'accent américain, et seulement ensuite à Salisbury et en Afrique du Nord. Ça marche ?

Badri secoua la tête.

— Je ne peux pas transférer les historiens autrement que dans l'ordre autorisé.

— Qui donne cette autorisation ?

— Badri ! appela Linna. La fenêtre de retour s'est ouverte à temps pour Phipps ?

— J'arrive, Linna !

Et le signal sonore retentit de nouveau.

— Un autre historien est sur le point d'arriver, monsieur Davies. Ou vous pouvez partir samedi, ou je décale votre transfert au 23 mai, ce qui repoussera votre saut pour Pearl Harbor au… (il se retourna vers la console) 2 août, et celui d'El-Alamein au 12 novembre.

À ce compte, il n'aurait pas terminé son mémoire avant deux ans.

— Non, soupira-t-il. Je serai prêt samedi.

*D'une manière ou d'une autre.*

Il fonça à Fournitures pour leur demander de lui préparer une carte de presse, un passeport et les documents, quels qu'ils soient, que devait posséder un Américain voyageant en Angleterre en 1940, et leur dire qu'il lui fallait tout ça jeudi matin. Quand ils lui répondirent que ce n'était pas envisageable, il leur assena de se débrouiller avec Dunworthy et poursuivit à Garde-robe, où on lui apprit qu'on ne pourrait prendre ses mesures pour un costume de journaliste que lorsqu'il leur aurait rapporté sa tenue blanche de la navale, après quoi il revint dans son appartement pour attaquer cette impossible tâche : mémoriser tout ce qui était nécessaire pour sa mission.

Il ne savait même pas par où commencer. Il devait chercher qui avaient été les héros civils de l'évacuation, les noms de leurs bateaux, les heures de leurs retours à Douvres, les emplacements des quais, comment y accéder, où les soldats étaient allés après, où se trouvait la gare. Et l'hôpital, au cas où quelque héros aurait été blessé. La liste s'allongeait, et s'allongeait. Et tout ceci juste pour qu'il puisse réaliser ses interviews. Il avait également besoin d'une tonne d'informations historiques sur le contexte de l'évacuation et sur la guerre en général. Et sur les usages locaux.

C'était une bonne chose de devoir incarner un Américain. Cela lui donnerait une excuse pour ne pas tout connaître en détail. Mais il faudrait malgré tout qu'il apprenne ce qui était arrivé pendant les mois précédant Dunkerque, et d'autant plus qu'il était censé se présenter comme journaliste.

Le plus important d'abord. Il ouvrit le fichier « Héros de Dunkerque » et se mit au travail. Il espérait que Charles et Shakira ne feraient pas irruption dans l'intention de pratiquer le fox-trot.

Tel ne fut pas le cas, mais Linna l'appela.

— Ne dites rien, grogna-t-il. Vous avez encore changé l'ordre.

— Non, vous êtes toujours programmé pour l'évacuation de Dunkerque, mais nous avons des difficultés à trouver un point de transfert. Tous ceux que nous avons essayés nous indiquent un décalage probable de cinq à douze jours, et Badri se demandait si…

— Non, je ne peux pas en manquer une partie, si c'est ce que vous suggérez. L'évacuation totale n'a duré que neuf jours. Je *dois* être là-bas le 26 mai.

— Oui, nous savons ça. On se demandait juste si vous aviez une suggestion pour le site. Vous connaissez les événements à Douvres bien mieux que nous. Badri pensait que vous pourriez peut-être nous suggérer un emplacement adéquat.

Nulle part à proximité des quais, évidemment. Ni dans la partie principale de la ville. Cela grouillerait d'officiers de l'Amirauté et du Small Vessels Pool.

— Avez-vous essayé la plage ? demanda-t-il.

— Oui. Aucune chance.

— Tentez les plages nord et sud de la ville, suggéra-t-il.

Il doutait néanmoins que cela puisse marcher, avec tant de bateaux alentour. Et l'Angleterre s'était attendue à une invasion ; les plages risquaient d'être fortifiées. Ou minées.

— Essayez quelque chose à la périphérie de Douvres, et je ferai du stop. Il y aura une quantité de voitures qui rouleront dans cette direction.

Et si c'était un véhicule militaire, cela pourrait résoudre son problème quant au moyen de parvenir aux quais.

Mais Badri rappela deux heures plus tard pour lui dire que rien n'avait abouti.

— On a besoin de s'éloigner. Il faut que vous me donniez une liste des villages les plus proches et d'autres sites possibles, indiqua le tech.

Ce qui signifiait que Mike devrait passer le reste de la journée à la Bodléienne, le nez sur des cartes datant de 1940, à la recherche d'endroits isolés peu éloignés de Douvres, au lieu de ce qu'il aurait dû faire.

À 18 heures, il emporta la liste au labo, la tendit à Badri – qui se faisait engueuler par un gars en justaucorps et collants dont le programme avait été changé – et revint à la Bodléienne travailler sur ses héros.

Ils étaient presque trop nombreux pour qu'on en choisisse. En réalité, chacun des courtiers, des banquiers de la City, et autres marins du dimanche s'était transformé en héros quand il avait pris qui son yacht de plaisance, qui son voilier, qui son skiff, tous désarmés, au milieu des tirs ennemis, beaucoup d'entre eux effectuant de multiples voyages.

Cependant, quelques-uns avaient accompli des actes d'un courage extraordinaire : le quartier-maître gravement blessé, qui avait repoussé l'assaut de six Messerschmitt avec une mitrailleuse pendant que les troupes accostaient ; le comptable qui avait transporté contingent après contingent de soldats sur la plage jusqu'au *Jutland* sous une averse de plomb ; George Crowther, qui avait laissé passer sa chance de s'en sortir en restant pour assister le chirurgien sur le *Bideford* ; le retraité Charles Lightoller qui, non content d'avoir approché l'héroïsme sur le *Titanic*, avait embarqué sur son cruiser de week-end et ramené cent trente soldats.

Mais ils n'étaient pas tous revenus à Douvres. Certains étaient allés à Ramsgate ; d'autres étaient rentrés à bord d'un autre bateau que celui sur lequel ils étaient partis : le sous-lieutenant Chodzko avait appareillé sur le *Little Ann* et il avait rallié Douvres sur le *Yorkshire Lass*, et l'un des capitaines de la flottille de pêche s'était fait couler trois bateaux. D'autres, enfin, n'étaient pas revenus du tout. Et pour ceux qui étaient bel et bien rentrés à Douvres, on ne disposait quasi d'aucun détail sur le moment de ce retour, ni sur la jetée où ils avaient accosté. Ce qui signifiait qu'il valait mieux qu'il parte avec un paquet de héros de réserve, au cas où il ne réussirait pas à trouver ceux qu'il avait l'intention d'interviewer.

Cela lui prit toute la nuit. Dès que Garde-robe ouvrit au matin, il leur rapporta son costume blanc et leur laissa prendre ses mesures pour Dieu sait ce que pouvaient porter les journalistes américains pendant la Seconde Guerre mondiale. Il revint ensuite à Balliol pour commencer ses recherches sur Douvres. Charles, vêtu d'une tenue de tennis, sortait à l'instant de chez eux.

— Le labo a téléphoné. Tu dois les rappeler.

— Ont-ils dit s'ils avaient trouvé un site de transfert ?

— Non. Je sors pour ma prépa en prévision de Singapour. Les coloniaux passaient tout leur temps à jouer au tennis.

Il agita sa raquette en direction de son ami et s'en fut.

Michael appela le labo.

— Je ne trouve rien dans un rayon de dix kilomètres autour de Douvres qui soit susceptible de s'ouvrir avant le 6 juin, l'informa Badri. Je vais essayer Londres. Vous pourriez prendre le train pour Douvres.

*Et que se passera-t-il si vous ne pouvez pas trouver de site à Londres non plus ?* se demandait Mike.

Cela signifierait que le problème n'était pas simplement de trouver un emplacement où personne ne pourrait le voir traverser, c'était l'évacuation elle-même. L'Histoire était remplie de points de divergence dont personne ne pouvait s'approcher, depuis l'assassinat du grand-duc Ferdinand jusqu'à la bataille de Trafalgar. Des événements si critiques et si instables que l'introduction d'une seule variable, telle qu'un voyageur temporel, pourrait changer l'avenir. Et altérer le cours entier de l'Histoire.

Il avait su que Dunkerque était l'un d'eux ; Oxford avait essayé de s'y rendre et échoué pendant des années. Mais il ne s'était pas attendu à ce que Douvres en soit un. Si c'était le cas, un pan de sa mission s'envolait. D'un autre côté, cela signifiait qu'il pourrait aller à Pearl Harbor, pour lequel il était déjà prêt. Et si Douvres n'était pas un point de divergence, ce délai lui donnait plus de temps pour sa prépa. Il avait besoin d'apprendre plus de choses. Par exemple, de quelle gare de Londres les trains pour Douvres partaient, et quand. Et il avait encore à étudier une vue d'ensemble de l'évacuation. Et la guerre. Et tout le reste. En trois jours. Sans sommeil.

Il aurait aimé ne pas être limité à un seul implant. Une demi-douzaine n'aurait pas été de trop. Il réduisit son champ d'investigation aux événements de 1940, à ceux de Dunkerque, et à une liste des petites embarcations qui avaient participé, décida qu'il ferait son choix quand il les examinerait à Recherche et s'y rendit.

La tech hocha la tête.

— Si vous y allez comme journaliste, il faut que vous sachiez comment vous servir d'un téléphone de 1940. Pour soumettre vos articles, expliqua-t-elle. Et aussi d'une machine à écrire.

Michael n'aurait pas à soumettre le moindre article. Tout ce qu'il aurait à faire serait d'interviewer des gens, mais si jamais il se trouvait obligé de taper quelque chose à la machine son ignorance pourrait pulvériser sa couverture. Il y avait eu des espions nazis en Angleterre en 1940. Il n'avait guère envie de passer le temps de l'évacuation en prison.

Il retourna à Fournitures et emprunta une machine à écrire pour voir s'il pourrait improviser, mais il ne comprenait même pas comment installer le papier dedans.

Il revint à Recherche, demanda à la tech de lui fournir une version abrégée des techniques pour machine à écrire et des événements de Dunkerque dans le même lecteur subliminal, l'obtint, et se traîna jusqu'à sa chambre pour y prendre un peu de repos et de ce fait mémoriser tout le reste.

Charles était revenu, vêtu d'un smoking et pratiquant des putts sur le tapis.

— Ne dis rien ! s'exclama Mike. Les coloniaux passaient tout leur temps à jouer au golf.

— Oui, confirma Charles, alignant son putt. Enfin, quand ils n'étaient pas occupés à prendre des messages téléphoniques pour leurs camarades de chambre.

— Le labo a appelé ?

— Non. Fournitures. Ils m'ont dit de t'informer que tes papiers ne pourront pas être prêts avant mardi prochain.

— Mardi prochain ? brailla Mike.

Il rappela, leur expliquant dans des termes choisis qu'il devrait disposer de son matériel vendredi au plus tard, et raccrocha brutalement. Le téléphone se remit à sonner dans l'instant.

C'était Linna.

— Bonne nouvelle, lui apprit-elle. Nous avons localisé un site de transfert.

Ce qui signifiait que Douvres n'était pas un point de divergence, finalement. Dieu merci !

— Où se trouve-t-il ? demanda-t-il. À Londres ?

— Non. C'est juste au nord de Douvres, à dix kilomètres des quais. Mais il y a un problème. M. Dunworthy voulait avancer l'une des récupérations, et nous lui avons donné votre horaire de samedi.

Super, se dit Michael. Ça m'accordera une paire de jours de plus. Et j'arriverai à mémoriser cette liste de petites embarcations. Et à prendre un peu plus de sommeil.

— Quand l'avez-vous reporté ?

— Pas reporté, précisa-t-elle. Avancé. Vous traversez jeudi après-midi – demain – à trois heures et demie.

## Oxford, avril 2060

— Dans deux jours ? s'exclama Eileen.
Elle regardait la console du labo par-dessus l'épaule de Linna. Elle était venue voir M. Dunworthy dès qu'elle était arrivée de Backbury, puis était revenue programmer son retour.

— Mais j'ai besoin d'apprendre à conduire. Ce n'est pas possible la semaine prochaine ?

Linna ouvrit un nouveau fichier.

— Non, désolée, aucune chance de trouver un créneau.

— Je ne pourrai jamais apprendre à conduire en deux jours. Et la semaine suivante ?

Linna secoua la tête.

— Encore pire. On est totalement submergés. M. Dunworthy a ordonné tous ces changements de programme et…

— Était-ce une requête des historiens ? interrogea Eileen.

Si elle s'adressait à M. Dunworthy, peut-être…

— Non, la détrompa Linna, et ils sont tous absolument furieux, ce que le labo doit gérer *par surcroît*. Je n'ai rien fait d'autre que...

Le téléphone sonna.

— Excusez-moi.

Elle traversa le labo pour prendre le combiné posé sur la console.

— Allô ? Oui, je suis au courant de votre planning. Vous deviez partir faire la Terreur d'abord...

La porte s'ouvrit, et Gerald Phipps entra.

*Oh non !* gémit Eileen. *Juste ce dont j'avais besoin !*

Elle ne connaissait personne de plus pénible que ce garçon.

— Où est Badri ? demanda-t-il.

— Absent, l'informa Eileen. Et Linna téléphone.

— Je suppose qu'ils ont également transformé ta date de départ, lâcha-t-il en agitant un listing dans sa direction. Tu es là pour cette affectation ridicule du jour de la victoire ? Ce truc dont tu parles sans arrêt ?

*Non, pas question de VE Day pour moi. Pas sans avoir réussi à persuader M. Dunworthy de changer d'avis.* Ce qui semblait improbable. Quand elle était allée le voir, il n'avait pas seulement refusé de la laisser partir, mais aussi d'entendre ses plaintes au sujet du retour massif de ses évacués à Londres.

— Non, répondit-elle avec raideur. J'étudie les évacués de la Seconde Guerre mondiale.

Il éclata de rire.

— Avec le VE Day, ce sont les missions les plus excitantes que tu as pu imaginer ?

L'espace d'un instant, elle souhaita vraiment que Binnie et Alf se trouvent à ses côtés pour l'asticoter.

— Le labo a reporté ton transfert ? demanda-t-elle pour changer de sujet.

— Oui, confirma-t-il, décochant un regard d'impatience à Linna qui téléphonait toujours.

— Non, disait-elle. Je sais que vous deviez faire d'abord la prise de la Bastille…

— Mais ça ne peut pas être modifié, continua Phipps. J'ai déjà traversé et tout arrangé. Et Garde-robe m'a donné mon costume. Si je n'arrive plus en août, il me faudra un nouvel ensemble complet de vêtements. Quand je leur expliquerai les circonstances, je suis sûr qu'ils feront marche arrière. Ce n'est pas une mission ordinaire où n'importe qui peut valser n'importe quand. On en a bavé pour la monter.

Et il se lança dans une longue démonstration de sa destination et de la préparation qu'il avait effectuée.

Eileen ne l'écoutait qu'à demi. Il était évident qu'il se jetterait sur Linna dès qu'elle raccrocherait le téléphone et, avant qu'il ait fini de l'agonir d'injures et qu'Eileen puisse lui parler, Linna ne serait plus d'humeur à changer une autre date.

Pendant ce temps, ses deux jours s'écoulaient, et elle n'avait même pas eu l'occasion de gagner Oriel pour signer ses leçons de conduite avec Transport.

— Je crois que je ferais mieux de revenir plus tard, dit-elle à Phipps.

Et elle se dirigea vers la porte.

— Oh ! mais je pensais que nous pourrions nous retrouver après ça, et que je pourrais…

*… m'en raconter plus au sujet de ta mission ? Merci bien !*

— Je crains que ce soit exclu. Je dois repartir presque tout de suite.

— Quel dommage ! Y seras-tu encore en août ? Il me serait possible de prendre le train jusqu'à… À quel endroit t'ont-ils envoyée ?

— Dans le Warwickshire.

— Jusqu'au Warwickshire, un week-end, pour égayer ton existence avec le récit de mes hauts faits.

*Je peux l'imaginer.*

— Ah ! c'est bête, je serai de retour début mai.

*Merci, mon Dieu !*

Elle salua Linna de la main et se hâta de quitter le labo avant qu'il lui ait proposé quelque chose d'autre.

*D'abord les Hodbin, et maintenant Gerald ?* grimaçait-elle. Elle s'était arrêtée devant la porte afin d'enfiler son manteau et ses gants, puis elle s'aperçut qu'elle n'affrontait pas une journée de février, mais d'avril, et qu'il faisait très beau. Linna l'avait prévenue que la météo prévoyait de la pluie en fin d'après-midi, mais pour le moment la température était délicieuse.

Tandis qu'elle marchait, elle enleva son manteau. Se souvenir où et quand on se trouvait représentait la pire difficulté du voyage temporel. Elle avait oublié qu'elle n'était plus une domestique et, par deux fois, elle avait appelé Linna « ma'ame ». Et maintenant, toujours obnubilée par l'idée que Binnie et Alf pourraient être en train de la suivre, elle continuait à jeter des coups d'œil furtifs par-dessus son épaule.

Elle atteignit le High, s'engouffra dans la rue, et manqua de se faire renverser par un vélo qui fendit l'air en sifflant.

*Tu es à Oxford*, se morigéna-t-elle, exécutant d'un petit saut arrière un retour sur le bord du trottoir. *Pas à Backbury.*

Elle traversa, non sans regarder à gauche et à droite, cette fois, et commença de longer le High ensoleillé. Une exultation soudaine l'envahissait. *Tu es à Oxford. Pas de black-out, pas de rationnement, pas de lady Caroline, pas de Hodbin…*

— Merope ! cria quelqu'un.

Elle se retourna et découvrit Polly Churchill.

— Je t'ai appelée tout du long depuis le bout de la rue, s'exclama son amie, quand elle l'eut rejointe à bout de souffle. Tu ne m'entendais pas ?

— Non… Je veux dire, oui… Enfin, je ne comprenais pas que tu m'appelais, d'abord. Ces derniers temps, j'ai tenté si fort de m'incarner en Eileen O'Reilly que je ne reconnaissais même plus mon propre nom. Il fallait que j'adopte un nom irlandais, à cause de mon personnage de servante…

— Et de tes cheveux rouges, ajouta Polly.

— Oui, et Eileen est le seul prénom auquel j'ai répondu pendant des mois. J'ai pratiquement oublié que Merope est le vrai. Cela dit, il est sans doute préférable d'oublier son propre nom que son identité d'emprunt ! Ça n'arrêtait pas de se produire pendant ma première semaine à Backbury, et toute ma première mission ! Comment te débrouilles-tu pour te souvenir de tes fausses identités ?

— J'ai de la chance. L'usage de mon prénom s'est maintenu pendant une grande partie de l'Histoire, à la différence du tien, et je peux toujours l'employer, ou l'un de ses nombreux diminutifs. Parfois, je peux même garder mon nom de famille. Quand ce n'est pas possible – Churchill n'est pas vraiment l'option idéale pendant la Seconde Guerre mondiale –, j'utilise Shakespeare.

— Polly Shakespeare ?

— Non ! s'esclaffa la jeune fille. Des noms de *personnages* tirés de Shakespeare. On m'a greffé l'œuvre complète quand j'exécutais ma mission au XVIᵉ siècle. Un éventail de choix formidable ! Surtout dans les pièces historiques. Quoique, pour le Blitz, je me serve de *La Nuit des rois*. Je serai Polly Sebastian.

— Je croyais que tu étais déjà partie pour le Blitz.

— Pas encore. Le labo n'arrivait pas à me trouver un point de chute qui réponde aux exigences de M. Dunworthy. C'est le pire coupeur de cheveux en quatre que je connaisse ! Comme c'est un projet multi-période, je commence par l'une des autres parties. Je ne suis revenue qu'hier.

Eileen hocha la tête. Elle se rappelait l'un des projets dont Polly lui avait parlé : observer les attaques de zeppelins sur Londres pendant la Première Guerre mondiale.

— Je me rends à Balliol pour faire mon rapport à M. Dunworthy, l'informa Polly. Est-ce là que tu vas ?

— Non, je dois filer à Oriel.

— Ah ! parfait, c'est dans la même direction. (Elle prit le bras d'Eileen.) On peut faire un bout de chemin ensemble et nous remettre au courant des choses. Alors, tu es allée à Backbury étudier les évacués…

— Oui, et je voudrais te poser une question : tu as eu des tas de missions. Comment les empêches-tu de se mélanger ? Il ne s'agit pas seulement des noms. Je commence déjà à m'emmêler quant au lieu et à l'époque où je me trouve.

— Il faut t'habituer à oublier que tu as été un jour n'importe où ailleurs, ou n'importe qui d'autre, et que tu te focalises complètement sur la situation en cours. Imagine que tu joues dans une pièce de théâtre. Ou que tu es une espionne. Tu te fermes à tout le reste, et tu *deviens* Eileen O'Reilly. Penser à tes autres missions sabotera ta concentration.

— Même si tu exécutes une mission multipériode ?

— Spécialement dans ce cas. Focalise-toi tout entière sur la partie de ta mission en cours jusqu'à ce qu'elle soit terminée, ensuite, tu la verrouilles à double tour, et tu glisses à la suivante. Pourquoi te rends-tu à Oriel ?

— Pour prendre des leçons de conduite.

— Des leçons de conduite ? Tu ne projettes pas de conduire lors du VE Day, hein ? Tu ne passeras jamais. Les foules…

— Ce n'est pas pour le VE Day. J'en rêverais… M. Dunworthy refuse de m'y envoyer.

— Mais tu…

Polly s'arrêta, fronçant les sourcils.

— … avais vraiment envie d'y aller ? Cela n'a aucune importance pour M. Dunworthy. Je l'ai rencontré ce matin pour m'entendre dire que le VE Day était déjà une fraction d'une autre mission. D'après lui, la présence de deux historiens sur le même site spatiotemporel serait trop dangereuse, ce qui est ridicule. Ce n'est pas comme si nous risquions de nous ruer l'un contre l'autre : il y avait des milliers de gens à Trafalgar Square, ce jour-là. Et même si cela se produisait, que pense-t-il que nous ferions ? Crier : « Ô Seigneur ! un autre voyageur temporel ! » ou quoi que ce soit de ce genre ? Je suppose que tu ignores de quelle mission il était question, Polly ? J'espérais arriver à les persuader de changer avec moi s'ils n'étaient pas déjà partis. Qui d'autre fait la Seconde Guerre mondiale ?

— Quoi ? fit Polly d'un air absent.

D'évidence, Eileen avait parlé dans le vide. Son amie ne l'avait pas écoutée.

— Je te demandais qui d'autre avait une mission pendant la Seconde Guerre mondiale ?

— Oh ! s'exclama Polly. Rob Cotton, et Michael Davies aussi, je crois.

— Sais-tu ce qu'il étudie ?

— Non, pourquoi ?

— Je veux savoir qui part pour le VE Day.

— Eh bien, il me semble qu'il était question de Pearl Harbor.

— Quand s'est passé Pearl Harbor ?

— Le 7 décembre 1941. Si ce n'est pas pour le VE Day, pour quelle destination as-tu besoin d'apprendre à conduire ?

— Le Warwickshire et le manoir. Où je retourne. Il me reste encore des *mois* à tirer avant la fin de cette affectation.

— Comme j'aimerais disposer de ces mois ! M. Dunworthy me permet seulement d'aller sur le Blitz pendant quelques semaines. Mais tu n'incarnais pas une domestique ? Les serviteurs n'avaient pas pour habitude de conduire, à cette époque.

— Lady Caroline insiste pour que son personnel prenne ces leçons. Elle veut que nous puissions conduire une ambulance en cas d'incident.

— Mais Backbury ne fut pas bombardé, je me trompe ?

— Non, mais lady Caroline est décidée à faire de son mieux pour l'effort de guerre… ou plutôt, à se débrouiller pour que son personnel l'exécute à sa place. Elle nous a aussi demandé d'apprendre à administrer les premiers secours, et à éteindre les bombes incendiaires. La semaine prochaine, elle a prévu une autre formation : nous entraîner à tirer avec un canon de DCA.

— Tu as l'air mieux préparée pour le Blitz que moi. J'aurais dû faire ma prépa à Backbury.

— Le ciel t'en garde ! Tu aurais eu affaire aux Horribles Hodbin.

— Les Horribles Hodbin ? Qu'est-ce que c'est ? Une espèce d'armement ?

— Voilà exactement ce qu'ils sont. Une arme secrète mortelle. Ce sont les pires enfants de toute l'Histoire.

Ce qu'elle entreprit de faire comprendre à Polly en lui racontant la meule de foin incendiée, les vaches de M. Rudman, des Black Angus, rayées à la peinture blanche : « Ben comme ça, y pourra les zieuter dans le black-out ! », et ses propres tentatives pour installer Theodore dans le train.

— Quel dommage qu'on ne les ait pas évacués à Berlin au lieu de Backbury ! dit Eileen. Deux semaines avec Alf et Binnie, et Hitler nous *supplierait* d'accepter sa reddition. (Elles avaient atteint King Edward Street.) J'adorerais continuer à bavarder avec toi, mais je dois me rendre à Transport. Tu ne saurais pas quand ils ferment ?

— Non. Sur quelle automobile envisages-tu d'apprendre ? Une Daimler ?

— Une Bentley. C'est ce que lady Caroline – ou plutôt son chauffeur – conduit. Pourquoi ?

— Rien. Je m'apprêtais à te mettre en garde au sujet de la boîte de vitesses des Daimler, c'est tout. Il faut tirer très fort sur le levier pour passer la marche arrière, mais comme tu n'auras pas à conduire une ambulance pour de vrai ça n'a pas d'importance. Est-ce que Transport a une Bentley de cette période ?

— Je l'ignore, je n'y suis pas encore allée. Je ne suis arrivée que ce matin.

— As-tu le formulaire t'autorisant à conduire ?

— Une autorisation de conduire ?

— Oui, tu dois l'obtenir de Fournitures avant de te rendre à Oriel.

— Tu veux dire que je dois me taper tout le chemin du retour jusqu'à Queen's ?

— Non, je veux dire que tu dois aller à Balliol, obtenir l'autorisation de M. Dunworthy, et *alors* tu pourras aller à Fournitures.

— Ça va prendre tout l'après-midi ! se plaignit Eileen. Et je n'ai que deux jours. Je n'apprendrai jamais à conduire en un seul jour.

— Je ne comprends pas. Tu disais que le pasteur allait te donner des leçons.

— C'est le cas, mais je ne suis jamais entrée dans une auto de 1940. Je dois apprendre comment ouvrir la porte et mettre le contact, et…

— Oh ! je peux facilement te montrer ça en une heure ou deux. Viens avec moi à Balliol. Tu pourras obtenir ton autorisation, et ensuite je t'accompagne et je te mets au courant. Et je tente de persuader M. Dunworthy de te laisser faire le VE Day.

— Ça ne sert à rien, se rembrunit Eileen. J'ai déjà essayé, et tu sais comment il se comporte quand il a une idée en tête…

— Exact, mais il doit changer d'avis quelquefois si…

— Polly !

Elles se tournèrent avec un bel ensemble afin de regarder en arrière. Auréolé de sa rousse blondeur, le jeune Colin Templer, dix-sept ans, fonçait vers elles avec une liasse d'imprimante.

— Je t'ai cherchée partout, Polly, haleta-t-il. Hello, Merope ! Polly, j'ai terminé de recenser les stations de métro bombardées.

— Colin m'a aidée à préparer le Blitz, expliqua son amie à Eileen.

Le jeune homme acquiesça.

— Là, dit-il en lui tendant plusieurs des imprimés. Cette liste est par station, mais certaines d'entre elles ont été frappées plus d'une fois.

Polly parcourait les pages.

— Waterloo…, murmura-t-elle. Saint-Paul…, Marble Arch.

Colin acquiesça de nouveau.

— Celle-là fut touchée le 17 septembre. Plus de quarante victimes.

*J'espère qu'ils n'ont pas l'intention de rester plantés là et de lire la liste en entier*, pensait Eileen, qui regardait sa montre. Il était déjà trois heures et demie. Même s'ils parvenaient à voir M. Dunworthy sur-le-champ, ils resteraient au moins une heure à Balliol, et si Transport fermait à 17 heures…

— …Liverpool Street, continuait Polly. Cannon Street…, Blackfriars. Seigneur ! ce sont toutes les stations de métro de Londres !

— Non, seulement la moitié, précisa Colin, et la plupart n'ont subi que des dommages minimes.

Il lui tendit une autre liasse de feuilles.

— Voilà aussi la liste des dates. Comme ça, tu sauras quand il faut les éviter. Tu m'as dit que M. Dunworthy ne veut pas du tout que tu ailles dans celles qui ont été touchées, mais elles ne sont dangereuses qu'à ce moment-là, et comment arriverais-tu à quelque chose si tu ne peux pas te rendre à Victoria ou Bank ?

— Un homme selon mon cœur, sourit Polly. Ne raconte pas à M. Dunworthy que j'ai déclaré ça.

Il prit un air horrifié.

— Tu sais que je ne le ferais pas, Polly.

*Humm*, pensait Eileen.

— Est-ce que tu as répertorié les heures des sirènes annonçant les raids aériens et les fins d'alerte ? demanda Polly, qui feuilletait les pages.

Il lui tendit le reste des feuilles.

— Je n'ai pas encore fini, mais voilà la liste des monuments endommagés. Savais-tu qu'ils ont bombardé le musée de cire de Mme Tussaud ? abattu la statue de Churchill ! arraché l'oreille de Wellington ! Mais Hitler et Mussolini, rien du tout, même pas une égratignure ! C'est injuste, je trouve !

— Eh bien, ils en ont eu pour leur compte plus tard. Merci, Colin ! Tu n'as pas idée de l'aide que tu m'apportes.

Il rougit.

— Je te donnerai la liste des heures des sirènes dans une heure ou deux. Où seras-tu ?

— Balliol.

Il décolla comme une fusée.

— Merci encore, Colin ! Tu es merveilleux ! lui cria-t-elle.

— Excuse-moi, dit-elle à Eileen alors qu'elles se remettaient en marche. Il s'est révélé un assistant du tonnerre. Tout ceci m'aurait pris des semaines.

— Ma foi, c'est incroyable de voir quelle motivation peut générer l'amour.

— L'amour ? répéta Polly qui secouait la tête. Ce n'est pas moi qu'il aime, c'est le voyage temporel. Il harcèle constamment M. Dunworthy pour qu'il renonce à lui appliquer l'âge légal et qu'il le laisse partir dès maintenant en mission.

— Et qu'en dit M. Dunworthy ?

— Tu peux l'imaginer.

— Être amoureux du voyage temporel peut expliquer pourquoi il t'aide pour ta prépa, mais cela n'explique pas pourquoi il devient écarlate quand tu croises ses yeux. Ni la façon dont il prononce ton nom. Regarde les choses en face, Polly, il est follement amoureux.

— Mais c'est un enfant !

— C'est quoi ? À dix-sept ans ? En 1940, les garçons de dix-sept ans mentent sur leur âge pour rejoindre les rangs de ceux qui se battent et ils meurent, tués par les Allemands. Et qu'est-ce que l'âge vient faire là-dedans ? J'arrivais à peine au manoir quand l'un des évacués a voulu se marier avec moi, et il n'avait que trois ans.

— Oh là là ! tu penses vraiment…

Polly se retourna pour balayer la rue du regard.

— Peut-être devrais-je cesser de lui demander de m'aider. Plus aucune recherche.

— Non, ce serait cruel. Il tente de te plaire et de t'impressionner. Je crois que tu devrais le laisser faire. Tu ne vas plus rester ici que… combien de temps ?

— Deux semaines, si le labo parvient à me trouver un point de saut. Je m'attendais à ce qu'ils en aient repéré un avant mon retour, mais ce n'est toujours pas le cas.

— Ils finiront par réussir, et tu partiras pour le Blitz… En temps-réel, ou en temps-flash ?

— Temps-réel.

— Et tu seras absente combien de temps ?

— Six semaines.

— C'est-à-dire une éternité pour un garçon de dix-sept ans. À ton retour, il sera déjà tombé amoureux de quelqu'un de son âge, et il t'aura complètement oubliée.

— Je ne sais pas. J'étais partie presque aussi longtemps, la dernière fois. Et ce n'est pas parce qu'on est jeune que l'on ne peut pas éprouver un attachement sérieux. Lors de ma dernière affectation…

Elle ravala ce qu'elle avait eu l'intention d'avouer, quoi que ce soit, et poursuivit, joviale :

— Je crois plutôt qu'il cherche à m'éblouir avec ses talents de chercheur pour que je l'aide à convaincre M. Dunworthy de le laisser partir aux croisades.

— Les *croisades* ? C'est encore plus dangereux que le Blitz, non ?

— *Beaucoup* plus dangereux, en particulier quand on sait à l'avance où et quand toutes les bombes du Blitz vont tomber, ce qui sera mon cas. Et c'est moins dangereux que… Désolée, j'ai monopolisé la conversation. À toi de me parler de ta mission.

— Il n'y a pas grand-chose à dire. Beaucoup de lessive et de compromis avec les enfants et les fermiers en colère. J'avais espéré rencontrer l'acteur Michael Caine – on l'a évacué quand il avait six ans –, mais ça ne s'est pas produit, et… Je suis juste en train de penser à quelque chose. Tu devrais croiser Agatha Christie. Elle était à Londres pendant le Blitz.

— Agatha Christie ?

— L'auteur de romans à énigmes du XX$^e$ siècle. Elle écrivait ces livres merveilleux où des meurtres impliquent des vieilles filles, des clergymen et des colonels à la retraite. Je m'en suis servie pour ma prépa. Ils sont bourrés de détails sur les domestiques et les manoirs. Pendant la guerre, elle travaillait dans un hôpital, et tu vas être ambulancière. Elle…

— Je ne pars pas pour être ambulancière. Je pars pour une incarnation bien plus dangereuse : vendeuse dans un grand magasin d'Oxford Street.

— C'est plus dangereux que de conduire une ambulance ?

— Définitivement. Oxford Street fut bombardée cinq fois, et plus de la moitié de ses grands magasins furent au moins partiellement détruits.

— Tu ne t'apprêtes pas à travailler dans l'un de ceux-là, n'est-ce pas ?

— Non, bien sûr que non. M. Dunworthy ne me permet même pas de bosser chez *Peter Robinson*, bien qu'il n'ait été touché qu'à la toute fin du Blitz. Je peux comprendre pourquoi il ne veut pas me laisser…

Eileen hocha la tête d'un air absent. Elle écoutait les cloches de Christ Church égrener les heures. Seize heures. Elles s'étaient attardées pour parler à Colin plus longtemps qu'elle ne le pensait. Peut-être, au lieu d'accompagner Polly, devrait-elle se rendre à Oriel et demander quand Transport fermait.

— … *John Lewis and Company*…, continuait Polly.

Ou elle pourrait prier son amie de persuader M. Dunworthy de joindre Fournitures et donner le feu vert à ses leçons de conduite par téléphone.

— ... *Padgett's* ou *Selfridges*...

*Je pourrais aller à Fournitures, prendre le formulaire d'autorisation, retourner à Oriel, et y retrouver Polly.*

— Mais je n'ose pas en rajouter, fit Polly, il pourrait tout annuler. Il estime depuis le début que cette mission est bien trop dangereuse, et quand il s'apercevra...

— Quand il s'apercevra de quoi ? interrogea Eileen.

Polly marqua une pause.

— Du nombre de stations de métro qui ont été touchées, déclara-t-elle finalement.

Et Eileen eut le sentiment que ce n'était pas ce qu'elle avait eu l'intention de dire.

— Je suis partie pour passer mes nuits dans les stations de métro.

— Les stations de métro ?

— Il n'y avait pas assez de refuges quand le Blitz a commencé, et ceux qui existaient n'étaient pas particulièrement efficaces, si bien que les gens dormaient dans les stations de métro. Je me prépare à camper là pendant des nuits pour étudier les occupants des abris.

Le visage d'Eileen devait traduire l'inquiétude qu'elle ressentait parce que Polly ajouta :

— C'est tout à fait sûr.

— À condition que tu ne t'installes pas dans l'un de ceux qui a été touché, riposta Eileen d'un ton pince-sans-rire.

Elles atteignaient le portail de Balliol.

— Polly, je n'entre pas avec toi.

Elle lui fit part de son plan, puis gagna la loge du concierge.

— Monsieur Purdy, savez-vous jusqu'à quelle heure Transport reste ouvert ?

— J'ai leurs horaires ici, quelque part, lui répondit-il, fouillant dans ses papiers. Dix-huit heures !

Parfait. Elle allait avoir le temps.

— M. Dunworthy est-il à son bureau ?

— Je crois. Je viens juste de prendre mon service, mais M. McCaffey m'a dit que M. Davies est arrivé il y a une heure et qu'il le cherchait. Comme il n'est pas reparti, je suppose qu'il l'a trouvé.

— Michael Davies ?

M. Purdy acquiesça.

— Mademoiselle Churchill, vous avez un message de Colin Templer. Il m'a demandé de vous dire qu'il vous cherche et…

— Il m'a trouvée, merci quand même. Eileen, je vais dire à M. Dunworthy de te téléphoner à Fournitures…

Son amie secoua la tête.

— Je viens avec toi.

— Mais je croyais que tu allais à Fournitures !

— Avant, je veux demander à Michael s'il fait le VE Day et, si oui, s'il changerait de mission avec moi. Ou peut-être sait-il qui part ?

Elle traversa la cour, Polly dans son sillage.

Assis sur les marches de Beard, Michael tapait du pied.

— Attends-tu M. Dunworthy, toi aussi ? interrogea Polly.

— Oui, répondit-il sur un ton impatient. Je poireaute ici depuis *une heure et quarante-cinq minutes*. Hallucinant ! D'abord, il bousille ma mission, et maintenant…

— Quelle est ta mission ? s'enquit Eileen.

— *C'était* Pearl Harbor. Voilà pourquoi j'ai la voix d'un foutu Américain…

— Je la trouvais étrange, en effet, confirma Eileen.

— Oui ? Eh bien, ça paraîtra encore plus étrange à Douvres ! Je fais l'évacuation de Dunkerque. Avec moins de trois jours de prépa. C'est pour ça que je suis là. Pour voir s'il ne pourrait pas revenir sur sa décision et…

— Mais…, bafouilla Eileen, perturbée, ils ont évacué des enfants, de Dunkerque ?

— Non, des soldats. La British Expeditionary Force tout entière, en fait. Trois cent mille hommes en neuf jours pile. Tu n'as suivi aucun de tes cours d'Histoire de première année ?

— Si, mais je n'ai opté pour la Seconde Guerre mondiale que l'année dernière. (Elle hésita.) L'évacuation de Dunkerque se passe *pendant* la Seconde Guerre mondiale, n'est-ce pas ?

Michael éclata de rire.

— Oui. Du 26 mai au 4 juin 1940.

— Oh ! voilà pourquoi je ne suis au courant de rien…

— Mais Dunkerque a été l'un des principaux tournants de la guerre, intervint Polly. D'ailleurs, est-ce que ce n'est pas un point de divergence ?

— Si.

— Alors, comment est-il possible…

— Ce n'est pas possible. J'observe l'organisation du sauvetage à Douvres, puis le retour des bateaux chargés de soldats.

— Tu disais que ton départ était programmé pour Pearl Harbor, interrompit Polly. Pourquoi M. Dunworthy l'a-t-il annulé ?

— Pas annulé. Il a juste perturbé l'ordre de mes départs. Je couvre plusieurs événements.

— L'un d'eux est-il le VE Day ? demanda Eileen.

— Non. J'étudie les héros. En conséquence, tous ces événements sont des crises : Pearl Harbor, le World Trade Center…

— L'un d'eux est-il proche du VE Day ? insista Eileen. Pour la date, je veux dire ?

— Non. La bataille des Ardennes est l'événement le plus proche. C'était en décembre 1944.

— Tu y resteras combien de temps ?

— Deux semaines.

Ainsi, ce n'était pas lui qui faisait le VE Day.

— Connais-tu un historien envoyé en mission en 1945 ?

— 1945…, réfléchit-il. J'ai entendu parler de quelqu'un qui ferait les attaques de V1 et V2, mais il me semble que c'était en 1944…

— Le secrétaire a-t-il indiqué combien de temps tu devrais attendre avant de voir M. Dunworthy ? les interrompit Polly. Il doit autoriser des leçons de conduite pour Merope – je veux dire, Eileen – et Fournitures n'ouvre que jusqu'à 17 heures.

— Non. Tout ce que le nouveau secrétaire m'a demandé, c'est si je souhaitais attendre. Je croyais qu'il s'agissait de quelques minutes, pas de toute une foutue après-midi, mais cela ne devrait plus être très long, même si Dunworthy est en train de massacrer un historien.

— Pourquoi ne pas te rendre à Oriel et réserver la Bentley, Merope… je veux dire, Eileen ? proposa Polly. Nous pouvons dire à M. Dunworthy qu'il doit téléphoner à Fournitures pour autoriser tes leçons, et ils pourront eux-mêmes téléphoner à Transport. Tu gagnerais du temps sur toute la ligne.

— J'y vais, acquiesça Eileen avant de se tourner vers Michael. Tu ne connais personne d'autre qui étudie 1945 ?

— Non. Ted Fickley était censé travailler sur la percée de Patton en Allemagne, mais Dunworthy l'a annulé.

— Pourquoi ? s'enquit Polly avec la même vivacité.

— Je l'ignore. Ted a dit qu'il n'avait pas pu obtenir la moindre explication du labo. Tout ce que je sais, c'est que Dunworthy a permuté quatre sauts, et qu'il en a supprimé deux autres ces deux dernières semaines.

Eileen hocha la tête.

— Je sors du labo, et Linna me disait qu'il a effectué des changements sur une dizaine de programmes. Gerald était là, et M. Dunworthy venait juste de reporter son transfert.

— Où allait-il, *lui* ? demanda Polly.

— Je ne m'en souviens pas. Quelque chose à voir avec la Seconde Guerre mondiale, il me semble. Pas le VE Day, cependant.

— Est-ce que tous les sauts qu'il change concernent la Seconde Guerre mondiale ? interrogea Polly d'une voix inquiète.

— Non. Jamal Danvers se rendait à Troie. Et Dunworthy n'a pas modifié la mission de mon compagnon de chambre, Charles, qui doit couvrir les préparatifs à l'invasion de Singapour.

— Et il n'a changé aucune des nôtres, Polly, ajouta Eileen. Polly fait le Blitz londonien, expliqua-t-elle à Michael. Elle doit être vendeuse dans un grand magasin de... Où as-tu dit ?

— Oxford Street, précisa Polly.

— Le *Blitz* ? répéta Michael, qui avait l'air très impressionné. Ce n'est pas un point de divergence ?

— Seulement certaines parties.

— Mais c'est définitivement un dix. Comment as-tu persuadé Dunworthy de te laisser y aller ? C'était l'enfer pour le décider à m'autoriser Pearl Harbor, surtout après ce qui est arrivé à Paul Kildow.

— Que lui est-il arrivé ? interrogea Polly avec intérêt.

— Éclats d'obus d'un mortier de siège, à Antietam. Ce n'était rien du tout, une blessure superficielle, mais vous connaissez les tendances de Dunworthy à nous surprotéger. Il lui a refusé toutes les autres batailles de sa mission.

— C'est peut-être pour ça qu'il a supprimé des sauts, fit Eileen. Parce qu'il a conclu qu'ils étaient trop dangereux. Tous ceux qu'il a annulés sont des batailles ou quelque chose d'approchant, non ?

— Je dois vous quitter, déclara Polly brusquement. Je viens juste de m'en souvenir : j'étais supposée faire un essayage, cet après-midi. Je dois me rendre à Garde-robe.

— Mais je croyais que tu allais me montrer comment ouvrir les portes de la Bentley et...

— Désolée, c'est impossible. Peut-être pourrons-nous voir ça demain.

— Tu ne devais pas faire ton rapport à M. Dunworthy ? Veux-tu que je lui dise…

— Non. Ne dis rien. Je reviens dès la fin de l'essayage. Il faut vraiment que je file. Michael, bonne chance à Dunkerque… pardon, Douvres, se reprit-elle, avant de se hâter de retraverser la cour.

— Qu'est-ce qui lui arrive ? demanda Michael, qui la suivait des yeux.

— Aucune idée. Elle a semblé distraite tout l'après-midi.

— Elle part pour le Blitz.

— Je sais, mais elle a fait des tas de missions dangereuses. Il est beaucoup plus probable qu'elle craint M. Dunworthy. Elle a peur qu'il annule son transfert. Au moins, je n'ai pas besoin de m'inquiéter au sujet du mien. Aucune éventualité qu'il l'interrompe au prétexte qu'il serait trop risqué. À moins qu'Alf et Binnie ne mettent le feu au manoir ou quoi que ce soit d'autre.

— Alf et Binnie ?

— Deux de mes évacués. J'étudie les enfants évacués de Londres.

— Ce qui se passe quand ?

— De septembre 1939 jusqu'à la fin de la guerre. Tu n'as suivi aucun de tes cours d'Histoire de première année ?

Il rit.

— Je voulais dire : quand *te* trouves-tu là-bas ?

— Jusqu'au 2 mai, ce qui explique pourquoi je ne savais rien sur Dunkerque.

— Si l'évacuation a duré jusqu'à la fin de la guerre, peut-être peux-tu demander à Dunworthy de te laisser assister au VE Day. Ou alors, tu pourrais juste ne pas revenir.

Elle secoua la tête.

— L'équipe de récupération viendrait me chercher. Et même si je réussissais à les éviter, rester m'obligerait à me taper Alf et Binnie pendant cinq nouveaux…

— Merope ! appela quelqu'un.

Michael se retourna et regarda dans la cour.

— Quelqu'un pour toi.

C'était Colin Templer. Bondissant, il courut jusqu'à eux.

— Savez-vous où se trouve Polly ?

— À Garde-robe, répondit Eileen.

— Elle n'avait pas dit qu'elle venait ici ?

— Elle l'avait dit. Elle est venue. Pour voir M. Dunworthy, mais il est là-dedans avec quelqu'un, et elle ne pouvait pas attendre.

— Qu'est-ce que ça signifie : « il est là-dedans avec quelqu'un » ? M. Dunworthy n'est pas là. Il est à Londres. Il ne sera pas de retour avant ce soir.

Eileen se tourna vers Michael

— Mais tu disais…

— Ce foutu secrétaire ! explosa Michael. Il n'a pas sorti un mot sur le départ de Dunworthy. Il m'a juste demandé si je souhaitais attendre, et j'ai supposé…

— C'est affreux ! s'exclama Eileen. Qu'est-ce que je vais faire avec mes leçons de conduite, maintenant ?

— À quelle heure, ce soir ? interrogea Michael.

— Aucune idée, commença Colin.

Mais Michael montait déjà les marches et faisait irruption dans le bureau de M. Dunworthy.

Colin se retourna vers Eileen.

— Alors, Polly est à Garde-robe ?

Elle acquiesça, et il décampa à toutes jambes. Michael redescendait, secouant la tête.

— Il ne reviendra pas avant minuit au plus tôt. Il est allé voir un théoricien du voyage temporel qui se nomme Ishiwaka. Et là, j'ai perdu tout mon après-midi… soit dit sans offense. C'est simplement que je n'ai pas assez de temps pour préparer mon saut, et maintenant…

— Je sais. Je n'ai que deux jours, et moi, maintenant, je vais devoir attendre jusqu'à demain pour l'autorisation de mes leçons de conduite.

— Non, tu n'auras pas besoin d'attendre, assura-t-il, fouillant dans ses poches. J'avais obtenu une permission pour apprendre le pilotage de barques à moteur quand je pensais partir à Pearl Harbor. Si ce n'est pas rempli…

Il extirpa un bout de papier et le déplia.

— Pas de souci. Il a juste signé. Ici.

— Mais tu n'en auras pas besoin ?

— Pas avant mon retour de Douvres. Je lui dirai que je l'ai perdu et qu'il me faut un autre formulaire.

Il le lui tendit.

— *Merci !* s'exclama-t-elle, enthousiaste. Tu me sauves la vie.

Elle regarda sa montre. Si elle se pressait, elle pourrait arriver à Fournitures et retirer l'autorisation avant la fermeture.

— Je file.

— Moi aussi, renchérit-il en l'accompagnant jusqu'au portail. Je dois mémoriser la carte de Douvres et les noms des bateaux qui ont participé à l'évacuation, et il y en a sept cents.

En passant le portail, ils faillirent percuter Colin.

— Je croyais que tu étais parti retrouver Polly, s'étonna Eileen.

— Je l'étais, fit Colin, à bout de souffle. Mais quand je suis arrivé à Garde-robe ils m'ont demandé si je savais où vous étiez, M. Davies, et j'ai répondu oui, et ils m'ont demandé de courir vous dire qu'ils ont besoin que vous alliez les voir tout de suite. Ils ont dit qu'ils avaient dû donner votre costume à Gerald Phipps et il faut que vous veniez en essayer un nouveau.

*Soyez vigilant pendant le black-out !*

Affiche du gouvernement britannique, 1939

## Oxford, avril 2060

Badri ajusta les plis du filet autour de Mike.

— Je vous envoie à 5 heures du matin, le 24 mai, annonça-t-il.

*Parfait*, se dit Mike. L'évacuation ne débuterait pas avant le dimanche 26, et les bateaux civils ne commenceraient à rapatrier des soldats que le jour suivant, il allait disposer de quantité de temps pour gagner Douvres et découvrir un moyen d'atteindre les quais.

— Il risque d'y avoir un décalage d'une heure ou deux, le prévint Badri. Cela dépendra de qui se trouve dans la zone et pourrait apercevoir le halo.

Mais, quand ils le firent traverser quelques minutes plus tard, le point de chute était bien plus sombre qu'il n'aurait dû, une ou deux heures avant l'aube. Une obscurité de manteau, absolue. Mike attendit que ses yeux accommodent, mais il n'y avait pas la moindre lueur qui le permît.

Il ne discernait aucune étoile *ni* lumière, bien que cela puisse être dû au black-out. En mai 1940, aucune lumière extérieure n'était autorisée, les phares des voitures devaient être masqués, et les fenêtres couvertes de rideaux opaques. Il avait été très dangereux de se déplacer dans ces conditions, les contemporains s'en étaient plaints, et maintenant Mike pouvait voir – ou plutôt *ne pas voir* – pourquoi.

Son premier réflexe fut de tendre ses bras devant lui et d'avancer en aveugle, mais il avait débarqué sur la côte sud-est de l'Angleterre. Peut-être se trouvait-il sur le bord d'une falaise de craie. Alors, un seul pas risquerait de l'envoyer plonger vers sa mort.

Il s'immobilisa, à l'écoute. Vers sa droite, il entendait le faible bruit de vagues clapotant sur le rivage. À partir du 23 mai, les brasiers de Dunkerque incendiée avaient été visibles de différentes parties de la côte, mais il n'apercevait aucune lueur rouge à l'horizon. Et pas plus d'horizon, à vrai dire. Ce qui signifiait ou bien qu'il n'était pas dans l'un de ces endroits précis du littoral, ou bien qu'il avait traversé plus tôt que le 23, même si l'on avait pris la décision de choisir ce site parce qu'il était exempt de décalage temporel.

*Tu pourras te préoccuper de la date plus tard. Tout de suite, tu as besoin de découvrir où tu te trouves.* Il lui semblait entendre chuinter les vagues au même niveau que lui, pas en dessous. Bon. Il glissa légèrement l'un de ses pieds devant lui. Du gravier. Les galets d'une plage. Ou une route en contrebas où quelqu'un allait arriver, conduisant avec ses phares dont les masques ne permettaient guère au chauffeur de voir plus d'un mètre en avant et, dans ce cas, Mike avait intérêt à s'écarter de ladite route en vitesse.

Cela dit, il ne percevait aucun bruit de moteur et la route au nord de Douvres serpentait au sommet des collines, pas à leur pied le long des plages.

Il se pencha et fouilla le gravier. C'était humide. Il balaya sa main en demi-cercle et rencontra une parcelle de sable mouillé et une forme qui évoquait un coquillage. Définitivement une plage… Même si, en 1940, une plage anglaise était sans doute beaucoup plus dangereuse qu'une route. Il était probable qu'elle soit minée, ou couverte de fils barbelés – ou les deux –, et dans le noir, on pouvait facilement trébucher et s'empaler dans un fossé antichar.

Fournitures lui avait procuré une pochette d'allumettes de sécurité. Il s'interrogea sur l'opportunité d'en gratter une pour se faire une idée de l'endroit où il se trouvait. Ce serait OK. La plage devait être déserte. Le transfert n'aurait pas fonctionné si qui que ce soit avait pu apercevoir le halo. Mais il s'était produit plusieurs minutes auparavant. Un soldat pouvait effectuer une patrouille, ou un bateau croiser dans la Manche. Mike ne voyait rien du tout, mais certains navires avaient avancé sans feux de position afin d'éviter que les Allemands les repèrent. Et la lueur serait visible de très loin sur l'eau. Même la toute petite flamme d'une allumette pouvait être repérée à des kilomètres à la ronde. Plus d'un convoi de la Seconde Guerre mondiale avait été coulé par des sous-marins parce qu'un marin négligent s'était allumé une cigarette.

Bon, pas de feu. Et, à moins qu'il ne souhaite se faire souffler par une mine terrestre, pas d'errance dans les ténèbres. Ce qui voulait dire que sa seule option était de rester tranquille et de prier pour que l'aube soit proche. Il se baissa avec précaution sur la grève et s'installa pour attendre le lever du jour.

*J'aurais pu passer ce temps à me préparer à Oxford, au lieu de macérer là, assis dans le noir*, pensait-il.

Par exemple, s'attaquer à cette liste des navires qui avaient participé à l'évacuation, et qu'il n'avait pas eu le loisir de mémoriser, ou apprendre les lieux exacts où les troupes de retour s'étaient amarrées, et comment il allait pouvoir accéder aux quais alors que les journalistes n'y étaient pas autorisés.

*Foutu Dunworthy et ses changements de programme !*

L'humidité du sable avait entrepris de transpercer son pantalon. Il se leva, enleva sa veste, la plia, se rassit dessus, et recommença de scruter l'obscurité. Et de frissonner.

La fraîcheur devenait de plus en plus aiguë.

*Il fait beaucoup trop froid pour un 24 mai*, se dit Mike, et toutes les histoires d'horreur qu'il avait entendues lui revinrent en mémoire : l'historienne médiéviste qu'ils avaient envoyée en se trompant d'année et qui avait échoué en plein milieu de la peste noire ; l'historien qui était revenu aux premiers jours du voyage temporel, quand on croyait encore pouvoir changer les événements, qui avait traversé pour tuer Hitler en 1935 et s'était retrouvé à Berlin-Est en 1970 ; et l'historien qui avait essayé de gagner Waterloo – un point de divergence tout comme Dunkerque – et qui avait terminé en Amérique, au fin fond d'un territoire sioux.

Que se passerait-il s'il ne se trouvait pas du tout en 1940 ? ou si, plutôt que d'être arrivé sur une plage anglaise, il avait accosté une plage du Pacifique sud, que les Japonais s'apprêtaient à envahir ? Cela expliquerait pourquoi il l'avait atteinte au milieu de la nuit. Les Japonais ne débarquaient-ils pas toujours furtivement avant l'aube ?

*Ne sois pas ridicule. Il fait trop froid pour le Pacifique sud.*

Si froid que ses jambes éprouvaient un début de crampe. Il les frotta puis les étendit devant lui. Et son pied cogna quelque chose de dur. Il le ramena aussitôt. Avait-il rencontré l'un des étais métalliques d'un fossé antichar ? Parfois, des mines étaient placées en équilibre au sommet, de façon à basculer et à exploser au plus infime mouvement.

Il rampa sur ses genoux et se tendit en avant, palpant avec précaution le sable jusqu'à la base de la chose. *Un rocher*, comprit-il, soulagé. Un rocher qui montait tout droit au-dessus de la grève. La falaise ? Non, quand il avait tapoté la paroi, elle s'élevait juste un peu plus haut que sa tête et ne faisait pas plus d'un mètre de large. Ce devait être l'un de ces rocs isolés que l'on découvre sur les plages, le genre sur lequel se juchent les touristes.

Il le contourna afin de s'asseoir en y appuyant son dos, puis étendit ses jambes derechef, avec prudence, cette fois. Ce fut avisé, parce qu'il heurta un autre rocher. Celui-là se dressait en angle par rapport au premier, et il était beaucoup plus large et massif. Quand Mike grimpa dessus pour mesurer sa taille, le bruit des vagues devint soudain plus fort, ce qui expliquait pourquoi le site se trouvait ici. Les rochers pouvaient le cacher depuis la plage, ainsi que le halo au moment du saut.

Mais si tel avait été le cas, aucun décalage n'aurait dû se produire. Le point de transfert devait être au moins à demi visible, ou depuis l'eau, ou depuis la plage. Ou de quelque part au-dessus. Des civils avaient surveillé la côte est, et ils avaient été postés tout du long. L'un d'eux pouvait braquer ses jumelles sur la plage en ce moment même. Ou le ferait à 5 heures, ce qui était la raison pour laquelle on avait transféré Mike plus tôt.

*Ça signifie que je serais avisé de me montrer prudent au point du jour.*

S'il ne mourait pas d'hypothermie d'abord. Bon Dieu, qu'il faisait froid ! Il allait devoir enfiler de nouveau sa veste. Il aurait bien aimé disposer de celle que Garde-robe avait donnée à Phipps. Elle était bien plus chaude que celle dont il avait hérité. Il se leva, les jambes grinçantes, passa le vêtement et se rassit. *Allez*, pensa-t-il, *place au spectacle !*

Des siècles s'écoulèrent, goutte à goutte. Mike enleva sa veste et la drapa sur lui telle une couverture. Il se réfugia sous le roc, dans l'espoir de se réchauffer et de résister au sommeil. En dépit du froid, il arrivait à peine à garder les yeux ouverts.

*L'endormissement n'est-il pas le premier signe de l'hypothermie ?* se demandait-il, somnolent. *Ce n'est pas l'hypothermie, c'est le déphasage temporel. Et le fait que tu sois resté debout toute cette nuit et toute celle d'avant pour essayer de préparer cette maudite affectation. Tout ça pour poireauter ici dans le noir et geler à mort. J'aurais pu non seulement mémoriser les navires, mais aussi les noms de tous les petits bateaux, les sept cents qui ont participé. Et les noms des trois cent mille soldats qui ont été secourus.*

Quand le ciel finit par s'éclaircir un peu, au bout de plusieurs âges géologiques, Mike crut d'abord que c'était une illusion : il avait trop longtemps scruté les ténèbres. Mais il voyait réellement se profiler le contour de la roche qui lui faisait face, d'un noir de goudron contre le noir de velours de la nue, et quand il se leva et jeta un coup d'œil furtif et prudent par-dessus l'autre roche en direction du bruit des vagues, l'obscurité tournait à l'ombre grise.

En quelques minutes, il discerna la ligne laiteuse du ressac, et vit se dessiner derrière lui une falaise, à la blancheur fantomatique dans les ténèbres. Une falaise de craie, cela signifiait qu'il était arrivé au bon endroit. Il ne se trouvait pas entre deux rochers, cependant. Il s'agissait d'un seul roc, que la marée avait creusé en son milieu et rempli de sable, mais Mike ne s'était pas trompé sur sa capacité à le cacher de la plage, lui et le halo.

Il regarda la Bulova à son poignet. Elle indiquait 11 h 20. Il l'avait réglée sur 5 heures juste avant de traverser. Il se trouvait donc là depuis plus de six heures. Pas étonnant qu'il se sente comme s'il était resté sur cette plage depuis des éons. C'était le cas. Et il ne réussissait pas à comprendre pourquoi. Il avait supposé que quelqu'un était passé dans le voisinage à 5 heures, mais il n'y avait aucun bateau au large, pas une trace de pieds sur la plage. Il n'y avait pas non plus de fortifications, ni de pieux en bois le long de la laisse de haute mer pour ralentir un débarquement, ni de rouleaux de fil de fer barbelé.

*Seigneur, pourvu que le décalage ne m'ait pas envoyé en janvier ! Ou en 1938 !*

Le seul moyen d'en avoir le cœur net était de quitter les lieux. Il lui faudrait s'y résoudre, de toute façon. S'il était arrivé où et quand c'était prévu, la population locale penserait qu'il était un espion allemand qui venait juste d'aborder en sous-marin, et on l'arrêterait. Ou on le tuerait. Il devait sortir de là avant le jour.

Il enfila sa veste, brossa le sable sur son pantalon, scruta les environs au-dessus du rocher, puis l'escalada. Il se retourna et regarda la falaise. Personne au sommet, au moins pour ce qu'il pouvait en voir, et pas moyen d'y accéder. Et rien qui puisse lui indiquer la direction de Douvres. Mentalement, il tira à pile ou face, et se mit en route vers le nord. Il se tenait près de la falaise, afin que personne ne puisse le repérer du dessus, et tentait de trouver un chemin.

Il en dénicha un à une petite centaine de mètres du point de chute, un étroit zigzag taillé dans la craie de la paroi. Il fonça dedans, ne s'arrêtant qu'à une courte distance du sommet pour une brève reconnaissance, mais il n'y avait personne sur la crête herbeuse. Se retournant, il examina la Manche. Même de ce point élevé, il n'apercevait aucun navire. Et pas plus de fumée à l'horizon.

Et pas de fermes, pas d'animaux d'élevage, pas de clôtures, juste la route de gravier blanc sur laquelle il avait pensé arriver quand il avait traversé cette nuit. *Me voilà au milieu de nulle part*, se dit-il.

Et pourtant c'était impossible. La côte sud-est de l'Angleterre avait été constellée de villages de pêcheurs. *Il doit s'en trouver un quelque part près d'ici*, se conforta-t-il, et il mit le cap vers le sud pour voir ce qui se cachait derrière le promontoire suivant. Mais, s'il s'en trouvait un, pourquoi n'avait-il pas entendu la moindre cloche sonner la nuit dernière ou ce matin ? *Prions pour qu'il y ait un village. Et qu'il soit à distance de marche.*

Il y en avait un. Le petit groupe compact d'édifices en pierre était blotti juste derrière le promontoire, et au-delà s'étendait un quai où s'alignaient des bateaux mâtés. Il y avait une église, aussi. Avec un clocher. Les falaises avaient dû étouffer le son des cloches.

Mike se lança sur la route qui conduisait au village, non sans garder un œil sur l'éventuelle voiture qui pourrait le prendre en stop ou, s'il avait de la chance, le bus pour Douvres, mais aucun véhicule d'aucune sorte ne se présenta pendant son équipée.

*Il est trop tôt pour être debout à vagabonder.*

Et cela valait pour le village aussi. Sa seule boutique était fermée, de même que le pub – *La Couronne et l'Ancre* –, et la rue était déserte. Mike descendit jusqu'au quai. Il pensait que les pêcheurs seraient levés, mais il n'y avait personne là non plus. Et, bien qu'il ait atteint la dernière maison, pas de gare. Et pas non plus d'arrêt de bus.

Il revint à la boutique et regarda par la fenêtre, dans une tentative pour apercevoir un horaire de bus, ou quoi que ce soit qui lui permettrait de savoir dans quel endroit il se trouvait. S'il était réellement à une dizaine de kilomètres au nord de Douvres, il pourrait être plus rapide de rejoindre son but à pied que d'attendre un bus. Mais il ne parvint à repérer qu'un programme pour le cinéma *L'Impératrice*, qui passait le film *En suivant la flotte*, du 15 au 31 mai. Mai, c'était le bon mois. Cependant, *En suivant la flotte* était sorti en 1936.

De retour à *La Couronne et l'Ancre*, il essaya d'en pousser la porte. Qui s'entrebâilla sur un couloir sombre.

— Hello ? Est-ce ouvert ? appela-t-il en se décidant à entrer.

Au bout du couloir se trouvaient un escalier et une porte menant à ce qui devait être la pièce principale du pub. Mike pouvait juste discerner des bancs à haut dossier et un bar dans les quasi-ténèbres. Un téléphone à l'ancienne mode, le genre avec un écouteur et une corde, pendait sur le mur opposé à l'escalier et, près de lui, se dressait une horloge comtoise. Mike lui jeta un coup d'œil. *Huit heures moins cinq !* Il n'était pas arrivé à 5 heures, alors. Il régla sa Bulova, content que personne ne soit témoin de sa maladresse, puis se remit à chercher un horaire de bus. Sur une petite table jouxtant l'horloge reposaient plusieurs lettres. Mike se pencha sur elles, louchant pour lire l'adresse de celle du dessus : « Saltram-on-Sea, Kent. »

*C'est impossible !* Saltram-on-Sea était à une cinquantaine de kilomètres au sud de Douvres, pas à dix kilomètres au nord ! La lettre devait être un courrier à *envoyer* à Saltram-on-Sea. Mais le timbre à deux centimes dans le coin avait été oblitéré, et l'adresse de l'expéditeur indiquait l'aérodrome de la RAF de Biggin Hill, ce que ce lieu n'était évidemment pas. Mike regarda prudemment en haut de l'étroit escalier en bois, puis il se saisit des lettres et les feuilleta rapidement. Toutes avaient pour destination Saltram-on-Sea et, pour mettre un point final à son interrogation, l'une d'entre elles était adressée à *La Couronne et l'Ancre.*

Seigneur ! Cela signifiait qu'il y avait eu un décalage spatial, et qu'il *devrait* prendre le bus. Ce qui impliquait de trouver immédiatement quand il viendrait et où il s'arrêtait.

— Hello ? appela-t-il d'une voix forte en direction de l'escalier et dans la salle du pub. Il y a quelqu'un ?

Pas de réponse, et pas un son ni un mouvement au-dessus. Il écouta pendant une autre minute, puis s'avança dans la pièce plongée dans la pénombre en quête d'un horaire de bus ou du journal local. Il n'y en avait pas sur le bar, et la seule chose qu'il put apercevoir sur le mur au-delà était un autre programme de films, celui-ci pour *Horizons perdus*, qui était sorti en 1937 et qui serait projeté du 15 au 30 juin.

*Bon Dieu, est-ce qu'il y a eu un décalage temporel, en plus ?* se demanda Mike, qui faisait le tour du bar pour voir s'il pouvait mettre la main sur un journal derrière. Il fallait qu'il trouve la date.

Il y avait un journal dans la poubelle, ou ce qu'il en subsistait. La moitié de la feuille – celle qui comportait le nom du quotidien et la date, naturellement – avait été déchirée, et on avait utilisé la partie restante pour éponger quelque chose. Il la défroissa avec soin sur le bar, essayant de ne pas crever le papier trempé, mais il n'y avait pas assez de lumière pour lire les pages grises et mouillées. Il les attrapa par les bords et les emporta dans le couloir pour les déchiffrer.

« Pouvoir dévastateur du *Blitzkrieg* allemand », indiquait le gros titre.

Bon. Au moins, Mike ne se trouvait pas en 1937. L'article manquait, mais une carte de France assortie de flèches montrait l'avance allemande, ce qui signifiait que l'on n'était pas non plus à la fin de juin. À ce moment-là, les combats étaient terminés depuis trois semaines et Paris était déjà occupée.

« La poussée des Allemands sur la Meuse. » Cela s'était produit le 17 mai. « L'*Emergency War Powers Act* est passé. » Cela datait du 22, et Mike devait tenir le journal de la veille. On devait donc être le 23, et le décalage l'avait envoyé un jour trop tôt, mais c'était super. Cela lui donnait un jour de plus pour aller à Douvres, et il en aurait besoin. Il continua de lire. « La prière d'intercession pour la Nation aura lieu à l'abbaye de Westminster. »

*Oh non !* Cette prière avait eu lieu le dimanche 26 mai, et si c'était le journal d'hier, alors on était lundi 27.

— Merde ! murmura-t-il. J'ai déjà manqué le premier jour de l'évacuation !

— Le pub n'ouvre pas avant midi, annonça une voix de fille, au-dessus de lui.

Il virevolta, et son mouvement brusque déchira en deux le quotidien trempé. Une jolie jeune femme, les cheveux coiffés à la Pompadour et la bouche très rouge, se tenait à mi-hauteur dans l'escalier, un regard de curiosité posé sur les papiers en loques entre ses mains. Et comment diable allait-il justifier ce qu'il faisait avec ? ou ce qu'il venait de laisser échapper sur l'évacuation ? Qu'avait-elle entendu, au juste ?

— Est-ce que vous désirez une chambre ? demanda-t-elle, finissant de descendre.

— Non, je cherchais juste l'horaire des bus, expliqua-t-il. Pouvez-vous me dire quand passe le bus pour Douvres ?

— Vous êtes un *Amerloque* ! s'exclama-t-elle avec ravissement. Un aviateur ?

Elle jeta un coup d'œil au-dessus de son épaule, à travers la porte, comme si elle s'attendait à découvrir un avion au milieu de la rue.

— Avez-vous dû sauter en parachute ?

— Non, je suis journaliste.

— Un journaliste ? répéta-t-elle, avec autant d'enthousiasme.

Et il s'aperçut qu'elle était beaucoup plus jeune qu'il ne l'avait pensé, dix-sept ou dix-huit ans tout au plus. La Pompadour et le rouge à lèvres l'avaient induit en erreur.

— Oui, pour l'*Omaha Observer*. Je suis correspondant de guerre. Je dois aller à Douvres. Pouvez-vous m'indiquer à quelle heure passe le bus ?

Il la vit hésiter.

— Il y a bien un bus pour Douvres qui part d'ici, n'est-ce pas ?

— Oui, mais c'est bête, vous venez juste de le rater. Il est passé hier, et il n'y en aura pas d'autre avant vendredi.

— Il passe seulement les dimanches et les vendredis ?

— Non, je viens de vous le dire, il est passé hier. Mardi.

*Si tu vois mon page,*
*dis-lui de se hâter de me rejoindre.*

William Shakespeare,
*Les Deux Gentilshommes de Vérone*[1]

## Oxford, avril 2060

Polly avait filé par le portail de Balliol, monté le Broad,
descendu Catte Street. Elle priait pour que M. Dunworthy,
jetant un coup d'œil à la fenêtre, ne l'ait pas aperçue dans
la cour en train de bavarder avec Michael et Merope.

*J'aurais dû leur dire de ne rien trahir de mon retour.*

Mais elle aurait eu à expliquer pourquoi, et elle avait
craint qu'il ne sorte de son bureau d'un instant à l'autre.

Dieu merci ! elle n'était pas entrée allégrement lui faire
son rapport. Il pensait déjà que son projet était trop dangereux. Il s'était montré protecteur envers ses historiens

---

1. Acte III, scène i, traduction de François Pierre Guillaume
Guizot, 1864. Sauf mention contraire, toutes les traductions de
Shakespeare sont de cet auteur et disponibles sur le site Web du
Projet Gutenberg : www.gutenberg.org. (*NdT*)

depuis qu'elle était étudiante en première année, mais il était absolument hystérique au sujet de ce projet en particulier. Il avait insisté pour que son site de transfert pour le Blitz soit à distance de marche d'Oxford Street, même s'il aurait été beaucoup plus simple d'en trouver un à Wormwood Scrubs ou à Hampstead Heath et de prendre le métro.

Il fallait aussi que ce soit à moins d'un kilomètre à la fois d'une station de métro et de la chambre qu'elle louerait, quelle qu'elle soit.

— Je veux que vous soyez capable d'atteindre votre fenêtre de saut rapidement si vous êtes blessée, avait-il déclaré.

— Ils avaient des hôpitaux, dans les années 1940, vous savez, lui avait-elle rétorqué. Et si je suis blessée, comment parviendrai-je à marcher sur près d'un kilomètre ?

— Ne plaisantez pas avec ça, avait-il répondu d'un ton brusque. Il arrive que l'on meure en mission, et le Blitz est un endroit exceptionnellement dangereux.

Vingt minutes de leçon sur les risques d'être anéanti par une bombe, les éclats d'un shrapnel ou les étincelles d'un engin incendiaire avaient suivi.

— À Canning Town, une femme s'est empêtré le pied dans la corde d'un ballon de barrage. Elle a été traînée dans la Tamise.

— Je ne serai pas traînée dans la Tamise par un ballon de barrage.

— Vous pourriez mourir fauchée par un bus que vous n'auriez pas vu à cause du black-out, ou sous les coups d'un agresseur.

— J'ai du mal à croire…

— Les criminels prospéraient pendant le Blitz. Le black-out leur fournissait la couverture idéale : un noir d'encre, et des policiers trop occupés à dégager les corps des décombres pour enquêter. Le décès d'une victime abandonnée dans une ruelle était simplement attribué à une explosion. Je ne veux pas lire votre nom dans les pages nécrologiques du *Times*. Un rayon d'un kilomètre. Je persiste et je signe.

Et ça n'avait pas été la seule restriction. Il lui était interdit de louer une chambre dans une maison frappée par une bombe avant la fin de l'année, même si elle devait juste rester là pendant le mois d'octobre, et le point de saut ne devait jamais avoir été touché, ce qui éliminait trois sites qui auraient marché à la perfection, mais qui avaient été détruits pendant le dernier grand raid du Blitz, en mai 1941.

Pas étonnant que le labo n'ait toujours rien trouvé. J'espère qu'ils auront localisé quelque chose avant que M. Dunworthy découvre que je suis revenue. Ou avant que quelqu'un l'en informe.

Elle doutait que M. Purdy le prévienne – il ne semblait même pas s'être aperçu qu'elle était partie – et, avec un peu de chance, ni Michael Davies, ni Merope ne mentionneraient qu'ils l'avaient rencontrée. Le premier serait trop occupé à tenter de décrocher un changement de date, et la seconde trop pressée d'obtenir une autorisation pour ses leçons de conduite.

Elle se sentait coupable de n'avoir pas tenu sa promesse de parler à M. Dunworthy du VE Day pour aider Merope, mais elle n'y pouvait rien. Et ce n'était pas comme si le temps était un problème. Merope avait dit qu'il lui restait plusieurs mois d'affectation avec ses évacués. *Et je ne serai absente que six semaines ! J'irai le voir dès que je serai revenue à bon port, et je le persuaderai de la laisser assister à la fête de la victoire.*

Ce qui ne serait peut-être pas nécessaire. Il pouvait avoir changé d'idée à ce moment-là. En attendant, Polly devrait se tenir hors de vue de M. Dunworthy, espérer que le labo parvienne à trouver vite un site de transfert, et se tenir prête à filer au moment où cela se produirait. Dans ce dessein, elle se rendit à Fournitures pour prendre un bracelet-montre doté d'un cadran lumineux – le précédent, qui en était dépourvu, s'était révélé presque inutile –, un carnet de rationnement et une carte d'identité au nom de Polly Sebastian, ainsi que les lettres de recommandation à faire valoir quand elle poserait sa candidature pour un emploi de vendeuse.

— Et pour la lettre de démission ? lui demanda le tech. Avez-vous besoin de quelque chose de spécial ?

— Non, la même que la dernière fois conviendra. Celle du Northumberland. Elle doit être adressée à Polly Sebastian, et porter un cachet de la poste daté d'octobre 1940.

Le tech écrivit la consigne et lui tendit trente livres.

— Oh ! c'est beaucoup trop ! J'aurai ma paie après la première semaine, et je ne compte pas que le gîte et le couvert me coûtent plus de dix shillings et six pence[1] par semaine. Il me faut dix livres, tout au plus.

Mais le tech secouait la tête.

— Il est mentionné ici que vous devez emporter vingt livres pour les urgences.

Stipulé par M. Dunworthy, pas de doute, même si disposer d'une telle quantité d'argent était absurde : ça devait être une fortune pour une vendeuse de 1940. Mais, si elle la refusait, le tech risquait de faire un rapport. Elle signa pour l'argent et pour le bracelet-montre, indiqua au tech qu'elle prendrait les papiers dans la matinée, et s'en fut à Magdalen demander à Lark Chiu si elle pouvait coucher chez elle pendant quelques nuits. Quand son amie lui eut répondu par l'affirmative, elle l'envoya à Balliol chercher ses vêtements et ses travaux de recherche, puis s'assit pour regarder la liste des abris souterrains que Colin avait répertoriés pour elle. Il faudrait qu'elle le prévienne de ne pas en dire un mot à Dunworthy. S'il était encore là. Il était probablement retourné au lycée, ce qui, à la lumière de ce que Merope lui avait fait comprendre, semblait tout aussi bien.

---

1. À l'époque, la livre sterling était divisée en vingt shillings et un shilling valait douze pence (singulier : un penny). (*NdT*)

Elle mémorisa les abris du métro, les dates et les heures où ils avaient été frappés, puis s'attaqua aux adresses interdites par M. Dunworthy, ce qui occupa le reste de sa nuit, même si la liste qu'elle devait apprendre par cœur ne comportait que les maisons touchées en 1940, durant la première moitié du Blitz. Est-ce que tous les immeubles de Londres avaient été bombardés avant que cela se termine ?

Le lendemain matin, elle se rendit à Garde-robe pour commander son costume.

— J'ai besoin d'une jupe noire, d'un chemisier blanc, et d'un manteau léger, de préférence noir aussi, indiqua-t-elle à la tech, qui revint promptement avec une jupe bleu marine.

— Non, ça ne marchera pas. J'incarne une vendeuse. En 1940, les employées des grands magasins portaient des jupes noires et des corsages blancs à manches longues.

— Je suis certaine que n'importe quelle jupe foncée ferait l'affaire. C'est un bleu marine très sombre. Dans la plupart des éclairages, personne ne remarquerait la différence.

— Non, il faut que ce soit noir. Combien de temps, pour avoir une jupe comme celle-là en tissu noir ?

— Aucune idée, ma chère. Nous avons des semaines de retard. D'un seul coup, M. Dunworthy s'est mis à faire toutes sortes de changements dans les plannings, on a dû réassigner des costumes et en fournir de nouveaux sans le moindre délai. Quand a lieu votre saut ?

— Après-demain, mentit Polly.

— Oh là là ! voyons si je déniche quelque chose qui pourrait marcher.

De retour dans le dressing-room, elle en émergea au bout d'un moment avec deux jupes : une mini des années 1960, et un kilt cargo i-com.

— Voilà les seules jupes noires que j'aie pu trouver.

— Négatif !

— Le téléphone cellulaire du kilt est juste une réplique. Il n'est pas dangereux.

Mais il n'avait pas non plus été inventé avant les années 1980, pas plus qu'il n'existait de kilts cargo avant 2009. Elle obtint de la tech une commande en urgence pour une jupe noire coupée selon le modèle de la bleu marine, puis revint au labo indiquer où elle logeait et voir si, par quelque miracle, ils n'avaient pas réussi à localiser son point de transfert.

La porte était fermée à clé. Pour se protéger de la colère des historiens dont les sauts avaient été annulés ? Polly frappa et, après une longue minute, Linna la laissa entrer, l'air harassé.

— Je suis au téléphone, prévint-elle avant de se hâter d'y retourner… et de déclarer à son interlocuteur : Je sais bien que vous étiez programmé pour faire d'abord la bataille de la Somme.

Polly rejoignit Badri à la console.

— Désolée de vous déranger. Je me demandais si vous aviez déjà trouvé mon site.

— Non, dit-il en frottant son front d'un air fatigué. Le problème, c'est le black-out.

Polly hocha la tête. Le transfert était impossible si quiconque, à proximité, risquait de le voir se produire. D'ordinaire, le faible scintillement d'un saut émergent attirait peu les regards, mais dans le black-out londonien on repérait sur-le-champ même la lueur d'une lampe de poche, ou un interstice entre les rideaux d'une maison, et les gardes de l'ARP patrouillaient tous les quartiers, en quête de la moindre infraction.

— Que pensez-vous de Green Park ou de Kensington Gardens ?

— Pas bon. Ils ont tous les deux des batteries de DCA, et le siège des ballons de barrage est installé à Regent's Park.

Un coup coléreux retentit à la porte et, quand Linna ouvrit, un homme en veste de daim frangée et chapeau de cow-boy surgit en tempête, agitant un listing.

— Quel est l'enfoiré qui a changé mon planning ? cria-t-il à l'intention de Badri.

— Je vous informerai dès que j'aurai trouvé quelque chose, lança le tech à Polly.

D'évidence, ce n'était pas le moment de lui demander s'il voulait avoir l'obligeance de se hâter.

— Je reviendrai plus tard.

— Vous ne pouvez pas l'annuler ! criait l'homme au chapeau de cow-boy. Je me prépare à faire la bataille de Plum Creek depuis six mois !

Polly le contourna et adressa un signe d'adieu à Linna, qui téléphonait toujours.

— Je sais parfaitement que vous avez déjà eu vos implants…, soupirait-elle.

Polly ouvrit la porte et sortit.

Et faillit percuter Colin qui s'était assis sur le dallage, le dos appuyé au mur du labo.

— Désolé, s'excusa-t-il avant de se hisser sur ses pieds. Où étais-tu passée ? Je t'ai cherchée dans tout Oxford !

— Que fais-tu là, dehors ? Pourquoi n'es-tu pas entré ?

Il prit un air penaud.

— Impossible. Interdiction d'accès. M. Dunworthy se met à délirer complet ! Je lui ai demandé de partir en mission, et il a téléphoné au labo pour leur défendre de me laisser entrer.

— Tu es certain que tu n'as pas tenté de te glisser dans le filet pendant que quelqu'un d'autre était en train de traverser ?

— *Non*. Tout ce que j'ai fait, c'est de dire que sur certaines destinations, quelqu'un de mon âge pourrait apporter un point de vue différent par rapport à des historiens plus vieux…

— *Quelle* destination ? Les croisades ?

— Pourquoi tout le monde me cherche-t-il avec les croisades ? C'est un truc que je rêvais de faire quand j'étais gosse, et je ne suis *plus* un…

— M. Dunworthy essaie juste de te protéger. Les croisades sont un lieu dangereux.

— Oh ! tu es bien placée pour me parler de lieux dangereux ! Et M. Dunworthy pense que n'importe quel lieu est trop dangereux, ce qui est ridicule. Quand il était jeune, il a fait le Blitz. Il a fait toutes sortes de lieux dangereux et il en est rentré à une époque où ils ne savaient même pas encore où ils mettaient les pieds. Et le lieu où je voulais aller n'était pas dangereux le moins du monde. C'était l'évacuation des enfants de Londres. Pendant la Seconde Guerre mondiale.

Où elle se rendait. Peut-être Merope avait-elle raison.

— En parlant de danger, ajouta-t-il, voici tous les raids. Comme j'ignorais quand tu revenais, je les ai marqués du 7 septembre au 31 décembre. La liste est affreusement longue, alors je l'ai enregistrée aussi, au cas où tu souhaiterais faire un implant.

Il lui tendit une épingle mémoire.

— Les heures indiquent quand les bombardements commençaient, pas quand les sirènes d'alerte aérienne retentissaient. Je suis encore en train de potasser ça, mais j'ai pensé qu'il valait mieux que je te trouve les heures des raids au cas où tu partirais bientôt. Et, si c'est le cas, les raids démarraient en général vingt minutes après l'avertissement des sirènes. Oh ! par ailleurs, en bus, il est probable que tu ne puisses pas entendre sonner les sirènes. Le bruit du moteur les couvre.

— Merci, Colin. Tu as dû passer des heures et des heures à travailler là-dessus !

— Des heures, acquiesça-t-il, fier de lui. C'était difficile de découvrir ce qui avait été frappé. Les journaux n'avaient pas le droit de publier les dates ni les adresses des bâtiments qui étaient bombardés.

Polly hocha la tête.

— Rien ne pouvait être imprimé si cela risquait d'aider l'ennemi.

— Et un bon paquet des rapports du gouvernement a été anéanti pendant la guerre et après, avec la bombe de précision, puis la Pandémie. Et il y a eu un tas de bombes perdues. Ce n'est pas comme les attaques de V1 et de V2. Pour elles, on dispose des heures exactes et des coordonnées. J'ai recensé les cibles principales et les zones de concentration, expliqua-t-il, en les pointant sur le listing, mais beaucoup d'autres éléments ont été touchés ailleurs. La recherche démontre que plus d'un million d'édifices ont été réduits en miettes, et ces papiers n'en citent qu'une fraction. Ainsi, ce n'est pas parce que la liste mentionne Bloomsbury que tu pourras te balader sans risque dans une autre partie de Londres. En particulier l'East End : Stepney et Whitechapel, et des endroits comme ça. Ce sont ceux qui ont été frappés le plus fort. Sur la liste, tu as juste les bâtiments qui ont été complètement détruits, pas ceux qui ont souffert de dommages partiels, ou dont les fenêtres ont été soufflées. Les éclats de verre, ou les billes de plomb qui provenaient des obus antiaériens ont tué des centaines de gens. Il te faudra longer les bâtiments aussi près que possible pour rester protégée si tu te retrouves dehors pendant un raid. Les éclats des shrapnels…

— … peuvent me tuer. Je sais. Tu as passé trop de temps avec M. Dunworthy. Tu commences à parler exactement comme lui.

— Bien sûr que *non*. Mais je n'ai pas envie qu'il t'arrive quelque chose. Et M. Dunworthy a raison au sujet des risques que tu cours. Trente mille civils ont été tués pendant le Blitz.

— Je *sais*. Je serai prudente, je te le garantis.

— Et si jamais tu es blessée, par des éclats d'obus ou quoi que ce soit, pas de souci. Je promets de venir à ton secours, si tu te trouves en difficulté.

Oh ! Seigneur, Merope ne s'était pas trompée !

— C'est juré : je marcherai contre les façades, assura-t-elle d'un ton léger. À propos de M. Dunworthy, tu ne lui as pas raconté que j'étais de retour ?

— *Non*. Je ne lui ai même pas dit que je suis ici. Il me croit au lycée.

Parfait. Elle n'avait donc pas à s'inquiéter qu'il vende la mèche à son sujet.

— Merci pour la liste. C'est une aide formidable.

Elle lui sourit, puis se rappela que ce n'était pas une bonne idée, vu les circonstances.

— Je ferais mieux de retourner à ma prépa, annonça-t-elle avant de commencer à traverser la rue.

— Attends ! appela-t-il, courant pour la rattraper. Y a-t-il une autre recherche dont tu aurais besoin ? N'importe quoi ? En plus des heures des sirènes, bien sûr ? Veux-tu une liste des autres abris au cas où tu ne pourrais pas atteindre une station de métro ? ou une liste des modèles de bombes ?

— Non. Tu as déjà passé trop de temps à m'aider, Colin, et tu as ton propre travail scolaire en cours et…

— Ce sont les vacances toute cette semaine, et cela m'est égal. Je t'assure. C'est un excellent entraînement pour le moment où je deviendrai historien. J'y retourne de ce pas.

Et il descendit la rue en bondissant.

Polly revint à Recherche et se fit implanter la liste des raids de Colin. Ainsi, elle ne perdrait pas de temps à les mémoriser. Puis elle s'en fut à Fournitures prendre ses papiers et ses lettres, et gagna enfin la Bodléienne pour étudier.

Elle avait mémorisé tous ces documents auparavant, quand elle pensait qu'elle partirait d'abord pour le Blitz, mais elle avait oublié la plus grande part de ses acquis dans l'intervalle. Elle vérifia le rationnement, le black-out, les événements qu'un contemporain devait connaître à l'automne de l'année 1940 – la bataille d'Angleterre, l'opération Lion de mer, la bataille de l'Atlantique –, et pour finir elle apprit par cœur la carte d'Oxford Street. Elle se demanda si elle n'allait pas enregistrer de même la carte du métro, mais elle était affichée dans toutes les stations.

À la place, elle ferait mieux de mémoriser les numéros des bus, et…

— Je t'ai cherchée partout ! s'exclama Colin avant de s'écrouler sur une chaise de l'autre côté de sa table. J'ai oublié une question : où vivras-tu quand tu seras là-bas ? Il y a des milliers d'abris à Londres.

— Quelque part à Marylebone, Kensington ou Notting Hill. Cela dépend de l'endroit où je peux trouver une chambre à louer.

Elle lui mentionna les restrictions de M. Dunworthy : un-kilomètre-d'Oxford Street-et-pas-plus-loin.

— Alors je vais commencer par les abris circonscrits dans ce rayon. Et, si j'ai le temps, j'élargirai au reste du West End. Oh ! et quand reviens-tu ? Pour que je puisse te marquer ceux que tu dois éviter ?

— Le 22 octobre.

— Six semaines, traduisit-il d'une voix distraite. Et ensuite tu fais les raids des zeppelins. Combien de temps passeras-tu en 1915 ?

— Je l'ignore. Ça n'a pas encore été planifié. Je ne peux pas me permettre d'y penser maintenant. Je dois me concentrer pour aller au bout de la mission présente. Écoute, Colin, j'ai une masse de boulot en retard. Est-ce que tu avais juste besoin des dates ?

— Oui. Non. Je voudrais te demander une faveur.

— Colin, je serai heureuse de parler de toi à M. Dunworthy, mais je doute vraiment qu'il m'entende. Il maintient catégoriquement que personne ne doit se rendre dans le passé avant d'avoir vingt ans. Je sais que tu as déjà voyagé dans le passé, et probablement dans l'un des endroits les plus dangereux où quiconque soit jamais allé, mais…

— Non, ce n'est rien de tout ça.

— Ah, non ?

— Non. Je veux que tu partes pour le Blitz en temps-réel, pas en temps-flash.

— C'est le cas, déclara-t-elle, surprise.

Ce n'était certainement pas ce qu'elle s'attendait à ce qu'il lui demande.

— M. Dunworthy a exigé que la fenêtre de saut soit ouverte toutes les demi-heures au cas où je serais blessée, et cela se passera donc en temps-réel.

— Ah ? Parfait.

Qu'avait-il en tête ?

— Pourquoi veux-tu que je parte en temps-réel pour cette mission ?

— Pas pour celle-ci. Pour toutes tes missions.

— Toutes mes... ?

— Oui. Ainsi je pourrai te rattraper. En âge. Le fait est... (Il s'interrompit pour déglutir.) Le fait est que je te trouve tout simplement super...

*Oh là là !*

— Colin, tu es...

Elle s'arrêta avant de dire : « un enfant », juste à temps !

— ... tu n'as que dix-sept ans. J'en ai vingt-cinq...

— Je sais, mais ce n'est pas comme si nous étions des gens ordinaires. Si c'était le cas, je te l'accorde, ce serait plutôt décourageant...

— Et illégal.

— Et illégal, concéda-t-il. Mais nous sommes des historiens. Ou du moins, tu es une historienne, et je le deviendrai, et nous disposons du voyage temporel, si bien que je pourrai ne pas être toujours plus jeune que toi. Ou dans l'illégalité. (Il sourit.) Écoute, si je fais quatre missions de deux ans ou six missions de dix-huit mois, et si je les fais toutes en temps-flash, je peux avoir vingt-cinq ans pile au moment où tu reviendras du Blitz.

— Tu ne peux pas...

— Je sais, M. Dunworthy représente un problème, mais je trouverai un moyen de le convaincre. Et, même s'il m'empêche d'aller dans le passé avant que je sois en troisième année, j'arriverai à supporter ce délai tant que tu n'exécuteras aucune de tes missions en temps-flash.

— Colin...

— Ce n'est pas comme si je te demandais d'attendre pendant des années entières. Enfin, ce *seraient* des années entières, mais les miennes, pas les tiennes, et je m'en fiche. Et ces années ne seraient pas si longues si tu m'emmenais sur le Blitz.

— C'est totalement exclu.

— Je ne veux pas dire pour *faire* le Blitz. Si je suis tué, je ne risque pas de te rattraper. J'irais dans le Nord, là où sont partis les évacués.

— Non. Et je croyais que tu souhaitais me rattraper. Si tu viens avec moi, nos âges relatifs demeureront les mêmes.

— Pas si je ne reviens pas avec toi. Je pourrais m'attarder jusqu'à la fin de la guerre – c'est-à-dire cinq années –, et là revenir en temps-flash. Cela me ferait vingt-deux ans, et il ne me resterait plus qu'une ou deux missions à faire. Que je pourrais exécuter de la même façon, ainsi tu n'aurais pas à m'attendre du tout.

Elle *devait* mettre un coup d'arrêt à cette folie.

— Colin, il faut que tu trouves quelqu'un de ton âge.

— Tout juste. Et tu auras précisément mon âge dès que…

— C'est ridicule. Avant d'avoir atteint vingt-deux ans, tu auras eu le temps de changer mille fois d'idée. Comme au sujet de ton désir de partir aux croisades…

— Non, je n'ai pas changé.

— Mais tu disais…

— Je raconte ça aux gens pour qu'ils n'essaient pas de m'en dissuader. J'ai parfaitement l'intention de m'y rendre ainsi qu'au World Trade Center. Et je ne changerai d'avis sur aucun des deux. Quel âge avais-tu quand tu as su que tu voulais devenir historienne ?

— Quatorze ans, mais…

— Et tu veux toujours en être une, n'est-ce pas ?

— Colin, c'est différent !

— Pourquoi ? Tu savais ce que tu voulais, et je sais ce que je veux. Et j'ai trois ans de plus que toi à la même époque. Je sais que tu penses que j'éprouve une espèce d'amour juvénile, qu'à dix-sept ans, on est trop jeune pour être amoureux de quelqu'un…

*Non*, pensa-t-elle, *je sais que ce n'est pas le cas*. Et elle se sentit soudain désolée pour lui.

Erreur. Il avait évidemment pris son silence pour un encouragement.

— Ce n'est pas comme si je demandais le moindre embryon d'engagement, reprit-il. Tout ce que je désire, c'est que tu me donnes une chance de te rattraper, et quand nous aurons tous les deux le même âge… Ou, attends, préfères-tu les hommes plus âgés ? Je peux viser n'importe quel âge de ton choix. Attention, pas soixante-dix ans, ou que sais-je : je ne veux pas patienter ma vie entière, mais je serais disposé à atteindre trente ans, si tu préfères les hommes plus vieux…

— Colin ! s'exclama-t-elle, éclatant de rire malgré elle. Je n'ai pas le temps de te laisser me parler comme ça. Tu as dix-sept ans…

— Non, écoute, quand j'aurai le bon âge, quel qu'il soit, si tu ne m'aimes pas, ou si tu es tombée amoureuse de quelqu'un d'autre pendant ce temps… Ce n'est pas le cas, hein ? Tu n'es pas amoureuse de quelqu'un ?

— Colin !

— Tu l'es ! Je le savais ! Qui est-ce ? Ce garçon américain ?

— Quel garçon américain ?

— À Balliol. Le grand et beau Mike quelque chose.

— Michael Davies. Il n'est pas américain. On lui a fait un implant L-et-A. Et c'est juste un ami.

— Alors, c'est quel historien ? Pas Gerald Phipps, j'espère. C'est un vrai boulet…

— Je ne suis pas amoureuse de Gerald Phipps ni d'aucun autre historien.

— Parfait, parce que nous sommes absolument *faits* l'un pour l'autre. Je veux dire, un contemporain ne marchera pas : ou ils sont morts avant ta naissance, ou ce sont des *vieux*. Et il est inutile de tomber amoureux de quelqu'un de notre époque parce que même si vous débutez au même âge, après quelques missions en temps-flash, tu deviendras trop vieille pour *lui*. Et *eux*, ils ne peuvent pas venir à ton secours s'il t'arrive quelque chose. Aussi, la seule issue, c'est un autre historien, et ça tombe bien, *je* vais être historien.

— Colin, tu as dix-sept ans !

— Mais ça passera vite ! Tu sentiras les choses différemment quand j'aurai vingt-cinq...

— Tu en as dix-sept *aujourd'hui*, et j'ai du pain sur la planche. Cette conversation est terminée. Maintenant, file !

— Pas avant que tu m'aies au moins promis que tu feras ta mission zeppelin en temps-réel.

— Je ne promets rien du tout.

— Bon, alors promets au moins que tu y réfléchiras. Je prévois d'être d'une beauté et d'un charme renversants quand j'aurai vingt-cinq ans. (Il lui adressa son sourire de filou.) Ou trente ans. Tu pourras me dire ce que tu préfères quand je te rapporterai la liste des sirènes.

Et il s'envola, laissant Polly secouer la tête, amusée.

Elle avait le sentiment qu'il avait raison : avec cette chevelure d'un blond flamboyant et ce sourire désarmant, il allait devenir clairement irrésistible d'ici quelques années. Elle ne serait pas surprise si, dans dix minutes, il revenait avec une autre question et encore plus d'arguments sur les liens qui les unissaient l'un à l'autre, aussi décida-t-elle d'emporter les cartes à la chambre de Lark pour les mémoriser.

Elle s'arrêta en chemin pour demander à Garde-robe quand sa jupe noire serait prête.

— Dans trois semaines, dit la tech.

— *Trois semaines ?* Je vous avais priée de la mettre en urgence !

— Elle *est* programmée en urgence.

Ce qui signifiait qu'elle ferait mieux d'accepter la bleu marine. Elle ne voulait pas que l'absence de jupe l'empêche de partir.

*Parce qu'il manquait un clou, le fer à cheval fut perdu.*

C'était l'un des adages favoris de M. Dunworthy. Elle dit à la tech qu'elle s'était finalement décidée pour la jupe bleu marine. Elle conviendrait, après tout.

— Ah ! excellent ! déclara la tech, soulagée. Aurez-vous besoin de chaussures ?

— Non, celles que j'avais feront l'affaire, mais il me faudra une paire de bas.

La tech lui en trouva une, et Polly revint à Magdalen avec les vêtements, mémorisa la carte, et relut ses notes sur les grands magasins.

Elle n'en avait pas dépassé la moitié quand le téléphone sonna.

*Colin, je n'ai plus le temps pour ça*, grogna-t-elle.

Mais c'était Linna.

— Nous avons découvert un site, le croira qui voudra, mais le problème c'est qu'il ne sera pas opérationnel avant une quinzaine, à moins que vous ne puissiez arriver ici dans la prochaine demi-heure. Si vous n'êtes pas déjà prête...

— Je suis prête. Je serai là.

Polly sauta dans son costume, et faillit filer ses bas dans sa hâte. Elle attrapa son carnet de rationnement, sa carte d'identité, la lettre de démission, ses lettres de recommandation, et les enfourna dans son sac à bandoulière. Oh ! et l'argent ! Et les vingt livres d'extra de M. Dunworthy !

Et sa montre-bracelet !

*Et maintenant, tout ce qui me manque est de buter dans M. Dunworthy*, se disait-elle en la passant à son poignet alors qu'elle se ruait hors de Magdalen et se dépêchait le long du High, mais sa chance tint bon et elle parvint au labo avec cinq minutes d'avance.

— Dieu merci ! s'exclama Linna. Je me trompais pour ce créneau dans quinze jours. Le prochain se présente le 6 juin.

— Le jour J.

— Oui, eh bien votre jour J se produit dans cinq minutes exactement ! annonça Badri.

Il l'installa sous les voiles, prit des mesures et déplaça son sac à bandoulière de façon qu'il s'insère mieux sous le filet.

— Vous arrivez à 6 heures du matin, le 10 septembre.

*Parfait. Cela me donnera toute une journée pour trouver un appartement et me mettre à chercher du travail.*

Badri ajustait les voiles du filet.

— Vérifiez vos coordonnées spatio-temporelles dès que vous aurez traversé, et notez le décalage, quel qu'il soit.

Il retourna à la console et se remit au clavier.

— Et pour mémoriser le point de transfert, prenez plus d'un point de repère. Juste une rue ou un bâtiment, ce n'est pas suffisant. Les bombardements peuvent métamorphoser l'environnement, et il est notoirement difficile d'apprécier les distances et la direction dans une zone bombardée.

— Je sais. Pourquoi faut-il que je note le décalage ? Celui que vous prévoyez est plus important que d'habitude ?

— Non, le décalage estimé est d'une à deux heures. Linna, appelle M. Dunworthy. Il voulait qu'on l'avertisse quand nous aurions trouvé le point de saut.

*Oh ! pas maintenant, alors que j'y suis enfin !*

— Il est à Londres, lui rappela Linna. Il est de nouveau parti voir le docteur Ishiwaka. Quand j'ai téléphoné à son secrétaire avec les données du décalage, il m'a prévenu qu'il ne serait pas de retour avant la nuit.

*Merci, mon Dieu !*

— Bon, ce n'est pas grave. Polly, vous devrez revenir nous faire un rapport dès que vous aurez un lieu où habiter et travailler.

Les draperies commencèrent à s'abaisser autour d'elle.

— Et notez exactement quel est le décalage que vous subissez en traversant. Prête ?

— Oui. Non, attendez. J'ai oublié quelque chose. Colin faisait une recherche pour moi.

— C'est quelque chose dont vous avez besoin pour la mission ? Voulez-vous la déplacer ?

— Non.

M. Dunworthy risquait d'annuler son transfert, et elle avait les heures des raids. Colin lui avait appris que les sirènes retentissaient en général vingt minutes avant le début des raids. Et elle pourrait obtenir la liste quand elle reviendrait leur donner son adresse.

— Je suis prête.

Le filet se mit à scintiller.

— Dites à Colin...

Trop tard, le saut l'avait déjà transportée.

*En cas d'invasion, tout propriétaire*
*d'un véhicule à moteur*
*devrait être prêt à empêcher sa voiture,*
*sa motocyclette ou son camion de fonctionner,*
*dès que l'ordre en sera donné.*

Affiche du ministère des Transports, 1940

## Warwickshire, printemps 1940

Le pasteur revint donner à Eileen et au reste du personnel leurs premières leçons de conduite le jour qui suivit son retour d'Oxford.

— Vous n'êtes pas effrayée ? demanda Una.

— Non, lui assura Eileen, qui enlevait son tablier. Je suis certaine que le révérend est un excellent professeur.

*Et, grâce à mon séjour à Oxford, je serai une excellente élève.*

Bien qu'elle n'ait disposé que de deux jours et d'aucune aide de Polly, elle n'avait pas seulement appris comment entrer dans la Bentley, mais aussi comment la démarrer, changer les vitesses et se servir du frein à main.

Juste avant son retour, elle avait conduit le long du High, monté à Headington Hill, et elle en était rentrée saine et sauve.

— Je crois plutôt que les leçons seront amusantes, déclara-t-elle à Una.

Et elle rejoignit la voiture. Mais ce n'était pas la Bentley, c'était l'Austin défoncée du pasteur.

— Mme la comtesse avait une réunion du WVS à Daventry, expliqua M. Goode.

*Et elle ne veut pas que sa Bentley soit endommagée !*

— Mais conduire une voiture ou en conduire une autre, c'est à peu près la même chose, assura-t-il.

Faux. Sur l'Austin, la pédale d'embrayage semblait obéir à des principes entièrement différents. Eileen calait, quelle que soit la vitesse utilisée… quand elle parvenait à démarrer, pour commencer. Ou bien le moteur refusait de tourner, ou encore elle le noyait. Quand elle réussit finalement à maintenir l'allumage et à se mettre en prise, il s'étouffa avant qu'elle ait parcouru dix mètres.

— Ma vieille compagne est d'humeur plutôt capricieuse, j'en ai peur, sourit M. Goode. Vous vous en sortez très bien.

— Je croyais que les hommes d'église n'étaient pas censés raconter de mensonges !

Cependant, après trois nouveaux essais, Eileen manœuvrait l'Austin jusqu'à la fin de l'allée. Comparée à Una, qui n'arrivait même pas à se rappeler quel pied poser sur quelle pédale, et qui éclatait en sanglots chaque fois que le pasteur tentait de le lui montrer, elle était carrément douée.

Samuels se révéla pire encore, convaincu de pouvoir mater « ce maudit engin » par la force brute et le blasphème. Eileen s'étonnait que le pasteur n'abandonne pas le projet tout entier, lady Caroline ou pas. En vérité, il continuait d'un air déterminé, malgré ses élèves et les Hodbin qui avaient décidé que ces leçons étaient le spectacle le plus drôle qu'ils aient jamais vu. Aussi se hâtaient-ils de rentrer de l'école ces jours-là pour s'asseoir sur les marches et chahuter.

— Qu'esse qu'y croient qu'y font ? demandait Alf à Binnie d'une voix claironnante.

— Z'apprennent à conduire, pour quand les Boches y vont nous infester.

Alf observait les manœuvres pendant un moment, puis il ajoutait d'un ton innocent :

— Y sont de quel bord ?

Et les deux de s'étouffer de rire !

*Je dois retourner à Oxford pendant ma prochaine demi-journée et pratiquer sur une Austin*, se dit Eileen, mais elle n'y parvint pas. Le lundi matin, quatre nouveaux évacués arrivèrent, ce qui mit le point de transfert désespérément hors d'atteinte. Et une semaine plus tard, les évacués qu'ils avaient hébergés auparavant commençaient à revenir – Jill Potter, Ralph et Tony Gubbins –, et tous rejoignaient les Hodbin sur les marches pour regarder les cours de conduite et crier des sarcasmes.

— Faut prendre un canasson ! brailla Alf pendant une leçon d'Una particulièrement pénible. Ça s'ra plus fastoche d'y apprendre à conduire qu'à celle-là, révérend !

— J'crois qu'le révérend y devrait m'apprendre à conduire, déclara Binnie. Je s'rais *mille fois* meilleure qu'Una.

*Aucun doute.* Cependant, une version des Hodbin en Bonnie et Clyde, avec Binnie conduisant la voiture pour s'enfuir, c'était la dernière chose dont le pasteur avait besoin.

— Si vous voulez vraiment aider à gagner la guerre, allez chercher des papiers pour la campagne de recyclage ou trouvez-vous autre chose à faire !

Hélas ! le lendemain, Eileen s'aperçut qu'ils avaient « recyclé » le carnet de rendez-vous de lady Caroline, une première édition de Shakespeare, et toutes les recettes de cuisine de Mme Bascombe.

— Ils sont impossibles, se plaignit-elle au pasteur quand il arriva pour sa leçon suivante.

— Notre religion nous l'enseigne, l'espoir d'une rédemption est accessible à tous, proféra-t-il avec la componction d'un discours en chaire, mais, je dois l'admettre, les Hodbin nous poussent aux limites de cette conviction.

Et il entreprit de lui montrer comment faire marche arrière avec l'Austin.

Elle se sentait coupable qu'il passe tant de temps à l'initier. Il ne restait plus que quelques semaines avant son départ. Il aurait dû former quelqu'un d'autre, présent quand la guerre commencerait à s'intensifier. Elle se conforta en se disant que la situation de Backbury n'avait pratiquement pas nécessité d'ambulanciers. Pas un bombardement, et le crash d'un seul avion, en 1942, un Messerschmitt allemand, à l'ouest du village. Mort sur le coup, le pilote n'avait pas eu besoin d'ambulance. Et, de toute façon, le rationnement de l'essence empêcherait rapidement tout le monde de conduire quoi que ce soit.

Elle doutait que des leçons supplémentaires perfectionnent Una ou Samuels, et Mme Bascombe refusait toujours aussi résolument d'apprendre. Quand le pasteur tenta de la persuader, elle s'exclama :

— Je ferai de mon mieux pour aider à gagner cette guerre, comme tout le monde, mais pas dans une automobile, et je me fiche de ce que Sa Seigneurie désire.

— *Moi*, j'crains pas les guimbardes, déclara Binnie. Vous pourriez m'les donner *à moi*, ces leçons, mon révérend !

— Qu'en pensez-vous ? demanda-t-il à Eileen plus tard. Elle assimile *vraiment* vite.

C'était un euphémisme !

— Je la trouve bien assez dangereuse à pied, répondit-elle.

Cependant, après une semaine où Binnie n'avait cessé de voler les enseignes des portails d'entrée, elle se ravisa.

Quand elle l'avait surprise avec le panneau « Cottage Hyacinthe » de Mlle Fuller, l'adolescente s'était exclamé « on doit l'faire ! », et lui avait montré une directive du War Office vieille d'un an qui ordonnait l'enlèvement de tous les poteaux indicateurs. Eileen décida qu'entre deux maux conduire risquait d'être le moindre.

— Mais tu devras faire *exactement* ce que le révérend te demande, exigea-t-elle d'un ton sévère. Et interdiction de mettre le pied dans l'Austin en dehors de tes leçons de conduite.

Binnie hocha la tête.

— Alf, y peut aussi en avoir, des leçons ?

— *Non*. Il n'est pas autorisé à monter dans la voiture avec toi. Pas un instant. Est-ce clair ?

Binnie acquiesça, mais quand elle et le pasteur revinrent au manoir après leur première tentative, Alf était affalé sur le siège arrière.

— Nous l'avons trouvé au bout du chemin, expliqua le pasteur. Il s'est tordu la cheville.

— L'est plus fichu de marcher du tout, renchérit Binnie.

— Une belle histoire, commenta Eileen en ouvrant la portière arrière. Tu ne t'es pas abîmé la cheville, Alf. Dehors ! Maintenant !

Alf sortit, grimaçant.

— Ouaille ! ça m'fait mal !

Binnie l'aida à boitiller jusqu'à l'entrée des serviteurs, appuyé sur elle de tout son poids.

— Ils sont vraiment bons, apprécia le pasteur, qui les regardait s'éloigner. Ils devraient envisager de faire du théâtre. (Il sourit à Eileen.) Surtout si l'on se représente que la cheville foulée était une improvisation de dernière minute. Nous avons débouché du tournant plutôt brusquement et l'avons surpris : il se préparait à répandre des punaises sur la route.

— Pour crever les pneus des Allemands quand ce sera l'invasion, pas de doute !

— Pas de doute !

Il jeta un coup d'œil à Binnie, qui franchissait la porte avec son poids mort.

— Pour prévenir toute attaque future contre mes pneus, je crois qu'il vaut mieux que je garde un œil sur lui pendant les prochaines leçons. Ne vous inquiétez pas, je n'ai pas l'intention de le laisser derrière le volant et, de toute façon, il n'est pas assez grand pour atteindre les pédales. (Il sourit.) Binnie se débrouille bien. Je suis heureux que vous ayez suggéré de lui donner des leçons.

*Oui, eh bien, nous verrons, mon révérend !*

Pourtant, même si Binnie conduisait beaucoup trop vite – « les ambulances doivent filocher, pour arriver à l'hosto avant qu'les gens y calanchent » –, les leçons se déroulaient par ailleurs sans accroc, et Eileen était éperdue de reconnaissance pour ces quelques moments où elle cessait de se demander ce que les Hodbin étaient en train de fabriquer, d'autant que quatre nouveaux évacués étaient arrivés, tous en guenilles, et l'un d'entre eux pisseur au lit.

Chacun de ses instants libres passait à repriser et à coudre des boutons, mais ils se faisaient rares, ces instants épargnés. Lady Caroline avait décidé que tout le monde devait apprendre à se servir d'une pompe à main portative, et elle leur annonça que le pasteur allait leur montrer comment mettre en panne une automobile en enlevant la tête et les fils de l'allumeur.

Dans l'intervalle, Eileen tentait de garder un œil sur Alf et Binnie, qui avaient arrêté de chahuter durant les leçons d'Una et s'engageaient dans des projets plus ambitieux, tels que déterrer les roses primées de lady Caroline afin de planter un jardin de la victoire, si bien qu'Eileen commença de compter les jours qui la séparaient de sa libération.

Quand elle en avait le temps.

Alan, le fils de lady Caroline, vint de Cambridge avec deux amis passer les vacances au manoir, ce qui promettait encore plus de lessives et de lits à faire et, tandis que les nouvelles de la guerre empiraient, de plus en plus d'évacués arrivaient. À la fin de mars, ils étaient si nombreux que le manoir ne pouvait pas les accueillir tous. Il fallait les répartir dans les villages alentour, et dans chaque cottage et ferme des environs.

Eileen et le pasteur se servaient des leçons de conduite pour prendre les enfants en triste état à la gare. Ils étaient souvent en sanglots, ou le train les avait rendus malades, et plus d'un vomit dans la voiture pendant que le pasteur et son élève les emmenaient sur le lieu de cantonnement qui leur avait été attribué. Certains de ces lieux se révélaient extrêmement rudimentaires, avec des cabinets extérieurs et de sévères parents nourriciers qui s'imaginaient que des raclées régulières étaient indiquées pour des gosses âgés de cinq ans.

Si ceux dont elle avait la charge n'avaient pas déjà submergé Eileen, elle aurait été plus que capable d'étudier les évacués « dans des situations variées ».

Mais ils en étaient à vingt-cinq enfants, plus de la moitié présents à l'origine et revenus après leur retour à Londres. À mi-avril, ils étaient tous là, excepté Theodore. *Sa mère n'a probablement pas réussi à le récupérer au train*, se disait Eileen, tout en dressant d'une main lasse de nouveaux lits. *Je ne peux croire que j'ai pu me plaindre un jour de ne pas avoir assez d'évacués !*

Elle était si occupée qu'elle ne tenta même pas de se rendre au point de transfert, bien qu'elle n'ait pas traversé depuis février. En eût-elle eu le temps, il était presque impossible de s'échapper sans se faire repérer et suivre par les Hodbin, ou sermonner par Mme Bascombe sur les dangers des rencontres avec les jeunes hommes dans les bois. Et il ne lui restait plus qu'une semaine de mission.

*J'arriverai sûrement à tenir quelques jours de plus…*

Pourtant, lorsque deux lots supplémentaires d'évacués leur parvinrent, les cheveux pleins de poux, elle en fut moins certaine. Elle passa la semaine entière à leur laver la tête à la paraffine. Minuit avait sonné, le dimanche, quand elle put enfin s'enfermer dans sa chambre, découdre un bout de l'ourlet de son manteau, et en extraire la lettre que Fournitures lui avait procurée… Il était sans doute préférable qu'elle ne l'ait pas sortie plus tôt. Aucune cachette ne pouvait être considérée comme sûre avec les Hodbin.

La lettre était à son nom, et l'adresse de réexpédition indiquait un village qui n'existait pas dans le lointain Northumberland. Elle avait été légèrement salie de façon à la rendre illisible, tout comme le cachet de la poste. Elle la déchira pour l'ouvrir.

« Chère Eileen, était-il écrit, viens aussi vite que possible. Maman va très mal. J'espère que tu arriveras à temps. Kathleen. »

Elle devait faire en sorte que Mme Bascombe ou Una la découvrent sur son lit après qu'elle serait partie. Elle se demanda si elle n'allait pas la cacher sous le matelas jusqu'au lendemain après-midi, puis évoqua les Hodbin et l'enfouit de nouveau dans la doublure de son manteau, faufilant l'ourlet pour le refermer.

Levée à 5 heures le lundi, elle travailla comme une forcenée toute la matinée afin que chaque chose soit en ordre avant le début de son demi-jour de congé, à 13 heures. Elle espérait qu'ils pourraient trouver quelqu'un pour la remplacer. Elle avait supposé que lady Caroline embaucherait simplement une autre servante quand elle s'en irait, mais hier Mme Bascombe avait dit que Mme Manning passait une annonce depuis trois semaines et n'avait pas eu la moindre réponse.

— C'est la guerre. Les filles qui devraient être domestiques sont parties rejoindre les Wrens ou les ATS. Les filles, ça ne pense à rien d'autre qu'à faire la chasse aux soldats, de nos jours.

*Pas toutes !*

Eileen se débarrassa de son uniforme et mit le corsage et la jupe dans lesquels elle était arrivée au manoir. Elle retira l'enveloppe de la doublure de son manteau, sortit la lettre et la disposa sur le lit de telle façon que l'on puisse croire qu'elle l'avait laissée tomber dans sa hâte.

On frappa à la porte.

— Eileen ? demanda Una.

*Oh ! quoi, maintenant ?*

Eileen entrebâilla la porte.

— Que se passe-t-il, Una ?

— Mme vous mande dans le salon.

Eileen ne pouvait pas annoncer à Una qu'elle était sur le point de partir, pas alors qu'elle était censée plier bagage sur-le-champ, trop affolée pour penser à prévenir quiconque après avoir lu la lettre de sa sœur. Il fallait qu'elle aille voir ce que voulait lady Caroline.

*C'est probablement une autre troupe de pisseurs au lit pleins de poux...*

Elle remit son uniforme et se précipita dans le couloir.

*Ou alors elle a décidé que le personnel devait apprendre à faire fonctionner un canon de DCA.*

Eh bien, quoi que ce soit, Eileen n'aurait plus à s'y coller après aujourd'hui. Elle n'aurait plus jamais à se tenir devant elle, les mains jointes et les yeux sagement baissés, à prendre ses ordres en disant :

— Vous m'avez demandée, ma'ame ?

— Oui, dit lady Caroline d'un air sévère. Mlle Fuller est venue me rendre visite. Elle sort tout juste d'ici. Quand elle se trouvait à la réunion du Women's Institute, hier, quelqu'un a volé l'ornement de capot et les poignées de porte de sa Daimler.

— Sait-elle qui c'était ? interrogea Eileen, bien qu'elle connaisse déjà la réponse.

— Oui. Elle a vu l'un des coupables s'enfuir. C'était Alf Hodbin. Ce genre de comportements scandaleux ne peut être toléré plus longtemps. Dieu me soit témoin que je fais de mon mieux, comme il en a toujours été, mais je ne peux abriter des criminels au manoir.

— Je veillerai à ce qu'ils soient rapportés par Alf, mentit Eileen. Est-ce que ce sera tout, ma'ame ?

— Non. La chef de cantonnement, Mme Chambers, vient cet après-midi. Elle amène trois enfants de plus. Deux d'entre eux devaient être envoyés au Canada, à l'origine, mais leurs parents ont décidé que l'Atlantique nord était trop dangereux.

*Il l'est*, approuva Eileen en silence, se remémorant le *City of Benares*, qui serait torpillé en septembre et dont le naufrage tuerait soixante-dix-sept petits évacués sur les quatre-vingt-dix qu'il transportait.

— Mme Chambers me garantit que ce sont des enfants très bien élevés.

Eileen en doutait et, même s'ils l'étaient, trois jours dans le voisinage de Binnie et Alf pouvaient changer un ange en un vandale qui séchait les cours, jetait des pierres, et volait les têtes d'allumage.

— Il faudra préparer des lits. Je ne serai pas présente cet après-midi. Nous avons une réunion de la Women's Home Defence à Nuneaton, Mme Fitzhugh-Smythe et moi, et je compte sur vous pour vous occuper des tâches administratives quand Mme Chambers arrivera. Elle sera là à 15 heures.

*Et c'est la dernière fois que tu peux m'obliger à faire quelque chose pendant ma demi-journée de congé !*

— Oui, ma'ame. Y aura-t-il quelque chose d'autre ?

— Dites à Mme Chambers que je suis désolée d'avoir dû m'absenter, ajouta lady Caroline, qui enfilait ses gants. Oh ! et après que vous aurez installé les enfants, cette fibre de coton doit être déchirée en bandes et en rouleaux pour bandages. J'ai promis que ce serait fait pour la réunion de demain du St John Ambulance. Et demandez à Samuels d'avancer la voiture. (Elle attrapa son sac.) Vous pouvez y aller.

*C'est exactement ce que j'ai l'intention de faire* !

Eileen descendit en courant prévenir Samuels puis remonta en trombe dans sa chambre. Mais, avant qu'elle ait même commencé à déboutonner son uniforme, Una surgit pour l'informer que Mme Chambers l'attendait en bas avec trois enfants.

— Il doit y avoir une erreur, gémit la fille, presque en larmes. Ils ne peuvent venir *ici*, n'est-ce pas ?

— Malheureusement, si. Madame est-elle partie ?

Una hocha la tête.

— Qu'est-ce qu'on *fera*, avec encore plus de gosses ? pleurnicha-t-elle. Nous en avons déjà *tant* !

Et Una ne s'en sortirait jamais avec les formulaires administratifs. Eileen jeta un coup d'œil à sa montre. 14 h 30. Les gamins arriveraient de l'école dans une heure.

*Je les abandonne en plein chaos, elle et Mme Bascombe, je peux au moins installer les nouveaux évacués avant mon départ.*

— Allez dresser trois lits de plus dans la nursery, je m'occupe de Mme Chambers. Où sont-ils ?

— Dans le petit salon. Comment allons-nous contrôler trente-deux enfants, alors qu'on est juste trois ?

*Juste deux*, corrigea Eileen, qui descendait en hâte au petit salon. Lady Caroline devrait simplement se donner un peu de mal pour trouver une nouvelle domestique. Ou s'y coller et faire enfin cet effort de guerre dont elle se vantait.

Eileen ouvrit la porte du petit salon.

— Madame Chambers, Mme la comtesse m'a demandé de...

Theodore Willett se tenait devant elle avec sa valise.

— Je veux rentrer à la maison, s'exclama-t-il.

## Saltram-on-Sea, le 29 mai 1940

Mike regardait fixement la fille.

— Qu'avez-vous dit ?

Il fallait qu'il ait mal entendu.

— J'ai dit que le bus était passé hier. Il vient les mardis et les vendredis.

Ce qui lui apprenait qu'on était aujourd'hui le mercredi 29, et qu'il avait déjà manqué trois jours de l'évacuation.

— Avant, il passait tous les jours, mais depuis la guerre…

— Mais vendredi, c'est le 31 ! explosa Mike. Il faut qu'il y ait un bus avant !

À cette date, l'armée britannique entière aurait été évacuée. Il aurait manqué l'intégralité de l'événement.

— Et à Ramsgate ? Le prochain bus y passe quand ?

— Je crains que ce soit vendredi aussi. C'est le même bus, vous comprenez ?

137

Méfiante, elle était remontée d'une marche, et il s'aperçut qu'il avait crié.

— Je suis désolé. C'est juste que j'étais supposé arriver à Douvres cet après-midi pour couvrir un événement, et maintenant je ne sais pas par quel miracle je vais réussir à m'y rendre. À quelle distance se trouve la station de chemin de fer la plus proche… je veux dire, la gare ?

S'il y en avait une dans le prochain village, peut-être pouvait-il marcher jusque-là.

— Treize kilomètres, mais il n'y a pas eu un seul train de voyageurs depuis le début de la guerre.

*Évidemment !*

— Et une voiture ? Y en a-t-il une dans le village que je pourrais louer ? ou quelqu'un que je pourrais payer pour me conduire à Douvres ? Je pourrais lui donner…

*Ah ! bon Dieu !* Quel était le tarif pour la location d'une voiture en 1940 ?

— …trois livres.

— Trois livres ? s'exclama la fille dont les yeux s'étaient élargis. J'ai toujours entendu dire que les Amerloques étaient riches.

Traduction : c'était beaucoup trop.

— Je ne suis pas riche. C'est juste qu'il est *très* important pour moi de me rendre là-bas aujourd'hui.

— Oh ! M. Powney pourrait vous emmener dans son camion, suggéra-t-elle, mais je ne sais pas s'il est déjà rentré.

— Rentré ?

— Il est allé à Hawkhurst hier acheter un taureau. Il a peut-être décidé d'y dormir. Il déteste conduire pendant le black-out. Je demande à papa. Une minute !

Elle escalada les marches, lui jetant un regard de séductrice par-dessus son épaule à l'instant de disparaître. Il l'entendit appeler :

— Papa ? M. Powney est-il revenu de Hawkhurst ?

— Non. Avec qui parles-tu, Daphne ?

— Un Amerloque. C'est un journaliste.

Mike ne parvint pas à saisir le reste de la conversation. Au bout d'une minute, Daphne dévala l'escalier.

— Papa dit qu'il n'est pas rentré, mais il devrait arriver ce matin.

— Et il n'y a personne d'autre ici avec un *truck* ? Euh, je veux dire, un camion ? Ou une automobile ?

— Le docteur Grainger en a une, mais il n'est pas là non plus. Il est en visite chez sa sœur à Norwich. Et le pasteur a fait don de ses pneus pour la campagne du caoutchouc. Et avec le rationnement de l'essence, je… Oh ! voici Mlle Fintworth !

Une maigre femme à la chevelure négligée venait d'entrer.

— Notre postière. Peut-être saura-t-elle quand M. Powney va rentrer.

Elle l'ignorait.

— Voudriez-vous lui donner ceci quand il arrivera ?

Elle tendait une lettre à Daphne. La jeune fille la déposa sur une pile derrière le bar, et Mlle Fintworth s'en fut, frôlant un vieil homme édenté qui entrait à son tour.

— M. Tompkins saura, déclara Daphne avant de clamer : Monsieur Tompkins, savez-vous quand M. Powney revient ?

Le vieil homme murmura quelque chose que Mike ne comprit pas du tout, mais que Daphne réussit à entendre.

— M. Powney lui a indiqué qu'il avait prévu de revenir dès qu'il ferait jour. Il devrait donc être ici vers 9 heures ou neuf heures et demie.

9 h 30, et ensuite cela leur prendrait au moins deux heures pour atteindre Douvres, ce qui le ferait arriver là-bas vers midi. Si Powney ne devait pas auparavant sortir son taureau du camion, ou tirer le lait de ses vaches, ou nourrir les poulets, ou quoi que ce soit d'autre.

— Tenez, je vous prépare une bonne tasse de thé pendant que vous attendez, et vous me racontez tout des États-Unis. Alors, vous venez d'Omaha ? C'est dans l'Ohio, non ?

— Le Nebraska, corrigea-t-il d'un ton distrait.

Il essayait de décider s'il valait mieux marcher jusqu'au nord du village et tenter le stop ou s'il était préférable de patienter.

— C'est dans l'Ouest sauvage, n'est-ce pas ? On y trouve des Indiens rouges ?

*Des Indiens rouges ?*

— Il n'y en a plus. Combien de…

— Connaissez-vous des gangsters ?

Elle n'était clairement pas historienne.

— Non, désolé. Combien de véhicules passent dans une journée, Daphne ?

— Dans une *journée* ?

— Laissez tomber. Offrez-moi cette tasse de thé.

— Ah ! parfait. Vous allez tout me raconter. D'où venez-vous, déjà ? Nebraska ?

*Oui, mais grâce à Dunworthy qui a changé mon planning, je n'ai pas eu le temps de faire une recherche, si bien que je suis un puits d'ignorance en la matière.*

Il était évident que Daphne n'en savait pas plus, mais il valait mieux éviter le sujet.

— Pourquoi ne pas me parler de votre village, à la place ?

— Je crains qu'il n'y ait pas la moindre chose à dire. Il n'arrive quasiment rien dans cette partie du monde.

À moins de quatre-vingts kilomètres, les Allemands acculaient les armées britanniques et françaises à une retraite désespérée, on organisait une armada de fortune pour les secourir, du succès ou non de cette tentative dépendait l'issue de la guerre… et Daphne ignorait tout de ces événements. Il s'en doutait, cela n'aurait pas dû le surprendre. On avait censuré les informations à ce sujet dans les journaux jusqu'à ce que l'évacuation soit pratiquement terminée, et les seuls contemporains qui en avaient eu connaissance étaient ceux qui avaient aperçu la fumée de Dunkerque à l'horizon, ou les trains pleins de soldats épuisés et blessés rentrant à la maison.

Et Saltram-on-Sea n'avait pas de gare. Mais il y avait des bateaux, et Mike s'étonnait que le Small Vessels Pool ne soit pas venu là. Ses officiers avaient parcouru de long en large la côte de la Manche. Ils réquisitionnaient tous les chalutiers, yachts, navires de plaisance et leurs équipages pour partir au secours des soldats piégés.

— Je suppose que vous êtes allé dans un tas d'endroits excitants, s'exclama Daphne en posant une tasse de thé devant lui. Et que vous avez vu presque toute la guerre. C'est pour ça que vous devez vous rendre à Douvres ? À cause de la guerre ?

— Oui. J'écris un papier pour mon journal sur les dispositifs déployés contre l'invasion le long de la côte. Comment Saltram-on-Sea s'est-elle organisée ?

— Organisée ? Je l'ignore... Nous avons la Home Guard...

— Quelle est sa tâche ? Patrouiller sur les plages pendant la nuit ?

— Non. Les volontaires font surtout des manœuvres, dit-elle avant d'ajouter dans un murmure : et ils restent assis chez nous à se vanter de leurs exploits pendant la dernière guerre.

Ainsi, quelle que soit la raison qui avait empêché le transfert d'opérer la nuit d'avant, ce n'était pas la Home Guard.

— Avez-vous des guetteurs sur la côte ?

— Le docteur Grainger.

Qui était à Norwich, en visite chez sa sœur...

M. Tompkins émit depuis sa table un filet de syllabes incompréhensibles. Mike se tourna vers Daphne.

— Que dit-il ?

— Que nos gars ne laisseront jamais Hitler arriver en France.

Eh bien, Hitler était *déjà* en France, il avait pris Boulogne et Calais, et il était sur le point de conquérir Paris.

— Papa dit que nos gars chasseront Hitler et qu'il rentrera à Berlin la queue entre les jambes. Il dit que nous aurons gagné la guerre dans quinze jours.

*Personne ne voit-il jamais se profiler un désastre ?* se demandait Mike. C'était comme à Pearl Harbor. En dépit de dizaines d'alertes et d'avertissements, les Américains avaient été complètement surpris. Ils n'avaient pas davantage vu venir le World Trade Center, ni Jérusalem, ni la Pandémie. Et à Saint-Paul, le jour qui avait précédé l'arrivée à pied du terroriste qui portait sous son bras la bombe de précision, laquelle allait réduire en miettes la cathédrale et la moitié de Londres, le sujet brûlant, c'était de décider s'il était ou non approprié de vendre des tee-shirts arborant *La Lumière du monde* dans la boutique de cadeaux.

Au moins, ici, les contemporains avaient une excuse : on avait lourdement censuré les nouvelles en provenance de France. D'un autre côté, ils étaient en guerre depuis presque huit mois, durant lesquels Hitler avait parcouru l'Europe comme un couteau tranche une motte de beurre. Et Dunkerque était juste de l'autre côté de la Manche.

On se serait attendu à ce qu'ils s'imaginent que quelque chose se passait.

Mais apparemment non. Aucun des fermiers et des pêcheurs qui entrèrent pendant l'heure suivante ne discutèrent d'autre chose que du temps, et tout ce qui intéressait Daphne, c'était de parler des stars de cinéma américaines.

— Je suppose que vous en avez rencontré des tas, en tant que journaliste. Connaissez-vous Clark Gable ?

— Non.

— Oh ! fit-elle, avec encore plus de déception que lorsqu'il lui avait appris qu'il n'y avait pas d'Indiens rouges. C'est l'acteur que je préfère !

Et elle se mit à lui raconter le scénario tout entier d'un film qu'elle avait vu la semaine précédente, et qui impliquait des espions, une amnésie, et la quête épique d'un amour perdu.

— Il l'a cherchée pendant des années et des années ! C'était terriblement romantique.

*Et pendant ce temps, là-haut, à Douvres, la Royal Navy organise les bateaux en convois, et les marins à la retraite, les capitaines de pédalos et les pêcheurs se présentent, tous volontaires pour les armer, et je suis en train de rater ça !*

Ce n'était pas comme s'il avait pu rentrer à Oxford et recommencer. Lorsqu'un historien avait visité un emplacement temporel, il ne pouvait plus y retourner, et ce n'était pas seulement l'une des précautions superfétatoires de Dunworthy. C'était une loi du voyage temporel, comme certains des premiers historiens l'avaient appris à leurs dépens. La nuit du 28 mai et maintenant le matin du 29 étaient désormais à jamais hors de son atteinte.

*Peut-être pourrai-je assister aux derniers jours de l'évacuation, et ensuite revenir faire les trois premiers ?*

Mais Dunworthy n'accepterait jamais. Si quelque chose tournait mal, et si Mike se trouvait toujours là quand la fin de son séjour le 28 sonnerait, il mourrait ! Par surcroît, lors d'un deuxième essai, le décalage risquait de s'aggraver encore.

Neuf heures, puis neuf heures et demie et 10 heures passèrent sans signe de M. Powney.

*Je ne supporterai pas de rester assis ici toute la journée…*

Mike informa Daphne qu'il sortait faire un tour dans le village.

— Oh ! mais je suis certaine que M. Powney arrivera vite, maintenant. Son départ a dû être retardé.

*Le mien aussi !* pensa Mike avant de lui affirmer qu'il avait besoin d'interviewer quelques autres personnes du coin sur les préparatifs contre l'invasion. Il lui fit promettre de venir le chercher si Powney se montrait et quitta l'auberge. Il devait bien y avoir *quelqu'un* avec un véhicule dans ce village ! On était en 1940, bon Dieu, pas en 1740 ! Quelqu'un devait bien posséder une voiture ! ou un bateau, quoique Mike n'aimait guère l'idée de s'aventurer dans la Manche, qui était pleine de mines et de sous-marins. Plus de soixante des sept cents petites embarcations qui avaient participé à l'évacuation avaient été coulées. Il ne s'engagerait sur l'eau qu'en dernier ressort.

Cependant, malgré une recherche attentive dans chaque ruelle et jardin de derrière, il ne trouva rien, pas même un vélo. Et Douvres était trop éloigné pour l'atteindre à vélo. Il descendit jusqu'au quai où trois pêcheurs, dont l'édenté M. Tompkins, se prélassaient en discutant... de quoi ? Du temps !

— Ça s'annonce mal, assurait l'un d'eux sans ôter la pipe de sa bouche.

M. Tompkins marmonna quelque chose d'inintelligible, et le dernier, qui sentait fort le poisson, marqua son accord d'un ample hochement du crâne.

— Je dois me rendre à Douvres, dit Mike. Y a-t-il quelqu'un, ici, qui accepterait de m'y conduire en bateau ?

— Sam tonnerai qu'fo rouffiez rérin phare iri, déclara M. Tompkins.

Comme il avait secoué la tête en même temps qu'il parlait, Mike interpréta ses paroles comme un non.

— Et l'un de vous ? Je pourrais payer...

Il hésita. Trois livres, c'était évidemment beaucoup trop.

— Dix shillings, compléta-t-il.

C'était évidemment trop peu. Tompkins et le type à l'odeur de poisson secouèrent leur tête sur-le-champ.

— C'est la tempête, là, ça souffle ! assura le fumeur de pipe.

La Manche avait été aussi tranquille qu'une mer d'huile pendant la totalité des neuf jours de l'évacuation, mais Mike ne pouvait guère avancer ce fait.

144

— Je vous paierai une livre.

— Non, fiston, intervint l'homme au parfum de hareng. La Manche est trop dangereuse.

Aucun de ces trois-là ne serait volontaire pour aller à Dunkerque, c'était clair.

Il faudrait qu'il déniche quelqu'un d'autre. Il commença de descendre le quai.

— Harold fra peut-être cap de t'embarquer, lui cria le fumeur de pipe.

Mike revint sur ses pas.

— Harold ?

— Oui. Capitaine Harold.

*Un officier de marine. Parfait. Il saurait comment gouverner à l'écart des sous-marins et des mines.*

— Où puis-je le trouver ?

— Fol roffrez sul *Lassie June*, baragouina M. Tompkins. Il briroldssu pique lardsu la litre dla molle vaisselle coule y a coince choux.

Mike se tourna vers le fumeur de pipe.

— Où puis-je trouver le... quel est le nom du bateau, déjà ?

Mais avant qu'il ait pu obtenir la réponse, M. Tompkins proféra :

— *Tletty Gin*.

Il désigna le bas des docks.

— Aléa marabout, athée fait brise aux six pailles.

Ce qui signifiait Dieu savait quoi, mais la flotille alignée le long du quai n'était pas si nombreuse, et les noms seraient peints sur la proue. Il remercia le trio pour son aide, si maigre fût-elle, et descendit la jetée, examinant les bateaux amarrés. Le *Marigold*, le *Princess Margaret*, le *Wren*[1]. Leurs noms n'avaient guère de consonances guerrières, mais pas plus que n'en avaient eu ceux des yachts, des barges et des bateaux de pêche qui avaient réussi la plus importante évacua-

---

1. Le *Souci*, le *Princesse Margaret*, le *Roitelet*. (*NdT*)

tion militaire de l'Histoire : le *Fair Breeze*, le *Kitty*, le *Sunbeam*, le *Smiling Through*[1].

Cependant, avec un peu de chance, ils étaient en meilleur état que le ramassis de vieilleries entassées là. Antédiluviennes pour la plupart, aucune n'avait été raclée ni peinte depuis un bail et le moteur de l'une d'elles, le *Sea Sprite*[2], gisait en pièces détachées sur le pont. D'évidence, celle-là ne ferait pas le voyage à Dunkerque, mais certaines des autres peut-être bien. Tous les villages de la côte avaient été ratissés. Mike aurait aimé avoir eu le temps de mémoriser la liste des petites embarcations qui avaient pris part à l'évacuation. Il aurait pu savoir, de cette façon, si l'une de celles qui pourrissaient ici avait appareillé.

Et lesquelles étaient revenues. Dans la liste, un astérisque marquait le nom des bateaux coulés. S'il n'avait pas gâché tout un après-midi à poireauter en attendant Dunworthy, il aurait pu faire le tri.

Il atteignit le bout du quai. Pas de *Tletty Gin*. Ni de *Lassie June*. Il fit demi-tour en longeant la rangée des antiquités.

— Ohé ! appela une voix.

Mike leva la tête pour découvrir un vieux bonhomme coiffé d'une casquette de marin et appuyé au bastingage d'une vedette de douze mètres.

— Vous, là ! Êtes-vous envoyé par le Small Vessels Pool ?

— Non. Je cherche le capitaine Harold.

Le vieil homme se fendit d'un sourire immense et, par bonheur, plein de dents !

— C'est moi, le capitaine Harold. Vous devez être envoyé par l'Amirauté. Vous venez pour mon ordre de mission ? J'avais tiré une croix sur vous. Montez donc.

---

1. La *Belle Brise*, le *Minou*, le *Rayon de soleil*, le *Sourire*. (*NdT*)

2. Le *Lutin des mers*. (*NdT*)

Ça, le capitaine Harold ? Il devait avoir soixante-dix ans bien sonnés ! Pas étonnant que l'Amirauté ne se soit pas pressée pour le mobiliser.

Mike scruta la proue. Il s'efforçait de déchiffrer le nom du bateau. La peinture était si défraîchie qu'elle rendait la lecture hasardeuse. Ah ! *Lady Jane.* Quel nom calamiteux, pour un bateau ! Lady Jane Grey avait à peine régné neuf jours avant d'être décapitée, et il ne semblait pas que la vedette tiendrait beaucoup plus longtemps. Elle était constellée de bernacles et n'avait pas été peinte depuis des années.

— Montez à bord, mon garçon, clamait le capitaine, et parlez-moi de cet ordre de mission…

— Je ne viens pas de l'…

— Pourquoi vous restez planté là ? Montez !

Mike s'exécuta. De plus près, le vieil homme paraissait encore plus âgé. Sous la casquette, ses cheveux l'auréolaient d'un blanc duvet de chardon, et sa main nouée d'arthrite avait accompagné son salut militaire d'un craquement.

— Je ne suis pas envoyé par l'Amirauté, je…

— Faut croire qu'ils ont créé un nouveau ministère juste pour attribuer les missions. De mon temps, la Royal Navy n'avait pas tous ces services, ces règlements, ces formulaires à remplir. Que serait-il arrivé à Trafalgar si lord Nelson avait dû se taper toute cette paperasse qu'on nous impose aujourd'hui ?

Nelson avait été tué à Trafalgar, mais il ne semblait pas très avisé d'en faire mention, en admettant que Mike réussisse à placer un mot, ce qui se révélait impossible.

— C'est miraculeux qu'ils parviennent à sortir leurs bateaux de cale sèche, ces jours-ci, avec cette paperasserie. Vous savez depuis quand j'espère mon ordre de mission ? (Il n'attendit pas la réponse.) Neuf mois. J'ai postulé le lendemain de la déclaration de guerre. Vous en avez mis, du temps ! Quand j'étais en active, j'aurais déjà écumé les mers. Alors ? quelle sorte de navire m'ont-ils confié ? Un cuirassé ? un croiseur ?

— Je n'ai rien à voir avec le gouvernement. Je suis journaliste.

Le visage du capitaine se décomposa.

— Pour l'*Omaha Observer*.

— Omaha. C'est au Kansas, non ?

— Nebraska.

— Qu'est-ce que vous fabriquez à Saltram-on-Sea ?

— J'écris un article sur les mesures prises contre l'invasion le long de la côte d'Angleterre.

— Préparatifs ! éructa le capitaine. Quels préparatifs ? Vous avez longé notre côte, Kansas ? Elle ressemble à une foutue station de vacances ! Pas de barricades, pas de fossés antichars, pas même un rouleau de barbelés. Et quand je me suis plaint à l'Amirauté, vous savez ce que leur petit blanc-bec m'a répondu ? « Nous attendons l'autorisation du quartier général. » Devinez ce que je lui ai balancé ! « Si vous attendez plus longtemps, c'est Himmler qui vous l'accordera ! » Sais-tu nager ?

— Nager ? répéta Mike, égaré. Oui, je…

— De mon temps, tout homme au service de la Royal Navy devait avoir appris à nager, de l'amiral au moussaillon de base. Maintenant, la moitié de leur fichue navale n'a jamais posé les pieds sur le pont d'un navire. Ils restent vissés sur leur cul à Londres, à taper leurs autorisations… Viens là, Kansas, je veux te montrer quelque chose.

— Je suis ici pour vous demander…, commença Mike.

Mais, passant par une écoutille, le capitaine avait déjà disparu dans la cale. Mike hésita. Si M. Powney apparaissait, Daphne chercherait à savoir où l'Amerloque était parti. Mike ne voulait pas rater le conducteur. D'un autre côté, il avait également besoin d'apprendre si le capitaine accepterait de l'emmener à Douvres. Si oui, ce serait la voie la plus rapide pour atteindre la ville, et cela résoudrait le problème de l'accès aux docks. Ainsi, il pourrait interviewer les soldats descendant des bateaux de retour. Et, s'ils naviguaient près du rivage, la Manche ne pouvait se révéler à ce point dangereuse.

Mike jeta un coup d'œil à l'entrée du quai. Les trois vieux bonshommes s'y prélassaient toujours. Ils indiqueraient à Daphne où il se trouvait. *Si elle parvient à comprendre ce qu'ils lui disent !* Et il dégringola l'échelle à la suite du capitaine. Il régnait un noir d'encre sous l'écoutille. Momentanément aveuglé, Mike tâtonna sur les derniers barreaux et sauta.

Il atterrit dans trente centimètres d'eau…

*Amis, quel est ce pays ?*
William Shakespeare, *La Nuit des rois*[1]


## Oxford, avril 2060


Le halo irradiait déjà tellement qu'il avait englouti le labo et même les arabesques du filet. Polly ne percevait plus que l'évasement du point de transfert. Elle savait qu'il ne lui restait plus assez de temps pour demander à Badri et Linna de transmettre ses excuses à Colin, mais elle cria malgré tout, en direction de l'étincelant poudroiement :

— Dites à Colin ce qui s'est passé, et que je n'ai pas pu le prévenir. Dites-lui que je suis désolée, que je le remercie pour son aide précieuse, et que je le contacterai dès mon retour !

Trop tard, elle avait traversé.

Dans une cave, où elle discernait à peine un mur de brique et une porte noire dont la peinture s'écaillait à l'extrême. Sur les côtés, deux autres murs de brique et,

---

1. Acte I, scène II. (*NdT*)

au-dessus d'elle, un plafond bas. Derrière, trois marches conduisaient au reste de cette cave pavée, pleine de barriques et de caisses d'emballage. En temps normal, les sous-sols étaient de bons points de chute mais, pendant le Blitz, ils avaient servi de refuges.

Polly s'immobilisa un moment, l'oreille tendue vers un éventuel bruit de voix – ou de ronflement – en provenance d'une partie de la cave qu'elle ne pourrait pas voir, mais elle n'entendit rien. Discrètement, elle essaya d'ouvrir la porte. Qui était fermée.

Magnifique ! Elle avait débarqué sur un site verrouillé, et plus elle le détaillait dans la pénombre, plus elle en déduisait que ça ne datait pas d'hier. Entre les gonds de la porte et le sol dégoûtant, une toile d'araignée emprisonnait un bataillon de feuilles mortes. À moins qu'elle ne découvre une fenêtre pour filer d'ici, il lui faudrait attendre l'ouverture du point de transfert et demander à Badri de lui chercher un autre site. En priant pour que M. Dunworthy n'ait pas annulé sa mission dans l'intervalle.

*Pourvu qu'il y ait une fenêtre !* se dit-elle en montant les marches et, quand elle en atteignit le sommet, elle comprit pourquoi elles étaient jonchées de feuilles mortes, elles aussi. La cave n'en était pas une. C'était un passage exigu entre deux bâtiments, et la porte close qu'elle avait tenté de forcer était l'entrée latérale d'un immeuble, enfoncée dans une embrasure. Une corniche au-dessus du passage avait au moins partiellement empêché quiconque de remarquer le halo depuis les étages, mais l'avait-il caché depuis la rue qui se trouvait à l'extrémité ? Si un passant pouvait le déceler, le saut ne serait praticable qu'une fois la voie désertée. De ce fait, il deviendrait difficile à utiliser.

Pour explorer plus avant, elle se faufila entre les piles de tonneaux, son manteau étroitement serré contre elle. Elle craignait qu'il se déchire. Ou se salisse. Une épaisse couche de poussière couvrait le haut des barriques, et des amas de feuilles mortes crissaient sous ses pas.

*Pourvu que je sois bien arrivée en septembre, et pas en novembre !* se disait-elle alors qu'elle se glissait derrière l'avant-dernier baril. *Je ferais mieux d'établir et de fixer mes coordonnées spatio-temporelles. Dès que j'aurai vérifié si le halo est perceptible de la rue.*

Mais ce n'était pas une rue. C'était une allée, elle aussi pavée de briques, que bordaient les dos aveugles de bâtiments également en brique. Manufactures ? Magasins ? Quelle importance ! Ce qui comptait, c'était que même si le halo était visible d'ici, personne ne pourrait le voir des immeubles en face et, de nuit, l'endroit serait désert.

Attentive, elle se pencha pour regarder l'allée. Personne. Elle était presque aussi sombre que le passage. Trop pour 6 heures du matin. Soit il s'était produit un décalage, soit l'étroite allée était plus obscure que la rue. Elle jeta un coup d'œil à son extrémité. Les immeubles y formaient une masse indistincte.

Pas de décalage. Le brouillard. Ce qui signifiait qu'il pouvait être n'importe quelle heure. Dans le Londres des années 1940, il arrivait que le smog provoqué par les poêles à charbon transforme midi en minuit. Cependant, Polly avait sans le moindre doute atteint la Seconde Guerre mondiale : sur le mur qui jouxtait le passage, quelqu'un avait dessiné l'Union Jack et gribouillé à la craie « Londres tiendrat ! » Il y avait de fortes chances que son saut ait amené l'historienne exactement au moment voulu. Au petit matin du 10 septembre, le brouillard avait été très dense.

Elle se rendit au bout de l'allée, tendit l'oreille quelques instants afin de déceler un éventuel bruit de pas, puis se décida à jeter un coup d'œil circonspect dans la rue. Aussi loin que pouvait porter son regard à travers le brouillard, personne en vue, et pas un véhicule non plus sur la route plus large qu'elle devinait sur sa gauche, ce qui signifiait que la fin d'alerte n'avait pas sonné. Et qu'il n'y avait donc pratiquement pas eu de décalage.

Néanmoins, elle ne savait toujours pas où elle se trouvait. Elle devait le découvrir, si possible avant la fin de l'alerte, mais avant de quitter l'allée, il lui faudrait prendre des repères sûrs afin de la reconnaître et retrouver le site de transfert. Elle retourna vers le passage pour en mémoriser les immeubles. Le plus proche avait de larges doubles portes, et celui qui le jouxtait un escalier de bois délabré dont les deux branlantes volées de marches menaient à une porte noire d'apparence aussi dégradée que celle du point de saut. Puis s'ouvrait le passage, que Polly aurait loupé sans le graffiti « Londres tiendrat ! » Les barriques le cachaient aussi bien que le renfoncement. Un préposé à la Défense passive pouvait regarder droit dedans sans le repérer.

À supposer même qu'on songe à contrôler l'allée. Elle semblait aussi encombrée de feuilles mortes et de toiles d'araignées que le passage. Ce qui était parfait.

Elle continua le long de la voie, en quête d'autres particularités remarquables, mais les immeubles de brique n'arboraient aucune marque distinctive, à l'exception de l'antépénultième, un ouvrage de style Tudor à colombages, noir et blanc.

Excellent : Tudor, « Londres tiendrat ! », escalier branlant, doubles portes brunes.

Elle n'aurait pas besoin de tout ça, comprit-elle dès qu'elle eut quitté la ruelle. Une grande affiche était appliquée sur le mur à proximité, une caricature d'Hitler, avec sa moustache si caractéristique, la mèche sur l'œil, qui glissait furtivement la tête au coin d'un bâtiment au-dessus de ces mots : « Restez vigilants. Dénoncez tout individu au comportement suspect. »

C'était une chance que la fin d'alerte n'ait pas sonné. Personne ne la verrait se comporter bizarrement dans la rue alors qu'elle tentait de comprendre où elle était arrivée. Ce qui ne s'annonçait pas simple. Au début de la guerre, les contemporains avaient démonté ou effacé d'un coup de pinceau tous les noms des rues afin de ralentir les Allemands en cas d'invasion. Pour déterminer sa localisation exacte, il ne lui restait plus qu'à espérer trouver un point de repère aussi efficace que la flèche d'une église, une station de métro ou, si elle était à Kensington, les portes de Kensington Gardens. Pas les grilles, démantelées et données lors de la campagne pour la collecte de la ferraille, mais, selon sa position géographique, l'Albert Memorial, ou la statue de Peter Pan.

Il fallait qu'elle se dépêche. Le brouillard s'épaississait. À l'exception des immeubles adjacents, tout se couvrait d'un voile. Le peu de lumière qui subsistait s'amenuisait. *Une authentique purée de pois londonienne !* se disait-elle, marchant vers l'artère plus large dans l'espoir d'y bénéficier d'une meilleure perspective. Mais la mélasse y était encore plus dense, et plus lugubre de minute en minute. Elle voyait à peine l'avenue s'incurver un peu plus bas sur sa droite. Et elle s'était trompée sur la fin de l'alerte parce que deux femmes jaillirent du smog comme des fantômes et traversèrent sous son nez. Si l'on en jugeait par l'oreiller que la plus proche tenait dans ses bras, elles quittaient un abri pour rentrer chez elles. Elles descendirent rapidement la rue et les ténèbres les avalèrent.

Polly dépassa les bâtisses qui faisaient face à l'allée du point de transfert : une boulangerie, une boutique de tricot et, au coin, une pharmacie à bow-windows. Toutes paraissaient miteuses et en grand besoin de travaux de rénovation. Il fallait espérer que ce soit dû aux pénuries de la guerre, et non à un décalage qui l'aurait envoyée dans l'East End.

*Je dois m'assurer que je n'ai pas atterri à Whitechapel ou à Stepney.* C'est là que les raids du 10 septembre s'étaient abattus. En cas de décalage spatial, s'il s'avérait qu'elle se trouvait dans l'East End, elle devrait séance tenante regagner l'allée, Oxford et M. Dunworthy, que cela lui plaise ou non. Elle scruta les vitrines des magasins, en quête d'une note d'information qui lui donnerait un indice sur sa position. Elle n'en aperçut aucune, mais la présence de vitres lui indiquait qu'elle était bien arrivée au moment requis. Aucune n'était brisée, et un seul des commerçants avait quadrillé le verre de bandes de papier pour le renforcer. Le Blitz ne pouvait pas avoir commencé depuis plus de quelques jours.

Un taxi noir fantomatique la dépassa, et un homme coiffé d'un chapeau melon traversa devant elle d'un pas encore plus vif que celui des femmes.

*En retard au travail !*

Ce qui signifiait qu'elle s'était trompée : l'heure était plus tardive. Un journal était plié sous le bras du passant. Le vendeur devait être ouvert à proximité. Elle pourrait acheter le *Times*, et au moins s'assurer que la date du jour était bien la bonne, le 10. Et demander quelle était la rue. De toute façon, elle aurait besoin d'un journal pour chercher un appartement.

Elle n'apercevait pas de boutique de journaux de ce côté de la voie. Elle s'avança au bord du trottoir et scruta l'obscurité. Si un bus passait, il afficherait sa destination, mais Polly n'était pas certaine de réussir à la lire, avec ce brouillard qui assombrissait tout. Elle parviendrait peut-être à héler le conducteur, et elle lui raconterait qu'elle s'était perdue dans le smog, puis elle lui demanderait où diable elle avait abouti.

Hélas ! pas un bus, ni un taxi, ni une automobile ne se présentèrent. Elle attendit de longues minutes, dans une obscurité de plus en plus impénétrable, l'oreille tendue vers un éventuel bruit de moteur, puis elle laissa tomber et traversa la rue. Elle n'avait pas atteint le bord du trottoir quand un bus la frôla dans un rugissement.

*Pauvre idiote !*

Si M. Dunworthy avait été là, il l'aurait sortie si prestement du Blitz qu'elle en aurait eu le tournis. Quant à la destination du bus, en sautant hors d'atteinte, elle avait manqué l'occasion de la lire.

Pas plus de marchand de journaux de ce côté de la voie. Juste une boucherie, qui côtoyait un magasin de primeurs. « T. Tubbins, fruits et légumes », mentionnait l'inscription sur le store d'un vert approprié. Des paniers pleins de choux s'adossaient au mur, de part et d'autre de la porte. Ce n'était pas encore ouvert, mais sur la vitrine de droite on avait affiché une annonce officielle ou quelque chose d'approchant.

Polly s'avança pour la déchiffrer. Elle espérait que ce serait des instructions antiaériennes et que l'adresse de l'abri le plus proche lui serait indiquée, ou au moins qu'elle serait tamponnée d'un « arrondissement de Marylebone » en bas de la feuille, mais il s'agissait seulement d'une liste des règles de rationnement.

Deux boutiques plus loin, elle découvrit un bureau de tabac qui n'était pas seulement ouvert, mais dont le comptoir présentait un assortiment de journaux. Derrière, un homme à la moustache adéquatement jaunie demanda :

— Puis-je vous aider, mademoiselle ?

— Oui, répondit-elle en franchissant le seuil. Je…

La sirène d'alerte de raid aérien commença d'entonner son chant miaulant caractéristique. Polly se retourna et regarda dehors, décontenancée.

— Chaque nuit un peu plus tôt ! s'exclama le buraliste avec amertume.

— Un peu plus tôt ? répéta-t-elle d'un air absent.

Il hocha la tête.

— La nuit dernière, c'était à sept heures et demie. Et ce soir, l'alerte…

L'alerte. Elle entendait le vagissement en montagnes russes d'un début d'alerte, pas de sa fin. Quand elle comprit son erreur, tout ce qu'elle avait vu jusque-là s'emboîta à sa place. On n'était pas le matin, mais le soir, et les femmes qu'elle avait croisées ne revenaient pas d'un refuge, elles s'y rendaient.

— Vaut mieux rentrer chez vous, déclara le marchand, qui tenait la porte.

— Attendez…, commença-t-elle en fouillant dans son sac pour en sortir son porte-monnaie, il me faut un journal !

Mais il avait fermé la porte.

— S'il vous plaît, appela-t-elle à travers la vitre. Où…

Il secoua la tête, descendit le store et verrouilla sa boutique. Une autre sirène, plus proche, se déclencha. Colin avait dit qu'on disposait de vingt à trente minutes avant le début d'un raid, mais Polly entendait déjà vrombir au loin les avions.

*Dénicher un abri. Au plus vite ! Tu n'as rien à faire dehors pendant un raid aérien,* a fortiori *si tu te trouves dans l'East End.*

Et même si ce n'était pas le cas. Colin avait raison. Il y avait eu un tas de bombes perdues. Et toutes les vitrines de ces magasins étaient en verre.

*Il doit y avoir un refuge quelque part près d'ici. Les femmes s'y rendaient.*

Elle revint en courant à la rue, en quête d'un avis placardé ou du symbole rouge barré d'une station de métro, mais durant les quelques minutes passées avec le buraliste la nuit et le brouillard étaient tombés comme un rideau de couvre-feu. Elle n'y voyait plus rien. Et les avions approchaient. Ils la survoleraient sous peu.

Ce qui signifiait qu'elle était *bien* dans l'East End, et qu'elle devait retourner à son point de chute afin d'en décamper aussi vite que possible. Hélas ! elle n'avait aucune chance de retrouver son chemin dans le noir. Elle ne parvenait même pas à discerner le trottoir devant elle, ni à décider si elle était sur le point d'en descendre.

Elle avança un pied prudent d'exploratrice… et s'écrasa contre quelqu'un.

— Oh ! je suis affreusement désolée ! Je ne vous avais pas vu.

Et elle n'y arrivait toujours pas. La personne était une épaisse silhouette d'obscurité qui se découpait sur les ténèbres plus vagues de la rue. Avant qu'il ne commence à parler, elle n'aurait pas su dire que c'était un homme.

— Vous fabriquez quoi dehors en plein raid, mam'selle ? gronda-t-il. Pourquoi vous êtes pas dans un abri ?

— Je le cherchais.

Elle plissait les yeux afin de déchiffrer les traits de l'inconnu. C'était inconfortable de converser avec quelqu'un qui demeurait invisible.

— Où se trouve-t-il ?

— Par ici.

Apparemment, lui la voyait puisqu'il l'attrapa par le bras. Il la tira jusqu'au croisement puis le long d'une allée transversale. *Il ne me reste plus qu'à espérer que ce n'est pas l'un de ces agresseurs contre lesquels M. Dunworthy me mettait en garde*, pensait Polly, qui serrait de près son sac en bandoulière tandis qu'elle se laissait entraîner dans la voie étroite. À moins que ce ne fût un passage, dans lequel il l'emmenait pour la détrousser ? ou pire !

*Si je me fais assassiner pendant ma première nuit de Blitz, M. Dunworthy me tuera !*

Son ravisseur la houspillait, et la course dans le noir lui sembla durer des siècles avant de prendre fin, brusquement.

— Descendez là ! lui ordonna-t-il en la poussant en avant.

À cet instant, une explosion suivit un grondement sourd et le ciel au sud s'embrasa brièvement, soulignant les immeubles autour d'eux d'un jaune criard, et illuminant droit devant elle une volée de marches en pierre qui s'enfonçaient dans les ténèbres.

Était-ce un abri, là-dessous ? ou des complices à l'affût ? Aucun panneau porteur du symbole adéquat n'était accroché près de l'escalier.

Une seconde explosion retentit. Polly se tourna pour affronter l'homme, dans l'espoir que la déflagration lumineuse lui révélerait la rue, et un moyen de fuir. Tout lui apparut, la rue, et aussi les lettres peintes en blanc sur le casque métallique de l'homme.

Un garde de l'ARP. Soixante-quinze ans bien sonnés.

— Descendez ! ordonna-t-il de nouveau, désignant les marches maintenant invisibles. Vite !

Polly obéit, avançant aveuglément, ses mains cherchant la rampe, ses pieds tâtonnant au bord des marches étroites et hautes. Il y eut une autre explosion, également proche, qui ne produisit pas de lumière. Déjà bien engagée dans la descente, Polly ne voyait plus rien. Elle lorgna vers le haut des marches, mais tout était si noir qu'elle était incapable de savoir si le garde était resté pour contrôler qu'elle s'exécutait, ou s'il était parti alpaguer quelqu'un d'autre pour le tirer jusqu'à l'abri.

À condition qu'un abri soit bien ce qu'elle était censée trouver au pied de l'escalier. Si tant est qu'il ait un pied, d'ailleurs. Il semblait se prolonger à l'infini. Elle continua de progresser avec prudence, tâtant chaque marche avant de passer à la suivante. Une éternité plus tard, elle atteignit un sol pavé et découvrit une porte en bois, barrée par un antique loquet de fer. Qui refusa de s'ouvrir, sans doute condamné. Elle frappa.

Pas de réponse.

*Ils ne m'ont pas entendue*, se dit-elle, et elle frappa derechef, plus fort.

Toujours pas de réponse.

*Et si le garde avait été désorienté dans le noir et m'avait amenée au mauvais endroit ? Et si c'est une allée qui mène à l'entrée latérale d'un entrepôt ?* rumina-t-elle en se remémorant la toile d'araignée sur la porte noire du point de transfert. *Et s'il n'y a personne de l'autre côté ?*

Il y eut une nouvelle explosion. *Je ne peux pas rester ici !* Elle fit demi-tour et revint à tâtons jusqu'à l'escalier. Une bombe percuta presque la tête des marches, et encore deux, coup sur coup.

Elle se retourna vers la porte.

— Laissez-moi entrer ! hurla-t-elle, martelant le panneau de ses deux poings.

Et, comme elle n'obtenait aucune réponse, elle enleva l'une de ses chaussures et tapa sur l'huis à coups redoublés, essayant de se faire entendre malgré le vacarme du raid.

La porte s'ouvrit. Le brutal afflux de lumière l'éblouit et elle éleva sa main – qui tenait toujours la chaussure – en visière pour protéger ses yeux. Debout sur le seuil, elle clignait des paupières, figée devant la scène qui s'offrait à elle. Des gens assis sur des couvertures et des tapis s'appuyaient contre les murs, et un chien était étendu de tout son long au pied de l'un des réfugiés. Trois vieilles femmes trônaient côte à côte sur un banc à haut dossier. Celle du milieu tricotait… ou plutôt elle avait tricoté jusque-là. Maintenant, comme tous les autres, elle examinait la porte et Polly. Dans le coin le plus éloigné, un homme âgé au maintien aristocratique avait baissé la lettre qu'il lisait pour regarder la nouvelle arrivante, tout comme les trois petites filles blondes qui s'étaient arrêtées en plein milieu d'une partie de serpents et échelles.

Leurs visages étaient dépourvus d'expression, pas un sourire de bienvenue, même l'homme qui lui avait ouvert restait impassible. Aucun ne bougeait ni n'émettait un son. Ils étaient pétrifiés, comme si elle les avait brusquement interrompus au milieu d'une phrase, et le danger et la peur régnaient en maîtres dans la pièce.

Une pensée traversa Polly tel un éclair. *Ceci n'est pas un abri. L'individu qui m'a conduite ici n'était pas un vrai garde. Il a volé ce casque de l'ARP, et ces gens font juste semblant d'être venus chercher refuge.*

Ridicule ! L'homme qui l'avait accueillie était à l'évidence un ecclésiastique. Il portait un col romain et des lunettes, et elle n'avait pas débarqué dans le Londres de Dickens, mais en 1940.

*C'est moi. Il doit y avoir quelque chose qui cloche dans mon allure.*

Elle s'aperçut qu'elle tenait toujours sa chaussure à la main et se pencha pour la remettre à son pied, puis regarda de nouveau l'assemblée et ce qu'elle avait perçu auparavant devait avoir été une illusion d'optique due à son imagination débordante parce que, maintenant, la scène lui paraissait parfaitement normale. La femme aux cheveux blancs lui sourit gentiment avant de reprendre son tricot ; le gentleman aristocratique plia sa lettre, la rangea dans son enveloppe et la glissa dans la poche intérieure de son manteau ; les petites filles recommencèrent à jouer ; le chien s'étendit et posa son museau sur ses pattes.

— Entrez donc, dit l'ecclésiastique, qui souriait.

— Fermez la porte ! cria une femme.

Et quelqu'un d'autre précisa :

— Le black-out…

— Oh ! désolée ! s'excusa Polly.

Elle se retourna pour fermer derrière elle.

— À cause de vous, nous serons tous à l'amende, râla un gros bonhomme.

Polly poussa la porte, et le révérend la barra, mais apparemment pas assez vite.

— Qu'est-ce que vous fabriquez ? s'enquit une femme décharnée à l'air revêche. Vous montrez aux Boches où on est ?

*Adieu le mythe de la franche camaraderie du Blitz !*

— Désolée, répéta-t-elle.

Elle jeta un coup d'œil à la ronde en quête d'un endroit où elle pourrait s'asseoir. Il n'y avait aucun meuble en dehors du banc et, comme il était occupé, tout le monde s'était installé sur le sol ou sur des couvertures. Il ne restait qu'une place libre, entre le gros réfugié qui craignait les amendes et deux jeunes femmes aux lèvres peintes et en robes brodées de paillettes, qui papotaient avec animation.

— Excusez-moi, puis-je m'asseoir ici ? interrogea Polly.

L'homme afficha un air contrarié, mais grommela son assentiment, et les jeunes femmes acquiescèrent, se serrant l'une contre l'autre pour lui faire de la place avant de continuer leur bavardage.

— ... et après, il m'a demandé de le retrouver à Piccadilly Circus pour danser avec lui !

— Oh ! Lila, incroyable ! s'exclama son amie. Tu ne vas pas y aller, quand même !

— Non, bien sûr que non, Viv. Il est beaucoup trop vieux. Il a *trente ans* !

Polly se remémora Colin et réprima un sourire.

— Je lui ai dit : « Vous devez trouver quelqu'un de votre âge ! »

— Oh ! Lila, tu n'as pas pu faire ça !

— Bien sûr que si. Je ne serais pas sortie avec lui, de toute façon. Je ne choisis que des hommes en uniforme.

Polly enleva son manteau, l'étala, s'assit dessus et observa la pièce. À l'évidence, c'était l'une des caves de boutiques ou d'entrepôts transformées d'urgence en abris au début du Blitz. Elle s'était attendue à quelque chose de plus sommaire compte tenu de l'apparition récente des hostilités. En trois jours, les réfugiés avaient repoussé tout son contenu à l'extrémité, à l'exception du banc à haut dossier, et d'épaisses poutres en bois de charpente étayaient le plafond. Une pompe à main portative, un seau d'eau et une hache étaient dressés d'un côté de la porte. De l'autre, un réchaud à gaz, une bouilloire, des tasses, des soucoupes et des cuillères s'entassaient sur une table.

L'organisation des occupants n'évoquait pas non plus un abri de fortune. La tricoteuse avait apporté ses pelotes de laine, son châle et ses lunettes de lecture ; une nappe à thé brodée habillait la table et les petites filles, dont Polly estimait qu'elles étaient âgées de trois, quatre et cinq ans, ne disposaient pas seulement de leur jeu de société, mais aussi de plusieurs poupées, d'un ours en peluche, et d'un gros livre de contes de fées, dont elles réclamèrent la lecture à leur mère.

— Lis-nous « La Belle au bois dormant », demanda l'aînée.

— Non, l'histoire avec l'horloge, protesta la cadette.

*L'horloge ? De quelle histoire s'agit-il ?* s'interrogeait Polly.

Ses sœurs se posaient apparemment la même question.

— C'est quoi, cette histoire d'horloge ? s'enquit l'aînée.

— « Cendrillon », claironna la petite comme si la réponse était évidente.

La troisième enleva son pouce de sa bouche.

— C'est l'histoire avec la *chaussure* ! s'exclama-t-elle, et elle désigna Polly.

Qui supposa qu'elle lui avait sans doute évoqué Cendrillon, alors qu'elle se tenait à la porte avec un pied nu. Et, tout comme l'héroïne du conte, elle avait mal évalué ses coordonnées spatio-temporelles, avec un résultat approchant le désastre. La comparaison s'arrêtait là : Cendrillon ne se prenait pas des bombes sur la tête.

Badri avait envisagé un décalage de deux heures, pas de *douze* ! Le matin du dix devait être un sacré point de divergence pour qu'il y ait eu autant de différence. À moins que quelqu'un ne se soit trouvé dans le passage, en dépit de son apparence déserte, ou dans un endroit d'où l'on pouvait apercevoir le halo et empêcher le transfert d'opérer. Quelle qu'en soit la raison, elle avait perdu toute une journée d'une mission déjà trop courte.

Elle étudia les gens qui l'entouraient. À côté de la tricoteuse siégeait un portrait craché de vieille fille de ce début du XXe siècle avec ses chaussures brunes à lacets et son chignon gris fer que maintenaient des peignes en écaille. Tout ce petit monde aurait pu sortir d'un des romans policiers de Merope : la frêle doyenne aux cheveux blancs, le révérend, la grincheuse à la langue de vipère, le gros bourru qui évoquait furieusement un militaire à la retraite. Le colonel Moutarde dans un abri antiaérien avec son arme de service.

Voilà pourquoi elle les avait trouvés aussi sinistres au premier coup d'œil. À moins que ce ne soit à cause de leur incroyable sang-froid. Bien sûr, ils étaient les Londoniens légendaires qui avaient affronté le Blitz avec un courage et un humour exemplaires, qui n'avaient pas même flanché lors des attaques de V1 et V2. Mais alors, quatre ans et demi de bombardements les avaient endurcis. Là, ils ne vivaient que la quatrième nuit du Blitz, et toutes les recherches qu'elle avait effectuées prouvaient que cette première semaine les avait terrifiés... surtout avant que les canons de la DCA ne commencent à tonner, le 11 septembre. Ils n'avaient dominé leur peur des bombes que petit à petit.

Or personne ne demandait : « Où sont *nos* canons ? »

Ni : « Où sont nos forces ? Pourquoi n'y a-t-il pas de représailles ? »

Personne ne regardait le plafond avec anxiété. Personne n'accordait la moindre attention aux grondements sourds et aux éclatements des obus. Il leur avait suffi de trois nuits pour s'adapter aux raids. La femme aux cheveux blancs leva un visage ennuyé quand retentit une détonation particulièrement bruyante, puis elle recommença de compter ses mailles. Quant au pasteur, il se remit à discuter de son office du dimanche suivant avec une matrone grisonnante à l'air redoutable.

La réfugiée maigre et revêche arborait encore une expression hargneuse, mais elle ne s'en départait sans doute jamais. Le gentleman aristocratique lisait le *Times*, et le chien s'était endormi. Sans les bruits sporadiques des bombes là-haut et les commentaires de Lila sur ses rencontres avec des hommes en uniforme, rien n'aurait pu indiquer qu'une guerre était en cours.

Et rien non plus n'indiquait où l'abri se situait. Puisqu'un décalage temporel s'était produit et que le filet avait opéré le transfert avec douze heures de retard, un décalage spatial paraissait improbable. L'un excluait l'autre, en général. Cependant, les bombes tombaient trop près pour que l'on soit à Kensington ou Marylebone. Polly scruta les murs de l'abri, en quête d'un nom ou d'une adresse, mais le seul affichage concernait la procédure à suivre en cas d'attaque au gaz toxique.

Allait-elle prétendre s'être perdue dans le brouillard, pour demander ensuite à quel endroit elle se trouvait ? La suspicion qui avait accompagné son arrivée l'en dissuada. Elle décida d'écouter plutôt les conversations dans l'espoir qu'elles trahiraient quelque indice, même si Lila ne l'avait pas du tout aidée en racontant son rendez-vous. La jeune fille pouvait prendre le métro à destination de Piccadilly Circus n'importe où, y compris au fin fond de l'East End. Elle expliquait maintenant pourquoi elle ne sortait qu'avec des soldats.

— C'est ma façon de participer à l'effort de guerre !

Tandis que les femmes sur le banc discutaient de modèles de tricot.

Polly reporta son attention sur le révérend. Peut-être lui, ou cette formidable personne – qu'il appelait Mme Wyvern –, mentionneraient-ils le nom de leur église ? Hélas, ils ne parlaient que de décoration florale.

— Je pensais à du lilas. Ce serait joli, sur l'autel, avançait-il.

— Non, j'ai prévu des chrysanthèmes jaunes, rétorqua Mme Wyvern et, d'évidence, sa décision l'emporterait. On aura des dahlias bronze pour la chapelle latérale, et…

— Des souris ! gazouilla la cadette des filles.

— Oui, confirma sa mère. La marraine fée de Cendrillon changea les souris en chevaux et la citrouille en un magnifique carrosse. « Tu peux aller au bal, Cendrillon, dit-elle, mais tu *devras* être rentrée au douzième coup de minuit. »

— Si cet abruti de chef de rayon ne nous avait pas forcées à rester pour terminer l'étalage, grommelait Viv, *nous aussi*, on aurait pu aller danser.

Chef de rayon ? Étalages ? Alors, Viv et Lila étaient vendeuses ! Et Polly ne portait pas le bon costume. Il lui faudrait retourner à Oxford récupérer une robe à paillettes avant de chercher un emploi.

Si elle retrouvait le site de transfert. Elle n'avait pas la moindre idée de la direction à prendre depuis cet abri.

— Ce n'est pas tout à fait la faute du chef de rayon, observa Lila. Tu as insisté pour qu'on rentre d'abord chez nous se changer.

— Je voulais que Donald voie ma nouvelle robe de bal, protesta Viv.

Polly en soupira de soulagement. Elles ne mettaient pas ces tenues pour travailler. Mais c'était trop bête ! Viv n'avait pas révélé où elles s'étaient changées.

*Cela ne peut être que Stepney ou Whitechapel.* Les bombes explosaient juste au-dessus de sa tête. Les infrasons râpeux d'une déflagration éclatèrent tout près, suivis d'un fracas épouvantable, un mélange de coups de canon et de marteau de forgeron qui résonnaient dans les oreilles. Elle sursauta.

— Qu'est-ce qui se *passe* ?

— Tavistock Square, lui répondit le réfugié corpulent d'une voix calme.

— Non, c'est Regent's Park, le corrigea l'homme au chien.

— Les canons de DCA, expliqua le révérend.

Et la tricoteuse aux cheveux blancs l'appuya d'un hochement de tête.

Les canons de DCA ? Mais ils n'avaient pas été opérationnels avant le 11 ! Et, quand les tirs avaient commencé, les Londoniens avaient d'abord été terrifiés par le bruit. Ce n'est qu'après, soulagés et fous de joie, qu'ils criaient : « Hourrah ! Z'en ont pris plein la tronche ! » et encore : « Enfin ! On leur rend la monnaie de leur pièce ! »

Pourtant, les occupants du refuge n'y prêtaient pas plus d'attention qu'aux bombes. *Cendrillon* captivait les petites filles, et le chien n'avait pas même ouvert les yeux. Ça ne pouvait pas être leur première nuit ici. on avait dû engager la défense antiaérienne dès le 8 ou le 9 septembre.

Un autre canon se mit à tirer dans un assourdissant « poum-poumpoumpoum ». *De quoi vous dévisser les os !*

— Ça, c'est Tavistock Square, assura l'homme au chien et, comme un nouveau canon, encore plus tonitruant, se joignait au concert : et celui-là, c'est le nôtre.

Le gros réfugié acquiesça.

— Kensington Gardens.

Dieu merci ! elle se trouvait *bien* à Kensington, ou tout près. Que les raids aient principalement touché Stepney et Whitechapel n'impliquait pas qu'ils avaient épargné Kensington. Colin ne s'était pas trompé : il y avait *un tas* de bombes perdues. Et un tas d'erreurs dans les souvenirs des gens, telle la date des premiers tirs de la DCA. Il leur avait semblé que des jours et des jours passaient pendant qu'ils se terraient dans les abris alors qu'il ne s'en écoulait qu'un ou deux depuis le commencement du Blitz.

*Voilà la raison pour laquelle les historiens doivent se rendre sur le terrain.*

Les sources historiques étaient tout simplement truffées d'erreurs. Même si elle n'avait pas l'intention de s'en ouvrir à M. Dunworthy quand elle reviendrait. Ni de lui dire que Kensington avait été bombardé le 10. Ni comment elle s'était retrouvée dehors en plein milieu d'un raid. En fait, elle ferait mieux de ne rien lui apprendre *du tout*, à l'exception de son adresse et de son lieu de travail.

Si seulement le buraliste ne lui avait pas fermé la porte au nez sans lui laisser une chance d'acheter le journal ! Elle pourrait consulter les petites annonces pour trouver une chambre à louer au lieu d'y gâcher un temps précieux demain matin. Avec toutes les restrictions que M. Dunworthy lui avait imposées, ça lui prendrait des jours pour dénicher la perle rare, et elle avait déjà perdu le premier.

Elle jeta un coup d'œil au gentleman, mais il monopolisait toujours son *Times*. Elle examina les occupants de l'abri, se demandant si le réfugié corpulent cachait un quotidien dans la poche de son manteau, ou si la dame aux cheveux blancs avait rangé le sien sous ses pelotes, mais le seul journal visible était celui de l'homme au chien. Lequel s'était assis dessus et ne semblait pas prêt à bouger.

Pas plus que les autres. Tous se préparaient pour la nuit. La tricoteuse pliait son ouvrage ; la tête contre le mur, ses voisines se blottissaient sous leur pelisse ; la mère avait fermé le livre de contes :

— « Et le prince trouva Cendrillon et la ramena dans son château… »

— Et ils furent heureux à jamais ! explosa la cadette, incapable de se contenir.

— Exactement. Au lit, maintenant !

Les deux aînées se lovèrent contre leur mère, mais la plus jeune se raidit, obstinée.

— Non ! Je veux que tu racontes une autre histoire. Celle avec le chemin en miettes de pain.

« *Hansel et Gretel* », traduisit Polly.

— D'accord, si tu te couches, ordonna la mère.

La petite obéit et se pelotonna sur les genoux maternels. Près de Polly, le gros réfugié avait croisé les bras, fermé les yeux, et s'était mis immédiatement à ronfler, tout comme l'homme au chien.

*Je devrai attendre demain pour me chercher une chambre à louer*, se dit Polly, mais quelques minutes plus tard l'homme au chien se dressa. Il se courba pour caresser l'animal qui le suivit lorsqu'il s'éloigna vers le fond de la cave, se glissa entre le paravent et les bibliothèques, et disparut dans les ténèbres.

*Il est parti aux toilettes.*

Polly se leva et s'avança pour contrôler la date du journal étalé par terre. Si c'était le quotidien du jour, quand l'homme serait de retour, elle lui demanderait si elle pouvait consulter la liste des chambres à louer.

— Vous pouvez pas vous asseoir là, aboya la mégère qui l'avait houspillée à son arrivée. Cette place est réservée.

— Je sais bien ! Je souhaitais juste regarder…

— Ce journal appartient à M. Simms !

Elle se hissa non sans peine et commença de traverser la pièce comme si elle s'apprêtait à livrer bataille.

— Désolée, je n'avais pas compris…, murmura Polly, qui battait en retraite vers son propre espace dédié.

Cela ne suffit pas à calmer la furie. Qui continua :

— Révérend Norris, ce journal appartient à M. Simms.

— Je suis sûr que cette jeune femme ne lui voulait aucun mal, Mme Rickett, rétorqua le pasteur d'une voix douce.

Elle n'en tint pas compte.

— M. Simms, quelqu'un comptait faucher votre journal, annonça-t-elle à l'homme au chien alors qu'il revenait.

Elle pointa un doigt délateur sur Polly.

— Elle a marché droit dessus, juste quand vous partiez.

— Je ne comptais pas le voler, protesta l'accusée. Je désirais seulement regarder les chambres à louer…

— Les chambres à louer ? répéta Mme Rickett d'une voix mordante.

Elle n'en croyait manifestement pas un mot.

— Je viens d'arriver à Londres, j'ai besoin de trouver un endroit où loger.

Polly se demandait si elle aurait dû se lever de nouveau et s'avancer jusqu'à M. Simms pour lui présenter ses regrets, mais elle craignait d'envenimer encore la situation, aussi s'abstint-elle de bouger.

— Je vous prie de m'excuser, M. Simms.

— Le journal sert à marquer ma place, déclara-t-il.

— Oui, je suis au courant, prétendit Polly qui, en fait, ignorait complètement ce détail.

C'était la source du problème. En marchant jusqu'à ce bout de papier, elle avait transgressé une sorte de règle, et plutôt cruciale, à en juger par les regards braqués sur elle. Mme Wyvern et la tricoteuse la fusillaient des yeux. Même le chien affichait un air réprobateur.

— Elle a fait une bêtise, maman ? interrogea la fillette.

— Chh ! murmura sa mère.

— Je suis *vraiment* désolée ! insista Polly. Je *promets* que cela n'arrivera plus.

Elle espérait que ses plates excuses mettraient un terme à l'incident, mais ce ne fut pas le cas.

— M. Simms s'assoit là tous les soirs, dit le gros réfugié.

— Respecter l'agencement de l'abri pour chacun est *vital*, vous n'êtes pas d'accord, révérend ? soutint à son tour Mme Wyvern.

*Au secours !* pensait Polly. *Colin, tu prétendais que tu viendrais me sauver si j'avais des ennuis. C'est le moment !*

— Si elle voulait un journal, s'acharnait Mme Rickett, elle aurait dû l'acheter chez le…

Elle s'interrompit, les yeux fixés sur le gentleman. Debout, son journal plié en quatre, il traversait la pièce. Il s'arrêta devant Polly et lui présenta le quotidien avec une politesse solennelle.

— Accepteriez-vous mon *Times*, ma chère enfant ?

Il parlait avec douceur, mais Polly nota que sa voix, aussi raffinée que son apparence, demeurait audible pour toute l'assistance.

— Je…

— Je l'ai terminé.

Il le lui tendait toujours.

— Merci, dit-elle avec reconnaissance.

L'incident était clos. Renfrognée, Mme Rickett se rassit sur le banc. La dame aux cheveux blancs se remit à son tricot et commença de compter ses rangs, le pasteur rouvrit son livre et Lila chuchota :

— Vous tracassez pas pour la mère Rickett. C'est une vieille peau.

Puis elle reprit le cours de sa conversation avec Viv, détaillant la soirée qu'elles rataient. Le gentleman avait réussi à désamorcer complètement le conflit. Polly ne comprenait pas bien comment. Elle lui adressa un regard de pure gratitude, mais il s'était de nouveau réfugié dans son coin pour lire un livre. Remarquant qu'il avait plié le quotidien à la page « Chambres à louer », elle entreprit aussitôt d'en inventorier les colonnes, en quête des adresses autorisées. Mayfair ? Non, trop cher. Stepney, *non*. Shoreditch, non. Croydon, non, catégoriquement non.

Ah ! celle-là pourrait coller. Kensington, Ashbury Lane. Quelle était l'adresse ?

*S'il vous plaît, pas six, ni dix-neuf, ni vingt et un !*

Sa prière muette aboutit : *Onze*. Excellent ! Une adresse approuvée, à proximité d'Oxford Street, et qui ne sortait pas du cadre de son budget. Pourvu qu'elle soit également proche d'une station de métro ! L'annonce indiquait : « à côté de la station Marble Arch »... qui avait été touchée de plein fouet le 17 septembre !

Elle tira une croix dessus et continua sa lecture. Kensal Green. Non, trop loin. Whitechapel, non.

— On dirait que ça se tasse, là-haut, observa Lila.

Effectivement, le vacarme semblait diminuer. Le bruit des explosions s'éloignait, et l'un des canons s'était arrêté de tonner.

— Eh, Viv ! la fin d'alerte sonnera peut-être tôt, ce soir, et on pourra encore aller danser !

Elle avait à peine fini sa phrase que le tir de barrage revenait à la charge.

— Je *déteste* Hitler ! s'emporta Viv. Se retrouver piégées ici un samedi soir, c'est totalement *injuste* !

Polly sursauta. *Samedi ? On est mardi, aujourd'hui !*

Mais à l'instant où cette pensée la traversait, l'évidence la foudroya. Elle l'avait eue sous les yeux tout du long : le bal où Lila et Viv avaient prévu d'aller, les canons qui tiraient depuis mercredi, si bien que personne ne les remarquait plus, les étais du plafond, le jeu de serpents et échelles, la nappe à thé brodée, autant de signes que les occupants de l'abri s'y étaient installés depuis plus de trois jours. Puis la discussion entre le pasteur et la virago quant à l'organisation de la cérémonie du dimanche... Demain !

Elle s'était complètement méprise sur les indices, tout comme à son arrivée dans la ruelle, quand elle croyait l'heure très matinale. Les canons n'étaient pas intervenus avant le 11, en définitive, et il n'était pas étonnant qu'elle ait entendu les raids frapper au-dessus de sa tête : le bombardement de Kensington datait du samedi.

*Si nous sommes samedi, quatre jours se sont évaporés.* Et pas n'importe lesquels ! Les premiers jours d'adaptation au Blitz avaient été cruciaux pour les Londoniens. Voilà pourquoi ils paraissaient si calmes, si bien installés. Ils s'étaient déjà cuirassés.

*J'ai tout raté !* fulmina-t-elle. *Badri s'attendait à un décalage de deux heures, pas de quatre jours et demi !* Et la situation s'avérait même encore pire. Demain, c'était dimanche. Impossible de chercher un emploi avant lundi.

Et comme je ne pourrai pas commencer à travailler avant mardi, j'aurai perdu une semaine entière d'observation des vendeuses, alors que j'en ai seulement six.

*On ne peut pas être le 14,* se dit-elle en saisissant le journal pour en feuilleter les pages à rebours, jusqu'à la une. *Déjà, je ne disposais pas d'assez de temps.*

Mais la date était cruellement la bonne. « Samedi, 14 septembre 1940 », indiquait l'en-tête. Et dessous, fort à propos : « Dernière édition ».

*Parce qu'il manquait un clou, le fer fut perdu.*
*Parce qu'il manquait un fer, le cheval fut perdu.*
*Parce qu'il manquait un cheval, le cavalier fut perdu.*
*Parce qu'il manquait un cavalier, le royaume fut perdu.*

Proverbe

## Saltram-on-Sea, le 29 mai 1940

En fait, l'eau ne montait guère à plus de dix centimètres, mais elle couvrait toute la cale. Mike comprenait pourquoi le capitaine lui avait demandé s'il savait nager…

— Te frappe pas, mon garçon, dit le vieil homme, qui avait remarqué la réaction de son hôte. Faut juste démarrer la pompe.

Imperturbable, il pataugea jusqu'à une trappe et l'ouvrit.

— Ma *Lady* est restée à quai tout l'hiver. Une heure ou deux sur la Manche et elle aura retrouvé sa jeunesse.

Mike réprima un soupir.

*Une heure ou deux sur la Manche, et sa carrière s'achèvera dans les abysses. Nul besoin d'un sous-marin allemand !*

Il examina la cale. Une mini-coquerie dotée d'un réchaud Primus s'adossait à l'une des cloisons et une table en bois balafré lui faisait face. Un tas de cartes et de diagrammes, une bouteille de scotch à moitié vide, une torche électrique, plusieurs flotteurs en liège et une boîte béante de sardines – ou d'appâts ? – s'y amoncelaient. Deux placards ouverts dans une autre cloison encadraient une couchette et son fatras de couvertures grises.

Le capitaine s'agenouilla et plongea le bras dans la trappe. La pompe de cale hoqueta avant de rendre l'âme.

*Exclu d'aller où que ce soit sur cette ruine, même à Douvres ! Je n'ai plus qu'à me trouver un autre bateau.*

L'ennui, c'est que les types sur le quai ne lui avaient pas proposé beaucoup de solutions…

*Avec un soupçon de chance, Powney arrive en ville, en ce moment même !*

Le capitaine Harold s'acharnait sur la pompe qui, cette fois, haleta pendant une bonne minute avant de s'étouffer.

— Lui faut juste un peu d'huile, grommela-t-il.

Il barbota jusqu'à la cuisine, alluma le réchaud sous la cafetière, et se mit à farfouiller sous une pile de cartes de navigation.

— La Marine se ramollit, voilà son problème !

Il dénicha une tasse à la propreté douteuse, et des pommes de terre en conserve. La boîte était entamée.

— Tu sais ce qu'on leur fait boire, à bord, aujourd'hui ? Du thé sucré avec un nuage de lait ! Tu imagines Nelson avec une tasse de thé ? Rhum, c'est ça qu'on picolait, nous, et du café brûlant !

Il remplit la tasse et l'offrit à Mike qui, prudent, en avala une infime gorgée. Le goût valait la couleur.

— Tu devrais voir ce qu'ils m'ont envoyé… Bon, où diable l'ai-je fourré ?

Le capitaine explorait de nouveau le bric-à-brac accumulé sur la table.

— Je sais que c'est là, quelque part… Hourra !

Il exhuma une lettre de la pile et la tendit à Mike, le geste triomphal.

— Le Small Vessels Pool m'a posté ça il y a quatre semaines.

Le Small Vessels Pool ! La « molle vaisselle coule », avait marmonné M. Tompkins. Et cette lettre était celle qui avait été adressée début mai à tous les propriétaires de petits bateaux. On leur demandait s'ils acceptaient de se porter volontaires avec leur embarcation en cas d'invasion ou autre « urgence militaire ».

— Avec ça, y avait un de leurs foutus formulaires. Six pages de rang ! Par retour, que j'ai répondu. Tu peux me croire que j'étais partant, moi et la *Lady Jane* ! Bons pour le service !

*Je parie que tu n'as pas mentionné la pompe en rade, ni les dix centimètres d'eau dans la cale.*

— Depuis, pas un mot ! Silence radio. Quatre semaines ! Hitler n'en a pas pris deux pour s'emparer de la Pologne. S'ils organisent la guerre en France comme le Small Vessels Pool, ils déposeront les armes avant la fin de la quinzaine !

Non, ça ne se passerait pas comme ça, grâce à l'armada hétéroclite de chalutiers, de bateaux de pêche et de plaisance qui viendraient à la rescousse juste à temps. Mais la *Lady Jane* ne les accompagnerait pas. Elle ne parviendrait jamais à quitter le port, traverser la Manche et revenir. Sous aucun prétexte, Mike ne laisserait le capitaine l'embarquer pour Douvres sur ce rafiot. Il valait mieux qu'il retourne sans attendre à *La Couronne et l'Ancre* s'il ne voulait pas rater M. Powney.

— Il faut que j'y aille. Merci pour le café.

Et il tenta de rendre sa tasse au capitaine.

— Impossible. Tu pars pas avant d'avoir visité ma *Lady Jane*. Voilà son moteur.

Le capitaine souleva une autre trappe pour révéler un appareil antique, noir de graisse.

— On n'en trouve plus, des moteurs comme ça, de nos jours !

Mike le croyait sans peine.

— Et tu ne trouveras pas de bateau plus sûr en mer.

Il pataugea dans l'eau pour montrer à Mike un placard qui contenait des grappins, un enchevêtrement de cordes et un fanal de signalisation. Un seau, également.

*Ça tombe à pic*, pensa Mike. L'eau avait monté d'au moins deux centimètres depuis qu'ils étaient descendus.

Puis ils grimpèrent sur le pont pour voir le poste de commande.

Pas un signe de Daphne, et les trois pêcheurs n'avaient pas bougé de place. Le capitaine lui montra la cabine de pilotage et le gouvernail, et le traîna ensuite à la poupe pour qu'il découvre les plats-bords, l'ancre et l'hélice, tout en l'abreuvant d'informations sur la navigabilité de son rafiot et les méfaits de la Marine actuelle. Après, ils retournèrent dans la cale pour que Mike admire les cartes.

— Je me fiche de la navigation moderne, grogna le capitaine, qui désignait l'horloge de la coquerie. De mon temps, on naviguait à l'estime.

L'horloge indiquait 6 h 05. Comment pouvait-il naviguer à l'estime avec une horloge hors service ? Mike regarda sa Bulova. Presque midi. Powney devait être rentré. Daphne était à sa recherche, sans l'ombre d'un doute.

— Merci pour la visite, mais il faut vraiment que j'y aille.

— Déjà ? Impossible ! Tu n'as pas fini ton café. Ni dit pourquoi tu me cherchais.

Mike n'était pas près de lui avouer qu'il avait été à la recherche d'un bateau pour Douvres.

— Je vous le raconterai un peu plus tard, prétendit-il en pataugeant jusqu'à l'échelle. Dans l'immédiat, je dois…

Il hésita. Il ne pouvait pas davantage lui parler de M. Powney.

— … retourner à *La Couronne et l'Ancre*.

— *La Couronne et l'Ancre* ? Si c'est pour déjeuner, tu restes manger. Assieds-toi.

Il força Mike à s'installer, lui tendit la tasse de café froid, et farfouilla de nouveau dans le fourbi qui traînait sur la table. Il en extirpa une casserole, dans laquelle il balança les sardines.

— De mon temps, chaque marin de la Royale savait cuisiner, réparer les voiles et frotter le pont.

Il compléta avec les pommes de terre en boîte.

— Passe-moi cette conserve de viande de singe.

Mike s'exécuta.

Il l'ouvrit, en dégagea une masse compacte qu'il fit tomber dans le récipient, touilla la mixture avec son couteau avant de poser le tout sur le réchaud Primus.

— Aujourd'hui, tout ce qu'ils savent faire, c'est remplir des formulaires et siroter du thé. Des mollassons, voilà ce qu'ils sont devenus.

Il farfouilla derechef, récupéra une assiette en alu et une fourchette encroûtée de crasse, puis les tendit à Mike.

— Je suis sûr que les soldats d'Hitler ne prennent pas de pauses-thé. Passe-moi ton auge, Kansas.

— Non, je ne peux pas rester. Vraiment. Je dois envoyer mon article et…

— Il sera encore temps après le déjeuner. Ton assiette !

— Grand-père ! appela une voix.

Un jeune garçon glissa sa tête dans l'écoutille.

— Maman dit que tu dois rentrer manger.

*Sauvé par le gong !* pensa Mike.

— Je m'en vais, déclara-t-il en se levant.

— Tu bouges pas d'ici ! lui enjoignit le vieil homme.

Il se retourna et cria :

— Jonathan ! Va dire à ta mère que je déjeune à bord. Allez, ouste !

Le garçon, qui rappelait à Mike une version plus jeune de Colin Templer, ne remua pas d'un pouce.

— Elle m'a dit de te prévenir de la pluie, et que tu attraperais la mort !

— Eh bien, toi, tu *lui* dis que ça fait quatre-vingt-deux ans que je prends soin de moi et que…

— Elle a dit de te donner ça, si tu ne venais pas.

Jonathan descendit l'échelle, tendit au capitaine une veste en laine, et se tourna vers Mike.

— Vous êtes du Small Vessels Pool ?

— Non. Je suis journaliste.

— Correspondant de guerre, précisa le capitaine. Maintenant, dehors ! Explique à ta mère que je rentrerai quand ça me plaira.

— Un correspondant de guerre ! s'exclama Jonathan, s'attardant le temps d'ajouter : Vous avez vu beaucoup de batailles ? Je suis terriblement impatient de rejoindre le front. Je m'enrôlerai dans la Marine dès que je serai assez vieux.

— Si sa mère le lui permet, soupira le capitaine lorsqu'il fut parti.

— C'est votre petit-fils ?

— Arrière-petit-fils.

Il jeta le caban sur la couchette.

— C'est un chouette gosse, mais sa mère le couve trop. Quatorze ans, et elle ne le laisse même pas sortir dans la *Lady Jane* avec moi.

*Difficile de la blâmer pour ça !*

— Pas question non plus de lui apprendre à nager. Il pourrait se noyer ! Que croit-elle qu'il se passera, crénom d'un chien, *s'il n'apprend pas* ? Allez, file-moi ton assiette.

— Merci, mais non, vraiment, il faut que j'y aille, moi aussi. Mon article ne peut pas attendre.

— De *mon* temps, les journalistes montaient au front afin d'en rapporter les nouvelles. Je parie que tu rêverais d'y être, plutôt que dans ce trou perdu.

*Je rêve de Douvres !*

— Mais personne ne souhaite assister à la débâcle en France, avec tout ce qui part en vrille !

Et hop ! c'était reparti, ses anathèmes adressés cette fois aux Français, aux Belges, au général Gort, tous incompétents. Mike ne réussit pas à prendre la tangente avant midi et demi. Par chance, le capitaine s'était tant énervé contre l'apathie de la BEF qu'il avait oublié la question que Mike devait lui poser. Son ragoût aussi était passé à la trappe.

*Mais si j'ai raté M. Powney…*

Mike courut sur le quai. Les pêcheurs avaient disparu. Il gagna en hâte *La Couronne et l'Ancre*. Daphne, au bar, servait des clients avec un cruchon de bière.

— M. Powney est-il de retour ?

— Non, je ne comprends pas ce qui le retient.

La jeune fille retourna au bout du comptoir, interrogea les buveurs de bière et le rejoignit.

— Les gars pensent qu'il est peut-être rentré directement chez lui.

— Sans traverser le village ?

— Sa ferme est au sud.

— À quelle distance ?

*Pourvu que je puisse y aller à pied !*

— Pas loin. À peine cinq kilomètres par la route de la côte, expliqua-t-elle en lui dessinant une carte. Mais c'est beaucoup plus court si vous coupez à travers champs, comme ceci.

Cela paraissait évident. Pourtant, si M. Powney n'était pas rentré, Mike le raterait en empruntant ce chemin et il perdrait encore plus de temps. Et il y avait toujours une chance que quelqu'un d'autre se présente – l'armée, qui sait, pour installer des défenses sur la plage – et il pourrait se faire prendre en stop.

Ainsi garda-t-il la route, sans pour autant croiser le moindre véhicule avant la bifurcation qui menait chez M. Powney.

La ferme n'était pas moins déserte, bien que Mike l'ait sillonnée en tous sens, de la grange aux dépendances, en quête d'un ouvrier agricole qui pourrait le renseigner sur l'éventuel retour de M. Powney, et il n'aperçut personne dans les champs voisins. Des vaches esseulées y broutaient.

*Je vais devoir me taper cette foutue route pour revenir au village, si je ne veux pas risquer de le rater.*

Il regardait avec envie le raccourci dessiné par Daphne. Il ne s'était pas préparé pour une mission qui nécessiterait autant de marche, et la ferme s'était révélée bien plus éloignée de Saltram-on-Sea que Daphne ne l'avait annoncé. La seule distance entre la bifurcation et les bâtiments approchait les deux kilomètres. Mike était fatigué et il crevait de soif. Et de faim. Il n'avait rien mangé depuis son arrivée.

*J'aurais dû accepter le hareng fumé de Daphne. Ou la tambouille au pilchard du capitaine.*

Il en salivait presque, maintenant.

*Quel imbécile d'avoir refusé la tasse de café du capitaine !* songeait-il en bâillant à se décrocher la mâchoire. *Même s'il était atroce, il m'aurait tenu éveillé.*

Le temps ne l'aidait pas. En dépit des multiples promesses d'orage, l'après-midi chaud et ensoleillé s'emplissait du bourdonnement soporifique des abeilles.

Il rebroussa chemin, traînant des pieds, luttant contre une irrésistible envie de se coucher dans l'herbe et de dormir.

*Dès que M. Powney se montrera et que j'aurai pu monter dans son camion, j'ai bien l'intention de roupiller jusqu'à Douvres !*

Pas un véhicule n'apparut sur le trajet du retour. Et aucun camion ne stationnait non plus devant *La Couronne et l'Ancre*, alors qu'il était presque 15 heures.

*Il ne reviendra pas aujourd'hui,* pensa Mike avec lassitude. Il ne pouvait pas se permettre d'attendre plus longtemps : l'évacuation suivait son cours, irrémédiablement hors d'atteinte. Il devait atteindre Douvres.

*Ce sera donc avec l'un des bateaux,* conclut-il en reprenant la direction des docks. À cette heure, certains chalutiers seraient de retour, et il arriverait bien à convaincre un pêcheur de l'emmener à Douvres…

Il se figea en découvrant devant lui le quai vide. Hors la *Lady Jane* toujours amarrée à son extrémité, toutes les embarcations s'étaient envolées, y compris le *Sea Sprite*, dont il avait pourtant vu le moteur éparpillé en pièces détachées sur le pont. Où pouvait-il être parti ? lui, et les autres ?

*Dunkerque*, déduisit-il, écœuré. *Le Small Vessels Pool est venu pendant mon absence.* Mais c'était impossible ! La *Lady Jane* était encore là. Le capitaine Harold aurait été le premier à se porter volontaire, et ils ne pouvaient pas avoir réussi à armer leurs bateaux aussi vite. Il devait y avoir une autre explication.

Il descendit le quai en courant jusqu'à la *Lady Jane*.

— Commandant, cria-t-il. Où sont-ils tous partis ?

Pas de réponse. Il monta à bord, appela par l'écoutille et, comme il n'obtenait toujours pas de réponse, dévala l'échelle pour voir si le capitaine se trouvait dans la cale.

*Peut-être a-t-il tout raté comme moi ?* s'interrogeait Mike. Mais le capitaine ne dormait pas dans sa couchette. Il devait être chez sa petite-fille.

Mike se précipita à *La Couronne et l'Ancre* pour demander l'adresse à Daphne. La porte de l'auberge était ouverte et, juste à côté, un vélo reposait contre le mur. Mike entra et faillit heurter le capitaine qui téléphonait.

— Passez-moi l'officier responsable du Small Vessels Pool ! Celui qui était à Saltram-on-Sea cet après-midi ! hurlait-il dans l'appareil. Alors, passez-moi l'Amirauté ! à Londres ! (Il aperçut Mike.) Tous incapables ! Pas un pour racheter l'autre ! Et ces nullards décident si on peut prendre la mer ou pas ?

*Le Small Vessels Pool l'a recalé. Voilà pourquoi la* Lady Jane *est encore là.*

— Fallait nos bateaux pour une opération spéciale, qu'ils disaient ! Opération spéciale ! Les Français ont tout foiré et maintenant ils ont besoin de nous pour sortir nos gars du merdier avant l'arrivée d'Hitler. Tous les bateaux possibles, ils déclarent ! Et *après* ils ont le culot d'annoncer que ma *Lady* n'est pas en état de naviguer ?

Eh bien, en état ou pas, c'était le dernier bateau à quai. Mike allait devoir demander au capitaine de le conduire à Douvres.

— Commandant…, commença-t-il.

Un signe de la main l'arrêta net.

— Pas en état de naviguer, et ensuite ils prennent le *Sea Sprite* et l'*Emily B* ! L'*Emily B* ! tonna-t-il. Avec son gouvernail de merde et son capitaine qui ne trouverait même pas le cap du comptoir pour une pinte de bière. Et ensuite, quand je propose de piloter un de leurs convois, on me rétorque que je suis trop vieux ? Trop vieux ! Ça veut dire quoi, il n'y a personne à l'Amirauté ?

Il vociférait.

— Ils ignorent peut-être que c'est la guerre ?

— Commandant…

Il interrompit Mike d'un geste impératif.

— Alors, passez-moi le sous-secrétaire ! À quel *sujet* ? La guerre que vous êtes en train de perdre !

Il raccrocha violemment l'écouteur.

— Abruti d'ignorant ! Tout faire soi-même ! Je pars pour l'Amirauté !

— Vous partez ? commença Mike…

Le capitaine furibond avait déjà franchi le seuil.

— Commandant, attendez ! J'ai besoin de vous pour…

— Vous voilà de retour, s'exclama Daphne en lui bloquant le passage. Vous avez trouvé M. Powney ?

— Non. J'ai besoin de…

Il tenta de la contourner.

— Vous avez manqué tout le chambardement ! Un officier du Small Vessels Pool est arrivé…

— Je sais… Deux secondes, il faut que je rattrape le capitaine.

Mike poussa la jeune fille et se rua dehors, mais le capitaine, sur le vélo, avait parcouru la moitié de la rue.

— Commandant ! cria Mike, ses deux mains en coupe autour de sa bouche.

Et il entreprit de le poursuivre, mais le cycliste venait d'atteindre et de dépasser le quai. Où diable allait-il ?

*Impossible de se rendre à Londres avec ce vélo !*

Cela lui prendrait une semaine et, de toute façon, il avait emprunté la mauvaise direction. Pas étonnant que le Small Vessels Pool ne veuille pas lui confier un convoi. *Et maintenant je fais quoi ?* se demandait Mike tandis que le capitaine sortait de son champ de vision. Il retourna au pub.

— M. Powney n'était donc pas chez lui ? s'enquit Daphne, qui s'était avancée à sa rencontre.

— Non.

— Je ne comprends pas ce qui le retient.

Elle accrocha son bras sous le sien.

— Vous devez être épuisé, après tout un jour de marche. Venez, installez-vous, je vous prépare une bonne tasse de thé. L'officier était un lieutenant de la Marine, tout à fait charmant, mais pas aussi beau que vous !

Elle lui décocha une œillade tandis qu'elle mettait la bouilloire en route.

— Il a dit : « Tout ce qui peut flotter doit partir pour Douvres immédiatement. »

Elle n'en finissait pas de raconter comment les hommes avaient rassemblé leur matériel, chargé leur bateau, remonté le moteur du *Sea Sprite*, et mis les voiles en moins de deux heures.

*Et j'ai raté ça ! Tout comme j'ai raté le bus...*

Entendait-il arriver une voiture ? Mike bondit à la porte, Daphne sur ses talons, juste à temps pour découvrir le roadster cabossé que conduisait le capitaine, les deux mains vissées au volant, les yeux rivés à la route, ne regardant ni à gauche ni à droite.

— Attendez ! hurla Mike.

Il courut dans la rue, avec de grands gestes des bras pour signaler sa présence et inciter le conducteur à s'arrêter, mais le véhicule rugit en le dépassant dans un nuage de poussière blanche. Il roulait vers le nord et fut bientôt hors de vue.

Mike, furieux, se tourna vers Daphne.

— Vous m'aviez dit qu'il n'y avait pas d'autre voiture en ville !

— J'avais oublié le vieux roadster du capitaine.

*Évidemment.*

— Il ne l'a pas conduit depuis le début de la guerre. Où est-il parti, d'après vous ?

*À Londres. Et quand il n'aura pu trouver personne à l'Amirauté, à Douvres. Où je tente de me rendre depuis 5 heures ce matin.*

— Je suis désolée. Il disait qu'il allait le mettre sur cales. Mais ça vaut mieux pour vous. C'est un conducteur épouvantable. Partir avec M. Powney sera beaucoup moins risqué.

Elle ajouta avec une jolie moue :

— Êtes-vous très fâché contre moi ?

*« Fâché » n'est pas le mot juste.*

— Auriez-vous oublié une *autre* voiture ? une moto ? n'importe quoi avec des roues ? Je *dois* me rendre à Douvres aujourd'hui.

— Non, rien d'autre. Mais je suis certaine que M. Powney rentrera chez lui avant la nuit. La Home Guard se réunit tous les mercredis soir, et il n'est jamais absent.

*Et il déteste conduire durant le black-out, si bien qu'il n'acceptera pas de m'emmener avant demain matin au plus tôt, et le voyage nous prendra la matinée.*

L'évacuation serait à moitié terminée.

Il ne pouvait pas se permettre de perdre plus de temps ici. Il avait déjà manqué trois jours de sa mission. Il ne les récupérerait jamais.

*Je n'ai plus qu'à retourner à Oxford demander à Badri de me trouver un site de transfert près de Douvres.*

— Calmez-vous, disait Daphne. Je vais vous faire frire une belle part de morue pour votre thé, et vous aurez juste le temps de la déguster avant l'arrivée de M. Powney.

Mike se leva.

— Non. Il faut que j'y aille. Je dois envoyer mon article au journal, à Londres.

— Mais votre thé est presque prêt. Vous avez sûrement le temps…

*Le temps est juste ce qui me manque !*

— Non, je dois l'envoyer pour l'édition de l'après-midi.

Et il quitta le pub en vitesse, puis le village, et entreprit de gravir la colline, soucieux d'atteindre le point de transfert avant la nuit. Le halo serait moins visible de jour. Quel qu'il soit, le bateau qui croisait au large et qui avait empêché le saut de fonctionner la nuit dernière devait être maintenant à mi-distance de Douvres, mais Mike ne voulait prendre aucun risque. Et plus tôt il déserterait 1940, plus tôt Badri pourrait définir les nouvelles coordonnées.

*Peu importe si Badri met un mois à me dénicher ce site*, se disait-il en gravissant la pente. *Ça me donnera une chance de rattraper mon sommeil en retard. Ou de surmonter mon déphasage temporel.*

Quel que soit son handicap, Mike réussissait à peine à grimper. Dieu merci ! il était presque arrivé au sommet.

*J'espère que je ne vais pas m'endormir en surveillant l'ouverture, ou je raterai le transfert…*

Une demi-douzaine d'enfants se tenaient au bord de la falaise, juste au-dessus du chemin qui menait à la plage. Excités, ils s'exclamaient en désignant la Manche. Mike regarda ce qu'ils montraient du doigt. Un voile de fumée couvrait l'horizon et plusieurs colonnes noires s'en élevaient. Dunkerque en flammes.

Bon Dieu ! Et maintenant ? *Acheter leur départ ?* Il avança dans cette intention, mais ils dévalaient déjà le chemin.

— Attendez ! appela Mike.

C'était sans espoir. Il y avait d'autres enfants sur la plage, et plusieurs hommes. L'un d'eux braquait des jumelles, et deux des gamins se dressaient sur le rocher de Mike pour jouir d'un meilleur point de vue.

Ils s'éterniseraient là jusqu'au coucher du soleil et, si les incendies étaient visibles de la plage, la moitié de la nuit. *Et pendant ce temps qu'est-ce que je suis censé faire, nom d'un chien ? Je reste planté là et je regarde mes dernières chances d'observer l'évacuation s'envoler en fumée ?* Des bateaux pleins de soldats rescapés entraient d'ores et déjà à Douvres.

Il fit demi-tour, exaspéré, et retourna au village. Il devait y avoir un autre moyen de se rendre à Douvres. La *Lady Jane* n'avait pas quitté le port. Peut-être Jonathan pourrait-il la piloter. *Ou moi ?* Il suivrait la côte. *Pour me fracasser sur les rochers. Ou terminer au fond de la Manche.* Il n'avait pas oublié l'eau dans la cale, pourtant il gagna le quai. Jonathan connaîtrait le propriétaire d'une moto. Ou d'un cheval.

Mais Jonathan n'était pas à bord.

— Ohé ! Jonathan ! cria Mike par l'écoutille. Tu es en bas ?

Pas de réponse. Mike descendit l'échelle et s'arrêta juste au-dessus de l'eau, dont le niveau avait encore monté depuis le matin. Elle atteignait presque le premier barreau.

— Jonathan ?

Il n'était pas là.

*Je vais retourner à* La Couronne et l'Ancre *demander à Daphne où il habite*, soupira-t-il, épuisé, en lorgnant la couchette du capitaine. Les couvertures en laine grise et l'oreiller sale lui paraissaient affreusement attirants.

*Si seulement je pouvais grappiller une heure ou deux de sommeil*, pensa-t-il, soudain accablé par la somnolence, *je pourrais réfléchir à ce qu'il faut faire, je trouverais quelque chose. Et après Powney pourrait être rentré. Ou le capitaine.*

Il enleva ses chaussures et ses chaussettes, roula le bas de son pantalon, pataugea jusqu'à la couchette et l'escalada.

*Je devrais peut-être démarrer la pompe de cale ?*

Mais il était trop fatigué pour bouger.

*Ce doit être le déphasage temporel. Je ne me suis jamais senti aussi lessivé de ma vie.*

Il parvint à grand-peine à tirer sur lui la couverture en laine. Ça empestait le goudron et le chien mouillé, et ça dégoulinait là où l'extrémité avait traîné dans l'eau.

*La* Lady Jane *ne peut pas sombrer en une heure, hum ?* s'interrogeait-il tandis qu'il se lovait en chien de fusil sur la couchette. L'eau clapotait doucement au rythme des oscillations du bateau. *C'est tout ce que je demande, une heure. Ensuite, si le niveau continue à monter, je me lève et je démarre la pompe.*

Et sans doute avait-il titubé en somnolant jusqu'au mécanisme afin de le mettre en route, parce qu'à son réveil il pouvait l'entendre haleter. L'eau ne clapotait plus.

Combien de temps avait-il dormi ? Il éleva son bras pour regarder sa montre, mais la pénombre était trop dense pour en déchiffrer le cadran. *Quelle que soit l'heure, il faut que je contrôle si Powney est rentré, puis que je parte à la recherche de Jonathan.*

Il repoussa la couverture, s'assit et descendit de la couchette.

Dans trente centimètres d'eau glaciale. À l'évidence, la pompe ne marchait pas, malgré ses râles sifflants. Un « teuf-teuf » qui emplissait la cale, si fort qu'il…

— Oh non ! s'écria Mike.

Et, dans une gerbe d'éclaboussures, il se rua sur l'échelle et la gravit. Ce n'était pas la pompe, c'était le moteur. Ils bougeaient ! Il ouvrit brutalement l'écoutille.

Sur des ténèbres encore plus profondes. Il cligna des paupières, ahuri de découvrir la nuit et la furie du vent et des embruns salés sur son visage, attendant que ses yeux accommodent.

— Tiens donc, qu'avons-nous là ? s'exclama la voix joviale du capitaine Harold. Un passager clandestin ?

Mike le discernait à peine dans le noir d'encre. Carré au gouvernail, il portait son caban et sa casquette de marin.

— Je me doutais bien que tu tenterais d'en faire partie !

— Faire partie de quoi ? demanda Mike en se hissant sur le pont.

Paniqué, il se retourna vers la poupe, mais on ne distinguait rien… que les ténèbres.

— Où allez-vous ?

— Chercher nos gars pour les ramener chez eux.

— Vous ne voulez pas dire… à Dunkerque ?

Mike criait pour dominer le sifflement du vent.

— Je ne peux pas aller à Dunkerque !

— Alors, tu ferais mieux de te mettre à nager, Kansas, parce qu'on est déjà au milieu de la Manche.

> *— Tu iras au bal, Cendrillon, lui dit sa marraine la fée,*
> *mais, attention, il faudra en partir*
> *avant le douzième coup de minuit !*
> *— Comment m'habiller ? lui demanda sa filleule.*
> *Je ne peux pas m'y rendre dans ces guenilles !*
>
> Cendrillon

## Dulwich, Surrey, le 13 juin 1944

L'après-midi finissait lorsqu'elle atteignit le poste du FANY de Dulwich. Quand elle frappa, personne ne répondit.

*J'aurais dû m'en douter*, se dit-elle, irritée. *Elles sont toutes parties chercher des fragments de V1.*

Elle avait prévu de commencer sa mission le matin du 11 juin, de façon à s'installer, rencontrer et observer tout le monde pendant deux jours entiers avant l'apparition des premiers missiles, mais c'était sans compter avec les délais causés par le débarquement.

En Normandie, le jour J s'était déroulé quasiment sans accroc mais, de ce côté-ci de la Manche, le chaos l'emportait. Chaque train, bus ou route était bondé ou réservé aux forces d'invasion. Elle n'avait pas mis moins d'un jour et demi avant de réussir à organiser un transport pour Londres avec une Américaine du WAC qui devait transmettre des documents à Whitehall. À la dernière minute, on avait ordonné au WAC de les délivrer plutôt au quartier général d'Eisenhower, à Portsmouth et, quand elles étaient arrivées là, leur voiture et leur chauffeur avaient été réquisitionnés par les services de renseignements britanniques. Pendant trois jours, coincée au fin fond du Hampshire, elle avait tenté en vain d'obtenir une place dans un train pour finalement partir en stop dans la Jeep de GI américains. Mais alors les premiers V1 s'étaient déjà écrasés, et elle avait raté une chance d'observer le poste dans des circonstances « normales ».

Ou peut-être pas ? Le gouvernement n'avait pas encore reconnu que ces explosions étaient le fait de fusées sans équipage. Il ne s'y résoudrait que dans trois jours. Et pas un des quatre V1 de la nuit dernière n'avait touché Dulwich. On pouvait tout ignorer, ici, sauf si le ministère de la Sécurité intérieure avait envoyé quelqu'un du poste récupérer des fragments sur l'un des sites pour déterminer à quelle sorte d'arme on avait affaire. Hélas ! on avait évidemment dépêché les filles sur site parce qu'elle avait beau frapper, personne ne répondait. Le poste était désert.

*Impossible. C'est un poste de secours. Il y a forcément une permanence pour répondre aux appels.*

Elle frappa de nouveau, plus fort. Toujours rien.

Une poussée sur la porte l'ouvrit. Elle entra.

— Ohé ? Il y a quelqu'un ?

Faute de réponse, elle se mit en quête du bureau des expéditions.

Au milieu du couloir, elle entendit la musique, une chanson des Andrew Sisters : *Don't Sit Under the Apple Tree*. Elle continua dans cette direction jusqu'à une porte entrebâillée. Dans la pièce, une jeune fille coiffée en queue-de-cheval et vêtue d'un pantalon lisait un magazine de cinéma, vautrée sur un sofa, une jambe passée sur l'accoudoir.

*Cette fille ne sait manifestement rien des V1. Parfait !*

Mary poussa la porte.

— Bonjour ! Excusez-moi, je cherche l'officier de service.

La fille bondit et plongea sur le phonographe, envoyant valdinguer son magazine dans un éparpillement de pages, avant de se résoudre à se calmer et à se mettre au garde-à-vous. Même si elle se tenait là comme un enfant fautif qui s'apprête à partir au lit sans souper, elle devait être plus âgée qu'il ne paraissait.

— Lieutenant Fairchild, ma'ame, dit-elle en saluant. Puis-je vous aider ?

— Lieutenant Kent, ralliant son unité.

Mary lui tendit ses papiers de transfert.

— Je viens juste d'être affectée à ce poste.

— Affectée ? Le major n'a rien dit de…

La fille examinait les papiers en fronçant les sourcils, puis elle sourit largement.

— Le quartier général nous a finalement dépêché quelqu'un ? Je n'y crois pas ! On avait perdu tout espoir. Bienvenue au poste, lieutenant… Pardon, quel est votre nom, déjà ?

— Kent. Mary Kent.

— Bienvenue, lieutenant Kent, reprit Fairchild avant de lui tendre la main. Je suis *tellement* contrite ! J'ignorais qui vous étiez. Nous sommes à court depuis *des mois*. Notre major s'est battue avec le quartier général pour obtenir une recrue supplémentaire, mais nous désespérions de vous voir arriver un jour.

*Moi aussi !*

— Si seulement vous aviez été là il y a un mois ! On était débordées, avec tous ces officiers qui avaient besoin de chauffeurs, à cause du débarquement et tout ça. Ultra, ultrasecret, *tout ça*… On n'était pas censées savoir quelque chose, mais il était évident que c'était parti pour barder.

Elle ajouta, les yeux brillant de fierté :

— *Moi*, j'ai conduit le général Patton. Maintenant, ils sont tous en France, et on est désœuvrées. Ça ne veut pas dire qu'on n'est pas contentes de vous avoir. Ce statu quo ne devrait pas s'éterniser.

*J'en atteste.*

— Le major y veillera. Ici, aucune oisiveté autorisée.

Elle jeta un coup d'œil coupable au magazine sur le sofa.

— Elle insiste pour que nous fassions de notre mieux pour gagner la guerre, à chaque instant de chaque jour. Elle aura ma peau si elle voit à son retour que j'ai dérogé et que vous n'avez pas visité le poste. Attendez-moi une seconde.

Elle posa les papiers sur le bureau et se pencha à la porte.

— Talbot ! appela-t-elle.

Elle n'obtint aucune réponse.

— Elle a dû changer d'avis, et partir avec les autres au char à fourbi.

Que pouvait être un « char à fourbi » ? Une mission particulière pour une ambulance ? Mary n'aurait pas dû l'ignorer. Pourtant, malgré ses études approfondies quant à l'argot de la Seconde Guerre mondiale, elle n'avait jamais rencontré ce terme.

— Je croyais qu'elles rentreraient plus tôt. Deux secondes ! (Fairchild bloqua la porte avec son magazine.) Ainsi, je pourrai entendre sonner le téléphone, même si je ne pense pas que ce sera nécessaire. Personne n'a appelé de toute la journée. Par ici, Kent.

Si personne n'avait appelé, alors un char à fourbi ne pouvait être une mission pour une ambulance. Un incident, en argot ?

— Voilà notre mess, annonça Fairchild en ouvrant une porte.

Mary connaissait ce mot, au moins.

— Et la cuisine est là.

Son guide poussa une porte latérale et s'effaça pour la laisser passer.

— Notre garage, sans grand-chose à découvrir en ce moment, je crains. Nous avons deux ambulances, une Bentley et une Daimler. Avez-vous déjà conduit une Daimler, Kent ? (Mary acquiesça.) En quelle année ?

*2060...*

— C'était en 1938, il me semble.

— Hum ! ça ne sera pas très utile. Notre Daimler est une *antiquité*. Je jurerais que Florence Nightingale la conduisait pendant la guerre de Crimée. Elle est infernale à démarrer, et pire encore à conduire. Et presque impossible à manœuvrer sur un créneau serré. Le major a réclamé une nouvelle voiture, mais on n'a pas d'écho. Voici le journal de bord.

Elle lui désignait un bloc-notes pendu au mur. Elle lui montra les colonnes pour le temps, la destination et la distance parcourue, ajoutant :

— Et pas le plus petit détour autorisé pour des courses personnelles ! Le major se transforme en harpie dès qu'on touche à l'essence. Et pareil si on oublie de signer le journal avant de sortir une auto.

— Même si on sort pour un incident ?

— Un *incident* ? Oh ! vous voulez dire le crash d'un Spitfire ou quelque chose du genre ? Évidemment, dans ce cas, on peut filer direct et renseigner le journal au retour, mais ça se produit rarement. La plupart des appels sont pour des soldats qui se sont bagarrés ou qui ont raté l'escalier parce qu'ils étaient bourrés. Le reste du temps, c'est du taxi pour les officiers. Après avoir pointé, on rapporte les clés au bureau des expéditions, et on les accroche là.

Elle avait ramené Mary dans la pièce au sofa et au phonographe. Elle lui montra trois crochets étiquetés « Ronald Colman », « Clark Gable » et « Bela Lugosi ».

— Comme les pilotes de la RAF donnent un petit nom à leurs avions, nous avons décidé nous aussi de personnifier nos ambulances.

— Vous disiez que vous aviez deux ambulances.

— Exact. Ronald Colman est la Bentley privée du major. Elle nous la prête quand les deux ambulances sont sorties ou quand nous devons emmener quelqu'un d'important.

— Ah ! je suppose que Bela Lugosi est la Daimler ?

— Oui, bien que ce nom ne soit qu'un euphémisme en regard de sa nature diabolique ! Je voulais l'appeler Heinrich Himmler.

Elle conduisit Mary le long d'un nouveau couloir et poussa la porte d'une chambre toute en longueur où s'alignaient six lits de camp tirés au cordeau.

— Vous dormirez là, indiqua-t-elle en se dirigeant vers la deuxième couchette sur la droite. C'est à vous.

Elle la tapota, puis traversa la pièce en direction d'une armoire et l'ouvrit.

— Vous pouvez caser vos affaires sur ces planches. Vous partagez avec Sutcliffe-Hythe, alors ne la laissez pas s'étaler. Et ne ramassez pas derrière elle. Cette petite a tendance à semer ses fringues partout et à s'attendre à ce qu'on les lui range. Elle ne nous a rejointes que depuis quatre mois. Avant, évidemment, elle avait des larbins pour s'occuper de ça.

Fairchild avait parlé d'un ton si désinvolte que cela confirmait les déductions de Mary : en dépit de la queue-de-cheval et du magazine de cinéma, Fairchild appartenait à une classe sociale très aisée, tout comme Sutcliffe-Hythe, et la plupart des jeunes femmes du First Aid Nursing Yeomanry. On les avait recrutées parce que, contrairement aux filles de milieux moins favorisés, elles avaient appris à conduire. Elles avaient également acquis les règles d'un savoir-vivre qui leur permettait de frayer avec les officiers. Voilà comment elles avaient fini par servir de chauffeurs aux généraux tout autant qu'elles pilotaient des ambulances.

— Voyons, que faut-il savoir de plus ? Petit déjeuner à 6 heures, extinction des feux à 23 heures. On n'emprunte pas la serviette ni le petit ami d'une autre, on n'évoque pas l'Italie. Le fiancé de Grenville s'y trouve, et elle est sans nouvelles depuis trois semaines. Ah ! et on évite le sujet des fiançailles avec Maitland… Vous n'êtes pas fiancée ?

— Non, répondit-elle en se délestant de son sac de marin sur le lit.

— Parfait. Les fiancées et Maitland, ça fait deux, en ce moment. Elle essaie de se faire demander en mariage par le pilote avec qui elle sort, mais pour l'instant ça ne marche pas. Je lui ai dit qu'elle devrait prendre des leçons auprès de Talbot. Qui s'est fiancée quatre fois, depuis son arrivée ici ! Vous sortiez avec quelqu'un, là où… Où était votre poste, avant ?

— Oxford.

— Oxford ? Oh ! mais alors vous devez connaître…

Elle s'arrêta et pencha la tête, en alerte, en entendant une porte claquer quelque part.

— Fairchild !

La jolie brune en uniforme et casquette du FANY qui avait appelé fit irruption dans la pièce.

— Tu ne croiras *jamais* ce que je viens d'apprendre !

*Adieu mon observation du comportement des filles avant le choc des missiles !*

— Qu'est-ce que tu fiches ici, Talbot ? Tu n'es pas partie avec Maitland et les autres au char à fourbi ?

— Non, mais j'ai des regrets. Je suis si fatiguée du Péril jaune que ça me donne envie de hurler.

Le « Péril jaune » ? Par quel biais le Japon venait-il s'immiscer dans un poste d'ambulance ?

*J'aurais vraiment dû mieux travailler mon argot de la Seconde Guerre mondiale !*

— Je me trouvais au garage, reprit Talbot. Le major insistait pour que j'aille récupérer Bela Lugosi.

Dieu merci ! grâce à Fairchild, Mary connaissait les noms des ambulances, sinon elle aurait été complètement perdue. Le Péril jaune était-il aussi une sorte de véhicule ?

— J'avais prévenu le major qu'elle ne serait pas prête, mais elle… Qui est-ce ?

— Mary Kent, répondit Fairchild. Notre nouveau chauffeur.

— Mais c'est impossible ! explosa Talbot, provoquant un regard affûté de Mary. Désolée. C'est juste que j'avais parié avec Camberley que même le major ne pourrait obtenir du QG qu'ils envoient un nouveau conducteur ! Une paire de bas. Et maintenant qu'est-ce que je vais faire ? J'ai prêté ma seule paire à Jitters, et elle les a carrément *mis en pièces*.

— Elle veut dire le lieutenant Parrish, expliqua Fairchild. Elle aime danser le jitterbug.

— Je *dois* trouver des bas. Philip m'emmène au Ritz samedi.

*Non, certainement pas. Plus d'une centaine de V1 frapperont, samedi. Tu seras trop occupée à transporter les blessés.*

— Je doute que tu aies une paire de rechange à me prêter, Kent ?

*Non, et même si j'en avais une je ne l'avouerais pas.*

Mary était un imposteur, et cet aveu la démasquerait sur-le-champ. À ce stade de la guerre, aucune femme en Angleterre n'avait possédé de paire de bas présentable.

— Désolée, soupira-t-elle en montrant ses jambes habillées de coton plusieurs fois reprisé. Je regrette de vous avoir fait perdre votre mise.

— Eh bien, tant pis pour moi : je n'aurais pas dû parier contre le major. Je devrais le savoir. As-tu rencontré le major, Kent ?

— Pas encore, intervint Fairchild. Le major est à Londres. On l'a convoquée à une réunion au QG.

— Quand tu la verras, tu t'apercevras qu'elle est *extrêmement* déterminée, en particulier s'il s'agit d'obtenir de l'équipement et des vivres… ou du personnel pour notre poste.

Fairchild acquiesça.

— Elle est convaincue que la victoire repose entièrement sur nos épaules.

— Conduire des officiers aux mains baladeuses ne me paraît pas franchement vital pour le sort de la guerre, ricana Talbot. Question avances amoureuses, j'espère que tu es rompue à l'art de l'esquive, Kent. (Elle se tourna vers Fairchild.) Quand crois-tu que Maitland et les autres seront de retour ?

— Je pensais qu'elles seraient déjà rentrées.

— Où se *trouvait* ce char à fourbi ?

— Bethnal Green.

— Bon ! je pars me doucher avant qu'elles reviennent.

Elle enleva sa veste et se dirigea vers la porte.

— Attends, la retint Fairchild. Tu ne peux pas filer comme ça, tu ne nous as toujours pas dit ce que tu avais entendu !

— Ah, oui ! J'avais oublié. Je me rends donc au garage où on me prétend *comme d'habitude* que Bela ne sera pas prête avant demain.

Elle dégrafa sa jupe qu'elle laissa choir, et commença de déboutonner son chemisier.

— Alors je leur réponds que nous en avons besoin *aujourd'hui*, et que je vais patienter.

D'un haussement d'épaules, elle se défit du chemisier et resta debout en combinaison, les poings sur les hanches.

— Quelle *erreur* ! Du coup, tout ce qu'ils ont fait, c'était de me tenir la jambe et bavarder avec moi.

*Je veux bien le croire*, souriait Mary. Talbot n'était pas seulement jolie, elle avait un corps de rêve. Pas étonnant qu'elle se soit fiancée quatre fois.

— Finalement, je me replie sur la cantine, me consoler avec une tasse de thé, et j'y retrouve Lyttelton. Elle attendait un capitaine affecté à la Défense côtière et qu'elle devait conduire à Douvres…

Elle était au courant pour les V1, c'était évident. La Défense côtière savait depuis des semaines que les Allemands avaient prévu de lancer des missiles. Ils étaient censés garder le secret, mais à l'évidence le capitaine avait vendu la mèche à son chauffeur, et elle en avait fait part à Talbot.

— Et tu ne devineras *jamais* ce qu'elle m'a dit ! continua la jeune fille. Le capitaine Eden est *marié* ! À une WAAF.

— Le capitaine Eden qui t'a emmenée chez *Quaglino* la semaine dernière ?

— Et au Savoy la semaine d'avant, et qui m'a appelée il y a trois jours pour une pièce de théâtre.

— Le goujat ! s'exclama Fairchild, véhémente.

— Un butor de première, reconnut Talbot. En plus, c'est une pièce que je crevais d'envie de voir. D'un autre côté, ce type est un danseur atroce, et ça me donne une chance de me trouver un Américain assez fou de moi pour m'offrir une paire de bas nylon.

Elle claqua une serviette sur son épaule.

— Salut ! Je vais me doucher.

— Et moi, je dois te montrer le reste du poste, ajouta Fairchild à l'intention de Mary. Tu déballeras plus tard. Nous n'avons plus de temps à perdre.

*Moi non plus*, songea Mary en lui emboîtant le pas. Même si Talbot ne savait rien au sujet des V1, les filles qui rentreraient seraient forcément informées. Fairchild avait dit qu'elles étaient parties à Bethnal Green, et c'était là que le deuxième V1 était tombé, saccageant un pont ferroviaire. Ainsi, elle ne s'était pas trompée, elles avaient été envoyées collecter les fragments. Un « char à fourbi » devait être un incident. Mais pourquoi Talbot avait-elle regretté de ne pas les avoir accompagnées ?

— Voilà la salle commune, indiquait Fairchild, et l'accès de la cave. Notre abri antiaérien est en bas.

La porte qu'elle ouvrit donnait sur un escalier très raide.

— Mais nous ne l'utilisons jamais. La sirène n'a sonné qu'une fois ces trois derniers mois, et c'était des gosses entrés par effraction dans le poste de la Défense passive qui l'avaient déclenchée pour rigoler.

Il n'y avait pas eu de sirènes la nuit d'avant ? Impossible ! Elles avaient sonné pour chacun des quatre V1. Un guetteur d'avions de dix ans avait scrupuleusement noté les heures de chaque début et fin d'alerte dans son journal. Elles n'avaient pas dû pouvoir les entendre ici, à Dulwich.

— Et maintenant que nos gars sont en France, plus la peine de s'inquiéter des raids. La guerre ne durera plus très longtemps…

Elle se tut, l'oreille tendue. Mary perçut le claquement d'une portière de voiture et un bruit de voix.

— Les filles sont de retour ! annonça Fairchild en se précipitant dans le couloir.

Un trio de jeunes femmes en uniforme du FANY arrivait du garage, les bras pleins de vêtements.

— On aurait dû prendre cette dentelle écrue, disait une blonde trapue à une grande perche rousse.

— Trop petit. Même Camberley ne venait pas à bout de la fermeture Éclair.

— Grenville aurait pu la lui retoucher.

— La pêche a été bonne, Reed ? demanda Fairchild.

— En partie seulement, répondit la rousse, qui entrait dans le bureau des expéditions et jetait les habits qu'elle tenait sur le sofa. Nous ne rapportons qu'une robe de soirée.

— Qui a failli coûter la vie à Camberley, ajouta la blonde. Pour l'avoir, elle a dû se battre avec deux filles du St John Ambulance de Croydon.

— Mais j'ai gagné ! triompha la troisième arrivante, un petit bout de femme aux allures d'elfe.

Elle sortit une robe longue en tulle rose de la pile et la montra fièrement.

— Je suis la championne du char à fourbi de Saint-Ethelred !

Voilà qui éclaircissait le mystère. Un « char à fourbi » était l'équivalent argotique d'un troc de vêtements. À cause du rationnement et parce que les étoffes servaient toutes à fabriquer des uniformes et des parachutes, les trocs avaient été usuels pendant la guerre.

— Elle est un peu courte, regretta la flamboyante Reed. Mais la jupe est large, on pourra piquer dedans pour lui ajouter un volant, et… (Elle s'arrêta.) Qui est-ce ?

— Lieutenant Mary Kent, annonça Fairchild. Kent, voici le capitaine Maitland.

Elle désignait la blonde trapue. Puis elle pointa la rousse et l'elfe.

— Lieutenant Reed, et lieutenant Camberley. Kent est notre nouveau chauffeur. Le QG nous l'envoie d'Oxford.

— Tu plaisantes ! s'exclama Maitland.

— Je vous avais dit que le major y parviendrait, triompha Camberley. Même s'il est un peu tard. J'ai peur que tu n'arrives après la bataille, Kent.

— Si tu étais basée à Oxford, commença Reed, tu dois connaître…

— On s'en fiche, intervint Talbot, qui débarquait en peignoir, la tête drapée dans une serviette de bain. Je veux voir ce que vous avez dégotté. Du rose ? Oh non ! Je suis affreuse en rose. Ça me lessive le teint. Cela dit, pour samedi… (Elle s'en saisit.) Ce sera toujours mieux que le Péril jaune.

— Tu ne la portes *pas* samedi, s'interposa Camberley. Pour un peu, les filles du Saint-John m'envoyaient *ad patres* ! Ce sera *moi* la première.

— Nous manquons de robes de soirée, expliqua Fairchild, alors on les partage. On s'est débrouillées avec le Péril jaune et la robe que Sutcliffe-Hythe arborait lors de sa présentation à la Cour. Teinte en bleu lavande… mais la couleur a bavé et le résultat n'est pas très heureux.

— Elle n'est sortable que dans des boîtes de nuit *très* sombres, précisa Reed.

— Mais il me *faut* la rose, insista Talbot. Je vais au Ritz. Ils ont déjà vu le Péril jaune. Je l'ai mise deux fois !

— Qui t'emmène ? interrogea Reed.

— Ce n'est pas encore sûr. Peut-être le capitaine Johnson.

— Johnson ? Le beau garçon avec sa moustache à croquer ?

— *Non*, dit Talbot, qui tenait la robe rose contre elle et la regardait dans le miroir. C'est l'Américain qui accède au PX.

Mary aurait dû se délecter de cette conversation. Elle illustrait à la perfection la vie dans un poste d'ambulancières avant les missiles. Mais pourquoi n'avaient-elles pas entendu parler des V1 ? Quelqu'un de l'équipe de Bethnal Green les avait forcément signalés.

*Ne sois pas idiote, ces filles n'étaient pas là.* Quand on se lève à 4 heures pour administrer les premiers soins et transporter des victimes à l'hôpital – il y avait eu six morts –, on ne se rend pas ensuite allégrement à un troc de fringues.

Pourtant, même si elles n'y étaient pas allées, *quelqu'un* aurait dû mentionner le bruit d'une explosion. Ou la sirène si, comme Fairchild l'indiquait, elle n'avait pas sonné depuis des mois. Mary regardait les filles du FANY se passer la robe rose et la paire de mules de bal usagées qu'elles avaient dénichées et s'interrogeait : peut-on se laisser absorber par une quête de vêtements au point d'en oublier quiconque autour de soi ?

— J'ai vu Haviland, et vous ne devinerez jamais ce qu'elle m'a raconté, dit Maitland. Vous vous souvenez du capitaine Ward ? On l'a rencontré à cette soirée des

GI où on était allées danser. Les cheveux comme une auréole sombre et bouclée… Eh bien, Haviland me dit qu'il est fou de moi, mais qu'il n'ose pas me demander de sortir avec lui !

— Je t'ai trouvé un rouge à lèvres, apprenait Reed à Talbot. « Caresse colombine ».

Elle lui tendit un tube doré.

— Dieu merci ! s'exclama son amie, qui avait enlevé le capuchon et qui tournait la base pour révéler une saisissante nuance rouge sombre. Le mien était usé jusqu'à la garde. Pas de gants noirs ?

— Non, mais Healey et Baker étaient là, et elles ont annoncé que leur poste organisera une vente de charité en juillet. Il y a des gants noirs dans les dons qu'elles ont reçus, elles en sont sûres. Elles m'ont promis de nous les mettre de côté.

— Qu'est-ce qui leur prend, à Bethnal Green, d'organiser une vente de charité ? demanda Fairchild.

— Elles lèvent des fonds pour une nouvelle ambulance, répondit Maitland.

— Seigneur, pourvu que le major ne l'apprenne jamais, ou nous sommes bonnes pour en programmer une ! grogna Talbot.

Mary l'entendit à peine. Les ambulancières du FANY de Bethnal Green étaient *présentes* au char à fourbi.

*Me serais-je trompée de date pour les premières attaques des V1 ?*

Mais dates et lieux lui avaient été implantés directement à partir des enregistrements historiques. Et pourtant, si un V1 *avait* frappé le pont ferroviaire, comment pouvaient-elles oublier d'en parler ?

— Regardez, dit Reed. J'ai récupéré une paire de sandales de pla…

Elle s'arrêta net pour tendre l'oreille.

— Vous n'avez pas entendu un bruit de moteur ?

Elle quitta prestement la pièce et revint.

— Voilà le major !

Une sirène antiaérienne n'aurait pas produit meilleur effet. Reed et Camberley ramassèrent les vêtements et déguerpirent. Fairchild plongea sur le phonographe, le débrancha, ferma son couvercle et le poussa dans les mains de Maitland :

— Remets-le dans la salle commune, lui enjoignit-elle.

Pendant que Maitland sortait du bureau, elle se trémoussa pour se glisser dans la veste de son uniforme.

— Kent, passe-moi le *Film News*, vite, souffla-t-elle en la boutonnant.

Mary se précipita pour retirer le magazine qui maintenait la porte entrebâillée, le tendit à Fairchild, qui le fourra dans un tiroir à dossiers. Elle eut juste le temps de s'asseoir pour se lever de nouveau quand le major entra.

D'après les commentaires, Mary anticipait une gorgone, mais le major était une petite femme au physique frêle et délicat, dont les cheveux commençaient à peine à grisonner. Au salut réglementaire de Mary, elle répondit par un sourire doux et dit d'une voix tranquille :

— Bienvenue, lieutenant.

— Je lui faisais visiter le poste, déclara Fairchild.

— Ce qui peut attendre. Rassemblement dans la salle commune. Je dois vous annoncer quelque chose.

Les V1 étaient donc bien tombés comme prévu, après tout, et on avait ordonné le silence au FANY de Bethnal Green, tout comme à l'officier de la Défense côtière, jusqu'à l'annonce officielle. Annonce que le major s'apprêtait à faire.

Dans l'intervalle, Mary avait eu la chance d'observer une tranche de vie au poste... Une vie sur le point de changer radicalement. Elle changeait déjà. L'expression solennelle des filles alors qu'elles se retrouvaient dans la salle commune montrait qu'elles savaient que quelque chose se préparait. Talbot avait peigné ses cheveux mouillés et enfilé son uniforme, et Fairchild avait accroché sa queue-de-cheval sur le haut de sa tête avec des épingles. Elles se mirent au garde-à-vous quand le major entra.

— Une phase critique et inédite de la guerre commence, dit-elle. Je reviens d'une réunion au QG… *(Nous y voilà !)* où notre unité a reçu de nouveaux ordres de mission. À partir de demain, nous transporterons les soldats blessés pendant le débarquement en Normandie. Nous les emmenons à l'hôpital d'Orpington pour y être opérés.

*La toux et les éternuements propagent les maladies.*

Affiche du ministère de la Santé britannique, 1940

## Warwickshire, mai 1940

Eileen mit près d'une heure à remplir les formulaires des trois évacués pour Mme Chambers, en partie parce que Theodore lui annonçait qu'il voulait rentrer chez lui toutes les trente secondes.

*Moi aussi, je veux rentrer. Et si tu n'étais pas arrivé, je serais de retour à Oxford, maintenant, et je persuaderais M. Dunworthy de me détacher au VE Day.*

— *Moi*, je veux pas rentrer chez moi, dit Edwina, la plus âgée.

À première vue, elle s'entendrait très bien avec Binnie.

— Je veux partir en bateau comme on m'avait promis.

— *Moi*, je veux faire pipi, prévint Susan, la plus jeune. Tout de suite.

Eileen l'emmena en haut, puis redescendit signer les derniers formulaires.

— Transmettez mes remerciements à Mme la comtesse pour toutes ces tâches difficiles, déclara Mme Chambers, qui enfilait ses gants. Son dévouement à l'effort de guerre est vraiment stimulant.

Eileen la raccompagna, envoya les petits jouer dehors, monta leurs bagages dans la nursery, et courut une troisième fois jusqu'à sa chambre. Elle enleva son uniforme, disposa sur le lit l'enveloppe et la lettre qui annonçait la maladie de sa mère, et se hâta de descendre. 15 h 10. Bien. Les autres enfants ne rentreraient pas de l'école avant 16 heures. Elle pourrait emprunter la route. Elle se dépêcha de contourner la maison pour atteindre l'allée principale.

— Attention ! cria une voix d'homme.

Elle sursauta et découvrit l'Austin qui fonçait dans sa direction. Le pasteur y était assis à côté de – *oh non !* – Una au volant.

Eileen bondit de côté.

— Non ! Le frein, le frein ! s'égosillait le pasteur. C'est la mauvaise…

L'Austin filait, droit sur Eileen. Una leva les mains, battant l'air au-dessus de sa tête, comme si elle se noyait.

— Ne lâchez pas le…, hurla le pasteur, essayant d'agripper le volant. L'Austin exécuta plusieurs embardées sauvages, effleura le bas du manteau d'Eileen et s'arrêta dans un crissement de pneus à quelques centimètres du manoir.

Le pasteur sauta de la voiture et se précipita vers Eileen.

— Tout va bien ? Vous n'êtes pas blessée ?

— Non, le rassura-t-elle.

*Ce serait le bouquet, me faire tuer le jour de mon départ !*

— Je prends ma leçon de conduite, lança Una, bien inutilement, depuis l'Austin. Il faut passer la marche arrière, maintenant ?

— *Non !* s'exclamèrent le pasteur et Eileen, unanimes.

— Ce sera tout pour aujourd'hui, Una, ajouta le pasteur.

— Mon révérend, cela fait juste un quart d'heure, et Mme la comtesse désire…

— C'est vrai, mais tout de suite, je dois donner sa leçon à Mlle O'Reilly.

— Euh ! c'est-à-dire, je…, commença Eileen.

Elle hésita. Quel prétexte trouver ? Elle ne pouvait pas annoncer qu'elle venait d'apprendre la maladie de sa mère. Le pasteur insisterait pour l'amener à la gare. Mais elle n'avait pas non plus le temps pour une leçon de conduite.

— Je vous en prie, chuchota-t-il. Je ne supporterai pas de retourner dans cette voiture avec elle.

Eileen acquiesça, réprimant un sourire, et l'accompagna jusqu'à l'Austin. Una en sortit, à contrecœur.

— Mais je l'aurai quand, *ma* leçon, mon révérend ?

— Vendredi prochain, lui lança-t-il en s'installant à côté d'Eileen.

Elle démarra la voiture et descendit l'allée.

— Vous êtes plus courageux que moi, mon révérend. Rien ne pourrait me convaincre de remonter dans votre Austin avec Una.

— J'ai prévu d'enlever d'abord la tête d'allumage, murmura-t-il.

*Vous allez me manquer !*

Elle aurait aimé pouvoir lui dire au revoir, au lieu de filer en douce, mais ce départ était déjà suffisamment difficile. Il *fallait* qu'elle trouve une excuse pour que la leçon tourne court.

— Mon révérend, je…

— Chut ! Vous n'avez aucun besoin de cette leçon, et vous êtes beaucoup trop occupée pour y perdre une heure, je le sais. Je n'ai pas l'intention de vous infliger ça. Si vous pouviez juste conduire jusqu'au moment où Una sera rentrée au manoir et rester ensuite hors de vue pendant une heure…

*Je peux faire mieux que ça !*

Eileen passa les grilles du manoir et continua sur la petite route.

— Après le prochain virage, nous aurons assez de place pour faire demi-tour.

Eileen hocha la tête et prit le tournant. Binnie et Alf se tenaient au milieu du chemin, et ne manifestaient aucune velléité d'en bouger.

— Attention ! cria le pasteur.

Eileen écrasa le frein, et la voiture s'arrêta en dérapant. Alf n'avait pas bougé d'un pouce. Il considérait l'Austin d'un air stupide. Binnie s'approcha du siège passager.

— Bonjour, mon révérend.

— Binnie, pourquoi avez-vous quitté l'école ? demanda Eileen.

— Y nous ont foutus dehors, cause qu'Alf y a pris mal. On peut faire un tour, mon révérend ?

— Non, gronda Eileen. Vous retournez tout droit à l'école.

Binnie fit semblant de ne pas l'entendre.

— La maîtresse, elle veut qu'Alf y rentre au manoir, mon révérend. Sa cafetière, elle est si bouillante que ça fait peur, et y s'sent mal à chialer.

Eileen ouvrit sa portière, sortit de la voiture et rejoignit Alf.

— Il n'est pas malade, mon révérend. C'est un de leurs trucs. Alf, pourquoi avez-vous volé l'ornement de capot et les poignées de portes de Mlle Fuller ? Et ne me dis pas que tu immobilisais sa voiture en prévision de l'invasion.

— C'est pas ça, intervint Binnie. On carotte l'alu pour la souscription Spitfire. Avec, on fabriquera un avion.

— J'exige que vous les rendiez à Mlle Fuller. Tout de suite.

— Mais Alf y s'sent mal.

— Il n'est pas malade.

Eileen plaqua sa main sur le front du garçon.

— Il est…

Elle s'arrêta, saisie. Alf était brûlant. Elle lui leva la tête. Ses yeux rougis brillaient, ses joues s'empourpraient sous leur couche de crasse.

— Il a bien de la fièvre, admit-elle alors qu'elle achevait son examen en palpant les paumes de l'enfant.

— J'avais dit qu'y en avait, proclama Binnie d'un ton suffisant.

Eileen négligea son interruption.

— Il faut le ramener au manoir, mon révérend.

Elle se pencha sur Alf.

— Depuis quand te sens-tu mal ?

— Sais pas, répondit le garçon d'une voix morne.

Et il vomit copieusement sur les chaussures d'Eileen.

— L'a dégobillé à l'école, aussi, indiqua Binnie. Deux fois.

Le pasteur prit la situation en main. Il tendit son mouchoir à Eileen, enleva son manteau, roula le garçon dedans, enjoignit à sa sœur d'ouvrir la portière arrière, et glissa le malade sur le siège pendant qu'Eileen essuyait ses chaussures. Puis il ordonna :

— Monte devant, Binnie, pour qu'Eileen puisse s'asseoir à côté d'Alf.

Binnie s'installa aussitôt sur le siège du conducteur.

— J'peux conduire.

— Non, tu ne peux pas, objecta le pasteur. Pousse-toi.

— Mais c'est une urgence, pas vrai ? Vous dites pas qu'c'est pour les urgences qu'on apprend à…

— Bouge de là ! gronda Eileen. *Tout de suite !*

Binnie s'exécuta. Eileen monta à l'arrière. Alf était recroquevillé dans le coin, le front englouti dans ses mains.

— Est-ce que ta tête te fait mal ? lui demanda-t-elle.

— Ouais, répondit-il en la posant sur ses genoux.

Elle pouvait sentir sa chaleur irradier à travers son manteau.

— J'parie qu'c'est la fièvre typhonide, proféra Binnie. Un pote à moi, y est *crevé* d'la typhonide.

— Alf n'a pas attrapé de fièvre typhoïde, assura Eileen.

— Ce pote, y avait bouffé un œuf dur, continua Binnie, imperturbable, et son bidon, il a claqué, pop ! juste comme ça. Faut pas bouffer des œufs quand on se chope la typhoïde.

Le pasteur contourna le manoir et s'arrêta devant la porte de la cuisine. Il ouvrit la portière, saisit Alf et le porta dans la cuisine où Mme Bascombe pétrissait de la pâte à pain.

— Si vous voulez me persuader d'apprendre à conduire, mon révérend, épargnez votre salive ! Je n'ai pas la moindre intention de… Alf, qu'est-ce que tu as encore fabriqué ?

— Il est malade, expliqua Eileen.

— Nous l'avons trouvé sur la route, renchérit le pasteur.

— L'a dégobillé sur les godasses d'Eileen, ajouta Binnie.

— Je pense qu'il serait peut-être prudent d'appeler le docteur.

— Bien sûr, mon révérend. Una, amenez le pasteur à la bibliothèque pour qu'il puisse téléphoner.

Mais, dès qu'ils furent partis, la cuisinière se tourna vers Alf.

— Docteur, hein ? Si ça ne tenait qu'à moi, Alf Hodbin, je t'enfermerais dans la réserve à bois. Tu t'es encore servi dans le placard à confitures, c'est ça ? Avec quoi t'es-tu empiffré ? Des gâteaux ? de la tourte à l'agneau ?

*Oh là là ! ne parlez pas de nourriture !* s'inquiéta Eileen, qui surveillait le visage du garçon.

— Ce n'est pas alimentaire, je crois, intervint-elle. Il est fiévreux. Je pense qu'il est malade.

— P't'être qu'y s'est boulotté du poison ? enchaîna Binnie. Par les pourris de la cinquième colonne. Les Boches...

— Il a juste besoin d'une dose d'huile de ricin et d'une bonne fessée.

Mme Bascombe lui attrapa le bras et s'arrêta net, fronçant les sourcils. Elle prit le temps de poser sur lui un regard plus aigu.

— Dis-moi où tu as mal, continua-t-elle en pressant ses mains sur son front, puis sur ses joues. Tes yeux sont irrités ?

Alf acquiesça.

— C'est la typhoïde, hein ? s'enquit Binnie.

Una revenait.

— Où est le pasteur ? interrogea la cuisinière. A-t-il appelé le docteur ?

La servante opina.

— Il n'était pas chez lui. Le révérend est parti le chercher.

Mme Bascombe se tourna vers Alf.

— As-tu mal à la tête ?

Et, quand il eut acquiescé, elle demanda à Eileen :

— Son nez a-t-il coulé ?

Alf avait toujours la morve au nez. Eileen essaya de se rappeler s'il s'était mouché sur sa manche plus que d'habitude ces derniers jours.

— L'a coulé des litres, révéla Binnie.

La cuisinière souleva la chemise de l'enfant et scruta sa poitrine. Pour Eileen, elle semblait normale, à l'exception d'une longue traînée de crasse qu'il s'était faite Dieu sait comment. Elle lui avait donné un bain la veille au soir.

— As-tu mal à la gorge ? continuait Mme Bascombe (Alf fit signe que oui.) Eileen, montez avec le garçon et couchez-le. Prenez un lit de camp, installez-le dans la salle de bal.

— Dans la salle de bal ? répéta Eileen d'un ton qui trahissait ses doutes.

Elle n'avait pas oublié ce qui s'était passé la dernière fois que les enfants y avaient sévi.

— Oui. Binnie, approche, montre-moi ta poitrine. As-tu mal aux yeux ?

— Viens avec moi, Alf, dit Eileen.

Elle l'accompagna dans l'escalier jusqu'à la nursery.

— Mets ton pyjama. Je reviens tout de suite.

Elle descendit en courant à la cuisine. Mme Bascombe remplissait la bouilloire, Binnie couvait d'un œil intéressé les casseroles et les poêles, attendant sans doute une occasion de les voler pour la collecte des déchets métalliques. Eileen fonça vers la cuisinière et lui demanda dans un murmure :

— C'est sérieux, pour Alf ?

Mme Bascombe cligna de l'œil en direction de Binnie, posa la bouilloire sur le fourneau et gratta une allumette.

— Assurez-vous que le garçon reste au chaud, déclara-t-elle en allumant le brûleur. Je vous apporte une bouilloire sous peu.

Elle ne dirait rien devant Binnie, à l'évidence. C'était *donc* sérieux, et probablement contagieux. Pas une fièvre typhoïde, cette maladie avait été transmise par l'eau, mais étant avant l'avènement des antiviraux il existait un tas de syndromes infectieux, et certains d'entre eux s'étaient avérés des tueurs : le typhus, la grippe, ou la scarlatine.

*Il ne peut pas avoir la scarlatine ! Je suis censée partir aujourd'hui.*

Eileen revenait en courant à l'étage. Elle regarda l'horloge. Déjà 16 heures, et qui sait dans combien de temps arriverait le docteur. Si elle ne parvenait pas au site avant la tombée de la nuit, elle serait piégée ici une nouvelle semaine. D'un autre côté, si Alf se révélait très malade…

*Je le mets au lit et, dès que Mme Bascombe rapplique avec la bouillotte, je cours au point de transfert, et je leur dis que j'aurai du retard.*

Elle entra dans la nursery. Alf était assis sur le bord de son lit, encore habillé, apathique. Eileen enleva son chapeau et son manteau et l'aida à se déshabiller et à enfiler son pyjama. Tandis qu'elle en boutonnait la veste, elle scrutait avec anxiété la poitrine du garçon. Elle était un peu rose, mais on n'y distinguait pas la moindre éruption.

— Allonge-toi, je te prépare un couchage.

Elle tira l'un des lits d'enfant dans la salle de bal, puis aida le gamin à traverser le couloir et à se glisser entre les draps.

Une porte claqua en bas, et des voix retentirent.

— Maintenant, vous allez jouer dehors ! ordonnait Mme Bascombe.

Le reste des enfants devait être revenu de l'école. Eileen entendit Binnie clamer :

— Je veux voir Alf !

— *Moi*, je veux rentrer à la maison, réclamait Theodore Willett.

— Dehors ! répéta la cuisinière.

— Mais y pleut, protesta Binnie. On va s'choper la mort !

Quelle que soit la maladie d'Alf, elle ne pouvait être bien sérieuse, parce que Mme Bascombe rétorqua :

— Ça suffit ! Dehors, tout le monde !

— Moi, j'ai pas besoin d'y aller, dehors, hein ? interrogea Alf d'un ton anxieux.

— Non, le rassura Eileen en le couvrant.

Elle lui trouvait le teint verdâtre.

— As-tu de nouveau envie de vomir ?

Il secoua faiblement la tête, mais elle sortit chercher une cuvette, au cas où. Quand elle revint près de lui, le docteur Stuart était arrivé, et il posait au garçon les mêmes questions que Mme Bascombe. Il lui regarda la poitrine avant de plonger dans sa bouche un primitif thermomètre en verre et de lui prendre le pouls avec deux doigts, l'œil fixé sur sa montre.

Si sa maladie se révélait sérieuse, Alf était en danger. La médecine des années 1940 était affreusement rudimentaire. Un thermomètre tel que celui-ci pouvait-il seulement dépister une fièvre ?

— Il s'est plaint d'avoir froid, prévint Eileen. Et il a vomi deux fois.

Le docteur Stuart hocha la tête, attendit une éternité, extirpa le thermomètre, le lut et prit une petite lampe de poche dans son sac.

— Ouvre grand ! dit-il au garçon en examinant l'intérieur de ses joues. Juste ce que je pensais : la rougeole !

Pas la scarlatine. *Dieu merci !* S'il avait été vraiment malade, Eileen aurait eu du mal à partir. Mais la rougeole n'était qu'une des maladies enfantines de l'époque.

— Vous en êtes sûr ? Il n'a pas du tout de taches rouges.

— L'éruption n'apparaîtra que dans un jour ou deux. Jusque-là, il faut le tenir au chaud et dans l'obscurité, afin de protéger ses yeux. C'est l'un des avantages du black-out : il ne sera pas nécessaire d'accrocher de nouveaux rideaux. (Il rangea la lampe dans son sac.) Sa fièvre augmentera nettement jusqu'à la sortie des boutons. (La fermeture de la sacoche claqua.) Je reviendrai ce soir. Le plus important est d'empêcher tout contact avec les autres enfants. Combien y en a-t-il au manoir, en ce moment ?

— Trente-cinq.

Il secoua la tête d'un air sinistre.

— Prions pour que la plupart aient déjà attrapé la rougeole. Alf, est-ce que ta sœur l'a eue ?

Alf lui adressa un faible geste de dénégation. Le docteur se tourna vers Eileen.

— Vous l'avez déjà eue, j'espère ?

— Non, mais j'ai été…, commença Eileen, qui se rappela soudain qu'à l'exception de la variole il n'y avait pas de vaccins en 1940. Je voulais dire, oui, je…, bégaya-t-elle, avant de se taire de nouveau.

Si elle disait qu'elle l'avait contractée, il lui donnerait la responsabilité de la salle de soins, et elle n'en sortirait jamais.

Le docteur la regardait avec attention.

— Je n'ai pas eu la rougeole, dit-elle d'un ton ferme.

— Asseyez-vous, ordonna-t-il.

Il rouvrit son sac noir, prit sa température, examina sa gorge, l'intérieur de ses joues.

— Pas encore de symptômes, mais vous avez été en contact étroit. J'indique à Mme Bascombe d'envoyer immédiatement quelqu'un vous relayer. Dans l'intervalle, vous ne touchez le patient que si vous y êtes obligée.

Elle acquiesça, soulagée. Elle n'avait plus aucune raison de rester. On ne l'autoriserait plus à s'approcher d'Alf ni d'aucun autre évacué malade.

— Je viendrai voir comment il se porte ce soir, lança le docteur Stuart avant de quitter la pièce.

— Il a dégoisé quoi, l'docteur, sur qui doit te relayer ? s'enquit Alf, se dressant sur sa couche. C'est pas toi qui vas me soigner ?

— Il ne le permet pas. Je n'ai pas eu la rougeole.

Elle se dirigea vers la porte.

— Tu fous pas l'camp juste là, hein ?

— Non. Je vais à la nursery te chercher une couverture supplémentaire. Je reviens tout de suite.

— Juré craché ?

— Juré. Je ne partirai pas tant que personne ne sera venu prendre le relais.

— Qui ?

— Je l'ignore. Una, ou…

— *Una ?* s'exclama-t-il, incrédule. Elle m'laissera crever ! T'es la *seule* un peu chouette avec moi et Binnie.

Il avait l'air si abattu qu'elle se sentait presque peinée pour lui. Presque.

— Allonge-toi.

Elle le couvrit avec la couverture, puis traversa le couloir pour prendre son chapeau et son manteau dans la nursery et les poser sur la console qui se trouvait à la porte de la salle de bal. La maladie du garçon avait provoqué tant de désordre qu'il lui serait plus facile de se glisser dehors. Ce serait un avantage quand on viendrait la remplacer.

*Où* diable était passée Una ? Le docteur avait-il oublié de demander à Mme Bascombe de la lui envoyer ? Et qu'était devenue la bouillotte que la cuisinière devait apporter ? Alf frissonnait.

Il y eut un coup à la porte. *Enfin*, pensa Eileen, et elle se dépêcha d'ouvrir.

— Ch'uis là pour Alf, dit Binnie, qui tendait le cou pour voir à l'intérieur de la pièce. Comment y va ?

— Tu n'as pas le droit d'entrer, Binnie. Ton frère a la rougeole, et tu pourrais l'attraper.

— Aucune chance, affirma-t-elle en tentant de se faufiler dans l'embrasure. Vu que j'l'ai déjà eue.

— Elle ment, intervint Alf depuis son lit.

— *Pas* vrai. T'étais trop chiard pour t'en souvenir. J'fourmillais de pustules.

*Bonne nouvelle !* se réjouit Eileen. Il n'aurait plus manqué qu'elle se retrouve avec *deux* Hodbin alités. Pour autant, elle n'avait pas l'intention de laisser entrer la perturbatrice.

— Va jouer ailleurs.

Et elle ferma la porte.

Binnie la martela aussitôt.

— Alf, y déteste rester seul quand il est mal fichu, clama-t-elle lorsque Eileen ouvrit. Y d'vient péteux de trouille.

*Rien n'a jamais fait peur à ce garçon de toute sa vie !*

— Personne n'a le droit d'entrer. Ordre du docteur.

Cette fois, Eileen ne se contenta pas de fermer, elle verrouilla la porte.

Binnie frappa derechef.

— Va-t'en !

— Eileen ? appela Alf.

— Binnie n'est *pas* autorisée à entrer.

Il secoua la tête.

— C'est pas c'que…, commença-t-il, avant de se pencher pour vomir une nouvelle fois.

Eileen attrapa la cuvette, mais elle la poussa devant lui une seconde trop tard. Les draps, l'oreiller, son pyjama, tout fut arrosé.

Les coups à la porte recommençaient.

— Ça *suffit*, Binnie ! cria-t-elle, cherchant une serviette.

— C'est Una, dit la servante d'une petite voix effrayée.

*Ah ! Dieu merci !*

— Entrez !

— Je ne peux pas, c'est fermé.

Eileen tendit la serviette au garçon et ouvrit la porte. Una entra, l'air terrorisée.

— Mme Bascombe a dit que je devais vous relever.

Eileen était tentée de lui tendre la cuvette et de s'esquiver.

— Sortez Alf de son pyjama pendant que je vais vider ça. Et ne laissez pas entrer Binnie.

Elle rinça le bassin, prit des draps propres dans l'armoire à linge, et trouva une nouvelle paire de pyjamas pour le garçon.

Quand elle revint dans la salle de bal, Una n'avait pas bougé d'un pouce.

— Qu'est-ce qu'il a ? demanda-t-elle anxieusement. La grippe ?

— Non, dit Eileen, qui avait redressé Alf, déboutonné son haut de pyjama, l'avait enlevé, et qui épongeait maintenant sa poitrine. La rougeole.

Elle nota l'expression de pure terreur qui se peignait sur le visage de la fille et ajouta :

— Vous avez déjà eu la rougeole, n'est-ce pas ?

— Oui… C'est-à-dire, je pense que oui, je ne suis pas sûre. Mais je n'ai jamais *soigné* quelqu'un qui l'avait.

— Le docteur Stuart vous aidera, la conforta Eileen, qui arrachait les draps et refaisait le lit.

Elle aida Alf à se rallonger et le recouvrit.

— Il revient ce soir, précisa-t-elle. Tout ce que vous avez à faire, c'est de tenir Alf au chaud.

Elle rassembla les draps et le pyjama souillés.

— Et de garder le bassin sous la main. Et de vous débrouiller pour que Binnie ne rejoigne pas son frère.

Puis elle s'enfuit. Elle portait toujours le paquet de linge sale, et elle ne voulait pas prendre le risque de le descendre à la buanderie. À tous les coups, Mme Bascombe lui tendrait la bouillotte ou lui demanderait de veiller sur les autres enfants. Elle ouvrit la porte de la salle de bains, balança les draps dans la baignoire et s'en fut. Elle culpabilisait de laisser la pagaille, mais il n'y avait pas d'autre solution. Elle *devait* partir d'ici.

Elle mit son manteau et son chapeau, l'oreille tendue. Les enfants étaient-ils tous là, ou seulement Binnie ? Et où se cachait l'adolescente ? Eileen ne pouvait pas se permettre de la laisser courir à ses trousses. Elle entendit une porte claquer, en bas, et Mme Bascombe ordonner :

— Montez vous changer, et revenez *illico* pour le thé. Et n'allez pas rôder près de la salle de bal.

— Pourquoi pas ? lui répondait Binnie. Pisque j'lai déjà eue.

Parfait, tout le monde était à la cuisine. Pour l'instant.

Eileen fila dans le couloir et descendit par l'escalier d'honneur. Si lady Caroline était rentrée, ou si le docteur traînait encore, elle prétendrait qu'elle voulait poser une question au sujet des soins à donner au garçon. Mais elle ne vit personne dans le hall d'entrée.

Bon. Dans un quart d'heure, elle serait au point de transfert, sur le chemin du retour.

Elle dévala les dernières marches, traversa le large hall, ouvrit la porte principale…

218

Samuels se tenait là, armé d'un marteau et d'une liasse de papiers jaunes.

— Oh! sursauta Eileen. Le docteur est-il parti? (Il hocha la tête.) Oh! mon Dieu! je dois le rattraper.

Elle essaya de le contourner, mais il fit un pas en avant et lui bloqua le passage.

— Vous ne pouvez pas filer, dit-il en désignant son chapeau et son manteau.

— Je vais seulement rattraper le docteur, prétendit-elle en tentant de se glisser de côté pour passer.

— Non, c'est impossible.

Il lui tendit l'une des feuilles jaunes.

« Sur ordre du ministère de la Santé, comté du Warwickshire », lisait-on sur l'en-tête.

— Personne n'est autorisé à entrer ni à sortir.

Il récupéra la feuille et la cloua sur la porte.

— À l'exception du docteur, précisa-t-il. Cette maison et tous ceux qui s'y trouvent sont mis en quarantaine.

*Une autre partie de l'île…*
William Shakespeare, *La Tempête*[1]

# Kent, avril 1944

Cess poussa la porte du bureau et se pencha dans l'ouverture.

— Worthing! appela-t-il, et comme on ne lui répondait pas : Ernest! Arrête de jouer au journaliste et viens avec moi. J'ai besoin de toi.

Ernest continua de taper sur le clavier de sa machine à écrire.

— Peux pas, grommela-t-il à travers le crayon qu'il mâchouillait. J'ai cinq articles et dix pages de transmission à pondre.

— Qui attendront. On a des tanks à souffler.

Ernest cracha son crayon et s'exclama :

— Je croyais que c'était le boulot de Gwendolyn, les tanks !

— Il est à Hawkhurst. Chez le dentiste.

---

1. Acte II, scène I. (*NdT*)

— C'est plus important que les tanks ? Je vois d'ici les livres d'Histoire. La Seconde Guerre mondiale perdue à cause d'une rage de dents.

— Pas une rage de dents, un plombage pété. Et ça te fera le plus grand bien de prendre un peu l'air.

Cess arracha la feuille de la machine à écrire.

— Tu mitonneras tes contes de fées plus tard.

— Impossible ! protesta Ernest, qui essayait en vain d'attraper la feuille. Si je ne fournis pas ces articles demain matin, ils ne seront pas dans l'édition de mardi, et lady Bracknell aura ma peau.

Cess maintenait le papier hors d'atteinte. Il lut à voix haute :

— « Le Women's Institute de Steeple Cross donnait un thé vendredi après-midi pour accueillir les officiers de la 21e division aéroportée. » Définitivement plus important que d'aller souffler des tanks, Worthing ! De quoi alimenter les gros titres ! Ça passera dans le *Times*, je suppose ?

— Le *Sudbury Weekly Shopper*.

La nouvelle tentative d'Ernest pour récupérer son bien réussit, cette fois.

— Et je dois le rendre à 9 heures demain matin avec quatre autres que je n'ai pas encore terminés. Et, grâce à toi, j'ai déjà manqué le bouclage la semaine dernière. Pars avec Moncrieff.

— Il est au fond de son lit. Mauvais rhume.

— Qu'il a sans le moindre doute attrapé en soufflant des tanks sous une pluie battante ! Pas tout à fait mon idée d'une partie de plaisir.

Ernest inséra une nouvelle feuille dans la machine et se remit à taper.

— Il ne pleut pas. À peine un léger brouillard, qui doit se lever au matin. Temps idéal pour voler. Voilà pourquoi nous devons les souffler cette nuit. Ça prendra juste une heure ou deux. Tu auras bien assez de loisir à ton retour pour finir tes articles et les envoyer à Sudbury.

Ernest n'y croyait pas davantage qu'à l'absence de pluie. Laquelle était tombée tous les jours depuis le début du printemps.

— Quelqu'un d'autre doit pouvoir le faire. As-tu demandé à lady Bracknell ? Il sera parfait, il a l'art de brasser du vent.

— Il est à Londres, une réunion avec des huiles, et tous les autres sont à Camp Omaha. Tu es le seul disponible. Allez, Worthing, préféreras-tu raconter à tes gosses que tu es resté planté devant ta machine à écrire pendant toute la guerre, ou que tu allais souffler les tanks ?

— Mon pauvre Cess, comment peux-tu penser que nous serons autorisés à dire quoi que ce soit à qui que ce soit ?

— Tu as sans doute raison. Mais d'ici à ce qu'on ait des *petits-enfants*, il y en aura bien *une partie* qui sera déclassifiée. Au moins si nous gagnons la guerre. Ce qui ne se produira pas si tu n'aides pas. Je ne peux pas m'occuper à la fois des tanks et du traceur.

— Bon, d'accord, soupira Ernest, qui tirait le papier de la machine et l'insérait dans une chemise en carton sur une pile d'autres dossiers. Donne-moi cinq minutes pour fermer.

— Fermer ? Sérieusement, tu vois Goebbels entrer ici par effraction en ton absence pour te faucher ton article sur un thé dansant ?

— J'applique juste le règlement.

D'un mouvement de son fauteuil pivotant, il fit face à un classeur en métal. Il en ouvrit le second casier, rangea la chemise, sortit un trousseau de clés de sa poche et verrouilla le meuble.

— « La totalité du matériel écrit de l'opération Fortitude South et de l'unité Special Means doit être considérée comme "ultra ultrasecrète" et manipulée en conséquence. » D'ailleurs, puisqu'il est question de règlement, si je dois me taper l'un de ces maudits pâturages toute une nuit, il me faut une paire de bottes adéquate.

« Tous les officiers doivent être dotés d'un équipement approprié pour leurs missions. »

Cess lui tendit un parapluie.

— Voilà.

— J'ai cru t'entendre parler de brouillard, pas de pluie.

— Léger brouillard. Qui se lèvera au matin. Mets un uniforme de l'armée, au cas où quelqu'un se pointerait au milieu de l'action. Je te donne deux minutes. Je veux arriver là-bas avant la tombée de la nuit.

Il s'en fut.

L'oreille aux aguets, Ernest attendit jusqu'au claquement de la porte extérieure, puis il ouvrit prestement le classeur, en sortit le dossier dont il enleva plusieurs feuilles avant de le replacer et de refermer le meuble. Il glissa les pages qu'il avait soustraites dans une enveloppe en papier kraft, la cacheta et la dissimula sous une pile de formulaires dans le tiroir du bas de son bureau. Il prit alors une clé qui pendait à son cou, verrouilla le tiroir, accrocha derechef la chaîne et l'escamota sous sa chemise, saisit le parapluie, enfila son uniforme, ses bottes et quitta la pièce.

Un gris intégral avait tout englouti. Si c'était ce que Cess considérait comme un brouillard léger, il y avait de quoi frémir à l'idée d'un brouillard épais ! Ernest ne discernait ni les tanks ni le camion. Ni même l'allée de gravier à ses pieds. En revanche, il percevait le bruit d'un moteur. Il s'orienta dans cette direction, ses mains tendues devant lui, jusqu'à ce qu'elles rencontrent une aile de l'Austin.

— Tu fabriquais quoi, pendant tout ce temps ? ronchonna Cess en se penchant pour lui ouvrir la porte. Grimpe.

Ernest obéit.

— Tu n'avais pas dit que les tanks se trouvaient ici ?

— C'est le cas, affirma Cess, démarrant en trombe dans les brumes opaques. On va les prendre à Tenterden, et on les rapporte à Icklesham.

Tenterden, ce n'était pas précisément « ici ». Vingt-quatre kilomètres à parcourir, à l'opposé d'Icklesham, et avec ce brouillard la nuit tomberait bien avant qu'ils n'y soient arrivés.

*Nous en aurons jusqu'au matin. Je ne tiendrai jamais mes délais.*

Pourtant, à mi-chemin de Brede, la brume s'éclaircit et, quand ils atteignirent Tenterden, il fallait le voir pour le croire, mais tout était chargé et le camion prêt à partir. Cess s'installa au volant. Alors qu'il le suivait dans l'Austin, Ernest commençait à ressentir un peu d'espoir. Le déchargement et l'installation ne prendraient peut-être pas beaucoup de temps ? Peut-être auraient-ils fini de souffler les tanks avant minuit ?

Peu après, le brouillard s'épaissit de nouveau, et Cess manqua deux fois l'embranchement pour Icklesham, puis celui du chemin. Il était presque minuit lorsqu'ils trouvèrent enfin le bon pré. Ernest gara l'Austin dans des fourrés et sortit ouvrir la barrière. Dès les premiers pas, il s'enfonça dans la boue jusqu'aux chevilles et, quand il eut réussi à s'en extraire, dans une énorme bouse. Il pataugea jusqu'au camion, l'œil aux aguets, même si dans cette purée de pois il n'aurait pu distinguer une vache avant de lui rentrer dedans.

— Je croyais que ce pré n'était pas censé héberger le moindre ruminant !

— Il y en avait, mais le fermier les a déplacés deux champs plus loin, lui dit Cess, qui se penchait par la fenêtre. On a choisi cet endroit pour ça. Aussi à cause de ce gros taillis, là-bas. (Il désignait vaguement un point dans l'obscurité.) Les tanks seront dissimulés sous les arbres.

— L'idée globale, ça n'était pas que les Allemands les voient ?

— Qu'ils en voient *une partie*, corrigea Cess. Ce bataillon en compte une douzaine.

— On doit souffler une *douzaine* de tanks ?

— Non, deux seulement. L'armée ne les a pas garés assez loin sous les arbres. Leurs culs pointent malencontreusement sous les branches. Je pense que ce sera plus facile si je traverse le champ en marche arrière. Aide-moi à faire demi-tour.

— Tu es sûr que c'est une bonne idée ? C'est atrocement bourbeux.

— Les traces n'en seront que plus visibles. Ne t'inquiète pas. Ce camion a d'excellents pneus. Je ne vais pas le planter.

Il tint parole. À la différence d'Ernest, quand il le conduisit à la barrière, après le déchargement des deux tanks. Le tirer de son ornière leur prit les deux heures suivantes, durant lesquelles Ernest perdit l'équilibre et s'étala dans la boue. Le centre du champ s'était mué en une fondrière hideusement défoncée.

— Les gars de Göring ne croiront jamais que des tanks ont fait ces traces, soupira Ernest, qui braquait une torche électrique à demi voilée sur le bourbier baratté.

— Tu as raison. On va mettre un tank pour cacher tout ça et – je sais ! – on va se débrouiller pour qu'il ait l'air embourbé.

— Un tank ne s'enlise jamais.

— Dans cette boue, il s'enliserait. On le gonflera aux trois quarts, et on laissera le dernier quart vide. Comme ça, il aura l'air de donner de la bande.

— Tu penses vraiment qu'ils verront ce genre de détails à quinze mille pieds ?

— Aucune idée. Mais si nous passons notre temps à discuter nous y serons encore demain matin, et les Allemands découvriront notre petit manège. Allez, aide-moi. On décharge le tank, et ensuite on revient garer le camion dans le chemin. Comme ça, on n'aura pas besoin de le traîner.

Ernest lui prêta main-forte pour descendre la lourde palette de caoutchouc. Cess connecta la pompe et entreprit de gonfler le tank.

— Tu es sûr qu'il est dans le bon sens ? demanda Ernest. Il devrait pointer vers le bosquet.

Cess braqua sur l'engin le faisceau à demi voilé de sa torche.

— C'est juste. Il est à l'envers. Aide-moi à le retourner.

À force de pousser, soulever, tirer, l'énorme masse finit par pivoter.

— Maintenant, espérons qu'il n'est pas sens dessus dessous, dit Cess. Ils devraient mentionner « Haut » sur le sommet mais, du coup, les Allemands concevraient un doute, j'imagine…

Il se mit à pomper.

— Ah ! parfait, voilà l'une des chenilles.

L'avant d'un tank commençait à émerger des plis dégonflés du caoutchouc gris-vert. Cela ressemblait étonnamment à un vrai char d'assaut. Ernest contempla la scène un moment puis récupéra un phonographe, la petite table en bois qui l'accompagnait et le haut-parleur. Il les prépara, piocha un disque dans le camion, le plaça sur le plateau et abaissa le bras de l'aiguille. Le bruit tumultueux de tanks vrombissants envahit le champ, l'empêchant d'entendre un mot de ce que Cess prononçait.

D'un autre côté, pensait-il alors qu'il tentait d'extirper de l'arrière du camion le traceur d'empreintes de chenilles, il n'avait plus besoin de sa torche. Il pourrait trouver son chemin en se guidant à l'oreille. À moins que des vaches ne paissent bel et bien dans le pré et, à en juger par le nombre de bouses fraîches qu'il écrasait, c'était tout à fait probable.

Sur la route de Tenterden, Cess lui avait affirmé que le traceur serait très simple d'emploi, et qu'il suffisait de le pousser comme une tondeuse. En réalité, il était au moins cinq fois plus lourd. Ernest devait peser sur son manche de tout son poids pour le faire avancer de quelques dizaines de centimètres. L'engin se bloquait quand l'herbe n'était pas rase, et il avait tendance à dévier en crabe.

Ernest dut retourner au camion, prendre un râteau, effacer le tracé effectué, et recommencer plusieurs fois avant d'obtenir l'empreinte plus ou moins rectiligne des chenilles entre la barrière et le tank embourbé.

Cess travaillait toujours sur le quart avant-droit.

— Ça fuit, brailla-t-il pour dominer le ronflement des tanks. Heureusement que j'ai apporté le kit de réparation de mon vélo. N'approche plus ! Un traceur, ça coupe !

Ernest hocha la tête. Il hissa l'instrument au départ de la deuxième empreinte, et entreprit de l'imprimer jusqu'à la barrière.

— Tu en veux combien en tout ?

— Au moins une dizaine de paires, et certaines doivent se croiser. Je crois que le brouillard se lève.

Le brouillard ne se levait pas. Quand Ernest alluma sa lampe de poche pour replacer l'aiguille au début du disque, il nimbait de buée le phonographe. Même s'il s'était levé, ils ne l'auraient pas su, dans ces ténèbres. Ernest regarda sa montre. Deux heures, et ils n'avaient toujours pas gonflé un seul tank. Ils s'enracinaient ici pour l'éternité.

Cess termina enfin de gonfler le tank enlisé et se traîna jusqu'au bosquet pour attaquer les deux autres. Ernest le suivait avec le traceur qui imprimait les marques de chenilles de façon à montrer où les tanks avaient été conduits sous les arbres.

À mi-chemin, le vrombissement des tanks se tut. Merde ! il avait oublié de remettre l'aiguille au début. Il traversa tout le champ pour relancer le disque et il venait de rejoindre de nouveau le traceur quand le brouillard se dissipa.

— Je te l'avais dit ! triompha Cess, brièvement car il se mit aussitôt à pleuvoir. Le phonographe !

Ernest courut à la rescousse, trouva le parapluie et l'ouvrit au-dessus de l'appareil, l'attachant avec une corde au canon en caoutchouc du tank.

L'averse dura jusqu'à l'aube et transforma la boue en mélasse. L'herbe était devenue si glissante qu'Ernest tomba deux nouvelles fois, la première en courant changer l'aiguille de place sur le disque qui s'était enrayé et bégayait encore et encore les mêmes trois secondes de vrombissement, la seconde en aidant Cess à réparer une autre fuite.

— Pense aux histoires de guerre que tu raconteras à tes petits-enfants ! le consola Cess, qui l'assistait pour essuyer le gâchis.

— Je doute fort d'avoir un jour des petits-enfants, répondit Ernest dans un crachotement de gadoue. Je commence même à me demander si je survivrai à cette nuit.

— Absurde ! Le soleil va se lever d'un instant à l'autre, et nous avons pratiquement terminé.

Cess se pencha pour observer les empreintes de chenilles, dont Ernest devait admettre qu'elles paraissaient très réalistes.

— Allez, deux dernières traces, pendant que je finis ce tank. On sera rentrés pour le petit déjeuner.

*Juste à temps pour boucler mes articles et filer les porter à Sudbury avant 9 heures*, se disait Ernest tandis qu'il alignait le traceur sur les empreintes précédentes et entreprenait d'avancer en poussant fort. Ce serait bien. Il n'aimait pas l'idée que ses articles attendent pendant une autre semaine, fût-ce dans un tiroir fermé à clé. Maintenant qu'il y voyait à peu près et qu'il n'était plus nécessaire de se repérer avec la torche tous les mètres, venir à bout des empreintes et charger le camion ne prendrait pas plus de vingt minutes. Trois quarts d'heure pour le retour, ils seraient rentrés à 7 heures au plus tard, ce qui lui laisserait bien assez de temps.

Mais il n'avait pas imprimé plus de quelques mètres quand Cess surgit du brouillard et lui tapa sur l'épaule.

— Le brouillard se lève. On ferait mieux de s'en aller. Je termine les tanks, commence à ranger le matériel.

Cess ne se trompait pas. Le brouillard s'éclaircissait. Ernest pouvait deviner les formes floues et fantomatiques des arbres dans le gris de l'aube et, à l'extrémité du champ, trois vaches noires et blanches qui broutaient placidement, par chance de l'autre côté d'une barrière.

Ernest releva la bâche, détacha le parapluie, l'apporta au camion avec la pompe, et revint pour le traceur. Il le souleva, décida qu'il ne parviendrait pas à le porter jusqu'au bout, le posa, tira sur le démarreur et poussa l'appareil une dernière fois, créant une nouvelle empreinte depuis la chenille gauche du tank jusqu'au bord du pré. Puis il le remorqua, tant bien que mal, jusqu'au camion. Le temps qu'il l'embarque à l'arrière, la brume terminait de s'effilocher en vastes traînées qui flottaient sur l'herbage comme des voiles. La longue ligne des empreintes de char apparaissait, conduisant au bosquet et au dos d'un tank imparfaitement caché par les feuillages, l'autre à demi masqué derrière lui. Même si Ernest connaissait la supercherie, la scène paraissait réelle, et il ne survolait pas l'endroit à quinze mille pieds. De là-haut, l'illusion serait parfaite. À moins, évidemment, qu'il reste un phonographe au beau milieu.

Il retourna le chercher, et cette fois son champ de vision était de plusieurs mètres à chaque pas mais, quand il arriva près du tank, le brouillard l'enveloppa de nouveau, plus dense que jamais, et engloutit tout, même le tank à côté de lui. Il rabattit le couvercle du phonographe et boucla les fermoirs, puis plia la table.

— Cess ! appela-t-il dans ce qui lui semblait la bonne direction. Où en es-tu ?

Et le brouillard s'ouvrit brusquement, comme un rideau de théâtre. Ernest découvrit le bosquet et l'enclos tout entier...

et le taureau. Qui se tenait à mi-chemin du pacage. Un monstre brun hirsute aux petits yeux de fouine et aux cornes démesurées. Il observait le tank.

— Hé ! vous, là-bas ! cria une voix depuis la barrière. Qu'est-ce que vous foutez dans mon pré ?

Ernest se tourna instinctivement pour regarder le fermier qui l'interpellait.

Tout comme le taureau.

— Virez-moi ces satanés chars de là ! hurla l'homme, qui fendait l'air d'un doigt coléreux.

Le taureau le considéra un moment, captivé, puis sa tête opéra un mouvement de balancier… et se braqua sur Ernest.

> *J'ai toujours beaucoup regretté*
> *que nous ayons dû rompre*
> *avec nos traditions, et que,*
> *contrairement à certain théâtre*
> *célèbre pour ses femmes nues,*
> *nous ne pouvions nous vanter :*
> *« Nous n'avons jamais fermé nos portes ! »*

W.R. Matthews, doyen de la cathédrale Saint-Paul,
à propos du Blitz

## Londres, le 15 septembre 1940

Le déphasage temporel avait du bon. Il permettait de dormir sur un sol glacial alors que les bombes s'écrasaient autour de vous et que les canons de DCA tonnaient. Polly continua même à dormir après la fin de l'alerte. Quand elle s'éveilla, il ne restait plus que Lila et Viv, pliant la couverture sur laquelle elles s'étaient assises, et la revêche Mme Rickett.

*Elle est probablement là pour s'assurer que je n'emporte rien en partant*, se dit Polly tandis qu'elle ramassait son sac et les petites annonces immobilières. À quelle heure pouvait-on décemment demander à visiter une chambre un dimanche ? Elle jeta un coup d'œil à sa montre. Six heures et demie. Sûrement pas aussi tôt. Dommage de ne pouvoir s'attarder ici. Elle se sentait encore abrutie de sommeil, mais Mme Rickett ne risquait pas de l'y autoriser, à en juger par les regards qu'elle lançait à Lila et à Viv, ses bras maigres farouchement serrés contre sa poitrine.

Les deux filles sortirent en gloussant, et Mme Rickett s'approcha de Polly.

*Elle s'apprête à me houspiller !*

Polly enfila son manteau.

— Je pars dans un instant…, commença-t-elle.

— Vous avez bien dit que vous cherchez une chambre ?

Mme Rickett désignait le journal dans la main de Polly.

— Oui.

— J'en ai une. Je tiens une pension. J'allais passer une annonce, mais si vous êtes intéressée, c'est au 14 Cardle Street. Vous pouvez m'accompagner tout de suite et voir si cela vous convient. Ce n'est pas loin.

Et il s'agissait d'une des adresses approuvées par M. Dunworthy.

— D'accord. Et merci.

Polly suivit Mme Rickett dans l'escalier, en haut duquel elle s'arrêta pour contempler l'édifice qu'elles venaient de quitter et sa flèche, profilée contre le ciel de l'aube.

*C'est une église !* Voilà qui expliquait la présence du pasteur et la conversation sur les fleurs de l'autel. La volée de marches débouchait sur l'un des côtés du bâtiment. Sur un mur adjacent, un panneau annonçait : « Église Saint-George, Kensington, révérend Floyd Norris, pasteur. »

— Mes chambres individuelles avec demi-pension coûtent dix shillings et huit pence, annonça Mme Rickett en traversant la rue. La chambre est charmante et douillette.

Autant traduire minuscule, et sans doute sinistre.

*Ce n'est que pour six semaines. Ou plutôt cinq, avec le décalage. Et je n'y vivrai pratiquement pas. Je serai au magasin toute la journée et dans les abris du métro la nuit.*

— À quelle distance est la station de métro la plus proche ?

— Notting Hill Gate, indiqua Mme Rickett qui désignait la direction opposée à la leur. À trois rues.

Parfait. Cette station n'était pas aussi profond que Holborn ou que Bank, mais elle n'avait jamais été touchée, et elle se trouvait sur la Central Line qui desservait Oxford Street. Et à moins de quatre cents mètres de Cardle Street. M. Dunworthy en trépignerait de joie. Si la chambre se révélait habitable…

Elle l'était, tout juste. Au troisième étage, et si « douillette » que le lit prenait toute la place. Il fallut à Mme Rickett des ruses de serpent pour se faufiler jusqu'à l'armoire de l'autre côté. Le linoléum couleur de foie cru et le papier peint plus sombre encore absorbèrent la lumière de la minuscule fenêtre quand Mme Rickett tira le rideau de black-out. On devait monter d'un étage pour bénéficier des « commodités », et de deux pour la salle de bains, avec l'eau chaude en supplément.

Cependant, la chambre remplissait toutes les conditions requises par M. Dunworthy, et Polly n'aurait pas à perdre un temps précieux pour se loger. Elle pressentait que Mme Rickett serait une hôtesse détestable, mais les grands magasins la contacteraient plus facilement si elle disposait d'une adresse.

— Avez-vous un téléphone ?

— En bas, dans le vestibule, uniquement pour les appels locaux. Cinq pence. Pour les appels interurbains, il y a la cabine de Lampden Road. Ici, pas d'appels après 21 heures.

— Je la prends, dit Polly, qui ouvrait son sac.

Mme Rickett tendit la main.

— Ça fera une livre cinq. Payables d'avance.

— Mais vous n'aviez pas annoncé que ce serait dix shillings et huit…

— C'est une chambre double.

*Adieu, le mythe de la générosité qui régnait pendant la guerre !*

— Vous n'avez aucune chambre individuelle à louer ?

— Non.

*Et, même si tu en avais une, tu ne le dirais pas.*

Ce ne serait que pour cinq semaines. Polly paya.

Mme Rickett empocha l'argent.

— Pas de visites masculines en haut. On ne fume pas, on ne boit pas, on ne cuisine pas dans les chambres. En semaine et le samedi, le petit déjeuner est à 7 heures et le dîner à 18. Le dimanche, le déjeuner est à 13 heures, et je prépare un repas froid pour le dîner.

Elle tendit la main.

— Il me faut votre carnet de rationnement.

Polly le lui donna.

— Et le petit déjeuner de ce matin ? demanda-t-elle.

Elle espérait qu'il serait servi bientôt.

— Votre pension ne commence que demain, répondit Mme Rickett.

Et Polly dut résister à l'impulsion de lui arracher son carnet de rationnement et de lui annoncer qu'elle allait chercher ailleurs.

— Voilà la clé de votre chambre. Et celle de la maison.

— Merci.

Polly tentait de se rapprocher de la porte, mais sa logeuse avait encore une provision de règles en réserve.

— Pas d'enfants, pas d'animaux domestiques. J'exige un préavis de quinze jours avant votre départ. J'espère que les bombes ne *vous* terrorisent pas comme mon précédent locataire.

— Non, dit Polly.

*Je suis juste si déphasée que je tiens à peine debout.*

— Vous devez tirer votre rideau de black-out dès 17 heures, alors si vous ne rentrez pas du travail avant, fermez-le le matin, au moment de partir. Toute amende pour infraction au black-out sera due.

Quand elle s'en fut enfin, Polly s'écroula sur le lit. Il fallait qu'elle retourne au point de saut de façon à en repérer le trajet depuis sa chambre et depuis l'église. Elle devrait ensuite trouver la station de métro et se rendre à Oxford Street pour voir à quelle heure les magasins ouvriraient demain. Mais elle était *tellement* fatiguée. Le déphasage temporel l'accablait bien plus qu'à son dernier transfert. Là, une bonne nuit de sommeil avait suffi à la remettre sur pied. Cette fois, bien qu'elle ait dormi presque huit heures dans le refuge, elle se sentait aussi épuisée que si elle n'avait pris aucun repos.

Et les jours à venir ne risquaient guère d'être plus favorables. Elle ne s'attendait pas à dormir d'une traite chaque nuit sous les bombardements. Les citadins s'étaient tous plaints de leur carence de sommeil pendant le Blitz.

*Il serait avisé de récupérer un peu tant que c'est possible*, songea-t-elle, bien qu'elle n'ait pas le choix, en vérité. Elle était déjà presque trop engourdie pour se faufiler entre les draps. Elle fit sauter ses chaussures, retira sa veste et sa jupe pour ne pas les froisser, et s'effondra sur les ressorts grinçants. Le sommeil l'emporta aussitôt.

Elle se réveilla une demi-heure plus tard et se garda de bouger. Le temps s'éternisa. Après ce qui lui sembla durer des heures et qui n'avait duré que vingt minutes, elle maudit les effets imprévisibles du déphasage temporel, se leva, s'habilla et sortit. Le couloir était désert. Pas un bruit ne provenait des chambres.

*Personne d'autre ne paraît avoir de problème pour dormir*, remarqua-t-elle avec acrimonie, mais quand elle arriva en bas de l'escalier, on entendait des voix en

provenance de la salle à manger, et elle s'aperçut qu'elle
était affamée.

*C'est logique que tu meures de faim*, se disait-elle tandis qu'elle quittait la pension. *Tu n'as rien avalé depuis
cent vingt ans !*

Elle avait repéré un salon de thé sur Lampden Road.
Avec un peu de chance, il serait ouvert. Elle revint à
l'église Saint-George, comptant les rues et notant des
points de repère pour s'y référencer plus tard. Elle réfléchissait à ce qu'elle prendrait pour son petit déjeuner.
Du bacon et des œufs, décida-t-elle. Ce serait peut-être
sa dernière occasion d'y goûter. Le bacon était rationné,
les œufs manquaient déjà, et elle s'attendait à une table
spartiate chez Mme Rickett.

À Saint-George, une femme qui tenait un livre de
prières se tenait devant le portail d'entrée.

— Excusez-moi, interrogea Polly. Pourriez-vous m'indiquer la direction de Lampden Road ?

— Lampden Road ? Vous y êtes.

— Oh ! merci !

Polly s'éloigna rapidement, comme si elle savait
où elle se rendait. La femme la surveillait, son livre de
prières plaqué sur sa poitrine.

*J'espère qu'elle n'a pas eu l'occasion de lire une de
ces affiches : « Dénoncez tout individu au comportement
suspect. »*

La femme avait dit vrai. C'était bien Lampden Road.
La nuit dernière, Polly avait noté sa courbe particulière.
L'église devait être plus près du site qu'elle ne l'avait
pensé. Elle franchit une rue latérale, découvrit la pharmacie au carrefour suivant et, au-delà, le salon de thé,
malheureusement fermé. Plus haut, elle reconnut le
bureau de tabac qu'elle avait trouvé la nuit précédente,
ainsi que le magasin de fruits et légumes, flanqué de ses
paniers de choux et de son inscription : « T. Tubbins,
fruits et légumes ».

Il lui avait semblé venir de bien plus loin, dans les ténèbres, mais le point de saut se cachait donc à quelques mètres, dans l'allée suivante. Le garde qui l'avait conduite au refuge avait emprunté un itinéraire indirect. Elle se dirigea vers l'allée. Allait-elle traverser tout de suite afin de donner son adresse au labo et d'informer Badri sur le décalage temporel ? Il lui avait bien spécifié d'en noter précisément l'ampleur. Elle se demandait s'il s'était attendu à ce qu'il se produise quelque chose de ce genre. Les débuts du Blitz avaient grouillé de points de divergence, et seul l'un d'eux pouvait provoquer quatre jours et demi de décalage. C'était pour cette raison qu'elle avait choisi d'arriver le 10 plutôt que le 7 septembre.

Cependant, si elle faisait son rapport tout de suite, elle devrait y retourner après son embauche, et elle ne voulait pas fournir à M. Dunworthy une nouvelle occasion d'annuler sa mission.

*J'irai demain, dès qu'on m'aura engagée.*

Elle vérifia l'allée afin de s'assurer que c'était la bonne. Pas de doute : on en voyait les barriques et l'Union Jack accompagné de sa légende « Londres tiendrat ! » dessinée à la craie sur le mur. Elle revint ensuite vers Lampden Road, en quête d'un restaurant ouvert, mais il n'y avait rien plus au nord, que des maisons. Elle fit demi-tour, passa de nouveau devant l'église Saint-George et le tournant de la rue, mais il n'y avait rien non plus de ce côté, à l'exception d'une confiserie fermée, d'un tailleur, et d'un poste de l'ARP avec ses sacs de sable entassés de part et d'autre de la porte.

*J'aurais dû offrir de payer un supplément pour que ma pension commence aujourd'hui !*

Elle gagna la station de Notting Hill Gate dans l'espoir que les cantines de l'abri souterrain seraient déjà opérationnelles et ouvertes, mais la seule nourriture visible dans tout le terminal se bornait au petit pain aux raisins qu'un jeune garçon dégustait sur le quai de la Central Line.

*Il y aura forcément une cantine ouverte à Oxford Circus, la station est beaucoup plus grande.*

Mais il n'y en avait pas, et Oxford Street était déserte. Polly descendit la longue artère commerçante, détaillant les boutiques fermées et les grands magasins : *Peter Robinson*, *Townsend Brothers*, l'énorme *Selfridges*. Ils évoquaient des palaces plutôt que des magasins, avec leurs façades imposantes et leurs piliers de pierre grise.

Et ils semblaient indestructibles. À part les petites cartes imprimées qui notifiaient dans plusieurs des vitrines : « Abri confortable et sûr à l'intérieur », et les marques de peinture jaune-vert de détection des gaz sur les colonnes rouges des boîtes aux lettres, rien n'indiquait la guerre en cours. La devanture de *Bourne and Hollingsworth* affichait : « Chapeaux de femme, dernière collection de l'automne », celle de *Mary Marsh* : « Robes de soirée dernier cri », et l'agence *Thomas Cook* se présentait encore comme : « Le point de départ de tous vos voyages ».

*Pour quelle destination ?* se demanda Polly. Pas pour Paris, d'évidence. Hitler venait de l'occuper, comme tout le reste de l'Europe.

*John Lewis and Company* annonçait des soldes sur les manteaux de fourrure. *Pas pour longtemps*, se dit Polly, qui s'était arrêtée devant le gigantesque immeuble carré, et qui essayait d'en mémoriser l'architecture ainsi que ce qui en remplissait les grandes vitrines. Mercredi matin, il n'en subsisterait qu'une ruine carbonisée.

Elle le dépassa et se dirigea vers Marble Arch. Elle notait les horaires d'ouverture des magasins et traquait la petite annonce espérée : « Recherchons vendeur(se) », mais elle n'en découvrit qu'une, chez *Padgett's*, qui se trouvait sur la liste interdite par M. Dunworthy, bien que le bâtiment n'ait pas été touché avant le 25 octobre, trois jours après la fin de sa mission.

Elle cherchait aussi un lieu où elle pourrait se nourrir, mais tous les restaurants qu'elle croisait se révélaient fermés le dimanche, et elle ne rencontrait personne pour la renseigner. Elle aperçut enfin deux adolescents devant *Parson's* mais, quand elle s'approcha d'eux, elle les vit penchés sur une carte, ce qui montrait qu'ils n'étaient pas non plus familiers de cet environnement.

— Nous pourrions nous rendre à la tour de Londres, disait la fille en désignant la carte, et observer les corbeaux.

Le garçon, qui ne devait pas être plus âgé que Colin, secoua la tête.

— C'est de nouveau une prison, comme dans le temps, sauf que maintenant on y met des espions allemands au lieu de membres de la famille royale.

— Vont-ils leur couper le cou ? Comme à Anne Boleyn ?

— Non, aujourd'hui, ils les pendent.

— Oh ! s'exclama-t-elle, déçue. J'avais tellement envie de les voir !

*Les corbeaux, ou les décapités ?* se demanda Polly

— Ils portent chance, tu sais, expliqua la fille. Tant que les corbeaux seront dans la tour, l'Angleterre ne sera jamais vaincue.

*Voilà pourquoi, quand ils seront tous tués par une explosion le mois prochain, le gouvernement fera disparaître les cadavres dans le plus grand secret et leur substituera des bêtes vivantes.*

— C'est tellement *injuste* ! bouda l'adolescente. Et pendant notre lune de miel !

Lune de miel ? Polly se réjouit que Colin ne puisse entendre ces paroles. Cela lui aurait donné des idées.

Le garçon consulta longuement la carte avant de proposer :

— On pourrait aller à l'abbaye de Westminster.

*Ils sont ici en touristes*, comprit Polly, stupéfaite. *En plein milieu du Blitz.*

— Ou alors au musée de cire de Mme Tussaud, continuait le garçon, voir Anne Boleyn et les autres femmes de Henry VIII.

*Non, vous ne pourrez pas. Le musée de Mme Tussaud a été bombardé le 11 septembre*, se dit Polly, puis : *Moi aussi, je devrais visiter Londres.*

Elle ne pourrait pas chercher d'emploi avant le lendemain, ni observer la vie dans les abris avant la nuit. Et, quand elle aurait commencé à travailler, elle n'aurait quasiment plus le temps de se promener dans la ville. Il ne se présenterait peut-être pas de nouvelle occasion.

Et qui sait si elle ne découvrirait pas un restaurant ouvert près de l'abbaye de Westminster ou du palais de Buckingham ? *J'irai voir l'aile nord du palais, là où la bombe a failli tuer le roi et la reine*, pensait-elle en marchant vers la station de métro. Ou bien elle visiterait un lieu qui ne survivrait pas au Blitz, comme le Guildhall, ou l'une des églises de Christopher Wren qui seraient détruites le 29 décembre.

Et si j'allais voir Saint-Paul ? se dit-elle soudain. M. Dunworthy adorait la cathédrale. Il en parlait à tout moment. Elle lui raconterait qu'elle l'avait explorée et qu'elle avait repéré toutes ces choses qui l'enthousiasmaient et qu'elle les avait trouvé magnifiques : la tombe de Nelson, la galerie des Murmures, le tableau de Holman Hunt, *La Lumière du monde*. Peut-être alors réussirait-elle à le persuader de la laisser séjourner à Londres une semaine de plus. Ou au moins à l'empêcher d'annuler sa mission.

*Ah ! pas si vite…* M. Dunworthy avait prévenu Polly qu'une bombe non explosée était restée enterrée sous Saint-Paul en septembre. Voyons, c'était dans la matinée du 12, mardi dernier. Il avait ajouté que trois jours avaient été nécessaires pour l'en extraire. On l'avait donc enlevée le 14… hier.

La cathédrale serait ouverte.

Polly se dirigea vers la Central Line, puis changea d'avis et emprunta la Bakerloo Line jusqu'à Piccadilly Circus. Elle prendrait un bus, cela lui permettrait de découvrir Londres sur le trajet. Et il y aurait peut-être un restaurant à l'arrivée ?

Piccadilly Circus attirait plus de monde qu'Oxford Street : des soldats, de vieux crieurs de journaux à côté d'hommes-sandwichs dont les panneaux publicitaires proclamaient : « Dernières nouvelles de la guerre »… mais là non plus, rien d'ouvert. Au centre du carrefour, des planches condamnaient la statue d'Éros. L'horloge Guinness et les publicités géantes de Bovril et du chewing-gum Wrigley étaient encore là, bien que délestées de leur glorieux éclairage électrique. On avait enlevé leurs ampoules dès le début du black-out.

Polly descendit un bout de Haymarket, à la recherche d'un café ouvert, puis revint vers le carrefour où elle trouva un bus pour Saint-Paul. Montée à bord, elle emprunta le petit escalier en colimaçon qui menait à l'étage supérieur afin de profiter de la vue. Personne d'autre ne s'y était installé, et elle comprit pourquoi dès que le bus démarra : le froid était polaire. Elle sortit ses gants de ses poches et serra son manteau contre elle, se demandant si elle n'allait pas regagner le niveau inférieur. Cependant, droit devant elle, apparaissait Trafalgar Square. Elle décida de rester.

La vaste place était presque vide, ses fontaines arrêtées. Dans cinq ans, elle serait pleine à craquer de foules enthousiastes célébrant la fin de la guerre, mais aujourd'hui même les pigeons l'avaient abandonnée.

Un bandeau proclamant : « Achetez des obligations de guerre » drapait le socle du monument à la gloire de Nelson, et quelqu'un avait planté un Union Jack entre les oreilles de l'un des lions de bronze. Polly examina ses pattes, pour voir si elles avaient déjà souffert des éclats d'obus, mais ce n'était pas encore le cas. Ensuite, elle se dévissa le cou pour regarder Nelson, tout en haut de son pilier, son tricorne sur la tête.

Après l'invasion, Hitler avait prévu d'emporter le mémorial, lions y compris, pour l'installer devant le Reichstag. Son programme secret, où tout avait été consigné, montrait qu'il avait aussi planifié de se faire couronner empereur d'Europe dans l'abbaye de Westminster, et d'éliminer de façon systématique toute personne qui le gênerait, ce qui incluait la totalité de l'élite intellectuelle. Et, bien sûr, les Juifs. Virginia Woolf figurait sur la liste de liquidation. Tout comme Laurence Olivier, C.P. Snow et T.S. Eliot. Et Hitler était arrivé incroyablement près de la réalisation de son projet.

Le bus passa devant la National Gallery et entra dans le Strand, une très large avenue. Les signes de la guerre se multipliaient, de ce côté : sacs de sable, panneaux indicateurs des refuges, et une grosse citerne d'eau devant le Savoy, à destination des pompiers. Polly ne remarquait aucun dégât. *Cela changera ce soir.* Le lendemain, à cette heure-ci, presque toutes les vitrines des magasins qu'ils croisaient auraient volé en éclats, et un énorme cratère se serait formé à l'emplacement même que le bus venait de quitter. Elle avait eu raison de visiter les lieux aujourd'hui.

Le bus tourna dans Fleet Street. Et droit devant, l'espace d'un instant, elle aperçut Saint-Paul. M. Dunworthy lui avait expliqué comment son dôme couleur d'étain s'érigeait au sommet de Ludgate Hill, au-dessus de la ville, mais elle ne pouvait en saisir que des aperçus intermittents entre les bureaux des quotidiens qui s'alignaient sur Fleet Street, ou par-dessus leurs toits. Dans quelques semaines, ils seraient tous si durement frappés qu'un seul journal réussirait à publier son édition du matin. Polly sourit en se remémorant sa une : « Bombe ! Plombée en tombant sur Fleet Street ».

L'église Saint-Bride se profila, fugitive, au fond d'une rue à droite, et Polly eut un aperçu de son clocher aux allures de gâteau de mariage, avec ses étages ornementés et ses fenêtres cintrées. Le 29 décembre, des flammes illumineraient ces arches, comme la plupart des immeubles qu'elles dépassaient. Toute cette partie de la ville ancienne de Londres, le Guildhall, et huit églises de Wren avaient brûlé cette nuit-là dans ce que l'Histoire appellerait le Second Grand Incendie de Londres.

*Mais pas Saint-Paul.* Même si les journalistes en poste avaient pensé la cathédrale perdue. Le reporter américain Edward R. Murrow avait commencé ainsi son émission de radio : « Ce soir, au moment même où je vous parle, Saint-Paul se consume. » Pourtant la cathédrale avait résisté. Et survécu au Blitz, et à la guerre.

*Hélas ! pas au XXIe siècle. Pas aux années de terrorisme.*

Un terroriste affligé d'un complexe du martyre et pourvu d'une unique bombe de précision avait anéanti tout ce qui défilait autour de Polly. Elle leva les yeux vers le dôme, qui surgissait devant elle.

*On y arrive*, estimait-elle quand, quelques instants plus tard, le bus s'éloigna brusquement de sa destination en tournant à droite. Des barrières bloquaient la voie devant, et des panneaux signalaient : « Accès interdit ».

Il devait y avoir des dégâts dus au bombardement à proximité. Le bus parcourut deux rues et bifurqua de nouveau vers l'est, mais ce chemin se révéla tout aussi bloqué. Une corde avec une note manuscrite indiquait : « Danger » et, quand le bus s'arrêta, un policier au casque noir s'avança pour discuter avec le chauffeur, après quoi le véhicule se gara le long du trottoir, et les passagers commencèrent à descendre. Était-ce un raid ? Elle n'avait rien entendu, mais Colin l'avait avertie : le ronflement du moteur noyait le bruit des sirènes. Et tout le monde semblait quitter le bus. Polly se précipita dans l'escalier en colimaçon.

— Est-ce un raid ? demanda-t-elle au chauffeur.

Il secoua la tête et le policier répondit :

— Une bombe non explosée. Tout ce quartier est interdit d'accès. Où alliez-vous, mademoiselle ?

— À Saint-Paul.

— Impossible. C'est là que se trouve l'UXB. Il est tombé sur la route à côté de la tour de l'horloge, et il s'est enfoncé dans les fondations. Il est sous la cathédrale.

*Non, il n'y est pas. On l'a déjà enlevé de là.*

Difficile pour Polly d'avancer cela.

— Vous devrez revenir une autre fois, mademoiselle, dit le policier.

Et le chauffeur ajouta :

— Ce bus peut vous ramener à Piccadilly Circus. Vous pouvez aussi prendre le métro à la station Blackfriars. Elle est juste en bas, vous voyez ?

Il désignait le pied de la colline, où elle aperçut la bouche de métro.

— Merci, c'est ce que je vais faire, annonça Polly.

Elle marcha jusqu'au premier croisement dans la direction qu'il avait indiquée, puis jeta un coup d'œil en arrière pour vérifier si le policier et le chauffeur la surveillaient. Ce n'était pas le cas. Elle s'esquiva dans la rue transversale, se hâta d'avancer jusqu'au carrefour suivant et remonta la colline, en quête d'un chemin qui lui permettrait de passer les barrières. Elle ne s'inquiétait pas d'être repérée, excepté par des policiers. On ne trouvait que des bureaux et des entrepôts dans ce quartier. Ce serait désert un dimanche. C'était pour cette raison que l'incendie du 29 décembre avait échappé à tout contrôle. Il s'était produit un dimanche, personne n'était sur place pour étouffer les bombes incendiaires.

Un policier veillait au bout de la rue, aussi coupat-elle jusqu'à la suivante, qui aboutissait à un labyrinthe d'étroites allées. Il était facile de comprendre pourquoi tout avait brûlé. Les entrepôts se touchaient presque. Les flammes avaient allégrement sauté d'un bâtiment à l'autre, d'une rue à l'autre. Polly ne distinguait ni le dôme de la cathédrale, ni les tours de l'ouest, mais l'allée qu'elle avait prise montait. À travers la peinture blanche qui masquait le bord du trottoir, elle put déchiffrer : « Amen Corner ». Elle approchait du but.

Ça y était ! Elle avait atteint Paternoster Row. Elle parcourut la rue en longeant les immeubles, de façon à se réfugier dans l'embrasure d'une porte si nécessaire… et voilà ! la façade de Saint-Paul surgissait devant elle, avec sa volée de marches et son immense portique à colonnes.

Cependant, le nombre de jours requis par l'enlèvement de l'UXB ne correspondait pas à celui que lui avait indiqué M. Dunworthy : un camion et deux autopompes stationnaient dans la cour et, juste à l'extrémité des marches, des monceaux d'argile jaune hérissés de pelles, de treuils, de pioches et de planches entouraient un énorme trou. Deux hommes en combinaison maculée de glaise y déroulaient des cordes, deux autres se tenaient prêts avec des lances à incendie, d'autres encore, dont certains portaient des cols romains, observaient la scène avec une attention anxieuse. À l'évidence, la bombe gisait toujours en bas et, si l'on en croyait les expressions des membres de l'équipe de déminage, elle était susceptible d'exploser d'un instant à l'autre.

Mais elle n'avait pas explosé. Ils étaient arrivés à l'extraire et à l'emporter à Hackney Marshes pour la faire détoner. Visiter ces lieux et entrer dans la cathédrale ne représentait aucun danger, qu'ils aient sorti la bombe ou non. À condition que Polly parvienne à les dépasser sans qu'ils la voient…

Elle examina les portes de la cathédrale en haut des larges marches. Elles paraissaient trop lourdes pour que Polly puisse les ouvrir en vitesse – et en silence ! – même si elles n'étaient pas verrouillées.

Une voix d'homme cria :

— Impossible. Où est ce satané… ?

Un bruit sourd, caverneux, pétrifiant l'interrompit.

*Oh ! mon Dieu ! ils l'ont lâchée ! M. Dunworthy s'est trompé sur le temps qu'ils mettraient à la sortir. Et s'il s'était trompé aussi sur le fait que la bombe n'a pas explosé ?*

Allons, si la bombe avait explosé, la cathédrale se serait effondrée. Il n'y aurait pas eu d'efforts acharnés pour la sauver la nuit du 29 décembre, pas de photo réconfortante pour la montrer tel un défi bravant les flammes et la fumée, symbole d'une Angleterre invaincue, déterminée à résister. Et le Blitz, tout comme la guerre, aurait suivi un cours très différent.

Ces pensées avaient traversé l'esprit de Polly en une fraction de seconde, pendant qu'elle étudiait le trou et comprenait que le bruit sourd n'en était pas provenu. Les sapeurs-pompiers continuaient à faire coulisser leurs cordes centimètre par centimètre, les autres à regarder. Elle se retourna vers le porche. Un homme casqué, en longue soutane noire, apparut derrière l'un des piliers et accourut. Il apportait un levier.

*Il y a une porte distincte, là, derrière cette colonne. C'est son ouverture que j'ai entendue.*

Dès que le religieux atteignit l'extrémité du parvis et commença à en descendre les marches latérales, Polly s'éloigna à pas de loup de l'embrasure qui l'avait abritée, non sans garder un œil vigilant sur le groupe autour du trou. Personne ne leva la tête, pas même quand l'ecclésiastique tendit le levier à l'un des pompiers.

Oui, il y avait une porte, plus petite que les portails principaux, et manifestement non verrouillée, mais Polly risquait encore de rencontrer quelqu'un à l'intérieur et, si elle se faisait prendre, que dirait-elle ? Qu'elle n'avait pas vu les barrières, ni les autopompes, ni les pompiers ? Si on l'arrêtait…

Pourtant, elle se trouvait si près du but ! Elle entreprit prudemment de traverser l'esplanade.

— Stop ! cria quelqu'un.

Polly se figea, mais ils ne la regardaient pas. Ils examinaient le fond du trou. Les hommes avaient cessé de dérouler les cordes, et un pompier avait mis un genou à terre. Les mains en coupe autour de sa bouche, il criait à ses collègues en bas :

— Essayez plus à gauche !

Elle est coincée, se dit Polly, qui courut à travers l'esplanade, les marches et le parvis et tira d'un coup sec sur le battant. Il était si lourd qu'elle le crut un instant verrouillé, en définitive, puis il céda, lui livrant le passage, et elle referma sans bruit derrière elle.

Elle se trouvait dans un vestibule étroit, obscur. Elle resta immobile un moment, à l'écoute ; elle n'entendait rien, que le silence propre aux vastes bâtisses. Elle quitta le vestibule sur la pointe des pieds, sortit dans la travée latérale et s'avança pour regarder la nef. Il y avait un guichet d'entrée en bois, mais personne n'assurait le service, et la travée nord était déserte.

Polly pénétra dans la nef. Elle en eut le souffle coupé.

M. Dunworthy avait vanté la singularité de Saint-Paul, et elle avait vu des vids et des photos, mais rien qui donne une idée de la beauté de ce qu'elle découvrait. Ou de l'immensité. Elle avait imaginé une église gothique aux ailes étroites, mais les lieux étaient spacieux et aérés. La nef s'étendait en une série d'arches rondes supportées par de massifs piliers rectangulaires et, telles des visions, le dôme, le chœur, l'abside, l'autel se révélaient dans la riche lumière dorée qui les baignait et qui rayonnait des plafonds courbes et dorés, des balustrades dorées des galeries, des mosaïques dorées, de la pierre elle-même pailletée d'or, tout concourant à changer l'air lui-même en un flux doré.

— C'est magnifique, murmura Polly, qui ressentait pour la première fois le sens profond de la destruction de ce lieu.

*Comment a-t-il pu ? Même s'il venait en terroriste ?*

Il était entré dans la cathédrale un matin de septembre, en 2015, et il avait tué un demi-million de personnes.

*Et il a détruit ça.*

Mais il n'était venu détruire la cathédrale que parce que la bombe enterrée aujourd'hui, en ce moment même, n'avait pas explosé, et parce qu'Hitler et son aviation avaient échoué à faire sauter l'édifice ou à le réduire en cendres.

*Ce n'est pas faute d'avoir essayé*, pensait Polly tandis qu'elle remontait la nef, et que l'écho de ses pas se réverbérait dans le vaste espace ouvert. Ils ont lâché des centaines de bombes incendiaires sur ses toits, pour ne rien dire des V1 et des V2 qu'Hitler lui destinerait en 1944 et 1945.

Saint-Paul les attendait de pied ferme. Des cuves d'eau s'adossaient à chaque pilier, des pioches et des seaux de sable s'alignaient le long des murs à intervalles réguliers, à côté de rouleaux de cordes. La nuit du 29 décembre, quand des dizaines d'engins incendiaires tomberaient sur les toits et que les conduites d'eau céderaient, ces instruments – et les volontaires qui s'en serviraient – resteraient les seuls obstacles entre la cathédrale et sa destruction.

Polly entendit au loin une porte se fermer et se glissa derrière l'un des piliers rectangulaires de l'aile sud, mais aucun autre bruit ne suivit. Par précaution, elle patienta une minute avant de quitter son abri. Si elle voulait voir toutes les merveilles dont M. Dunworthy lui avait parlé, elle ferait mieux de se hâter. On pouvait la jeter dehors à tout instant.

Elle n'avait pas localisé la galerie des Murmures ni la tombe de Nelson. La tombe devait être en bas, dans la crypte, mais elle ignorait comment y accéder. M. Dunworthy avait dit que *La Lumière du monde* était la première chose qu'il avait découverte à Saint-Paul, lors de sa première visite. Le tableau était sans doute accroché non loin, dans l'une des ailes latérales. S'il se trouvait encore là. Sur les murs, des carrés pâles indiquaient l'emplacement de toiles qu'on avait enlevées.

Non. Il était là, dans une baie à mi-chemin de la travée sud, et il ressemblait avec une fidélité parfaite à la description qu'en avait faite M. Dunworthy. Vêtu d'une robe blanche et couronné d'épines, le Christ se tenait au milieu d'une forêt que baignait un crépuscule d'un bleu profond. Il portait une lanterne et attendait devant une porte en bois, impatient, la main levée pour y frapper.

*C'est M. Dunworthy ! Il veut savoir pourquoi je ne suis pas encore venue au rapport. Pas étonnant qu'il aime tant ce tableau.*

Polly n'était pas très impressionnée. La peinture était plus petite qu'elle ne l'avait imaginé, très démodée, et à deuxième examen le Christ lui semblait moins impatient que dubitatif, comme s'il ne croyait pas que l'on répondrait à son appel. Ce qui risquait fort d'être le cas, si l'on en jugeait par l'état de l'huis. De toute évidence, on ne l'avait pas ouvert depuis des années. Du lierre s'y était entortillé, et des herbes folles en obstruaient le seuil.

— Je laisserais tomber, à ta place, murmura Polly.

— Je vous demande pardon, mademoiselle ? fit une voix à son côté.

Elle sursauta. L'importun était un homme âgé en costume noir et gilet.

— Je ne voulais pas vous effrayer, continua-t-il, mais je vous ai vue regarder la peinture et... on ne m'avait pas informé que l'église était de nouveau ouverte au public.

Elle fut tentée de répondre par l'affirmative, que l'équipe de démineurs ou l'homme en soutane lui avaient donné la permission d'entrer, mais s'il s'avisait de contrôler...

— Oh ! elle était fermée auparavant ?

— Ma foi oui ! Depuis jeudi. Un engin non explosé sous la façade ouest. Ils viennent juste de l'extirper. Il s'en est fallu de peu pendant un bon moment. La conduite de gaz a pris feu et brûlait droit vers la bombe. Si le feu l'avait atteinte, nous aurions tous sauté, *et* Saint-Paul avec nous. Je n'ai jamais été aussi heureux de ma vie qu'au moment où j'ai vu ce monstre quitter les lieux. Cela dit, je suis surpris que le doyen Matthews ait décidé de rouvrir l'église. J'avais compris qu'elle resterait fermée jusqu'à ce qu'ils aient vérifié la conduite de gaz. Qui… ?

— Je suis si contente qu'ils aient décidé de rouvrir, l'interrompit Polly en hâte. L'un de mes amis m'a dit que je *devais* voir Saint-Paul quand j'arriverais à Londres, spécialement *La Lumière du monde*. C'est magnifique.

— Hélas ! ce n'est qu'une copie. Nous avons envoyé l'original au pays de Galles avec les autres trésors de la cathédrale, mais nous avons jugé que Saint-Paul ne serait pas Saint-Paul sans ce tableau. Il est resté pendu ici pendant toute la dernière guerre, et nous pensions vital qu'il y soit pendant celle-ci, particulièrement à cause du black-out et des lumières qui s'éteignent en Europe pendant qu'Hitler imprime son affreuse griffe de ténèbres partout sur le monde. Ce tableau nous rappelle qu'une lumière, au moins, ne s'éteindra jamais.

Il regarda la peinture d'un œil critique.

— Je crains que ce ne soit pas une très bonne copie. Elle est plus petite que l'original, et les couleurs ne sont pas aussi éclatantes. Cependant, c'est mieux que rien. Voyez comment la lumière semble faiblir, et comment l'artiste a réussi à peindre tant d'émotions à la fois sur le visage du Christ : la patience, et la peine, et l'espérance.

*Et la résignation*, ajouta Polly.

— La porte ouvre sur quoi ? demanda-t-elle. La peinture ne permet pas de le deviner.

Il lui sourit, radieux, comme à une élève brillante.

— Exactement. Et vous remarquerez qu'elle n'a pas de loquet. Elle ne peut s'ouvrir que de l'intérieur. Comme la porte du cœur. C'est ce qui est si merveilleux avec ce tableau. On y trouve quelque chose de différent chaque fois qu'on le regarde. Nous aimons l'appeler notre « sermon à l'intérieur du cadre », quoique le cadre ait été lui aussi emporté au pays de Galles. Une belle œuvre en bois doré, où est gravée l'Écriture sainte que l'œuvre illustre.

— « Voici, je me tiens à la porte, et je frappe[1] », cita Polly.

Il approuva, encore plus radieux.

— « Si quelqu'un entend ma voix et ouvre la porte, j'entrerai chez lui, je dînerai avec lui, et lui avec moi.[2] » La tombe de l'artiste est dans la crypte. Avec celle de lord Nelson.

— J'aimerais beaucoup la voir.

— Désolé, la crypte est interdite aux visiteurs, mais je peux vous montrer le reste de l'église, si vous avez le temps.

*Et si le doyen Matthews n'arrive pas pour annoncer que l'église est toujours fermée et demander ce que je fiche ici.*

— Je serais ravie de la visiter, si cela ne vous dérange pas, monsieur… ?

— Humphreys. Cela ne me dérange pas du tout. En tant que bedeau, je m'occupe souvent des visites.

Il l'accompagna le long de la travée jusqu'aux portes principales où, elle le supposa, il commençait le tour.

— Voici la grande porte de l'ouest. Nous ne l'ouvrons que lors des grandes cérémonies. Pour les autres jours, nous utilisons les portes plus petites qui flanquent chaque côté.

Polly aperçut l'autre ouverture de la travée sud, jumelle de celle qu'elle avait empruntée pour entrer.

— Les pilastres sont en pierre de Portland, continuait-il, tapotant l'un des piliers rectangulaires. Le sol sur lequel nous marchons…

---

1. Apocalypse, III, 20, traduction de Louis Segond, 1910. (*NdT*)
2. *Ibid.* (*NdT*)

*Est aussi l'emplacement de la future dalle commémora- tive*, le mémorial dédié à la mémoire des veilleurs du feu de Saint-Paul, ces volontaires « qui par la grâce de Dieu ont sauvé cette église ». Et le seul élément rescapé après la bombe de précision.

— … est un damier noir et blanc en marbre de Carrare. D'ici, on peut apprécier toute la longueur de la cathédrale. Elle est dessinée en forme de croix.

Il marcha vers la travée sud jusqu'à une cloison tem- poraire en bois qui couvrait ce côté du vestibule.

— À votre droite, enchaîna-t-il, voici l'escalier géomé- trique dessiné par Christopher Wren. Comme vous pou- vez le remarquer, il est condamné en ce moment, mais la décision finale à son sujet n'est pas prise.

— Une décision ?

— Voyez-vous, cet escalier offre notre meilleur accès aux toits de ce côté-ci de l'église. Hélas ! il est extrême- ment fragile. Et irremplaçable. Si un engin incendiaire tombait sur le toit de la bibliothèque ou sur l'une des tours… Prendre un parti n'est pas facile.

Il marcha le long de la travée jusqu'à une grille en fer.

— Voilà la chapelle de l'ordre de Saint-Michael et Saint-George, avec ses stalles de prière en bois. Les ban- nières qui pendent d'ordinaire au-dessus ont toutes été enlevées par précaution.

Les chérubins du XVIIe siècle avaient été eux aussi déplacés, ainsi que les chandeliers de la nef, et la plu- part des monuments de la travée sud.

— Certaines pièces étaient trop difficiles à déplacer, alors nous les avons juste protégées avec des sacs de sable, ajouta M. Humphreys qui la faisait passer devant un escalier fermé par une corde et un écriteau. « Vers la galerie des Murmures. Fermé aux visiteurs. »

*Dommage*, soupira Polly pendant que le bedeau l'em- menait vers le large espace central ouvert sous le dôme, d'où partait un autre escalier barré par une chaîne.

— Voilà le transept. Il dessine la croix de la cathédrale.

Il la conduisit vers le monument dédié à Nelson, ou plutôt vers les piles de sacs de sable qui le protégeaient, puis vers d'autres piles de sacs de sable qui cachaient les statues du capitaine Robert Scott, de l'amiral Richard Howe et de l'artiste J.M.W. Turner.

— Le transept sud est surtout remarquable pour son encadrement en chêne sculpté par Grinling Gibbons, qui a malheureusement…

— … été démonté et transporté pour être mis à l'abri, murmura Polly.

Elle le suivit dans le chœur et l'abside, où il désigna l'orgue – démonté par précaution –, la statue emmaillotée de John Donne – au milieu d'un amoncellement de sacs de sable dans la crypte –, le maître-autel, et les vitraux.

— Pour l'instant, nous avons eu beaucoup de chance, dit M. Humphreys en les pointant du doigt. Ils sont trop grands pour que nous les bardions de bois, mais nous n'avons encore perdu aucun des vitraux.

*Ça ne durera pas.*

D'ici à la fin de la guerre, ils seraient tous brisés en mille morceaux. Le dernier avait été détruit par un V2 qui s'était écrasé à proximité.

M. Humphreys la conduisit de l'autre côté du chœur et lui montra les seaux d'eau et les pompes à main alignées contre le mur.

— Notre pire souci, c'est le feu. La structure sous-jacente est en bois. Si l'un des toits prenait feu, le plomb coulerait dans les fissures entre les pierres, et elles exploseraient comme cela s'est passé la première fois que la cathédrale a brûlé. Elle a été complètement anéantie lors du Grand Incendie de Londres, quand ce quartier de la ville est parti en fumée.

*Cela se répétera dans trois mois*, réfléchit Polly. Elle se demandait si M. Humphreys était l'un des veilleurs du feu. Il paraissait trop âgé mais, encore une fois, le Blitz avait été une guerre de vieillards, de vendeuses et de femmes d'âge mûr.

— Nous ne laisserons pas cette tragédie se reproduire, dit-il, répondant à son interrogation. Nous avons formé une équipe de volontaires pour contrôler les bombes incendiaires sur les toits. Je suis de garde ce soir.

— Alors il ne faut pas que je vous retienne. Je devrais y aller.

— Non, non ! Pas avant que je vous aie montré mon monument favori !

Et M. Humphreys la tira vers le transept nord. Il lui fit admirer les colonnes corinthiennes et les portes en chêne du porche, puis s'exclama, désignant fièrement une nouvelle pile de sacs de sable :

— Et voilà l'édifice à la mémoire du capitaine Robert Faulknor. Son navire était gravement endommagé. Il avait perdu la plus grande partie de son gréement et ne pouvait plus riposter avec ses canons. Le vaisseau *La Pique* fonçait sur lui par le travers. Le vaillant capitaine s'empara de son beaupré, lia les deux bâtiments ensemble et se servit des canons du *La Pique* pour tirer sur les autres navires français. Son intervention courageuse permit la victoire. Malheureusement, il n'apprit jamais quelle action d'éclat il avait accomplie. Il fut tué d'une balle en plein cœur juste après avoir attaché les deux vaisseaux. (M. Humphreys secoua la tête d'un air triste.) Un véritable héros.

Il faudra que je parle de ce personnage à Michael Davies, se promit Polly. Elle se demandait où se trouvait le garçon en ce moment. Il devait partir immédiatement après elle, ce qui voulait dire qu'il était à Douvres, et qu'il observait les forces mobilisées pour l'évacuation. Mais ici, à cette époque, cela s'était déjà réalisé trois mois auparavant, et sa mission suivante, Pearl Harbor, qu'il rejoindrait dès qu'il reviendrait de Douvres, ne se produirait que dans plus d'un an.

— C'est tellement dommage que vous ne puissiez voir le monument ! Attendez, j'ai une idée.

Et il ramena Polly dans la nef. La cathédrale avait perdu son lustre doré, elle paraissait grise et froide. Les travées latérales plongeaient dans l'ombre. Polly jeta un coup d'œil furtif à sa montre. Plus de 16 heures. Elle n'avait pas imaginé qu'il puisse être si tard. M. Humphreys l'emmenait vers le guichet des entrées. On y trouvait des brochures, des reproductions en couleur de *La Lumière du monde*, en vente pour six pence pièce, une boîte destinée à recevoir les dons pour la « Fondation des dragueurs de mines », et un présentoir en bois rempli de cartes postales.

— Je crois que nous avons une photographie de ce chef-d'œuvre, annonça le bedeau.

Il fouillait dans les cartes postales de la galerie des Murmures, de l'orgue, et d'une monstruosité victorienne à trois étages qui devait être le monument à Wellington.

— Zut ! on dirait que nous n'en avons plus. Quel dommage ! Vous devrez revenir le voir quand la guerre sera terminée.

La porte latérale claqua, et un jeune homme aux traits anguleux entra. Il portait une salopette bleu foncé et tenait un casque et un masque à gaz.

— Alors ils l'ont eue, cette bombe, monsieur Humphreys, n'est-ce pas ? demanda-t-il au bedeau.

Lequel acquiesça.

— Vous êtes en avance, Langby. Votre tour de garde ne commence qu'à 18 h 30.

— Je veux vérifier la pompe sur le toit du chœur. Elle nous donne du fil à retordre. Auriez-vous la clé de la sacristie ?

— Oui. Un instant, j'arrive.

— Je vous détourne de vos responsabilités, dit Polly. Merci de m'avoir montré la cathédrale.

— Ah ! mais ne partez pas tout de suite. Il y a une dernière chose que vous devez admirer, assura-t-il en l'entraînant vers la travée sud.

*Une autre pile de sacs de sable, sans aucun doute !*

Mais ce n'en était pas une. Il l'avait amenée devant *La Lumière du monde*, qui était désormais à peine visible dans la pénombre.

M. Humphreys déclara, avec révérence :

— Maintenant qu'il fait presque nuit, voyez-vous comment la lanterne semble briller ?

C'était vrai. Une lueur d'un orangé chaud et doré en irradiait. Elle baignait la robe du Christ, la porte et les herbes folles qui avaient poussé tout autour.

— Savez-vous ce que le doyen Matthews a dit quand il a vu cette lumière ? « Il n'a pas intérêt à ce que le garde de l'ARP l'attrape avec cette lanterne ! » (M. Humphreys gloussa.) Quel sens de l'humour, notre doyen ! Cela nous aide beaucoup, dans des temps pareils.

La porte claqua de nouveau et un autre équipier des veilleurs du feu entra et s'avança rapidement dans la nef.

— Humphreys ! appela Langby depuis le transept.

— Je crains de devoir vous quitter, regretta le bedeau. Si vous souhaitez rester pour en profiter un peu plus longtemps…

— Non, il faut que je rentre chez moi.

Il approuva.

— Il vaut mieux ne pas se trouver dehors après la tombée de la nuit quand on peut l'éviter, dit-il avant de se hâter de rejoindre Langby.

Il avait raison. Kensington était loin, et elle devrait dénicher quelque chose d'ouvert où se restaurer avant de rentrer. Impossible de passer une nouvelle nuit sans manger. Et les raids commenceraient à 18 h 54, ce soir. Il fallait partir. Pourtant elle s'attarda quelques minutes de plus, à contempler la peinture. Le visage du Christ, dans la lumière déclinante, ne paraissait plus ennuyé, mais effrayé, et les bois qui l'entouraient n'étaient plus seulement sombres, mais menaçants.

*Ne pas se trouver dehors après la tombée de la nuit quand on peut l'éviter*, songea Polly, qui regardait d'un air pensif la porte close.

*Je me demande si c'est la porte d'un abri antiaérien.*

*Cela ne serait-il pas merveilleux, si c'était vrai ?*

Un Londonien, le 7 mai 1945

## Londres, le 7 mai 1945

Quand les trois filles empruntèrent la rue qui menait à la station de métro, elles la trouvèrent déserte.

— Et si c'était une fausse alerte, et que la guerre ne soit pas réellement finie ? demanda Paige.

— Ne sois pas idiote, lui répondit Reardon. Ils l'ont annoncé à la radio.

— Alors, où sont passés les gens ?

— À l'intérieur, dit Reardon. Venez.

Elle commença de descendre la rue.

Paige se tourna vers Douglas.

— Et *toi*, crois-tu que ce pourrait être encore une fausse alerte ? insista-t-elle.

— Non.

— Bon, vous venez ? les pressa Reardon. Nous allons rater la fête.

Mais quand elles entrèrent dans la station, il n'y avait personne.

— Ils sont en bas, sur les quais, décida Reardon.

Elle poussa le tourniquet de bois et, quand il s'avéra qu'il n'y avait personne non plus en bas, elle ajouta :

— Ils sont déjà tous à Londres, et nous y serions, nous aussi, sans la crise de goutte du colonel Wainwright. Son gros orteil ne pouvait pas attendre la semaine prochaine pour s'enflammer, bon sang ? (Elle sourit, béate.) Imaginez ça : nous n'aurons plus jamais à supporter le colonel Wainwright !

— Sauf si la guerre n'est pas vraiment finie, rechigna Paige. Rappelle-toi la semaine dernière, quand West Ham a téléphoné pour dire que le général Dodd avait annoncé la fin des hostilités. S'il s'agit de nouveau d'une fausse nouvelle, on ne passera pas seulement pour des idiotes, on sera mises au rapport. On aurait dû appeler le QG à Londres et vérifier l'information.

— Ce qui nous aurait encore retardées, conclut Reardon, et nous avons déjà perdu *des heures* !

— Mais si ce n'est pas fini…, insista Paige d'un ton hésitant. On devrait peut-être les appeler maintenant, avant de…

— Nous manquerons le métro *et* la fin de la guerre, claironna Reardon, qui scrutait la voie. Il est 20 heures. Tu n'es pas d'accord, Douglas ?

— En fait, il est 20 h 20, précisa Douglas.

*Et chaque minute que nous perdons ici me vole une minute des festivités*, ajouta-t-elle pour elle-même.

Le métro arrivait.

— Cessez de vous tracasser, montez ! s'exclama Reardon.

Paige se tourna vers Douglas.

— Tu en penses quoi ?

— Que cette nouvelle est avérée. Les Allemands se sont rendus. La guerre est finie. On a gagné.

— Tu en es sûre ?

C'était quelque chose qu'elle n'aurait jamais attendu de sa recherche, que le VE Day se soit produit sans que les contemporains en aient conscience. Ou plutôt, la veille du VE Day. Le VE Day, avec les discours de Churchill et du roi et les actions de grâce à Saint-Paul avait eu lieu... pardon, n'aurait pas lieu avant demain, mais les cérémonies avaient commencé dans la journée et la fête durerait toute la nuit.

— Douglas en est sûre, disait Reardon. *J'en* suis sûre. La guerre est finie. Maintenant, grimpe là-dedans !

Elle attrapa le bras de Paige et la propulsa dans la rame avant d'y monter à son tour.

La rame qui était vide, elle aussi, mais Paige ne sembla pas s'en apercevoir. Elle regardait la carte du métro sur la cloison.

— À votre avis, on devrait aller où, à notre arrivée ? Piccadilly Circus ?

— Non, Hyde Park, dit Reardon. Ou Saint-Paul.

— Où crois-tu que les gens seront, Douglas ?

*Dans tous ces lieux, plus Leicester Square, et Parliament Square, et Whitehall, et toutes les rues entre ces points.*

— Trafalgar Square. En général, c'est là qu'on se rend pour ce genre d'événements, assura-t-elle.

C'était aussi l'endroit qui offrirait la meilleure correspondance pour son point de transfert.

— *Quel* genre d'événements ? demanda Paige.

Il était clair que, pour elle, rien d'équivalent ne s'était jamais produit auparavant.

*Et il est probable qu'elle ne se trompe pas...*

— Je voulais dire que c'est là qu'on se rassemblait dans le passé après les victoires militaires : la bataille de Trafalgar, le siège de Mafeking, et tout ça.

— Ce n'est pas juste une victoire militaire, intervint Reardon. C'est aussi notre victoire, *à nous* !

— Si elle a bien eu lieu, s'obstina Paige, qui regardait par la fenêtre alors que le métro entrait dans la station suivante, déserte elle aussi. Oh non ! J'ai bien peur que ce soit *vraiment* une fausse alerte, Douglas !

— Pas du tout, rétorqua-t-elle d'un ton ferme.

Même si elle commençait à s'inquiéter, elle aussi. Selon les chroniques historiques, les célébrations de la victoire s'étaient succédé dès l'annonce de la reddition allemande à la radio, à 15 heures. Pouvait-il y avoir une erreur aussi grossière ? Les gens avaient-ils pu douter de cette nouvelle comme Paige ? *De fait*, les fausses alertes n'avaient pas manqué, et tout le monde était sur des charbons ardents depuis deux semaines.

Qu'un livre d'Histoire se révèle faux ou incomplet ne serait pas une première. Mais de nombreuses sources attestaient le VE Day. Et d'ores et déjà, d'après les témoignages historiques, les gens auraient dû envahir le métro, brandissant des Union Jack et chantant *When the Lights Go on Again All Over the World*.

— Si la guerre est terminée, alors où sont passés les gens ? demanda Paige.

— Au prochain arrêt, rétorqua Reardon, imperturbable.

Elle ne se trompait pas. Quand les portes s'ouvrirent, un véritable flot envahit la rame. Tous agitaient des drapeaux et faisaient crépiter des crécelles, et deux gentlemen âgés chantaient *God Save the King* à tue-tête.

— Et *maintenant*, crois-tu que la guerre est finie ?

Reardon et Douglas avaient posé ensemble la question à Paige, qui hocha la tête, enthousiaste.

D'autres personnes poussaient pour entrer. Un petit garçon qui serrait fort la main de sa mère demanda :

— Nous allons au refuge ?

— Non, lui répondit sa mère puis, comme si elle s'en apercevait à l'instant, elle ajouta : Nous n'irons plus jamais au refuge.

Toujours plus de monde se tassait pour monter. Beaucoup en uniforme, quelques-uns avec du papier crépon rouge, blanc et bleu drapé autour de leur cou, comme ces deux hommes d'âge mûr de la Home Guard qui brandissaient un exemplaire du *Evening News* – « C'EST FINI ! » en gros titre –, et deux bouteilles de champagne.

Le contrôleur réussit à se frayer un passage jusqu'à eux malgré la foule.

— L'alcool est interdit dans le métro, indiqua-t-il sévèrement.

— Qu'est-ce que tu racontes, mon pote ? lâcha l'un des hommes. T'as pas entendu ? La guerre est finie !

— Tiens ! fit l'autre, qui tendait sa bouteille au garde. Rince-toi la dalle à la santé du roi ! Et de la reine !

Il attrapa la bouteille de son ami et la fourra dans la main du contrôleur avant d'enserrer les épaules de l'homme dans une accolade fraternelle.

— Pourquoi tu viendrais pas au palais avec nous pour leur porter un toast ?

— C'est *là* qu'il faut aller ! s'exclama Reardon. Au palais de Buckingham.

— Oh ! oui ! s'enflamma Paige. Crois-tu que nous parviendrons à voir Leurs Majestés, Douglas ?

*Pas avant demain, quand la famille royale sortira sur le balcon pas moins de huit fois pour saluer la foule.*

— Crois-tu que les princesses les accompagneront ? s'excitait Paige.

*Pas seulement ! À un moment, elles se faufileront dans la foule, se mêleront incognito aux gens et crieront gaiement : « Nous voulons le roi ! »*… Mais elle ne pouvait pas le leur raconter.

— J'imagine que oui.

Elle regardait les portes, où les gens continuaient à pousser pour entrer. Si chaque arrêt prenait autant de temps, il faudrait toute la nuit pour arriver.

*J'ai déjà manqué le début. Les avions de la RAF ont exécuté leurs parades au-dessus de Londres, et les lumières ont été rallumées.*

Et si les métros se montraient aussi lents pour le retour, elle devrait partir tôt pour atteindre le point de transfert à temps, et elle raterait également la fin.

Le métro partit enfin. Paige bavardait sans désarmer au sujet des princesses.

— J'ai toujours rêvé de les voir. Crois-tu qu'elles porteront leur uniforme ?

— Ça n'a pas la moindre importance, ce qu'elles portent, grogna Reardon alors que le métro s'arrêtait de nouveau pour laisser entrer encore plus de monde. On va se trouver bloquées ici à jamais. Ce qui ne serait pas si mal, après tout. Douglas, regarde ce lieutenant qui vient de nous rejoindre ! Beau comme tout, non ?

— Où ça ? interrogea Paige, qui se dressait sur la pointe des pieds pour l'apercevoir.

— À quoi penses-tu ? s'enquit Reardon. Tu en as déjà un dans la poche. Ne sois pas si gourmande !

— Je jetais juste un coup d'œil.

— Interdit ! Tu es fiancée. Sera-t-il là, ce soir ?

— Non, il m'a téléphoné il y a deux nuits pour me prévenir qu'il ne pourrait pas rentrer avant une semaine au plus tôt.

— Mais c'était avant, déclara Reardon. Maintenant que la guerre est finie… Oh ! mon Dieu ! encore des gens qui montent ! On va éclater !

— Il *faut* qu'on essaie de sortir au prochain arrêt, dit Paige. J'étouffe.

Elles acquiescèrent et, quand le métro s'arrêta de nouveau, elles s'engouffrèrent dans le sillage d'un homme corpulent qui portait un casque et un brassard de l'ARP et qui se frayait un chemin vers la porte. Elles se glissaient entre des marins, des Wrens, des terrassiers et des adolescentes.

— Je ne vois pas le nom de la station, les avertit Reardon tandis que le métro ralentissait.

— Aucune importance ! s'exclama Paige. Contente-toi de sortir. Je suis écrabouillée. J'ai l'impression d'être une sardine en boîte.

Reardon approuva et se pencha pour regarder par la vitre.

— Bonne nouvelle, c'est Strand, où on descend pour Trafalgar Square ! On dirait bien que nous allons quand même où tu voulais, Douglas !

Les portes s'ouvrirent.

— Suivez-moi, les filles ! cria Reardon gaiement. Attention à la marche !

Elle joua des coudes et Paige fit de même, appelant :

— Tu viens, Douglas ?

— Oui, cria-t-elle en retour.

Elle tentait de dépasser les hommes de la Home Guard qui, pour quelque mystérieuse raison, avaient entonné *It's a Long Way to Tipperary*.

— Excusez-moi, c'est mon arrêt. Je dois descendre ici.

Mais personne ne bougeait.

— Douglas ! Vite ! braillaient Reardon et Paige depuis le quai. Le métro va partir.

— S'il vous plaît ! hurla-t-elle, dans l'espoir de se faire entendre malgré la chanson. Laissez-moi passer !

La porte commença de se fermer.

*J'ai honte de l'avouer :*
*je lui ai dit que c'était la faute des Allemands.*

Winston Churchill,
quand son petit-fils attrapa la rougeole

## Backbury, Warwickshire, mai 1940

Binnie et le reste des évacués accueillirent la nouvelle de leur mise en quarantaine avec une explosion de réactions si sauvages qu'Eileen souhaita filer au point de transfert avant même la fin du dîner des enfants.

— Moi, on m'a foutue quarantième tout un mois ! annonça Alice. Avec Rose, on pouvait plus jouer à rien du tout. Ni dehors, ni dedans.

— Y vont pas nous foutre en quarantaine tout un mois, hein, Eileen ? interrogea Binnie.

— Non, bien sûr que non.

La rougeole ne durait que quelques jours, n'est-ce pas ? C'est bien pour cela qu'on l'appelait « la rougeole des trois jours ». Alice devait se tromper.

Quand le docteur Stuart revint ce soir-là, Eileen lui demanda à combien de temps il estimait la durée de la quarantaine.

— Cela dépend du nombre d'enfants qui seront impliqués. Si Alf restait le seul cas, ce qui me semble improbable, cela se terminera une quinzaine après la disparition des taches, disons trois à quatre semaines.

— Trois ou quatre semaines ? Mais elle ne dure que trois jours !

— Vous confondez avec la rubéole. Là, il s'agit de la rougeole, qui dure au moins une semaine après l'apparition de l'éruption.

— Combien de temps, avant cette apparition ?

— Entre trois et huit jours. Et dans certains cas, cela dépasse la semaine.

Comme Eileen connaissait Alf, il entrerait dans ces cas-là. Une semaine, plus huit jours, plus une quinzaine. Effectivement, on les bouclerait pour un mois tout entier. Si personne d'autre ne tombait malade à son tour. Impossible d'attendre la fin de la quarantaine. Elle devait partir tout de suite. Elle se demanda quelle sorte de sanction accompagnait la rupture d'une quarantaine, en 1940. Pendant la Pandémie, c'était le peloton d'exécution, mais la situation différait sûrement pour une maladie infantile. Elle patienta quand même jusqu'à ce que tout le monde soit endormi et que Samuels ronfle bruyamment sur la chaise de gardien qu'il avait tirée devant la porte d'entrée avant de descendre sur la pointe des pieds à la cuisine.

L'issue en était verrouillée, tout comme les portes-fenêtres du petit salon, les fenêtres de la bibliothèque et de la salle à manger, et l'entrée de la salle de billard.

— Les clés sont dans ma poche, l'informa Samuels quand Eileen lui posa la question le lendemain matin, et elles n'en sortiront pas. Cette petite peste de Hodbin serait bien capable de triompher d'un piège de Houdini. Je ne le laisserai pas répandre la rougeole dans tout le voisinage. Si c'est *vraiment* la rougeole. Je pense qu'il simule pour rester ici au lieu d'aller à l'école.

Eileen était plutôt d'accord avec lui. Alf ne se contenta pas de boire tout le potage qu'elle lui apporta pour le petit déjeuner, il en demanda plus et, quand elle vint récupérer le plateau, Una lui apprit qu'il sautait sur son lit… Et comment faire pour l'arrêter ?

Par ailleurs, le pasteur lui avait annoncé – en criant à travers la porte de la cuisine puisque Samuels refusait de le laisser entrer – que personne d'autre n'avait attrapé la rougeole à l'école de Backbury.

Lorsque Eileen monta le plateau du déjeuner, elle surprit le malade penché dans l'embrasure de la porte. Il distribuait des coups de gant de toilette mouillé à Jimmy et à Reg.

— Qu'est-ce que tu fais là ?

— J'me nettoie la tronche, proféra-t-il d'un ton vertueux.

— Retournez à la nursery, ordonna-t-elle à Reg et à Jimmy. Alf, au lit !

Elle le repoussa dans la salle de bal.

— Una, il ne faut pas autoriser Alf à… Où est Una ?

— Sais pas. Pourquoi c'est pas *toi* qui m'bichonnes ?

— Parce que tu es contagieux. (*Et agaçant au-delà du possible.*) Au lit ! Grimpe !

— Elle viendra m'voir quand, Binnie ?

— Elle n'en a pas le droit. Couche-toi, maintenant.

Eileen partit à la recherche d'Una qui n'était ni dans la salle de bains, ni dans la nursery où Binnie entraînait les autres enfants dans un jeu du loup tapageur. Et lorsqu'elle jeta de nouveau un coup d'œil dans la salle de bal, Alf essayait d'en ouvrir la fenêtre, entouré par les draps qu'il avait noués ensemble.

— Le doc a dit que j'avais besoin d'air, prétendit-il en affectant un air innocent.

Eileen confisqua les draps et trouva Una dans sa chambre, où elle changeait sa robe dégoulinante : Alf avait renversé la cuvette sur elle. Eileen la renvoya s'occuper du garçon.

— Je suis *obligée* ? la supplia Una. Vous ne pouvez pas le soigner ? Je vous donnerai mon nouveau magazine de films.

*Je sais exactement ce que tu ressens !*

— Impossible. Je n'ai pas eu la rougeole.

— J'aimerais *tant* ne pas l'avoir eue ! gémit la fille.

Eileen rapporta les draps au placard à linge. L'espace d'un instant, elle se demanda si elle n'allait pas les pendre par la fenêtre de sa chambre pour s'échapper, mais quatre étages la séparaient du sol, et le docteur Stuart arriverait dans une heure. Après un coup d'œil au garçon, – et à cette pauvre Una –, il annulerait sûrement la quarantaine. Au lieu de risquer sa vie ou de se briser un membre, Eileen rejoindrait le site en sortant tranquillement par la grande porte.

Hélas ! le docteur Stuart téléphona pour annoncer qu'il serait en retard : l'un des évacués logés chez les Pritchard était tombé d'un arbre et s'était cassé la jambe. Et à 15 heures, quand il arriva, il n'y avait plus aucun doute sur l'épidémie de rougeole. De la tête aux orteils, Alf était couvert de petits points rouges impossibles à contrefaire, Tony et Rose se plaignaient tous les deux de leur gorge et, avant que le docteur ait fini de prendre leur température, Jimmy déclara :

— Je crois que je vais vomir…

Et vomit.

Eileen passa le reste de l'après-midi à installer des lits supplémentaires et à se maudire de ne pas avoir escaladé sa fenêtre tant que c'était encore possible.

Le frère de Tony, Ralph, et la sœur de Rose, Alice, furent atteints pendant la nuit, et quand le docteur Stuart examina Edwina, il lui trouva des taches blanches à l'intérieur de la bouche, même si elle clamait qu'elle ne se sentait pas malade.

— Ça ne serait jamais arrivé si on avait pris le bateau, disait-elle, mécontente.

Eileen n'écoutait pas. Elle pensait au point de transfert. Il n'était plus possible de s'y rendre maintenant, même si elle réussissait à passer le cap de Samuels. Comment laisser les enfants sous la seule garde d'Una ? Le docteur Stuart avait promis de leur amener une infirmière, mais elle ne serait pas disponible avant le week-end et, d'ici là, le labo aurait envoyé une équipe de récupération voir pourquoi elle ne revenait pas.

S'il ne l'avait déjà fait.

— Notre quarantaine est-elle affichée sur la porte ? demanda-t-elle à Samuels.

— Absolument. Et aussi sur la grille d'entrée.

*Au moins, quand ils arriveront, ils comprendront le problème. Je n'ai pas besoin de m'inquiéter à ce sujet.*

C'était une bénédiction, parce qu'elle n'eut pas une minute de libre durant les jours qui suivirent, entre les plateaux à porter, les draps à laver, et les évacués à distraire, pour ceux qui n'avaient pas encore contracté la maladie.

Le docteur Stuart était déterminé à lui éviter l'infirmerie, même si Una était clairement dépassée. Pourtant, quand Reg et Letitia succombèrent à leur tour, il céda.

— Vous allez devoir donner un coup de main, j'en ai peur. Jusqu'à ce que l'infirmière vous rejoigne et que les enfants se couvrent de boutons. Dès que l'éruption apparaîtra, ils se sentiront mieux. Autant que possible, essayez de ne pas les toucher.

Il était heureux qu'elle ne risque rien parce que les enfants nécessitaient des soins constants. Ils souffraient tous de fièvre et de nausées, et leurs yeux étaient rouges et irrités. Eileen passait la moitié de son temps à essorer des compresses froides, à changer des draps, à vider des bassins, et l'autre moitié à tenter en vain de garder Alf au lit.

Il ne s'était plus senti malade depuis le premier jour, et il occupait la majeure partie de ses journées à tourmenter les autres patients. Eileen l'aurait tué sans l'arrivée providentielle du pasteur. Il l'appela de l'extérieur pour lui apprendre qu'il avait apporté plus de linge et de la gelée fabriquée par Mlle Fuller, et il bavarda avec elle un moment à la fenêtre.

— Si cela peut vous réconforter, vous n'êtes pas les seuls en quarantaine. Les Sperry et les Pritchard le sont aussi. Ils ont fermé l'école. Je laisserai le linge et la gelée sur les marches de la cuisine. Oh ! et j'ai apporté le courrier.

Le courrier se composait du *Times* de Londres, qui annonçait que les Allemands pénétraient en France et que la Belgique succomberait peut-être, d'une lettre de Mme Magruder prévenant que ses enfants avaient déjà eu la rougeole, et d'une note de lady Caroline. « Je suis anéantie de ne pas être présente à la maison pour vous assister dans cette crise », écrivait-elle.

— Ha ! s'esclaffa Mme Bascombe. Elle remercie sa bonne étoile pour la réunion qui lui a permis d'être absente ! Quoique, si vous voulez mon avis, son absence est une bénédiction. Une personne de moins à nourrir et derrière qui nettoyer !

Ce n'était pas faux. Elles avaient du travail par-dessus la tête. À la fin de la semaine, onze des évacués étaient couchés, victimes de l'épidémie. L'infirmière promise n'était toujours pas arrivée, et quand Eileen s'en inquiéta lors de la visite du docteur Stuart, il secoua la tête d'un air sombre.

— Elle a rejoint le Royal Nursing Corps le mois dernier, et toutes les autres infirmières du secteur sont déjà embauchées. La région ne manque pas de cas.

*Ici non plus, on ne manque pas de cas*, pensa Eileen, exaspérée.

Dans les jours qui suivirent, le nombre de malades crut encore. Susan succomba, tout comme Georgie ; ils durent installer une deuxième infirmerie dans la salle de musique, et tout le monde s'y colla, même Samuels dont le rôle se bornait jusque-là à empêcher quiconque de s'échapper de la maison. Mme Bascombe prit en charge l'entretien des lieux, le pasteur apporta les médicaments et la gelée de veau et Binnie portait les plateaux pour Eileen, et finissait par la rendre folle.

— Ils vont tous mourir ? interrogeait-elle d'une voix forte, tout en essayant de jeter un coup d'œil furtif dans la salle de bal.

— Non, bien sûr que non. Les enfants ne meurent pas de la rougeole.

— J'connais une fille, elle y a passé. On l'a fourrée dans un cercueil blanc.

Après un jour et demi de saillies similaires, Eileen affecta Binnie à la cuisine. Mme Bascombe lui noua l'un de ses tabliers et la mit au travail, à laver les plats, pendre la lessive dans la salle de bal maintenant vidée de ses occupants, et récurer le sol.

— C'est pas *juste* ! se plaignit Binnie, indignée, à Eileen. J'préférerais avoir attrapé la rougeole !

— Fais attention à ce que tu souhaites, lui lança Mme Bascombe, de retour du cellier. Et fais aussi attention à ces tasses à thé. Elle en a déjà cassé quatre ! Et la théière Spode. Je me demande ce qu'en dira lady Caroline.

Eileen n'était pas inquiète. Lady Caroline n'avait écrit qu'une fois depuis son premier mot, pour leur expliquer qu'elle séjournerait chez des amis jusqu'à la fin de la quarantaine, et qu'il fallait lui envoyer « mon crêpe georgette blanc, mon étole de renard, et ma tenue de bain bleue ».

Les jours suivants passèrent dans une sorte de brouillard, avec des enfants au stade du vomissement, d'autres au sommet du pic de température, et le reste en pleine éruption. Peggy et Reg contractèrent des infections de l'œil, et Jill développa une toux caverneuse que le docteur Stuart demanda à Eileen de surveiller étroitement.

— Il ne faut pas que cela gagne ses poumons, prévint-il.

Et il ajouta une nouvelle corvée à Eileen : des inhalations deux fois par jour sous une tente improvisée avec des couvertures.

Même si tout le monde aidait, y compris les plus jeunes, la tâche était sans fin. Peggy et Barbara balayaient la nursery, Theodore faisait son propre lit, Binnie travaillait dur à la cuisine et supportait les sermons de Mme Bascombe. Chaque fois qu'Eileen entrait dans la pièce, la cuisinière secouait son doigt en direction de Binnie et disait :

— Et tu appelles ça *éplucher* ? Tu as enlevé la moitié de la pomme de terre !

Ou encore :

— Tu n'as toujours pas fini de ranger la vaisselle ?

Ou le sempiternel :

— Tu verras, tu finiras mal !

À vrai dire, Eileen commençait à plaindre Binnie.

Le jeudi, alors qu'elle descendait chercher de l'essence au menthol pour l'inhalateur de Jill, Eileen trouva Binnie assise à la table de la cuisine, la tête posée sur ses bras, dans une attitude de désespoir, devant une pile énorme de légumes à nettoyer.

Eileen rejoignit la cuisinière dans le cellier.

— Mme Bascombe, vous ne devriez pas vous montrer si sévère avec Binnie. Elle fait de son mieux.

— Sévère, moi ? Qui l'a laissée assise toute la matinée à miauler qu'elle avait mal à la tête pendant que je lavais et que je repassais ? Qui lui a laissé…

— Mal à la tête ?

Eileen se rua hors du cellier et s'accroupit près de la chaise de l'adolescente.

— Binnie ?

La jeune fille leva la tête. On ne pouvait se méprendre sur les cernes sombres qui entouraient ses yeux trop brillants.

Eileen posa sa main sur le front de Binnie. Il était brûlant.

— As-tu envie de vomir ?

— Nn-hhon… C'est ma caboche. Ça fait mal.

Eileen l'emmena en haut, dans la salle de bal.

— Tu te sentiras mieux quand tu te seras reposée, dit-elle en lui déboutonnant la robe.

— J'ai chopé la rougeole, hein ? fit l'adolescente d'un ton plaintif.

— J'en ai peur, lui répondit Eileen, qui passait son maillot de corps par-dessus sa tête.

Il n'y avait aucun signe d'éruption.

— Tu te sentiras mieux quand les boutons vont sortir.

Mais ils ne sortirent pas, et Binnie ne manifestait aucun des autres symptômes, à l'exception de la fièvre, qui grimpait insidieusement, et de maux de tête persistants. Elle restait allongée, les paupières contractées, ses poings écrasés sur son front comme pour l'empêcher d'exploser.

— Vous êtes certain qu'il s'agit de la rougeole ? demanda Eileen au docteur Stuart.

Elle pensait à la méningite cérébrospinale.

— Chez certains enfants, l'éruption tarde, assura-t-il. Vous verrez, Binnie se portera beaucoup mieux demain matin.

Mais elle n'allait pas mieux, et sa fièvre ne baissait pas. Quand le docteur vint dans l'après-midi, elle était montée à 39 °C.

— Donnez-lui une cuillère à thé de cette poudre dans un gobelet d'eau toutes les quatre heures.

Le docteur tendait une pochette en papier à Eileen.

— Pour sa fièvre ?

— Non, pour aider la rougeole à sortir. La fièvre baissera dès que l'éruption apparaîtra.

La poudre n'eut aucun effet. Il fallut encore trois jours avant le début de l'éruption, et Binnie n'en éprouva aucun soulagement. Les boutons étaient d'un rouge vif plutôt que rose et la couvraient en entier, jusqu'aux paumes de ses mains.

— J'ai mal ! criait Binnie, dont la tête s'agitait sans repos sur l'oreiller.

— Elle a contracté une forme difficile de la maladie, déclara le docteur.

Ce qui, en terme de diagnostic, ne semblait pas très technique. Il prit sa température, grimpée à 39,5 °C, puis écouta sa respiration.

— Je crains que la rougeole n'ait affecté ses poumons.

— Ses poumons ? Vous voulez dire qu'elle a une pneumonie ?

Il acquiesça.

— Oui. Je veux que vous lui fassiez un cataplasme de mélasse, moutarde séchée et papier d'emballage.

— Mais ne devrait-on pas l'emmener à l'hôpital ?

— À *l'hôpital* ?

Eileen se mordit la lèvre. À l'évidence, les gens de cette époque n'allaient pas à l'hôpital pour une pneumonie. Et pourquoi y seraient-ils allés ? Ils n'y auraient rien trouvé d'utile : ni antiviraux, ni nanothérapies, ni même le moindre antibiotique, à l'exception du sulfamide et de la pénicilline. Non, ils n'avaient même pas ça. La pénicilline n'avait été utilisée couramment qu'après la guerre.

— Je ne m'inquiéterais pas si j'étais vous, fit le docteur en tapotant le bras d'Eileen. Binnie est jeune et vigoureuse.

— Vous ne pourriez pas lui donner quelque chose pour sa fièvre ?

— Faites-lui boire du thé à la racine de réglisse. Et lavez-la à l'alcool trois fois par jour.

*Du thé, des cataplasmes, des thermomètres en verre ! C'est incroyable qu'on ait survécu au xxᵉ siècle ! se dit Eileen, écœurée.*

Elle baigna les bras et les jambes brûlants de Binnie après le départ du docteur, mais ni ces soins ni le thé n'eurent le moindre effet et, comme la soirée s'avançait, la respiration de l'adolescente devenait de plus en plus courte. Binnie sommeillait par intermittence, gémissait et se tournait d'un côté puis de l'autre. Il était minuit quand elle finit par s'endormir. Eileen la borda et sortit contrôler les autres enfants.

— Me laisse pas ! hurla Binnie.

— Chh ! souffla Eileen, revenue en courant s'asseoir à son chevet. Je suis là. Chh ! Je ne pars pas. J'allais juste voir comment vont les autres.

Elle tendit la main pour toucher le front de l'adolescente, laquelle se tordit de colère et s'écarta.

— C'est pas vrai. Tu t'barrais. À Londres. J't'ai vue.

Elle devait revivre ce jour à la gare avec Theodore.

— Je ne pars pas pour Londres. Je reste ici, avec toi.

Binnie secoua la tête avec violence.

— J't'ai vue ! La mère Bascombe, elle dit qu'les filles bien, ça rencontre pas des soldats dans les bois.

*C'est le délire.*

— Je vais chercher le thermomètre. Je reviens tout de suite.

— J'l'ai *bien* vue, Alf !

Eileen trouva le thermomètre, le trempa dans l'alcool, et revint.

— Mets-le sous ta langue.

— Tu peux pas t'barrer ! s'exclama Binnie qui regardait Eileen droit dans les yeux. T'es la seule un peu chouette avec nous.

— Binnie, ma belle, il faut que je prenne ta température, répéta Eileen.

Cette fois Binnie l'entendit. Elle ouvrit la bouche, obéissante, et ne bougea pas pendant les interminables minutes qui s'écoulèrent avant qu'Eileen puisse retirer l'instrument. Puis elle se retourna et ferma les yeux.

Eileen ne pouvait pas lire la mesure dans la pénombre. Sur la pointe des pieds, elle avança jusqu'à la lampe sur la table. Quarante. Si sa température se maintenait à ce niveau, cela tuerait la jeune fille.

Bien qu'il soit 2 heures, Eileen appela le docteur Stuart, mais il n'était pas là. Sa gouvernante lui apprit qu'il était parti à la ferme des Moodys pour un accouchement, et, non, ils n'avaient pas le téléphone. Elle était donc livrée à elle-même, et il n'y avait absolument rien qu'elle puisse faire. Si sa présence avait affecté les événements, le filet ne l'aurait jamais laissée atteindre Backbury.

Mais les changements que le filet prévenait étaient ceux qui modifiaient le cours de l'Histoire, rien à voir avec la guérison ou non d'un évacué atteint de la rougeole. Binnie ne pouvait pas modifier ce qui se passerait le jour J, ni changer qui gagnerait la guerre. Et, même si la jeune fille le pouvait, Eileen ne pouvait rester là et la laisser mourir. Elle devait au moins essayer de faire baisser sa température. Mais comment ? La frotter avec de l'alcool n'avait eu aucun effet. L'immerger dans une baignoire emplie d'eau froide ? Faible comme elle l'était, le choc risquait de la tuer. Elle avait besoin d'un médicament pour abaisser la fièvre, mais ils n'en avaient aucun de cette sorte en 1940…

*Mais si, ils en ont ! Si lady Caroline n'est pas partie avec…*

Elle sortit sur la pointe des pieds de la pièce et courut dans le couloir jusqu'à l'appartement de lady Caroline.

*Mon Dieu ! mon Dieu ! pourvu qu'elle n'ait pas emporté ses comprimés d'aspirine avec elle.*

Elle ne les avait pas pris. La boîte était sur la coiffeuse, et elle était pratiquement pleine. Eileen la saisit, la glissa dans sa poche, et retourna en courant à la salle de bal. L'ouverture de la porte éveilla Binnie et elle s'assit, les mains tendues, frénétique.

— Eileen ! dit-elle, en sanglots.

— Je suis là, répondit Eileen, attrapant ses mains brûlantes. Je suis là. J'étais juste sortie te chercher ton médicament. Chh ! tout va bien. Je suis là.

Elle sortit deux comprimés de la boîte et leva le verre à eau de l'adolescente.

— Je ne m'en vais nulle part. Tiens, avale ça.

Elle soutint la tête de Binnie pendant qu'elle prenait les comprimés.

— Voilà une grande fille. Maintenant, allonge-toi.

Binnie se cramponnait à elle.

— Tu peux pas te barrer ! Qui prendra soin de nous si tu pars ?

— Je ne pars pas, déclara Eileen, qui couvrait les mains chaudes et desséchées de la malade avec les siennes.

— Jure ! cria Binnie.

— Je le jure, dit Eileen.

*Le monde libre s'émerveille du calme
et du courage des habitants de Londres
face à la rude épreuve qu'ils affrontent,
épreuve dont personne ne peut encore
prédire la fin ni la gravité.*

Winston Churchill, 1940

## Londres, le 17 septembre 1940

Mardi soir, Polly n'avait toujours pas trouvé de travail. Aucun poste vacant « actuellement » ou, comme l'indiqua le directeur du personnel chez *Waring & Gillow*, « pendant cette période d'incertitude ».

« Incertitude », c'était le moins que l'on puisse dire. Mais les contemporains avaient tendance à l'euphémisme. On appelait les bâtiments bombardés et les gens réduits en miettes des « incidents », les rues barrées par des monceaux de décombres des « déviations », et les raids aériens diurnes, qui avaient interrompu à deux reprises aujourd'hui la recherche d'emploi de Polly, avaient été baptisés « la pause-thé d'Hitler ».

Seule une jeune vendeuse chez *Harvey Nichols* avait osé parler sans fard :

— Ils ne prennent pas de nouveaux vendeurs parce qu'ils ignorent si leur magasin sera encore debout demain matin. Plus personne n'embauche.

Elle avait raison. Ni *Debenhams* ni *Yardwick's* ne lui accordèrent un entretien. *Dickins and Jones* ne lui permirent pas de remplir une fiche de candidature, et tous les autres magasins se trouvaient sur la liste interdite par M. Dunworthy.

*Ce qui est ridicule*, se disait Polly alors que son métro atteignait Notting Hill Gate. Ils avaient tous été touchés la nuit et on n'avait déploré de victimes que chez *Padgett's*, frappé trois jours après qu'elle serait retournée à Oxford.

Quoi qu'il en soit, M. Dunworthy serait furieux qu'elle n'ait pas déjà établi contact. Elle n'avait pas intérêt à lui donner de nouvelles occasions d'inquiétude, ce qui signifiait qu'elle devrait se faire engager chez *Townsend Brothers* ou chez *Peter Robinson*. Et vite. Si elle ne se présentait pas au rapport demain, M. Dunworthy était capable de penser que quelque chose lui était arrivé et d'envoyer une équipe de récupération la chercher.

Elle acheta l'*Express* et le *Daily Herald* au vendeur de journaux installé en haut des marches de la station de métro, et se dépêcha de rentrer chez Mme Rickett. Elle espérait que le dîner ce soir serait meilleur que celui de la veille : du bœuf haché en conserve, en fait quelques lambeaux d'un rouge filandreux accompagnés d'une purée de pommes de terre délayée, et du chou.

Son espoir fut déçu. Ce soir, les lambeaux étaient gris et caoutchouteux : du flétan, si l'on en croyait Mme Rickett. Les pommes de terre et le chou avaient bouilli au point de se transformer en un magma informe. Par chance, les sirènes sonnèrent à la moitié du dîner, ce qui dispensa Polly de le terminer.

Quand elle arriva à Saint-George, elle ouvrit immédiatement le *Herald* pour chercher dans les petites annonces un autre hébergement, mais toutes les chambres à louer figuraient sur la liste interdite. Elle tourna les pages pour étudier les offres d'emploi.

Dame de compagnie, domestique logée sur place, chauffeur…

*Toute la main-d'œuvre est partie faire la guerre, ou travailler dans les usines de munitions.*

Nourrice, bonne à tout faire. Pas une seule ligne pour une vendeuse, et rien non plus dans l'*Express*.

— Toujours bredouille ? interrogea Lila.

Elle montait la chevelure de Viv en édifice à force de pinces à cheveux.

— J'en ai bien peur.

— Vous trouverez quelque chose, assura-t-elle en enroulant l'une des mèches de son amie autour de son doigt.

Et Viv ajouta sur un ton encourageant :

— Ils recommenceront à embaucher quand les bombardements s'arrêteront.

*Je ne peux pas me permettre d'attendre aussi longtemps !*

Que diraient-elles si Polly leur annonçait que « les bombardements » continueraient pendant huit mois de plus, et que, même après la fin du Blitz, les raids intermittents subsisteraient trois ans encore, sans compter les attaques de V1 et V2 qu'il faudrait affronter ?

— Avez-vous essayé *John Lewis* ? demanda Lila, qui élargissait l'une des épingles avec ses dents. En rentrant chez moi, j'ai entendu une fille déclarer qu'ils cherchaient quelqu'un.

— Au rayon « Robes de luxe », indiqua Viv. Il faut vous dépêcher. Vous devrez vous présenter dès l'ouverture.

*Ce sera trop tard.*

C'était cette nuit que *John Lewis* serait frappé.

Le gentleman lui épargna de répondre. Il vint lui donner son *Times*, comme il le faisait tous les soirs. Elle le remercia et ouvrit le journal à la page des offres d'emploi, mais il n'y avait rien là non plus.

Lila avait terminé d'échafauder les cheveux de Viv, et elles regardaient un magazine de films en comparant les charmes respectifs de Cary Grant et de Laurence Olivier. Polly avait prévu d'observer les réfugiés des abris du métro, mais ceux de Saint-George représentaient un échantillon idéal. Le groupe comprenait des Londoniens de tous âges et toutes classes, mais il était assez petit pour qu'elle puisse observer chacun. Et, mieux encore, elle pouvait écouter. Dimanche, de retour de Saint-Paul, quand elle avait traversé la station Bank, le fracas avait été incroyable, amplifié par les plafonds voûtés et l'écho des tunnels. Ici, elle entendait tout, malgré l'éclatement des bombes, depuis la mère qui lisait des contes de fées à ses trois filles – ce soir, c'était *Raiponce* –, jusqu'aux discussions entre le pasteur et Mme Wyvern au sujet de la fête de la moisson à l'église. Et les mêmes personnes revenaient tous les soirs.

La mère s'appelait Brightford, et ses filles, par ordre décroissant, Bess, Irene et Trot.

— Son nom de baptême est Deborah, mais nous l'appelons Trot, parce qu'elle est si rapide ! avait appris Mme Brightford à Mme Hibbard, la femme aux cheveux blancs et au tricot.

La vieille fille un peu plus jeune se nommait Mlle Laburnum. Avec Mme Wyvern, elle animait la Guilde des dames de Saint-George, ce qui expliquait toutes ces palabres autour des fleurs de l'autel et des fêtes. Le gros monsieur désagréable s'appelait M. Dorming. Le chien de M. Simms répondait au nom de Nelson.

Le gentleman qui lui donnait son *Times* tous les soirs était le seul que Polly n'avait pas encore identifié. Elle l'avait catalogué comme employé de bureau à la retraite, mais son attitude et son accent révélaient son appartenance aux classes supérieures. À la noblesse ? C'était possible. Le Blitz avait aboli les barrières sociales, et les ducs et les serviteurs s'étaient fréquemment retrouvés assis côte à côte dans les refuges. Cependant, un aristocrate aurait sûrement disposé d'un endroit bien plus confortable que celui-ci pour s'abriter.

Il devait avoir une raison particulière de l'avoir choisi, comme M. Simms, qui venait ici parce que les chiens n'étaient pas admis dans le métro. Ou Mlle Hibbard, qui leur avait confié dimanche sur le chemin du retour à la pension – tout comme M. Dorming et Mlle Laburnum, elle logeait chez Mme Rickett – qu'elle venait là pour la compagnie.

— C'est tellement plus agréable que de rester seul dans sa chambre à se demander ce qui va se produire. J'ai honte de l'avouer, mais j'attends presque les raids avec impatience.

Les motifs du gentleman n'étaient évidemment pas le manque de compagnie. Sauf pour offrir son *Times* à Polly, il n'interagissait pratiquement jamais avec les réfugiés. Assis dans son coin, tranquille, il regardait les autres bavarder, ou lisait. Polly n'arrivait pas à déchiffrer le titre de son livre, qui semblait érudit. Mais les apparences peuvent tromper. Le livre d'allure religieuse dans lequel était plongé le pasteur était en fait *L'Affaire Protheroe* d'Agatha Christie.

Mlle Laburnum racontait à Mme Rickett et à Mlle Hibbard qu'une bombe avait touché le palais de Buckingham.

— Elle a explosé dans la cour intérieure, juste à côté du salon du roi et de la reine. Ils auraient pu être *tués* !

— Ça par exemple ! s'exclama Mlle Hibbard sans cesser de tricoter. Ont-ils été blessés ?

— Non, mais ça les a fortement affectés. Par chance, les princesses se trouvaient en sûreté à la campagne.

— Raiponce était une princesse.

Trot, blottie dans le giron de sa mère, avait levé les yeux du livre de contes de fées que sa mère lui lisait.

— Bien sûr que *non*, la contra sa sœur. La *Belle* au bois dormant était une princesse.

— Et les chiens de la reine ? demanda M. Simms. Étaient-ils au palais ?

— Le *Times* n'en parlait pas, répondit Mlle Laburnum.

— Évidemment ! Personne ne s'intéresse aux chiens.

— Dans le *Daily Graphic* de la semaine dernière, il y avait une réclame pour un masque à gaz dédié aux chiens, dit le pasteur.

— Basil Rathbone est très beau, je trouve. Pas toi ? lança Viv.

Lila fit la grimace.

— Non, il est *beaucoup* trop vieux. Si tu veux mon avis, c'est Leslie Howard qui est beau.

Un canon de DCA commença de tonner.

— Ça c'est le Strand, annonça M. Dorming.

Et comme, à l'est, l'éclatement sourd d'une bombe, puis d'une autre, suivit, il ajouta :

— C'est l'East End qui prend à nouveau.

— Savez-vous ce que la reine a dit après que le palais a été frappé ? demanda Mlle Laburnum. Elle a dit : « Maintenant, je peux regarder l'East End en face. »

— Elle peut être donnée en exemple ! Pour nous tous ! affirma Mme Wyvern.

— On dit qu'elle est extraordinairement courageuse, ajouta Mlle Laburnum, et que les bombes ne l'effraient pas du tout.

Pas plus qu'elles ne les effrayaient eux-mêmes. Polly avait espéré observer leur adaptation au Blitz, et comment ils avaient progressé de la peur à la volonté de ne pas se soumettre, puis au courage nonchalant qui avait tant impressionné les correspondants américains arrivés au milieu du Blitz. Mais ils étaient déjà passés par toutes ces étapes et avaient atteint le point où les raids eux-mêmes étaient complètement ignorés. En onze jours pile.

Ils ne semblaient même pas entendre le fracas et les détonations au-dessus d'eux. Ils ne levaient de temps en temps la tête que lors d'une explosion particulièrement forte avant de retrouver le fil de leur conversation.

Laquelle tournait souvent autour de la guerre. M. Simms donnait le décompte des avions allemands et de la RAF abattus chaque nuit ; Mlle Laburnum s'attachait à la famille royale, et racontait chaque visite que « notre chère reine » faisait aux quartiers dévastés, aux hôpitaux, aux postes de l'ARP ; et Mlle Hibbard tricotait des chaussettes pour « nos garçons ». Même Lila et Viv, qui passaient la plupart de leur temps à discuter de stars de cinéma et de bals, parlaient de rejoindre les Wrens. Leslie Howard, celui que Lila trouvait si beau, travaillait pour les services de renseignements britanniques. Il serait tué en 1943 quand son avion serait abattu.

Le mari de Mme Brightford servait dans l'armée, l'un des fils du pasteur, blessé à Dunkerque, avait été admis à l'hôpital d'Orpington, et tous avaient des membres de leur famille ou des connaissances mobilisés ou bombardés, ce dont ils conversaient sur le ton joyeux du bavardage, insoucieux des raids qui surgissaient par vagues, et s'intensifiaient, diminuaient, avant de s'intensifier de nouveau. Quant à Nelson, le terrier de M. Simms, qui aurait dû les supporter encore moins, du fait de la capacité des chiens à percevoir les sons aigus, il ne semblait pas particulièrement affecté.

— Ah ! c'est ridicule, disait Lila. Leslie Howard est *bien* plus beau que Clark Gable.

— … « et la sorcière dit : "Vous devez me donner Raiponce", lisait Mme Brightford. Et elle enleva l'enfant à ses parents… »

Polly se demandait si Mme Brightford avait refusé de se séparer de ses petites filles, ou si elles avaient été évacuées puis étaient revenues à la maison. Merope lui avait appris que plus de soixante-quinze pour cent des enfants étaient de retour à Londres quand le Blitz avait commencé.

— On dirait que ça s'en va vers le nord, commenta M. Simms.

Effectivement, le raid semblait s'éloigner. Les batteries antiaériennes les plus proches s'étaient arrêtées, et le vrombissement des avions s'était mué en un faible bourdon.

— « Et la cruelle sorcière enferma Raiponce dans une haute tour privée de toute porte, lisait Mme Brightford à la petite Trot, presque endormie. Et Raiponce… »

Il y eut un coup à la porte, aussi soudain que brutal. Trot s'assit, toute droite.

*Voilà quelqu'un d'autre qui s'est fait attraper à traîner dehors*, se dit Polly qui, après avoir regardé en direction de la porte, s'était tournée vers le pasteur, s'attendant à ce qu'il aille ouvrir. Il ne faisait pas un mouvement. Personne ne bougeait. Ni même ne respirait. Tous, même la petite Trot, scrutaient la porte, et leurs yeux s'écarquillaient dans leurs visages blêmes, leur corps se raidissait comme s'ils s'attendaient à des coups.

*C'est à cela qu'ils ressemblaient quand j'ai frappé ici, la première nuit. C'est l'expression que présentaient leurs visages quand la porte s'est ouverte, et quand ils m'ont vue.*

Elle s'était trompée sur leur adaptation aux raids. Cette terreur les accompagnait tout du long, juste sous la surface. Polly se remémora soudain la peinture *La Lumière du monde*, à Saint-Paul.

*Est-ce pour cette raison que personne n'ouvre, de l'autre côté de la porte, qui que ce soit ? Parce que tous ceux qui sont là sont trop effrayés ?*

Plus de coups, et plus forts. Trot escalada le corps de sa mère et enfouit son visage au creux de son cou. Mme Brightford rapprocha d'elle ses autres filles. Mlle Laburnum pressait ses mains contre sa poitrine. Le gentleman attrapa son parapluie et se leva, tout comme M. Dorming.

— Ce sont les Allemands ? demanda Bess de sa voix flûtée.

— Non, bien sûr que non, répondit sa mère.

Mais il était évident que c'était ce que tous pensaient.

Le pasteur prit une grande inspiration avant de traverser la pièce, de déverrouiller la porte et de l'ouvrir. Deux jeunes filles en tenue de l'ARP et qui portaient des casques et des masques à gaz bondirent dans l'abri.

— Fermez la porte ! cria Mme Rickett.

Et Mme Wyvern suivit en écho :

— Attention au black-out !

Exactement comme elle l'avait fait à l'arrivée de Polly.

Les filles fermèrent la porte, et Mlle Laburnum leur adressa un sourire de bienvenue. Trot lâcha sa mère, Irene sortit son pouce de sa bouche pour évaluer d'un coup d'œil les nouvelles arrivantes, et Viv se rapprocha de Lila pour leur permettre de s'asseoir. Mme Rickett continuait de les considérer d'un air suspicieux, mais elle ne s'était pas conduite différemment avec Polly.

Les jeunes femmes étudiaient chaque personne à la ronde.

— Ah, zut ! ce n'est pas ici non plus, dit l'une, déçue.

— On se rendait à notre poste et, avec le black-out j'ai bien peur que nous nous soyons perdues, précisa l'autre. Y a-t-il un téléphone que nous pourrions utiliser ?

— Non, désolé, répondit le pasteur d'un air contrit.

— Alors, pouvez-vous nous expliquer comment atteindre Gloucester Terrace ?

— Gloucester Terrace ? répéta M. Dorming. Vous êtes *bel et bien* perdues.

Aucun doute à ce sujet. Gloucester Terrace se trouvait réellement à distance, à Marylebone.

— C'est notre première nuit de garde, expliqua la jeune femme.

Le pasteur commença de leur dessiner un plan.

— C'est des Allemandes ? murmura Trot à sa mère.

Mme Brightford rit.

— Non, elles sont dans notre camp.

Le pasteur leur tendait la carte.

— Ne vaudrait-il pas mieux rester et attendre un répit ?

Elles secouèrent la tête.

— Le garde aura notre peau, on est déjà très en retard, répondit la première, qui forçait sa voix pour se faire entendre malgré le vacarme.

— Mais merci infiniment, cria la seconde.

Elles ouvrirent la porte et se glissèrent dehors.

*C'est ici que Michael Davies aurait dû se rendre s'il voulait observer des héros, pas à Dunkerque,* pensait Polly en les regardant partir. Elle venait d'en voir en pleine action. Et il ne s'agissait pas seulement des jeunes femmes et de leur volonté de courir les rues en plein milieu d'un raid. Combien de courage avait-il fallu au pasteur pour qu'il traverse la cave et ouvre cette porte, en imaginant qu'il pouvait s'agir des Allemands ? Ou pour tous ceux qui s'asseyaient ici nuit après nuit, dans l'attente d'une invasion imminente ou d'une frappe directe, sans savoir s'ils survivraient à la fin de l'alerte ?

Ne pas savoir. C'est la seule chose que les historiens ne comprendraient jamais. Ils pouvaient observer les gens de la période, vivre avec eux, tenter de se mettre à leur place, mais ils ne ressentiraient jamais ce qu'ils éprouvaient.

*Parce que je sais ce qui va se produire. Hitler n'a pas envahi l'Angleterre, il n'a pas utilisé les gaz toxiques ni détruit Saint-Paul. Ni Londres. Ni le monde. Je sais qu'il a perdu la guerre.*

Mais eux ne le savaient pas. Ils avaient traversé le Blitz, le jour J, les V1 et V2 sans la moindre garantie d'un *happy end*.

— Qu'est-il arrivé à Raiponce, après ? demanda Trot, comme si rien n'était advenu.

— Raconte-nous la fin de l'histoire, renchérirent Bess et Irene.

Elles dormaient toutes les deux avant que leur mère ait terminé la page, et Trot bataillait pour garder les yeux ouverts. Elles étaient trop petites pour comprendre ce qui se passait, bien sûr, ou ce qui aurait pu se passer. Polly en était soulagée.

Ils devaient tous ressentir pour elles le même désir de protection. Mme Wyvern et Mlle Laburnum baissèrent la voix jusqu'au murmure, et M. Simms se pencha pour ajuster la couverture sur les épaules de Bess. Mme Brightford lui sourit avant de continuer sa lecture :

—… « et après toutes ces années où il l'avait cherchée, le prince entendit la voix de Raiponce… »

— Maman, l'interrompit Trot qui s'était assise et tirait la manche de sa mère. Et si les Allemands en vahissent ? interrogea-t-elle, séparant le verbe en deux mots.

— Cela n'arrivera pas, affirma Mme Brightford. M. Churchill ne le permettra pas.

Elle se remit à lire :

— « Et les larmes de Raiponce, en tombant sur les yeux du prince, restaurèrent sa vue, et ils vécurent heureux à jamais. »

— Mais s'ils le font ? En vahir ?

— Ils ne le feront pas, répondit sa mère avec fermeté. Je te protégerai toujours. Tu le sais, n'est-ce pas, ma chérie ?

Trot hocha la tête.

— Sauf s'ils te tuent.

*En attendant, il est important de ne pas donner
à l'ennemi la moindre information
susceptible de l'aider à diriger ses tirs
grâce à la localisation des points d'impact
de ses missiles.*

Herbert Morrison,
ministre de l'Intérieur britannique,
le 16 juin 1944

## Dulwich, Surrey, le 14 juin 1944

Mercredi matin, Mary commençait à s'inquiéter. Il
n'y avait toujours aucune mention du pont ferroviaire
de Bethnal Green ni des autres V1 tombés la nuit du
12 juin. Si les quatre premiers V1 avaient frappé à l'heure
indiquée par son implant, on aurait dû en avoir entendu
parler, maintenant.

Mais bien que les deux dernières filles du FANY,
Parrish et Sutcliffe-Hythe, aient rapporté une boîte de
sparadrap de Platt, qui se situait à moins de sept kilomètres du premier point d'impact, et que Talbot ait
téléphoné à Bethnal Green pour leur demander de lui

mettre de côté tous les escarpins, personne n'avait parlé d'explosions ou d'avions étranges dont les fuselages auraient craché des flammes jaunes.

Rien dans les journaux non plus, mais Mary s'y était attendu. Le gouvernement avait gardé le secret sur les V1 jusqu'au 15. À ce moment-là, plus d'une centaine de fusées avaient déferlé, et il n'était plus possible de se taire. Cependant, Mary avait pensé trouver quelque chose au sujet d'une explosion de gaz : c'était la version que l'on faisait circuler en guise d'explication.

Les journaux de Londres ne rapportaient rien de tel, et les fiançailles de Mlle Betty Buntin avec Joseph Morelli, soldat de première classe de Brooklyn, New York, occupaient la une de la *South London Gazette*. Dans le poste du FANY, on se demandait qui porterait la première la robe de tulle rose, et c'était le seul sujet de conversation. Si Mary avait été transférée là sans préparation historique, elle aurait été incapable de déduire qu'une guerre était en cours, encore moins que les lieux subissaient une attaque. Et les prochaines fusées ne seraient pas tirées avant la nuit du lendemain, si bien qu'il n'y avait aucun moyen d'aborder le sujet.

Elle s'y efforça quand même.

— J'étais censée arriver lundi. J'ai raté quelque chose ?

— Le débarquement en Normandie, répondit Reed, qui se vernissait les ongles.

— Et le char à fourbi, ajouta Camberley, qui essayait la robe de soirée rose. Nous t'aurions pris la dentelle écrue si nous avions su que tu viendrais. (Elle se tourna vers Grenville.) Impossible de manger ou de respirer là-dedans. Il faudra l'élargir à nouveau. (Elle se retourna vers Mary.) Dis donc, Kent, tu n'aurais pas des robes de soirée, par hasard ?

— Ne leur réponds oui que si tu es prête à les partager, prévint Fairchild.

— Mais si tu partages avec nous, on partage avec toi, avança Camberley.

Parrish roula des yeux.

— Je suis sûre qu'elle bave d'envie juste à l'idée de porter le Péril jaune.

— Avec ses cheveux blonds, ça pourrait lui aller, assura Camberley.

— Le Péril jaune ne peut aller à personne, assena Maitland, mais Camberley l'ignora.

— Alors, *as-tu* une robe de soirée, Kent ?

— Oui, dit Mary, ouvrant le sac de marin qu'elle n'avait pas encore eu l'occasion de déballer. En vérité, j'en ai deux, et je serai heureuse de les partager avec vous.

Elle les montra et sut dans l'instant qu'elle avait commis une erreur. Les filles les observaient, la bouche ouverte. Quand elle les avait choisies à Garde-robe, elle avait opté pour celles qui semblaient avoir été portées, de façon à passer inaperçue, mais, comparées à la robe de tulle rose à l'ourlet déchiré et aux coutures manifestement retouchées, les siennes, en soie vert pâle et en organdi bleu, paraissaient flambant neuves.

— Où diable as-tu réussi à trouver de telles merveilles ? demanda Fairchild, qui palpait la soie verte.

— Tu ne sortirais pas avec un richissime général américain, par hasard ? s'enquit Reed.

— Non. Ma cousine me les a données quand elle est partie pour l'Égypte. Elle est dans le corps médical.

Elle espérait qu'aucune n'assurerait qu'elle connaissait une infirmière, en Égypte, qui se rendait en permanence à tous les bals.

— Je n'ai pas encore eu la moindre occasion de les mettre, ajouta-t-elle en toute honnêteté.

— À l'évidence, dit Parrish.

Camberley paraissait sur le point de fondre en larmes.

— Tu es sûre que tu es d'accord pour les partager avec nous ? interrogea-t-elle avec déférence.

Voilà qui montrait à quel point la guerre avait changé la vie de ces jeunes femmes. Elles provenaient de familles aisées, elles avaient été des débutantes, présentées à la Cour, et aujourd'hui l'idée d'endosser des robes démodées et usées les enchantait.

— Je n'avais pas vu de soie de cette qualité depuis le début de la guerre ! dit Sutcliffe-Hythe, qui touchait l'étoffe. J'espère qu'elle ne se terminera pas avant que j'aie pu la porter.

*Tu en auras l'occasion !*

Une grosse partie du pire était encore à venir, mais toutes les filles du poste étaient persuadées que la guerre serait terminée à l'automne. Elles avaient même conçu un pari mutuel sur le jour où elle prendrait fin.

— À propos de la fin de la guerre, dit Fairchild, tu ne nous as jamais indiqué quelle date tu choisissais pour le pari, Kent.

Le 8 mai 1945, pensa-t-elle. Mais le calendrier qu'elles utilisaient n'allait que jusqu'au mois d'octobre, et la plupart des dates de la fin juin et du début juillet étaient déjà prises, alors que le débarquement n'avait commencé que depuis deux semaines.

— Tu peux prendre le 18, indiqua Fairchild, qui regardait le calendrier.

Le 18, un V1 avait frappé la chapelle des Gardes pendant l'office, tuant cent vingt et un Londoniens. Si cette date et ce lieu n'étaient pas eux aussi des erreurs.

— Ou le 5 août.

Ce jour-là, c'étaient les magasins *Co-op*, à Camberwell, qui avaient été touchés. Mais elle devait choisir quelque chose.

— Je prends le 30 août.

Pendant que Fairchild écrivait son nom dans la case, Mary ajouta :

— Hier, sur le chemin, j'ai entendu quelqu'un parler d'une explosion à…

— Kent, appela Parrish, qui se penchait par la porte, le major veut te voir dans son bureau.

— Tu ne dis rien sur le pari, l'avertit Fairchild. Ni sur la fin de la guerre. Elle est d'une humeur massacrante quand on aborde ce sujet.

Elle jeta le calendrier dans un tiroir.

— Le major est convaincue que la guerre peut encore être perdue, expliquait Parrish, qui montrait le chemin à Mary. Même s'il est difficile d'imaginer comment. On a déjà pris les plages et la moitié des côtes françaises, et les Allemands sont en fuite, non ?

Le major avait raison. Les forces alliées s'empêtreraient bientôt dans les haies françaises, et si elles n'avaient pas stoppé les Allemands à la bataille des Ardennes...

— Détends-toi, dit Parrish en s'arrêtant devant le bureau. Le major n'est rosse que si tu lui racontes des craques.

Elle frappa à la porte, l'ouvrit et annonça :

— Le lieutenant Kent est là, major.

— Qu'elle entre, lieutenant. Avez-vous trouvé ces couvertures ?

— Non, major. Croydon et New Cross n'en ont aucune de reste. J'ai un appel prévu avec Streatham.

— Bien. Dites-leur que c'est une urgence. Et envoyez-moi Grenville.

Elle sait tout au sujet des V1. Voilà pourquoi elle s'est montrée aussi déterminée à stocker des réserves.

Parrish sortit.

— Quelle formation médicale avez-vous reçue, lieutenant ?

— J'ai des diplômes de secourisme et d'infirmière urgentiste.

— Excellent, approuva le major en regardant les papiers de Mary. Je vois que vous étiez basée à Oxford. Dans une unité d'ambulances ?

— Oui, major.

— Ah ! vous avez donc rencontré… qu'y a-t-il ? demanda-t-elle alors que Parrish apparaissait dans l'ouverture de la porte.

— Un appel du QG, major.

Elle hocha la tête et tendit la main vers le receveur.

— Excusez-moi une minute…, prévint-elle. Ici le major Denewell. (Une pause suivit.) J'en suis tout à fait consciente, mais mon unité ne peut se passer de ces couvertures. Nous commençons à transporter les blessés cet après-midi. (Elle raccrocha et sourit à Mary.) Où en étions-nous ? Ah, oui ! vos précédentes missions. Et je vois que vous conduisiez une ambulance à Londres pendant le Blitz. Dans quel quartier ?

— Southwark.

— Ah ! vous devez donc connaître…

On frappa.

— Entrez, dit le major.

Et Grenville passa la tête par la porte.

— Vous vouliez me voir, major ?

— Oui, je veux un inventaire de toutes nos fournitures médicales.

Grenville acquiesça et partit.

— Où en étions-nous ? reprit le major, qui soulevait de nouveau les papiers de Mary.

*Tu t'apprêtais à m'interroger sur quelqu'un que je connaissais à Londres pendant le Blitz…*

Mary rassemblait ses forces, mais le major dit :

— Je vois que votre autorisation de réaffectation date du 7 juin.

— Oui, ma'ame. Il a été difficile de trouver un moyen de transport. Le débarquement…

Le major hocha la tête.

— L'essentiel est que vous soyez ici, maintenant. Nous serons submergées de travail les jours qui viennent. Bethnal Green et Croydon finiront aussi par transporter des blessés de l'hôpital de Douvres à Orpington, mais pour le moment, nous sommes la seule unité assignée à cette tâche. Je vous envoie à Douvres avec Talbot et Fairchild cet après-midi. Elles vous apprendront l'itinéraire. Fairchild vous a-t-elle montré le planning et le tableau de service ?

— Oui, major.

— Nos responsabilités sont extrêmement importantes, lieutenant. Cette guerre n'est pas gagnée. Nous pouvons encore la perdre, sauf si nous contribuons tous de notre mieux. Je compte sur vous.

— Oui, ma'ame. Je ne vous décevrai pas.

— Rompez, lieutenant.

Mary salua vivement et se tourna vers la porte. Elle s'efforçait de ne pas donner l'impression de chercher à s'enfuir. Elle posa la main sur la poignée.

— Un instant, lieutenant. Vous disiez que vous étiez basée à Oxford…

Mary retint sa respiration.

— J'imagine qu'ils n'ont pas de couvertures en trop ?

— Je crains que non. Notre poste était toujours à court.

— D'accord. Vous demanderez à Douvres s'il leur en reste. Et transmettez au lieutenant Fairchild que je n'ignore rien de ses paris et que je ne tolérerai aucune déclaration prématurée de victoire dans mon poste.

— Oui, major.

Mary s'en fut retrouver Fairchild, qui ne fut pas du tout alarmée d'apprendre que le major connaissait ses combines.

— Au moins, elle ne nous a pas interdit de parier, dit-elle dans un haussement d'épaules. Viens, on part.

Elles conduisirent en direction du sud à travers Croydon, puis tournèrent à l'est, en plein milieu de ce qui, dans deux jours, serait nommé « l'allée des bombes ».

*J'aurais dû me faire implanter l'heure et les points d'impact de tous les missiles au lieu de me contenter de ceux du sud-est de Londres*, pensait Mary, mais elle savait bien que ce n'aurait pas été possible. Il y en avait eu beaucoup trop. Près de dix mille V1 et onze cents V2, si bien qu'elle s'était focalisée sur ceux qui avaient frappé Dulwich et ses faubourgs, Londres, et le territoire qui les reliait. Mais elle n'avait rien enregistré sur la zone comprise entre Dulwich et Douvres.

*M. Dunworthy fera une attaque quand il apprendra que j'ai emprunté l'allée des bombes.*

Cela dit, elles n'effectueraient le trajet que jusqu'au moment où les V1 commenceraient à se manifester. Après, le poste aurait trop d'incidents à gérer dans le voisinage immédiat.

L'itinéraire pour Douvres serpentait à travers une succession de chemins tortueux et de villages minuscules. Mary fit de son mieux pour le mémoriser, mais il n'y avait aucun panneau de signalisation et, au retour, elle dut accorder toute son attention au patient qu'elles avaient pris en charge.

— On doit l'opérer de la jambe, avait dit l'infirmière comme on le transportait dans l'ambulance.

Elle avait baissé la voix de façon qu'il ne puisse pas l'entendre.

— J'ai bien peur que l'amputation ne soit inévitable. Gangrène.

Et lorsque Mary était montée derrière à son côté, elle avait pu sentir une écœurante odeur douceâtre.

— Il est sous sédation, avait indiqué l'infirmière.

Pourtant, ils n'avaient pas parcouru huit kilomètres depuis Douvres que le blessé ouvrait déjà les yeux pour demander :

— Ils ne vont pas me la couper, hein ?

Et que pouvaient répondre les infirmières, en 1944, à de telles questions ? Que pouvait-on dire, quelle que soit l'époque ?

— Vous ne devriez pas penser à ça maintenant. Il faut vous reposer.

— Ça va bien. Je sais déjà qu'ils vont le faire. C'est étrange, non ? J'ai traversé Dunkerque, El-Alamein et le débarquement en France sans une blessure, et voilà qu'une saleté de camion se retourne sur moi.

— Vous ne devriez pas parler. Vous allez vous fatiguer.

Il hocha la tête.

— Les soldats tombaient comme des mouches autour de moi à Sword Beach, et moi, pas même une égratignure. Verni tout du long. Je vous ai déjà parlé de Dunkerque, ma sœur ?

Il devait la prendre pour son infirmière de l'hôpital, à Douvres.

— Essayez de dormir, murmura-t-elle.

— J'ai cru que je ne m'en sortirais pas. J'ai cru qu'on m'abandonnerait sur cette plage, les Allemands arrivaient si vite, mais ma chance a résisté. Le gars qui m'a pris sur son bateau, on l'avait ramené de Dunkerque deux jours plus tôt, mais il était revenu pour aider les derniers comme moi à partir. Il avait déjà traversé trois fois et, la troisième, on avait failli les torpiller.

Il parlait encore quand ils atteignirent l'hôpital des urgences à Orpington.

— J'étais en train de me noyer. Il a sauté à l'eau et m'a sauvé, il m'a hissé à bord. S'il n'avait pas été là…

Talbot ouvrit la porte, et deux brancardiers approchèrent pour décharger la civière. Mary sortit de l'ambulance, la bouteille de plasma brandie au-dessus de sa tête. L'un des hommes s'en saisit.

— Bonne chance, soldat, dit-elle alors qu'ils l'emmenaient vers l'hôpital.

— Merci. S'il n'avait pas été là, et vous pour m'écouter…

— Attendez ! cria Fairchild.

Elle bondit au-dessus de Mary et se précipita à l'intérieur.

— Vous ne pouvez pas nous piquer cette couverture. C'est la nôtre.

— Oh! zut! dit Mary à Talbot, j'ai complètement oublié de demander à Douvres s'ils avaient des couvertures.

— J'y ai pensé. Négatif.

Fairchild revint, portant triomphalement la couverture.

— As-tu demandé s'ils en ont quelques-unes en surplus ? interrogea Talbot.

— Ils n'en ont pas. J'ai presque dû me battre pour récupérer la nôtre.

— Et à Bethnal Green ? suggéra Mary. On ne pourrait pas passer par leur poste sur le chemin du retour pour s'assurer que…

— Non, on leur a déjà demandé, le jour du char à fourbi, déclara Talbot.

Mary devrait trouver un autre moyen de s'approcher de Bethnal Green pour obtenir confirmation de l'attaque. Peut-être emprunter une bicyclette à la fin de son service ? Hélas! le major l'envoya avec Reed à Bromley chercher du sparadrap et de l'alcool à 90 °C et, tôt le lendemain matin, elles retournaient à Douvres.

— Et là, tu prends sur la gauche au pont, disait Fairchild, qui lui apprenait l'itinéraire. Ensuite, à droite juste après ces arbres.

Plus loin, elle désigna deux tanks, installés dans un pré.

— C'est étrange. Je croyais que tous nos tanks se trouvaient en France.

Étaient-ce de vrais chars d'assaut ? Mary s'interrogeait. L'un des éléments du plan des services secrets britanniques pour persuader les Allemands que le débarquement serait lancé depuis le sud-est de l'Angleterre avait été d'utiliser des chars en caoutchouc gonflables. Peut-être les avait-on laissés sur place après l'opération.

Une pensée terrible la saisit. Les services secrets britanniques avaient aussi tenté d'égarer les Allemands sur les cibles que touchaient les V1. Ils avaient monté de toutes pièces de faux reportages textes et photos dans les journaux afin que les agresseurs altèrent les trajectoires des missiles. De cette façon, ils tomberaient avant Londres. C'est la raison pour laquelle les villes de Dulwich, Croydon, et l'allée des bombes avaient été frappées plus qu'ailleurs.

Et si Recherche lui avait fautivement implanté les données erronées au lieu des heures et des endroits exacts ? Cela expliquerait pourquoi personne n'avait parlé de Bethnal Green, parce que le V1 n'avait pas explosé là-bas. Si c'était le cas, elle avait quelque raison de s'angoisser. Sa sécurité dépendait de sa connaissance précise des heures et des points d'impact de chaque V1 et V2.

Dès que nous arriverons au poste, je dois trouver le moyen d'apprendre si ce chemin de fer a été endommagé.

Cependant, à l'instant où elles atteignaient le poste, le major l'envoyait avec Fairchild à Woolwich chercher les couvertures supplémentaires qu'elle avait enfin réussi à se procurer, et la nuit était tombée avant leur retour. Elle devrait attendre le lendemain pour aller à Bethnal Green… sauf si les V1 frappaient à l'heure, cette nuit. Si tel était le cas, cela validerait les données de son implant, et elle pourrait cesser de s'inquiéter. À moins, bien sûr, que l'un d'entre eux touche le poste.

Elle s'agita toute la soirée, dans l'attente de l'impact de 23 h 43, quand le premier V1 était supposé frapper. La sirène devait sonner à 23 h 31. Mary écoutait impatiemment les filles se chamailler pour décider qui porterait d'abord la robe en soie verte et tentait de s'empêcher de regarder sa montre toutes les cinq minutes. Quand 23 heures arrivèrent, avec l'extinction des feux, elle ressentit un immense soulagement. Elle s'enfouit sous ses couvertures, armée d'une lampe de poche pour surveiller sa montre et d'un magazine qu'elle avait emprunté dans la salle commune. Si quelqu'un remarquait la lumière, elle raconterait qu'elle lisait.

Elle cala le magazine sur le culot de la torche pour en masquer le flux lumineux et attendit. 23 h 10. 23 h 15. Les filles continuaient à débattre dans le noir.

— Donald ne t'a jamais vue avec le Péril jaune, disait Sutcliffe-Hythe, et je l'ai déjà porté deux fois avec Edwin.

— Je sais, lui accordait Maitland, mais je pense que Donald me demandera peut-être en mariage.

23 h 20. 25. Encore six minutes, se dit Mary, qui attendait le début miaulant de la sirène, le bourdonnement du V1. Elle regrettait de ne pas en avoir écouté un enregistrement à la Bodléienne, ce qui lui aurait permis de connaître exactement le bruit qu'ils faisaient. Leur crépitement caractéristique, dont on disait qu'il ressemblait à une pétarade de moteur automobile, avait été assez fort pour qu'il soit possible de plonger dans le caniveau le plus proche quand on l'entendait et de sauver sa peau.

23 h 29. La demie. 23 h 31.

*Ma montre est en avance,* pensa-t-elle en la portant à son oreille. *Oh ! allez ! que cette alerte sonne ! Je ne veux pas avoir à retourner à Oxford. Que dirai-je au major ? Et à M. Dunworthy ? S'il découvre que je ne me suis pas seulement baladée dans l'allée des bombes, mais que l'on m'a donné par surcroît un implant fautif, il ne me laissera jamais revenir.*

23 h 32. 23 h 33...

*Ils feraient une cible idéale, n'est-ce pas ?*

Commentaire du général Short à propos des navires de
guerre alignés à Pearl Harbor, le 6 décembre 1941

## La Manche, le 29 mai 1940

Mike tituba jusqu'à l'arrière du bateau.

— Ça veut dire quoi : nous sommes au milieu de la
Manche ? cria-t-il en tentant de distinguer quelque chose
au-delà de la poupe.

Pas une terre en vue, rien d'autre que de l'eau et des
ténèbres, de toutes parts. Il retourna à l'aveuglette jusqu'à
la barre que tenait le capitaine.

— Il faut faire demi-tour !

— Tu as dit que tu étais correspondant de guerre,
Kansas ! lui cria le capitaine en retour, sa voix assour-
die par le vent. Eh bien, voilà ta chance de couvrir la
guerre au lieu d'écrire sur les fortifications des plages.
Toute notre putain d'armée britannique est coincée à
Dunkerque, et on va la sortir de là !

*Mais je ne peux pas me rendre à Dunkerque !*
*Impossible ! C'est un point de divergence !*

Par ailleurs, l'évacuation ne s'était pas déroulée ainsi. La petite flotte ne s'était pas organisée selon son bon vouloir. C'était réputé bien trop dangereux. Elle avait été structurée en convois menés par des contre-torpilleurs.

— Vous devez retourner à Douvres !

Mike essayait de se faire entendre malgré les bruits conjugués du moteur haletant et du vent saturé d'eau et de sel.

— La Marine…

— La Marine ? ricana le capitaine. Je ne ferais pas confiance à ces gratte-papier pour me faire traverser une flaque de boue. Quand on ramènera un plein charge-ment de nos gars, ils verront bien si ma *Lady Jane* ne peut pas naviguer !

— Mais vous n'avez pas la moindre carte, et la Manche est minée…

— Je pilotais sur la Manche à l'estime bien avant que ces petits blancs-becs du Small Vessels Pool soient seulement nés ! Nous ne laisserons pas quelques mines nous arrêter, n'est-ce pas, Jonathan ?

— Jonathan ? Vous avez emmené Jonathan ? Il a qua-torze ans !

Le garçon émergea des ténèbres de la proue, mi-por-tant, mi-traînant un énorme rouleau de corde.

— C'est formidable, non ? s'exclama-t-il. On est partis arracher la BEF aux griffes des Allemands. On sera des héros !

— Vous n'avez pas de congé de navigation officiel, insista Mike.

Il tentait désespérément de trouver un argument qui les convaincrait de faire demi-tour.

— Et vous n'êtes pas armés…

— *Armés ?* beugla le capitaine.

Il leva une main du gouvernail pour fouiller à l'inté-rieur de son caban et en sortir un antique pistolet.

— Bien sûr que nous sommes armés. Nous avons tout ce qu'il nous faut. (Il fit un geste en direction de la proue.) Des réserves de corde, d'essence…

Mike plissa les yeux dans le noir, essayant de discerner ce qu'il lui montrait. Il parvint à distinguer les bidons métalliques carrés attachés aux plats-bords.

*Ah ! par tous les dieux !*

— Combien de carbu… euh ! d'essence avez-vous à bord ?

— Vingt boîtes, répondit Jonathan, enthousiaste. Et plus encore dans la cale.

*Voilà qui suffira à nous envoyer rejoindre les étoiles en cas de choc avec une torpille !*

— Jonathan ! mugit le capitaine, range cette corde à la poupe et va vérifier la pompe de cale.

— Oui, commandant.

Jonathan se dirigea vers l'écoutille. Mike le suivit.

— Écoute, Jonathan, tu dois persuader ton grand-père de faire demi-tour. Ce qu'il est en train de faire, c'est…

Il s'apprêtait à dire : « du suicide », mais il se décida pour :

— … contraire à tous les règlements de la Marine. Il perdra ses chances d'être de nouveau nommé…

— De nouveau nommé ? répéta Jonathan d'un air stupéfait. Que voulez-vous dire ? Grand-père n'a jamais été dans la Marine !

Oh ! Bon Dieu ! et il n'avait sans doute jamais traversé la Manche non plus.

— Jonathan ! appela le capitaine. Je t'ai demandé de vérifier cette pompe de cale. Et, Kansas, descends aussi enfiler tes chaussures. Et prends un verre. Tu ressembles à un mort !

*C'est parce que nous allons mourir*, se dit Mike, qui essayait de penser à un moyen de lui faire rebrousser chemin et de le ramener à Saltram-on-Sea. Mais si le frapper tout bonnement avec la crosse de son pistolet et s'emparer du gouvernail pourrait marcher, ensuite, quoi ?

Il en savait encore moins que le capitaine sur le pilotage d'un bateau, et il n'y avait pas de cartes à bord… en admettant qu'il puisse les déchiffrer, ce dont il doutait.

— Trouve-toi de quoi dîner, ordonna le capitaine. On a une longue nuit de boulot devant nous.

Ils n'avaient pas la moindre idée de ce qu'ils allaient découvrir. Plus de soixante des petites embarcations qui étaient parties pour Dunkerque avaient été coulées, et leurs équipages blessés ou tués. Mike commença de descendre l'échelle.

— Il reste un peu de ragoût de pilchard, lui cria le capitaine.

*Je n'ai pas besoin de manger,* se disait Mike en atteignant la cale, que recouvraient maintenant trente centimètres d'eau. *J'ai besoin de réfléchir.* Comment pouvaient-ils se rendre à Dunkerque ? C'était impossible. Nulle part, les lois du voyage temporel ne permettaient aux historiens d'approcher des points de divergence.

*À moins que Dunkerque ne soit pas un point de divergence ?*

Il fendit l'eau jusqu'à la couchette pour y récupérer ses chaussures et ses chaussettes.

Elles étaient dans le coin le plus éloigné. Mike grimpa sur la couchette pour les attraper et s'assit, une chaussure à la main, la fixant d'un œil vague tandis qu'il étudiait les hypothèses. Dunkerque avait été l'un des tournants décisifs de la guerre. Si les Allemands avaient capturé les soldats, l'invasion de l'Angleterre et sa reddition auraient été inévitables. Mais il ne s'agissait pas d'un événement isolé, comme l'assassinat de Lincoln, ou le naufrage du *Titanic*, où un historien qui se serait jeté sur le pistolet de John Wilkes Booth ou qui aurait crié « Iceberg, droit devant ! » aurait pu changer le cours de l'Histoire. Mike ne pouvait pas empêcher que l'on secoure le corps expéditionnaire britannique, quoi qu'il fasse. Trop de bateaux, trop de gens avaient été impliqués, sur un trop vaste espace. Même si un historien *voulait* altérer l'issue de l'évacuation, ce serait impossible.

En revanche, il pouvait altérer le cours des événements individuels. Dunkerque avait fourmillé de sauvetages sur le fil du rasoir et de quasi-loupés. À l'accostage, un délai de cinq minutes pouvait placer un bateau sous la bombe larguée par un Stuka ou transformer le quasi-loupé en frappe au but, et un changement de cap de cinq degrés vous permettait de quitter le port plutôt que de vous échouer.

*Chacun de mes actes risque de provoquer le naufrage de la* Lady Jane, comprit Mike, horrifié. *Ce qui implique un statu quo total. Me voilà obligé de rester cantonné dans cette cale jusqu'au moment où nous serons sortis de Dunkerque.*

Allait-il feindre le mal de mer, ou la couardise ?

Hélas ! sa seule présence à bord risquait d'affecter les événements. Aux points de divergence, l'Histoire se trouvait en équilibre instable, et la seule présence de Mike pouvait incliner la balance du mauvais côté. La plupart des embarcations revenues de Dunkerque étaient chargées à bloc. Mike occupait une place qui aurait peut-être permis à un soldat d'être sauvé… un soldat qui aurait eu ensuite un rôle critique à Tobrouk, ou en Normandie, ou à la bataille des Ardennes.

Pourtant, si sa présence à Dunkerque avait risqué de modifier le cours de l'Histoire au point de provoquer un paradoxe, le filet ne l'aurait pas laissé traverser. Il aurait refusé de s'ouvrir, de la même façon que pour Douvres et Ramsgate, et pour toutes ces destinations que Badri avait essayées. Mike ayant accédé à Saltram-on-Sea, rien n'avait pu se passer à Dunkerque de nature à changer le cours de l'Histoire, quels que soient ses actes.

À moins qu'il ne soit jamais parvenu jusque-là. Et qu'avant même son arrivée la *Lady Jane* ait heurté une mine ou qu'un sous-marin allemand l'ait coulée… ou l'eau qui envahissait sa cale. Ce ne serait pas le seul bateau à connaître une telle mésaventure.

*Je savais qu'il fallait mémoriser cette liste de petites embarcations marquées d'un astérisque. Et j'aurais dû me rappeler que le décalage n'est pas le seul moyen que le continuum met en œuvre pour empêcher les historiens d'altérer le cours de l'Histoire.*

Il y eut un martèlement soudain de pas sur le pont, et Jonathan passa la tête par l'écoutille.

— Grand-père m'envoie vous chercher, dit-il, à bout de souffle.

— Amène-toi, bordel ! cria le capitaine en contre-point.

*Ils ont repéré le sous-marin qui va nous tuer !*

Mike attrapa ses chaussures et pataugea jusqu'à l'échelle.

*Voilà pourquoi c'était possible. Parce que la* Lady Jane *ne parviendra jamais à Dunkerque.*

Il grimpa. Jonathan était penché sur l'écoutille, l'air enthousiaste.

— Grand-père a besoin de vous pour la navigation.

— Je croyais qu'il n'avait aucune carte.

— Il n'en a pas. Il…

— Maintenant ! hurla le capitaine.

— On y est, expliqua Jonathan. Il a besoin de nous pour le guider dans le port.

— Qu'est-ce que ça veut dire, on y est ? demanda Mike qui se hissait sur le pont. On ne peut pas…

Ils y étaient. Le port s'étendait devant eux, éclairé par une lueur rose orangée qui ensoleillait deux destroyers et une dizaine de petits bateaux. Et derrière, en flammes et à demi masquée par les imposants panaches d'une fumée noire, c'était Dunkerque.

## Londres, le 17 septembre 1940

À minuit, n'étaient encore éveillés que Polly et le gentleman aristocratique qui continuait de lui donner son *Times*. Il avait drapé son manteau sur ses épaules et lisait. Tous les autres s'étaient endormis, même si seules Lila, Viv et les petites filles de Mme Brightford s'étaient allongées, Bess et Trot blotties dans le giron de leur mère. Le reste s'était assoupi assis sur le banc ou le sol, ou en appui contre le mur. Mme Hibbard avait lâché son tricot, et sa tête pendait sur sa poitrine. Le pasteur et Mlle Laburnum ronflaient de concert.

Ce qui surprenait Polly. Les récits historiques mentionnaient le déficit de sommeil comme un problème majeur. Cependant, ce groupe ne semblait pas incommodé par le manque de confort, ni par le bruit, alors que l'intensité du raid augmentait. Les canons de DCA de Kensington Gardens recommençaient à tonner, et une nouvelle vague d'avions grondait au-dessus de leurs têtes.

Polly se demanda s'il s'agissait des bombardiers qui avaient frappé *John Lewis*. Non, le son était trop proche. Mayfair ? Tout comme Bloomsbury et le centre de Londres, ce quartier avait été touché, cette nuit. Après avoir démoli Oxford Street, les avions avaient pilonné Regent Street et les studios de la BBC.

Elle ferait mieux d'essayer de dormir tant que c'était encore possible. Elle devrait se lever tôt demain matin, au cas où les grands magasins ouvriraient, ce dont elle doutait quelque peu.

Les entreprises londoniennes s'étaient enorgueillies d'être restées ouvertes pendant le Blitz, et *Padgett's* et *John Lewis* s'étaient débrouillées toutes les deux pour inaugurer de nouveaux espaces au bout de quelques semaines. Mais que s'était-il passé le jour qui avait suivi le raid ? Les magasins qui n'avaient pas subi de dommages ouvriraient-ils, ou la rue entière serait-elle déclarée interdite, comme la zone périphérique de Saint-Paul ? Et pour combien de temps ?

*Si je n'ai pas trouvé de travail demain soir…*

*Ils ouvriront, c'est évident. Rappelle-toi toutes ces affiches en devanture qui ont fait la célébrité du Blitz :* « Hitler peut se *régaler* avec nos vitrines, mais il ne peut pas* égaler *nos prix !* » *ou* « Cette semaine, *marché du tonnerre* sur Oxford Street ! ».

Et cette photographie de femme qui tend la main à travers une vitrine brisée pour toucher le tissu d'une robe. Cela pourrait même se révéler un bon jour pour trouver un poste. Polly montrerait que les raids ne l'effrayaient pas et, si l'une ou l'autre des vendeuses n'avait pas pu venir travailler à cause des rues bombardées, on l'embaucherait peut-être en remplacement.

Il fallait aussi compter avec la concurrence des filles soudain privées d'emploi chez *John Lewis*. On les engagerait plus facilement qu'elle, par sympathie.

*Et si je prétendais avoir travaillé là ?*

Elle plia son manteau en oreiller et s'étendit, mais elle ne réussit pas à s'endormir. Le vrombissement des avions l'assourdissait. Il évoquait le bourdon d'énormes guêpes, et il s'accentuait et se rapprochait de minute en minute. Polly s'assit. Le bruit avait également éveillé le pasteur. Il s'était redressé et braquait un œil inquiet sur le plafond. Il y eut un sifflement, puis une explosion monstrueuse.

M. Dorming se réveilla en sursaut.

— Bon Dieu ! que diable se… Euh ! pardonnez-moi, mon révérend.

— Vu les circonstances, vous êtes tout excusé. On dirait qu'ils remettent le couvert.

Même pour un contemporain, c'était un euphémisme. La DCA de Battersea Park donnait au maximum et le pasteur devait crier pour se faire entendre.

— J'espère que ces jeunes filles sont arrivées à bon port. Celles qui cherchaient Gloucester Terrace.

Le canon de Kensington Gardens recommença de tonner. Irene s'assit et se frotta les yeux.

— Chh ! rendors-toi, lui murmura Mme Brightford.

Elle regardait M. Dorming, qui surveillait le plafond. Le raid semblait se concentrer au-dessus de leurs têtes : de grands coups sourds, des explosions et de longs grondements trépidants qui réveillèrent Nelson, M. Simms et le reste des femmes. Mme Rickett paraissait agacée, mais tous les autres étaient en éveil, et leur vigilance fit bientôt place à l'inquiétude.

— Nous aurions dû retenir ces demoiselles ici, dit Mlle Laburnum.

Trot se blottit sur les genoux de sa mère, qui lui caressa les cheveux.

— Chh ! tout va bien.

*Non, c'est faux.*

Polly examinait leurs visages. Ils avaient la même expression qu'au début des coups sur la porte. Si le raid ne se calmait pas vite…

Tous les canons de DCA de Londres tiraient. Un chœur d'assourdissants « poum-poumpoumpoum », ponctués par les impacts lourds des bombes. Le vacarme ne cessait d'augmenter. Les regards de tous s'étaient portés sur le plafond, comme dans l'attente d'une rupture imminente. Il y eut un crissement de métal qui se déchire, suivi d'une explosion à crever les tympans. Mlle Hibbard bondit et son tricot lui échappa. Bess se mit à pleurer.

— Le bombardement a l'air un peu plus sévère, ce soir, dit le pasteur.

Un peu plus sévère ! On aurait cru que les avions – et les canons de DCA – avaient choisi de se régler leur compte dans le sanctuaire de l'église, juste au-dessus.

*Kensington n'a pas été touché*, se rassura Polly.

— Si nous chantions ? proposa le pasteur, réussissant à dominer la cacophonie.

— Voilà une excellente idée !

Et Mme Wyvern se lança dans un *God save our noble King*. Mlle Laburnum, puis M. Simms se joignirent à elle avec vaillance, mais on pouvait à peine les entendre avec les rugissements et la clameur qui provenaient de l'extérieur, et le pasteur ne poursuivit pas son effort après le premier couplet. Un à un, ils arrêtèrent de chanter et recommencèrent à observer anxieusement le plafond.

Une bombe de forte puissance explosa si près que les poutres de l'abri tremblèrent. Une autre bombe aussi violente suivit immédiatement, encore plus près. Elle engloutit le bruit des canons, mais pas le bourdonnement incessant et affolant des avions.

— Pourquoi ça ne se calme pas ?

Polly percevait la panique dans la voix de Viv.

— J'aime pas ça ! hurla Trot, ses petites mains collées sur ses oreilles. C'est fort !

— Certes, dit le gentleman depuis son coin. « L'île est remplie de bruits. »[1]

Polly le dévisagea, stupéfaite. Sa voix s'était métamorphosée. Jusque-là tranquille et policée, elle avait pris un

---

1. *La Tempête*, de William Shakespeare, acte III, scène II. (*NdT*)

ton grave de commandement. Les pleurs des petites filles s'arrêtèrent, et elles fixèrent leurs yeux sur lui.

Il ferma son livre, le posa au sol à côté de lui et se leva.

— « Des sons étranges et divers, des rugissements… »

Il se débarrassa de son manteau d'un haussement d'épaules, comme il aurait jeté sa cape pour se révéler magicien. Ou roi !

— « Des cris, des hurlements, et beaucoup d'autres bruits, tous horribles, nous ont réveillés… » (Il marcha soudain jusqu'au centre de la cave.) « Le tonnerre aux éclats terribles a reçu de moi des feux ! » (Il criait, et Polly avait l'impression qu'il avait doublé de taille.) « Par moi, le promontoire a tremblé sur ses massifs fondements. » (Sa voix sonore envahissait la cave.) « Tantôt, je me divisais et je brûlais en plusieurs endroits à la fois ! » (Théâtral, il désignait tour à tour le plafond, le sol, la porte…) « Tantôt, je flambais sur le grand mât, le mât de beaupré, les vergues… » (Ses bras s'ouvrirent, immenses.) « Puis je rapprochais et unissais toutes ces flammes. »

Au-dessus, une bombe s'écrasa, si proche qu'elle fit trembler les tasses et la fontaine à thé, mais personne n'y prit garde. Tous regardaient le gentleman, leur peur oubliée, bien que le terrifiant vacarme n'ait pas diminué. Ses mots, au lieu d'en distraire leur attention, leur décrivaient le tumulte de façon si captivante qu'ils le dépouillaient de sa menace. C'était devenu un simple effet de scène, coups de cymbale et froissement de feuilles de métal, l'accompagnement sonore et théâtral de sa voix.

— « Maudits soient leurs hurlements ! Leur voix domine la tempête et la manœuvre ! »

Il sauta directement à l'épilogue de Prospero, puis enchaîna sur la scène de la folie du roi Lear, pour aborder enfin *Henri V* pendant que son audience, extasiée, l'écoutait.

À un certain moment, la cacophonie dehors s'était calmée, diminuant jusqu'à ce qu'il ne reste plus que le

« poum-poumpoumpoum » assourdi d'un canon de DCA au nord-est, mais personne dans la pièce ne l'avait remarqué. C'était, bien sûr, le but recherché. Admirative, Polly buvait des yeux l'auteur de cet exploit.

— « Le bon vieillard racontera cette histoire à son fils ; et d'aujourd'hui à la fin des siècles ce jour solennel ne passera jamais, qu'il n'y soit fait mention de nous ; de nous, petit nombre de privilégiés, troupe de frères. »[1]

Sa voix, forte jusque-là, s'éteignit sur ces mots ultimes, comme une cloche dont le dernier écho meurt dans le silence.

— « La langue de fer de minuit a prononcé douze, murmura-t-il. Chers amis, allons au lit ! »[2]

Et il courba la tête, une main sur le cœur.

Il y eut un moment de silence fasciné, suivi par un cri de Mlle Hibbard :

— Oh ! mon Dieu !

Puis par un concert d'applaudissements. Trot tapait des mains, frénétique, et même M. Dorming fit chorus. Le gentleman exécuta un profond salut, récupéra son manteau sur le sol, et retourna vers son coin et son livre. Mme Brightford rassembla ses filles, tandis que Nelson, Lila et Viv se préparaient à dormir, l'un après l'autre, comme des enfants après qu'on leur a raconté leur histoire du soir.

Polly s'assit à côté de Mlle Laburnum et du pasteur.

— Qui est-ce ? chuchota-t-elle.

— Allons, vous l'*ignorez* ? dit Mlle Laburnum.

Polly souhaita qu'il ne soit pas trop célèbre, sinon son échec à le reconnaître paraîtrait suspect.

— C'est Godfrey Kingsman, lui apprit le pasteur, l'acteur shakespearien.

---

1. *Henri V*, de William Shakespeare, acte IV, scène III, notre traduction. (*NdT*)
2. *Le Songe d'une nuit d'été*, de William Shakespeare, acte V, scène I, notre traduction. (*NdT*)

— Le plus grand acteur d'Angleterre, expliqua Mlle Laburnum.

Mme Rickett renifla.

— S'il est si bon acteur, que fait-il assis dans cet abri ? Pourquoi n'est-il pas en scène ?

— Vous savez bien que les théâtres ont fermé à cause des raids, s'enflamma Mlle Laburnum. Jusqu'à ce que le gouvernement autorise leur…

— Tout ce que je sais, c'est que je ne loue pas de chambre aux acteurs, l'interrompit Mme Rickett. On ne peut pas leur faire confiance pour payer leur loyer.

Mlle Laburnum devint toute rouge.

— *Sir Godfrey*…

— Il a donc été anobli ? s'empressa d'interroger Polly.

— Par le roi Edward. J'ai peine à croire que vous n'ayez jamais entendu parler de lui, mademoiselle Sebastian. Son *Lear* est *célèbre* ! Je l'ai vu jouer *Hamlet* quand j'étais jeune, et il était tout simplement *merveilleux* !

*Il l'est encore aujourd'hui*, songea Polly.

— Il s'est produit devant toutes les têtes couronnées d'Europe, continuait Mlle Laburnum. Penser qu'il nous a honorés, *nous*, d'une interprétation cette nuit !

Mme Rickett renifla derechef, et le signal de fin d'alerte empêcha *in extremis* Mlle Laburnum de prononcer des mots qu'elle aurait pu regretter. Les dormeurs s'assirent et bâillèrent, et chacun commença à rassembler ses effets. Sir Godfrey marqua sa page dans son livre, le ferma, se leva. Mlle Laburnum et Mlle Hibbard se précipitèrent pour lui dire à quel point elles l'avaient trouvé remarquable.

— C'était *si* exaltant ! s'exclama Mlle Laburnum. Surtout le discours de *Hamlet* sur la troupe de frères.

Polly refréna son sourire. Solennel, sa voix de nouveau calme et raffinée, sir Godfrey remercia les deux femmes. À le voir mettre son manteau et attraper son parapluie, il était difficile d'imaginer qu'il venait juste de donner une représentation ensorcelante.

Lila et Viv pliaient leurs couvertures et rangeaient leurs magazines, M. Dorming ramassait sa Thermos, Mme Brightford prit Trot dans ses bras et tout le monde se dirigea vers la porte. Le pasteur poussa le verrou et ouvrit et, à cet instant, Polly perçut les vestiges de la tension et de l'effroi que les réfugiés ressentaient avant l'intervention de sir Godfrey. Cette fois, ils s'angoissaient à l'idée de ce qu'ils allaient trouver au-delà de l'huis et en haut de l'escalier : leurs maisons détruites, Londres en ruine. Ou des tanks allemands descendant Lampden Road.

Le pasteur recula pour les laisser sortir, mais pas un ne bougea, pas même Nelson, qui avait pourtant été cloîtré depuis minuit.

— « Hâtez-vous, ne perdez pas de temps ! »[1] claironna la voix de sir Godfrey. « Vois à arranger cela avec tout le soin dont tu es capable ! »[2]

Et Nelson fonça à travers l'embrasure.

Tout le monde rit.

— Nelson, reviens ! cria M. Simms avant de courir après lui.

Il appela depuis le haut des marches.

— Je ne vois pas de dégâts.

Le reste de la troupe gravit les marches et commença d'examiner les alentours. La rue semblait paisible dans les lueurs grises de l'aube naissante. Les bâtiments étaient tous intacts, mais un voile de fumée accompagné d'une odeur de cordite et de bois brûlé recouvrait tout.

— C'est Lambeth qui a dérouillé, cette nuit.

M. Dorming montrait les colonnes de fumée noire qui s'élevaient vers le sud-est.

— Piccadilly Circus aussi, on dirait, ajouta M. Simms.

---

1. *Roméo et Juliette*, de William Shakespeare, acte III, scène III. (*NdT*)

2. *La Méchante femme mise à la raison* (*La Mégère apprivoisée*), de William Shakespeare, prologue, scène I. (*NdT*)

De retour avec Nelson, il pointait en direction de ce qui était en fait Oxford Street et la fumée qui s'élevait de *John Lewis*. M. Dorming se trompait lui aussi. Shoreditch et Whitechapel avaient encaissé le plus gros de la première vague de raids, pas Lambeth. Cependant, au vu de la fumée qui en montait, nul endroit dans l'East End n'avait été épargné.

— Je n'y comprends rien, s'étonna Lila qui observait autour d'elle la tranquillité du lieu. On aurait juré que c'était pile au-dessus de nous.

— Ça ressemblera à quoi, le bruit que ça fera, si *ça vient* au-dessus de nous ? demanda Viv.

— On dit qu'on entend un hurlement très puissant, très aigu, commença M. Simms.

Mais M. Dorming secouait la tête.

— Vous n'entendrez rien du tout. Vous ne saurez jamais ce qui vous est tombé dessus.

Et il s'en fut à grands pas.

— C'est gai, grogna Viv, qui le regardait s'éloigner.

Lila examinait toujours la fumée au-dessus d'Oxford Street.

— Je suppose que le métro sera en panne, dit-elle d'un air sinistre. Et ça va nous prendre des heures de nous rendre au travail.

— Et quand on y sera, renchérit Viv, les vitrines auront de nouveau explosé. On devra passer toute la journée à ramasser les morceaux.

— « Quoi donc, sacripants ? gronda sir Godfrey. Entendrais-je parler de peur et de défaite ? Roidissez vos muscles ! Réveillez tout votre sang ! »[1]

Lila et Viv gloussèrent.

Sir Godfrey brandit son parapluie telle une épée et le leva haut devant lui.

— « Allons, encore une fois à la brèche, chers amis, encore une fois ! Pour l'Angleterre ! »

---

1. *Henri V*, de William Shakespeare, acte III, scène I. (*NdT*)

— Oh ! j'adore *Richard III* ! dit Mlle Laburnum.

Les doigts de sir Godfrey blanchirent sur le manche de son parapluie et, l'espace d'un instant, Polly pensa que le gentleman allait embrocher Mlle Laburnum, mais il se contenta d'accrocher l'objet à son bras.

— « Si nous ne devons plus nous revoir que dans les cieux, nous nous reverrons alors dans la joie. Mes nobles lords et mes braves guerriers, adieu tous ! »

Il s'éloigna, parapluie en main, comme s'il partait pour la bataille.

*Il part bien combattre*, se dit Polly. *Ils partent tous au combat.*

— Quelle merveille ! se délecta Mlle Laburnum. Si nous le lui demandons, croyez-vous qu'il nous jouera une autre pièce, demain ? *La Tempête*, peut-être, ou *Henri V* ?

*Magasin ouvert.* <u>*Vraiment*</u> *ouvert.*

Affiche placardée dans la vitrine brisée
d'un grand magasin de Londres

## Londres, le 18 septembre 1940

Il fallut deux heures à Polly pour atteindre Oxford Street. À la suite de l'attaque, les stations d'Oxford Circus et de Bond Street seraient toutes les deux fermées, et elle avait prévu d'attraper le métro à Piccadilly Circus, mais aucune rame ne passait sur l'Inner Circle et, quand elle tenta de prendre la District Line puis Piccadilly, elle ne put franchir Gloucester Road et dut quitter la station et trouver un bus. Lequel ne dépassa pas Bond Street, bloquée par un énorme entassement de gravats. Il ne lui restait plus qu'à marcher, en évitant les barricades ainsi qu'un secteur condamné par des cordes et qui portait une pancarte annonçant : « Danger, fuite de gaz ».

Jonchée de vitres brisées, Oxford Street était par surcroît noyée sous l'eau des lances à incendie. Polly perdit un quart d'heure de plus avant d'atteindre les locaux éventrés de *John Lewis* et, quand elle y parvint, elle les découvrit dans un état bien pire qu'elle ne l'avait imaginé lorsqu'elle avait regardé les photos. Les grandes arches en brique s'ouvraient, béantes, sur un chaos noirci de madriers carbonisés et de poutrelles dégoulinantes. Cela ressemblait moins à un immeuble réduit en cendres qu'au naufrage de quelque énorme paquebot. Ici et là, au milieu de l'épave immergée, surnageait un panneau à demi brûlé indiquant « Soldes », un gant trempé, un cintre calciné.

À l'arrière du magasin, Polly vit un pompier jouer de sa lance sur la charpente, bien que l'incendie fût éteint depuis longtemps. Deux autres pompiers enroulaient un lourd tuyau sur un dévidoir en bois, et un quatrième marchait vers l'autopompe, qui se trouvait toujours au milieu de la voie. Une femme d'âge moyen, en pantalon et coiffée d'un casque, tirait une corde pour délimiter la zone. Partout, du verre brisé, de la poussière de brique et, quand Polly leva les yeux sur Oxford Street, elle découvrit la rue ensevelie sous une épaisse fumée.

Elle avançait avec précaution au milieu des éclats de verre, enjambait les tuyaux et contournait les flaques. *C'est inutile*, pensait-elle. *Aucun magasin ne pourra ouvrir aujourd'hui, encore moins embaucher.* Mais, au-dessus des portes principales de *Peter Robinson*, deux ouvriers installaient une bannière proclamant : « Nous sommes ouverts. Excusez le désordre », comme si l'immeuble était en construction. Et Polly vit une femme pénétrer chez *Townsend Brothers*. Elle se hâta de traverser les débris, s'arrêtant à la porte pour ajuster sa veste et débarrasser ses semelles des fragments de verre qui s'y étaient incrustés.

Elle n'aurait pas dû se donner cette peine. À l'intérieur, deux vendeuses balayaient encore plus de verre tandis qu'une troisième montrait des rouges à lèvres à la femme que Polly avait suivie. Personne d'autre à ce niveau, personne dans l'ascenseur quand elle en ouvrit la grille, à l'exception du liftier qui lui demanda :

— Z'avez vu comment les Boches ont assaisonné *John Lewis* ?

Pas plus d'acheteurs au cinquième étage. *Ils n'ont besoin de personne, c'est évident...* Pourtant, Polly était à peine entrée dans le bureau du chef du personnel que ce dernier lui offrait un poste de vendeuse assistante au rayon « Lingerie ». Il l'escorta jusqu'au troisième étage où il interrogea une jolie brunette :

— Où est Mlle Snelgrove ?

— Elle a téléphoné pour prévenir qu'elle serait en retard, monsieur Witherill, répondit la jeune femme qui souriait à Polly. Il y a un UXB sur Edgware Road, ils ont interdit l'accès de toute la zone, et elle doit traverser le parc, alors...

— Voilà Mlle Sebastian, l'interrompit M. Witherill. Elle travaillera au comptoir des gants et des bas.

Il se tourna vers Polly.

— Mlle Hayes vous montrera les emplacements et vous expliquera vos tâches. Demandez à Mlle Snelgrove de passer me voir dès qu'elle arrive.

— Ne vous en faites pas pour lui, dit Mlle Hayes quand il fut parti. Il est un peu nerveux. Trois filles ont donné leur démission, ce matin, et il s'inquiète à l'idée que Mlle Snelgrove pourrait avoir elle aussi décampé. Hélas non ! et c'est bien dommage. C'est notre responsable d'étage, et elle est *excessivement* exigeante.

Elle avait baissé la voix pour ajouter, en confidence :

— *Moi*, je crois que c'est *elle*, la raison de la démission de Betty, même si elle a invoqué *John Lewis* pour motif. Mlle Snelgrove était sans cesse sur son dos. Vous avez déjà travaillé dans un grand magasin, mademoiselle Sebastian ?

— Oui, mademoiselle Hayes.

— Parfait, vous aurez donc un peu l'habitude des stocks et du matériel.

Elle passa derrière le comptoir.

— Et il n'est pas nécessaire de m'appeler mademoi-selle Hayes quand nous sommes seules. Appelez-moi Marjorie. Et vous êtes ?...

— Polly.

— Où travailliez-vous, Polly ?

— À Manchester, chez *Debenhams*.

Elle avait choisi Manchester à cause de son éloigne-ment par rapport à Londres et parce qu'un *Debenhams* s'y trouvait. Elle avait vu une photo du magasin, détruit par un raid en décembre. Il ne manquerait plus que Marjorie s'exclame : « Vraiment ? Je suis de Manchester ! »

Ce ne fut pas le cas. Elle demanda :

— Savez-vous faire un compte-rendu de ventes ?

Polly savait. Tout comme additionner, se servir de papier carbone ou d'une machine à calculer, aiguiser des crayons, et toute autre tâche qu'une vendeuse était censée connaître du point de vue de Recherche et de M. Dunworthy... lesquels étaient persuadés que les his-toriens devaient être préparés à *n'importe quelle* éventua-lité.

C'est pour l'argent que Polly avait éprouvé les pires difficultés de mémorisation. Leur organisation monétaire était si démentielle que Polly s'attendait à ce qu'elle devienne une grosse source d'ennuis au travail, mais Marjorie lui annonça que chez *Townsend Brothers* les transactions en liquide étaient traitées par la comptabi-lité, à l'étage. Tout ce qui incombait à Polly, c'était de placer l'argent et la facture dans une navette en cuivre, et de la propulser par un système de tubes pneumatiques. La navette revenait un peu plus tard avec l'appoint exact en monnaie.

*J'aurais pu me dispenser d'apprendre ce fatras de gui-nées, de demi-couronnes et de quarts de penny.*

Marjorie lui montra comment facturer une vente sur le compte d'un client et remplir un bon de livraison, dans quels tiroirs étaient entreposés les différentes tailles de gants, les bas de soie, les bas de coton en fil d'Écosse et en laine, comment draper les boîtes des bas avec une seule feuille de papier de soie, les y poser, avant d'entourer la boîte de papier d'emballage en repliant les extrémités en dessous et en attachant le tout avec une ficelle issue d'un gros rouleau.

Ni Recherche, ni M. Dunworthy n'avaient prévu ce détail, mais cela ne paraissait pas trop difficile. Cependant, Marjorie ne s'était pas trompée, les affaires reprenaient : à 11 heures, une demi-douzaine de clientes étaient arrivées, et l'une d'elles, âgée, dit à Polly :

— Quand j'ai vu comment Hitler avait démoli Oxford Street, j'ai décidé de m'acheter une nouvelle paire de jarretières, juste pour lui montrer !

Lorsque Polly réalisa sa première vente, son emballage fut un ratage intégral. Les bords en étaient inégaux, les plis froissés, et au moment où elle tentait de tendre la ficelle autour du paquet, le papier se défit entièrement.

— Je suis vraiment désolée, madame. C'est mon premier jour.

Elle recommença, et réussit cette fois à maintenir ensemble feuille et paquet, mais son nœud restait si lâche que la ficelle se dénoua sur le côté.

Marjorie vint à sa rescousse. Elle jeta le lien emmêlé et reprit l'opération avec une nouvelle longueur qu'elle attacha avec adresse autour du paquet. Après le départ de la cliente, elle déclara gentiment :

— Je me chargerai d'emballer tes paquets jusqu'à ce que tu sois dans le bain.

Toutefois, Polly aurait évidemment dû savoir comment s'y prendre et, entre deux clients, elle s'entraîna sur une boîte vide, sans grand succès.

À midi, « l'excessivement exigeante » Mlle Snelgrove arriva. Polly se hâta de cacher dans sa poche le morceau de ficelle qu'elle avait utilisé pour ses expériences, et de réajuster son chemisier dans sa jupe.

Marjorie n'avait rien exagéré.

— J'attends le meilleur niveau des gens qui travaillent sous mes ordres : une attitude polie et une tenue impeccable, aussi bien dans l'exercice de leur fonction que dans leur apparence, annonça-t-elle, son regard glacial fixé sur la jupe bleu marine de Polly. Les habits requis pour nos vendeuses sont un corsage blanc, une jupe noire unie…

*Ce n'est pas faute de les avoir prévenus, à Garde-robe !* pensa Polly, dégoûtée.

— Et des chaussures plates et noires. Avez-vous une jupe noire, mademoiselle Sebastian ?

— Oui, ma'ame.

*En tout cas, j'en aurai une dès que j'aurai averti M. Dunworthy, ce soir, que j'ai trouvé du travail.*

— Depuis quand êtes-vous à Londres ?

— Je suis arrivée la semaine dernière.

— Alors, vous avez l'habitude des raids ?

— Oui, ma'ame.

— Je ne peux garder des filles anxieuses ou facilement effrayées. Les employés de *Townsend Brothers* doivent être exemplaires : calme et courage en toutes circonstances.

*« Recherchons vendeur : soigné, poli, impassible sous le tir ennemi. »*

— Montrez-moi votre journal des ventes, exigea Mlle Snelgrove.

Et elle se mit à détailler à Polly tout ce que Marjorie lui avait déjà expliqué, y compris comment envelopper un paquet. Elle y était encore plus experte que la vendeuse.

— Il ne faut pas gaspiller la ficelle, dit-elle, attachant sa boîte avec un nœud très serré. À vous, maintenant.

Par-dessus le comptoir de la lingerie, Marjorie adressa un regard horrifié à Polly.

*Il ne sera pas nécessaire que Garde-robe me trouve une jupe noire. Après ma démonstration, je n'aurai plus de travail.*

Puis la sirène d'alerte de raid se déclencha.

De sa vie entière, Polly n'avait jamais été aussi contente d'entendre quoi que ce soit, même quand elle découvrit que l'abri de *Townsend Brothers* consistait en une cave dépourvue d'aération, aux murs sillonnés de tuyauteries, et sans siège pour s'asseoir.

— Les chaises et les lits sont réservés aux clients, lui expliqua Marjorie.

Et Mlle Snelgrove ajouta sévèrement :

— On ne s'appuie pas. Tenez-vous droites.

Polly espérait que le raid se prolongerait, mais la fin d'alerte sonna au bout d'une demi-heure. Cependant, c'était le moment de la pause-déjeuner pour Polly, puis ce fut celle de Mlle Snelgrove et, peu de temps après, M. Witherill les rejoignit.

— Voici Mlle Doreen Timmons, qui s'occupera du comptoir des écharpes et des mouchoirs.

Et Mlle Snelgrove dut montrer derechef les procédures.

Ensuite, tous les clients de Polly demandèrent la livraison de leurs achats, si bien que les paquets lui furent épargnés. Hélas ! le lendemain, elle ne pourrait pas compter sur de nouvelles embauches ou raids. Elle devrait perfectionner ses compétences en emballage à Oxford.

*C'est un avantage du voyage temporel*, pensait-elle en rentrant chez elle après le travail. *S'il me faut une semaine pour m'en sortir, je peux disposer de ce laps de temps tout en arrivant à l'heure au magasin demain matin.*

Elle envisagea de rejoindre séance tenante le point de transfert, mais elle ne voulait pas courir le risque que quelqu'un la voie pénétrer dans l'allée et la suive. Elle devrait attendre le déclenchement des sirènes, la fin des rondes des gardes de l'ARP, et que les gens aient gagné leurs caves ou les abris. Ce soir, les raids commençaient à 20 h 45, les sirènes ne retentiraient donc pas avant

20 h 15, et elle ne pourrait se rendre au site qu'après le dîner.

*Dommage.* Quand elle ouvrit la porte de la pension, une odeur désagréable agressa son nez.

— Ragoût de rognons, lui apprit Mlle Laburnum, avant de baisser la voix. Je n'aurais jamais cru que je serais aussi pressée d'entendre les bombardiers approcher.

Elle se pencha par-dessus Polly pour scruter le ciel à travers la porte.

— À votre avis, aurons-nous la chance qu'ils arrivent tôt, ce soir ?

*Hélas, non !* se désola Polly.

Cependant, alors qu'elle s'engageait dans l'escalier pour aller poser son manteau et son chapeau, les sirènes se déclenchèrent.

— Parfait ! s'exclama Mlle Laburnum. Le temps d'attraper mes affaires et nous filons à l'abri. Je vous raconterai tout sur sir Godfrey en chemin.

— Non… je…, bafouilla Polly, déroutée par le début prématuré de l'alerte. Je… Il y a certaines choses que je dois faire avant de partir. Je dois laver mes bas, et…

— Ah ! il n'en est pas question ! C'est beaucoup trop dangereux. J'ai lu dans le *Standard* l'histoire d'une femme qui s'était attardée pour faire sortir le chat et qui a été tuée.

— Je n'en ai que pour quelques minutes. Je viendrai aussi vite que…

— Même une minute peut faire la différence, n'est-ce pas ?

Mlle Laburnum prenait à témoin Mlle Hibbard qui descendait en hâte l'escalier, enfournant son tricot dans son sac.

— Oh ! certainement.

— Mais M. Dorming ne nous a pas encore rejointes. Partez devant, toutes les deux, je vais le chercher…

— Il n'est plus là, dit Mlle Hibbard. Il a filé dès qu'il a su ce qu'il y avait au dîner. Allons, venez.

Il n'y avait plus d'autre issue que de les accompagner et d'attendre jusqu'à leur arrivée à Saint-George. Elle prétendrait alors qu'elle avait oublié quelque chose et qu'elle devait revenir. Si les raids n'avaient pas commencé.

Comment avait-elle pu se tromper d'heure, se demandait-elle, écoutant d'une oreille distraite Mlle Laburnum jacasser sur les mérites du merveilleux sir Godfrey.

— Même si je préfère les pièces de Barrie à celles de Shakespeare ! Elles sont tellement plus raffinées…

Les raids avaient débuté à 20 h 45 le 18 septembre. Mais la sirène de Hyde Park retentissait, elle aussi, et celle de Kensington Gardens démarra à l'instant où les trois femmes traversaient la rue. Colin devait avoir mélangé les dates.

Elles atteignaient presque l'église.

— Ah, zut ! j'ai oublié mon gilet. Je dois rentrer.

— Je vous prêterai un châle, dit Mlle Hibbard.

Avant que Polly ait eu le temps d'imaginer une réponse, Lila et Viv arrivaient en courant pour lui apprendre que *John Lewis* avait été frappé.

— Dieu merci, je n'avais entendu parler de ce poste qu'hier ! s'exclama Lila, haletante. Je ne me serais jamais pardonné si vous l'aviez obtenu et si *John Lewis* avait été détruit pendant vos heures de service.

— Seigneur ! s'inquiéta Mlle Hibbard. Je crois que j'entends des avions.

Elle pressa tout son petit monde en bas des marches et dans l'abri.

Polly se demanda si elle n'allait pas prendre ses jambes à son cou, mais elle n'y parviendrait jamais. Mme Brightford, ses filles, M. Simms et son chien, tous descendaient l'escalier, suivis par le pasteur qui procéda à un décompte rapide avant de verrouiller la porte.

Et maintenant, comment était-elle supposée dénicher une jupe noire ? Et apprendre l'art de l'emballage ? Elle pourrait dire à Mlle Snelgrove qu'elle s'était laissé surprendre par les sirènes, et qu'elle n'avait pas pu rentrer chez elle – *ce qui est la pure vérité*, pensa-t-elle, ironique –, mais quelle excuse réussirait à expliquer la production de paquetages aussi anarchiques ?

*C'est simple, je vais m'entraîner ici.*

Elle fouilla dans sa poche : le bout de ficelle s'y trouvait toujours. Quand sir Godfrey, dépouillé de tout vestige de la splendeur de la nuit précédente et bel et bien retourné à son rôle de gentleman âgé, lui offrit son *Times*, elle s'en saisit et, quand tout le monde fut endormi – en dépit des sirènes, le bombardement n'avait pas commencé avant 20 h 47 en définitive –, elle marcha sur la pointe des pieds jusqu'à la bibliothèque pour y prendre un livre de cantiques et tenter de l'emballer dans une feuille de papier journal.

C'était beaucoup plus facile à plier que le lourd papier d'emballage du magasin, et elle n'avait à subir le regard d'aucun client – ni de Mlle Snelgrove –, au risque de perdre ses moyens, pourtant ce fut encore un gâchis. Elle essaya de nouveau, en pressant l'extrémité contre son ventre pour l'empêcher de se déplier pendant qu'elle bardait son paquet de ficelle. Elle s'en sortit mieux, mais le papier journal laissa une longue trace noire sur son chemisier.

*« J'exige une tenue impeccable »*, avait dit Mlle Snelgrove.

Dès la fin de l'alerte, Polly devrait laver le corsage et le repasser pour qu'il sèche. Les raids étaient supposés se terminer à 4 heures mais, comme elle l'avait appris ce soir, cela ne signifiait pas que la fin d'alerte sonnerait à ce moment-là.

Elle saisit une nouvelle feuille du *Times* et reprit ses essais. Et encore… non sans maudire la ficelle si peu coopérative, et se demander pourquoi chez *Townsend*

*Brothers* on n'utilisait pas plutôt du ruban adhésif. Elle savait qu'il avait été inventé. Elle s'en était servie quand…

Une bombe explosa, tout près, dans un craquement assourdissant qui fit trembler le plafond. Nelson bondit et se mit à aboyer, frénétique. Polly sursauta et le journal se déchira de part en part.

— C'était quoi ? interrogea Mlle Laburnum d'un ton endormi.

— Cinq cents livres de métal en goguette, répondit M. Simms en caressant la tête de son chien.

M. Dorming tendit l'oreille et hocha la tête.

— Ils rentrent chez eux.

Il s'allongea mais, après quelques minutes de silence, les raids reprirent abruptement, accompagnés du martèlement des canons de DCA et du vrombissement des avions au-dessus de l'église.

M. Dorming se rassit, suivi du pasteur et de Lila qui s'écria, dégoûtée :

— Ah ! ça faisait *longtemps* !

Les autres, un par un, s'éveillaient et commençaient à examiner le plafond, inquiets. Déterminée à en maîtriser la technique avant le matin, Polly continua d'empaqueter. On entendit un cliquetis, comme si, là-haut, la grêle frappait la rue.

— Bombes incendiaires, dit M. Simms.

L'éclatement d'un obus de DCA précéda un long sifflement perçant, puis une double explosion… Ce n'était pas aussi assourdissant que la nuit d'avant, mais le pasteur s'avança jusqu'à sir Godfrey qui lisait une lettre et lui dit doucement :

— Les raids font de nouveau du vilain, ce soir. Serait-ce trop vous demander, sir Godfrey, que de nous faire l'honneur d'une autre représentation ?

— Tout l'honneur est pour moi.

Et sir Godfrey plia sa lettre, la glissa dans la poche de son manteau et se leva.

— Que souhaitez-vous ? *Beaucoup de bruit pour rien* ? ou l'une des tragédies ?

— *La Belle au bois dormant*, lâcha Trot depuis le giron de sa mère.

— *La Belle au bois dormant* ? Hors de question ! Je suis sir Godfrey Kingsman. Je n'exécute *pas* de pantomime.

Trot aurait dû fondre en larmes, au lieu de quoi elle proposa :

— Alors celle avec le tonnerre.

— *La Tempête*. Un bien meilleur choix.

Un sourire illumina le visage de Trot.

*Cet homme est vraiment merveilleux !*

Polly regrettait de ne pouvoir le contempler au lieu de s'entraîner avec ses feuilles d'emballage.

— Oh ! non, jouez-nous *Macbeth*, sir Godfrey, intervint Mlle Laburnum. J'ai toujours voulu vous voir dans...

Sir Godfrey s'était étiré de toute sa hauteur et gronda :

— Ignorez-vous qu'appeler la pièce écossaise par son nom porte malheur ?

Il scruta le plafond, écoutant un moment les bombes s'écraser et exploser comme s'il s'attendait que l'une d'entre elles fasse irruption pour châtier l'inconsciente.

— Non, chère madame, dit-il plus calmement. Ambition et violence ont dépassé les bornes ces deux dernières semaines. Et nous avons assez de brume et d'air empoisonné au loin pour cette nuit.

Il s'inclina devant Trot, majestueux.

— Nous jouerons donc « celle avec le tonnerre », « remplie de sons et de doux airs qui donnent du plaisir sans jamais faire de mal. »[1] Mais, si je dois incarner Prospero, il me faut une Miranda.

En quelques enjambées, il rejoignit Polly et lui tendit la main.

---

1. *La Tempête*, de William Shakespeare, acte III, scène I. (*NdT*)

— Votre gage, pour avoir mutilé mon *Times*, déclara-t-il en regardant le journal déchiré. Mademoiselle…

— Sebastian. Je suis désolée de…

— Peu importe, dit-il d'un air absent avant de la dévisager avec attention. Pas Sebastian, non… Sa jumelle, Viola.

— Je croyais qu'elle s'appelait Miranda, intervint Trot.

— C'est vrai, convint-il avant d'ajouter dans un souffle : Nous jouerons *La Nuit des rois* une autre fois.

Il aida Polly à se lever.

— « Venez, ma fille, écoutez, je veux vous conter comment nous sommes arrivés sur cette île livrée à d'étranges vents. »

Il sortit son livre de sa poche intérieure et le lui tendit.

— Page huit, murmura-t-il. Acte premier, scène deux. « Si c'est vous, mon bien-aimé père… »

Il était improbable qu'une vendeuse de 1940 connaisse la tirade, aussi prit-elle le livre et fit-elle semblant de le lire.

— « Si c'est vous, mon bien-aimé père, qui par votre art faites mugir ainsi les eaux en tumulte, apaisez-les. Il semble que le ciel serait prêt à verser de la poix enflammée… »

— « Peux-tu te souvenir d'une époque de ta vie où nous n'étions pas encore venus dans cette caverne ? »

— « Tout cela est bien loin, récita-t-elle en pensant à Oxford, et plutôt comme un songe que comme une certitude que ma mémoire puisse me garantir… »

— « Que vois-tu encore, lui dit-il en la dévisageant, dans cet obscur passé, dans cet abîme du temps ? »

*Mince ! il sait que je viens du futur !* pensa-t-elle. Puis : *Allons, il récite simplement son texte, il est impossible qu'il soit au courant.* Si bien qu'elle rata complètement sa réplique.

— « Faut-il avoir joué de malheur… », lui souffla-t-il.

Elle ne savait plus où ils en étaient sur la page.

— « Faut-il avoir joué de malheur pour être venus ici ? Ou bien, est-ce pour nous un bonheur qu'il en soit arrivé ainsi ? »

— « L'un et l'autre, mon enfant ! On m'a cruellement joué, comme tu le dis, et c'est ainsi que nous avons été chassés de là ; mais c'est par un grand bonheur que nous sommes arrivés ici. »

Il lui prit les mains, qui tenaient toujours le livre, et se lança dans la tirade où Prospero explique leur arrivée sur l'île puis, sans même une pause, il enchaîna avec ses accusations contre Ariel.

Elle oublia le livre, oublia le rôle de vendeuse des années 1940 qu'elle était censée jouer, oublia les gens qui les regardaient, le grondement des avions, oublia tout à l'exception des mains de l'homme qui la gardaient captive. Et de sa voix. Face à lui, envoûtée, « enchaînée par un charme » comme devant un vrai sorcier, elle souhaitait qu'il ne s'arrête jamais.

Quand il parvint au vers : « Je brise ma baguette », il libéra ses mains, leva les siennes au-dessus de sa tête et les abaissa brusquement, mimant le bris d'un bâton imaginaire. Alors son public, qui affrontait chaque nuit les attaques et l'anéantissement avec la même sérénité, ne put retenir un sursaut. Les trois petites filles se blottirent contre leur mère, bouches ouvertes, œil élargi.

— « Je noierai sous les eaux mon livre magique, proclama-t-il, d'une voix lourde de puissance, d'amour et de regret. Nos acteurs, comme je vous l'ai dit d'avance, étaient tous des esprits ; ils se sont fondus en air subtil. »

*Oh ! pas ça !* La suite était pourtant la plus belle tirade de Prospero, mais les palais, les tours, le « vaste globe » qu'elle évoquait y étaient détruits. Sir Godfrey avait dû entendre sa silencieuse prière parce qu'il dit, à la place :

— « Nous nous dissoudrons, sans même laisser derrière nous la trace que laisse le nuage emporté par le vent. »

Et Polly sentit ses yeux s'emplir de larmes.

Sir Godfrey se saisit de nouveau de ses mains.

— « Vous avez l'air émue comme si vous étiez remplie d'effroi. Soyez tranquille. Maintenant, voilà nos divertissements finis. »

Et la fin d'alerte retentit.

Tout le monde porta ses yeux sur le plafond, et Mme Rickett se leva et commença d'enfiler son manteau.

— « Le rideau s'est refermé », murmura sir Godfrey à Polly.

Sur le point de lui libérer les mains, il lui adressa une petite grimace.

Elle secoua la tête.

— « C'était le rossignol, le jour n'est pas encore prêt de paraître. »[1]

Il lui jeta un regard de respect mêlé d'admiration, puis sourit et secoua la tête à son tour.

— « C'était l'alouette », dit-il d'un ton plein de regrets. Ou pire encore, « le carillon de minuit. »[2]

Et il lâcha ses mains.

— Oh là là ! sir Godfrey, vous étiez *si* émouvant, s'exclama Mlle Laburnum.

Elle avait été rejointe par Mlle Hibbard et par Mme Wyvern, et toutes se pressaient autour de lui.

— Nous ne sommes que de pauvres acteurs, répondit-il, désignant Polly afin de l'inclure.

Mais elle n'intéressait pas du tout les trois femmes.

— Vous étiez *vraiment* bon, sir Godfrey, déclara Lila.

— Meilleur que Leslie Howard, ajouta Viv.

— Tout simplement hypnotisant, assura Mme Wyvern.

*« Hypnotisant » : c'est le mot juste*, se disait Polly tandis qu'elle enfilait son manteau et rassemblait son sac et le livre de cantiques emballé de papier journal. *Il m'a*

---

1. *Roméo et Juliette*, de William Shakespeare, acte III, scène v. (*NdT*)

2. Allusion à *Henri IV*, 2e partie, de William Shakespeare, acte III, scène ii. (*NdT*)

*complètement fait oublier mon entraînement au paque-*
*tage.* Elle jeta un coup d'œil à sa montre dans l'espoir
que la fin d'alerte aurait sonné tôt, mais il était six heures
et demie. Elle se sentit comme Cendrillon. *C'est* bien
*l'alouette, et je dois rentrer à la maison laver mon corsage.*

— J'espère que vous nous ferez le plaisir d'une
autre représentation demain soir, sir Godfrey, suppliait
Mlle Laburnum.

— Mademoiselle Sebastian !

Sir Godfrey se dépêtra de sa troupe d'admiratrices et
rejoignit Polly.

— Je voulais vous remercier de connaître votre
texte… ce qui est rarement le cas pour mes partenaires
principales. Dites-moi, avez-vous jamais envisagé l'idée
d'une carrière théâtrale ?

— Oh ! non, monsieur. Je ne suis qu'une vendeuse.

— Cela m'étonnerait. « Vous êtes la déesse que sui-
vent ces chants, incomparable, une merveille. »[1]

— « Je ne suis point une merveille, seigneur. Mais
pour fille, bien certainement je le suis. »

Il secoua la tête avec regret.

— Une fille, certes, et si j'avais quarante ans de moins,
je serais votre premier rôle, dit-il en se penchant sur elle,
et *vous* ne seriez pas en sécurité.

*Je n'en doute pas un instant. Il devait être drôlement*
*dangereux quand il avait trente ans !*

Elle se remémora soudain Colin, qui assurait : *« Je*
*peux viser tous les âges de ton choix. Bon, pas soixante-*
*dix, mais je suis prêt à atteindre trente ans. »*

Mlle Laburnum les rejoignit.

— Ah ! sir Godfrey, la prochaine fois, pourriez-vous
nous jouer un extrait d'une pièce de sir James Barrie ?

— *Barrie ?* répéta-t-il d'un ton de pur dégoût. *Peter Pan ?*

Polly réprima un sourire. Elle ouvrit la porte et s'engagea dans l'escalier.

------

1. *La Tempête*, de William Shakespeare, acte I, scène II. (*NdT*)

— Viola, attendez !

Sir Godfrey la rattrapa à mi-chemin. Elle crut qu'il allait de nouveau lui saisir les mains, mais il s'en abstint. Il se contenta de la contempler si longtemps qu'elle sentit son souffle se suspendre.

*Trente ans, tu parles ! Il est encore dangereux maintenant.*

— Sir Godfrey !

Mlle Laburnum l'appelait d'en bas.

Il regarda derrière lui, puis revint à Polly.

— « Nous nous rencontrons trop tard. Le temps est disloqué. »[1]

Et il redescendit les marches.

---

1. *Hamlet*, de William Shakespeare, acte I, scène v, notre traduction. (*NdT*)

> *Vrais avions, vraies bombes.*
> *Ce n'est pas un putain d'exercice !*

Annonce par haut-parleur sur l'*Oklahoma*.
Pearl Harbor, le 7 décembre 1941

# Dunkerque, le 29 mai 1940

Médusé, Mike découvrait la ville de Dunkerque en flammes, à moins de deux kilomètres à l'est du bateau. L'âcre mélange des volutes rouge orangé et des nuages de fumée noire issus des réservoirs d'essence s'élevait en tourbillons au-dessus des docks. Le feu avait pris sur les appontements, sur les plages, sur la mer. La poupe d'un croiseur échoué à droite formait un angle prononcé avec l'eau. Sur son flanc, un remorqueur débarquait les soldats. Un destroyer attendait au sud et, derrière lui, une navette transmanche brûlait, elle aussi.

Des éclairs de lumière – en provenance des canons d'artillerie ? – dansaient le long de l'horizon, et les canons du destroyer leur répondaient dans un grondement assourdissant. Sur le rivage, une citerne de carburant explosa dans un violent panache de flammes. Au loin, on entendait crépiter des mitrailleuses.

En ébullition, Jonathan criait, dans sa tentative pour dominer le vacarme.

— Je n'y crois pas ! On y est vraiment !

Mike détaillait le port paralysé qu'éclairait l'incendie, et l'idée de lâcher le bastingage, ou même d'effectuer un seul geste le terrorisait. Quoi qu'il fasse – ou dise –, un impact catastrophique sur les événements risquait d'en résulter.

— C'est formidable ! s'exclama Jonathan. Pensez-vous que nous apercevrons des Allemands ?

— J'espère que non.

Mike porta son regard au zénith, puis vers l'horizon. Il cherchait à voir à travers les nuages de fumée si l'aube approchait.

Les épaves à demi submergées avaient transformé le port de Dunkerque en parcours du combattant, et ils n'avaient pas la moindre chance de le traverser sans visibilité. D'un autre côté, la lumière du jour les mettrait à la merci des Stuka. Et, oh ! Seigneur ! le ciel s'était éclairci, le 29 mai ! Une brise de mer avait balayé la fumée à l'intérieur des terres, loin du port, et les bateaux qui tentaient de charger les soldats étaient devenus des cibles faciles. La brise n'était pas encore levée, mais pour combien de temps ?

— Kansas ! Reste pas planté là ! cria le capitaine. T'es supposé empêcher la *Lady Jane* d'emboutir quelque chose.

*Vraiment ? Ou êtes-vous supposé heurter un chalutier ou un petit bateau de pêche et sombrer corps et biens ?*

Il était impossible de décider quoi faire, ou ne pas faire. C'était comme traverser un champ de mines les yeux bandés, en sachant qu'à chaque pas tout peut vous exploser à la figure. Sauf que la situation de Mike était pire, puisque l'immobilité pouvait conduire au même résultat. Son cri d'alerte ou son silence changerait-il le cours de l'Histoire ?

— Bateau à tribord ! hurla Jonathan depuis l'autre bord.

Le capitaine tourna le gouvernail, la *Lady Jane* haleta en croisant le démineur qui arrivait en sens inverse, puis elle entra dans le port.

Mike s'aperçut qu'il aurait pu se dispenser de s'inquiéter pour la question de la visibilité. La ville incendiée éclairait le bassin tout entier. On y voyait presque comme en plein jour. C'était une chance parce que les obstacles se multipliaient alors qu'ils approchaient. Une caisse en bois flotta dans leur direction et, derrière elle, juste derrière, apparut un voilier coulé, son mât dressé tout droit au-dessus de l'eau.

— Manœuvre à gauche ! hurla Mike, indiquant le cap à grand renfort de gestes du bras.

— *À gauche ?* mugit le capitaine. T'es à bord d'un vaisseau, Kansas. On dit bâbord !

— D'accord ! À bâbord ! Vite !

Le capitaine manœuvra juste à temps, le mât passa à quelques centimètres, et Mike comprit qu'en virant il avait lancé la *Lady Jane* sur un ferry à moitié submergé.

— À droite ! Je veux dire : à tribord. À tribord !

Il ne s'en fallut pas de quelques centimètres, cette fois, mais d'un cheveu ! Et y étaient-ils réellement arrivés, ou avaient-ils percé un trou dans la coque ? Impossible à déterminer, et pas le temps d'y réfléchir. Devant, immergée, reposait une énorme roue à aubes, et plus loin, sur la gauche, une chaloupe à demi coulée pointait sa proue comme un bélier en direction de la *Lady Jane*.

Jonathan prit Mike de vitesse et cria :

— À tribord, toute !

Ils dépassèrent l'obstacle. L'eau écumeuse s'encombrait de plus en plus : rames, barils de pétrole, bidons à essence. Puis une veste de l'armée, un bout de planche carbonisée, un gilet de sauvetage.

Mike appela le capitaine.

— Y a-t-il des vestes ou des bouées de sauvetage, à bord ?

— Des bouées de sauvetage ? Tu n'as pas dit que tu savais nager, Kansas ?

— Je sais nager, répondit Mike d'un ton irrité, mais pas Jonathan, et si la *Lady Jane* heurte quelque chose…

— C'est pour ça que je t'ai demandé de piloter. Alors, fais ton boulot. C'est un ordre.

Mike n'en tint pas compte. Il attrapa la gaffe pour accrocher le gilet de sauvetage et se précipita vers le bastingage, mais ils l'avaient déjà dépassé. Il se pencha par-dessus bord, dans l'espoir qu'il y en aurait d'autres, mais il n'en aperçut aucun. Il remarqua un pantalon dont les jambes avaient été nouées pour fabriquer un gilet de sauvetage de fortune, une chaussette, un enchevêtrement de cordage. Et un corps, les bras déployés, tel un crucifix.

— Là ! Regardez ! cria Jonathan depuis l'autre côté. Est-ce un cadavre ?

Mike allait répondre « oui » quand il constata que ce qu'il avait pris pour un mort était un pardessus militaire, dont les manches vides et les pans de ceinture flottaient de part et d'autre. Quelque officier s'en était dépouillé tandis qu'il rejoignait l'un des bateaux à la nage. En même temps que le reste de ses habits, et probablement de ses chaussures, lesquelles bien sûr avaient été englouties. Non, il se trompait. Arrivaient une botte de l'armée, une échelle et, chose étonnante, un fusil.

La *Lady Jane* atteignait presque l'entrée du port. Le capitaine manœuvra pour éviter un canot à la dérive et une voile qui s'était gonflée d'air comme un ballon alors que le voilier sombrait sous elle.

Ah ! ce n'était pas un voilier, mais la bâche d'un camion éjecté de la jetée. Conclusion, ils avançaient sur un bas-fond. Avec un peu de chance, ils pourraient distinguer les épaves avant de les heurter.

— T'en penses quoi, Kansas ? demanda le capitaine, qui étudiait le port. Quelle est notre meilleure option ?

*Demi-tour, et direct à la maison !*

Des bateaux et des équipements à demi coulés poussés là par l'armée afin qu'ils ne tombent pas aux mains de l'ennemi avaient transformé l'arrière-port en parcours d'obstacles. Même s'ils parvenaient à pénétrer dans le bassin, ils ne réussiraient jamais à en sortir : l'entrée en était si étroite qu'il suffisait d'une chaloupe pour la bloquer. Et s'ils essayaient les plages, les milliers de soldats qui s'y étaient rassemblés dans l'attente des secours submergeraient la *Lady Jane*. Ou elle s'échouerait sur le sable et ils devraient patienter jusqu'au retour de la marée.

— Qu'est-ce que tu dis, Kansas ? insista le capitaine, ses doigts en conque derrière son oreille. On prend quelle direction ?

Un assourdissant coup de sirène retentit et une vedette surgit de la fumée, droit sur la *Lady Jane*. Un jeune homme en uniforme de la Marine se tenait à la proue.

— Ohé ! appela-t-il, les mains en coupe autour de sa bouche. Êtes-vous vides ou pleins ?

— Vides ! cria Mike en retour.

— Allez par là ! ordonna-t-il, baissant une main pour leur indiquer l'est. Ils embarquent des troupes sur le môle.

*Oh ! mon Dieu ! le môle est !* C'était l'une des zones les plus dangereuses du port. Elle avait été attaquée sans cesse, et de nombreux vaisseaux avaient été coulés en tentant d'embarquer les soldats depuis l'étroit brise-lames.

Le capitaine appelait Mike.

— Qu'a-t-il dit ?

— Il a dit d'aller par là ! expliqua Jonathan, qui montrait l'est du doigt.

Le capitaine hocha la tête, claqua un salut, et mit le cap dans la direction indiquée. La vedette vint au vent, vrombit en les dépassant et leur ouvrit la marche. Le brise-lames s'étirait de l'autre côté de l'arrière-port.

Au moins, nous n'allons pas nous échouer, se dit Mike, mais comme ils approchaient, il s'aperçut que la jetée avait été bombardée. Des blocs de ciment avaient été emportés, et des portes et des planches disposées afin de combler les brèches. L'officier de marine désigna l'ouvrage en ruine et, dès que le capitaine eut commencé à manœuvrer la *Lady Jane* pour s'avancer, il salua et s'éloigna dans un vrombissement.

Le capitaine contourna un remorqueur à demi coulé, deux espars déchiquetés et se risqua vers le brise-lames. La surface de l'eau était jonchée de barils de pétrole, de rames, de bordages qui brûlaient encore. Sur l'un d'eux, on pouvait lire : *Rosabelle*, sans doute le nom d'un bateau qui avait tenté d'embarquer des soldats et qui avait été réduit en miettes.

Le capitaine héla Mike.

— Trouve un endroit pour amarrer !

Il se mit à chercher un mouillage possible, mais le saccage volontaire des équipements de l'armée et les épaves bloquaient le môle sur toute sa longueur. L'arrière d'un véhicule de fonction militaire, poussé du bord, était planté tout droit.

Derrière, un espace d'eau libre semblait assez vaste pour accueillir la *Lady Jane*.

— Là ! cria Mike, pointant la position.

Le capitaine acquiesça et fit mouvement dans la direction.

— Doucement ! ordonna Mike.

À demi penché sur le bastingage, il guettait les obstacles submergés et s'attendait à ce que le capitaine lui demande d'user du foutu vocable nautique, mais il était apparemment aussi inquiet que Mike à la perspective d'éventrer la carène de sa vedette. Il ralentit le moteur au quart de sa vitesse et se glissa en douceur dans l'espace disponible.

— Regardez, encore un corps ! cria Jonathan.

Cette fois, c'était bien un cadavre, qui dérivait paresseusement à l'envers, dans les remous de la *Lady Jane*, et plus loin vers le môle un autre flottait à l'endroit, la tête et les épaules hors de l'eau, toujours coiffé de son casque.

Non, ce n'était pas un mort, mais un soldat qui fendait l'eau vers le bateau, et derrière lui deux autres le suivaient, l'un d'eux maintenant son fusil au-dessus de sa tête. De toute évidence, ils n'avaient pas l'intention d'attendre que la *Lady Jane* accoste et installe une passerelle. Il y eut un « plouf », et encore un, et quand Mike regarda la jetée, il vit qu'un nouveau soldat avait sauté à l'eau avec un chien crotté, qui barbotait maintenant à son côté. Une dizaine d'hommes patientaient et, plus loin sur le brise-lames, une dizaine d'autres couraient dans leur direction.

— Ne sautez pas ! leur cria Jonathan. Nous venons vous chercher !

Et le capitaine accosta en douceur. Jonathan lança une corde aux soldats.

— Attachez la vedette ! leur enjoignit le capitaine. Kansas, balance une autre corde à ces garçons dans l'eau.

Mike attacha une ligne aux plats-bords et la lança. Il espérait que son acte n'allait pas permettre de sauver quelqu'un qui était censé ne pas l'être. Il n'aurait pas dû s'inquiéter. Deux des hommes avaient escaladé le flanc du bateau sans son aide pendant qu'il arrimait la corde, et le troisième s'en servait comme harnais pour le chien afin que Mike puisse hisser la bête. Sauver un chien n'allait pas modifier le cours des événements, et ce chien n'aurait pu s'en sortir tout seul. Mike le hissa jusqu'au pont, où il s'ébroua, trempant tout le monde autour de lui ainsi que son maître qui venait juste de le rejoindre à bord.

Le dernier arrivé devait être officier, parce qu'il se chargea aussitôt de la corde.

— Kansas, aide Jonathan à poser la passerelle sur ce quai.

Mike essaya, mais le môle s'élevait trop loin au-dessus d'eux. De toute façon, les soldats avaient déjà pris les choses en main. Ils avaient attaché une échelle au flanc du quai, descendaient dans l'eau et s'éloignaient à la nage.

— Prépare une autre corde, ordonna le capitaine à l'intention de Jonathan.

Il commença de détacher les bidons d'essence des plats-bords. Mike intervint.

— Laissez-moi m'en occuper.

Et il porta les lourds récipients métalliques à l'arrière. Remplir le réservoir de la *Lady Jane* comportait moins de risques d'affecter l'Histoire que sortir de l'eau des soldats dont certains n'auraient jamais pu y parvenir sans assistance.

— Tendez-moi la main ! criait Jonathan, penché par-dessus bord.

Il se redressa avec un soldat équipé de pied en cap, paquetage, casque, et tout le reste. Il l'attrapa par les bretelles de son sac et l'aida à passer de l'autre côté du bastingage.

— J'ai cru que vous étiez foutu !

— Moi aussi ! répliqua le soldat.

Il laissa tomber son paquetage et se retourna pour épauler Jonathan et hisser le soldat suivant, et le suivant… Mike vida les bidons d'essence dans le réservoir, puis les balança dans le port. Ils oscillèrent en s'éloignant parmi les planches, les habits et les morts. Il revint chercher deux bidons de plus, naviguant entre les soldats qui encombraient son chemin. Ils continuaient de grimper à bord. Alors qu'il lançait sa jambe par-dessus le garde-corps, l'un d'eux dit :

— Il était temps, patron ! Où diable étiez-vous passés ?

Mais la plupart demeuraient muets. Ils s'effondraient sur le pont, ou s'asseyaient là où ils étaient montés, l'air abattu et désorienté, le visage hâve zébré de pétrole, l'œil injecté de sang. Aucun ne s'installait vers la poupe ou de l'autre côté, et la *Lady Jane* commençait à s'incliner sous leur poids.

— Faut qu'ils bougent à tribord, Kansas ! ou on boit le bouillon. Il en reste combien, Jonathan ?

Le garçon aidait un soldat au bras bandé à gagner le bord.

— Un seul ! C'est le dernier.

*Pour le moment*, pensa Mike, qui regardait le môle. Des hommes convergeaient de toutes les directions vers son extrémité. S'ils arrivaient jusqu'à la *Lady Jane*, ils couleraient le bateau, mais le capitaine lançait déjà le moteur.

— Coupe la corde, dit-il à Jonathan.

Il tira sur l'accélérateur, l'hélice se mit à tourner, puis s'arrêta dans un hoquet.

— L'hélice est bloquée ! cria le capitaine. Probablement une corde.

— Que faut-il faire ? demanda Jonathan.

— L'un de vous doit descendre et la démêler.

*Et Jonathan ne sait pas nager…*

Mike jeta un coup d'œil accablé aux soldats effondrés sur le pont, à l'officier qui les avait hissés, dans l'espoir que l'un d'eux se porterait volontaire, mais ils n'étaient pas en état de faire quoi que ce soit, encore moins de retourner à l'eau.

Il regarda Jonathan, qui se penchait sur le gilet de sauvetage d'un soldat pour en dénouer les attaches. Le soldat ne résista pas, ne sembla même pas remarquer la présence de Jonathan. Jonathan, qui avait quatorze ans et qui mourrait si l'hélice n'était pas débloquée, dont le souhait serait alors exaucé et qui deviendrait un héros de la guerre.

*Mon souhait s'est réalisé, lui aussi. Je voulais observer des héros, et les voici.*

Jonathan avait réussi à détacher le gilet. Il l'endossa.

— J'y vais, grand-père.

— Non, c'est moi.

Mike enleva sa veste.

— Retire tes chaussures, ordonna le capitaine. Et fais attention à toutes ces épaves.

Jonathan lui lança le gilet en liège et Mike l'enfila avant de s'avancer en chaussettes jusqu'à l'arrière du bateau. Le capitaine accrocha une ligne au garde-corps.

— Descends, Kansas. On compte sur toi.

— Le moteur est coupé, c'est bien sûr ? Je ne voudrais pas que l'hélice redémarre d'un seul coup !

Et Mike sauta par-dessus bord. L'eau le frappa comme un soufflet glacé, il suffoqua et but la tasse et refit surface en toussant, agrippant la corde.

— Tout va bien ? appela Jonathan.

— Oui, réussit-il à répondre entre deux hoquets.

— Grand-père dit qu'il a arrêté le moteur.

Mike hocha la tête et se dirigea vers l'arbre de transmission. Il inspira profondément et plongea. Pour remonter immédiatement.

— Qu'est-ce qui ne va pas ? s'enquit Jonathan.

— C'est le gilet de sauvetage. Impossible de s'immerger avec ça.

Il lui fallut une éternité pour dénouer les liens et retirer le gilet. Il le laissa flotter, puis pensa : *Et s'il se prend dans l'hélice ?* Il le récupéra et l'attacha à la corde, les doigts gourds, puis plongea de nouveau.

L'eau était d'un noir d'encre. Il tâtonna pour trouver l'hélice, lâcha sa prise sur la coque, perdit ses repères. Il poussa vers la surface et se cogna la tête. *Je suis sous la vedette*, se dit-il, paniquant, puis il émergea.

Ce n'était pas le bateau, juste une planche à la dérive, et Mike se retrouvait à l'endroit même d'où il avait plongé.

— Je n'y vois rien ! cria-t-il à Jonathan. Il me faut de la lumière.

— Je vais chercher une lampe de poche.

Mike attendit en barbotant. Jonathan réapparut avec une lampe torche qu'il alluma et pointa sur l'eau.

— Éclaire droit sur l'hélice, ordonna Mike.

Du doigt, il lui indiquait où viser.

Jonathan obéit. Mike prit une grande goulée d'air et plongea derechef. Il n'y voyait toujours rien. La lampe ne projetait qu'un misérable cercle de lumière au-dessous de la surface… Elle n'était pas assez puissante pour la mer huileuse.

— On a besoin de quelque chose de plus efficace, cria Mike à Jonathan.

Et, brusquement, il fit jour tout autour de lui.

*Il a dû aller chercher la lampe de signalisation*, pensa Mike. Puis : *Seigneur, les Allemands lâchent des fusées éclairantes !*

Il ne restait donc que cinq minutes avant qu'ils ne balancent leurs bombes. En même temps, Mike pouvait voir l'hélice et, tout entortillé, un volumineux paquet de vêtements. *Encore un pardessus !* Un pan de la ceinture flottait librement. Mike attrapa une lame de l'hélice et s'approcha pour démêler la manche.

Elle se détacha, et – *oh ! mon Dieu !* – il y avait un bras dans cette manche, et ce qui avait bloqué l'hélice n'était pas un manteau, c'était un cadavre. Tellement enchevêtré dans les lames qu'il semblait embrasser l'hélice. Mike tira avec précaution sur le bras. L'autre bout de la ceinture était entrelacé autour d'une lame et de la main du mort. Empoignant l'extrémité avec la boucle afin de la dégager, Mike la déroula, et la tête du soldat s'effondra en avant, la bouche pleine d'eau noire.

L'éclairage verdâtre commençait à décliner. Mike réussit à libérer le bras des lames. Il se demandait combien de temps il parviendrait à retenir sa respiration. Il saisit l'autre bras. Qui résista. Il tira d'un coup sec, ses poumons au bord de l'explosion. Il tira de nouveau.

Il y eut un éclair, et une forte secousse, et le corps fut projeté contre Mike, le privant de ses ultimes réserves d'air.

*Ferme ton bec*, pensa Mike, luttant contre son réflexe. *Pas de respiration avant la surface !*

Mais il ne pouvait pas remonter. Les pans dénoués de la ceinture s'étaient enroulés autour de son poignet et l'attachaient comme ils avaient immobilisé l'hélice, l'amarrant dans les profondeurs. Il tira désespérément sur la ceinture pour la délier.

Elle se déroula. Il exerça une violente poussée sur le mort, qui partit à la dérive, la ceinture à la traîne telle une algue, puis émergea, hoquetant. La *Lady Jane* avait disparu. Plus rien n'était visible, excepté le bois qui brûlait, les bidons d'essence oscillant sur l'eau noire. Le ciel s'embrasa de nouveau, d'un vert cauchemardesque, mais Mike ne pouvait toujours pas distinguer la vedette. Il ne voyait que la silhouette noire du croiseur et, au-delà, celle du destroyer.

*Je regarde dans la mauvaise direction.* Il nagea en rond pour se repérer et découvrit la *Lady Jane*, découpée sur la ville en feu. Une autre fusée éclairante tomba en crépitant. Elle illumina Jonathan, à la poupe, dont la lampe torche décrivait de grands cercles erratiques, à sa recherche.

— Je suis là ! cria Mike.

Jonathan réorienta le faisceau, loin derrière lui.

— Ici ! appela Mike.

Et il se mit à nager vers le bateau.

Il y eut un sifflement, un éclair aveuglant, et un rideau de flammes monta de l'eau autour de lui.

*Au sens propre, et dans son essence,
la bombe volante est une arme de hasard,
et cela vaut aussi bien pour sa nature,
ses objectifs ou ses effets.*

Winston Churchill, 1944

# Dulwich, le 15 juin 1944

À 23 h 35, avec quatre minutes de retard sur l'horaire prévu… mais l'attente avait semblé *beaucoup* plus longue à Mary, l'alerte finit par sonner.

— Qu'y a-t-il ? demanda Fairchild en se dressant dans son lit.

— Rien du tout, répondit Talbot. Ces satanés gamins jouent de nouveau avec la sirène. Rendors-toi. Elle s'arrêtera bientôt.

— Souhaitons-le, dit Grenville, qui enfouissait sa tête dans son oreiller. Et prions pour que le major comprenne de quoi il s'agit. Je ne supporterai pas de passer la nuit dans cette cave minable.

Mais la plainte stridente de la sirène continuait d'aller son train, crescendo et decrescendo, sans relâche.

— Et si ce n'était pas une farce, fit Maitland, qui s'était assise dans son lit et allumait sa lampe. Et si Hitler s'était rendu et que la guerre était terminée ?

— J'espère bien que non, murmura Talbot, les yeux clos. J'ai un pari à gagner.

— Ça ne peut pas être la reddition, déclara Fairchild. Ils sonneraient une fin d'alerte s'ils annonçaient la fin de la guerre.

*Chh*, pensait Mary, qui cherchait à percevoir le son du V1. Il était censé frapper Croxted Road à 23 h 43, près des terrains de cricket, juste à l'ouest de leur poste. On devait pouvoir l'entendre passer avant l'impact.

La sirène se tut.

— C'est pas trop tôt, grogna Talbot. Si je mets la main sur ces sales gosses…

Maitland éteignit sa lampe et se rallongea. Mary replongea sous ses couvertures, ralluma sa torche, et regarda sa montre. 23 h 41. Encore deux minutes. Elle tendit l'oreille et se concentra pour détecter le bruit du moteur, mais elle ne perçut rien. Une minute. Elle aurait dû entendre le V1 approcher, maintenant. Les ratés de leur moteur à réaction permettaient de les déceler plusieurs minutes avant qu'ils atteignent leurs cibles, et celui-là croiserait directement au-dessus du poste.

Trente secondes, et toujours rien.

*Oh non ! le V1 ne va pas frapper Croxted Road. Ce qui signifie que mes heures et mes emplacements sont faux… et ma mission s'est juste transformée en dix !*

Un fracas terrible retentit à l'ouest, tel un coup de tonnerre, suivi par un tremblement qui secoua la chambre.

— Seigneur, qu'est-ce que c'était ? s'exclama Maitland, qui cherchait la lampe à tâtons.

*Dieu merci !* Mary regarda sa montre : 23 h 43. Elle se hâta d'éteindre sa torche et sortit de son abri de couvertures.

— Vous avez entendu ça ? demanda Reed.

— *Moi*, oui, confirma Maitland. Ça ressemblait à un avion. L'un de nos gars a dû faire un atterrissage forcé.

— On ne déclenche pas une alerte pour un avion touché, fit remarquer Reed. Je parie que c'est un UXB.

— Ça ne peut pas être un UXB, se moqua Talbot. Comment auraient-ils prévu qu'il allait exploser ?

— Eh bien, quoi que ce soit, c'était dans notre secteur, conclut Maitland.

Et le téléphone sonna dans le bureau des expéditions. Peu de temps après, Camberley apparut à la porte et annonça :

— Un avion écrabouillé à West Dulwich.

— Je vous disais bien que c'était un avion, assena Maitland, attrapant ses bottes. La Défense passive a dû repérer qu'il était en flammes et donner l'alerte.

— Où, à West Dulwich ? interrogea Mary.

— Près des terrains de cricket. Croxted Road. Il y a des victimes.

*Merci, mon Dieu !*

Camberley disparut. Maitland et Reed coiffèrent leur casque et sortirent en vitesse. Camberley réapparut.

— Le major demande que toutes celles qui ne sont pas de service descendent dans l'abri.

— Elle prévoit combien d'accidents, cette nuit ? grommela Talbot.

*Cent vingt et un…* Mary enfila son peignoir et se joignit à la troupe mécontente qui gagnait la cave. Elles en remontèrent cinq minutes plus tard quand la fin d'alerte sonna, se débarrassèrent de leurs peignoirs, et se mirent au lit. Mary se recoucha aussi, alors qu'elle savait que la sirène recommencerait à sonner dans – elle jeta un coup d'œil à sa montre – six minutes.

Elle sonna.

— Oh ! pour l'amour de Dieu ! grogna Fairchild, exaspérée. Qu'est-ce qu'ils nous veulent, maintenant ?

— C'est une ruse nazie pour nous priver de sommeil ! s'exclama Sutcliffe-Hythe.

Alors qu'elle envoyait voler ses couvertures, une violente déflagration retentit au sud-est.

*Croydon,* se dit Mary, rassurée, *et juste à l'heure.*

Le V1 suivant frappa avec la même ponctualité, ainsi que celui d'après, mais aucun ne passa assez près pour qu'elle puisse déceler le bruit de son moteur. Elle regretta de nouveau de ne pas avoir écouté d'enregistrement. Il fallait qu'elle puisse en reconnaître le bruit si elle en entendait un approcher quand elle se trouverait dans l'allée des bombes. Au moins, elle connaissait la nature des explosions. Aucune des autres filles du FANY ne paraissait comprendre le moins du monde la situation, même quand Maitland et Reed, revenues de mission, racontèrent les maisons pulvérisées et les destructions considérables.

— Le pilote a dû s'écraser avec tout son chargement de bombes, spéculait Reed.

Quatre nouvelles explosions avaient pourtant détoné depuis.

— C'était l'un des nôtres, ou un des leurs ? interrogea Sutcliffe-Hythe.

— Il n'en restait pas assez pour se prononcer, répondit Maitland, mais c'était sans doute un avion allemand. Si l'un de nos gars avait été de retour, il aurait largué son arsenal. L'agent de service a raconté qu'il avait entendu l'avion venir, et qu'il semblait en difficulté.

— Hitler est peut-être à court d'essence, et il leur verse du pétrole lampant dans les réservoirs, se moqua Reed. Sur le chemin du retour, il y en avait un autre qui cafouillait et toussait.

Un nouveau grondement assourdissant retentit vers l'est.

— Si ça continue comme ça, Hitler n'aura plus d'aviation d'ici demain, lâcha Talbot.

*Ce ne sont pas des avions, ce sont des fusées sans équipage.*

De toute évidence, Mary s'était inquiétée en vain : elle n'était pas arrivée trop tard pour observer leur comportement avant l'effet V1, elles n'en avaient pas encore changé.

Elles se remirent presque sur-le-champ à discuter du bal où Talbot se rendait samedi en huit.

— Il faut que l'une de vous m'accompagne. Tu viendrais, Reed ? Il y aura des tas d'Américains.

— Ah non ! pas question. Je hais les Amerloques. Ils sont tous si suffisants. Et ils te marchent sur les pieds.

Elle se lança dans le récit de sa rencontre au *400 Club* avec un capitaine américain épouvantable. Même lorsque Camberley cria du haut de l'escalier de la cave qu'il s'était produit un autre incident, et que Maitland et Reed se dépêchèrent de lever le camp, elles continuèrent comme si de rien n'était.

— Pourquoi veux-tu aller à un bal plein d'Amerloques, Talbot ? demanda Parrish.

— Elle en cherche un qui tombe raide dingue amoureux d'elle et qui lui achète une paire de bas nylon, dit Fairchild.

— Je trouve ça scandaleux, lâcha Grenville, dont le fiancé était en Italie. Et l'amour, dans tout ça ?

— J'*aime* l'idée d'obtenir une nouvelle paire de bas, répondit Talbot.

— Je viendrai avec toi, déclara Parrish, mais seulement si tu me laisses porter ton corsage à pois suisse la prochaine fois que je verrai Dickie.

Mary n'aurait jamais imaginé que les FANY ne prendraient pas conscience de la situation dès l'arrivée des premiers missiles. D'autant que, d'après les récits historiques, des rumeurs couraient depuis 1942 sur la fabrication par Hitler d'une arme secrète. Cela dit, les récits historiques avaient également indiqué que l'alarme avait sonné à 23 h 31.

Les filles comprendraient bien assez tôt. D'ici la fin de la semaine, deux cent cinquante V1 s'écraseraient par jour, et il y aurait près de huit cents morts. Qu'elles profitent tant qu'elles le pouvaient encore de leurs babillages sur les hommes et les robes de soirée. Cela ne durerait plus longtemps. Et cela laissait Mary libre de prêter l'oreille aux sirènes et aux explosions, et de s'assurer qu'elles étaient dans les temps.

À l'exception d'un V1 qui s'abstint de frapper à 2 h 09, et de la fin d'alerte qui sonna à 5 h 40 au lieu de 5 h 15, ce fut le cas.

— Ça ne vaut vraiment pas la peine de se recoucher, dit Fairchild à Mary alors qu'elles se traînaient pour remonter l'escalier. On est de service à 6 heures.

*Mais les sirènes ne se remettront pas à bramer avant neuf heures et demie. Et il n'y aura pas de V1 dans notre secteur avant 11 h 39. Enfin, j'espère !*

Celui qui ne s'était pas manifesté à 2 h 09 la tracassait. Il devait s'abattre sur Waring Lane, qui était encore plus près du poste que les terrains de cricket. Elles auraient dû l'entendre.

Il avait donc dû s'écraser ailleurs. Ce qui collait avec le plan de mystification des services de renseignements britanniques. D'un autre côté, le 2 h 09 était le seul à ne pas être tombé à l'heure exacte et – autant qu'elle puisse en juger – au bon endroit. Peut-être était-ce juste une erreur. Quoique, une seule erreur suffisait pour que sa mission s'arrête, de façon aussi abrupte que définitive.

Mary fut soulagée lorsque la sirène de 9 h 30 et le V1 de 11 h 39 furent à l'heure, et encore davantage quand elle vit que l'engin avait frappé la bonne maison même si, en découvrant sa destruction, elle se sentit coupable de s'être tellement réjouie. Par chance, il n'y avait pas de victimes.

— On venait à peine de sortir pour aller chez ma tante, moi, ma femme et mes trois filles, lui dit le propriétaire.

— C'est son anniversaire, vous comprenez, ajouta sa femme. Si c'est pas un coup de chance !

Leur maison avait été si totalement détruite qu'il était impossible de savoir si elle avait été en bois ou en brique, mais Mary leur accorda que c'était une chance incroyable.

— Si le bombardier était tombé cinq minutes plus tôt, on aurait tous été tués, continua le mari. C'était quoi ? Un Dornier ?

Ils croyaient encore que des avions qui s'écrasaient causaient ces explosions.

Quand elles rentrèrent au poste, Reed accueillit Mary et Fairchild et leur annonça :

— Le général que j'ai conduit à Biggin Hill ce matin m'a dit que les Allemands disposent d'une nouvelle arme. C'est un planeur avec des bombes qui se déclenchent automatiquement quand il atterrit.

— Mais un planeur ne ferait aucun bruit, objecta Parrish, qui était de service au bureau des expéditions. À Croydon, ils disent qu'ils en ont entendu deux arriver cette nuit, et que leurs moteurs avaient tous les deux le hoquet, comme ceux de Maitland et de Reed.

— Quels qu'ils soient, déclara Talbot, j'espère qu'Hitler n'en a pas une cargaison.

*Seulement cinquante mille...*

— J'ai conduit un capitaine de corvette la semaine dernière, insista Reed. Il assurait que les Allemands travaillaient à...

Comme la sirène lançait son lamento, elle s'arrêta et elles descendirent toutes à la cave.

— Une nouvelle arme, continua Reed. Un avion invisible. Il disait qu'ils avaient inventé une peinture spéciale que notre défense ne peut pas détecter.

— Si notre défense ne les détecte pas, alors pourquoi les sirènes sonnent-elles ? demanda Grenville.

Et Fairchild ajouta :

— S'ils pouvaient les rendre invisibles, on imagine qu'ils auraient pu les rendre silencieux aussi, afin que personne ne les entende arriver.

*Ils ont réussi. Ils les ont appelés les V2. Ils commenceront à les balancer en septembre et, à ce moment-là, vous*

*aurez compris que ce sont des fusées et pas des planeurs*
*ou des avions invisibles.*

Ou des bombes envoyées par une catapulte géante.
Une théorie dont les filles discutèrent jusqu'à la fin
d'alerte, une demi-heure plus tard.

— Bon ! s'exclama Fairchild, prêtant l'oreille au hurlement plaintif de la sonnerie. Prions pour que ce soit le
dernier de la soirée.

*Ce ne sera pas le dernier,* pensa Mary en jetant un
coup d'œil furtif à sa montre. *L'alerte sonnera de nouveau dans onze minutes si elle est dans les temps.*

Et il devenait probable qu'elle le serait. Toute la journée, les explosions s'étaient produites à l'heure et, quand
elle regarda le journal de bord, Mary vit qu'on avait
demandé une ambulance pour Waring Lane à 2 h 20. Il
ne manquait plus que Bethnal Green.

Quand les journaux du soir parurent, Mary gagna
encore en assurance. La une de l'*Evening Standard*
n'était pas seulement identique à celle qu'elle avait vue à
la Bodléienne, mais le *Daily Express* indiquait que quatre
V1 étaient tombés dans la nuit de mardi, sans préciser
leurs positions.

Les journaux éclaircissaient aussi la nature des V1.
L'*Evening Standard* titrait : « Des avions sans pilote rava-
gent la Grande-Bretagne ». Et ils décrivaient tous les V1
en détail. Le *Daily Mail* proposait même un schéma du
mécanisme de propulsion, et la conversation dans l'abri
s'orienta sur le meilleur moyen d'éviter de se faire toucher par un V1.

« Quand le bruit du moteur s'arrête, plongez à couvert
sous la meilleure protection que vous pourrez trouver,
et tenez-vous éloigné des portes vitrées et des fenêtres »,
conseillait le *Times*. Et le *Daily Express* était encore plus
brutal : « Allongez-vous face contre terre dans le caniveau le plus proche. »

« Surveillez la flamme dans la queue, recomman-
dait l'*Evening Standard*. Quand elle s'éteint, vous avez

environ quinze secondes pour vous mettre à couvert »,
ce qui rendait le conseil du *Daily Herald* – gagner l'abri
le plus proche – totalement impraticable.

Mais, dans l'ensemble, la presse tapait dans le mille,
même si les journalistes ne s'accordaient pas sur le bruit
des V1, et si aucun d'entre eux ne mentionnait un raffut de voiture pétaradant. Les descriptions variaient de
la « machine à laver » au « "teuf-teuf" d'une moto », en
passant par le « bourdon d'une abeille ».

— Une abeille ? s'exclama Parrish, qui en avait entendu
un pendant l'une de ses missions en ambulance. Ça ne
ressemble à aucune abeille que je connaisse. Un frelon,
à la rigueur. Un frelon particulièrement gros et coléreux !

Mary dut la croire sur parole. À la fin de la première
semaine d'attaques, elle n'en avait toujours entendu
aucun approcher. C'était l'un des désavantages de sa
tâche d'ambulancière. On se rendait là où le V1 avait
déjà frappé, pas là où il allait s'écraser.

Mais le plus important n'était pas le bruit. C'était
le silence soudain, l'arrêt brutal du moteur, et cela
serait facile à reconnaître. Quoi qu'il en soit, Mary en
entendrait bientôt le son. Ils survenaient maintenant au
rythme de dix par heure, et les FANY enchaînaient deux
services, travaillant sans relâche, un incident après
l'autre. Elles administraient les premiers soins aux blessés, les installaient sur les brancards, les transportaient
à l'hôpital et – quand elles arrivaient avant la Défense
passive, ce qui se produisait souvent – sortaient les victimes des décombres, vivantes ou mortes. Et elles continuaient par ailleurs à transférer les patients de Douvres
à Orpington.

C'était beaucoup plus qu'elles ne pouvaient assumer,
et le major commença de faire pression sur le QG pour
obtenir plus de recrues et une ambulance supplémentaire.

— Elle ne l'aura jamais, soupira Talbot.

*C'est vrai.* Toutes les ambulances disponibles partaient pour la France.

— Pas sûr, répliqua Reed. Rappelle-toi : elle a bien réussi pour Kent. Et c'est *notre* major.

Là-dessus, Camberley démarra sur-le-champ un pari mutuel sur le temps que le major mettrait à obtenir son ambulance.

Les FANY avaient troqué sans effort leurs disputes au sujet des robes de soirée pour des discussions sur la réalisation des garrots ou la gestion des scènes macabres.

À Mary, Fairchild déclara :

— Ne te tracasse pas pour quoi que ce soit de plus petit qu'une main.

Et, tandis qu'elles attendaient avec un brancard pendant qu'une équipe de sauvetage creusait un accès jusqu'à une femme en pleurs, Parrish constata d'un ton calme :

— Ils ne l'atteindront jamais à temps. Le gaz. Vas-tu au bal avec Talbot samedi ?

— Je croyais que tu l'accompagnais, articula Mary, difficilement.

Elle essayait de ne pas penser au gaz. L'odeur gagnait en force, et les pleurs de la femme semblaient décliner en proportion.

— Je devais y aller, mais Dickie m'a téléphoné. Il a une perm de quarante-huit heures. Je me demandais si je pourrais t'emprunter ta robe en organdi bleu, si tu ne la portes pas ce soir-là... Oh ! regarde, ils l'ont sortie !

Elle se précipita à travers les gravats avec la trousse de secours, mais ce n'était pas la femme, c'était un chien que le gaz avait tué, et quand ils réussirent à extraire la femme, elle était morte, elle aussi.

— J'appellerai le fourgon mortuaire, dit Parrish. Tu ne m'as pas indiqué si tu avais besoin de ton organdi ce week-end.

— Non, je n'en ai pas besoin.

Mary dévisageait Parrish, horrifiée par son indifférence, puis elle se rappela qu'elle était censée avoir conduit une ambulance pendant le Blitz.

— Bien sûr que tu peux l'emprunter !

À distance des incidents, les FANY n'en discutaient jamais, pas plus qu'elles ne discutaient de leurs vies avant la guerre. En cela, elles se comportaient comme des historiennes, concentrées sur leur mission en cours, sur leur identité du moment, insensibles à toute perturbation. Pour leurs antécédents personnels, Mary devait rassembler les morceaux du puzzle à partir des indices que les filles semaient dans la conversation et d'un exemplaire du *Debrett* qu'elle avait trouvé dans la salle commune.

Le père de Sutcliffe-Hythe était comte, la mère de Maitland apparaissait en seizième position dans l'ordre de succession au trône, et Reed se nommait lady Diana Brenfell Reed. Camberley se prénommait Cynthia et Talbot Louise, bien qu'elles ne s'appellent jamais que par leurs noms de famille. Ou par des surnoms. Tout comme Parrish était « Jitters », elles avaient baptisé une FANY de Croydon « Dingue de Mâles ». Et elles avaient surnommé « PST » un officier avec lequel plusieurs d'entre elles étaient sorties, ce que Camberley avait traduit par « Pas Sûr en Taxi ».

Maitland avait un jumeau affecté au Service des transports aériens, le père de Grenville était mort à Tobrouk, les Japonais avaient capturé un grand frère de Parrish à Singapour, et son cadet avait été tué sur le HMS *Hood*, mais à entendre les échanges des filles, personne ne s'en serait douté. Elles papotaient, se plaignaient de Bela Lugosi (qui refusait de démarrer), de l'humidité de la cave, et des mauvaises habitudes du major qui les envoyait chercher des fournitures pendant leurs heures de repos.

— Elle m'a expédiée à Croydon la nuit dernière en plein *black-out* pour *trois* bouteilles de teinture d'iode, s'indigna Grenville.

— La prochaine fois, préviens-moi et j'irai, proposa Sutcliffe-Hythe depuis son lit. Je n'arrive pas à dormir, de toute façon, avec ces fichues alertes qui se déclenchent toutes les dix minutes.

— Alors tu peux venir au bal avec moi samedi, plaça Talbot.

— Je croyais que Parrish t'accompagnait, s'étonna Reed.

— Elle a rendez-vous.

— Je ne ferais que bâiller toute la soirée, dit Sutcliffe-Hythe.

Elle se retourna et tira la couverture sur sa tête.

— Demande à Grenville.

— Impossible, indiqua Reed. Elle a enfin reçu une lettre de Tom, qui est toujours en Italie. Elle a prévu de passer la journée de demain à lui écrire.

— Ça ne peut pas attendre dimanche ?

Reed gratifia Talbot d'un regard méprisant.

— Il est évident que tu n'as jamais été amoureuse, Talbot. Et elle veut être certaine que la lettre lui parviendra avant qu'il soit muté ailleurs.

— Eh bien, il ne reste plus que toi pour m'accompagner, Kent !

Talbot s'assit au bout du lit de Mary qui répondit, soulagée d'avoir une excuse :

— Désolée, je suis de service samedi.

Si le bal avait lieu dans l'allée des bombes ou dans l'une des autres zones que son implant ne répertoriait pas…

— Fairchild changera ses heures avec toi. N'est-ce pas, Fairchild ?

— Hum-mmm…

Fairchild n'avait pas même ouvert les yeux.

— C'est injuste, protesta Mary. Peut-être veut-elle aller au bal.

— Non, son cœur appartient au garçon qui lui tirait les nattes. C'est pas vrai, Fairchild ?

— Si, grogna-t-elle.

— Il est pilote, expliqua Parrish. Basé à Tangmere. Il vole en Spitfire.

— C'est son amour d'enfance, ajouta Reed. Elle a décidé de l'épouser, alors elle ne s'intéresse à aucun autre homme.

Fairchild s'assit, indignée.

— Je n'ai pas dit que j'allais l'épouser. J'ai dit que j'étais amoureuse. Je l'aime depuis que…

— Depuis tes six ans, et il en avait douze, l'interrompit Talbot. On connaît la chanson. Et, quand il verra comment tu as grandi, il tombera follement amoureux de toi. Mais si ça ne se passe pas comme ça ?

— Et comment sais-tu que tu l'aimeras toujours quand tu le reverras ? demanda Reed. Tu ne l'as pas vu depuis presque trois ans. Ce n'était peut-être qu'un béguin d'écolière.

— Je suis sûre que non.

Talbot avait l'air d'en douter.

— À moins de sortir avec d'autres hommes, tu n'en auras jamais la certitude. Voilà pourquoi tu as besoin d'aller au bal avec moi. Je me préoccupe uniquement de ton bien…

— Je n'en crois pas un mot. Kent, je serai ravie de changer mon horaire de service avec toi.

Elle tapa sur son oreiller pour le remettre en forme, s'étendit et ferma les yeux avant d'ajouter :

— Bonne nuit, tout le monde !

— Donc, c'est réglé. Tu viens avec moi, Kent.

— Oh ! mais je…

— C'est ton devoir de venir. Après tout, c'est ta faute si j'ai perdu mon pari et si je n'ai plus de bas.

La sirène retentit, couvrant leurs voix.

*Parfait, ça va me donner une chance de trouver une excuse.*

Et, quand le mugissement s'arrêta, elle déclara :

— Je n'ai rien à me mettre. J'ai prêté mes deux robes de soirée à Parrish et à Maitland, et avec le Péril jaune on dirait que j'ai attrapé la jaunisse.

— On a toutes la jaunisse, avec le Péril jaune. Tu n'as pas besoin d'une robe de soirée. C'est une fête de GI. Tu peux porter ton uniforme.

— Ça se passe où ?

*Si ça se tient dans l'allée des bombes, je devrai faire semblant d'être malade samedi.*

— L'USO américaine, à Bethnal Green.

Bethnal Green. Ainsi elle pourrait enfin voir le pont ferroviaire et cesser de s'inquiéter sur la fiabilité de son implant. Elle parviendrait facilement à s'échapper du bal. Talbot serait occupée à soutirer des bas nylon aux Amerloques, et le moment était idéal. Ce samedi, les V1 n'avaient frappé Bethnal Green que dans l'après-midi.

— Très bien, je viendrai.

Elle se félicitait de son habileté et se demandait si elle réussirait à persuader l'un des soldats du bal de l'emmener en Jeep jusqu'à Grove Road quand, à 14 heures le samedi, Talbot la héla :

— Tu n'es pas prête, Kent ?

— Prête ? Je croyais que la fête ne commençait pas avant ce soir.

— Je ne t'avais pas prévenue ? Ça débute à 16 heures, et je veux y arriver avant que les meilleurs Amerloques ne soient pris.

— Mais…

— Pas d'excuses. Tu as promis. Maintenant, dépêche-toi, ou nous allons manquer le bus.

Et elle la tira jusqu'à l'arrêt.

Mary passa tout le trajet jusqu'à Bethnal Green à tenter anxieusement de reconnaître le bruit d'une machine à laver ou d'un frelon colérique, et à chercher sur les murs des panneaux indicateurs absents. L'un des V1 était tombé à 15 h 50 sur Darnley Lane, et un autre à 17 h 28 dans King Edward Street.

— Quel est le nom de la rue où se trouve la fête de l'USO ? demanda-t-elle à Talbot.

— Je ne m'en souviens pas. Mais je connais le chemin.

Ce qui n'était d'aucune aide.

— Voilà notre arrêt.

Elles descendirent dans une rue bordée de boutiques.

Bien. Ça ne peut pas être Darnley Lane. Laquelle était une rue résidentielle. Mary jeta un coup d'œil à sa montre. 15 h 55. Le 15 h 50 avait déjà frappé.

Mary regarda de part et d'autre de la rue. Aucun signe de pont ferroviaire, donc elle n'était pas sur Grove Road non plus. Elle espérait que ce n'était pas King Edward Street. Et que Darnley Lane avait déjà été touchée. Elle n'entendait aucun avertisseur d'ambulance, et pas plus de fin d'alerte.

— Il faut marcher un peu, désolée, lui apprit Talbot, qui descendait la rue.

Mary examina le ciel derechef, tendant l'oreille. Il lui semblait percevoir quelque chose au sud-est.

— Quelle sorte d'hommes aimes-tu ? interrogea Talbot.

— Quoi ?

Le bruit devint un vrombissement, et enfla jusqu'à se transformer en un hurlement régulier. La fin d'alerte. Quelques secondes plus tard, Mary entendit une voiture de pompiers.

— Je me demande pourquoi ils s'embêtent à sonner la fin d'alerte, dit Talbot, exaspérée. Tout ça pour recommencer à sonner l'alerte dans cinq minutes.

Non, il n'y aurait rien pendant une heure et quart et, d'ici là, elles seraient au bal, et elle aurait réussi à obtenir de l'un des membres de l'USO l'adresse exacte et à s'assurer qu'elle n'était pas sur King Edward Street. Et elle saurait comment se rendre à Grove Road.

— Excuse-moi. Que disais-tu, juste avant ?

— Je te demandais quelle sorte d'hommes tu aimes. Quand nous arriverons là-bas, je te présenterai à quelques types que je connais. Tu les préfères grands ? petits ? plutôt jeunes ? vieux ?

*N'importe quel garçon de cette fête aura au moins cent ans de trop pour moi !*

— Je ne m'intéresse pas vraiment aux…

— Tu n'es pas amoureuse de quelqu'un, si ?

— Non.

— Bien. Je désapprouve les gens qui tombent amoureux en pleine guerre. Comment peut-on construire un avenir quand on ignore ce qu'il vous réserve ? Lorsque j'étais en poste à Bournemouth, l'une des filles s'est fiancée à un officier de marine qui était sur un destroyer escortant les convois. Elle se faisait un sang d'encre à son sujet, passait son temps à éplucher les journaux et à écouter la radio. Et c'est elle qui s'est fait tuer, alors qu'elle ramenait un officier à l'aérodrome de Duxford. Et maintenant, avec ces bombes volantes, on peut tous mourir d'un instant à l'autre.

Elle tourna dans une allée étroite, bordée d'échoppes aux façades bardées de planches.

— J'ai essayé d'expliquer ça à Fairchild, cette petite courge. Elle n'est pas vraiment amoureuse, tu sais. Où est mon rouge à lèvres ?

Elle farfouilla dans son sac tout en marchant.

— Bon sang, où est mon poudrier ? Je peux t'emprunter le tien ?

Mary entreprit gentiment de chercher l'objet.

— Laisse tomber.

Talbot s'avança jusqu'à l'une des boutiques dont la vitrine était encore intacte. Elle retira le capuchon de son rouge à lèvres et en dévissa la base.

— Ça ne collera jamais. Il est bien plus vieux qu'elle.

Elle se pencha vers son reflet pour appliquer le rouge.

— Tu connais ce genre de trucs, la petite oie blanche qui voue un culte au garçon plus âgé…

— Mmm, fit Mary.

Elle écoutait le « teuf-teuf » pétaradant d'une moto en approche dans la rue qu'elles venaient juste de quitter.

Talbot ne semblait rien remarquer, alors qu'elle avait dû élever la voix pour dominer le bruit.

— Elle pense que lorsqu'il la découvrira en uniforme, devenue adulte, il s'apercevra qu'il l'a toujours aimée, même si elle a l'air d'avoir quinze ans. Une pure idée de conte de fées !

Talbot criait presque, à cause du bruit de la moto. Le son se réverbérait en cliquetant sur les magasins, dans l'allée étroite.

— Elle est déterminée à se briser le cœur.

Talbot fit la moue, tandis qu'elle s'appliquait « Caresse colombine ».

— Il est dans la RAF, après tout, pas franchement le plus sûr des boulots.

Le bruit de la moto devint assourdissant et s'arrêta brusquement.

*Ce n'est pas une moto, c'est un V1*, comprit Mary.

Puis : *Ce n'est pas possible, il est seulement 16 h 15.*

Puis : *Et si les données de mon implant se révélaient fausses, en définitive.*

Puis : *Oh ! mon Dieu ! je n'ai que quinze secondes.*

— Et s'il ne tombe pas dans les bras de Fairchild comme prévu ? continuait Talbot, penchée sur la vitrine pour juger de l'effet de son rouge. Ou si son avion s'écrase ?

*Seigneur ! le verre ! Elle va être coupée en rondelles !*

— Talbot ! hurla-t-elle.

Avant de foncer tête baissée, plonger sur l'ambulancière, la plaquer et l'envoyer valser au bord du trottoir. Le rouge à lèvres s'envola de sa main.

— Aïe ! Kent, qu'est-ce qui te prend… ?

— Reste couchée !

Elle poussa la tête de Talbot dans le caniveau, s'étala de tout son long sur elle et ferma les yeux, attendant l'éclair.

*Les filles ne partiront pas sans moi,*
*et je ne partirai pas sans le roi.*
*Et le roi ne partira jamais.*

La reine Mary, expliquant pourquoi
elle n'avait pas évacué les princesses au Canada.

## Warwickshire, mai 1940

Grâce aux comprimés d'aspirine, sa fièvre tomba en partie et l'amélioration se maintint, mais Binnie était toujours gravement malade. Chaque heure qui passait rendait sa respiration plus laborieuse et, au matin, elle appelait sauvagement Eileen, alors que la jeune femme se trouvait à côté d'elle.

Eileen téléphona au docteur Stuart.

— Je crois qu'il serait préférable d'écrire à sa mère et de la prier de venir.

*Oh non… !*

Elle rejoignit Alf et lui demanda son adresse.

— Alors, elle va claquer, Binnie ?

— Bien sûr que non. C'est juste qu'elle se remettra plus vite si ta mère est là pour prendre soin d'elle.

Alf renifla.

— J'parie qu'elle viendra pas.

— Bien sûr que si. C'est votre mère.

Mais elle ne vint pas. Elle ne répondit même pas.

— Vipère ! commenta Mme Bascombe alors qu'elle apportait une tasse de thé à Binnie. Pas étonnant que ses gosses aient mal tourné. Est-ce que la petite respire un peu mieux ?

— Non.

— Ce thé contient de l'hysope. Cela soulagera ses poumons.

Binnie s'avéra trop faible pour boire plus de quelques gorgées du thé amer et, pire, trop faible pour refuser d'en boire.

C'était l'aspect le plus effrayant de sa maladie. Binnie ne résistait plus à rien de ce que lui faisait Eileen, ne protestait pas davantage. Elle avait perdu toute velléité de combat et reposait, apathique, quand Eileen la baignait, changeait sa chemise de nuit, lui donnait son aspirine.

— T'es sûre qu'elle est pas en train de crever ? demanda Alf.

*Non. Je n'en suis pas sûre du tout.*

— Oui, j'en suis sûre. Ta sœur est sur le point de guérir.

— Et si elle crève *en vrai*, y s'passera quoi, pour elle ?

— Tu ferais mieux de t'inquiéter de ce qui se passera pour *toi*, jeune homme, dit Mme Bascombe, de retour de l'office. Si tu veux aller au paradis, tu as intérêt à modifier tes manières.

— J'cause pas de ça ! s'exclama Alf, puis il hésita, affichant un air coupable. Y l'enterreront dans l'cimetière de Backbury ?

— Qu'as-tu fabriqué dans ce cimetière ? s'enquit Eileen d'un ton sévère.

— Nib de nib ! répondit le garçon, indigné. J'causais de *Binnie*.

Et il s'en fut en martelant le sol, mais le lendemain, quand le pasteur apporta le courrier, Alf l'appela depuis l'étage.

— Si Binnie crève, faudra lui mettre une pierre tombale ?

— Ne t'en fais pas, Alf. Le docteur Stuart et Mlle O'Reilly prennent grand soin de ta sœur.

— Je *sais*. Il en *faudra* une ?

— De quoi parles-tu, Alf ?

— De *rien*.

Et le garçon s'en fut de nouveau. Le pasteur déclara à Eileen :

— Il serait peut-être judicieux que j'inspecte le cimetière à mon retour. Alf pourrait avoir décidé que les pierres tombales feraient d'excellentes barricades en cas d'invasion allemande.

— Non, il y a autre chose. Si Alf n'était pas en cause, je penserais qu'il s'inquiète à l'idée que sa sœur (sa voix la trahit) soit enterrée si loin de chez eux.

— Pas d'amélioration ? demanda le pasteur avec gentillesse.

— Non.

Et si deux étages ne les avaient pas séparés, Eileen aurait posé sa tête sur son épaule et aurait éclaté en sanglots.

Il lui adressa un sourire réconfortant :

— Je sais que vous faites de votre mieux.

*J'ai peur que cela ne suffise pas*, se dit Eileen avant de rejoindre Binnie pour baigner ses membres brûlants et la persuader de prendre plus d'aspirine malgré sa crainte d'aggraver son état au lieu de l'améliorer. Cependant, la nuit suivante, quand elle décida qu'il valait mieux la laisser dormir et renonça à la réveiller pour lui donner les comprimés, la température bondit de nouveau. Eileen recommença les prises d'aspirine, se demandant ce qu'elle ferait quand elle serait à court de comprimés.

*J'en parlerai au pasteur, en priant pour qu'il ne le répète pas au docteur Stuart. Ou je nouerai mes draps ensemble, et je passerai par la fenêtre pour aller en chercher.*

Mais ce ne fut pas nécessaire. Cet après-midi-là, la température chuta brusquement, laissant Binnie trempée de sueur.

— Sa fièvre est tombée, dit le docteur Stuart. Dieu merci ! Je craignais le pire, mais quelquefois, avec un coup de pouce de la Providence… et de bons soins (il tapota la main d'Eileen), le malade se rétablit.

— Alors, elle va s'en sortir ? interrogea Eileen.

Binnie lui semblait si amaigrie et si pâle…

Il acquiesça.

— Elle a surmonté le plus dur, maintenant.

Cela parut se vérifier, même si elle ne guérissait pas aussi vite que les autres enfants. Il fallut trois jours avant le retour à la normale de sa respiration, et une semaine entière avant qu'elle soit capable d'avaler seule un peu de bouillon. Et elle se montrait si… docile. Quand Eileen lisait des contes de fées, ce que Binnie détestait d'habitude, elle écoutait, tranquille.

— Je suis inquiète, annonça Eileen au pasteur. Le docteur dit qu'elle va mieux, mais elle reste juste *avachie*.

— Alf est venu la voir ?

— *Non*. Il risque de provoquer une rechute.

— Ou de la sortir de son apathie !

— Je préfère attendre qu'elle soit plus solide.

Le même après-midi, pourtant, quand Eileen découvrit Binnie affalée sur sa couche, son regard vide fixé sur le plafond, elle envoya Una chercher Alf.

— T'as l'air d'un macchabée, lança le garçon.

*Eh bien !* ça, *c'était une bonne idée !*

Eileen s'apprêtait à le raccompagner quand Binnie se redressa sur ses oreillers.

— Pas *vrai* ! protesta-t-elle.

— Sûr que c'est vrai. Tout le monde y disait qu't'allais crever. T'avais perdu la boule et tout et tout.

— C'est faux !

*Comme dans le bon vieux temps...*

Pour la première fois depuis que Binnie était tombée malade, Eileen sentit se desserrer l'étau qui comprimait son cœur.

— Hein, qu'elle a failli clamser, Eileen ? insista Alf avant de se retourner vers sa sœur. Mais t'y passeras plus, c'est fini.

Cela sembla rassurer Binnie, mais la nuit venue, alors qu'Eileen lui enfilait une chemise propre, elle demanda :

— T'es sûre que je vais pas clamser ?

— Certaine, répondit Eileen en la bordant. Tu reprends des forces à vue d'œil.

— Y s'passe quoi, pour les gens qui crèvent, quand y z'ont pas un nom ?

— Tu veux dire, quand personne ne sait qui ils sont ?

— Non. Quand y z'ont pas un nom à marquer sur la tombe. On les enterre quand même au cimetière ?

*C'est une enfant illégitime*, comprit soudain Eileen. À l'époque, avoir une mère célibataire était une véritable tare pour les gamins, étiquetés comme bâtards.

Mais ce handicap ne les poursuivait pas jusque dans leur tombe.

— Binnie, ton nom est ton nom, peu importe que ta mère soit mariée ou pas...

L'adolescente émit un bruit de dégoût total. Si elle avait eu assez de force pour sortir du lit, Eileen ne doutait pas qu'elle aurait quitté la pièce en martelant le sol comme son frère. Dans son état, elle se contenta de se retourner face au mur.

Eileen regrettait l'absence du pasteur. Elle fouilla sa mémoire à la recherche des coutumes impliquant les noms et les pierres tombales en 1940, mais elle ne se rappela rien. *Alf ! Il sait de quoi il est question.* Elle se dépêcha de ramasser le linge sale.

— J'emporte ça en bas, indiqua-t-elle à Binnie. Je reviens tout de suite.

Pas de réponse. Eileen jeta le linge dans la buanderie et se rendit dans la salle de bal, où Alf enveloppait Rose dans des bandages.

— J'm'entraîne pour l'ambulance !

— Alf, suis-moi. Sur-le-champ.

Elle le poussa dans le salon de musique et ferma la porte.

— Je veux savoir pourquoi Binnie s'inquiète pour le nom qui figurerait sur sa tombe, et ne prétends pas que tu n'es pas au courant.

Quelque chose dans sa voix devait l'avoir convaincu qu'elle ne plaisantait pas parce qu'il marmotta :

— Elle en a pas.

— Une tombe ?

— Non, un *blase*.

Et comme Eileen lui lançait un regard abasourdi, il précisa :

— Binnie a pas de nom. Binnie, c'est juste'Odbin en court.

Le lendemain, dès que le pasteur arriva, Eileen l'interpella :

— Je ne peux pas croire qu'il ait raconté à Binnie qu'elle n'avait pas de prénom ! Et apparemment elle a *marché* !

— Vous avez demandé à Binnie ?

— Que voulez-vous dire ? Vous rigolez ! Tout le monde a un prénom. Ce n'est pas parce qu'ils viennent d'une famille déshéritée que…

Il secouait la tête.

— Le Comité d'évacuation a été confronté à plus d'un enfant sans prénom, dans les quartiers pauvres, et l'officier chargé du cantonnement devait leur en attribuer un dans l'instant. Avez-vous mesuré ce que vivaient certains de ces gosses chez eux ? à quel point c'était dur ? Je n'en suis pas sûr. Beaucoup n'avaient jamais dormi dans un lit avant d'arriver ici.

*Ni utilisé des toilettes !* Eileen se rappelait sa prépa. Certains évacués des taudis avaient uriné sur les planchers de leurs maisons d'accueil, ou s'étaient tapis dans un coin. Et Mme Bascombe lui avait déclaré que plusieurs des gosses du manoir avaient dû apprendre à se servir d'un couteau et d'une fourchette à leur arrivée. Mais un nom !

— Alf a un nom, argumenta-t-elle.

Le pasteur ne se laissa pas convaincre.

— Leur père a peut-être ressenti autrement le fait d'avoir un garçon. Ou peut-être sont-ils de pères différents. Et, il faut bien l'admettre, Mme Hodbin… si on peut lui donner ce titre, n'a pas montré beaucoup d'instinct maternel.

— Exact. Mais quand même…

Quand Eileen retourna parler à Binnie, elle tenta de la rassurer.

— Je suis certaine que ton prénom n'est pas un diminutif de Hodbin. Alf te taquine. C'est sûrement un surnom…

— Pour *quoi* ? interrogea Binnie d'un ton agressif.

— Je l'ignore. Belinda ? Barbara ?

— Y a pas d'« n » dans Barbara.

— Les surnoms ne comportent pas toujours les mêmes lettres. Pense à Peggy. Le vrai prénom, c'est Margaret. Et il y a toutes sortes de surnoms pour Mary : Mamie, et Molly, et…

— Si Binnie c'est le surnom de quelque chose, pourquoi personne m'a jamais dit de quoi ?

Elle paraissait si sceptique qu'Eileen se demanda si des commentaires de leur mère ne leur avaient pas mis ces idées dans la tête. Quoi qu'il en soit, c'était la dernière des choses dont Binnie avait besoin pendant sa convalescence. Au bout d'une quinzaine de jours, ses yeux s'étaient ombrés de cernes, et elle n'avait regagné aucun des kilos perdus.

Eileen lui annonça brusquement :

— Si tu n'as pas de nom, alors tu dois t'en choisir un.

— En *choisir* un ?

— Oui, comme dans le conte *Nain Tracassin*.

— C'était pas choisir. C'était juste deviner.

*Comment ai-je pu croire que ça marcherait ?* se disait Eileen.

Pourtant, au bout d'une minute, Binnie interrogea :

— Si je choisis un blase, tu promets que tu le donnes quand tu m'appelles ?

— Oui, assura Eileen.

Ce qu'elle regretta aussitôt. Binnie passa les jours suivants à essayer des noms comme si c'étaient des chapeaux et à demander à Eileen ce qu'elle pensait de Gladys, et de princesse Élisabeth, et de Cendrillon… Pourtant, même si cette parade prenait une tournure infernale, elle remplit son office. Les progrès de Binnie s'accéléraient, la jeune fille s'arrondissait, ses joues rosissaient à vue d'œil.

Pendant ce temps, les Magruder démontrèrent, preuve à l'appui, qu'ils n'avaient jamais contracté la rougeole, quoi qu'en ait prétendu leur mère. Eddie et Patsy l'attrapèrent également. Alors que l'évacuation de Dunkerque commençait, Eileen avait dix-neuf patients à des degrés divers de l'éruption ou de la guérison.

L'opération de sauvetage en cours surexcitait Alf.

— Le pasteur y dit qu'y repêchent nos drilles avec des barcasses et des bateaux de pêche. Si seulement *je* pouvais y aller !

*Si seulement je pouvais y aller, moi aussi*, songeait Eileen. *Michael Davies est à Douvres. Il observe l'évacuation à l'instant même.*

— Y s'font canarder, y prennent des bombes plein la tronche et tout ça ! s'extasiait Alf.

Ce qui semblait infiniment plus attirant que de soigner un troupeau d'enfants fiévreux, pleurnicheurs, et qui muaient. Quand l'éruption disparaissait, leur peau pelait en longues plaques brunâtres.

— Maintenant, t'as vraiment la trogne d'un maccha-bée, dit Alf à Binnie. Si t'étais à Dunkerque, y croiraient qu't'es crevée, y t'laisseraient sur la plage, et les Boches te f'raient la peau.

— Y l'f'raient pas ! hurla Binnie.

— Dehors ! ordonna Eileen.

— J'peux pas sortir, fit Alf d'un ton raisonneur. On est en quarantaine.

Il bondissait contre les murs, littéralement. Eileen retrouva plusieurs portraits de travers. Quant à celui de lady Caroline accompagnée de ses chiens de chasse, il gisait renversé sur le plancher. Lorsqu'elle obligea les enfants à quitter la salle de bal, ils se réfugièrent dans la salle de bains de leur hôtesse, ce qu'Eileen ne découvrit qu'en voyant l'eau commencer à goutter du plafond de la bibliothèque.

— Avec Alf, on jouait à « l'évacuation de Dunkerque », expliqua un Theodore absolument trempé.

Quand le pasteur appela, sous la fenêtre de la nursery, pour demander s'il y avait besoin de quelque chose, Eileen répondit par l'affirmative, d'une voix plutôt déses-pérée.

— Quelque chose pour amuser ceux qui ne sont pas malades. Des jeux, des puzzles, n'importe quoi.

— Je vais voir ce que le Women's Institute peut nous proposer.

Il revint le lendemain avec un panier plein de livres d'occasion – *Le Petit lord Fauntleroy* et *Le Livre des mar-tyrs, adapté aux enfants* –, de puzzles – la cathédrale Saint-Paul et les Cotswolds au printemps –, et d'un jeu de plateau victorien nommé « Cow-boys et Indiens rouges » qui entraîna les Hodbin à la tête des enfants dans un déchaînement de cris et de peintures de guerre à travers les couloirs.

— Et hier j'ai attrapé Alf qui jouait à « brûlé sur le bûcher », indiqua Eileen au pasteur lors de sa visite suivante. Il s'amusait avec le portemanteau Louis XV de lady Caroline et une boîte d'allumettes.

Il éclata de rire.

— Je m'aperçois que des mesures plus énergiques s'imposent.

Il tint parole. Le jour suivant, le panier qu'il apporta contenait des brassards de l'ARP, un journal de bord et une carte officielle de la RAF présentant les silhouettes distinctes des Heinkel, Hurricane, et Dornier 17.

Alf devint vite un as en reconnaissance aérienne. Il enseignait à tous la différence entre un Messerschmitt et un Spitfire.

— Tu vois, il a huit mitrailleuses sur les ailes.

Il se pendait à la fenêtre de la salle de bal et, chaque fois qu'un avion apparaissait, il criait :

— Appareil ennemi à 3 heures !

Puis il fonçait enregistrer le numéro, le type et l'altitude dans le journal de bord. Le seul avion à les survoler tous les jours était le courrier pour Birmingham, mais cela ne le décourageait pas, et une paix relative régna pendant quelques jours.

Bien sûr, c'était trop beau pour durer. Très vite, Alf entreprit de piloter un bombardier dont les raids traversaient la cuisine. Et la chambre des malades. Et il se mit à torturer Binnie. Quand elle suggéra Belle, dans la liste de ses prénoms :

— Tu sais, comme dans *La Belle au bois dormant*.

Alf s'esclaffa…

— Belle ? La Bête, ça t'irait mieux ! Ou Bébé, vu comment qu'tu braillais quand t'étais mal foutue, à chialer pour qu'Eileen te colle. Même que tu l'as fait jurer, et tout ça.

— Jamais d'la vie ! répondit Binnie, indignée. J'l'aime même pas. Elle peut se tailler tout de suite, j'm'en balance.

*Je le ferais si je le pouvais.* Hélas ! pendant qu'Eileen s'occupait de ses évacués, Samuels avait cloué des planches sur toutes les portes à l'exception de celle de la cuisine et s'était installé avec sa chaise juste en face. Il avait aussi condamné les fenêtres de toutes les pièces hormis celles de la salle de bal, qui était toujours pleine d'enfants. Par ailleurs, il ne restait plus que dix jours. Si personne d'autre n'attrapait la rougeole.

Mais, si cela se produisait, Oxford tenterait sûrement de la récupérer. Elle était étonnée que ce ne soit pas déjà fait. Maintenant que la plupart des enfants étaient rétablis et que Binnie était hors de danger, Una et Mme Bascombe pouvaient facilement gérer la situation. Cependant, elle ne reçut pas plus de signe de l'équipe de récupération que de message de leur part.

— Aucune lettre n'est arrivée pour moi, n'est-ce pas ? demanda-t-elle à Samuels.

— Non.

Cela devait signifier que la quarantaine était presque terminée, et que les autres enfants n'attraperaient pas la rougeole. Eileen commença de compter les jours.

Deux jours avant la fin de la quarantaine, Lily Lovell tomba sévèrement malade, et dix jours plus tard c'était au tour de Ruth Steinberg, à laquelle succéda, deux semaines après, Theodore.

— À ce rythme, nous serons encore en quarantaine à la fête de Saint-Michael, grommela Samuels.

Eileen ne pensait pas pouvoir y résister. Alf faillit se défenestrer en tentant d'identifier un avion, et Binnie se mit à organiser des entraînements antiaériens. Debout au sommet de l'escalier principal, elle donnait une interprétation personnelle d'une sirène d'alerte. Alf intervint.

— C'est pas ça, la sirène pour annoncer un raid, pauvre empotée ! Tu sonnes la fin d'alerte. *Voilà* l'alerte de raid !

Et il lâcha un hurlement crescendo decrescendo à vous glacer le sang dans les artères, si puissant qu'Eileen s'attendait à ce qu'il pulvérise le cristal de lady Caroline.

— Ils ont simplement besoin de sortir dépenser un peu de leur énergie avant de saccager toute la maison, dit-elle à Mme Bascombe. Cela ne romprait pas la quarantaine s'ils se tenaient devant, sur la pelouse. Si quelqu'un vient, on pourrait rentrer aussitôt.

Mme Bascombe secoua la tête.

— Le docteur Stuart ne le permettra jamais…

Un vagissement d'outre-tombe leur parvint depuis l'escalier.

— Raid aérien ! cria Theodore, en plein fou rire.

Les enfants traversèrent en trombe la cuisine et s'engouffrèrent dans l'escalier de la cave, heurtant au passage une plaque de cuisson couverte de gâteaux. Elle tomba de la table et son contenu se répandit au sol où Alf, qui portait son brassard de l'ARP et une passoire en guise de casque, marcha tout droit.

— Combien de jours, exactement, jusqu'à la fin de la quarantaine ? demanda Mme Bascombe, qui aidait Eileen à ramasser les gâteaux.

— Quatre, répondit la jeune femme en s'étirant pour attraper celui qui avait filé sous la boîte à farine.

— Fin d'alerte ! hurla Binnie depuis la porte de la cave.

Et les enfants déboulèrent à travers la cuisine avant de se ruer de nouveau dans l'escalier en criant.

— On ne court pas ! lança inutilement Mme Bascombe dans leur dos. Où est passée Una ? Elle ne les surveille pas. Pourquoi ?

— Je vais la chercher.

Eileen se débarrassa du reste des gâteaux écrasés sur la plaque de cuisson et monta à l'étage. Tels qu'elle connaissait Alf et Binnie, Una pouvait être attachée à une chaise ou enfermée dans un placard.

Ce n'était pas le cas. Elle était étendue sur le lit de Peggy dans la salle de bal.

— Je crois que j'ai attrapé la rougeole, annonça-t-elle. Je me sens si brûlante, et j'ai atrocement mal à la tête.

— Vous disiez que vous l'aviez eue.

— Je sais. Je le croyais. J'ai dû me tromper.

— C'est peut-être juste un rhume. Una, vous ne pouvez pas avoir la rougeole !

Mais Una l'avait bien contractée. Le docteur Stuart le confirma lors de sa visite, et l'éruption apparut le lendemain. Mme Bascombe, déterminée à empêcher la quarantaine de se prolonger un mois de plus au cas où Eileen attraperait la rougeole à son tour, décida de soigner elle-même Una et interdit à Eileen de l'approcher. Laquelle considéra que c'était préférable. Elle se sentait capable d'étrangler la malade.

Il fallait occuper les enfants à des jeux calmes, afin de ne pas déranger Una… Une tâche presque impossible. Eileen tenta de leur lire des contes de fées, mais Alf et Binnie l'interrompaient sans cesse et remettaient en question chaque élément de l'histoire.

— Pourquoi qu'y z'ont pas juste bouclé la porte à clé quand la méchante fée voulait venir au baptême ? demandèrent-ils quand elle essaya de raconter *La Belle au bois dormant*.

Puis :

— Pourquoi que la bonne fée pouvait pas défaire tout le sort au lieu de la laisser roupiller cent ans ?

— Parce qu'elle est arrivée trop tard. Le sort était déjà jeté. Elle n'avait pas le pouvoir de le défaire.

— Ou alors, elle était pas très fortiche pour les sorts, dit Alf.

— Dans ce cas, pourquoi qu'elle est la *bonne* fée ? demanda Binnie.

Ce fut encore pire avec *Raiponce*. Binnie voulait savoir pourquoi Raiponce n'avait pas coupé ses cheveux elle-même afin de descendre de la tour, et elle tenta sur-le-champ de démontrer comment avec les tresses de Rose.

*Pourquoi ai-je souhaité qu'elle redevienne la même enfant qu'avant ?*

Eileen annonça qu'elle allait plutôt leur donner des leçons.

— T'as pas le droit ! protesta Binnie. C'est l'été !

— Ce sont les cours que tu as ratés quand tu étais malade.

Elle fit apporter leurs livres d'école par le pasteur, et il devait avoir senti qu'elle approchait du point de rupture parce qu'il ajouta un panier de fraises et *Le Meurtre de Roger Ackroyd*, d'Agatha Christie.

— J'ai pensé que cela pourrait empêcher le meurtre d'Alf et Binnie Hodbin, expliqua-t-il.

Il arrivait aussi avec le courrier. Et des nouvelles de la guerre.

— La RAF tient bon, mais la Luftwaffe détient cinq fois plus d'avions, et les Allemands ont commencé d'attaquer nos petits terrains d'aviation et nos aérodromes.

Transmise à Alf, l'information entraîna presque une semaine de calme. Puis Eileen surprit le garçon les jambes dans le vide, assis sur la fenêtre du salon. Il utilisait les jumelles d'opéra de lady Caroline qu'il se hâta de dissimuler dans son dos, ce qui provoqua leur chute.

— Je voulais juste voir si c'était un Stuka, dit-il pendant qu'elle les ramassait.

Il y eut un tintement de verre de mauvais augure.

— C'est ta faute. Si tu m'avais pas foutu la pétoche, c'truc aurait pas valdingué.

*Plus que six jours…*

Eileen espérait que le manoir ne serait pas réduit à un amas de décombres d'ici là. Mais, finalement, le docteur Stuart déclara tout le monde tiré d'affaire et autorisa Samuels à déclouer les portes et à enlever les affiches.

Cinq minutes plus tard, Eileen partait pour le point de transfert. Elle n'avait même pas laissé la lettre au sujet de sa mère malade dans le Northumberland. Mme Bascombe croirait qu'elle n'avait pas réussi à en supporter davantage, ce qui n'était pas loin d'être la vérité.

Il pleuvait fort, mais elle ne s'en souciait pas. *Je pourrai me sécher à Oxford. Dans un endroit où l'on ne rencontre pas le moindre enfant.* Elle marchait d'un pas vif sur la route et coupa bientôt à travers bois. Les arbres étaient couverts de feuilles, et des pâquerettes et des violettes fleurissaient à leurs pieds.

*J'espère que je vais retrouver les lieux*, se dit-elle, un moment décontenancée par la verdure luxuriante. Puis elle aperçut la clairière et le frêne. L'herbe avait poussé, exubérante, le lierre et le chèvrefeuille avaient colonisé le site. D'un revers de main, Eileen chassa les gouttes de pluie du cadran de sa montre, vérifia l'heure, et s'assit pour attendre.

Une heure s'écoula, puis une autre. À midi, il était évident que le passage ne s'ouvrirait pas, mais elle ne bougea pas jusqu'à près de 14 heures.

*Ils n'ont peut-être pas découvert que la quarantaine a été levée ce matin ?*

À 14 h 15, la pluie devint torrentielle, et elle fut forcée d'abandonner. Elle revint d'un pas lourd à la route et regagna le manoir. Binnie la guettait à la porte de la cuisine.

— T'es trempée ! dit-elle, prévenante.

— Vraiment ? Je n'avais pas remarqué.

— T'as juste l'air d'un rat noyé ! Alf en avait attrapé un, une fois.

Binnie ajouta d'un ton accusateur :

— C'est pas ta d'mi-journée !

*Ma demi-journée de repos ! Voilà pourquoi ça ne s'est pas ouvert. Ils prévoient que je traverse lundi.*

Mais la fenêtre de saut ne s'ouvrit pas davantage le lundi, alors qu'Eileen avait attendu que les enfants soient tous rentrés pour le thé. Personne ne l'espionnerait, de cette façon. Pour plus de précautions, elle avait suivi un chemin détourné.

*Le labo doit ignorer que la quarantaine est terminée.*

Pourtant, la date de fin devait figurer dans les archives du ministère de la Santé. Le labo avait peut-être bien envoyé une équipe de récupération, laquelle aurait vu l'une des affichettes oubliées et conclu que le manoir était encore sous quarantaine ? Mais quand Eileen vérifia, toutes les affiches avaient été enlevées. Par ailleurs, si l'équipe était venue au manoir, comment ne pas s'apercevoir que tout était fini ? Les enfants jouaient dehors, leur literie en cours de désinfection sur la pelouse, et le garçon de l'épicier entrait et sortait librement de la cuisine. L'équipe pouvait facilement le guetter sur le chemin du retour et l'interroger sur ce qui se passait.

Et les parents des évacués avaient tous su quand la quarantaine était levée. Certains d'entre eux avaient envoyé chercher leurs enfants le lendemain même de l'annonce alors que la bataille d'Angleterre faisait rage, que les terrains d'aviation et les dépôts de pétrole étaient bombardés, et que la radio préparait tout le monde à une invasion.

Ce que faisaient aussi Alf et Binnie.

— Hitler nous truffe de parachutistes pour préparer l'invasion ! déclara le garçon, tout excité, alors que le pasteur venait prendre Eileen et Lily Lovell pour les emmener à la gare. Y vont couper les fils du téléphone et péter les ponts et tout ça. J'parie qu'y s'planquent dans les bois, là, pendant qu'on cause.

Même le pasteur avoua qu'il craignait qu'une attaque se produise très vite. Mais aucune prédiction d'invasion n'eut le moindre effet sur les parents des évacués. Ils étaient déterminés à mettre leurs enfants « en sécurité à la maison », une allusion transparente au fait qu'ils les avaient expédiés loin d'eux uniquement pour qu'ils attrapent la rougeole, et rien ne pouvait les persuader de les laisser là où ils étaient. Eileen se demandait ce qui leur arriverait à Londres et se faisait du souci.

Quand l'équipe de récupération n'était pas l'objet de sa propre inquiétude. Comme Eileen n'en était qu'à sa première mission, elle ignorait quels étaient les délais avant qu'ils aillent chercher quelqu'un. Dix jours ? une quinzaine ? Mais il s'agissait de voyage dans le temps. Dès lors qu'ils s'apercevaient qu'elle avait du retard, ils auraient dû venir immédiatement. Quelque chose ne tournait pas rond. Le problème était ailleurs, une panne, ou quelque chose dans ce genre.

*Alf et Binnie ont démoli le point de transfert.*

Ou alors ils avaient empêché son ouverture en suivant Eileen. Pour qu'elle puisse s'y rendre sans risque d'être observée, elle demanda au pasteur de reprendre les leçons de conduite. Mais il ne s'ouvrait toujours pas.

*Alf et Binnie ne sont pas les seuls à pouvoir m'épier.*

La Home Guard pouvait patrouiller dans les bois à la recherche des parachutistes allemands dont Alf leur rebattait les oreilles. Ou bien le soldat que les deux enfants avaient vu parler avec Una se trouvait encore dans les parages.

Dans ce cas, le labo s'apercevrait que le transfert ne pouvait pas fonctionner, et ils feraient traverser une équipe de récupération par une autre fenêtre. Jusque-là, Eileen ne manquerait pas d'occupation. Il ne fallait pas seulement gérer le départ des évacués, mais aussi nettoyer et préparer la maison pour lady Caroline, qui avait écrit pour annoncer son retour.

Et réparer les dommages causés par les enfants !

— Seigneur ! quand elle va voir le plafond de la bibliothèque ! s'exclama Una.

*Et le portemanteau Louis XV, et les jumelles d'opéra !*

Eileen priait pour que l'équipe de récupération précède lady Caroline, mais elle ne se manifesta pas.

Lady Caroline avait prévenu que son fils Alan l'accompagnerait, mais elle se présenta sans lui et, quand Mme Bascombe s'enquit de sa date d'arrivée, elle lui apprit qu'il s'était enrôlé dans la RAF et s'entraînait pour devenir pilote.

— Il fait de son mieux pour gagner cette guerre, dit-elle fièrement, et nous ferons de même.

Et elle obligea son personnel à apprendre d'un bout à l'autre le *Manuel des soins d'urgence* du St John Ambulance. Entre ses tentatives pour obtenir le calme des évacués, ses excuses à M. Rudman, Mlle Fuller et M. Brown pour les derniers crimes d'Alf et de Binnie, ses trajets à la gare avec les enfants, Eileen dut intercaler la mémorisation d'« État de choc : blocage des systèmes périphériques par le corps dans son réflexe pour la survie ».

Georgie Cox rentra chez elle à Hampstead malgré le bombardement d'un aérodrome à proximité. Le grand-père d'Edwina et de Susan vint les chercher de Manchester. Et la tante de Jimmy, à Bristol, envoya quelqu'un pour l'emmener. Eileen se mit à espérer qu'un membre de la famille – de préférence quelqu'un qui ne les connaissait pas – demanderait à récupérer les Hodbin, mais tel ne fut pas le cas.

*Ces gosses resteront accrochés à moi jusqu'à la fin des temps !* se dit-elle, résignée.

Renvoyer les évacués chez eux lui prenait presque toutes ses journées. Il fallait emballer leurs affaires, les accompagner à pied jusqu'à la gare, attendre ensuite sur le quai, parfois pendant des heures.

— C'est à cause de tous ces transports de troupes, expliqua M. Tooley. Et maintenant, les raids aériens. Les trains doivent s'arrêter jusqu'à la fin d'alerte.

Le pasteur gratifiait Eileen et les enfants de tours en voiture à la gare quand il était disponible, mais il était fréquemment requis par les réunions de « préparation à l'invasion » que lady Caroline organisait. Eileen ne lui en tenait pas rigueur. Le chemin du retour lui donnait l'occasion de contrôler le point de transfert. Lorsqu'elle pouvait échapper aux regards des Hodbin à l'affût, ce qui ne se produisait pas souvent.

Mais ce jour-là, en voyant partir Patsy Foster, Alf et Binnie avaient fini par se lasser d'attendre et ils s'étaient envolés. Quelques instants après, le train était arrivé, si bien qu'Eileen n'eut pas seulement le loisir de se rendre à la clairière, elle y resta l'après-midi au cas où la fenêtre de saut ne s'ouvrirait que toutes les heures et demie, ou toutes les deux heures.

Elle ne s'ouvrit pas, et il n'y avait toujours aucun signe de l'équipe de récupération... pas plus que du soldat d'Una, ou d'un parachutiste allemand. Quelle était la source de l'empêchement ? Elle se remémora soudain le retard des trains et se demanda si quelque chose se passait à Oxford de nature à expliquer ce délai, un équivalent des trains militaires ou des raids aériens.

Si tel était le cas, l'équipe risquait d'apparaître au manoir à tout instant, et elle ferait mieux de s'y trouver. Elle se dépêcha de traverser les bois. Comme elle approchait de l'allée, elle aperçut quelqu'un, debout de l'autre côté. Elle se dissimula derrière un arbre, puis jeta un coup d'œil prudent pour voir de qui il s'agissait.

C'était Alf.

*Je le savais ! Lui et Binnie m'espionnaient. Voilà pourquoi cela ne peut pas s'ouvrir.*

Mais le garçon ne regardait pas en direction des bois. Il scrutait l'allée dans la direction du manoir comme s'il attendait quelqu'un. Et, quand Eileen se manifesta, il fit un bond en l'air.

— Que fais-tu ici, Alf ?

— Nib, grogna-t-il, cachant ses mains derrière son dos.

— Alors que tiens-tu dans ta main ? Tu as encore répandu des punaises, n'est-ce pas ?

— Non, protesta-t-il.

Étrangement, sa voix avait un accent de vérité. Mais c'était Alf.

— Montre-moi ce que tu as là.

Elle tendit le bras. Alf s'adossa à un buisson, il y eut un très douteux bruit mat, et il montra ses deux mains, vides.

— Tu jetais des pierres sur les voitures, l'accusa-t-elle.

Mais à cet instant elle se rappela comment Alf regardait en direction du manoir. Il s'attendait de toute évidence à ce qu'une voiture en sorte, et cela ne pouvait être la Bentley de lady Caroline. Laquelle s'était rendue à une réunion de la Croix-Rouge à Nuneaton. Et le pasteur était parti avec elle, si bien que ce n'était pas non plus l'Austin.

— Alf, qui est au manoir ?

Il fronça les sourcils, essayant de décider si la question recélait un piège.

— Sais pas. Des inconnus.

*Enfin !*

— Qui sont-ils venus voir ?

— Sais pas. J'les ai juste matés quand y sont passés.

— En voiture ?

Il hocha la tête.

— Une pareille que lady Caroline. Mais j'allais pas lui balancer des pierres, j'le jure, que d'la boue. J'm'entraîne pour quand les Boches y z'envahissent. Moi et Binnie, on veut leur canarder les tanks avec des pierres.

Elle n'écoutait plus. Une voiture comme celle de lady Caroline. Une Bentley. L'équipe de récupération avait pu s'exercer sur une Bentley, à Oxford, tout comme elle, puis en avoir loué une après le transfert pour venir la chercher. Elle partit vers le manoir en courant.

La Bentley était garée devant la porte. Eileen monta les marches, se rappela qu'elle était encore une domestique, au moins pour quelques heures de plus, et se hâta de gagner l'entrée de service. Elle espérait que Mme Bascombe serait dans la cuisine. Elle s'y trouvait et battait violemment avec une cuillère en bois un bol de pâte qu'elle tenait dans le creux de son bras.

— Qui est arrivé ? demanda Eileen, tentant de contenir l'excitation de sa voix. J'ai aperçu une voiture devant quand je…

— Ils sont envoyés par le War Office.

— Mais…

*Le War Office ? Pourquoi l'équipe de récupération se présenterait-elle ainsi à lady Caroline ?*

— Ils sont ici pour voir si la maison et les terres conviennent.

— Les mottes de boue, ça fait nib de nib, proféra Alf, à son côté. C'est que d'la saleté.

Eileen haussa les épaules.

— Conviennent pour quoi ?

— Pour l'armée, dit Mme Bascombe, fouettant furieusement sa pâte. Le gouvernement prend le pouvoir au manoir jusqu'à perpète. Ils le transforment en camp d'entraînement.

*Elle a des cornes pour te rentrer dedans,*
*et sa bouche, elle fait « meuh » !*

Lettre d'un évacué expliquant
ce qu'est une vache, 1939

## Kent, avril 1944

De l'autre côté du pâturage, le taureau étudia Ernest pendant un long moment menaçant. Derrière le camion, Cess criait :

— Worthing ! Cours ! Il y a un taureau !

— Ben, qu'esse qu'y m'ont foutu ! râlait le fermier. Y m'ont tout chagriné mon bestiau ! C'est son pré...

— Oui, je m'en serais douté, répondit Ernest, qui ne quittait pas l'animal des yeux.

Lequel le gardait tout autant dans son champ de mire. Où diable était passé le brouillard juste au moment où il était requis ?

Le taureau baissa son énorme tête.

*Oh ! mon Dieu ! c'est parti !*

Ernest poussa son dos contre le tank. La bête raclait la terre de ses sabots, et le garçon adressa un regard désespéré au fermier qui se tenait à la barrière, les bras croisés d'un air belliqueux.

— Et voilà, il est fâché ! Il aime pas comment vous avez bousillé son pré. Et moi non plus. Non mais, c'est quoi, c'bazar incroyable de traces ? Vous avez tout massacré son herbe avec vos saletés de chars, ça l'rend dingue !

— Je comprends, admit Ernest. On fait quoi, maintenant ?

— Cours ! hurla Cess.

Le taureau balança son mufle gigantesque dans la direction de cette nouvelle voix, puis revint à Ernest. Il renâcla.

— Pas par là…

Ernest tendait la main comme un policier réglerait la circulation, mais l'animal déboulait déjà droit sur lui à travers le pré.

— Cours ! brailla Cess.

Ernest courut jusqu'à l'extrémité du tank, puis le contourna comme si se tapir de l'autre côté allait lui procurer la moindre protection.

Le taureau mugit.

— Arrête ! Tu vas t'amocher ! criait le fermier, qui s'était décidé à bouger. T'es pas de taille contre un char ! Arrête !

Mais le taureau n'écoutait pas. Il baissa la tête et chargea, ses cornes pointées comme des baïonnettes, ses sabots labourant le champ, droit sur le tank. Ses cornes s'y enfoncèrent complètement.

Après un nouvel instant de suspense interminable, une plainte aiguë retentit, qui ressemblait à une sirène annonçant un raid aérien.

— Y m'l'ont tué, beugla le fermier, qui traversait le pâturage à toutes jambes. Sales petits bât…

Il s'interrompit, bouche bée.

La gueule du taureau était ouverte, elle aussi. La bête demeura immobile quelques secondes de plus, ses cornes fichées dans le char, puis elle se dégagea d'un pas ombrageux en arrière. Le char se rida et se ratatina en une masse informe de caoutchouc gris-vert. La plainte stridente se mua en une lamentation sifflante qui s'éteignit enfin. Un nouveau silence lui succéda, qui n'en finissait pas.

— Crénom d'un chien ! souffla le fermier doucement.

On aurait dit que le taureau voulait prononcer les mêmes mots. Il fixait d'un œil sidéré le tank effondré.

— Crénom d'un chien ! répéta le fermier, comme s'il se parlait à lui-même. Pas étonnant qu'les panzers ont mis la pâtée à nos gars, en France.

Le taureau leva les yeux et regarda Ernest, lâcha un chevrotement misérable, se retourna et fila retrouver la sécurité de sa barrière.

— Vous jouez à quoi, vous deux, nom de Dieu ? interrogea le fermier. C'est une foutue farce ou quoi ?

— C'est ça, opina Ernest. Nous sommes…

Il releva la tête en entendant un faible bruit de moteur.

— Un avion ! s'exclama Cess, inutilement.

Il les rejoignit au galop pour attraper la tourelle du tank dégonflé.

— Prends l'arrière ! Vite !

Ils se mirent à tirer le leurre sur l'herbe mouillée en direction des arbres.

— Je sais pas ce que vous fabriquez, au juste…, commença le fermier sur un ton offensif.

— Restez pas planté là ! Aidez-nous ! cria Ernest pour dominer le bourdonnement qui gagnait en amplitude. C'est un avion de reconnaissance allemand. On ne peut pas les laisser voir ça !

Le fermier regarda le ciel qui s'éclaircissait, puis le char et parut enfin comprendre la situation. Il courut maladroitement jusqu'à eux, saisit la chenille droite et les aida à tirer le tank en direction du bosquet.

Autant bouger un tas de gelée. Rien n'offrait une prise solide, et ça pesait une tonne. L'herbe mouillée et boueuse aurait dû leur permettre de déplacer l'énorme masse plus facilement, mais la seule chose qui glissait, c'était leurs pieds ! Quand Ernest essaya d'amener l'objet d'un coup sec par-dessus un petit monticule, il dérapa et s'étala de tout son long dans l'une des traces qu'il venait de faire.

— Dépêche-toi ! le pressa Cess alors qu'il luttait pour se remettre sur ses pieds. Il est presque au-dessus de nous !

C'était le cas, et il suffirait d'une photo du bloc de caoutchouc dégonflé pour réduire à néant l'opération Fortitude. Ernest se planta dans ses bottes toutes crottées, fournit une nouvelle fois un formidable effort, et les trois hommes poussèrent, tirèrent, maltraitèrent le tank jusqu'à ce qu'il ait atteint le couvert des arbres.

Cess leva la tête.

— C'est l'un des nôtres. Un Tempest.

Ernest acquiesça. Il en reconnaissait le profil particulier.

— Pour cette fois. Mais la prochaine, ça pourrait ne pas être pareil.

Cess approuva.

— On ferait mieux d'embarquer ça avant qu'un autre pointe le nez. Va chercher le camion et conduis-le ici.

— Pas question sur mon pré, intervint le fermier. Vous m'l'avez déjà bien assez détruit. Sans parler d'la pâture du taureau, qu'est réduite à zéro. Vous lui enlevez l'foin d'la bouche.

Il désigna sa bête, près de la barrière, qui mastiquait d'un air placide deux ou trois grosses bouchées d'herbe.

— Et qui sait quel dommage il a subi ? J'suis censé l'amener à Sedlescombe la semaine prochaine pour la saillie, et maintenant regardez-le.

Le monstre ayant cessé de mâcher pour lorgner l'une des vaches de l'autre côté de la clôture, Ernest doutait que ce soit un problème, mais le paysan se montrait déterminé.

— J'vous laisserai pas l'chambouler davantage. Faudra rapporter c'tank sur vot'camion comme il est arrivé ici.

— Impossible, prévint Cess. Si un avion de reconnaissance allemand nous voit…

— Y verra rien du tout. L'brouillard revient.

Il s'étendait de fait en volutes épaisses à travers le champ, cachant le taureau qui paissait, le camion, les traces de char.

— Et quand ça s'ra fini, emportez donc les autres aussi.

Le fermier désignait les formes fantomatiques des tanks dont l'arrière faisait saillie hors du bosquet, et ils passèrent le quart d'heure suivant à tenter de lui expliquer pourquoi il était nécessaire que les leurres restent en place jusqu'à ce qu'un avion de reconnaissance allemand les photographie.

— Vous contribuerez à la défaite d'Hitler, déclara Cess.

— Avec un tas de foutus ballons ?

— Oui, répliqua Ernest d'une voix ferme.

Et un bon paquet d'avions en bois, de vieilles conduites d'égouts et de faux messages radio.

— L'armée de Sa Majesté sera heureuse de vous rembourser les dégâts subis par votre champ, indiqua Cess au fermier qui se ragaillardit aussitôt. Et les dommages infligés à la psyché de votre taureau.

*Ne lui parle plus de sa bête !* s'affola Ernest. Mais le fermier souriait.

— J'avais jamais rien vu d'pareil à l'air qu'il a fait quand il a encorné vot'char, dit-il, secouant la tête.

Il éclata de rire, en se claquant les cuisses.

— J'm'en vais d'ce pas leur raconter tout ça au pub…

— Non ! crièrent-ils à l'unisson.

— Vous ne pouvez rien dire à personne, expliqua Ernest.

— C'est top secret, ajouta Cess.

— Top secret, c'est vrai ?

Et le fermier parut encore plus ravi qu'au moment où il avait compris qu'on le dédommagerait.

— C't en rapport avec l'invasion, pas vrai ?

— Oui, répondit Cess, et c'est terriblement important, mais on ne peut pas vous en dire plus.

— Vous en faites pas. J'peux résoudre l'énigme tout seul. Alors, on débarque en Normandie ? J'm'en doutais. Owen Batt disait Calais, mais j'y disais non, qu'les Allemands y nous prévoyaient là, et qu'on est plus malins qu'eux. Attendez que je leur...

— Vous ne pouvez rien dire à Owen Batt, ou à qui que ce soit, trancha Cess.

— Si vous le faites, vous pourriez nous faire perdre la guerre, ajouta Ernest.

Et ils passèrent un autre quart d'heure, debout dans le brouillard épais, à convaincre le fermier de garder le secret.

— Motus et bouche cousue, promit-il à contrecœur. Mais quel dommage ! La tête de mon taureau... (Son visage s'éclaircit.) Je pourrai le dire après le débarquement, non ?

— Oui, répondit Ernest, mais seulement trois semaines après.

— Pourquoi ?

— On ne peut pas vous parler de ça non plus, indiqua Cess. C'est top *top* secret.

— On vous laisse les tanks ? s'enquit Ernest. On vous jure qu'on reviendra les chercher dès qu'ils auront été photographiés.

Le fermier hocha la tête.

— Si j'aide à gagner la guerre...

— Ça aide.

Et Cess se dirigea vers le camion.

— Attendez une minute. J'ai dit d'accord pour les tanks, pas pour mener votre engin dans mon pré. Faudra déménager vot' foutu ballon comme vous l'avez apporté.

— Mais ça va prendre une demi-heure, et si on nous voit d'un avion ? argumenta Cess. Ce brouillard peut se lever n'importe quand.

— Y s'lèvera pas.

Le fermier ne se trompait pas. Le brouillard s'installa sur la prairie et sur les bois telle une épaisse couverture grise. Toute orientation devenait impossible, si bien que leurs efforts pour tirer, pousser, malmener derechef le char effondré se révélèrent si imprécis qu'ils manquèrent le camion de près de cent mètres, Ernest réussissant à s'étaler de nouveau à deux reprises.

— Bon, au moins, ça ne pourrait pas être pire, commenta Cess alors qu'ils tentaient de hisser la masse effondrée à l'arrière du véhicule.

Au même instant, la pluie recommença de tomber, une pluie fine qui vous glaçait jusqu'aux os, et qui se maintint pendant toute la durée de stockage du tank, du traceur d'empreintes, de la pompe et du phonographe, et des remerciements au fermier qui, comme le taureau, avait observé l'intégralité de la scène avec intérêt. Quand ils arrivèrent à Cardew Castle, ils étaient trempés, gelés et affamés.

— Oh non ! on a raté le petit déjeuner, s'exclama Cess en sortant le phonographe. Je ne tiendrai jamais jusqu'au déjeuner. Je pourrais dormir une semaine. Que vas-tu faire, dormir, ou manger ?

— Ni l'un ni l'autre. Je dois écrire mes papiers.

— Ça ne peut pas attendre ?

— Non, il faut qu'ils soient à Croydon à 16 heures.

— Tu ne disais pas qu'ils étaient exigés ce matin ?

— Si, mais j'ai raté l'heure limite du *Weekly Shopper* de Sudbury parce que j'ai failli me faire tuer par un taureau furieux, alors maintenant je dois les rendre au *Clarion Call* de Croydon.

— Désolé.

— Ça ira. Nous n'aurons pas souffert en vain. Notre ami le fermier m'a donné une idée de lettre au rédacteur en chef. (Il prit la pile des disques du phonographe que Cess lui tendait.) « Cher monsieur, je me suis réveillé mardi matin pour découvrir qu'une... » Quelle brigade de tanks est censée stationner ici, actuellement ? Américaine ou anglaise ?

— Canadienne. La 4e brigade d'infanterie canadienne.

— « Pour découvrir qu'un escadron de tanks canadiens avaient détruit mon meilleur pâturage. Ils avaient écrasé mon herbe, effrayé mon taureau primé... »

— Pas autant qu'il t'a effrayé, toi ! se moqua Cess qui lui tendait la pompe à bicyclette.

— « ... et laissé partout les traces boueuses de leurs tanks, tout ça sans même demander la permission. »

Il cala les disques sous son bras et fit passer la pompe dans sa main gauche pour tourner la poignée de la porte.

— « Je comprends que nous devons faire front pour obtenir la défaite des Allemands, et qu'en temps de guerre certains sacrifices se révèlent nécessaires, mais... »

Il ouvrit la porte.

— Où étiez-vous passés, vous deux ? demanda Moncrieff. On est en retard.

— Pour quoi ? s'enquit Ernest.

— Oh non ! s'exclama Cess. Ne me dis pas que nous avons encore des tanks à souffler. On est restés debout toute la nuit.

— Tu dormiras dans la voiture, annonça Moncrieff.

Et Prism entra, vêtu de tweed et cravaté.

— Tu ne peux pas aller au bal dans cette tenue, Cendrillon, déclara Prism.

Il déchargea Ernest de la pompe et des disques et ajouta :

— Allez, va te doucher et t'habiller. Tu as cinq minutes.

— Mais je dois envoyer mes articles à...

— Tu le feras plus tard, ordonna Prism.

Il jeta les disques sur le bureau et le propulsa vers la salle de bain.

— Mais le bouclage du *Shopper* de Sudbury...

— Ceci est plus important. Va me laver cette boue et habille-toi. Et prends ton pyjama.

— Mon pyjama ?

— Oui. Nous allons voir la reine.

*J'en prévins les autres ;
puis, après un instant, je compris que la clarté
en question n'était pas un reflet dans les nuages,
mais la crête blanche d'une énorme vague !*

Ernest Shackleton,
*L'Odyssée de l'« Endurance »* (1919)[1]

## Londres, le 19 septembre 1940

Dans l'aube glaciale, pendant tout le chemin du retour à la pension, Mlle Laburnum ne cessa de vanter les mérites de sir Godfrey.

— Comme ce devait être exaltant pour vous, mademoiselle Sebastian, de jouer avec un acteur aussi renommé que sir Godfrey ! s'extasiait-elle. *Le Songe d'une nuit d'été* est l'une de mes pièces favorites !

Ils avaient interprété *La Tempête*, et Polly fut soulagée que sir Godfrey ne puisse entendre pérorer l'ignorante.

— Quelle nuit sensationnelle ! continua-t-elle. Je ne parviendrai jamais à m'endormir.

---

1. Traduction de M.-L. Landel, éditions Phébus, 1988. (*NdT*)

*J'y parviendrais, moi*, se dit Polly, mais elle n'en avait pas le temps. Elle lava son corsage noirci par le *Times* en regrettant de ne pas disposer d'un second chemisier. Elle devrait en récupérer un à Garde-robe quand elle irait chercher sa jupe.

Elle repassa le vêtement pour le sécher au mieux, avala un petit déjeuner rapide de porridge tragiquement brûlé, et partit au travail. Elle espérait que la Central Line aurait rouvert – c'était le cas – et que Mlle Snelgrove la croirait quand elle raconterait qu'elle n'avait pas pu regagner son domicile à cause des raids, mais elle était absente lorsque Polly arriva chez *Townsend Brothers*.

— Elle fait un remplacement au quatrième, aujourd'hui, lui expliqua Marjorie. À la place de Nan, aux « Articles ménagers ». Et elle m'a demandé de vous informer que *Townsend Brothers* avance son heure de fermeture de 18 heures à 17 h 30. Ça commence ce soir. À cause des raids.

*Parfait. Cela me donnera plus de temps pour atteindre le point de transfert.*

— Nan a-t-elle été blessée par les raids de la nuit dernière ? interrogea Doreen. Ils étaient rudes à Whitechapel.

— Non. Mlle Snelgrove l'aurait signalé.

— Peut-être qu'elle a filé en douce, suggéra Doreen.

— Non, je ne crois pas. Mlle Snelgrove n'avait pas l'air irritée quand elle m'en a parlé, dit Marjorie qui ajouta en souriant : Enfin, pas plus que d'habitude.

Doreen gloussa.

— Au moins, on ne l'a pas sur le dos.

*Certes, mais ça ne durera pas.* Et, quand Nan reviendrait, Mlle Snelgrove s'attendrait à trouver Polly avec une jupe noire et une certaine expertise de l'emballage des paquets, si bien qu'entre deux clients la jeune femme fit une rapide addition de ses ventes de façon à pouvoir s'évader dès la fermeture. Les raids ne commençaient pas avant 20 h 20, mais bien sûr les sirènes pouvaient sonner *beaucoup* plus tôt.

*Je ferais mieux de sauter le dîner et de me rendre tout droit au site depuis la station de métro. Je ne peux pas courir le risque d'être interceptée par Mlle Laburnum ce soir.*

Et, quand elle serait de retour à Oxford, il faudrait demander à Colin les heures des sirènes.

À 16 heures, le magasin se vida.

— Ils ne veulent pas se laisser surprendre dehors quand les alertes débutent, dit Marjorie.

Polly espérait que cela lui permettrait de partir à l'heure mais, dix minutes avant la fermeture, Mlle Varley envahit les lieux, exigeant de voir la moindre teinte des bas en stock. En dépit de l'heure avancée de la fermeture, Polly ne put finir de ranger le déballage avant 18 h 30. Elle attrapa son manteau et se précipita vers la station de métro. Là, elle dut encore attendre presque vingt minutes l'arrivée d'une rame.

Les sirènes se déclenchèrent alors qu'elle était en route pour Notting Hill Gate. Elle entendit deux femmes qui montaient à la station de Lancaster Gate en parler. *Bien.* Polly avait craint que ce ne soit beaucoup plus tard, puisque les raids s'étaient concentrés sur l'East End. Ceux qui avaient touché Bloomsbury avaient dû se produire tôt dans la soirée. S'il n'y avait pas de retard, elle aurait largement assez de temps pour gagner le point de saut avant le début du raid.

Il n'y eut aucun retard. Quand ils atteignirent Notting Hill Gate, il n'était que 19 h 15. Polly se hâta dans l'escalier roulant et se précipita vers la sortie. Abaissées, les grilles métalliques la bloquaient.

— Personne n'est autorisé à sortir pendant un raid, lui déclara un garde coiffé d'un casque.

— Mais je dois rentrer chez moi, protesta Polly. Ma famille va s'inquiéter si je ne…

— Désolé, mademoiselle, dit-il en se plantant devant la grille. Ce sont les règles. Il est interdit de sortir avant la fin d'alerte. Descendez vous abriter. Les bombes tomberont d'une minute à l'autre.

*Sûrement pas…*

Cependant, il était évident qu'il ne fléchirait pas, aussi Polly redescendit étudier une carte du métro pour trouver d'autres stations praticables. Bayswater était trop éloignée du point de transfert pour qu'elle y parvienne à pied avant le début du raid, mais High Street Kensington conviendrait si la station n'était pas équipée d'une grille. S'il n'y avait qu'un garde, Polly réussirait peut-être à tromper sa vigilance.

High Street Kensington était non seulement équipée d'une grille, mais aussi d'un garde deux fois plus déterminé à empêcher Polly de sortir. Et, pendant qu'elle argumentait, les canons de DCA commencèrent à tonner.

*Il faut regarder la vérité en face. Je suis piégée ici pour la nuit.*

Non, elle ne l'était pas… Le site de transfert était certes inaccessible, mais elle n'avait pas besoin de passer la nuit ici. Elle pouvait prendre le métro jusqu'à l'une des stations profondes et y observer les réfugiés. Balham aurait été la plus intéressante, mais M. Dunworthy en ferait une attaque, même si la station n'avait pas été frappée avant le 14 octobre. Et, pour Leicester Square, elle serait obligée de prendre une correspondance. Elle devrait revenir à Notting Hill Gate au matin pour se rafraîchir avant de partir travailler. Et, si la fin d'alerte sonnait assez tôt, elle gagnerait le point de saut et filerait à Oxford se chercher une jupe avant de rejoindre son poste. Ce qui impliquait une station sur la Central Line. Holborn.

Avec ses tunnels creusés quarante-six mètres sous terre, Holborn avait été l'une des premières stations utilisées par les Londoniens quand le Blitz avait commencé. Le gouvernement n'avait pas eu l'intention de transformer les stations de métro en refuges. Il s'inquiétait pour les installations sanitaires et les maladies infectieuses. Mais ses avertissements : « Restez chez vous : construisez un abri Anderson » étaient restés lettre morte. Et il n'avait pas été possible de faire appliquer la proclamation, alors que se propageaient les récits de gens tués dans les abris Anderson, ou dans les refuges à la surface. Et alors qu'il suffisait à chacun d'acheter un ticket de métro et d'aller à la station Holborn.

Ce soir, toute la ville de Londres semblait s'y être donné rendez-vous. Polly put à peine s'extraire de la rame tant le quai débordait de Londoniens assis sur des couvertures. Elle se glissa avec précaution entre eux, essayant de ne marcher sur personne, et gagna le tunnel d'accès. La circulation y était tout aussi difficile, en raison d'une foule compacte de gens, de matériel de couchage et de paniers de pique-nique. Une femme faisait bouillir du thé sur un réchaud Primus, une autre disposait des assiettes et des couverts en argent sur une nappe posée à même le sol... ce qui rappela à Polly qu'elle n'avait pas dîné. Elle demanda à la réfugiée où se trouvait la cantine.

— Par là, indiqua-t-elle en brandissant une petite cuillère. Descendez vers la ligne Piccadilly.

— Merci.

Et Polly tenta de se frayer un passage à travers la masse des gens assis contre les murs carrelés, ou debout par petits groupes, bavardant. Le couloir principal était à peine moins envahi. Polly descendit le long escalier roulant et trouva la cantine, qui était bien plus vaste qu'à Notting Hill Gate, et dotée de tasses en porcelaine et de soucoupes.

— Soyez gentille, rapportez-les quand vous aurez fini, dit la volontaire du WVS qui se tenait au comptoir.

Polly acheta un sandwich au jambon et une tasse de thé, puis elle marcha au hasard, observant la foule.

Les historiens avaient décrit les abris comme « cauchemardesques » ou « comparables aux derniers cercles de l'enfer », mais les réfugiés ressemblaient plutôt à des vacanciers qu'à des âmes damnées : ils pique-niquaient, papotaient et lisaient les bandes dessinées des journaux. Une partie à quatre de bridge s'était engagée sur des pliants de camping, une femme d'âge moyen lavait ses bas dans une casserole en fer-blanc, et un gramophone portable à manivelle jouait *A Nightingale Sang in Berkeley Square*. Les gardes de la station patrouillaient sur les quais pour maintenir l'ordre, mais leur seul travail semblait d'imposer aux gens d'éteindre leur cigarette et de ramasser les papiers usagés qu'ils laissaient traîner.

Le gouvernement ne s'était pas trompé en s'inquiétant des installations sanitaires. Un seul W.-C. de fortune desservait chaque étage, ce qui entraînait des files d'attente interminables. Polly découvrit quelques bambins assis sur des pots de chambre et vit l'une des mères porter l'un de ces récipients au bord du quai et le vider sur les voies. Voilà qui expliquait l'odeur. Polly se demanda ce que tout cela donnerait au milieu de l'hiver.

On repérait quelques tentatives d'organisation : un service d'objets trouvés, un poste de premier secours, une bibliothèque de prêt. Mais, de manière générale, le chaos régnait. Les enfants couraient en toute liberté dans les couloirs, jouaient à la poupée, aux billes ou à la marelle au milieu des passages ou dans l'étroite bande du quai attribuée aux voyageurs qui montaient et descendaient du métro. Personne ne cherchait à les coucher alors qu'il était 21 h 30, que nombre d'adultes dépliaient leurs couvertures et préparaient leurs oreillers, et qu'une adolescente s'enduisait le visage de crème pour la nuit.

Polly se dit soudain qu'elle devait elle aussi se ménager un emplacement pour dormir, ou au moins s'asseoir, ce qui risquait de se révéler difficile. Les rares places libres le long des murs étaient réservées par des couvertures pour des membres d'une famille ou pour des amis. Les escaliers mécaniques s'arrêteraient quand les métros cesseraient de circuler, à 22 h 30. Peut-être Polly réussirait-elle à s'installer sur une marche, quoique leurs lattes en bois lui paraissent fort inconfortables, mais elle avait une heure à tuer jusque-là. Elle lut les affiches de l'ARP et des Victory Bonds placardées sur les murs. L'une d'elles claironnait : « Mieux vaut manger de la vache enragée avec Churchill aujourd'hui que remâcher sa honte sous Hitler demain. »

*Celui qui a écrit ce slogan ne connaît pas la table de Mme Rickett*, sourit Polly avant de s'orienter vers la bibliothèque de prêt. On y trouvait une pile de journaux, une autre de magazines, et une maigre rangée de livres de poche en mauvais état. La plupart semblaient être des romans policiers.

— Un livre, ma belle ? lui demanda la bibliothécaire rousse. Celui-ci est excellent. (Elle lui tendait *Drame en trois actes*, d'Agatha Christie.) Vous ne devinerez jamais qui a fait le coup. Je n'y arrive *jamais*, avec ses romans. Je crois toujours que j'ai résolu l'énigme et alors, trop tard, je m'aperçois que je me suis trompée de bout en bout, et que quelque chose de complètement différent s'est passé. Ou peut-être voudriez-vous un journal ? J'ai l'*Express* d'hier soir. (Elle le lui glissa dans les mains.) Pensez simplement à me le rapporter quand vous avez fini, pour que quelqu'un d'autre puisse le lire.

Polly la remercia et regarda sa montre. Il lui restait vingt minutes de battement. Elle intégra la file de la cantine, gardant un œil sur l'escalier mécanique de façon à s'y précipiter pour réserver une marche dès qu'il s'arrête-rait. Elle observait ses voisins dans la queue : un couple en tenue de soirée, manteau de fourrure et chapeau haut de forme ; une vieille dame en robe de chambre et pan-toufles ; un barbu plongé dans un journal yiddish.

Une bande de gamins sales et déguenillés couraient dans les parages. Ils jouaient au loup et, à l'évidence, ils espéraient que quelqu'un proposerait de leur offrir un gâteau ou une orangeade. La femme qui précédait Polly portait un bébé pleurnicheur, et celle qui la suivait s'était chargée de deux oreillers, d'un vaste sac à main noir, et d'un panier de pique-nique. Quand elle approcha du début de la file, elle coinça ses oreillers sous l'un de ses bras, posa le panier sur le sol à côté d'elle et ouvrit son sac.

— Je déteste tellement les gens qui attendent d'être à la caisse pour chercher leur monnaie ! s'exclama-t-elle, fouillant dans son sac. Je *sais* que j'ai une pièce de six pence, quelque part là-dedans.

— Tu y es ! cria l'un des gosses.

Et une fille de dix ans se mit à courir, se cognant contre le sac à main dont le contenu se répandit tous azimuts, y compris la pièce de six pence qui s'était fait désirer. Tout le monde, à l'exception de Polly, se baissa pour ramasser les rouges à lèvres, mouchoir, peigne…

Polly observait la fille. *Elle l'a heurté exprès !* Elle contrôla le panier de pique-nique : il avait disparu.

— Arrêtez, au voleur ! hurla la femme.

Les autres garnements s'envolèrent. Un garde de la station les poursuivit.

— Revenez ici, bande de vandales !

Peu après, il était de retour, tirant un petit garçon par l'oreille.

— Ouaille ! protestait le petit. J'ai rien fait.

— C'est lui, affirma la femme. C'est lui qui m'a volé mon panier.

— J'y entrave rien du tout ! dit le garçon, outré. J'ai jamais…

Un ouvrier arriva, portant le panier. Il désigna le garçon.

— Je l'ai vu cacher ça derrière une poubelle.

— J'l'ai mis à l'abri, avant d'le trimballer aux objets trouvés. Ça traînait sur le quai, sans personne autour.

— Quel est ton nom ? interrogea le garde.

— Bill.

— Où est ta mère ?

— Au boulot, intervint une fille plus âgée qui venait d'apparaître.

Polly la reconnut. C'était celle qui avait heurté le sac à main de la femme. Elle portait une robe sale et trop courte, et un ruban à cheveux dégoûtant.

— Maman turbine dans une usine de munitions. Elle fait des *bombes*. Un boulot atrocement dangereux.

— Est-ce que c'est ta sœur ? demanda le garde.

Le garçon acquiesça. Le garde se retourna vers la fille.

— Comment t'appelles-tu ?

— V'ronica. Comme la star de cinéma. (Elle agrippa la manche du garde.) S'il vous plaît, m'sieur, dites rien à maman. Elle se fait assez de mauvais sang comme ça, avec notre papa sur le front.

— L'est dans la RAF, ajouta le garçon. Y pilote un Spitfire.

— Y a des semaines que maman, elle a plus de nouvelles, dit la fille en versant une larme. Elle se fait tant de souci !

*Elle est presque aussi bonne que sir Godfrey*, reconnut Polly avec admiration.

— Pauvres gosses, murmura la femme, et plusieurs des personnes qui s'étaient rassemblées regardèrent le garde sans aménité. Il n'y a pas de mal. Après tout, j'ai retrouvé mon panier.

*Avant d'affirmer ça, vous feriez mieux d'en vérifier le contenu*, pensa Polly.

— Oh ! *merci*, ma'ame ! s'exclama la fille, qui avait empoigné le bras de la femme. Vous êtes si gentille !

— Je vous laisse partir pour cette fois, annonça le garde d'un ton sévère, mais il faut promettre de ne jamais recommencer.

Il libéra le garçon, et les deux enfants se faufilèrent sur-le-champ au milieu de la foule et filèrent par l'escalier roulant. Lequel avait cessé de fonctionner au cours de l'altercation et s'était jonché de gens, assis ou étendus sur les marches étroites.

*Petits scélérats ! Ils m'ont aussi escroqué ma place.*

Polly se remit à tourner, en quête d'un emplacement. Il n'y en avait plus. Les réfugiés se couchaient sur les rails après l'arrêt des métros cependant, même si aucun témoignage historique ne faisait état d'un accident, elle n'en trouvait pas moins cette pratique dangereuse, sans parler de tous les pots de chambre qui avaient été vidés à cet endroit.

Elle dénicha enfin une place libre dans l'un des couloirs de correspondance, entre deux femmes déjà endormies. Elle enleva son manteau, l'étala et s'assit. Elle posait son sac à bandoulière à côté d'elle quand elle se remémora « le Roublard » et sa sœur et le repoussa derrière son dos. Appuyée contre lui, elle tenta de s'assoupir, ce qui aurait dû se révéler facile. Elle n'avait pas dormi du tout la nuit précédente, et à peine plus de trois heures la nuit d'avant. Mais il y avait trop de bruit et de lumière, et le mur était dur comme de la pierre.

Elle se leva, plia son manteau en oreiller et s'allongea, mais le sol était encore plus dur et, quand elle fermait les yeux, deux pensées la hantaient : l'anxiété de M. Dunworthy à son sujet, parce qu'elle tardait tant à lui donner sa position, et ce que dirait Mlle Snelgrove quand elle la verrait arriver sans jupe noire. Des idées négatives. Dans l'immédiat, il n'y avait rien que Polly puisse faire pour changer la situation.

Elle s'assit et déplia l'*Express* que la bibliothécaire lui avait prêté. Le paquebot *City of Benares*, rempli d'évacués, avait été coulé par un *U-Boot*, la RAF avait abattu huit avions de chasse allemands, et Liverpool avait été bombardée. Rien sur *John Lewis*, juste un article intitulé « Le bombardement de la City continue », et qui donnait cette information : « Parmi les cibles de mardi soir se trouvaient deux hôpitaux et une rue commerçante. » Mais on trouvait une publicité pour le magasin en page quatre.

Polly se demandait si on avait oublié de l'enlever du journal, ou si c'était un moyen de persuader les Allemands qu'il n'avait pas été touché. Pendant les attaques de V1, les Anglais avaient répandu de fausses informations dans les journaux sur les lieux frappés par les fusées. Elle chercha une publicité pour *Peter Robinson*, qui avait également été touché. Il n'y en avait pas. *Selfridges* soldait les « costumes sirène » : des combinaisons intégrales en laine, « parfaites pour les nuits dans les abris – chics et chaudes ». *Voilà ce qu'il me faut !* Le sol en ciment était glacial. Polly déplia son manteau, le drapa sur elle, posa sa tête sur son sac, et tenta de nouveau de dormir.

Sans succès, malgré l'extinction des feux à 23 h 30, et la réduction des conversations à un murmure. Elle ne pouvait entendre les bombes : leur bruit ne pénétrait pas si loin sous terre. C'était déroutant d'ignorer ce qui se tramait là-haut. Allongée, elle écouta les réfugiés ronfler, puis s'assit derechef et lut le reste du journal, y compris la rubrique : « Cuisiner en temps de guerre » – dont Mme Rickett tirait de toute évidence ses recettes –, la liste des victimes, et les petites annonces personnelles.

Ces dernières offraient un aperçu intime de la vie des contemporains.

Certaines étaient drôles : *L.T., pardon pour comportement soirée mess des officiers samedi dernier. STP, donnemoi encore une chance. Lt S.W.*

D'autres fendaient le cœur : *Quiconque aurait une information au sujet de l'enseigne Paul Robbey, vu pour la dernière fois à bord du* Grafton *à Dunkerque, merci de contacter Mme P. Robbey, 16, Cheyne Walk, Chelsea.*

Personne n'était épargné par le Blitz, comme en témoignait cet appel : *Perdu chat blanc, répondant au nom de Moppet, disparu pendant le raid nocturne du 12 septembre. Effrayé par les bruits violents. Récompense.*

*Pauvre petite bête*, pensa Polly, *piégée dans des circonstances terrifiantes qu'elle ne peut pas comprendre.* Elle lui souhaita de s'en sortir et parcourut le reste des petites annonces : *Cherchons hébergements pour évacués*, et *R.T., RV au monument à Nelson vendredi midi, H.* ou

*Recrutons conducteurs d'ambulance. Rejoignez le FANY aujourd'hui*, puis elle se rallongea, décidée à dormir.

Elle y parvint, pour être aussitôt réveillée par un bébé en pleurs, une femme en route pour les toilettes qui murmurait : « Excusez-moi… excusez-moi… excusez-moi », puis un garde qui disait sévèrement :

— Éteignez cette cigarette. Il est interdit de fumer dans l'abri à cause du risque d'incendie.

L'idée que les autorités s'inquiètent d'incendie quand la moitié de Londres au-dessus d'eux partait en fumée lui sembla si drôle qu'elle rit sous cape avant de tomber endormie.

Cette fois, ce fut le garde criant « Fin d'alerte ! » qui l'éveilla. Elle enfila son manteau en bâillant, et descendit à la Central Line pour attraper le premier métro en direction de l'ouest. En bas, un panneau d'affichage indiquait : « Liaison interrompue entre Queensway et Shepherd's Bush ». Ce tronçon incluait Notting Hill Gate, ce qui lui enlevait tout espoir de se rendre au point de transfert avant d'aller travailler. Elle devrait acheter une jupe chez *Townsend Brothers* avant l'ouverture du magasin.

Le métro n'arriva qu'au bout d'une demi-heure, puis s'arrêta presque aussitôt entre deux stations. À deux reprises. Elle eut à peine le temps d'atteindre le magasin, de se débarbouiller et de se donner un coup de peigne dans les toilettes des employés avant la sonnerie d'ouverture. Son corsage était froissé et maculé de brun entre les épaules, là où elle s'était adossée au mur. Elle tenta sans grand succès de le brosser, le rentra dans sa jupe, et se dirigea vers son étage, priant que Nan ne soit pas de retour.

Elle était apparemment revenue. Mlle Snelgrove se précipita sur le comptoir de Polly, les lèvres pincées de désapprobation.

— Je croyais vous avoir expliqué lors de votre embauche que chez *Townsend Brothers* les vendeuses

portent des jupes noires et des corsages blancs et impec-
cablement *propres* !

— Oui, ma'ame, vous l'avez fait. Je suis absolument
désolée, mais je n'ai pas pu rentrer chez moi depuis deux
nuits à cause des raids. J'ai passé les deux dans un abri.

— Je fermerai les yeux pour aujourd'hui. J'admets que
la situation actuelle entraîne certaines… complications.
Cependant, j'attends de vous que vous les surmontiez.
*Townsend Brothers* ne peut se permettre un déclin de son
excellence, quelles qu'en soient les circonstances.

Polly acquiesça.

— Je l'aurai demain, je vous le promets.

— Veillez-y.

— Vieille bique ! chuchota Marjorie à l'oreille de
Polly dès que la chef de service fut partie. Avez-vous
assez d'argent pour vous acheter une jupe ? S'il vous en
manque, je peux vous en prêter un peu.

— Merci, je m'en sortirai.

— Je couvre votre comptoir si vous voulez vous en
aller plus tôt pour l'acheter avant la fermeture des boutiques.

— Vous feriez ça ? s'exclama Polly avec gratitude. Ça
ne posera pas de problèmes ?

— Je raconterai à Mlle Snelgrove que Mme Tidwell a
demandé si nous avons la gaine « Débutante délicate »
en extra-large. La chercher la retiendra au stock bien
après l'heure de fermeture.

— Et si elle met la main dessus ?

— Impossible. Nous n'en avions qu'une, et je l'ai déjà
envoyée à Mme Tidwell.

Marjorie tint parole, et Polly partit une demi-heure
plus tôt, ce qui tombait bien parce qu'elle avait décidé
que le plus sûr moyen d'arriver à l'heure au point de
transfert était de s'y rendre à pied. Elle ne pouvait pas
courir le risque de se trouver de nouveau bloquée dans
le métro, et en cas d'alerte un bus devrait se ranger et
s'arrêter. Ce soir, les raids ne commenceraient pas avant

21 heures mais, après ses déboires de la veille, elle ne voulait rien laisser au hasard.

*J'espère qu'il ne pleut pas.*

Il ne pleuvait pas, mais comme elle approchait de Marble Arch le fog s'épaissit et, alors qu'elle quittait Bayswater, il était devenu plus dense que la nuit de son arrivée. Elle ne réussissait pas à voir à plus de quelques maisons de distance et, à proximité de Lampden Road, elle ne distingua plus que les formes fantomatiques des immeubles. Le brouillard leur donnait un aspect étranger, à la fois lointain et menaçant.

Ils étaient *réellement* étrangers. Elle avait dû tourner une rue trop tôt, parce que ces bâtiments n'étaient pas ceux qui bordaient Lampden Road : la pharmacie avec ses bow-windows, et la rangée des boutiques. C'étaient des sortes d'entrepôts, des constructions aveugles en brique, au milieu desquelles se dressait une unique maison à colombages.

Elle s'avança vers elles, à la recherche d'un repère familier, la courbe d'une rue ou, si le brouillard empêchait qu'on l'aperçoive, la flèche de Saint-George. Le smog avait complètement altéré les distances. Les entrepôts semblaient encore très loin, alors qu'elle approchait de l'angle de la rue. Et d'ici elle aurait dû voir la flèche. Était-il possible qu'elle ait tourné en rond ? L'avenue qui s'étendait devant elle ne pouvait être Lampden Road. Elle était beaucoup trop large…

Elle en atteignit l'angle et s'arrêta, considérant l'autre côté. Elle ne s'était pas trompée quand elle jugeait les bâtiments trop éloignés. Elle observait ceux de la rue suivante. Toute la rangée des édifices qui aurait dû leur faire face avait disparu, effondrée en un amoncellement de tuiles, de poutres et de briques enchevêtrées, et le dos des immeubles derrière se retrouvait exposé.

Il avait dû s'agir d'une HE : une bombe de forte puissance. Et Badri avait raison. Il était facile de perdre ses repères après un bombardement. Elle ne savait pas à quel niveau de la voie elle se situait. Elle regardait dans la direction où la courbe et Saint-George auraient dû se trouver, mais le brouillard était si épais qu'elle ne distinguait ni l'une ni l'autre.

Rien ne lui paraissait familier. Elle examina la rangée des entrepôts de l'autre côté. Ils ne semblaient pas endommagés. Et le second à partir de l'angle était doté d'un escalier en bois zigzaguant sur sa façade arrière, escalier qui ne s'était pas écroulé. S'il avait été aussi délabré que l'escalier de l'allée menant au point de transfert, il serait tombé à la première poussée un peu rude. Alors, le choc d'une bombe…

Polly se retourna pour détailler les buildings de ce côté de la rue. Ils n'avaient pas été abîmés non plus. Même les vitrines de la boucherie étaient intactes. *Les explosions ont vraiment des conséquences bizarres*, songea-t-elle. La façade du marchand de légumes était intacte, elle aussi, et les paniers de choux n'avaient pas cessé de flanquer la porte…

Ça ne peut pas être le même épicier, pensa-t-elle en se mettant à courir pour s'approcher. Et pourtant si. Le store indiquait toujours : « T. Tubbins, fruits et légumes ».

*Mais si c'est le même marchand de légumes, alors…*

Elle s'arrêta, les yeux fixés non pas sur la boutique, mais sur l'amoncellement des gravats de l'autre côté de la rue, et sur la rangée des entrepôts derrière. Puis sur le passage étroit entre le deuxième et le troisième immeuble à partir du bout, débordant de tonneaux. Et sur l'Union Jack dessiné à la craie sur le mur de brique. Et sur les mots bien visibles malgré le smog et la nuit qui tombait : « Londres tiendrat ! »

*On ne gagne pas une guerre avec des évacuations.*

Winston Churchill, après Dunkerque

# Dunkerque, France, le 29 mai 1940

L'explosion de la bombe avait sans doute assommé Mike. Quand il reprit conscience, l'intensité des fusées éclairantes avait faibli. On le hissait, saucissonné dans une corde, sur le flanc de la *Lady Jane*, et Jonathan demandait d'un ton anxieux :

— Est-ce que ça va ?

— Oui, répondit-il.

Mais il peinait à s'accrocher au bastingage tandis que Jonathan et l'un des soldats le soutenaient sous les bras pour l'aider à passer par-dessus bord.

— Hypothermie, expliqua-t-il avant de se rappeler qu'on était en 1940. C'est le froid. Puis-je avoir une couverture ?

Jonathan courut lui en chercher une pendant que le soldat le conduisait à un casier sur lequel il pourrait s'asseoir. Mike s'aperçut qu'il avait aussi quelques difficultés pour marcher.

— Vous êtes sûr que vous n'êtes pas blessé ? interrogea le soldat, qui le dévisageait dans l'obscurité. On aurait juré que cette bombe tombait droit sur vous.

— Tout va bien, assura-t-il en s'écroulant sur le casier de bois. Allez dire au capitaine que j'ai dégagé l'hélice. Et qu'il peut lancer le moteur.

De toute évidence, il perdit de nouveau connaissance pendant quelques minutes : Jonathan l'avait enroulé dans une couverture, et le moteur tournait, quoiqu'ils n'aient pas encore commencé à se déplacer.

— On pensait que vous étiez foutu, souffla Jonathan. On a passé un temps fou à vous chercher. Et quand on vous a trouvé, vous flottiez la tête en bas, les bras en croix, comme ce cadavre qu'on avait vu. On pensait…

Il leva les yeux, tout comme Mike. Au-dessus d'eux, un bouquet de fusées éclairantes illuminait le ciel, et diffusait un panache d'étincelles blanc-vert tout au long de leur chute.

— Pour la tournée que nous allons partager, nous rendons grâce à Dieu…, murmura l'un des soldats.

— Il faut bouger d'ici ! cria Mike.

Il se leva pour aider le capitaine à guider le bateau, mais dut se rasseoir immédiatement tant il tremblait.

— Va montrer le chemin ! Faut se sortir d'ici avant qu'ils reviennent !

— Je crois qu'il est trop tard, soupira Jonathan.

Mike fouilla la nue du regard, paniqué, mais Jonathan pointait la rive du doigt :

— Ils nous ont vus.

— Qui ?

Mike tituba jusqu'au bastingage et découvrit le môle où des soldats couraient pour les rejoindre, se jetaient à l'eau et nageaient vers la *Lady Jane* dans la mer verdie d'éclairs. Ils étaient des centaines, des milliers !

*Parce que je me suis évanoui et qu'ils ont perdu du temps à me sauver…*

— File dire à ton grand-père de larguer les amarres, hurla-t-il. Vite !

Les yeux de Jonathan s'élargirent.

— On les *abandonnerait* ici ?

— Oui. Tu vois une autre solution ? Ils feront couler le bateau. Vas-y !

Il le poussa et chancela jusqu'à la poupe en se cramponnant au garde-corps, dans l'intention d'enlever la ligne de vie qui leur avait permis de le sortir de l'eau.

C'était trop tard. Des soldats l'escaladaient déjà, à la force du poignet, crapahutant sur le flanc, se hissant au-dessus du plat-bord.

— Vous allez la couler ! cria Mike en tentant de détacher le filin.

Mais personne ne l'écoutait. Ils envahissaient la vedette comme des pirates, s'écrasaient les uns sur les autres, sautaient sur le pont.

— Passez sur l'autre bord ! leur enjoignit Mike qui, trop faible pour tenir debout, se raccrochait au garde-corps. On va chavirer !

Il les bouscula pour les déplacer vers la proue, mais personne ne lui obéissait. Le pont commença de s'incliner.

— Écoutez-moi ! Il faut bouger…

— À terre ! hurla quelqu'un.

Les hommes s'aplatirent sur le pont. La première bombe frappa assez près pour les asperger d'eau, la seconde était tout aussi proche, sur le bord opposé. Les hordes des soldats encore présents sur le môle s'enfuirent en courant, et ceux qui étaient dans l'eau nagèrent vers le rivage.

Quelques-uns les rejoignaient et montaient encore à bord, mais les bombes avaient accordé un répit à l'équipage, et la menace d'un mitraillage permit d'inciter certains des naufragés à s'abriter dans la cale.

— Installez-vous à distance les uns des autres, leur indiqua Mike en les suivant le long du bastingage. Ne vous mettez pas tous du même côté. Et on ne bouge pas dans tous les sens. On s'assoit et on reste tranquille.

— Arrêtez de les envoyer devant ! lui cria Jonathan par-dessus la foule. Il n'y a plus de place, ici !

— Plus de place à l'arrière non plus ! Dis au capitaine de filer avant qu'il en arrive encore.

La vedette naviguait mal, sa carène déjà dangereusement enfoncée sous la ligne de flottaison, et Dieu seul savait combien d'eau recélait la cale, désormais. Mike pouvait entendre la pompe haleter malgré le bruit du moteur. Il aurait dû descendre et s'assurer qu'elle tiendrait le coup, mais les soldats l'enserraient de trop près pour lui permettre de remuer, ou même de s'écarter du garde-corps. Peut-être était-ce la raison pour laquelle le bateau n'avançait pas : le capitaine ne pouvait atteindre le gouvernail.

Quelqu'un agrippa le col de sa chemise, le tirant d'une saccade contre la rambarde, puis attrapa son épaule et se servit de lui pour se hisser par-dessus bord. C'était un soldat très jeune, au visage constellé de taches de rousseur.

— Juste à temps ! s'exclama-t-il. Je craignais que vous partiez sans moi. Dites donc, il y a foule, ici, pas vrai ? On ne va pas couler, hein ?

*Ça se produira si on ne dégage pas* tout de suite ! pensa Mike, qui regardait en direction de la proue. *Allez !*

Et la *Lady Jane*, enfin, s'ébranla, en marche arrière, s'éloignant du môle incendié. Il y eut un sifflement, et un hurlement, et une bombe s'écrasa à l'endroit qu'ils venaient de quitter, aspergeant d'eau toute la proue.

— On a réussi ! jubila le soldat aux éphélides.

*Si on sort indemne du port, et si le capitaine prend le bon cap pour l'Angleterre. Et si le moteur ne tombe pas en panne.*

Ou s'ils ne percutaient pas quelque chose…

Mike aurait dû se trouver à la proue, pour guider la navigation.

— Laissez-moi passer ! cria-t-il.

Il tenta de se frayer un chemin vers l'avant, mais les soldats formaient un bloc compact et il n'avançait pas, et dès qu'il eut lâché le garde-corps il se remit à trembler. *C'est la réaction*, songea-t-il en l'agrippant de nouveau.

*Et le soulagement.*

Ce n'étaient pas ses efforts qui avaient dégagé le corps et libéré l'hélice, mais la puissance de la bombe. Quant aux soldats, il était évident qu'ils seraient montés à bord, avec ou sans lui.

*Donc, je ne dois pas me préoccuper d'avoir modifié l'issue de Dunkerque.*

— Je ne croyais pas que quelqu'un viendrait nous chercher, dit le soldat aux taches de rousseur. À part les Allemands. On entendait leur artillerie, sur la plage. Ils y seront au matin. (Il regarda Mike avec inquiétude.) Mal de mer, mon pote ?

Mike secoua la tête.

— J'ai toujours le mal de mer, continua le soldat gaiement. Je déteste les bateaux. Mon nom, c'est Hardy. Soldat dans le corps du génie. C'est plutôt bondé ici, non ?

C'était un euphémisme. Ils étaient aussi serrés que les pilchards dans la boîte qui avait alimenté le ragoût du capitaine.

*Et je ne dois pas me tourmenter d'avoir pris la place de quelqu'un d'autre à bord.* Mike ne prenait pas de place du tout. Ils étaient si comprimés qu'ils se tenaient debout les uns les autres. C'était une bonne chose. Sans les soldats et le bastingage, ses jambes l'auraient lâché.

*J'aurais dû manger ce ragoût quand j'en avais l'occasion. Et me garder cette couverture.* Il l'avait perdue quelque part, alors qu'il essayait de se forcer un passage vers l'avant, et ses vêtements mouillés lui glaçaient la peau. Il ne sentait même plus ses pieds, tant ils étaient froids.

L'état des soldats était encore pire. Beaucoup n'avaient plus de chemise. L'un d'eux ne portait que son caleçon et, élément incongru, un masque à gaz. Tout un côté de sa figure était balafré. Du sang coulait le long de sa joue jusque dans sa bouche, mais il n'en était pas conscient. *Il ne sait pas qu'il est blessé*, se dit Mike.

— C'est à quelle distance ? demanda le soldat Hardy contre son oreille. Pour traverser la Manche.

— Trente kilomètres.

— J'ai craint de devoir les faire à la nage.

Ils étaient sortis du port et affrontaient la pleine mer. Mike l'avait perçu à cause du vent, dorénavant beaucoup plus froid. Il commença de trembler. Il voulut se serrer la poitrine, mais ses bras étaient bloqués sur ses flancs. Il souhaita ardemment disposer toujours de sa couverture et que Hardy se taise. À l'inverse des autres soldats, le soulagement du garçon, successif à son sauvetage, se manifestait par un discours compulsif.

— Notre sergent nous avait dit de nous rendre sur les plages, expliquait-il, qu'il y aurait des bateaux qui nous emmèneraient, mais quand nous sommes arrivés là pas un navire en vue. « Nous sommes cuits, sergent, je lui ai annoncé. Ils nous ont abandonnés. »

La *Lady Jane* fendait les flots dans les ténèbres. *On doit être au moins à la moitié de la traversée, et le jour se lèvera bientôt.* Mike tenta de libérer son bras pour jeter un coup d'œil à sa Bulova, avant de se rappeler qu'il l'avait laissée à la proue avec sa veste et ses chaussures.

La mer grossit et il se mit à pleuvoir. Mike se voûta sous les gouttes, tremblant de froid. Inconscient de son malaise, Hardy continuait :

— Vous ne pouvez pas imaginer ce que c'est d'être assis et d'attendre pendant des jours, en ignorant si quelqu'un viendra vous chercher ou arrivera à temps, en ignorant même si quelqu'un sait que vous vous trouvez là.

La nuit, et la voix de Hardy, n'en finissait pas. Le vent se renforça, vaporisant écume et pluie sur leurs visages, mais Mike le sentit à peine. Il était trop épuisé pour s'accrocher au garde-corps, même soutenu comme il l'était par la masse compacte des soldats.

— Notre sergent a tenté d'envoyer un signal en morse avec sa lampe de poche, mais Conyers disait que ça ne servirait à rien, qu'Hitler nous avait déjà envahis et qu'il ne restait plus personne pour venir à notre secours. C'était le pire, demeurer assis là, en imaginant que l'Angleterre pouvait avoir disparu à jamais. Oh ! regardez, le jour se lève !

Effectivement, le ciel s'éclaircissait. D'abord anthracite, il vira au gris.

— Maintenant, on pourra voir où on est, déclara Hardy.

*Les Allemands aussi…*

Mais l'immense étendue d'eau couleur ardoise se révéla déserte. Mike scrutait les vagues, en quête d'un périscope, ou du sillage d'une torpille.

— C'était étrange, bourdonnait Hardy, je pouvais supporter l'idée d'être capturé ou tué tant que l'Angleterre vivait, mais… Regardez !

Il extirpa sa main pour désigner une traînée de gris plus clair sur l'horizon.

— Ce ne seraient pas les falaises blanches de Douvres ?

C'étaient bien elles.

*Je vais enfin arriver là où j'essayais de me rendre depuis des jours. Parlez-moi d'un chemin détourné ! Mais au moins, maintenant, je saurai où les petites embarcations ont accosté.*

Et il n'aurait aucun problème pour y accéder. Ou pour rencontrer les hommes qui revenaient de Dunkerque. Jamais il n'aurait imaginé qu'il serait l'un d'eux.

Ils entraient au port et se frayaient un chemin dans le labyrinthe des bateaux qui arrivaient, chargeaient, repartaient.

— Chère vieille Angleterre. J'ai cru ne plus jamais la voir. Et je ne l'aurais plus revue sans vous.

— Sans moi ?

— Et votre bateau. J'avais perdu tout espoir quand j'ai aperçu votre signal lumineux.

Mike tourna vivement la tête vers lui.

— Signal lumineux ?

Hardy acquiesça.

— Je l'ai repéré, qui zigzaguait sur l'eau, et j'ai pensé :
*Ça, c'est un bateau.*

*La torche électrique que j'ai demandé à Jonathan de
braquer sur l'hélice ! C'est cette lumière qu'il a vue, quand
Jonathan me cherchait dans l'eau.*

— Si je ne l'avais pas repéré, je serais encore sur la
plage, avec les Stuka. Ce signal m'a sauvé la vie.

*Je lui ai sauvé la vie,* songea Mike, nauséeux, tandis
que le capitaine guidait la *Lady Jane* vers l'embarcadère.
*Il n'était pas censé recevoir du secours.*

— On a des blessés à bord, cria le capitaine au marin
qui les amarrait au quai.

— Oui, commandant, répondit le marin avant de
quitter l'appontement.

Jonathan installa une passerelle. Les soldats commencèrent à sortir du bateau, en trébuchant.

— Par hasard, sauriez-vous comment on fait pour
retrouver son unité ? demanda Hardy. Je me demande
où on va m'envoyer maintenant.

*L'Afrique du Nord, mais tu n'es pas censé être ici. Tu
aurais dû te faire tuer sur cette plage. Ou capturer par les
Allemands.*

Le marin était de retour, accompagné de plantons
porteurs de brancards et d'un officier qui, dès son arrivée sur le pont, s'agenouilla et se mit à bander la jambe
d'un soldat.

— Trouvez-nous de l'essence, ordonna le capitaine
au marin. On repart à Dunkerque dès que nous aurons
déchargé.

— Non ! s'exclama Mike.

Il voulut le rejoindre, vacilla et faillit tomber. Hardy le
raccrocha au vol, le stabilisa et l'aida à parvenir jusqu'au
casier et à s'y installer.

— Je vous appelle le capitaine, annonça-t-il.

Mais le capitaine se dirigeait déjà vers eux.

— Je ne peux pas retourner à Dunkerque, lui expliqua Mike. Il faut me ramener à Saltram-on-Sea.

— Tu ne vas nulle part, mon gars.

Le capitaine se retourna et cria :

— Lieutenant ! Par ici.

— Vous ne comprenez pas. Je dois retourner à Oxford et les informer de ce qui s'est passé. Il n'était pas censé s'en sortir. Il a vu la lumière.

— Allez, allez, Kansas, ne t'en fais pas ! dit le capitaine en posant sa main sur l'épaule de Mike, puis il beugla : Lieutenant !

L'officier qui s'occupait des blessés se leva et s'avança vers eux.

— Vous ne *comprenez* pas, insista Mike. J'ai peut-être altéré les événements. Je dois les avertir. Dunkerque est un point de divergence. Je peux avoir provoqué quelque chose qui vous fera perdre la guerre.

Mais ils ne l'écoutaient pas. Ils avaient tous les yeux baissés sur le pont, en direction de la marmelade sanglante qui avait été son pied droit.

*Il m'a fermé toute issue, et je ne puis passer ;*
*Il a répandu des ténèbres sur mes sentiers.*

Livre de Job, chapitre 19, verset 8[1]

## Londres, le 20 septembre 1940

*Il ne peut pas avoir été touché*, pensait Polly qui considérait, abasourdie, le point de saut offert à tous les regards, de l'autre côté des décombres. M. Dunworthy n'aurait jamais autorisé ce site, dans ce cas. Et d'après Badri il avait insisté pour que l'on trouve un site resté intact non seulement pendant ses six semaines de mission, mais durant *tout* le Blitz.

*Il n'a pas été frappé*, s'aperçut-elle. Seuls les immeubles face à l'allée avaient été détruits, et leurs adresses devaient être sur Lampden Road. Badri et ses techs n'avaient contrôlé les constructions que du côté du point de transfert. Il ne leur était pas venu à l'esprit qu'un côté d'une rue puisse être rayé de la carte pendant que l'autre restait debout. Ils ne savaient pas quels dégâts

---

1. Traduction de Louis Segond, 1910. (*NdT*)

imprévisibles pouvaient causer les explosions. Le passage, au moins aussi loin qu'elle pouvait en juger à travers le brouillard, semblait intouché, et l'escalier délabré au dos du bâtiment voisin n'avait subi aucun dommage.

Elle devait examiner ça de plus près. Elle traversa la rue, escalada les décombres et enjamba avec prudence une corde qui portait une petite pancarte carrée indiquant : « Danger, accès interdit ».

Le danger était réel. Une inspection plus détaillée des gravats les montrait parsemés de poutres aux extrémités déchiquetées, d'ardoises de toiture cassées, le tout presque à hauteur d'homme. Polly circonscrit rapidement le périmètre délimité par la corde, à la recherche d'un chemin pour gravir l'amas. Il n'y en avait aucun mais, du côté nord, le niveau des vestiges était moins impressionnant et, à moins d'un mètre du bord, une porte – sans doute projetée là par la violence de l'explosion – et un morceau de linoléum déchiré dessinaient un sentier.

Polly attrapa une poutre à demi enfouie et grimpa sur le tas de débris. Il était moins solide qu'il n'y paraissait. Ses pieds s'enfoncèrent jusqu'aux chevilles dans le plâtre et la brique pulvérisée, et l'un de ses bas s'accrocha sur une grosse écharde de bois. Elle avança d'un nouveau pas prudent, et le monticule tout entier sembla se mettre à bouger.

Elle saisit une colonne de lit brisée. Du plâtre et des cailloux cascadèrent en crépitant pendant plusieurs secondes, puis cela s'arrêta. Elle cheminait pas à pas, avec précaution, ne lâchait prise qu'au dernier instant, et s'assura de la main et du pied avant de déplacer son poids sur l'éboulis instable jusqu'à ce qu'elle ait atteint le morceau de linoléum.

Elle s'était trompée. Ni le linoléum, ni la porte n'avaient atterri là sous l'effet de la bombe. Une équipe de sauvetage les avait installés. Ils ne conduisaient pas au site, mais à un trou carré. Polly comprit immédiatement de quoi il s'agissait : un puits creusé pour accéder à un blessé, ou à un cadavre, enseveli dessous. Qui, sans nul doute, avait été évacué.

Elle regarda le passage de l'autre côté. Il était couvert d'éclats de verre, mais vierge de décombres. Aucun des tonneaux n'avait été renversé. Ils avaient aidé à protéger le point de transfert, enfoncé dans une embrasure.

*Si je pouvais juste arriver là…*

Elle testa la masse de plâtre et de brique au-delà du linoléum. Qui s'enfonçait dangereusement sous son pied. Il fallait qu'elle marche sur quelque chose de solide. Peut-être réussirait-elle à déplacer la porte dans la direction désirée ?

La porte était trop lourde. Le linoléum aussi. Elle se redressa et observa le monticule, à la recherche d'une section de mur ou d'une porte de placard utilisables.

— Vous, là-bas ! tonna une voix d'homme. Qu'est-ce que vous fabriquez ?

C'était le garde de l'ARP qui l'avait emmenée au refuge, la première nuit. Debout près de la corde, il brandissait une lampe torche.

— Cette zone d'incident est interdite !

L'espace d'un instant, Polly se demanda si elle n'allait pas s'enfuir en courant. Il serait très difficile au garde de l'attraper dans les gravats, et il faisait presque nuit. En revanche, elle risquait elle-même de manquer son coup et de se casser la jambe.

— Descendez sur-le-champ ! ordonna le garde.

Il se faufila sous la corde, et entreprit d'escalader l'amas.

— J'arrive !

Polly avança vers la lisière, choisissant son chemin avec prudence.

— Qu'est-ce que vous faisiez là-haut ? Vous n'aviez pas vu le panneau ?

— Si, avoua Polly.

Elle se demandait quoi lui dire. Il ne semblait pas l'avoir reconnue.

— J'ai cru entendre un chat miauler.

Elle le rejoignit.

— J'étais…

Son pied glissa et le garde tendit une main pour la rattraper.

— Je craignais qu'il ne soit piégé dans ce fatras.

Il jeta un regard inquiet derrière elle.

— Vous êtes certaine que c'était un chat, et pas quelqu'un qui appelait au secours ?

Si le garde mobilisait une équipe de sauvetage pour qu'ils se mettent à creuser de nouveau, ce serait le pompon. Elle se hâta de répondre.

— Oui, j'en suis sûre, et il n'était pas piégé, finalement. Juste au moment où j'atteignais la source du son, il s'est enfui.

— Ce périmètre est dangereux, mademoiselle. Il est plein de trous et de zones prêtes à céder. Si vous tombiez dedans, personne ne saurait que vous vous trouvez là. On n'aurait pas l'idée de venir vous y chercher. Vous pourriez y rester pendant des jours, voire des semaines…

— Je sais. Je suis désolée. Je n'ai pas réfléchi.

— Vous ne devriez pas être dehors à cette heure-ci. Les alertes vont se déclencher d'une minute à l'autre.

Polly acquiesça. Il lui tint la corde et elle se glissa dessous.

— Il faut vous rendre au refuge, mademoiselle.

Il lui avait dit la même chose le samedi précédent, et il dut s'en souvenir parce qu'il fronça les sourcils en la dévisageant.

— Oui, j'y vais sur-le-champ.

Et elle s'éloigna d'un pas vif.

— Attendez ! cria-t-il en la rejoignant. Notting Hill Gate, c'est par là !

Il tenta de lui attraper le bras, mais elle se déroba.

— J'habite juste en haut de la rue, assura-t-elle en montrant la direction du doigt.

Et en priant pour qu'il n'y ait pas eu d'incident de ce côté-ci…

Il y eut un bourdonnement d'avions vers l'est. Le garde leva les yeux. *Sauvée par la Luftwaffe !* Polly se hâta dans la direction qu'elle avait désignée.

— Ne traînez pas ! lui cria le garde.

— Ne vous inquiétez pas, monsieur.

Elle poursuivit sa route, résistant à l'envie de se retourner pour voir s'il la pistait. Elle traversa la rue et la suivante, puis bifurqua dans une allée. À cette distance, le gardien croirait qu'elle tournait dans une rue latérale. S'il l'observait toujours.

Il n'avait pas quitté son poste.

Elle lui adressa une supplique muette :

*Va donc embarquer quelqu'un d'autre pour Saint-George. Ou traquer les infractions au black-out, n'importe quoi !*

Mais il ne bougeait pas, debout dans le crépuscule. Et s'il demeurait là toute la nuit ?

*Il devra quitter les lieux quand les raids commenceront, pour chercher les bombes incendiaires.*

Elle s'enfonça dans l'allée. Les raids ne concernaient pas Kensington, ce soir. Ils se produiraient au-dessus de Bloomsbury et dans l'East End. Mais, comme l'avait expliqué Colin, les bombes perdues avaient été nombreuses. Elle regarda sa montre. 19 h 45. Il lui restait encore une heure à patienter, et la température était déjà glaciale.

Si seulement le garde pouvait plier bagage, elle se rendrait à Saint-George et se glisserait dans l'église jusqu'à ce que tout le monde ait déserté les rues. Il y ferait forcément plus chaud qu'ici. Hélas ! le garde restait planté là, et la ruelle s'était trop assombrie pour qu'elle tente de l'explorer. Elle risquait de percuter quelque chose et de provoquer la ruée de son ange gardien.

*Va-t'en !* chuchota-t-elle en direction de la silhouette immobile. *Bouge de là !*

Et, au bout de quelques instants, c'est ce qu'il fit.

*Oh non !* Il arrivait droit sur elle. Polly recula dans les ténèbres de l'allée, à la recherche d'une embrasure ou d'un passage semblable à celui du site de transfert où elle pourrait se cacher. L'obscurité lui permit juste de dénicher une grande poubelle de métal, qui dissimulait une caisse en bois. Polly s'assit sur la caisse, ramassa ses pieds sous elle et attendit, épiant les bruits de pas.

Quelques minutes plus tard, elle en perçut, mais ils provenaient de la direction opposée, et le rythme en était rapide. Des passants gagnant un abri. Une raison de plus de rester ici. Elle ne voulait pas courir le risque de croiser de nouveau Mlle Laburnum. Elle serait forcée de se rendre à Saint-George. Elle souleva sa manche et vérifia l'heure. 20 h 05. Ses mains glacées enfoncées dans ses poches, elle s'astreignit à l'immobilité, l'oreille tendue vers les avions.

Une éternité passa avant qu'elle n'en détecte. Un canon tonna, loin à l'est, et peu après elle entendit une HE frapper, si loin qu'elle n'émit qu'un faible sifflement étouffé. Polly se leva et tâtonna le long de la poubelle pour trouver son chemin vers l'entrée de l'allée et contrôler si le garde était toujours en faction. Elle se pencha pour scruter prudemment la rue.

Dans le noir absolu. La rue était aussi sombre que l'allée. Plus sombre, même. Entre le brouillard et le black-out, aucune lumière ne filtrait. Elle ne parviendrait jamais à retrouver son chemin jusqu'à Lampden Road dans cette purée de pois, et encore moins à rejoindre le point de saut en traversant l'amas des débris instables où béaient des pièges dangereux.

*Je dois me procurer une lampe de poche…*

Mais, si elle ne pouvait pas retrouver son chemin vers le point de transfert, elle ne retrouverait pas plus celui qui menait chez Mme Rickett.

*Je ne peux pas me permettre d'attendre une nuit de plus pour rentrer à Oxford.*

Elle sursauta alors que retentissait un autre « whoosh », puis un éclatement d'obus, beaucoup plus près que le premier, immédiatement suivi d'un autre. Le canon de Tavistock Square se déclencha et, quelques instants après, une fusée éclairante illumina la rue d'une incandescence blanc-bleu qui vacilla et se transforma en un faible embrasement rougeâtre, vite exsangue. Mais, presque aussitôt, une autre étincelait à l'ouest, et s'arquait en une pluie blanche d'étoiles scintillantes, tandis qu'à l'est les nuages bas s'enflammaient. Un incendie. Maintenant, les projecteurs s'allumaient, et leurs faisceaux se croisaient dans le ciel, telles des lampes de poche géantes. Magnifique ! cela donnait largement assez de lumière pour gagner le point de saut, et pour repérer et s'écarter des puits de sauvetage.

Et voir que le garde avait levé le camp. Polly retourna en courant au site, l'œil aux aguets, mais il ne restait plus personne dans les rues latérales ni sur la partie de Lampden Road qu'elle pouvait distinguer. Quand elle atteignit le champ de ruines, il faisait assez clair pour qu'elle puisse lire l'inscription : « Danger, accès interdit ». Elle jeta un dernier regard alentour à la recherche du garde, puis grimpa à quatre pattes sur l'amas de décombres jusqu'à ce qu'elle ait dépassé son sommet. À demi cachée de la rue, elle se redressa et avança plus lentement.

Plus elle approchait du site, plus l'amas devenait instable. Des sections entières glissaient à chacun de ses pas. Polly recula sur quelques mètres pour retrouver un enchevêtrement de solives éclatées et, en s'y cramponnant, ainsi qu'à une large poutre, elle parvint au mur, et de là gagna le passage. En sautant à son débouché, elle soupira de soulagement.

Elle s'était angoissée à l'idée que l'explosion pourrait avoir touché le site, mais les débris de verre brisé s'étalaient sur moins d'un mètre. Une fine couche de poussière de plâtre couvrait le sol et le sommet des tonneaux, rien d'autre.

Polly se faufila entre les tonneaux et descendit les marches de l'étroit renfoncement. Les barriques empilées et la corniche filtraient la lumière issue des incendies, mais il en subsistait assez pour se repérer. Le passage et les tonneaux avaient protégé le site. La poussière avait même épargné les marches et la toile d'araignée sur les gonds de la porte n'avait pas été dérangée. Polly tira sur la poignée, dans l'hypothèse où l'explosion l'aurait libérée, mais elle ne bougea pas d'un pouce, la porte était toujours verrouillée.

Dehors, les illuminations devenaient de plus en plus spectaculaires. Le halo serait indétectable au milieu du rougeoiement des feux, du scintillement des fusées éclairantes et des faisceaux dansants des projecteurs. Si seulement la Luftwaffe continuait son numéro quelques minutes, Polly serait à la maison pour le dîner. Et elle récupérerait – enfin ! – sa jupe noire.

*Et une nouvelle paire de bas. Ma dernière promenade à quatre pattes ne peut pas les avoir arrangés. Et je demanderai à Badri de me repérer un site où l'attente soit moins inconfortable*, songeait-elle, assise sur l'avant-dernière marche.

Et qui soit plus facile d'accès. Celui-ci était sans doute opérationnel, mais il ne fonctionnerait pas la plupart du temps, entre les curieux qui s'approcheraient pour observer la zone d'incident, les enfants en quête d'éclats d'obus, puis les ouvriers de chantier et les bulldozers qui viendraient nettoyer les décombres. Et les vétilleux préposés à la Défense passive, qui les protégeraient des pillards.

Elle pria pour que Badri et ses techs mettent moins de temps que la première fois pour lui trouver un nouveau point de chute. Passer des jours ou – à Dieu ne plaise ! – des semaines entre des rencontres qui n'étaient séparées que de quelques heures pour les contemporains causait toutes sortes de problèmes. Elle risquait d'oublier les noms des réfugiés de Saint-George, ou les instructions de Mlle Snelgrove pour remplir les récépissés d'achat sur compte.

*Mais j'aurai le temps d'apprendre à emballer mes paquets. Et de manger des repas corrects.*

Elle espérait que la fenêtre de saut s'ouvrirait vite. Les incendies donnaient certes au ciel une chaleureuse couleur orangée, mais la marche en ciment sur laquelle elle était assise était encore plus froide que l'allée.

*Il me faut aussi un manteau plus chaud.*

Elle enfila ses gants. Comme elle prévoyait de ne rester qu'une partie du mois d'octobre, elle avait choisi un vêtement léger. Elle n'avait pas imaginé qu'elle pourrait avoir besoin d'attendre assise au point de transfert, et l'automne du Blitz avait été l'un des plus glacials et pluvieux jamais enregistrés.

Il devait être près de la demie… Elle avait l'impression d'être installée là depuis des heures. *Ce qui veut dire qu'il ne s'est probablement pas écoulé plus de dix minutes !* Elle résista au réflexe de consulter sa montre. Elle connaissait trop bien l'infernale lenteur du temps quand on attendait un saut. Lors de sa nuit à Hampstead Heath, il lui avait semblé que cela durait des heures.

Elle patienta pendant ce qui ressemblait à un autre quart d'heure, remonta sa manche afin de regarder sa montre et y renonça, fronçant les sourcils. Elle voyait à peine son bras ou la porte devant elle.

*Oh non !* Le raid était-il terminé ? Si c'était le cas, le halo deviendrait visible, et si qui que ce soit sortait pour vérifier les bombes incendiaires, la fenêtre ne s'ouvrirait pas. Polly retourna dans le passage obscurci pour observer le ciel.

Le raid se déchaînait encore. Il n'y avait plus de fusées éclairantes, et l'intensité des incendies à l'est avait diminué, ce qui expliquait pourquoi la ruelle s'était assombrie, mais de nouveaux feux avaient surgi au nord, l'un assez proche pour qu'elle en distingue les flammes. Elle ressentit les secousses d'une série de fortes explosions, regarda sa montre, qui indiquait 21 h 50, et s'avisa qu'elle n'avait pas la moindre notion de l'heure à laquelle elle avait atteint le point de transfert. Elle avait quitté l'allée peu après 20 h 55, mais traverser l'amas des décombres lui avait pris un temps fou.

Cependant, elle avait bénéficié d'une vue plongeante sur le passage pendant au moins une partie de cette traversée, et elle n'avait aperçu aucun halo, et inspecter le renfoncement pour vérifier s'il n'avait subi aucun dommage lui avait pris plusieurs minutes. Et pendant qu'elle restait assise là, sur les marches, son pied devenu gourd l'avait fourmillée. Même si le temps s'écoulait moins vite quand on attendait, une demi-heure avait *forcément* passé.

Polly retourna en courant au renfoncement, terrorisée à l'idée que la fenêtre pourrait s'ouvrir avant qu'elle revienne et, dans sa hâte, elle heurta l'un des tonneaux, faisant un nouvel accroc à sa jupe.

*J'espère que M. Dunworthy ne sera pas au labo quand je débarquerai*, pensait-elle en descendant au galop les trois marches. *Il croirait que j'ai été victime d'un incident et annulerait ma mission sur-le-champ. Je ferais peut-être mieux d'aller à Saint-George et de traverser demain, après que j'aurai trouvé un moment pour m'arranger.*

Mais elle avait déjà attendu trop longtemps pour donner sa position, et Mlle Snelgrove la renverrait si elle se montrait sans jupe noire demain. Il fallait que ce soit cette nuit. Avec un peu de chance, M. Dunworthy serait de nouveau à Londres, et elle pourrait persuader Badri et Linna de lui expliquer ce qui était arrivé. Pourquoi la fenêtre ne s'ouvrait-elle pas ? Elle remonta sa manche pour vérifier sa montre une nouvelle fois, puis se baissa vivement alors qu'une bombe hurlait avant de frapper dans un bruit de tonnerre une rue adjacente. Une autre suivit. Puis quelque chose heurta l'amoncellement des solives brisées et cela fit un bruit d'enfer. *Une bombe incendiaire*, se dit Polly, mais il n'y eut ni étincelles ni flash de magnésium blanc-bleu. C'était donc un morceau d'obus. *M. Dunworthy me tuera si je suis blessée par un éclat de shrapnel !*

Le bourdon des avions au-dessus de sa tête devint assourdissant. Le sifflement râpeux d'une explosion se propagea, et le vacarme semblait provenir de l'autre côté de la rue.

— Ce soir, les raids sont censés se passer à Bloomsbury ! cria Polly en direction des avions. Pas à Kensington !

Elle se rappela Colin, et comment il l'avait mise en garde au sujet des bombes perdues et des centaines d'incidents de moindre importance qui n'avaient pas laissé de traces dans les documents historiques. Il l'avait prévenue : « *Tu n'as rien à faire dehors en plein raid.* »

*Tu avais raison.*

Elle s'accroupit dans le coin des marches. À quelques pâtés de maisons de distance, il y eut un nouveau « whoosh » suivi d'une explosion à faire trembler les vitres, puis un long et croissant hurlement qui précipita Polly au sol, recroquevillée, les mains sur les oreilles. Le son monta encore dans un crescendo d'une intensité propre à vous déchirer les tympans. Un étonnant grondement sourd lui succéda, puis un éclair terrifiant, et le bâtiment tout entier trépida comme s'il allait tomber en morceaux.

Polly leva les yeux vers les murs de brique qui l'entouraient. *Ils vont s'écrouler, et personne ne saura jamais que je suis là. Je dois sortir d'ici.*

— Ouvrez ! cria-t-elle, comme si les techs à Oxford pouvaient l'entendre, et elle se rua sur la porte. Ouvrez !

Mais une autre bombe descendait déjà, noyant sa voix.

Le « whoosh » se transforma en hurlement...

*Puisque l'Angleterre,*
*malgré sa situation militaire désespérée,*
*ne montre toujours aucun signe*
*de vouloir trouver un accord,*
*j'ai décidé de préparer, et si nécessaire*
*de commencer, une invasion contre elle.*

Adolf Hitler, le 16 juillet 1940

## Hôpital des urgences de guerre, été 1940

Quand Mike revint à lui, une bonne sœur en voile blanc se tenait à son côté.

*Oh ! mon Dieu ! je suis en France ! La* Lady Jane *m'a laissé sur la plage à Dunkerque, et les Allemands arrivent.*

Mais ce n'était pas possible. Il se souvenait d'avoir traversé la Manche et se revoyait assis quand ils étaient à quai, alors qu'ils regardaient les lambeaux de…

— Mon pied ! s'exclama-t-il, même si la religieuse ne comprenait certainement pas l'anglais.

Il essaya de lever la tête pour l'examiner.

— Il saigne.

— Allons, vous ne devez pas y penser pour le moment.

Elle avait un accent britannique, il devait donc se trouver en Angleterre.

*J'ignorais que les Anglais avaient des nonnes.*

Henry VIII n'avait-il pas brûlé tous les couvents ?

Il devait en subsister, parce que la bonne sœur se penchait sur lui afin de remonter la couverture sur ses épaules.

— Il faut vous reposer. Vous sortez tout juste de la salle d'opération…

— Opération ?

Alarmé, il voulut s'asseoir, mais à l'instant où il tenta de soulever son crâne de l'oreiller vertige et nausées déferlèrent sur lui et il retomba en arrière, déglutissant avec difficulté.

— Vous subissez encore les effets de l'éther, expliqua-t-elle, et ses mains s'appliquèrent fermement sur la poitrine de Mike pour le dissuader de se relever une nouvelle fois. Il faut rester allongé.

— Non.

Il secoua la tête, et c'était aussi une erreur. *Je vais vomir et maculer son habit blanc…* Il déglutit de nouveau avec peine.

— Vous avez dit qu'ils m'ont opéré. Ont-ils été obligés d'amputer mon pied ?

— Essayez de dormir.

Elle le recouvrit de nouveau.

— L'ont-ils fait ? commença-t-il à demander.

Cette fois, il vomit vraiment et, pendant que la religieuse allait vider le bassin, il s'endormit.

Elle avait raison, il devait toujours être sous l'emprise de l'éthèr parce qu'il fit d'étranges rêves hallucinatoires… Il était sur la plage à Dunkerque avec le soldat Hardy.

— J'étais foutu sans votre lumière, affirmait ce dernier. Vous avez sauvé ma vie.

Sauf que ce n'était pas vrai. Les bateaux étaient partis, et les Allemands approchaient.

— Tout va bien, lui disait Mike. On utilisera mon point de transfert.

Mais la fenêtre de saut refusait de s'ouvrir, et Mike se retrouvait dans l'eau, s'efforçant d'atteindre la *Lady Jane* alors qu'elle s'éloignait déjà du môle, qu'elle quittait le port, et quand il tentait de la suivre à la nage l'eau s'emplissait de flammes, il faisait si chaud…

*Je dois avoir de la fièvre*, se dit-il quand il se réveilla brièvement. *Pourquoi ne me donnent-ils pas d'antibiotiques ?*

Parce que, comme les antiviraux et la régénération des tissus, ils n'avaient pas encore été inventés. Avaient-ils seulement développé la pénicilline, en 1940 ?

Il faut que je sorte d'ici. Je dois rentrer à Oxford.

Il essaya, mais les bonnes sœurs le rattrapèrent et lui firent une injection, et sans doute disposait-on de sédatifs en 1940 parce qu'il rejoignit l'eau en flammes. La *Lady Jane* était hors de vue, mais une lumière errait çà et là.

*C'est la lampe de poche de Jonathan*, comprit-il, et il nagea dans sa direction, sans réussir à l'atteindre.

— Attendez ! criait-il, mais la religieuse ne l'entendait pas.

— Non, pas d'amélioration, docteur, disait-elle. Il est trop faible pour être transféré, je le crains.

Sans doute n'était-il pas si faible, parce qu'à son réveil, après ce qui lui avait semblé des jours et des jours d'un rêve inchangé, il était étendu ailleurs, dans une nouvelle salle plus vaste, avec ses deux longues rangées de lits métalliques peints en blanc, et la nonne était différente. Plus jeune, elle portait un tablier en forme de bavette sur son habit bleu, mais elle répétait les mêmes choses :

— Il faut vous reposer.

Puis :

— Sa fièvre augmente de nouveau.

Puis :

— Va dans la soute mettre tes chaussures. On arrive à Dunkerque.

— Je ne peux pas me rendre à Dunkerque ! protesta-t-il alors qu'elle le bordait avec la couverture.

Mais ils y étaient déjà. Mike voyait les quais et la ville en flammes que la fumée noire enveloppait.

— Vous devez me ramener ! cria-t-il. Je ne devrais pas être ici ! C'est un point de divergence !

— Chh ! vous n'allez nulle part, chuchota la religieuse.

Et, quand il ouvrit les yeux, il était de retour dans le lit. Debout à côté de lui, elle lui tenait le poignet. La nausée et l'atroce mal à la tête s'étaient dissipés.

— Je crois que je ne ressens plus les effets de l'éther, annonça-t-il.

— On peut l'imaginer, admit-elle dans un sourire. Je vais chercher le docteur.

— Non, attendez. Combien de temps… ?

Elle avait déjà disparu derrière les doubles portes au fond de la salle.

— Trois semaines, affirma quelqu'un.

Mike se tourna pour regarder l'homme dans le lit le plus proche, ou plutôt, le garçon. Il ne pouvait avoir plus de dix-sept ans. Sa tête était bandée, son bras gauche plâtré forcé en élévation par des poulies et des câbles.

— Vous voulez dire trois jours ?

Le garçon fit un geste de dénégation.

— Ça fait trois semaines qu'ils vous ont opéré. C'est pour ça que sœur Carmody souriait quand vous avez dit que vous ne sentiez plus les effets de l'éther.

Trois *semaines* ? Il était ici depuis trois semaines ? Ça n'avait aucun sens. Pourquoi l'équipe de récupération n'était-elle pas venue le chercher ?

— Vous étiez complètement dans les vapes, faut avouer, expliquait le garçon. Au fait, je suis le lieutenant d'aviation Fordham. Désolé de ne pouvoir vous serrer la main.

Il souleva son bras droit, lui aussi plâtré, pour le montrer à Mike, et le laissa retomber contre son flanc.

— Vous disiez qu'ils m'avaient opéré ? Ont-ils amputé mon pied ?

— Aucune idée. Les circonstances ne me permettent guère de voir autre chose que le plafond, qui arbore une tache d'humidité de la forme exacte d'un Messerschmitt, pas de bol.

Mike ne l'écoutait pas. Il tenta de lever la tête pour découvrir si son pied était toujours là, mais l'effort l'étourdit tellement qu'il dut se rallonger et fermer les yeux pour arrêter le tournoiement.

— Quelle position misérable pour un bras immobilisé, vous ne trouvez pas ? se plaignait Fordham qui, de sa main droite, désignait le membre hissé par les poulies. On dirait que je salue *der Führer*. *Sieg heil !* Pas patriotique pour un sou. Cela dit, cela pourrait m'éviter de me faire descendre par les nazis quand ils nous envahiront. Jusqu'à ce qu'ils me démasquent, tout au moins.

— Quel jour est-on ? demanda Mike.

— Aucune idée là-dessus non plus, désolé. On perd facilement le fil, ici, et malheureusement, il n'y a pas de tache d'humidité de la forme d'un calendrier. Le 29, je crois, ou le 30.

Le 30 ? Cela ferait un mois complet. Sans doute avait-il mal compris.

— Le *30* juin ?

— Eh bien, vous êtes resté inconscient un sacré bout de temps. On est en juillet.

— En *juillet* ?

*C'est impossible.* Oxford aurait envoyé une équipe de récupération à la minute même où ils se seraient aperçus que Mike n'était pas rentré après l'évacuation.

— Des gens m'ont-ils rendu visite ? interrogea-t-il.

— Pas à ma connaissance, mais moi aussi j'ai été inconscient un sacré bout de temps.

L'équipe de récupération serait incapable de le localiser. Ils ne sauraient pas qu'il était allé à Dunkerque, ou qu'il se trouvait dans un hôpital, et jamais ils n'auraient l'idée de le chercher dans un couvent.

La bonne sœur revint avec un docteur qui portait une blouse blanche et un antique stéthoscope autour du cou.

— Vous a-t-il appris son identité ? demandait-il à la nonne.

— Non. Je suis venue vous avertir dès que j'ai vu qu'il était réveillé…

— Quel jour est-on ? interrogea Mike.

— Réveillé *et* loquace, commenta le docteur. Comment vous sentez-vous ?

— Quel jour est-on ?

— Le 10 août, annonça l'infirmière.

— Bonté divine ! si tard que ça ? s'exclama Fordham.

— Comment vous sentez-vous ? insista le docteur.

L'infirmière lui coupa la parole.

— Comment vous appelez-vous ?

— Vous n'aviez aucune pièce d'identité lors de votre admission, expliqua le docteur.

Ainsi, l'équipe de récupération n'aurait pas pu le trouver, même s'ils avaient eu l'idée de le chercher ici.

— C'est Mike, dit-il. Mike Davis.

Le docteur écrivit son nom sur la feuille de température.

— Vous souvenez-vous du nom de votre unité ?

— Unité ? répéta Mike, en pleine confusion.

— Ou du nom de votre capitaine ?

Ils croient que je suis un soldat. Et que je suis l'un des rescapés de Dunkerque. Et pourquoi pas ? Il provenait d'un bateau rempli de soldats, et le fait qu'il ne porte pas d'uniforme ne signifiait rien. La moitié des soldats n'en avaient pas. Il essaya de se rappeler ce qui était arrivé à ses papiers. Ils étaient dans sa veste et il l'avait enlevée quand il s'était jeté à l'eau.

Pourquoi n'avaient-ils pas compris qu'il était américain ? Il se souvenait avoir parlé dans son délire. Peut-être son implant L-et-A avait-il cessé de fonctionner. Les implants se détraquaient parfois, quand les historiens tombaient malades.

Le docteur attendait, son crayon suspendu au-dessus de la feuille.

— Je…, commença Mike.

Il hésitait. Si son implant ne marchait plus, il valait mieux ne pas leur annoncer qu'il était américain. Et s'il se trouvait dans un hôpital militaire, quand ils apprendraient qu'il était un civil, ils le flanqueraient dehors. Cependant, on ne voyait pas de religieuses dans les hôpitaux militaires.

— Aucune importance, assura le docteur avant qu'il puisse émettre une réponse adéquate. Vous venez de traverser des moments difficiles. Vous rappelez-vous comment vous avez été blessé ?

— Non.

Cela s'était sans doute produit quand l'explosion avait dépêtré le soldat mort de l'hélice…

— Il a été touché par des éclats d'obus, intervint la bonne sœur avec obligeance avant d'ajouter pour le docteur : Il était dans l'eau et tentait de dégager l'hélice bloquée de son bateau quand ils ont été attaqués. Il a réagi en héros : il a plongé et il a libéré l'hélice.

— Ma sœur, puis-je vous parler un instant ? dit le docteur.

Ils s'éloignèrent ensemble, penchés l'un vers l'autre.

— … perte de mémoire…, entendit Mike, puis : … extrêmement fréquent dans des cas comme celui-ci… commotion cérébrale due à l'explosion… ménagez-le… revient au bout de quelques jours, en principe…

*Doux Jésus ! ils croient que je souffre d'amnésie !*

Peut-être était-ce une chance. Cela lui laisserait le temps de comprendre si son implant L-et-A avait cessé de marcher et si cet endroit ne prenait que des patients militaires et, maintenant qu'il leur avait donné son nom, il n'aurait besoin de temporiser qu'un jour ou deux avant que l'équipe vienne le sortir d'ici et le ramène en sécurité à Oxford. S'il n'était pas trop tard et son pied déjà amputé. Si tel n'était pas le cas, quels que soient les dommages subis, des greffes de muscle et de nerfs et la régénération des tissus permettraient la restauration. Évidemment, s'ils l'avaient coupé...

La nonne et le docteur avaient terminé leurs échanges.

— Nous allons examiner vos poumons, d'accord ? dit le docteur.

Il tendit la feuille de température à la religieuse, plaça les embouts du stéthoscope dans ses oreilles, repoussa la couverture et releva la chemise d'hôpital de Mike, dénudant sa poitrine.

— Est-ce que vous avez dû me couper le pied ?

Mike avait veillé à garder un accent neutre, qui ne semble ni anglais ni américain.

— Inspirez profondément, lui enjoignit le docteur.

Il écouta, puis déplaça le stéthoscope.

— Encore une fois.

Il leva les yeux vers la religieuse et hocha la tête.

— Léger mieux. Moins d'encombrement dans le poumon gauche qu'avant.

— Est-ce que j'ai une pneumonie ? laissa échapper Mike.

Et de toute évidence son implant fonctionnait, maintenant. Sa prononciation de « pneumonie » était indubitablement américaine.

Le docteur ne sembla pas y prêter attention. Il regardait le diagramme.

— Sa température est-elle un peu tombée ?

— Il avait 38,9 °C ce matin.

— Bien.

Il tendit la feuille à la religieuse et se tourna pour partir.

— Est-ce que j'ai une pneumonie ? insista Mike. Est-ce que vous avez dû amputer mon pied ?

— Laissez-nous nous inquiéter de la partie médicale, répondit le médecin d'une voix chaleureuse. Et vous, concentrez-vous sur…

— L'avez-vous coupé ?

— Vous ne devriez pas penser à tout ça, dit la nonne sur un ton rassurant. Essayez de vous reposer.

— Non ! protesta Mike en secouant la tête.

Erreur. Le mouvement lui donna une violente envie de vomir.

— Je veux savoir le pire. C'est important.

Le docteur échangea un regard avec la religieuse et sembla prendre une décision.

— Très bien. Quand on vous a amené ici, votre pied était gravement mutilé, et vous aviez perdu beaucoup de sang. Vous souffriez également d'hypothermie et vous étiez en état de choc. C'est pourquoi nous n'avons pas pu opérer aussi vite que nous l'aurions souhaité. Lorsque nous sommes intervenus, une grosse infection était survenue…

*Oh ! mon Dieu ! ils ont dû amputer toute la jambe !*

— Et, après la première chirurgie, vous avez contracté la pneumonie, si bien que nous avons dû attendre plus longtemps encore pour vous opérer de nouveau. Vos tendons et vos muscles étaient considérablement endommagés…

— Je veux le voir, déclara Mike, et la bonne sœur jeta un vif coup d'œil au docteur. Tout de suite.

Le docteur fronça les sourcils puis ordonna :

— Sœur Carmody, voulez-vous l'aider à s'asseoir ?

Il se pencha pour atteindre une manivelle au pied du lit. La religieuse plaça sa main dans le dos de Mike pour le soutenir pendant que le lit se redressait. Mike sentait sa tête bourdonner et tourner. Il avala sa salive, résolu à ne pas vomir.

— Avez-vous un étourdissement ? demanda-t-elle.

Mike n'avait pas assez confiance en lui pour lui répondre d'un signe de tête.

— Non, prétendit-il.

Il regardait le docteur tirer la couverture et le drap, révélant sa jambe dans un pyjama, sa cheville et, plus loin, une bosse empaquetée de gaze qui affectait une forme assez proche de celle d'un pied.

*Ils ne l'ont pas coupé*, pensa Mike, qui se sentait défaillir de soulagement. Il s'appuya mollement contre le bras de la religieuse. *Les os du pied sont encore là, et on pourra restaurer le reste dès que je serai rentré à Oxford.*

— La guérison prendra quelque temps, mais il n'y a pas de raison pour que vous n'arriviez pas à marcher de nouveau, même si cela nécessitera de nouvelles opérations. Pour le moment, votre travail, c'est de vous reposer et de récupérer vos forces. Pas de vous inquiéter.

*Facile à dire. Vous n'êtes pas à cent vingt ans de chez vous avec un pied blessé et des soins médicaux primitifs, dans un environnement que vous n'avez pas étudié et dont vous allez vous faire virer dès qu'on aura compris que vous êtes un civil.*

D'ailleurs, pourquoi ne le savaient-ils pas ? Ils avaient appris comment il avait dégagé l'hélice du bateau, ce qui signifiait que le capitaine l'avait amené ici. Alors, pourquoi n'avait-il pas donné son nom ?

*Peut-être ne s'en est-il pas souvenu ?* Il l'avait immédiatement rebaptisé « Kansas » et l'avait appelé ainsi tout du long, mais cela n'expliquait pas pourquoi il ne leur avait pas dit que Mike était journaliste.

Mike se laissa gagner par le sommeil alors qu'il essayait encore de s'expliquer ce qui s'était passé, et il rêva du point de saut. Il refusait de s'ouvrir.

— Il ne peut pas, commentait le soldat Hardy. Il n'existe pas.

— Et pourquoi pas ?

Il vit alors qu'il ne parlait pas avec Hardy, mais avec le soldat mort qui s'était emmêlé dans l'hélice.

— Qu'est-il arrivé au point de transfert ?

— Tu n'étais pas censé faire ce que tu as fait, dit le soldat mort, qui secouait tristement la tête. Tu as tout bouleversé.

Mike se réveilla moite de sueur. Oh ! mon Dieu ! et si ses actions avaient *vraiment* altéré les événements ?

*Sauver un unique soldat ne peut pas changer le cours de la guerre.* Il y avait trois cent cinquante mille soldats sur ces plages. Mais si Hardy était censé sauver la vie d'un officier là-bas sur cette plage, officier qui aurait été crucial pour le succès du jour J ? ou si un autre bateau était censé le sauver, ou l'un des destroyers ? Et s'il était l'homme qui aurait repéré le sous-marin, lequel aurait sinon torpillé le navire, et le navire alors aurait été perdu, avec tout son équipage ? Et si ce destroyer avait été un de ceux qui avaient traqué le *Bismarck* ? Et si ne pas couler le *Bismarck* nous avait fait perdre la guerre contre les Allemands ?

*Voilà pourquoi l'équipe de récupération n'est pas venue*, pensa Mike, qui tremblait sans pouvoir se contrôler. *Parce que...*

— Oh ! Bon Dieu ! qui a gagné la guerre ? demanda-t-il au soldat mort.

— Personne pour l'instant, répondit gaiement la bonne sœur de garde cette nuit-là. Mais je ne doute pas que nous gagnerons au final. Vous avez fait un mauvais rêve ?

Elle sortit un thermomètre de la poche de son tablier amidonné, le lui plaça sous la langue, et posa sa main sur son front.

— Votre fièvre est remontée.

Il ressentit un immense soulagement. *C'est la fièvre. Elle obscurcit ton raisonnement. Tu ne peux pas avoir altéré des événements. Les lois du voyage temporel ne le permettraient pas.*

Cependant, elles n'étaient pas censées non plus le laisser approcher d'un point de divergence. Et Hardy avait dit...

— Tenez, ceci vous fera du bien, assura la religieuse.

Elle lui tendait deux comprimés et un verre d'eau.

*Dieu merci !* Au moins, ils avaient de l'aspirine. Il l'avala avec avidité et s'étendit de nouveau.

— Essayez de dormir, murmura-t-elle.

Et elle continua de traverser la salle. Sa lampe de poche dansait comme celle de Jonathan sur l'eau, alertant Hardy.

*Les historiens ne peuvent pas changer le cours de l'Histoire*, se répétait Mike, qui serrait ses dents pour les empêcher de claquer en attendant que l'aspirine agisse. *Le filet ne m'aurait laissé passer qu'un mois plus tard si libérer l'hélice avait pu altérer le cours de la guerre. Ou il m'aurait envoyé en Écosse. Ou il ne m'aurait pas laissé traverser du tout. Et si l'équipe de récupération n'est pas là, c'est parce qu'ils ne peuvent imaginer me chercher dans un couvent.*

Pourtant, quand sœur Carmody vint prendre sa température au matin, il lui demanda s'il pourrait voir un journal. Ainsi, il s'assurerait que la guerre suivait bien son cours normal.

— Vous devez vous sentir mieux, dit-elle, lui adressant son joli sourire. Croyez-vous que vous pourriez vous asseoir et avaler un peu de bouillon ?

Quand il acquiesça, elle partit en flèche et réapparut peu de temps après avec un bol de bouillon.

— Avez-vous apporté le journal ?

— Il ne faut pas vous inquiéter au sujet de la guerre, déclara-t-elle gaiement en l'aidant à se redresser et en arrangeant les oreillers dans son dos. Vous devez concentrer toute votre énergie sur votre guérison.

— Quelle énergie ? se moqua-t-il.

S'asseoir sur son lit, même avec son assistance, avait exigé un effort énorme et, quand sœur Carmody lui tendit le bol, ses mains tremblaient.

— Laissez-moi faire, dit-elle en lui prenant le récipient. Est-ce que quelque chose vous est revenu ?

Elle lui fit avaler une cuillerée de bouillon.

— Vous rappelez-vous ce qui vous est arrivé ? ou l'unité à laquelle vous étiez attaché ?

Peut-être aurait-il dû prétendre ses souvenirs revenus afin qu'ils le transfèrent dans un hôpital civil où l'équipe de récupération pourrait le trouver. Mais s'ils avaient déjà vérifié les hôpitaux civils et conclu qu'il n'y était pas ? Et un docteur différent pourrait se décider à opérer.

— Non, pas encore.

— Vous parliez beaucoup à votre arrivée. Vous murmuriez sans arrêt quelque chose au sujet d'un « saut ». Nous pensions que vous étiez peut-être parachutiste. Ce n'est pas ce qu'ils disent, quand ils se lancent d'un avion, faire un saut ?

— Je l'ignore. Qu'est-ce que j'ai raconté d'autre ?

— Il disait : « Oxford », intervint Fordham de son lit.

— Oxford. Est-ce que vous pourriez venir de là ?

— Je ne sais pas, dit Mike, qui fronçait le front comme s'il tentait de s'en souvenir. C'est possible. Il n'est pas…

— Bien, ne vous tracassez pas.

Elle lui proposa une autre cuillerée de bouillon, mais en avaler une toute petite gorgée représentait déjà trop d'efforts. Il repoussa la cuillère et s'affaissa contre les oreillers, épuisé. Sans doute s'était-il endormi : quand il ouvrit les yeux, elle était partie.

— M'avez-vous apporté un journal ? lui demanda-t-il lorsqu'elle repassa prendre sa température.

— Votre fièvre est remontée, l'informa-t-elle tout en l'inscrivant sur la courbe de la feuille. Je vais chercher quelque chose pour ça.

— N'oubliez pas mon journal.

Et, quand elle revint sans lui et avec l'aspirine salvatrice, il lui déclara d'un air entendu :

— Je pensais que lire un journal pourrait m'aider à recouvrer la mémoire.

— Je vais voir ce que je peux faire, assura-t-elle avant de quitter la pièce.

— C'est toujours ce qu'elle me répond quand je l'invite à sortir avec moi, expliqua Fordham. Ça veut dire non.

Sortir avec lui ? Mais il n'était qu'un enfant, et elle était bonne sœur…

— Je ne lui reproche rien. Je ne pourrais pas spécialement l'emmener danser, hein ? D'ici à ce que je déserte ce lit, elle se sera déjà fiancée à l'un des docteurs.

Mike ne l'écoutait plus. Elle n'était pas religieuse, malgré la guimpe et le voile, et même si on l'appelait « ma sœur ». C'était une infirmière.

*Ce que j'aurais su si j'avais eu le temps de me préparer convenablement pour cette époque.*

Cependant, si elle n'était pas bonne sœur, cet établissement n'était pas un couvent, et la théorie qu'il avait échafaudée pour justifier l'absence de l'équipe de récupération s'effondrait. Alors, où étaient-ils ? Ils auraient dû arriver depuis longtemps.

À moins qu'ils n'existent pas. À moins que le filet n'ait pas fonctionné correctement et l'ait envoyé à un endroit où il n'aurait pas dû se rendre et où il *avait* altéré le cours des événements. Il avait fait bien plus que dégager l'hélice. Il avait piloté le capitaine autour d'un voilier coulé, il avait aidé des marins à monter par-dessus bord, il avait hissé un chien sur le pont. Et dans un système chaotique, toute action, même la plus infime, pouvait affecter…

— Sœur Carmody ! cria-t-il, bataillant pour s'asseoir. Sœur Carmody !

— Qu'y a-t-il ? demanda Fordham, alarmé. Quelque chose ne va pas ?

— Je dois voir un journal ! Sur-le-champ !

— J'ai le *Herald* d'hier. Ça vous ira ?

— Oui.

— Le problème, c'est de vous le passer. Je ne réussirai pas à tendre le bras assez loin, je suis désolé. Vous croyez pouvoir vous lever ?

*Il le faut.*

Mais quand Mike essaya de s'asseoir, une vague brûlante puis glacée, suivie de nausées, le submergea, et il dut se rallonger pour ne pas vomir.

— Je peux vous le lire, si vous voulez, proposa Fordham.

— Merci.

Le garçon tapota son lit autour de lui pour trouver le quotidien et le cala contre son bras en élévation.

— Voyons. Un pasteur à Tunbridge Wells a fait sonner les cloches de son église en violation du décret officiel qui interdit de les activer autrement qu'en cas d'invasion…

*Voilà pourquoi je ne pouvais pas entendre les cloches pendant ma nuit sur la plage.*

— … et il a dû payer une amende d'une livre dix. La collecte pour les Spitfire de lord Beaverbrook a obtenu un succès dépassant toute espérance. Ils ont amassé cinq tonnes rien qu'en casseroles d'aluminium. Sir Godfrey Kingsman répète une nouvelle mise en scène du *Roi Lear* au…

— Il n'y a rien sur la guerre ?

— La guerre… Voyons…, marmonna Fordham. Un ballon de barrage a cassé ses amarres et dérivé jusqu'à la flèche de l'église de Saint Albans. Il a brisé quelques ardoises.

— Je voulais dire des nouvelles sur le déroulement de la guerre.

— Ça va mal. Comme d'habitude. Les Italiens ont bombardé l'une de nos bases en Égypte…

En Égypte ? La Grande-Bretagne était-elle en Égypte en août ? Il n'avait pas assez étudié la guerre en Afrique du Nord pour en connaître le cheminement.

— Que disent-ils sur… ?

Il hésita. L'appelaient-ils déjà la bataille d'Angleterre ?

— … la guerre de l'air ?

Fordham hocha la tête.

— Les Allemands ont attaqué l'un de nos convois hier, et la RAF a abattu seize de leurs avions. Nous en avons perdu sept.

Il tourna la page dans un bruissement de feuilles.

— Mon Dieu, le Premier ministre !

— Quoi, le Premier ministre ? demanda Mike d'un ton brusque.

Seigneur ! et si quelque chose était arrivé à Churchill ? L'Angleterre n'aurait jamais gagné la guerre sans lui. S'il avait été tué…

— Il a une tête épouvantable sur cette photographie. Il est en train de rejeter la dernière proposition de paix des Allemands, mais il ressemble à un pudding à la graisse de bœuf !

Mike lâcha l'expiration qu'il avait suspendue. L'Angleterre refusait toujours de se rendre, la RAF avait encore le dessus sur la Luftwaffe, et Churchill allait bien.

Fordham avait terminé la lecture des nouvelles et s'attaquait aux petites annonces :

— *Cherche à savoir où est soldat Derek Huntsford, pas vu depuis Dunkerque, merci de contacter M. et Mme J. Huntsford, Chifford, Devon.*

Fordham secoua la tête.

— Il n'aura pas réussi à rentrer. Il n'a pas eu autant de chance que vous, pauvre type.

*De la chance ?* Au moins, il n'avait pas modifié le cours des événements. Et la guerre était toujours sur ses rails.

Fordham lisait une autre annonce.

— *À louer, maison de campagne dans le Kent. Emplacement calme…*

*Calme…*, sourit Mike, et il s'endormit.

Le hurlement en montagnes russes des sirènes le tira brusquement du sommeil. Ainsi que des vociférations. L'un des patients, en pyjama, pieds nus, agitait une lampe de poche en tous sens à travers la salle obscure.

— Réveillez-vous ! criait-il, braquant le faisceau de lumière droit sur le visage de Mike. Ils sont là !

— Qui est là ? demanda Mike, qui essayait de protéger ses yeux de la lumière aveuglante.

— Les Allemands, ils nous ont envahis ! Je viens de l'entendre à la radio. Ils arrivent par la Tamise !

*Je ne panique pas. Je ne bouge pas.*
*Je me dis : Nos gars s'occuperont d'eux.*
*Je ne me dis pas : Je dois partir d'ici.*

Instructions en cas d'invasion, 1940

## Warwickshire, août 1940

L'armée leur donna jusqu'au 15 septembre pour évacuer le manoir. Avant cette date, il fallut couvrir tous les
meubles, mettre en caisses l'ancêtre de lady Caroline et
les autres peintures, emballer le cristal et la porcelaine,
et empêcher Alf et Binnie de « donner un coup de
main ». Quand Eileen monta enlever l'inestimable tapisserie médiévale, elle surprit les deux enfants en train de
la balancer par la fenêtre.

— On testait pour voir si c'était magique, argumenta
Binnie. Comme le tapis, là, le tapis volant de l'histoire
de fées que tu nous as lue.

Il fallait aussi répartir les évacués encore présents
dans le manoir. Mme Chambers trouva un nouveau foyer
pour les Potter, les Magruder, Ralph et Tony Gubbins
et Georgie Cox. Mme Chalmers vint prendre Alice et

Rose, et la mère de Theodore écrivit pour annoncer son arrivée le samedi suivant. Eileen en fut soulagée. Elle avait craint de devoir renvoyer de nouveau le petit par le train, hurlant et se débattant.

— Je *veux* pas rentrer à la maison, déclara Theodore quand elle lui apprit que sa mère venait le chercher. Je veux rester ici.

— Tu peux pas rester, niquedouille, ricana Alf. Personne reste ici.

— Et *nous*, on va où, Eileen ? interrogea Binnie.

— Ce n'est pas encore décidé.

Ils avaient écrit à Mme Hodbin, mais n'avaient pas reçu de réponse, et personne dans tout le Warwickshire n'accepterait de les héberger.

— J'ai posté un courrier au Comité d'évacuation, indiqua le pasteur, mais pour l'instant ils sont submergés de demandes. Tout le monde pense que les Allemands vont bientôt bombarder Londres.

*Ils s'y apprêtent…*

Et à ce moment-là il n'y aurait plus la moindre chance de caser Alf et Binnie : plus de cent mille enfants avaient été évacués après le début du Blitz. Il fallait leur dénicher un toit tout de suite.

Lady Caroline avait envoyé Samuels avec ses malles à Chadwick House, où elle serait accueillie par la duchesse de Lynmere. Eileen, Una – d'une efficacité nulle – et Mme Bascombe demeuraient donc seules pour terminer les préparatifs avant l'arrivée de l'armée. Quant à contrôler le point de saut, ou se rendre à Backbury pour demander si quelqu'un la cherchait, Eileen n'en avait tout simplement pas le temps. Et pas plus pour se mettre en quête d'un nouvel emploi.

Si elle pouvait en trouver un. Beaucoup de maisons pratiquaient « l'économie de guerre », ce qui entraînait une diminution drastique du nombre de leurs serviteurs, et l'annonce « Recherchons une bonne » était absente du *Backbury Bugler*. Una avait déclaré qu'elle rejoignait l'ATS, et Mme Bascombe partait dans le Shropshire aider l'une de ses nièces dont le mari s'était engagé, si bien qu'Eileen ne pourrait loger avec aucune des deux. Et même si elle avait disposé d'assez d'argent pour se payer une chambre, il n'y avait pas d'hôtel à Backbury. Dans le cas où elle resterait, il n'y avait aucune garantie que la fenêtre de saut s'ouvre ou que l'équipe de récupération arrive. Quatre mois s'étaient déjà presque écoulés.

*Tu dois te trouver un autre moyen de rentrer chez toi.*

Il fallait aller à Londres, chercher Polly et utiliser son point de transfert.

*Si elle y est.*

Elle ne devait pas y résider avant le Blitz, qui commencerait en septembre. Eileen n'en connaissait pas la date précise. *J'aurais dû demander à Polly.* Évidemment, il ne lui était jamais venu à l'esprit qu'elle serait encore là quand Polly traverserait. L'armée ne prenait pas possession du manoir avant la mi-septembre. Le Blitz aurait sûrement débuté.

L'idée de se retrouver au milieu des bombardements la terrifiait, mais elle ne voyait personne d'autre vers qui se tourner. Michael Davies avait été envoyé à Douvres, mais l'évacuation de Dunkerque s'était produite des mois plus tôt. Il devait être rentré depuis longtemps. Elle se rappela que Gerald Phipps était lui aussi présent dans cette période. Il avait mentionné le mois d'août quand elle l'avait aperçu au labo, mais elle ne se souvenait pas de l'endroit. Il le lui avait dit, mais elle était incapable de se remémorer le nom. Cela commençait par un D. Ou un P.

Elle ne savait pas plus où Polly se trouvait. Elle avait indiqué qu'elle allait travailler dans un grand magasin sur Oxford Street, et que M. Dunworthy l'obligeait à choisir l'un de ceux qui n'avaient pas été bombardés. Eileen avait une vague réminiscence des noms qu'elle avait énumérés. Lesquels avait-elle cités ? Elle aurait dû faire plus attention, mais elle se tracassait pour ses leçons de conduite, et pour l'autorisation qui lui échappait. Elle se rappelait que l'un des magasins avait un nom d'homme.

Elle descendit à la cuisine interroger Mme Bascombe. Connaissait-elle des noms de magasins sur Oxford Street ?

— Vous ne pensez pas une seconde à travailler dans l'un de ces endroits, n'est-ce pas ?

— Non, c'est une de mes cousines. Je pars habiter chez elle.

— Deux filles toutes seules à Londres ? Avec tous ces soldats qui traînent ? Vous n'avez rien à faire à Londres, pas plus qu'Una à l'ATS. Je vous répète ce que je lui ai dit : restez domestique, c'est là qu'est votre place.

Eileen devrait attendre d'être à Londres pour trouver le nom du magasin. Si elle pouvait y parvenir ! Avec les gages qu'elle allait recevoir, elle avait assez pour un billet de seconde classe, mais elle aurait besoin d'argent pour tenir jusqu'à ce qu'elle découvre Polly. Puisqu'elle arriverait pendant le Blitz, elle pourrait sans doute dormir dans un abri, mais elle devrait tout de même payer ses repas et ses tickets de bus.

Elle se préoccuperait de cela plus tard. Elle avait de plus pressants problèmes. La mère de Theodore avait écrit pour expliquer que son usine d'avions avait doublé les horaires de travail et qu'elle ne viendrait pas chercher Theodore avant le samedi en huit. Par ailleurs, il n'y avait toujours aucune nouvelle de la mère d'Alf et de Binnie, et quand Eileen se rendit au presbytère, le 1er septembre, pour remettre un message de lady Caroline, le pasteur lui déclara :

— Je ne trouve personne pour les prendre. Il est évident que leur réputation les précède. Il faudra se rabattre sur le Programme outre-mer. Ils ne peuvent pas avoir entendu parler des Hodbin aux États-Unis.

— Ne serait-il pas cruel d'infliger ces enfants à un autre pays ?

— Vous avez raison. Nous ne pouvons nous permettre de nous aliéner nos amis. Nous aurons besoin de toute l'aide qu'ils pourront nous apporter avant que cette guerre se termine. Vous n'avez aucune nouvelle de leur mère ?

— Non.

— C'est surprenant. Je pensais qu'elle serait du genre à se réjouir du retour de leurs tickets de rationnement. D'un autre côté, ce *sont* Alf et Binnie. Si elle donne signe de vie, tenez-moi au courant. En attendant, je continue à chercher quelqu'un qui accepterait de les prendre. Vous restez ici jusqu'au 15, c'est bien ça ?

— Oui, répondit-elle avant de lui expliquer qu'elle se rendrait ensuite à Londres. Ma cousine travaille dans un grand magasin sur Oxford Street.

— *Selfridges* ?

— Non, assura-t-elle, même s'il lui semblait se rappeler que Polly avait aussi mentionné celui-ci. Cela ressemblait au nom d'un homme.

— Le nom d'un homme…, réfléchit-il. *Peter Robinson* ?

— Non.

*L'un de ceux que Polly avait cités commençait par un P !*

Pas *Peter Robinson*, mais Eileen l'identifierait si elle l'entendait.

— *A.R. Bromley* ? continua le pasteur. Non, celui-là est à Knightsbridge. Voyons, lesquels sont sur Oxford Street ? *Townsend Brothers… Leighton's…*, mais je ne vois pas lequel… Oh ! je sais : *John Lewis* ?

— Oui.

C'était celui-là, elle était catégorique, et elle était quasiment sûre que *Selfridges* en était un autre. Sur place, elle reconnaîtrait celui dont le nom commençait par un P. Polly serait forcément dans l'un des trois,

Eileen prendrait les coordonnées de son point de saut, et elle rentrerait chez elle.

Si l'équipe de récupération ne s'était pas montrée. Eileen s'était demandé s'ils n'avaient pas attendu le 15 pour la sortir de là, afin que son départ passe inaperçu dans le remue-ménage provoqué par l'arrivée de l'armée. Mais quand elle fut de retour au manoir, elle s'aperçut que l'armée s'installait déjà. Une voiture de fonction et un camion stationnaient au bord de l'allée. Le jour suivant, des soldats entreprirent de tendre des barbelés le long de la route et autour du bois, et l'accès au point de transfert se trouva condamné.

Le 7, lady Caroline envoya chercher le pasteur. Eileen le fit entrer dans le salon au mobilier drapé de blanc.

— Mme Hodbin a-t-elle écrit, Ellen ? s'enquit lady Caroline.

— Non, ma'ame, mais ceci est arrivé au courrier ce matin.

Eileen lui donna une lettre de la mère de Theodore.

— Elle dit qu'elle ne peut pas venir chercher Theodore, finalement, commenta lady Caroline tout en poursuivant sa lecture. Et elle souhaite qu'on renvoie le garçon chez lui par le train de lundi, comme la dernière fois.

*Oh non… !*

Lady Caroline se tourna vers le pasteur.

— Avez-vous trouvé un nouvel hébergement pour les Hodbin, M. Goode ?

— Non, pas encore. Cela risque de durer plusieurs semaines avant…

— C'est totalement impossible. J'ai promis au capitaine Chase qu'il pourrait prendre possession des lieux lundi matin.

— *Ce* lundi ? s'exclama le pasteur.

Son intonation choquée était au diapason de ce qu'Eileen ressentait.

— Oui, et les Hodbin ne peuvent évidemment pas rester ici. Il n'y aura plus personne pour les garder. Ils doivent rentrer chez eux jusqu'à ce que vous leur trouviez un nouvel hébergement. Ils peuvent partir pour Londres avec Theodore.

*Alf et Binnie lâchés dans un train !*

Des visions de bagages renversés, de voiture-restaurant dévastée et de cordons de systèmes d'alarme dansèrent devant les yeux d'Eileen.

— Non, intervint le pasteur, qui de toute évidence imaginait les mêmes désastres. Personne ne viendrait les chercher.

— Nous pouvons téléphoner à Mme Hodbin et lui demander de venir. Ellen, sollicitez un appel interurbain pour...

— Ils n'ont pas le téléphone, l'interrompit Eileen.

— Ne serait-il pas possible de les emmener avec vous à Chadwick House, lady Caroline ? s'aventura le pasteur. Juste le temps que je leur trouve un hébergement ?

— Je ne peux décemment pas imposer ça à mes hôtes. Si vous ne voulez pas les laisser partir seuls, il faut les accompagner, mon révérend. (Elle fronça les sourcils.) Ah, non ! ça ne marchera pas. Lundi, nous avons la réunion de la Défense passive à Hereford, et il est *essentiel* que vous soyez présent. Quelqu'un d'autre devra les emmener. Mme Chambers ou...

— Je m'en occupe, intervint Eileen. Je vous prie de m'excuser, ma'ame, mais j'avais prévu de rejoindre ma cousine à Londres quand je m'en irais d'ici. Je peux escorter les enfants.

*Et comme tu me paieras mon transport, j'économise-rai cet argent pour couvrir mes frais de logement et de nourriture en attendant de trouver Polly.*

— Parfait. C'est la solution idéale, mon révérend. Ellen les emmène, et le Comité d'évacuation n'aura pour tout frais que le prix du billet des Hodbin. La mère de Theodore a envoyé le sien.

Le pasteur avait dû surprendre le regard accablé d'Eileen parce qu'il répondit :

— Mais si elle part en tant qu'accompagnatrice des évacués, alors…

Las ! lady Caroline continuait, d'un ton brusque :

— Allez dire aux enfants de faire leurs valises, Ellen. Vous pouvez prendre le train lundi.

*Tu as intérêt à ce que l'équipe de récupération ne se montre pas avant, lady Caroline !* grondait Eileen en se rendant à la nursery. *Ou je m'en irai d'ici sans un regard en arrière, et tu pourras convoyer les Hodbin jusqu'à Londres toi-même.*

Le lendemain, elle emballa les affaires des jeunes voyageurs et les siennes, fit ses adieux à Una et à Mme Bascombe qui partaient par le bus, supporta un dernier sermon sur les dangers des échanges avec les soldats, nourrit les enfants, les coucha, et attendit qu'ils dorment et que la maisonnée soit calme pour s'échapper et rejoindre le point de saut.

La lune s'était levée. Eileen n'eut recours à sa lampe de poche qu'une seule fois, pour se glisser à travers le fil de fer barbelé. La clairière lui parut enchantée. Le tronc du frêne ruisselait d'argent dans le clair de lune.

— Ouvrez, murmura-t-elle. *S'il vous plaît.*

Il lui sembla voir le début du halo, mais ce n'était que de la brume. Elle eut beau patienter deux heures de plus, rien ne se produisit.

*J'aime autant ça*, se dit-elle alors qu'elle rebroussait chemin dans la lumière grise de l'aube. *Je ne pouvais vraiment pas abandonner ce pauvre Theodore aux mains des Hodbin.*

Elle traversa en courant la pelouse détrempée, entra sans un bruit dans la cuisine et s'engagea dans l'escalier de service.

Binnie attendait en haut des marches, pieds nus, en chemise de nuit.

— Que fais-tu debout ? chuchota Eileen.

— J't'ai vue sortir. J'ai pensé qu'tu foutais l'camp sans nous.

— Je suis sortie vérifier s'il restait des habits sur l'étendoir. Retourne au lit. Demain, le voyage en train sera long.

— Tu nous laisses pas tomber, t'avais dit. T'as juré !

— Je ne vous quitte pas. On part pour Londres tous ensemble. Maintenant, retourne au lit.

Binnie s'exécuta, mais quand Eileen se leva, de trop courtes heures plus tard, elle faillit trébucher sur l'enfant, allongée devant sa porte, enveloppée dans une couverture.

— Juste au cas que t'aurais menti, expliqua-t-elle.

Lady Caroline s'en fut à 8 heures dans la Rolls-Royce que la duchesse lui avait envoyée.

*Sans même nous proposer de nous emmener à la gare !*

La colère d'Eileen l'aida à obtenir des enfants qu'ils s'habillent et restent groupés, puis prennent le chemin de Backbury. L'allée que des véhicules militaires de toutes sortes avaient encombrée durant la semaine était complètement déserte. Ils ne croisèrent pas un seul camion pendant l'heure de marche qui les mena au village. Binnie se plaignait que sa valise était trop lourde, Theodore demandait à être porté et, chaque fois qu'un avion survenait, Alf insistait pour s'arrêter et pour le noter sur sa carte de guetteur.

— Je voudrais tant que le pasteur y vienne, et y nous emporte en voiture ! s'exclama Binnie.

*Et moi donc !*

— Il est absent. Parti à Hereford.

Néanmoins, quand ils parvinrent à Backbury, Eileen les fit passer par le presbytère au cas où il ne serait pas encore parti, mais l'Austin n'était pas là.

*Je n'ai même pas pu lui faire mes adieux*, se dit-elle, au désespoir.

Eh bien, il fallait croire qu'elle l'avait mérité. Après tout, combien de fois s'était-elle apprêtée à tous les quitter sans un regard en arrière ? Y compris la nuit précédente.

*Et tu n'es qu'une domestique…*

Elle pressa les enfants dans la traversée du village. 11 h 41 approchait. Elle les poussa vers la gare.

M. Tooley arrivait en courant.

*Oh non !* Ils ne l'avaient pas raté, quand même ?

— Voyous, je vous avais interdit de revenir rôder ici…

— Ils sont avec moi, M. Tooley, intervint Eileen en vitesse. Nous partons pour Londres par le train d'aujourd'hui.

— Vous partez ? Pour de bon ?

Elle acquiesça.

— Eux aussi ?

— Oui. Le train n'est pas encore passé, n'est-ce pas ?

M. Tooley secoua la tête.

— Ça m'étonnerait qu'il passe aujourd'hui, avec les gros bombardements sur Londres la nuit dernière.

Parfait, le Blitz avait commencé. Polly serait là-bas.

— C'était quoi, les bombardiers ? demanda Alf, impétueux. Des Heinkel 111 ? Junkers 88 ?

M. Tooley le foudroya du regard.

— Tu me mets encore des rondins en travers des voies, et je te laisse pour mort !

Et, retournant comme un ouragan dans la gare, il en claqua la porte avec fracas.

— Des rondins en travers des voies ? répéta Eileen.

— C'était une barricade, expliqua Alf. Pour quand Hitler envahira. On faisait qu'à s'entraîner.

— On aurait tout bazardé avant qu'le train y se pointe, renchérit Binnie.

*Plus qu'un jour.*

— Asseyez-vous, tous les trois, ordonna Eileen.

Elle renversa la valise d'Alf et de Binnie et les installa dessus pour attendre le train. *S'il vous plaît, faites qu'il vienne vite !*

— Repérage ! s'exclama Alf, qui braquait un doigt au-dessus des arbres.

— Moi, j'azimute rien du tout, rétorqua Binnie. Tu nous mènes en bateau.

Mais quand Eileen se tourna dans la direction indiquée, elle distingua un léger brouillard de fumée au-dessus du feuillage. Le train arrivait bien. *C'était* un miracle.

— D'accord, ramassez vos affaires. Alf, plie ta carte. Theodore, enfile ton manteau. Binnie…

— Regardez !

Alf avait crié d'excitation, sauté du quai et il courait vers la route, Binnie sur ses talons.

— Où allez-vous ? appela Eileen en jetant un coup d'œil anxieux en direction des voies. Revenez ici ! Le train…

Il approchait vite. Elle le voyait émerger des arbres.

— Theodore, tu restes là. Ne *bouge* pas ! ordonna-t-elle avant de le quitter dans l'intention de descendre du quai.

Si ces deux terreurs leur faisaient rater le train…

— Alf, Binnie ! Arrêtez ! hurla-t-elle.

Mais ils n'écoutaient pas. Ils couraient vers l'Austin, qui les dépassa dans un vrombissement de moteur et dérapa en freinant pile au pied du quai.

Le pasteur bondit hors de la voiture et se précipita en haut des marches. Il portait un panier.

— Je suis si content de ne pas vous avoir manqués. J'avais peur que vous soyez partis.

— Je croyais que vous étiez à Hereford.

— J'y étais. J'ai été ralenti sur le chemin du retour par un fichu transport de troupes, sinon je vous aurais rejoints plus tôt. Je suis si désolé que vous ayez fait tout le trajet à pied avec les bagages !

— Tout va bien, affirma-t-elle.

Et elle s'aperçut soudain qu'en effet tout allait bien.

— Vous disiez pas que foncer pleins gaz, c'était juste pour les urgences ? grommela Binnie, qui sautait sur le quai.

— Vous bombiez à cent trente à l'heure ! assura Alf.

— Vous êtes venu nous dire au revoir ? demanda Theodore.

— Oui, répondit-il à l'adresse d'Eileen. Et vous apporter...

Il s'arrêta et lança un regard furieux au train, qui entrait presque en gare.

— Ne me dites pas que le train est vraiment *à l'heure*. Ça n'est pas arrivé une seule fois depuis le début de la guerre, et aujourd'hui, parmi tous les jours possibles... N'importe, je vous ai apporté quelques sandwichs et des gâteaux. (Il donna le panier à Eileen.) Et... Alf, Binnie, allez chercher les bagages ! (Comme ils s'éloignaient, il continua en baissant la voix.) J'ai appelé le Bureau d'accueil des enfants outre-mer. (Il lui remit une enveloppe.) J'ai organisé le transfert d'Alf et de Binnie par bateau vers le Canada.

Le Canada ? C'était la destination du *City of Benares* quand il avait été coulé par un sous-marin allemand. Presque tous les évacués à bord s'étaient noyés.

— Quel bateau ? s'enquit Eileen.

— Je ne sais pas. Leur mère doit les emmener au bureau du Comité d'évacuation. L'adresse est dans la lettre. Et il s'occupera de leur transport jusqu'à Portsmouth.

Le *City of Benares* était parti de Portsmouth.

— Et ceci aussi, c'est pour vous, ajouta-t-il en lui tendant une enveloppe qui contenait plusieurs billets de dix shillings. Pour rembourser votre billet de train et couvrir les frais des enfants.

— Oh ! mais je ne peux pas...

— C'est de la part du Comité d'évacuation.

*Vous mentez. Cela sort de votre poche.*

— Ce n'est pas juste de vous demander de payer votre trajet alors que vous faites le travail du comité, dit-il en jetant un coup d'œil aux Hodbin. Je suis sûr que vous en gagnerez chaque penny.

— Le train est là, annonça Alf.

Ils le regardèrent approcher jusqu'à ce qu'il s'arrête dans un chuintement de freins.

— Merci, dit Eileen en rendant l'enveloppe au pasteur, mais je ne veux pas que vous vous sentiez obligé de...

— S'il vous plaît, insista-t-il d'un ton fervent. Je sais à quel point ces derniers temps ont été pénibles pour vous, et j'ai pensé... enfin, le comité a pensé qu'au moins vous ne devriez pas avoir de soucis pour des questions d'argent. S'il vous plaît, prenez-le.

Elle hocha la tête, refoulant ses larmes.

— Merci à vous. Je veux dire, transmettez mes remerciements au comité. Pour tout.

— Je le ferai, assura-t-il avant de la dévisager d'un œil attentif. Est-ce que tout va bien ?

*Non. Je suis à cent vingt ans de chez moi, mon point de saut est cassé, et je n'ai aucune idée de ce que je vais faire si je n'arrive pas à trouver Polly.*

— Quoi que ce soit, vous pouvez m'en parler. Je saurais peut-être vous aider.

*Si seulement je* pouvais *vous en parler !*

— Allez, magne-toi, fit Alf, qui tirait sur sa manche. Faut qu'on grimpe !

Elle acquiesça.

— Les enfants, rassemblez vos affaires. Binnie, viens ici, prends le sac de Theodore. Alf, attrape ta...

— Je les ai, intervint le pasteur, soulevant les bagages.

Elle les hissa dans le wagon avec son aide, ainsi que les Hodbin. Dieu merci ! ce train n'était pas plein à craquer de soldats.

— À toi, maintenant, Theodore.

L'enfant rechigna.

— Je veux pas…

*Oh non ! pas ça !*

Mais le pasteur disait déjà :

— Theodore, veux-tu montrer à Eileen ce qu'il faut faire ? Elle n'est jamais allée à Londres en train.

— *Moi*, si.

— Je sais, aussi tu dois prendre grand soin d'elle.

Theodore hocha la tête.

— Tu dois monter les marches, expliqua-t-il à Eileen en lui montrant comment faire. Ensuite, tu vas t'asseoir…

— Vous accomplissez des miracles ! remarqua Eileen avec gratitude.

— Ça fait partie du métier, répondit-il en souriant avant d'ajouter plus sérieusement : c'est extrêmement dangereux à Londres, en ce moment. Faites très attention à vous.

— J'y veillerai. Je suis désolée de faire faux bond pour conduire l'ambulance après toutes vos leçons.

— Ne vous en faites pas. Ma gouvernante a accepté de vous remplacer. Manque de chance, elle montre les mêmes dispositions qu'Una, mais…

— Magne-toi ! appela Alf du haut de la plate-forme. Tu retardes le train.

— Il faut y aller, dit-elle, escaladant la première marche.

— Attendez, s'exclama-t-il en lui saisissant le bras. Il ne faut pas vous inquiéter. Tout finira par…

— Magne-*toi* ! cria Alf, qui la tirait à bord. (Les énormes roues commençaient à tourner.) Moi, j'me carre à la f'nêtre.

— Au revoir, mon révérend ! appela Theodore, qui agitait la main.

— Pas question que tu tapes l'incruste, protesta Binnie. Eileen, Alf dit qu'y s'carre à la f'nêtre, mais *moi* je veux…

— Chh ! fit Eileen, qui se penchait à l'extérieur.

Le train s'ébranlait.

— Pardon ? demanda-t-elle au pasteur.

— Je *disais*, cria le pasteur, ses paumes en coupe autour de sa bouche, que tout finira bien.

Il continuait à lui adresser des gestes d'adieu quand le train prit de la vitesse, l'abandonnant sur le quai.

*Si nous ne devons plus nous revoir que dans les cieux,*
*nous nous reverrons alors dans la joie, mes nobles lords*
*et mes braves guerriers, adieu tous !*

William Shakespeare, *Henri V* [1]

## Londres, le 21 septembre 1940

— Ouvrez la fenêtre ! criait Polly qui, dans sa panique, frappait de ses deux poings la porte clouée à la peinture écaillée. Colin ! Dépêche-toi !

Le hurlement de la bombe se mua en une plainte douloureuse. Polly plaqua ses mains sur ses oreilles. *Oh ! mon Dieu ! c'est juste au-dessus de moi. Tir au but.* Elle s'abattit à genoux, la tête rentrée dans les épaules pour se protéger du bruit assourdissant, de l'explosion attendue.

Il n'y eut pas d'explosion, mais un grondement à vous dévisser les os, suivi par le bruit métallique de choses qui dégringolaient, puis par les sirènes des voitures de pompiers. Lesquelles s'arrêtèrent à quelque cinq cents mètres.

*Impossible ! C'était juste sur moi.*

---

1. acte IV, scène III. (*NdT*)

Et il y en eut une autre, et encore une autre, et elle avait beau se répéter comme un mantra que le point de saut n'avait jamais été frappé pendant le Blitz, elle ne parvenait pas à s'empêcher de serrer ses bras au-dessus de sa tête tandis que les bombes tombaient en hurlant, et de se recroqueviller, terrifiée, au bas de la porte.

— Colin ! sanglotait-elle. Vite !

Au bout d'une éternité, qui n'avait duré, si elle en jugeait par le cadran de sa montre, qu'une heure et demie, l'intensité du bombardement diminua. Polly attendit l'arrêt du canon de Kensington Gardens et s'engagea prudemment dans le passage, presque effrayée à l'idée de regarder ce qu'il en restait.

Mais seules les deux dernières barriques de l'allée, renversées, témoignaient d'un nouveau dommage. Elle les écarta de son chemin et escalada un bout de l'amas de décombres afin d'examiner l'autre côté de la rue. Une bombe incendiaire était tombée en plein milieu. Elle crépitait et pétillait comme le cierge magique géant d'un enfant. Sa lumière permit à Polly de découvrir le bureau de tabac, intact, et de lire « T. Tubbins » sur le store du marchand de légumes, toujours là, lui aussi. Aucune des boutiques n'avait pris feu. On ne sentait aucune odeur de fumée. Les toits intouchés des magasins se détachaient sur la nue cramoisie, pas un pompier ne s'y trouvait, pas plus que sur les entrepôts de part et d'autre du point de transfert. Cependant ce dernier restait fermé.

*Le problème vient peut-être de la Luftwaffe.*

Polly scruta l'espace étroit entre les bâtiments.

*Ils peuvent distinguer le halo depuis le ciel et s'en servir de cible.*

Mais l'idée que des pilotes de bombardiers pourraient apercevoir une faible lueur au sol – une cigarette ou la fente d'un rideau de black-out –, était désormais un mythe avéré. À trois mille mètres, on ne pouvait repérer ni l'une ni l'autre. Le halo ne serait pas plus visible. De plus, tout l'est et le nord de Londres brûlaient. On y voyait comme en plein jour dans le passage. Et une demi-heure plus tard, alors que les avions ne survolaient plus l'endroit, la fenêtre de saut ne montrait pas le moindre signe d'ouverture.

Une heure passa, puis deux. Le raid s'intensifia de nouveau, puis s'apaisa, et l'orangé des nuages vira au rose repoussant. Les canons de DCA bégayèrent avant de s'interrompre. Une longue accalmie suivit, juste troublée par le bourdonnement d'un avion qui partait. Le bruit décrut et ce fut le silence et, pendant plusieurs minutes, Polly s'attendit presque à entendre la fin d'alerte. Puis tout le bazar recommença.

Cela s'arrêta vraiment à 3 heures, pile au moment indiqué par Colin, mais le garçon, ou les récits historiques, s'étaient trompés sur l'emplacement du raid. Les bombes avaient frappé Kensington, pas Marylebone. Et pas n'importe où à Kensington, mais à Lampden Road.

Le silence s'installa sur le site, mais la fenêtre ne s'ouvrait toujours pas. Quand la fin d'alerte retentit, à cinq heures et demie, Polly avait eu le temps de considérer toutes les raisons de ce dysfonctionnement, des plus probables aux plus insensées. Et elle les avait toutes rejetées.

Sauf la plus évidente. Le site avait été endommagé. Malgré les tonneaux en place et les toiles d'araignées, l'explosion qui avait rasé la rangée des bâtiments de l'autre côté de l'allée devait avoir de quelque façon perturbé le champ de transfert et détruit la connexion temporelle. Rester assise dans le froid humide en rêvant de son ouverture ne rimait à rien. Dès que Badri, et M. Dunworthy s'apercevraient du problème, ils installeraient un nouveau point de saut et lui enverraient une équipe de récupération.

*S'ils parviennent à me trouver. J'aurais dû pointer au rapport dès que j'ai loué cette chambre. De cette façon, ils sauraient où j'habite.*

Mais ils avaient la liste des rues et des adresses autorisées, et il s'agissait de voyage dans le temps. Ils l'attendaient sans doute chez Mme Rickett.

*J'espère juste qu'elle les laissera entrer. Elle est si féroce pour les visites masculines !*

Pourvu que les membres de l'équipe ne se présentent pas déguisés en soldats ! Mme Rickett les tenait en piètre estime. Tout comme les acteurs.

Polly se releva, raidie par le froid et sa longue position assise, et descendit le passage. Si elle se dépêchait, elle atteindrait la pension avant que Mme Rickett revienne de Saint-George et elle intercepterait l'équipe de récupération.

Le brouillard, qui s'était levé pendant les raids, obscurcissait les environs de nouveau, et ils s'assombrissaient autant que le soir de son arrivée. Son voile s'étendait sur l'entrée de l'allée et sur l'amas de décombres au-delà. Polly se fraya un chemin aussi vite que possible à travers l'enchevêtrement des poutres et des briques. Soudain, elle s'enfonça presque jusqu'aux genoux, et elle dut s'accrocher plusieurs fois à des madriers en saillie avant de parvenir au bord.

Après être descendue sur le trottoir, elle s'arrêta pour brosser son manteau et pour évaluer l'état de ses bas. Bons pour la poubelle ! Les deux avaient de larges échelles, et le gauche était orné d'un trou. Son genou saignait et sa jupe était un désastre.

*Ma jupe bleu marine non réglementaire que j'avais promis à Mlle Snelgrove de ne pas porter ce matin !*

Puis elle se rappela que ça n'avait pas d'importance. Elle rentrait à Oxford.

Quelle heure était-il ? Elle jeta un coup d'œil à sa montre. Le cadran était maculé de poussière rosâtre. Elle le nettoya avec son doigt. 6 h 10.

*Oh non !* Mme Rickett devait être revenue de Saint-George. Elle aurait dit à l'équipe de récupération que Polly n'était pas là et qu'elle n'avait pas la moindre idée de l'endroit où la trouver. Si elle ne leur avait pas plus simplement claqué la porte au nez.

Polly se glissa sous la corde et descendit en hâte Lampden Road engloutie dans le smog. Elle espérait que l'équipe serait encore chez Mme Rickett, qu'elle ne l'avait pas juste ratée…

Elle s'arrêta, bouche bée, examinant la dévastation totale autour d'elle. Elle ne s'était pas trompée. Les raids n'avaient pas touché Bloomsbury. Ils s'étaient concentrés ici, sur Lampden Road. Aussi loin qu'elle pouvait voir dans le brouillard, tout était rasé. Elle avait cru que les boutiques qui faisaient face au point de transfert étaient détruites, mais ce n'était rien comparé à ceci. Les deux côtés de la rue avaient été si complètement anéantis qu'il était même impossible d'imaginer ce qui s'y était trouvé auparavant. Une corde d'incident avait été tendue à travers la voie jonchée de débris ainsi que sur toute sa longueur. Ou aurait cru qu'un V2 l'avait frappée, mais ce n'était pas poss…

— Affreux, n'est-ce pas ? fit une voix derrière Polly.

C'était un homme âgé coiffé d'une casquette de laine, rentrant de toute évidence chez lui depuis un refuge. Il tenait un coussin de soie rose à franges sous l'un de ses bras et un grand sac en papier sous l'autre.

— Une mine parachutée.

Une mine. Voilà pourquoi les dégâts étaient si importants. Les bombes de forte puissance s'enterraient dans le sol avant d'exploser, mais les mines éclataient à la surface de façon que l'énergie totale de la déflagration dévaste les bâtiments environnants.

— Elle devait faire au mois cinq cents kilos pour raser tous ces magasins, déclara le vieux monsieur en désignant les décombres face au point de transfert. Et l'église, et…

— L'église ?

Polly scruta le bout de la rue, cherchant frénétiquement la flèche de Saint-George. Elle ne réussit pas à la voir.

— Quelle église ? Saint-George ?

Il hocha la tête.

— Horrible affaire, dit-il, embrassant le désastre du regard. Tous ces morts…

Polly plongea sous la corde, qui se prit dans ses jambes et cassa, mais elle n'y prêta pas attention et se mit à courir. La corde emmêlée traînait derrière elle tandis qu'elle se précipitait sur la voie jonchée de gravats vers les débris de l'église.

Il n'y avait pas de débris. Pas d'ardoises de toit, pas de chevrons, de piliers ni de bancs pour montrer qu'un jour une église se dressait ici, juste une plate étendue de briques et de verre pulvérisés. Si l'on exceptait la rampe en métal déchiré de l'escalier qui menait à l'abri souterrain, abri dont personne, personne n'aurait pu sortir vivant.

« *Tous ces morts* », avait dit le vieil homme.

*Oh ! mon Dieu ! le pasteur, et Mlle Laburnum, et Mme Brightford. Et ses petites filles.*

*C'est arrivé la nuit dernière quand je me trouvais au point de saut. J'ai entendu la bombe frapper.* Ils devaient tous être là, au refuge. *Et si je n'avais pas tenté le transfert, j'aurais été là, moi aussi.*

Nauséeuse, elle se rappela ses plans pour se cacher dans l'église en attendant que les rues se vident.

*J'aurais été là-dessous, avec eux,* comprit-elle en observant les gravats. Avec Lila, et Viv, et M. Simms. Et Nelson.

Et sir Godfrey. Ils étaient tous là-dessous.

— Il faut les sortir de là ! s'exclama-t-elle.

Elle avança vers la rampe.

*Pourquoi les secours ne sont-ils pas sur place ?* se demandait-elle, mais en même temps qu'elle formulait cette pensée, son esprit traitait d'autres informations : il n'y avait pas de poussière ni de fumée en provenance des décombres, seul le brouillard dérivait au-dessus, et par ailleurs elle avait cherché sans pouvoir la localiser la flèche de l'église la nuit dernière. Polly remarquait aussi la corde déjà tendue sur le sinistre, et la dépression au centre des débris qui devait être un puits creusé par l'équipe de secours. Et le vieil homme savait que l'édifice avait été détruit, et que des gens avaient été tués.

Il approcha en trottant, agrippé à son coussin et à son sac en papier.

— Dur à avaler, hein, mademoiselle ? lâcha-t-il en la rejoignant. Une si belle église…

— Quand cela s'est-il produit ?

Mais elle connaissait déjà la réponse. Pas la nuit dernière. Deux nuits avant. Les secours étaient venus, ils avaient sorti les corps et les avaient transférés à la morgue en fourgon.

— La nuit d'avant celle-ci, confirmait le vieil homme, pas plus d'une heure après le début de l'alerte.

*Ils étaient déjà morts quand je me trouvais dans l'allée en train de m'inquiéter à l'idée de les croiser sur le chemin du refuge. Et pendant que j'étais bloquée à Holborn. Saint-George et les boutiques face au point de saut ont été frappées la même nuit.*

Ses jambes flageolèrent comme si elle s'était aventurée trop près du bord d'un précipice.

— En tout cas, c'est ce qu'a dit le garde hier matin, continuait le vieux monsieur. Cela n'a pas… Dites, vous vous sentez bien, mademoiselle ?

Elle le regarda sans le voir.

*Le site n'a pas été touché la nuit dernière. C'était la nuit d'avant. Mais c'est impossible. S'il l'avait été, alors…*

Ses genoux flanchèrent. Le vieil homme la rattrapa et, dans ce mouvement, son coussin et son sac en papier tombèrent sur le pavé.

— Pourquoi ne pas vous asseoir sur le bord du trottoir un moment, proposa-t-il en la maintenant debout. Jusqu'à ce que vous alliez mieux. Ensuite, je vous ramène chez vous. Où habitez-vous, mademoiselle ?

Il parlait de la pension. Mais Mme Rickett, Mlle Hibbard, M. Dorming et Mlle Laburnum étaient tous morts. Plus personne là-bas ne pourrait indiquer à l'équipe de récupération qu'elle y logeait. Et il n'y avait eu personne hier non plus quand…

— Je dois aller chez *Townsend Brothers*.

— Ce n'est pas une bonne idée, mademoiselle. Vous avez subi un choc sérieux. Le poste de l'ARP est juste un peu plus bas. Je reviens en un rien de temps.

En un rien de temps…

*Ils sont tous morts, et ils ne peuvent pas signaler où je suis. Il est impossible pour l'équipe de venir me récupérer…*

— Seigneur ! s'exclama le vieil homme en la rattrapant et en l'aidant à s'asseoir sur le bord du trottoir. Êtes-vous sûre de ne pas être blessée ?

Comme elle ne répondait pas, il ajouta :

— Restez assise, je vais chercher le garde. Il saura quoi faire.

Il cala le coussin à volants sous le dos de Polly, descendit la rue en trottant et disparut dans le brouillard.

Polly se leva et remonta dans l'autre direction à l'aveuglette. Elle devait quitter les lieux avant qu'il revienne avec le garde. Il fallait qu'elle aille à Bayswater Road et qu'elle trouve un taxi. Afin de se rendre chez *Townsend Brothers*.

Mais elle ne croisa aucun taxi, et pas davantage de bus.

*À cause de la purée de pois ?*

Ce n'était pas la raison. Il y avait un bus au centre de la rue, à demi englouti dans un énorme cratère. Il était vide.

*Je me demande ce qui est arrivé aux passagers.*

Elle le savait. Ils étaient tous morts. Morts depuis la veille, comme Mlle Laburnum, et Trot, et sir Godfrey. Depuis la veille.

*N'y pense pas !*

Et elle força ses jambes cotonneuses à dépasser le bus, à remonter la rue embrumée.

*Ne pense à rien. Cherche un taxi.*

Elle en trouva un, finalement, après ce qui lui sembla des heures de marche et de décombres et de cratères et de smog.

— *Townsend Brothers*, ordonna-t-elle au conducteur alors qu'elle ouvrait la porte. Sur Oxford Street.

— *Townsend Brothers* ? répéta-t-il en lui lançant un coup d'œil étrange.

Elle avait oublié que les vendeuses ne prenaient pas de taxis. Mais il le fallait.

— Oui. Emmenez-moi immédiatement.

— Mais vous y êtes déjà ! s'exclama-t-il.

— Déjà… ?

Abasourdie, elle se tourna dans la direction qu'il lui indiquait et… découvrit *Townsend Brothers*. Les vitrines condamnées par des planches, les portes. Et, devant elles, le trottoir vide.

L'équipe de récupération n'était pas là. Polly avait été si sûre qu'ils se rendraient à Oxford Street dès qu'ils constateraient qu'ils ne pouvaient pas savoir où elle vivait…

*Ils ont été retardés, c'est tout. Ils n'ont pas trouvé de taxi, eux non plus. Ou alors ils ont pensé que cela ne servirait à rien d'arriver à mon travail avant moi. Ils viendront à 9 heures.*

Elle regarda sa montre, mais ce que les aiguilles indiquaient.

— Quelle heure est-il ? demanda-t-elle au conducteur du taxi.

— 9 h 20, répondit-il, désignant l'horloge de *Selfridges*, plus loin dans la rue. Vous allez bien, mademoiselle ?

*Non.*

— Oui.

Elle s'aperçut qu'elle tenait toujours la portière du passager. Elle la claqua et se dirigea vers le magasin.

*Ils sont déjà dedans.*

Elle franchit l'entrée du personnel et monta l'escalier.

*Ils m'attendent à mon rayon.*

Mais c'était impossible, le magasin n'était pas encore ouvert et, quand elle atteignit le troisième étage et tira la porte de l'escalier, il n'y avait personne devant son comptoir.

*Ils ne sont pas là.*

La peur nauséeuse qu'elle avait tenté de contenir depuis qu'elle avait découvert les débris de l'église, cette peur qu'elle avait maintenue à distance l'engloutit comme une vague assassine.

Le point de transfert avait été dévasté par la mine parachutée qui avait détruit Saint-George et tué – *oh, mon Dieu !* – sir Godfrey, et Trot, et tous les autres. Ils avaient été tués, et les magasins rasés, et le site anéanti, et tout s'était passé en même temps, la nuit précédant celle-ci, pendant qu'elle était à Holborn et qu'elle faisait la queue pour la cantine, parlait à la bibliothécaire, s'asseyait dans le tunnel pour lire le journal.

Non, plus tôt que ça. « *Pas plus d'une heure après le début de l'alerte* », avait dit le vieil homme. Pendant qu'elle essayait de convaincre le garde d'ouvrir la grille qui lui permettrait de gagner le point de transfert… Mais il était déjà hors de service. Hors de service quand elle était arrivée au travail hier matin.

*L'équipe de récupération aurait dû me trouver hier.*

Ils auraient dû l'attendre devant *Townsend Brothers* hier matin et non aujourd'hui. *Hier.*

— Polly !

Elle avait entendu Marjorie la héler, mais quand elle leva la tête elle vit Mlle Snelgrove, la responsable de rayon, traverser l'étage pour la rejoindre. Elle paraissait consternée.

*Elle s'apprête à me renvoyer parce que je n'ai pas mis de jupe noire.*

— Mademoiselle Sebastian, que vous… ?

— Je n'ai pas réussi à me procurer une jupe. J'ai essayé, mais ça ne s'ouvrait pas…

— Ne vous inquiétez pas pour ça maintenant, dit Mlle Snelgrove, lui prenant le bras comme le vieil homme l'avait fait.

— Et il est presque neuf heures et demie.

— Ne vous inquiétez pas pour ça non plus. Mademoiselle Hayes, ordonna la chef de service à Marjorie qui les avait rejointes, allez demander à M. Witherill d'appeler un taxi.

Mais Marjorie ne bougea pas.

— Qu'est-il arrivé, Polly ? interrogea-t-elle.

— Ils ne sont pas là. Ils sont tous morts.

Polly se dirigea tel un automate vers son comptoir.

Mlle Snelgrove l'arrêta et la pilota en douceur dans l'autre sens, vers les ascenseurs.

— Nous trouverons quelqu'un pour vous remplacer aujourd'hui, dit-elle, tapotant gentiment l'épaule de Polly. Il faut rentrer chez vous.

Polly la regarda d'un air abattu.

— Vous ne comprenez pas. Je ne peux pas rentrer chez moi.

*Au risque de vous paraître insensible,*
*je dirais que c'était fabuleusement excitant*
*et qu'on s'amusait comme des fous.*

Brian Kingcome, lieutenant d'aviation,
à propos de la bataille d'Angleterre, 1940

# En route pour Londres, le 9 septembre 1940

Le train n'était pas aussi bondé que celui dans lequel
Eileen avait renvoyé Theodore chez lui en décembre,
mais tous les compartiments qu'elle ouvrait étaient
pleins, et elle dut batailler avec enfants et bagages dans
les couloirs de trois wagons avant de découvrir de la
place dans un compartiment occupé par un homme
d'affaires corpulent, deux jeunes femmes et trois soldats.
Forcée de prendre Theodore sur ses genoux, Eileen s'assit en face des Hodbin.

— Tenez-vous bien, vous deux ! leur enjoignit-elle.

— Oui, promit Alf.

Qui se mit sur-le-champ à tirer la manche du gros
monsieur installé près de la fenêtre.

— Faut m'laisser la vitre, pour que j'zieute les avions !

Mais l'homme continua de lire son journal qui annonçait : « Le "Blitz" allemand éprouve la résolution des Londoniens ».

— J'suis guetteur d'avions certifié ! proclama Alf.

L'homme refusant toujours de bouger, Binnie se pencha vers Alf et chuchota, haut et clair :

— Lui cause pas. L'est d'la cinquième colonne, j'te parie.

Les soldats levèrent la tête.

— C'est quoi, la « cinquième colonne » ? demanda Theodore.

— Tenez, les interrompit Eileen en sortant un paquet du panier que le pasteur leur avait donné et en le tendant aux Hodbin. Prenez un biscuit.

— Si t'es d'la cinquième colonne, t'es un traître, dit Binnie, qui braquait ses yeux sur le gros monsieur.

Il agita son journal avec irritation.

— Y z'ont l'air comme toi et moi, continuait Alf. Y font semblant d'éplucher leur canard, mais en vrai y fliquent les gens, et après y mouchardent à Hitler.

Les deux jeunes femmes commencèrent à murmurer entre elles. Eileen saisit le mot « espion », tout comme l'homme, apparemment, parce qu'il baissa son quotidien pour leur adresser un regard exaspéré avant de se concentrer sur Alf. Le garçon mâchait un biscuit et l'homme d'affaires battit de nouveau en retraite derrière son journal.

— Les cinquième colonne, on les r'connaît passqu'ils peuvent pas piffer les gosses, expliquait Binnie à Theodore. C'est à cause qu'les mômes c'est vachement fort pour les r'pérer.

Alf hocha la tête.

— Y r'semble à Göring tout craché, non ?

— C'est intolérable ! s'exclama l'homme.

Il jeta sa lecture sur la banquette, se leva, extirpa brusquement sa valise du porte-bagages qui les surplombait et sortit du compartiment comme un furieux.

Immédiatement, Binnie se glissa sur le siège libéré. Eileen s'attendait à une explosion de son frère, mais il continua de grignoter calmement son biscuit.

— Tu ferais mieux de pas bouffer ça, dit Binnie. Tu vas dégobiller.

Les soldats et les jeunes femmes le regardèrent avec inquiétude.

Alf piocha un autre biscuit dans le paquet et mordit dedans.

— Non. Je dégobillerai *pas*.

— *Si*. Y dégobille toujours dans les trains, annonça Binnie aux soldats. Il a gerbé partout sur les godasses d'Eileen. C'est pas vrai, Eileen ?

— Binnie…, commença Eileen.

Mais Alf criait plus fort qu'elle.

— C'est à cause que j'avais la rougeole. Ça compte pas.

— La rougeole ? répéta nerveusement l'un des soldats. Ils ne sont pas contagieux, hein ?

— Non, le rassura Eileen, et Alf ne va pas…

— J'me sens pas bien, gémit le garçon en se tenant le ventre.

Il émit un bruit de haut-le-cœur et se pencha sur sa main en coupe.

— J't'avais *prévenu* ! triompha Binnie.

En quelques instants, le compartiment s'était vidé, et Alf se vautrait sur l'autre siège près de la fenêtre.

— J'peux avoir un sandwich, Eileen ? demanda-t-il.

— Je croyais que tu étais malade en train.

Eileen descendit Theodore de ses genoux et l'installa à côté d'elle.

— Oui, mais que si j'ai rien dans le fusil.

— Tu viens de manger deux biscuits.

— Non, intervint Binnie. Y s'en est tapé six !

Et la porte du compartiment s'ouvrit. Une vieille femme s'inclina dans l'embrasure.

— Oh ! parfait, il y a de la place ici, Lydia.

Elle entra avec deux autres dames âgées.

— Mon petit, dit l'une d'elles à Alf, tu veux bien t'asseoir à côté de ta sœur, n'est-ce pas ? Tu es un gentil garçon.

— Bien sûr, il veut bien, confirma Eileen, sur le qui-vive. Alf, viens te mettre près de moi.

Elle reprit Theodore sur ses genoux.

— Et mes relevés d'avions, alors ? protesta Alf.

— Tu peux regarder du côté de Binnie. Et ne pense même pas à faire semblant d'être malade encore une fois, chuchota-t-elle. Et *pas* de cinquième colonne, ou tu seras privé de déjeuner.

Alf parut sur le point d'émettre une objection, puis il plongea sa main dans sa poche et proposa aux dames :

— Voulez zieuter mon amie la souris ?

— Souris ? couina l'une d'elles.

Et toutes trois se ratatinèrent au fond de leur siège rembourré.

— Alf…, articula Eileen sur un ton menaçant.

— J'lui avais bien dit de pas l'amener, déclara Binnie d'un air de sainte-nitouche.

Et Alf sortit sa main de sa poche. De son poing fermé s'échappait une longue queue rose.

— Son p'tit nom, c'est Harry, annonça-t-il.

Il tendit son poing vers les dames. Deux d'entre elles glapirent d'effroi, et toutes rassemblèrent leurs affaires et partirent en trombe.

— Alf…

— T'avais juste dit non pour le vomi et la cinquième colonne. T'avais pas interdit les souris.

Il ferma la porte du compartiment, s'assit à la fenêtre et pressa son nez contre la vitre.

— Regardez ! Voilà un Wellington.

— Alf, donne-moi cette souris tout de suite.

— Mais j'dois marquer où j'ai logé le Wellington !

Il sortit la carte que le pasteur lui avait fournie et se mit à la déplier. Eileen la lui arracha.

— Pas avant que tu m'aies donné cette souris !

Elle tendit la main.

— Bon, d'accord, fit le garçon de mauvaise grâce en la retirant de sa poche. C'est juste un bout de ficelle.

Un cordon d'un rose passé reposait dans sa paume. Eileen le trouva bizarrement familier.

— Où as-tu pêché ça ?

— Le tapis de lady Caroline, expliqua Binnie.

— C'est tombé, prétendit Alf.

*L'inestimable tapisserie médiévale de lady Caroline ! Quand elle s'en apercevra…*

Mais alors Eileen serait partie depuis longtemps, lady Caroline s'en prendrait à l'armée, et Alf et Binnie auraient été pendus pour un autre crime, si bien qu'elle se contenta de les sermonner pour qu'ils cessent d'effrayer les gens. Puis elle leur distribua les sandwichs et les bouteilles de limonade tirées du panier. Ils buvaient tous joyeusement quand une femme aux cheveux gris et à l'air sévère ouvrit la porte.

— Non ! intima Eileen aux Hodbin.

La dame s'installa en face d'Eileen, les mains sur son sac posé sur ses genoux.

— Vous ne devriez pas autoriser la limonade à vos enfants, déclara-t-elle d'un ton sévère. Ni les sucreries, quelles qu'elles soient.

— Ça vous botterait de zieuter ma souris ? demanda Alf.

La femme pointa sur lui un regard en vrille.

— Quand on voit un enfant, on ne veut pas l'entendre.

— C'est la bouffetance pour mon serpent.

Il exhiba son fil de tapisserie pendouillant.

Elle lui jeta un coup d'œil glacial.

— J'ai dirigé une école pendant trente ans, lui dit-elle en attrapant le cordon et en l'arrachant de son poing. Bien trop longtemps pour tomber dans le panneau d'écoliers et de leurs souris chimériques. (Elle tendit le cordon à Eileen.) *Et* de leurs serpents imaginaires. Il faut vous montrer plus ferme avec vos enfants.

— C'est pas ma mère, intervint Theodore.

La directrice tourna vers lui son regard en vrille. Il se blottit contre Eileen.

— Ce sont des évacués, expliqua celle-ci en entourant le garçon de son bras.

— Encore plus de raisons d'employer la manière forte avec eux.

Alf posa la main sur son estomac.

— J'me sens pas bien, Eileen.

— Alf dégobille toujours dans les trains, renchérit Binnie.

— Rien d'étonnant, dit la directrice à l'intention d'Eileen. Voilà ce que vous y gagnez, à leur donner de la limonade. Une bonne dose d'huile de ricin, et tout rentrera dans l'ordre.

Alf retira en hâte la main de son estomac, et fila avec Binnie dans le coin du compartiment.

— Il est évident que les trois enfants dont vous avez la charge ont été beaucoup trop dorlotés et gâtés, ajouta-t-elle, ses yeux glacials rivés sur Theodore.

*Theodore. Combien de fois avait-il été confié à des étrangers, une étiquette à bagages épinglée au manteau, et envoyé vers l'inconnu ?*

— Le maternage ! Ce n'est pas ce dont les enfants ont besoin, insista-t-elle.

Elle lança un regard noir aux Hodbin, en plein conciliabule dans l'angle de la fenêtre.

— Ils ont besoin de discipline et d'une poigne de fer, en particulier à des moments comme ceux que nous vivons.

*J'aurais tendance à penser qu'ils ont besoin de plus de « maternage » pendant une guerre, pas l'inverse.*

— Qui se montre gentil avec les enfants n'aboutit qu'à les rendre dépendants et faibles.

Ce n'étaient pas exactement les mots qu'Eileen aurait choisis pour décrire Alf et Binnie.

— Qui aime bien châtie bien, affirma la dame.

— Vous voulez dire que vous *battez* les enfants? demanda Theodore d'une voix tremblante en se terrant contre Eileen.

— Quand c'est nécessaire, déclara la directrice.

Dont le regard sur Alf et Binnie témoignait à l'envi que si cela ne relevait que d'elle l'exécution aurait lieu sur-le-champ.

Alf était monté sur le siège pour atteindre le porte-bagages, et Binnie se tenait dessous pour le rattraper.

— Alf, assieds-toi, ordonna Eileen.

— Je cherche mon journal de guetteur. Faut que j'note les avions qu'j'ai zieutés.

— Les enfants ne doivent pas répondre insolemment à leurs aînés, proféra la directrice. Ni grimper partout comme des singes. Vous deux, là-bas, asseyez-vous immédiatement.

À la grande surprise d'Eileen, ils lui obéirent tous les deux. Ils s'assirent près d'elle, les mains croisées sur les genoux.

— Vous voyez? triompha-t-elle. Un peu de fermeté, c'est tout ce dont ils ont besoin. La tendance moderne à laisser les enfants faire ce qui leur… Hé!

Elle se dressa d'un bond, balança son sac à Eileen et se mit à frotter son ventre comme s'il s'était enflammé.

— Alf, qu'as-tu fait? interrogea Eileen.

Mais il était déjà à quatre pattes avec sa sœur, et tâtonnait pour essayer d'enlever quelque chose du plancher. Il le fourra dans sa poche.

— Nib de nib, répondit-il en se levant et en présentant ses mains vides.

— On était juste assis là, ajouta Binnie d'un ton innocent.

— Affreux petits voyous! explosa la directrice avant de s'approcher d'Eileen. Vous êtes de toute évidence incapable de vous charger d'enfants. (Elle arracha son sac à Eileen.) J'ai bien l'intention d'en rendre compte au Comité d'évacuation. *Et* au chef de train.

Après avoir attrapé sa valise et ses paquets, elle se tourna vers Alf et Binnie :

— Vous, vous finirez mal, je vous le prédis !

Elle sortit en tempête du compartiment.

— L'est pas *imaginaire* : j'voulais juste y montrer, expliqua Alf, qui tirait une couleuvre verte de sa poche.

— Bien fait pour elle, affirma Binnie d'une voix sinistre.

*Oui, bien fait pour elle*, pensa Eileen, au lieu de quoi elle demanda :

— Qu'est-ce qui vous a pris d'emporter un serpent dans le train ?

— Y pouvait pas rester tout seul au manoir, lui dit Alf. Les soldats, y l'auraient canardé. Y s'appelle Bill, précisa-t-il avec tendresse.

— On va être jetés du train ? interrogea Theodore, apeuré.

Comme s'il lui répondait, le convoi se mit à ralentir. Les Hodbin foncèrent à la fenêtre.

— C'est rien, annonça Binnie. Juste une gare.

Cependant, au bout de dix minutes, le train ne repartait toujours pas et, quand Eileen sortit dans le couloir – après avoir enjoint aux enfants de ne pas bouger pendant son absence –, elle vit la directrice, sur le quai, secouer son doigt sous le nez du chef de gare qui regardait anxieusement sa montre à gousset.

Eileen battit en retraite dans le compartiment.

— Alf, tu dois te débarrasser de ce serpent dans l'instant.

— Abandonner Bill ? fit Alf, atterré.

— Oui.

— Comment ?

— Ça m'est égal, commença-t-elle à dire, puis une horrible vision lui vint du reptile se faufilant dans le couloir. Lâche-le par la fenêtre.

— Par la *fnêtre* ? Y s'ra écrabouillé !

Et Theodore fondit en larmes.

*Plus qu'un jour, et ces gosses seront hors de ma vue à jamais...*

Le train se remettait en marche. Le chef de gare avait dû persuader la directrice de les laisser à bord. Ou peut-être était-elle partie ; enragée, pour prendre un train plus tard.

— On peut pas lâcher Bill maintenant qu'on roule, déclara Binnie. Y s'rait tué pour de bon.

— C'est pas la faute à Bill, s'y vadrouille avec moi, argumenta son frère. T'aimerais pas ça, traîner où t'as pas le droit, et y a quelqu'un qui veut te liquider.

*Je me trouverai précisément dans cette situation quand j'atteindrai Londres.*

— D'accord. Mais tu dois t'en séparer à notre prochain arrêt. Et jusque-là il ne bouge pas de ton sac. Si tu le sors, c'est pour le libérer par la fenêtre.

Alf acquiesça, grimpa sur le siège, remisa le serpent et sauta sur le sol.

— J'peux avoir du chocolat ?

— Non.

Eileen regardait la porte avec anxiété, mais quand le chef de train arriva, il se contenta de poinçonner leurs tickets. Il n'y eut pas d'autres intrusions, même après l'arrêt du train à Reading, et une nouvelle vague de voyageurs.

*Ils ont dû se donner le mot.*

Eileen se demandait en combien de temps les Hodbin deviendraient célèbres à Londres. Une semaine.

En attendant, Theodore pouvait s'asseoir à côté d'elle plutôt que sur ses genoux, et elle n'avait plus à écouter les sermons de la directrice. Aussi, quand le chariot du vendeur de casse-croûte passa, elle céda et leur acheta des pommes.

Elle aurait dû savoir que ce n'était pas une bonne idée. Ils réclamèrent aussitôt des sandwichs, puis des bonbons et des friands à la saucisse.

*Je serai ruinée avant d'arriver à Londres. Et il me reste à prier pour qu'Alf ne soit vraiment pas malade en voyage.*

Mais le garçon était très occupé à dessiner des X sur sa carte et à montrer des avions invisibles à Theodore.

— Zieute ! Un Messerschmitt ! Les Me 109 embarquent des bombes de deux cent cinquante kilos. Y peuvent souffler un train entier. S'y t'en lâchaient une, on r'trouverait pas ta bidoche, ni rien du tout. Ka-boum ! Et hop ! t'es parti en fumée, juste comme ça.

Les gamins pressèrent leur nez contre la vitre pour repérer d'autres avions. Binnie était plongée dans un magazine de cinéma qu'une des jeunes femmes avait dû oublier. Eileen ramassa le journal du gros monsieur pour regarder si des annonces de *John Lewis* ou *Selfridges* pourraient lui donner leur adresse.

Les deux magasins ouvraient jusqu'à 18 heures. Parfait. Avec un peu de chance, elle parviendrait à déposer les enfants et à se rendre aux deux avant la fermeture. Mais si Polly ne travaillait dans aucune de ces entreprises ? Eileen continua de parcourir les publicités, en quête de l'autre nom mentionné par son amie. *Dickins and Jones* ? Non. *Parker and Co.* ? Non, mais elle n'avait jamais été aussi convaincue que le nom commençait par un P. Était-ce *P.D. White's* ?

Non, c'était celui-ci. *Padgett's. Je savais que je m'en souviendrais en le voyant.* Le magasin restait ouvert jusqu'à 18 heures, lui aussi, et si l'on en croyait les adresses, il semblait n'être distant que de quelques pâtés de maisons. Avec un peu de chance, elle pourrait les vérifier tous les trois avant la fermeture. Elle espérait qu'il n'y aurait pas de raids ce soir. Ou, s'il y en avait, qu'ils épargneraient Oxford Street. L'idée de se retrouver en plein raid la terrifiait.

*J'aurais dû faire des recherches sur le Blitz de façon à savoir où et quand ils ont lieu.*

Mais il ne lui était jamais venu à l'esprit qu'elle en aurait besoin.

Polly avait expliqué que les stations de métro avaient servi comme abris. Elle pourrait s'y réfugier en cas de raid. Mais elles n'étaient pas toutes sûres. Eileen se rappelait la liste que Colin avait donnée à Polly. Elle répertoriait celles qui avaient été touchées, mais Eileen était incapable de se souvenir desquelles il était question.

*Dès que j'aurai trouvé Polly, je serai sortie d'affaire. Elle n'ignore rien du Blitz.*

Dieu merci ! Eileen connaissait le nom que Polly utilisait et pourrait demander Mlle Sebastian au lieu de...

— Polly, clama Binnie.

— Quoi ? interrogea Eileen d'un ton brusque.

L'espace de quelques instants terribles, elle crut qu'elle avait réfléchi à voix haute.

— T'en penses quoi, de « Polly » ? Pour mon *nom*. Polly Hodbin. Ou Molly. Ou Vronica.

Elle poussa le magazine devant Eileen et désigna une photo de Veronica Lake.

— J'ai l'air d'une Vronica ?

— T'as l'air d'un crapaud, rigola Alf.

— Pas vrai ! râla Binnie, qui le cingla avec le magazine. Retire c'te vanne !

— Pas question ! répondit Alf, ses deux bras en bouclier au-dessus de sa tête. Crapaud Hodbin ! Crapaud Hodbin !

*Encore un jour*, se disait Eileen alors qu'elle les séparait. *Je n'y arriverai jamais.*

— Alf, retourne à tes avions, ordonna-t-elle. Binnie, lis ton magazine. Theodore, viens ici, je vais te raconter une histoire. Il était une fois une princesse. Une méchante sorcière l'enferma dans une toute petite pièce avec deux monstres diaboliques...

— Zieutez ça ! s'exclama Alf. Un ballon de barrage !

— Où ça ? demanda Theodore.

— Là, fit Alf en le montrant par la fenêtre. Ce gros truc argenté. Y s'en servent pour empêcher les Boches de bombarder en piqué.

Ils devaient donc approcher de Londres. Pourtant, quand Eileen regarda dehors par la fenêtre, ils étaient toujours en pleine campagne, et elle ne pouvait rien distinguer qui ressemble de près ou de loin à un ballon de barrage.

— T'as biglé un nuage, se moqua Binnie.

Mais les seuls nuages à sillonner la nue bleu vif ne dessinaient que des lignes éthérées et plumeuses. À contempler le ciel, les champs, les arbres et les villages pittoresques avec leurs églises de pierre et leurs chaumières, il était difficile d'imaginer qu'on se trouvait en plein milieu d'une guerre.

Et tout autant que le train arriverait à Londres un jour. L'après-midi passa. Alf notait des Stuka et des Bristol Blenheim inexistants sur sa carte, Binnie murmurait : « Claudette… Olivia… Katharine 'Epburn Hodburn… », et Theodore s'endormit.

Eileen continua de lire le journal. En page quatre, il y avait une annonce encourageant les parents à inscrire leurs enfants dans le Programme outre-mer. « Choisissez le confort de les savoir en sécurité », prétendait-elle.

Sauf s'ils tombent sur le *City of Benares*, pensa Eileen, qui regardait Alf et Binnie avec inquiétude. Aujourd'hui, c'était le 9 septembre. Si Mme Hodbin les emmenait au bureau demain et s'ils partaient pour Portsmouth mercredi, ils pouvaient très bien embarquer sur le *City of Benares*. Il avait navigué le 13, et il avait sombré quatre jours après.

— J'chuis en nage, souffla Binnie, qui s'éventait avec son magazine.

Il faisait *effectivement* chaud. Le soleil de l'après-midi tapait dans le compartiment, mais descendre le store n'était pas une solution. Il avait été conçu pour le blackout et supprimait toute lumière. Empêché de guetter les avions, Alf inventerait de nouvelles bêtises.

— J'ouvre la f'nêtre, annonça-t-il.

Et il bondit sur le siège pelucheux.

Le train eut un brusque sursaut, lâcha une bouffée de vapeur dans un sifflement perçant et ralentit brutalement.

— Qu'as-tu fait ? s'inquiéta Eileen.

— Nib de nib.

— L'a tiré la sonnette d'alarme, j'parie, accusa Binnie.

— Pas vrai !

— Alors, pourquoi que l'train y s'arrête ?

— As-tu laissé Bill sortir ? demanda Eileen.

— Non.

Il fouilla dans son sac et en extirpa la couleuvre frétillante.

— Tu vois ?

Il la remit dans son sac et sauta sur le plancher.

— J'parie qu'on arrive en gare, dit-il avant de foncer sur la porte. J'vais voir.

— Non, tu ne vas rien voir du tout, gronda Eileen en le rattrapant. Vous restez ici tous les trois. Binnie, surveille Theodore. Je jette un coup d'œil.

Mais depuis le couloir, aucune gare n'était visible, ni d'un côté ni de l'autre, juste une prairie que parcourait un ruisseau. Plusieurs personnes étaient dehors, elles aussi, y compris la directrice d'école. Seigneur ! elle était encore dans le train.

— Savez-vous ce qui se passe ? interrogea l'un des voyageurs.

La directrice se tourna vers Eileen et lui adressa un regard glacial.

— *Moi*, j'ai dans l'idée que quelqu'un a tiré la sonnette d'alarme.

*Oh ! mon Dieu !* Eileen rentra en hâte dans son compartiment. *Ils vont nous expulser du train au milieu de nulle part.* Elle referma et resta là, le dos calé contre la porte.

— Alors ? demanda Binnie. On est en gare ?

— Non.

— Pourquoi on est arrêtés ?

— J'parie qu'c'est un raid, dit Alf. Dans moins d'une minute, les Boches y vont nous larguer leurs bombes sur la tronche.

— On est sûrement arrêtés pour laisser passer un train militaire, tempéra Eileen, et on repartira d'ici peu.

Mais ce ne fut pas le cas.

Les minutes défilaient, le compartiment devenait de plus en plus chaud, et les passagers fourmillaient dans le couloir, sans cesse plus nombreux. Eileen tenta de distraire les enfants en les faisant jouer à *I Spy*.

— J'parie qu'y a un espion dans l'train et c'est pour ça qu'on a stoppé, dit Alf. C'boudin qui voulait pas m'laisser la f'nêtre, j'*savais* qu'y était d'la cinquième colonne. Y va faire sauter l'train.

— Je *veux* pas…, commença Theodore.

— Il n'y a *pas* de bombe dans le train, l'interrompit Eileen.

Puis le chef de train entra, l'air préoccupé.

— Désolé de vous déranger, madame, mais nous devons évacuer le train, malheureusement. Il faut rassembler vos affaires et sortir.

— Évacuer ?

— J'avais *raison*, triompha Alf. Y a une bombe, hein ? Le chef de train négligea son interruption.

— Quelle était votre destination, madame ?

— Londres. Mais…

— Vous serez prise en charge par un bus pour le reste du trajet.

Et il partit avant qu'ils puissent poser d'autres questions.

— Attrapez vos affaires, ordonna Eileen. Alf, plie ta carte. Binnie, passe-moi ton livre. Theodore, enfile ton manteau.

— Je *veux* pas exploser, gémit le petit garçon. Je veux rentrer à la maison.

— T'exploseras pas, imbécile, se moqua Binnie, qui était montée sur le siège pour descendre leur valise. Si c'était une bombe, y te laisseraient prendre rien du tout.

Des propos pleins de bon sens…

*Et c'est une chance qu'il n'y ait pas de bombe,* pensait Eileen tandis qu'elle bataillait avec les trois enfants et les bagages pour gagner la porte, *parce que nous ne sorti-rions jamais à temps*.

Les autres passagers avaient déjà quitté le convoi. Ils se tenaient près des rails, sur le gravier. La directrice invectivait le chef de train.

— Êtes-vous en train de me dire qu'il faut *marcher* jusqu'au village ?

C'était de toute évidence ce qui était prévu. Plusieurs des voyageurs avaient commencé à traverser la prairie en portant leurs valises.

— J'en ai bien peur, madame. Ce n'est pas loin. Vous verrez le clocher de l'église juste derrière ces arbres. Un bus devrait arriver dans l'heure.

— Je ne comprends toujours pas pourquoi vous ne pouvez pas nous emmener jusqu'à la prochaine gare, ou faire demi-tour…

— C'est malheureusement impossible. Un autre train nous suit.

Il se pencha vers elle et ajouta en baissant la voix :

— Il y a eu un incident sur la ligne, devant nous.

— Quand j'vous *disais* qu'y avait une bombe ! clama Alf.

Il bouscula la directrice pour lui passer devant.

— Qu'est-ce qui a sauté ?

Le chef de train lui lança un regard furieux.

— Un pont de chemin de fer.

Il se retourna vers la directrice.

— Nous regrettons le dérangement, madame. Peut-être ce garçon pourrait-il vous aider à porter vos valises.

— Non, merci, je préfère me débrouiller seule, lui dit-elle avant de s'adresser à Eileen. Autant vous prévenir tout de suite : je n'ai aucune intention de partager un bus avec un serpent.

Et elle s'engagea d'un pas déterminé dans la prairie, à la suite des autres.

— C'est un Dornier qu'a balancé la bombe ? demanda Alf, nullement découragé. Ou un Heinkel 111 ?

— Allez, viens, Alf, soupira Eileen.

Elle le tira en avant.

— Si l'train l'était passé quelques minutes plus tôt, fit-il d'un air songeur, on aurait été sur l'pont quand y z'ont largué la bombe.

*Et sans toi et ton serpent, le train n'aurait pas été en retard…*

Eileen se rappelait la directrice menaçant le chef de gare pendant qu'il regardait sa montre avec anxiété. Elle aurait dû lui en être reconnaissante, mais elle n'y parvenait pas. L'herbe dans la prairie, qui lui arrivait aux genoux, était impossible à traverser avec des bagages. Theodore tint bon un quart du chemin, puis exigea d'être porté. Alf refusa de prendre en charge le sac de Theodore, et Binnie lambinait en arrière.

— Arrête de cueillir des fleurs et avance ! lui enjoignit Eileen.

— Je cueille un prénom. Marguerite. Marguerite Hodbin.

— Ou alors Chou Puant Hodbin ! proposa Alf.

Binnie leva les yeux au ciel.

— Ou Violette. Ou Mata.

— C'est une fleur, ça ?

— C'est pas une fleur, crétin. C'est une *espionne*. Mata 'Ari. Mata 'Ari 'Odbin.

— J'suis claqué. On peut dire pouce et souffler ?

— Oui, convint Eileen, même si le reste des passagers était loin devant.

Ou peut-être était-ce aussi bien. Elle posa Theodore.

— Alf, ils ne te laisseront pas emmener ce serpent dans le bus. Il faut le libérer.

— Ici ? Y a rien à bouffer pour Bill, ici.

Il sortit la couleuvre non de son sac, mais de sa poche. Elle se tordait en tout sens.

— Y va crever de faim.

— N'importe quoi. C'est l'endroit idéal, pour lui. De l'herbe, des fleurs, des insectes.

C'était vraiment un endroit idéal. Si elle n'avait pas dû le traverser chargée de bagages et avec trois enfants, elle aurait adoré rester ici dans l'herbe haute et odorante, la brise ébouriffant ses cheveux, à l'écoute du léger bourdon des abeilles. La lumière de l'après-midi dorait la prairie piquée de boutons-d'or et de carottes sauvages. Une libellule cuivrée voletait au-dessus d'une gerbe de mouron blanc, un oiseau fila telle une flèche, bleu d'encre contre le ciel bleu vif.

— Mais si je largue Bill ici, y pourrait s'prendre une bombe, protesta Alf, qui promenait le serpent sous le nez de Binnie sans qu'elle paraisse autrement impressionnée. Le Dornier pourrait rev'nir et…

— Libère-le !

— Mais y s'ra tout seul ! *Toi*, t'aimerais pas beaucoup qu'on t'largue toute seule dans un endroit étrange.

*Tu as raison, je n'aime pas ça.*

— Libère-le. Maintenant !

Alf s'accroupit à contrecœur et ouvrit sa main. La couleuvre glissa avec enthousiasme dans l'herbe et s'éclipsa. Eileen attrapa le sac de marin de Theodore et sa propre valise, et ils se remirent en route. Les autres passagers avaient disparu. Elle espéra qu'ils auraient prié le bus de les attendre, bien que cela soit sans doute un espoir déraisonnable, vu l'attitude de la directrice.

— Zieutez ça ! cria Alf.

Il s'était arrêté si brusquement qu'Eileen faillit le heurter. Il désignait le ciel.

— Un avion !

— Où ? interrogea Binnie. On azimute que dalle.

L'espace d'un instant, Eileen ne repéra rien non plus, puis elle aperçut un tout petit point noir.

— Minute, maintenant, j'le gaffe ! s'exclama Binnie. Y r'vient nous bombarder ?

Eileen se rappela soudain une vid de ses cours d'Histoire : des réfugiés s'éparpillant en tout sens tandis qu'un avion plongeait sur eux pour les mitrailler.

— Est-ce un bombardier ? demanda-t-elle à Alf.

Elle avait lâché sa valise et serrait la main de Theodore, prête à attraper celles des Hodbin et à courir.

— Tu veux dire un Stuka ? J'peux pas savoir, répondit le garçon, qui plissait les yeux pour identifier l'avion. Non, c'est un à nous. Un Hurricane.

Cependant, ils étaient encore en plein milieu d'un champ, à quelques centaines de mètres d'un train arrêté, une cible parfaite pour un bombardier.

— Il faut qu'on rattrape les autres, déclara Eileen. Venez. Vite !

Pas un ne bougea.

— Y en a un autre ! annonça Alf, en transes. C'est un Messerschmitt. Vous zieutez les croix de fer sur les ailes ? Y vont s'battre !

Eileen tendit le cou pour regarder les minuscules avions. Elle parvenait à les distinguer maintenant, le Hurricane au nez pointu et le Messerschmitt au nez camus, mais on aurait dit des jouets. Ils se poursuivaient en dessinant des cercles, se dégageaient en piqué et tournaient, silencieux, comme s'ils dansaient au lieu de se livrer bataille. Theodore lâcha la main d'Eileen et rejoignit Alf, la tête levée en direction de l'élégant duo, bouche ouverte, fasciné. Il pouvait l'être. C'était magnifique.

— Vas-y ! hurla Alf. Descends-le !

— Descends-le ! lui fit écho Theodore.

Les avions jouets viraient sur l'aile, plongeaient et s'élevaient en silence. Ils traînaient d'étroits voiles blancs derrière eux.

*Ce que j'ai observé depuis le train n'était pas des nuages. C'étaient des traînées de vapeur issues des combats, tout comme celles-ci. Je suis en train de regarder la bataille d'Angleterre.*

Le Messerschmitt prit de l'altitude avant de foncer droit sur l'autre avion.

— Attention ! cria Binnie.

Il n'y avait toujours pas un bruit, pas de rugissement de moteur alors que l'avion plongeait, pas de staccato de mitrailleuse.

— Raté ! brailla Alf.

Eileen aperçut une minuscule flamme orange au milieu de l'aile du Hurricane.

— L'est touché ! hurla Binnie.

De la fumée blanche commençait à bouillonner au niveau de l'aile. Le Hurricane piqua du nez.

— Redresse ! gueulait Alf.

Et le petit avion sembla se reprendre un peu.

*Le pilote est donc encore en vie...*

— Tire-toi de là ! cria Binnie.

Et là encore il parut obéir, s'envolant vers le nord. Hélas ! pas assez vite. Le Messerschmitt effectua un virage serré et revint à la charge.

— Derrière toi ! beuglaient Alf et Theodore de concert. Attention !

— Regardez ! s'exclama Binnie, qui levait le bras. Y en a un autre.

— Où ça ? demanda Alf. J'le zieute pas.

Eileen le repéra tout à coup. Au-dessus des deux autres, il arrivait comme une flèche.

*Seigneur ! faites que ce ne soit pas un Allemand !*

— C'est un Spitfire ! triompha Alf.

Et le cockpit du Messerschmitt explosa, mélange de flammes et de fumée noire.

— Y l'a eu ! fit le garçon, fou de joie.

Le Messerschmitt bascula et tomba en spirale, suivi d'une épaisse fumée, toujours aussi gracieux, toujours aussi silencieux dans sa chute mortelle.

*Il ne fera même pas un bruit quand il touchera le sol.*

Mais il en fit un, un bruit sourd, à donner la nausée. Les enfants hurlèrent d'enthousiasme.

— J'savais qu'le Spitfire y allait l'sauver, exulta Alf, qui regardait de nouveau les deux avions.

Le Spitfire tournait au-dessus de l'autre appareil britannique, qui dégageait encore de la fumée blanche. Comme ils les observaient, le Hurricane plongea longuement à travers l'immense étendue de ciel bleu et s'évanouit derrière les arbres. Eileen ferma les yeux et attendit l'impact. Il survint, aussi léger que le bruit d'un pas.

*Je veux rentrer à la maison*, se dit-elle.

— Y s'en est sorti, annonça Alf. Voilà son parachute.

Il désignait avec assurance un point du ciel bleu, totalement vide.

— Où ? demanda Theodore.

— Moi, j'mate aucun parachute, renifla Binnie.

— Il faut partir, dit Eileen.

Elle ramassa sa valise et prit la main de Theodore.

— Mais s'y s'est posé en catastrophe et qu'y a besoin d'aide ? interrogea Alf. Ou d'une ambulance ? Les pilotes de la RAF, c'est des as. Y peuvent atterrir n'importe où.

— Avec une aile en feu ? le contra Binnie. J'parie qu'y est resté.

Theodore agrippa Eileen et lui lança un regard implorant.

— Tu ne peux pas en être sûre, Binnie.

— Mon nom, c'est pas Binnie.

Eileen l'ignora.

— Je suis certaine que le pilote va bien, Theodore. Maintenant, venez, ou nous raterons le bus. Alf, Binnie...

— J't'ai dit, j'm'appelle plus Binnie. J'ai décidé mon nouveau nom.

— C'est quoi ? s'enquit Alf d'un ton méprisant. Pissenlit ?

— Non. Spitfire.

— Spitfire ? s'esclaffa son frère. Hurricane, plutôt. Hurricane Hodbin !

— Non, insista Binnie. Spitfire, parce que c'est eux qui vont foutre la pâtée à ce débris d'Hitler. Spitfire Hodbin... C'est pas un beau nom pour moi, ça, Eileen ?

# Londres, le 21 septembre 1940

Mlle Snelgrove dit à Polly qu'elle n'était pas en état de travailler et insista pour qu'elle s'allonge.

— Mlle Hayes prendra votre comptoir en charge, déclara-t-elle.

— Elle ne devrait pas rentrer chez elle ? interrogea Doreen, qui s'était approchée.

— C'est impossible, répondit Marjorie.

Elle ajouta quelque chose dans un murmure.

*Comment sait-elle que le point de saut a été endommagé ?* se demanda Polly.

— Venez avec moi, ordonna Mlle Snelgrove en l'entraînant dans l'ascenseur, puis dans l'abri souterrain du magasin. Il faut vous reposer.

Elle lui montra l'un des lits réservés en principe à la clientèle et, comme Polly ne bougeait pas, elle s'obstina :

---

1. acte I, scène I. (*NdT*)

— Allons, enlevez votre manteau.

Elle le lui déboutonna et le plia sur une chaise.

— Je suis désolée, je n'ai pas pu me procurer cette jupe noire.

Polly n'avait pas davantage brillé par son calme, ni par son courage. Tous les employés étaient censés garder leur sang-froid sous le feu ennemi.

— Et je vous prie de m'excuser, je...

— Tss-tss, à présent, on ne s'inquiète plus de rien. On ne s'inquiète de *rien du tout*, juste de bien dormir. On a subi un choc très violent.

*Un choc très violent...*

Polly obéit et s'assit sur le lit de camp. Sir Godfrey et Mlle Laburnum et tous les autres, morts, le point de saut qui ne fonctionnait pas... et l'équipe de récupération absente.

*Ils auraient dû venir hier. Hier !*

— On enlève ses chaussures, c'est bien. Et maintenant on s'allonge.

Elle tapota l'oreiller sur le lit.

*Je n'aurais pas dû laisser l'oreiller rose à franges du vieux monsieur sur le trottoir. Il sera volé. J'aurais dû le mettre à l'intérieur du périmètre de l'incident.*

— On s'allonge, voilà, c'est bien, bourdonnait Mlle Snelgrove.

Elle borda Polly avec une couverture puis éteignit la lumière.

— Essayez de vous reposer.

Polly acquiesça, ses yeux emplis de larmes à cause de la surprenante gentillesse de Mlle Snelgrove. Ses paupières se fermèrent, mais à cet instant l'image de l'église en ruine s'imposa, et il lui sembla qu'au-delà de l'église elle voyait les gens à l'intérieur, déchirés, fracassés, réduits en pulpe, le pasteur et Mme Wyvern et les petites filles. Bess Brightford, six ans, tuée sous le feu ennemi. Irene Brightford, cinq ans. Trot...

« *Vous n'entendrez rien*, avait dit M. Dorming. *Vous ne saurez jamais ce qui vous est tombé dessus.* »

Était-ce la vérité ? Elle souhaita de toutes ses forces que cela soit vrai, qu'ils n'aient pas un instant compris qu'ils étaient piégés, que l'église s'écroulait sur eux, pas un instant compris ce qui leur arrivait.

*Comme moi je l'ai compris*, songea-t-elle, nauséeuse. Elle refoula son sentiment de panique. *Tu n'es pas piégée. Que le point de transfert soit endommagé ne signifie pas qu'ils ne pourront pas te sortir d'ici. Tu as tout ton temps.*

Mais c'était justement là le problème. Oxford n'avait pas besoin de temps. Le temps leur appartenait. Même s'il fallait réparer le filet, et si cela prenait des semaines, ou des mois, ils pouvaient intervenir à l'instant même où l'incident se produisait. *Alors, où sont-ils ?*

*Ils n'ont peut-être pas réussi à me trouver ?*

L'épouvante pulsait de nouveau dans sa gorge. Elle ne s'était pas rendue au rapport, et ils ne connaissaient pas son adresse.

*Et il n'y avait plus personne chez Mme Rickett pour leur indiquer que j'habitais à la pension.*

Cependant, M. Dunworthy aurait obligé l'équipe de récupération à vérifier chaque chambre et chaque appartement recensés par les annonces « À louer » des journaux. Et ils savaient qu'elle travaillait sur Oxford Street. M. Dunworthy leur aurait fait contrôler chaque rayon de chaque grand magasin.

*Je ne suis pas dans mon rayon !*

Elle repoussa sa couverture, s'assit et attrapa ses chaussures mais, avant qu'elle ait pu les enfiler, Marjorie entra avec une tasse de thé et un paquet.

— Avez-vous réussi à dormir un peu ?

— Oui. Je me sens beaucoup mieux. Je suis prête à remonter à l'étage, maintenant.

Marjorie l'observa avec attention.

— Je ne pense pas que ce soit une bonne idée. Vous avez encore très mauvaise mine. (Elle tendit le thé à Polly.) Vous avez besoin de vous reposer. D'ailleurs, votre aide n'est pas nécessaire. C'est très tranquille, aujourd'hui.

— Est-ce que quelqu'un m'a demandée ? l'interrompit Polly.

— Vous voulez dire quelqu'un de l'ARP, ou de la Défense passive ? Non, personne n'est venu. Est-ce qu'ils ont dû creuser pour vous dégager ?

La question était étrange et Polly comprit qu'ils avaient imaginé que sa pension avait été bombardée.

— Non, ça n'est pas arrivé là où j'habite, tenta-t-elle d'expliquer. C'était au refuge. À l'église Saint-George. Dans la cave. Il y avait un abri où on m'accueillait pendant les raids. Je n'étais pas là…

Si elle n'avait pas essayé de gagner le point de transfert, si elle n'avait pas été immobilisée dans la station de métro, ou si elle s'était rendue plus tôt dans la semaine à Oxford pour y faire son rapport, elle aurait été parmi eux quand la mine parachutée avait explosé, quand l'église s'était effondrée, les écrasant…

— Quelle chance vous avez eu de ne pas être là ! disait Marjorie.

*Chance ?*

— Vous ne comprenez pas, ils…

Comme un coup de couteau, leur image la traversa, et elle les vit installés dans la cave à l'instant de leur mort : Mlle Hibbard tricotait, M. Simms caressait Nelson, Lila et Viv bavardaient, Bess et Irene – son pouce dans la bouche – et Trot se blottissaient contre leur mère, écoutant un conte de fées.

— Ils… Il y avait trois petites filles.

— Quelle horreur ! s'exclama Marjorie.

Elle posa le paquet sur le sol et s'assit sur le lit à côté de Polly.

— Pas étonnant que vous… Franchement, vous ne devriez pas rester ici. Où habitez-vous ? Je vais appeler votre propriétaire et lui demander de venir vous chercher pour vous ramener à la maison.

*À la maison !*

— Ce n'est pas possible, affirma Polly.

— Je croyais que vous disiez…

— Elle est morte. Mme Rickett était à Saint-George. Et tous ses pensionnaires, Mlle Hibbard et M. Dorming et Mlle Laburnum… (Sa voix chevrota.) Il n'y a plus personne là-bas pour…

— Voilà pourquoi vous avez dit que vous ne pouviez pas rentrer chez vous ! J'imagine que c'est impossible. Je ne sais pas ce qui se passe pour les pensionnaires quand le propriétaire d'une pension est tué. Je suppose que quelqu'un d'autre prend la relève… Savez-vous si Mme Rickett avait de la famille ?

— Non.

— S'ils décidaient de vendre… De toute façon, vous ne pouvez pas rester là-bas toute seule, après… Y a-t-il quelqu'un chez qui vous pourriez aller ? Avez-vous de la famille ou des amis à Londres ?

*Non*, s'aperçut Polly, qui sentait la panique revenir en force. *Je suis toute seule ici, en plein milieu d'une guerre, et si l'équipe de récupération ne vient pas me chercher…*

Marjorie la regardait, préoccupée.

— Non, admit Polly. Personne.

— Où habite votre famille ? Est-ce près de Londres ?

— Non. Dans le Northumberland.

— Oh ! tant pis, on va trouver quelque chose. En attendant, tenez, avalez votre thé. Vous vous sentirez mieux.

*Rien ne pourra m'aider à me sentir mieux…*

Cependant, Polly devait persuader Marjorie qu'elle était assez rétablie pour remonter à son étage, aussi but-elle entièrement la mixture. Elle était claire et tiédasse.

— Vous aviez raison, ça fait du bien, déclara-t-elle.

Et, tendant la tasse à Marjorie, elle tenta de se lever, mais la vendeuse l'arrêta.

— Mlle Snelgrove a dit que vous deviez vous reposer, proféra-t-elle d'un ton ferme.

— Mais je me sens *beaucoup* mieux, protesta Polly.

Marjorie secoua la tête.

— Les gens réagissent bizarrement aux états de choc. Mme Armentrude – c'est ma propriétaire –, sa nièce était dans un bus qui a été touché, et Mme Armentrude affirme qu'elle avait l'air de se porter à merveille, et puis une heure après elle est devenue toute blanche et elle s'est mise à trembler. On a dû l'emmener à l'hôpital.

— Je ne suis pas en état de choc. Je suis juste un peu émue, et je veux…

— Mlle Snelgrove a dit que vous deviez vous reposer, répéta Marjorie, et que je devais vous remettre ceci.

Elle tendit le paquet à Polly. Ses deux extrémités étaient parfaitement égales, et la ficelle qui l'entourait était tirée et nouée avec une précision irréprochable.

— C'est pour m'entraîner à l'emballage ?

— Non, bien sûr que non, répondit Marjorie, qui la regardait d'un air étrange. Vous *êtes* choquée, quoi que vous en disiez. Donnez-moi ça. (Elle reprit le paquet.) Laissez-moi l'ouvrir pour vous.

C'était une jupe noire.

— Mlle Snelgrove a indiqué qu'elle coûtait sept shillings et six pence, mais que vous ne devez pas vous en faire pour la rembourser et pour les tickets de rationnement avant votre rétablissement.

— Sept shillings six ?

Ce n'était rien du tout. Une paire de bas valait trois fois plus cher.

— Ça ne peut pas…

— Elle dit qu'elle l'a achetée aux soldes après bombardement chez *Bourne and Hollingsworth*. Dégât des eaux.

De toute évidence, la jupe qu'elle tendit à Polly ne provenait pas des soldes qui suivaient un bombardement.

Elle était flambant neuve et immaculée, et Polly se doutait bien qu'elle venait tout droit du rayon « Vêtements de marque » de *Townsend Brothers* et qu'elle coûtait cinq livres pour le moins. Elle saisit la jupe, trop émue pour parler.

— Faites-lui savoir que c'est très gentil de sa part, finit-elle par articuler.

Marjorie acquiesça.

— Il lui arrive de se comporter presque comme un être humain, à l'occasion. Mais elle me fera la peau si je m'attarde plus longtemps.

Elle enleva la jupe à Polly et la déposa sur le dos d'une chaise.

— Y a-t-il autre chose que je pourrais faire pour vous ?

— Oui. Dites-lui que je suis prête à retourner à mon comptoir.

— Je ne le ferai sûrement pas. Vous n'avez pas retrouvé votre lucidité, et vous êtes blanche comme un linge. Et nous n'avons pas besoin d'héroïsme. On est chez *Townsend Brothers*, pas à Dunkerque. Maintenant, allongez-vous.

Polly s'exécuta, et Marjorie l'enveloppa dans une couverture.

— Interdiction de bouger !

Polly hocha la tête, et Marjorie se leva pour partir.

— Attendez ! s'exclama Polly en lui attrapant le poignet. Si quelqu'un demande si je travaille ici, vous lui indiquerez où je suis ?

— Bien sûr.

De nouveau, la vendeuse posait sur elle ce regard étrange.

— Et vous demanderez à Mlle Snelgrove si je peux revenir à mon étage cet après-midi ?

— Seulement si vous promettez d'essayer de dormir.

À peine sortie, Marjorie était de retour avec un sandwich et un verre de lait.

497

— Mlle Snelgrove dit que vous devez vous reposer jusqu'à 15 heures, et qu'elle verra à ce moment-là. Et aussi que vous devez manger quelque chose.

— D'accord, mentit Polly.

La seule idée de la nourriture lui donnait la nausée. Elle se rallongea et tenta de dormir comme on le lui avait ordonné, mais c'était impossible. Et si l'équipe de récupération n'interrogeait pas Marjorie sur sa présence ? Et s'ils parcouraient le rayon, comme de simples clients et, en son absence, concluaient qu'elle ne travaillait pas là et s'en allaient ? Elle envoya valser sa couverture, se leva, attrapa la jupe et se rendit aux toilettes pour se rafraîchir.

Son reflet dans le miroir l'horrifia. Pas étonnant que Mlle Snelgrove lui ait donné une jupe. La sienne n'était pas seulement sale et incrustée de poussière de brique, mais tout un pan en était tailladé. Elle avait dû s'accrocher sur une poutre déchiquetée. Pas étonnant non plus que tout le monde se montre si gentil : elle avait une mine de déterrée. Ses cheveux et sa figure étaient blanchis de plâtre, et ses joues striées par les larmes. Le sang de son genou avait dégouliné tout le long de sa jambe et coagulé sur ses bas déchirés. Les deux avaient de larges échelles, et plusieurs trous. Elle en lava le sang, mais ils restaient toujours aussi peu présentables, si bien qu'elle les enleva et les fourra dans son sac. Ça ferait l'affaire… les jeunes femmes étaient sorties jambes nues à cause de la pénurie de bas.

Non, cela s'était produit plus tard dans la guerre, pas en 1940. Marjorie ne se trompait pas, le jugement de Polly était obscurci. Elle devrait se cantonner à son comptoir et prier pour que les clients ne s'en aperçoivent pas.

Son chemisier n'était pas en trop mauvais état. Le manteau l'avait en partie protégé. Elle en frotta les traces autant qu'elle le put, enfila sa nouvelle jupe, se lava la figure et peigna ses cheveux. Il lui fallait un peu de rouge à lèvres – elle était si pâle –, mais après l'application elle se découvrit encore plus pâle. Elle effaça presque tout et se rendit à son comptoir.

— Que faites-vous là ? s'exclama Marjorie quand elle la vit. Il est seulement 14 heures ! Vous deviez vous reposer jusqu'à 15 heures.

— Mlle Snelgrove !

Elle avait appelé avant que Polly puisse l'en empêcher, et la chef de service accourait, l'air inquiète.

— Mademoiselle Sebastian, vous deviez vous reposer, désapprouva-t-elle.

— S'il vous plaît, laissez-moi rester.

— Je ne suis pas sûre, hésita-t-elle.

— Je me sens beaucoup mieux maintenant. Vraiment.

Polly tentait de trouver l'argument qui la convaincrait.

— Et M. Churchill assure que nous devons persévérer envers et contre tout, que nous ne devons pas baisser les bras devant l'ennemi.

— Très bien. Mais si jamais vous ne vous sentez pas bien ou si vous avez des vertiges…

— Merci, dit Polly d'un ton fervent.

Dès que Mlle Snelgrove eut ordonné à Marjorie de garder un œil sur elle et fut partie accueillir Mlle Toomley aux ascenseurs, Polly commença de scruter l'étage, à la recherche de quiconque pourrait appartenir à l'équipe de récupération.

Marjorie n'avait pas menti. Il n'y avait quasiment pas de clients, et ceux qui passèrent dans le courant de l'après-midi étaient des habitués : Mlle Varley, Mme Minnian et Mlle Culpepper. Laquelle voulut essayer des gants en peau de porc, puis se décida pour des gants en laine.

— Les journaux annoncent que l'hiver pourrait se révéler exceptionnellement froid, expliqua-t-elle.

*Vous ne vous trompez pas, ça se pourrait bien !* pensait Polly, qui ficelait les gants tout en surveillant les ascenseurs dans l'espoir que les flèches au-dessus des grilles s'arrêteraient sur le chiffre trois, que les portes s'ouvriraient et que l'équipe de récupération en sortirait.

Mais personne ne vint, et à 17 heures l'étage se vida. Il ne restait que Mlle Culpepper, qui avait aussi décidé d'acheter une chemise de nuit en flanelle et patientait au comptoir de Marjorie. Les autres filles rangeaient leurs boîtes ou s'appuyaient sur leur comptoir, l'œil rivé sur l'horloge qui surmontait les ascenseurs.

*Voilà pourquoi l'équipe de récupération n'est pas montée.* Parce que tout le monde regardait. Tout le monde les aurait vus sortir, aurait vu Polly courir pour les rejoindre, aurait vu le soulagement sur son visage.

*Ils attendent en bas que le magasin ferme de façon à pouvoir me parler tranquillement.*

Dès que la sonnerie de fermeture retentit, Polly se dépêcha de mettre manteau et chapeau, se précipita dans l'escalier et se rua dehors par la sortie des employés, mais personne ne l'attendait là.

*Ils sont devant, de l'autre côté.*

Elle se hâta de gagner les portes principales, mais elle n'y trouva que le portier, qui aidait une vieille femme à monter dans un taxi.

Il poussa la porte et parla au chauffeur. Le taxi démarra, et le portier se retourna vers Polly.

— Puis-je vous aider, mademoiselle ?

*Non, personne ne peut m'aider.* Où étaient-ils ?

— Merci, mais non, j'attends quelqu'un.

Il hocha la tête, effleura de la main sa casquette pour la saluer et rentra dans le magasin.

*L'équipe de récupération ne sait pas que* Townsend Brothers *ferme plus tôt.*

Polly regardait les clients se dépêcher de héler des taxis, les vendeuses et les liftiers s'écouler de l'entrée des employés et se hâter vers l'arrêt de bus ou les marches descendant à Oxford Circus.

*Voilà pourquoi ils sont en retard. Ils viendront à 18 heures.*

Mais alors que les minutes passaient, la peur qu'elle avait tenté de tenir à distance toute la journée commença de s'épaissir tel le brouillard la première nuit de sa mission.

*Où sont-ils ?*

La morsure du froid sur ses jambes nues la faisait frissonner.

Elle s'avança jusqu'au bord du trottoir et se pencha pour observer le haut de la rue.

*Que leur est-il arrivé ? Et s'ils ne se manifestaient pas du tout ?*

Une main se referma sur son bras.

— Vous voilà *enfin* ! dit Marjorie, à bout de souffle. Je vous ai cherchée partout. Pourquoi donc avez-vous filé comme ça ? Venez. Je vous emmène chez moi ce soir. Ordre de Mlle Snelgrove.

— Oh ! mais c'est impossible, déclara Polly.

Si l'équipe de récupération survenait…

— Vous ne pouvez pas retourner à votre pension puisqu'il n'y a plus personne là-bas. Mlle Snelgrove et moi, nous sommes d'accord sur le fait que vous ne devez pas rester seule.

— Il faut que je…

— Nous pourrons aller récupérer vos affaires plus tard. Ce soir, je vous prêterai une chemise de nuit, et demain nous irons ensemble voir si nous vous trouvons un autre logement.

— Mais…

— Il n'y a rien que vous puissiez faire ce soir. Et demain vous vous sentirez plus forte et tout sera plus facile. Demain, c'est dimanche. Nous aurons toute la journée pour…

*Dimanche…*

Polly se rappelait le pasteur et Mme Wyvern occupés à préparer la composition des fleurs pour l'autel. L'autel et l'église effondrée qui avaient réduit en bouillie sir Godfrey, Mlle Laburnum, Trot…

— Vous voyez ? dit Marjorie, qui lui prenait le bras. Vous n'êtes pas assez bien pour rester seule. Vous tremblez comme une feuille. Et j'ai promis à Mlle Snelgrove que je prendrais soin de vous. Vous ne voulez pas que je me fasse virer, n'est-ce pas ? (Elle lui adressa un sourire encourageant.) Venez. Il est plus de 18 heures. Mon bus va passer…

Plus de 18 heures et l'équipe de récupération n'était toujours pas là.

*Parce qu'ils ne viendront pas*, comprit Polly, qui considérait Marjorie d'un œil hébété. *Je suis piégée ici.*

— Je sais. C'est affreux, ce qui est arrivé, dit Marjorie avec empathie.

*Non, tu ne sais pas.*

Elle laissa pourtant Marjorie la guider jusqu'à l'arrêt de bus.

— Mlle Snelgrove a demandé que je vous prépare un bon repas chaud, continua la vendeuse alors qu'elles rejoignaient la queue. Et que je veille à ce que vous preniez une bonne nuit de sommeil. Elle vous aurait bien emmenée chez elle, mais sa sœur et sa famille se sont fait bombarder et ils habitent avec elle. Et moi j'ai plein de place. La fille avec qui je logeais est partie pour Bath. Ah ! parfait, voilà le bus.

Elle poussa Polly dans le véhicule encombré, puis vers un siège libre. Polly se pencha par-dessus la femme assise à côté d'elle pour observer *Townsend Brothers*, mais le trottoir du magasin était désert et, quand le bus passa devant *Selfridges*, l'horloge indiquait 18 h 15.

— Nous arriverons chez moi en un clin d'œil. Il n'y a que trois arrêts.

Cependant, dès que le bus eut dépassé Oxford Circus, il se rangea sur le côté et s'immobilisa. Le conducteur descendit.

— Déviation, expliqua-t-il en remontant. UXB.

Et il tourna dans une rue latérale, puis dans une autre, et une autre encore.

— Ah ! mince ! on aurait mieux fait de prendre le métro, se lamenta Marjorie, qui examinait Polly avec anxiété. Je suis désolée, Polly.

— Ce n'est pas votre faute.

Le bus s'immobilisa de nouveau. Le chauffeur échangea quelques mots avec un garde de l'ARP puis il se remit en route.

— Où diable allons-nous ? s'inquiéta Marjorie, qui se penchait par-dessus Polly pour regarder par la fenêtre. C'est ridicule, nous sommes presque au Strand. Nous n'arriverons jamais à la maison, à ce régime.

Elle tira sur le cordon pour demander l'arrêt.

— Venez, nous prenons le métro.

Elles descendirent dans une rue quasiment plongée dans les ténèbres. Polly pouvait apercevoir la flèche d'une église sur sa gauche, au-dessus des immeubles.

— Savez-vous où nous sommes ? interrogea-t-elle.

— Oui. Par là, c'est la station du Strand.

— La station du Strand ? répéta Polly.

Elle sentit ses jambes flancher de nouveau et se rattrapa au lampadaire qu'elles croisaient.

— Ce n'est pas loin, dit Marjorie, qui continuait d'avancer. Voilà la flèche de Saint-Martin-in-the-Fields, et après, c'est Trafalgar Square. J'espère que la ligne Piccadilly fonctionne. Elle a été touchée deux fois cette semaine. Hier, une bombe est tombée sur les voies entre... Polly, vous allez bien ? (Elle courut auprès d'elle.) Je suis tellement désolée. Je n'ai pas réfléchi. Je n'aurais pas dû parler de bombe...

Elle jeta des regards éperdus sur la rue désertée, en quête d'assistance.

— Là, asseyez-vous ici.

Elle conduisit Polly jusqu'à l'entrée d'un magasin et l'installa sur les marches qui menaient à la porte.

*Une porte. Comme c'est approprié. Mais ça ne sert à rien. Ça ne s'ouvrira pas. Mon point de transfert est hors service.*

— Y a-t-il quelque chose que je pourrais faire ? demanda Marjorie d'un ton anxieux. Dois-je aller chercher un docteur ?

Polly secoua la tête.

— Il ne faut pas désespérer, dit Marjorie, qui s'asseyait près d'elle et l'entourait de son bras. On finira par s'en sortir.

Polly secoua la tête.

— Je sais, cette horrible guerre a l'air de vouloir durer à jamais, mais elle s'arrêtera. Ce vieux débris d'Hitler sera vaincu et on triomphera.

*Tu as raison, c'est ce qui se passera.*

Elle leva la tête et regarda la flèche de Saint-Martin-in-the-Fields.

*Je le sais. J'étais à Trafalgar Square le jour où la guerre s'est terminée. Mais tu te trompes si tu penses que je m'en sortirai... à moins que l'équipe de récupération vienne me chercher avant la date limite. Un historien ne peut pas se trouver deux fois aux mêmes coordonnées temporelles. Et ils auraient dû être là hier. Hier ! C'est de voyage dans le temps qu'il s'agit.*

— Vous verrez, disait Marjorie en la serrant fort, à la fin, tout ira bien.

À l'est, une sirène se mit à hurler.

*Il arrive ! Il arrive !*

Hitler, parlant de lui et de son plan d'invasion
de la Grande-Bretagne, le 4 septembre 1940

## Hôpital des urgences de guerre, été 1940

Le patient secouait les barreaux au pied du lit de
Mike.

— Vite ! hurlait-il. Les Allemands arrivent ! C'est l'invasion ! Il faut sortir d'ici !

*Oh ! mon Dieu ! nous avons perdu la guerre. J'ai bel et
bien bouleversé les événements.*

— Quoi ? Que se passe-t-il ? demanda Fordham d'une
voix endormie.

— L'invasion a commencé ! s'exclama le patient.

Et les portes de la salle s'ouvrirent brutalement, mais
ce n'était que l'infirmière de nuit. Elle courut jusqu'au lit
de Mike et posa sa main sur le bras de l'homme.

— Vous ne devriez pas vous lever, caporal Bevins, dit-
elle d'un ton calme. Vous avez besoin de repos. Venez,
on retourne au lit.

— Impossible ! protesta Bevins, lui braquant sa lampe en plein dans les yeux. Ils marchent sur Londres. Nous devons avertir le roi.

— Oui, oui, quelqu'un préviendra Sa Majesté.

Elle lui prit gentiment la lampe de poche.

— Maintenant, on retourne au lit.

— Que se passe-t-il ? interrogea le patient couché de l'autre côté de Fordham.

— Les Allemands nous envahissent, lui répondit celui-ci. Encore une fois.

— Ah ! ça nous manquait sacrément, soupira le malade.

Il saisit son oreiller et se le colla sur la tête.

— Je dois rejoindre mon unité ! criait Bevins de plus en plus fort. Chaque homme compte.

— Psychose traumatique, expliqua Fordham à Mike. Ce sont les sirènes qui le mettent dans cet état. Troisième fois en quinze jours. (Il ferma les yeux.) Ce sera terminé dès que la sirène de fin d'alerte sonnera.

*Mais ce ne sera pas terminé pour moi*, se dit Mike, qui tentait de calmer son cœur battant à tout rompre. *Et s'ils nous envahissaient vraiment ? Et si tu lisais dans le journal, demain, que Churchill a été tué lors d'un raid sur un aérodrome ?*

La sirène de fin d'alerte fit entendre sa douce note régulière, aussi rassurante que la voix de sœur Gabriel, qui murmurait tout en raccompagnant Bevins à son lit, puis en le bordant :

— Il ne faut pas vous en faire pour ça. Essayez de dormir. Tout va bien.

*Vraiment ?*

Au matin, Mike demanda à Fordham de lui terminer la lecture du *Herald*. La RAF avait abattu seize avions et les Allemands seulement huit, mais cela ne prouvait rien. La RAF avait disposé de bien moins d'avions que la Luftwaffe, et Mike savait depuis ses cours de première année que les Anglais étaient passés à un cheveu de perdre la bataille d'Angleterre. Et la guerre.

Dans l'après-midi, une femme d'âge moyen en uniforme vert des WVS pénétra dans la salle. Elle poussait un chariot plein de livres et de magazines et Mike l'interpella et lui demanda si elle avait des journaux.

— Ah, oui ! pépia la volontaire, dont le badge indiquait qu'elle s'appelait Mme Ives. Lequel voudriez-vous ? L'*Evening Standard* ? Le *Times* ? Le *Daily Herald* ? Il a d'excellents mots croisés.

— Tous, répondit-il.

Et il consacra les jours suivants à les examiner pour y trouver le nombre d'avions abattus, qui était publié comme les scores du base-ball : Luftwaffe 19, RAF 6 ; Luftwaffe 12, RAF 9 ; Luftwaffe 11, RAF 8.

*Au diable les noms des petites embarcations ! J'aurais dû mémoriser les statistiques quotidiennes de la bataille d'Angleterre.*

Sans ces données, ces nombres ne signifiaient rien, même si leur importance pouvait inquiéter, et il entreprit fiévreusement de lire les autres nouvelles, en quête d'un élément différent, n'importe quoi qui apporte la preuve de la course inchangée des événements. Hélas ! il ne les connaissait que jusqu'à Dunkerque.

Les Allemands avaient-ils fait exploser un train civil ? Avaient-ils bombardé Douvres ? Hitler avait-il annoncé son intention de terminer la conquête de l'Angleterre d'ici la fin de l'été ?

Mike l'ignorait. La semaine suivante, il ne fut sûr que d'une chose, les nouvelles étaient toutes mauvaises : « Convoi coulé », « Les troupes britanniques se retirent de Shanghai », « Les terrains d'aviation subissent d'importants dommages ». Les choses s'étaient-elles vraiment si mal passées ou était-ce un signe que la guerre avait déraillé, et qu'il avait altéré le cours des...

— Vous ne devez pas vous tracasser au sujet de la guerre, lui dit sœur Carmody d'un ton sévère en confisquant l'*Express* qu'il était en train de lire. Ça n'est pas bon pour vous. Votre fièvre est remontée. Il faut concentrer toute votre énergie sur la guérison.

— C'est ce que je fais, protesta-t-il.

Elle avait dû ordonner à Mme Ives de ne plus lui donner le moindre journal parce qu'au moment où il lui demanda le *Herald*, le lendemain, la volontaire se mit à pépier :

— Que diriez-vous plutôt d'un bon livre. Je suis sûre que vous trouverez celui-ci très intéressant.

Et elle lui tendit une énorme biographie d'Ernest Shackleton.

Il la lut, après avoir calculé que sa bonne volonté persuaderait peut-être Mme Ives de céder et de lui passer un journal, et que même une biographie ennuyeuse serait préférable à rester allongé sur des charbons ardents, mais il ne fut pas payé de ses efforts. Shackleton et son équipage étaient tombés en panne en plein milieu de l'Antarctique sans aucun moyen de faire connaître leur position aux secours alors que l'hiver polaire s'apprêtait à refermer son étreinte sur eux. L'un des équipiers de Shackleton souffrait de gelures et ils avaient dû amputer la majeure partie de son pied.

Et même après que Mike eut fini le livre et qu'il eut menti à Mme Ives en assurant qu'il l'avait apprécié et qu'il se sentait beaucoup mieux, elle refusa encore de lui donner un journal. Il fallait pourtant qu'il s'en procure un de toute urgence parce qu'aujourd'hui c'était le 24 août, et ce jour était l'un des plus importants points de divergence de la guerre.

Mike en avait eu connaissance alors qu'il étudiait la théorie du voyage temporel. Deux pilotes de la Luftwaffe s'étaient perdus dans le brouillard et n'avaient pas réussi à trouver leur cible, si bien qu'ils avaient largué leurs bombes sur ce qu'ils pensaient être la Manche et qui était en fait Cripplegate, à Londres. Ils avaient touché une église et une vénérable statue de John Milton, tué trois civils et blessé vingt-sept autres, en conséquence de quoi Churchill avait ordonné le bombardement de Berlin, ce qui avait rendu Hitler tellement furieux qu'il avait arrêté la bataille contre la RAF et commencé à pilonner Londres.

Juste à temps. Il restait alors à la RAF moins de quarante avions et, si les pilotes ne s'étaient pas égarés, la Luftwaffe aurait pu balayer la totalité des forces aériennes subsistantes en deux semaines à peine (en l'espace de vingt-quatre heures, avaient assuré certains historiens). L'armée allemande serait ensuite entrée sans la moindre résistance dans Londres. Une fois débarrassé de la Grande-Bretagne, Hitler aurait pu concentrer toute sa puissance militaire sur la Russie, et les Russes n'auraient jamais tenu Stalingrad.

*« Parce qu'il manquait un clou… »*

Que Cripplegate soit bombardé ne suffirait pas à garantir que Mike n'avait pas modifié certains événements, mais cela prouverait qu'il n'avait pas fait sortir la guerre de ses rails, que l'Histoire maintenait son cap. La nouvelle ne serait pas publiée dans les journaux avant le lendemain, peut-être dans les dernières éditions le soir même. En revanche, les prévisions météorologiques s'y trouveraient. Mike pourrait au moins voir si l'on annonçait du brouillard. Pour l'instant, le ciel était dégagé.

*Le brouillard tombera en fin d'après-midi*, se dit-il, guettant avec anxiété l'arrivée de Mme Ives.

Elle ne vint pas. Fordham ne reçut pas son *Herald*, et le ciel était toujours dégagé quand sœur Gabriel ferma les rideaux de black-out.

*Même si le fait de sauver Hardy a réellement altéré les événements, cela ne peut avoir altéré le temps !*

Pourtant, dans les systèmes chaotiques, tout impactait tout de façon complexe et imprévisible. Si le battement d'ailes d'un papillon dans le Montana pouvait provoquer une mousson en Chine, alors sauver un soldat à Dunkerque pouvait modifier la météo du sud-est de l'Angleterre.

Aucune sirène ne retentit pendant la nuit et, le matin suivant, le ciel était toujours clair.

*Le brouillard n'a peut-être couvert que Londres...*

Quand sœur Gabriel lui apporta son petit déjeuner, il demanda :

— Que s'est-il passé, la nuit dernière ? J'ai cru entendre des bombes.

Il était impossible d'entendre une bombe s'écraser à Cripplegate depuis Douvres, mais il espérait qu'elle dirait : « Non, c'est à Londres que c'est tombé, cette nuit », puis qu'elle donnerait des détails.

Elle n'en fit rien. Elle lui adressa le regard dont elle gratifiait immanquablement Bevins et prit sa température. Après un coup d'œil au thermomètre, elle fronça les sourcils.

— Essayez de vous reposer !

Et elle le laissa, pétri d'anxiété, attendre Mme Ives. Et si la volontaire ne venait pas aujourd'hui ? Et si elle ne revenait plus jamais, comme M. Powney ?

Elle revint, mais tard dans l'après-midi.

— J'étais au premier étage depuis hier matin, expliqua-t-elle. Pour aider le personnel avec les nouveaux patients. Presque une dizaine de pilotes. L'un d'eux a fait un atterrissage d'urgence et il... (Elle s'arrêta au milieu de sa phrase.) Ah ! mais vous n'avez pas envie qu'on vous embête avec ça. Que diriez-vous d'un bon livre ?

— Non, lire des livres me donne mal à la tête. Puis-je avoir un journal ? S'il vous plaît.

— Ah ! vraiment, je ne devrais pas. Les infirmières ont dit que vous ne devez rien lire de perturbant...

*Perturbant.*

— Je ne veux pas lire les nouvelles de la guerre, je veux juste faire les mots croisés.

— Ah ! fit-elle, soulagée. Alors, dans ce cas...

Elle lui tendit le *Herald* et un crayon jaune et se tint à son côté pendant qu'il ouvrait le journal à la page des mots croisés. Il allait au minimum devoir faire semblant de s'y mettre. Il commença de lire les définitions.

Six horizontal : « L'homme entre les deux collines est un sadique. »

*Quoi ?*

Quinze horizontal : « Ce signe du zodiaque n'a aucune connexion avec les poissons. »

Quelle sorte de définitions était-ce donc ? Il avait déjà fait des mots croisés quand il étudiait l'histoire des jeux, mais il s'agissait de définitions faciles à trouver comme « monnaie espagnole » et « oiseau des marais » au lieu de « ceux qui sont bien élevés les aident sur les échaliers ».

— Avez-vous besoin d'aide ? demanda gentiment Mme Ives.

— Non.

Il remplit en vitesse les premières cases vides avec une série de lettres choisies au hasard. Mme Ives poursuivit sa visite de la salle avec son chariot. Dès qu'elle l'eut quitté, Mike sauta en première page. « Une église bombardée à Londres » titrait la une. « Trois morts, vingt-sept blessés ». Suivait une photo de l'église Saint-Giles à Cripplegate, à demi détruite, que complétait la statue renversée de Milton.

*Dieu merci !*

Mais il ne pourrait avoir de certitude avant de voir quelle avait été la réponse à ce bombardement, ce qui signifiait qu'il faudrait convaincre Mme Ives de continuer à lui donner le journal.

Quand il le lui demanda le jour suivant, elle s'exclama :

— Tiens, les mots croisés vous ont fait le plus grand bien ! Vous avez meilleure mine.

Et elle lui tendit l'*Express* sans discussion.

Le 27 août, la une titrait : « La RAF bombarde Berlin ! », et le jour suivant : « Hitler promet de venger le bombardement de Berlin ». Mike poussa un énorme soupir de soulagement.

Mais alors, s'il n'avait pas modifié le cours des événements, qu'était-il arrivé à l'équipe de récupération ?

*Ils ne savent pas où je suis…*

C'était la seule explication possible. Mais pourquoi ? Même s'ils n'avaient rien trouvé à Saltram-on-Sea, ils connaissaient son intention de se rendre à Douvres. Ils auraient quadrillé la ville, contrôlé le poste de police et la morgue et tous les hôpitaux. Combien y en avait-il ? Mike n'avait pas pu faire de recherches à ce sujet parce qu'il avait perdu un après-midi entier à attendre Dunworthy.

— Il y a combien d'hôpitaux, ici ? demanda-t-il à sœur Gabriel quand elle lui apporta son médicament.

— Ici ? répéta-t-elle, l'air ébahi. En Angleterre ?

— Non. Ici, à Douvres.

— Eh bien, on peut dire que vous êtes à côté de la plaque ! lâcha Fordham depuis son lit. Vous n'êtes pas à Douvres.

— Pas à… Où suis-je ? Dans quel hôpital ?

— L'hôpital des urgences de guerre, répondit sœur Gabriel. À Orpington.

## Londres, le 10 septembre 1940

Eileen ne réussit pas à gagner Londres avec les enfants avant 14 heures le lendemain, après avoir été baladée de bus en train et en bus de nouveau et, quand elle y parvint, plus de la moitié de l'argent du pasteur s'était envolée en sandwichs et en orangeades, et ses ultimes réserves de patience à l'égard des Hodbin s'étaient taries.

*Je les restitue à leur mère, et ensuite je ne veux plus jamais les revoir*, se disait-elle quand ils atteignirent enfin la gare d'Euston.

— Quel bus doit-on prendre pour se rendre à Whitechapel ? demanda-t-elle au garde de service à la gare.

— Stepney, c'est plus près que Whitechapel, affirma Binnie. Tu devrais lourder Theodore en premier, et nous après.

— Je vous raccompagne d'abord chez vous, Binnie.

— *Pas* Binnie. J't'ai *déjà* dit, non ? Mon nom, c'est Spitfire ! Et puis la daronne, elle s'ra même pas là.

513

— Et si tu fais Theodore en premier, renchérit Alf, on t'aidera pour trouver sa rue. Toute seule, tu t'perdras, c'est sûr.

— Je veux pas aller…, commença Theodore.

— Plus un mot, les interrompit Eileen. Ni de l'un, ni des autres. On va à Whitechapel. Quel bus faut-il prendre pour aller là-bas ?

— Je suis pas sûr que vous puissiez arriver jusque-là, mademoiselle, répondit le garde. Ils ont encore cogné dur, la nuit dernière.

— Quand j'te disais qu'y fallait aller à Stepney ! s'exclama Binnie.

— C'était quoi, comme bombardiers ? s'enquit Alf.

— Chh ! fit Eileen.

Elle demanda le numéro du bus. Le garde le lui donna avant d'ajouter :

— Mais je crois pas qu'ils fonctionnent. Et, même s'ils roulaient, les rues seront bloquées.

Il ne se trompait pas. Ils durent emprunter trois bus différents, puis descendre et marcher, et quand ils parvinrent à Whitechapel, il était 16 h 30. Le quartier semblait sorti d'un conte de Dickens : venelles étroites et sombres et rangs serrés de maisons mitoyennes branlantes et noircies de suie. Un voile de fumée couvrait la zone et, plus loin, Eileen apercevait des flammes. À l'idée d'abandonner Alf et Binnie dans ces lieux, elle ressentit un fort sentiment de culpabilité, qui ne fit que croître lorsqu'elle découvrit un logis qui avait été bombardé. L'un des murs était encore debout, des rideaux pendant aux fenêtres explosées, mais le reste n'était plus qu'une montagne de poutres et de plâtre. Une chaise de cuisine renversée dépassait en partie des décombres, et Eileen remarqua une chaussure et de la vaisselle cassée.

Alf siffla.

— Zieute-moi ça !

Malgré la corde interdisant l'accès, il aurait grimpé sur l'amas si Eileen ne l'avait rattrapé par le col de sa chemise.

Il y eut un autre tas de gravats au coin de la rue puis, au bout de l'artère suivante, les squelettes noircis d'une ligne entière de maisons.

*Et si, en y arrivant, on s'aperçoit que le logement des Hodbin a été bombardé ?* s'inquiéta Eileen mais, quand ils tournèrent dans Gargery Lane, tout était intact, même si les maisons donnaient l'impression qu'une seule poussée un peu puissante suffirait à les flanquer par terre, alors une bombe...

— On peut s'démerder pour rentrer, maint'nant, annonça Alf. T'as pas besoin de nous tenir la main.

Eileen était fortement tentée, mais elle avait promis au pasteur qu'elle remettrait les Hodbin à leur mère en mains propres.

— Laquelle est la vôtre ? interrogea-t-elle.

Alf montra joyeusement la maison la plus délabrée de toutes.

Et ce devait bien être la leur parce qu'après les coups d'Eileen à la porte d'entrée, la femme qui ouvrit grogna :

— J'croyais qu'vous aviez débarrassé le plancher. Vous approchez pas de ma Lily.

Quand Eileen demanda si Mme Hodbin était chez elle, la femme renifla de mépris.

— *Mme* Hodbin ? Ça, c'est un peu fort ! Elle est pas plus dame que j'suis la reine.

— Savez-vous quand elle rentrera ?

Elle secoua la tête.

— Elle est pas rentrée de toute la nuit d'hier.

*Oh non !* Et si elle s'était fait tuer par le bombardement ?

Cependant, ni cette femme ni les Hodbin ne semblaient inquiets.

— J'te l'avais dit, qu'tu ferais mieux d'lourder Theodore en premier.

— J'ai ramené Alf et Binnie chez eux..., commença Eileen.

— Spitfire, corrigea Binnie.

— Alf et sa sœur depuis le Warwickshire, pour le Comité d'évacuation, précisa Eileen. Puis-je les laisser avec vous jusqu'au retour de leur mère ?

— Ah, non ! Vous allez pas vous débarrasser d'eux comme ça. Et puis, si ça se trouve, elle s'est encore tirée avec un soldat, et je fais quoi, moi, après ?

*Tu fais comme moi.*

— Bon. Y a-t-il quelqu'un d'autre qui pourrait prendre en charge…

— On est pas des marmots, protesta Alf.

— On peut rester tout seuls jusqu'au retour de maman, renchérit Binnie. Si cette vieille vache nous file notre clé…

— Une bonne raclée, c'est ça que j'vais te coller. Et à ton satané frère aussi. Et si j't'avais pondu, t'hériterais de bien pire. (Elle menaça Eileen de son poing.) Et vous, essayez pas de me planter en les laissant ou j'appelle la police !

Et elle leur claqua la porte au nez.

— Même pas peur d'sa police ! clama Alf d'un ton résolu.

— Et on a pas besoin d'sa clé, renchérit Binnie. On sait des tas d'façons d'entrer qu'cette vieille vache connaît pas.

*Je veux bien le croire !*

— Non, j'ai promis au pasteur que je vous remettrais à votre mère. Venez, nous allons à Stepney.

*Et, s'il vous plaît, faites que la mère de Theodore soit chez elle !*

Elle était absente. Quand ils atteignirent Stepney, après un périple encore plus long, tissé et retissé de détours multiples, sa voisine, Mme Owens, leur apprit :

— Elle est partie pour son service de nuit. Vous l'avez juste manquée.

*Oh non !*

— Quand pensez-vous qu'elle rentrera ?

— Pas avant le matin. Ils font double poste, à l'usine.

*De mieux en mieux !*

— Mais Theodore est le bienvenu pour passer la nuit avec moi, offrit Mme Owens. Avez-vous pris votre thé ?

— Non, répondit Binnie, véhémente.

— On est plus qu'à moitié morts de faim, ajouta Alf.

— Oh ! mes pauvres agneaux, compatit-elle.

Et elle insista pour leur faire des toasts au fromage et pour verser à Eileen une tasse de thé.

— La mère de Theodore sera si contente de le voir. Elle s'est fait tellement de souci, avec tous ces bombardements. Elle l'attendait depuis hier après-midi.

Elle écouta Eileen raconter ce qui leur était arrivé, gloussant avec bienveillance. C'était merveilleux d'être assis dans cette cuisine chaude et bien rangée, mais il se faisait tard.

— Nous devons partir, indiqua Eileen quand Mme Owens lui proposa une deuxième tasse de thé. Je dois ramener Alf et Binnie chez eux, à Whitechapel.

— Ce soir ? C'est impossible. Les alertes vont se déclencher d'une minute à l'autre. Il faut repousser leur retour à demain.

— Mais…, balbutia Eileen.

À l'idée de se remettre en route avec les Hodbin pour trouver un hôtel – et à quel prix ! –, son courage vacilla. D'ailleurs, pouvait-on en dénicher à Stepney ?

— Vous devez tous rester ici, déclara Mme Owens.

Eileen lâcha un soupir de soulagement.

— La mère de Theodore m'a donné sa clé. Je vous garderais bien chez moi, mais il n'y a pas d'Anderson, seulement ce cagibi.

Elle montrait une porte étroite sous l'escalier.

*De quoi parle-t-elle ?* se demandait Eileen alors qu'elle la suivait jusqu'à la maison voisine, les enfants derrière elle. *Et qui est cet Anderson ?*

— Les enfants peuvent dormir ici, dit Mme Owens, qui les guidait vers le salon. Comme ça, vous n'aurez pas besoin de les faire descendre de l'étage.

Elle ouvrit un placard à linge et leur tendit des couvertures.

— C'est un peu humide pour mes vieux os. Voilà pourquoi je n'en ai pas installé. Quoique, sortir dans son jardin de derrière, c'est mieux que de faire tout ce chemin jusqu'à Bethnal Green dans le black-out. Il y a deux nuits, quand les sirènes ont sonné, ma voisine, Mme Skagdale, est tombée du trottoir et elle s'est cassé la cheville.

*Les raids aériens*, comprit Eileen. *Elle parle des raids aériens.*

Et un Anderson était une sorte d'abri. Elle n'avait fait aucune étude sur les refuges. La raison majeure de l'évacuation des enfants à Backbury avait été de leur épargner tout besoin des abris antiaériens. Mme Owens avait indiqué qu'il se trouvait dans le jardin de derrière. Pendant qu'elle montait chercher des oreillers à l'étage avec les enfants, Eileen sortit en courant le repérer.

D'abord, elle n'y réussit pas, puis elle s'aperçut qu'il s'agissait du gros tas de terre herbue qui jouxtait la barrière du fond. C'était une hutte en tôle ondulée que l'on avait enfouie en partie, puis autour de laquelle, sur trois côtés, on avait empilé de la terre. On en avait aussi entassé sur le toit voûté. De l'herbe poussait au sommet.

*On dirait une tombe.*

Le côté qui n'avait pas été tapissé de terre était percé d'une porte en métal. Elle l'ouvrit. Mme Owens avait raison. Ça sentait l'humidité. Eileen scruta l'obscurité, mais elle était trop dense pour discerner quelque chose.

*Il faut que je demande si Mme Willett dispose d'une lampe de poche.*

Elle rentra dans la maison, où elle trouva Alf et Binnie en pleine bataille d'oreillers.

— Arrêtez ça immédiatement, et enfilez vos pyjamas.

Elle pria Mme Owens de les excuser et la questionna au sujet de la lampe électrique. Mme Owens en dénicha une, ainsi qu'une boîte d'allumettes.

— Pour la tempête, expliqua-t-elle en termes sibyllins.

Puis elle fit promettre à Eileen de frapper à sa porte si elle avait besoin d'autre chose.

— Devrais-je emmener tout de suite les enfants dans l'Anderson ? interrogea Eileen avec anxiété alors qu'elle sortait.

— Oh non ! Vous aurez tout le temps après le début de l'alerte. Un quart d'heure au moins. (Elle regarda le ciel qui s'assombrissait.) Si elles se déclenchent. J'ai la prémonition qu'Hitler leur a dit de rester chez eux pour ce soir.

*Parfait.*

Eileen rentra séparer Alf et Binnie qui se disputaient le privilège de dormir sur le sofa. Elle attacha ensemble les rideaux de black-out, aida Theodore à enfiler son pyjama, puis les conduisit tous en procession aux toilettes de l'étage avant de les ramener dans le salon, attribua le canapé à Theodore – « parce que c'est sa maison, Alf ! » –, prépara deux couches sur le plancher pour les Hodbin, plaça la lampe de poche à côté de la porte de derrière, éteignit la lumière et s'assit sur le fauteuil rembourré, guettant le bruit des sirènes, espérant qu'elle le reconnaîtrait quand elle l'entendrait. Elle n'avait pas davantage étudié les sirènes. Ni les bombes.

Elle venait juste de décider qu'elle pouvait enlever ses chaussures sans risque lorsqu'elle entendit sonner l'alerte puis, avant qu'elle ait eu le temps de se rechausser, le bourdon menaçant d'avions en approche. Suivi de près par l'écrasement lointain d'une bombe.

— Binnie ! Alf ! Réveillez-vous ! Il faut aller dans l'Anderson.

— C'est un raid ? interrogea Alf, instantanément en état d'alerte.

Il bondit et se tint immobile, regardant le plafond, à l'écoute.

— C'est un Heinkel 111.

— Tu pourras faire ça dans l'Anderson. Dépêche-toi. Emporte ta couverture. Theodore, debout !

Theodore se frotta les yeux, tout endormi.

— Je veux pas aller dans l'Anderson.

*Évidemment.*

Elle l'enveloppa dans sa couverture et le prit dans ses bras. Il y eut un « boum », puis un autre, beaucoup plus fort.

— Ils s'amènent ! jubila Alf.

— On y va. Vite ! dit Eileen, qui tentait de contenir la panique dans sa voix. Binnie, apporte-moi la torche.

— Mon nom, c'est *Spitfire*.

— *Apporte-moi* la torche. Alf, ouvre la porte… Non, éteins la lumière d'abord.

Elle saisit l'appareil électrique et les allumettes que lui tendait Binnie, et ils coururent dans l'herbe. Le faisceau de la lampe éclairait un chemin tremblotant devant eux.

— L'ARP aura ta peau passque t'as montré d'la lumière, prévint Alf. T'iras en tôle.

Binnie atteignit l'Anderson la première. Elle poussa la porte basse, descendit à l'intérieur et ressortit immédiatement.

— C'est mouillé !

— Entre, ordonna Eileen. Tout de suite !

Elle la projeta à travers la porte. Puis elle empoigna Alf, qui se tenait debout dans l'herbe et observait le ciel obscur, et le força à franchir le seuil avant de descendre à son tour derrière lui. Dans dix centimètres d'eau glaciale.

*C'est inondé !*

Elle attrapa la torche, la dirigea sur le liquide à ses pieds, puis le long des murs pour vérifier si l'eau provenait de quelque part. Ainsi, c'était ce que le mot « humide » signifiait pour la voisine…

— Mes grolles et mes fumantes sont à tordre, se plaignit Binnie.

— Je veux rentrer *dans la maison*, dit Theodore.

— On ne peut pas, pas tant que le raid n'est pas fini.

Eileen devait crier pour se faire entendre malgré le bruit des bombes et des Heinkel 111, et de tous ces avions qui les survolaient avec leurs grondements terribles. Fermer la porte permettrait peut-être de les protéger un peu de ce vacarme ? Elle tendit la torche à Binnie, tira le panneau de métal et le boucla.

Cela ne fut d'aucun secours. Le toit courbe en tôle ondulé semblait magnifier et réverbérer les sons, comme s'ils avaient été hurlés dans un mégaphone. Comment des gens avaient-ils pu dormir là-dedans ? Elle récupéra la torche et en balaya le faisceau à la ronde. Deux couchettes superposées très étroites se faisaient face, dotées d'étagères à leur tête du côté de la porte. Sur l'une d'elles trônait une lampe à huile coiffée d'un globe en verre.

*La tempête !* comprit Eileen.

Elle hissa Theodore sur l'une des couchettes hautes avant de patauger pour atteindre la lampe et l'allumer. Elle diffusait une lumière vague et misérable.

— Ah ! s'écria Binnie en pointant son doigt sur l'eau. Y a des *araignées* !

— *Où ça ?* s'affola Theodore.

— Dans la flotte.

Eileen replaça le globe sur la flamme et éteignit la torche.

— Tout va bien. Elles se sont toutes noyées.

— *Noyées ?* gémit Theodore.

— Moi, j'dis qu'la flotte elle monte, assura Binnie.

— Non, elle ne monte pas, la contra Eileen. Grimpez sur vos lits. Binnie, tu prends celui-là.

Elle désigna l'une des couchettes basses.

— Alf, tu grimpes au-dessus.

— Je veux rentrer dans la maison, j'ai froid, se plaignit Theodore.

— Voilà ta couverture.

Eileen la lui tendit, mais elle dégoulinait. L'extrémité avait dû traîner dans l'eau. Elle enleva son manteau et l'enroula autour de lui.

— Y a pas de place, ici, grogna Binnie depuis sa couchette. J'peux même pas m'asseoir.

— Alors allonge-toi et dors !

— Avec tout ce raffut là-haut ? protesta Alf.

Il marquait un point. Les bruits de moteur et d'explosions gagnaient en force. Il y eut un « whoosh » suivi
d'une déflagration qui secoua l'Anderson. La lampe-
tempête vacilla.

— On va se noyer ? demanda Theodore.

*Non, on va se faire déchiqueter en mille morceaux.*

Et Binnie avait raison, il n'y avait pas de place dans ces
couchettes. Eileen se tapit sur la plus basse, frissonnant,
ses pieds glacés par ses bas mouillés blottis sous elle.

*J'aurais dû frapper à la porte de Mme Owens et partir*
*en courant en les plantant tous là*, se disait-elle en claquant des dents. *Je serais de retour à la maison, mainte-*
*nant.*

— Faut que je retourne pisser, annonça Alf.

*Pensez aux blessés*

Affiche du gouvernement, 1940

## Hôpital des urgences de guerre, août 1940

Mike dévisageait sœur Gabriel.

— Je suis à Orpington ? répéta-t-il d'un air hébété.

Orpington se trouvait juste au sud de Londres. À des *kilomètres* de Douvres.

— Oui. On vous a transféré de Douvres pour vous opérer, expliqua sœur Gabriel.

— Quand ?

— Je ne suis pas sûre.

Elle souleva la feuille des températures pour regarder.

— Moi, je le suis, intervint Fordham. C'était le 6 juin.

*Le jour J ! Oh ! mon Dieu ! on est en 1944. Je suis là depuis quatre ans.*

— Je m'en souviens parce que c'était seulement deux jours après mon admission, continua Fordham, et les infirmiers cognaient sans arrêt dans mes fils de traction pendant qu'ils vous mettaient au lit.

— Oui, le 6, confirma sœur Gabriel après un coup d'œil à la feuille.

Et il était évident que cette date n'avait aucune signification pour eux. On n'était pas en 1944, mais toujours en 1940. Dieu merci ! Le 6 juin. Il avait donc été amené ici une semaine après Dunkerque et, le temps que l'équipe de récupération parle au capitaine puis vienne le chercher à Douvres, il était déjà parti depuis longtemps, et sans identité qui permette de retrouver sa piste.

*Voilà pourquoi l'équipe n'est pas là*, pensa-t-il avec jubilation. *Je dois leur faire savoir où je suis.*

Il envoya valser ses couvertures afin de sortir de son lit.

— Eh bien, qu'êtes-vous en train de faire ? s'exclama Fordham, alarmé.

Sœur Gabriel se précipita pour l'arrêter.

— Ah ! il ne faut pas essayer de vous lever ! déclara-t-elle en appuyant sa main sur sa poitrine. Vous êtes encore bien trop faible. (Elle rabattit les couvertures.) Que se passe-t-il ? Vous rappelez-vous quelque chose sur votre arrivée chez nous ?

— Non, je… je n'avais pas compris que je n'étais plus à Douvres.

— Cela doit être difficile d'être privé de mémoire, dit sœur Gabriel avec compassion. Pourriez-vous avoir volé dans la RAF ?

*Oh non !* Son implant L-et-A avait-il de nouveau cessé de fonctionner ?

— Il y a beaucoup d'aviateurs américains dans la RAF, poursuivait-elle. Vous pourriez avoir été abattu, et cela expliquerait comment vous vous trouviez dans l'eau.

Mike secoua la tête, les sourcils froncés.

— Tout est si flou.

— Ce n'est pas grave. Vous êtes dans de très bonnes mains, ici. (Elle lui tend ses mots croisés et son crayon.) Et vous y êtes beaucoup plus en sécurité qu'à Douvres.

*Non, ce n'est pas vrai. Et il faut que je communique avec eux.*

Mais comment ? Il ne pouvait pas envoyer un télégramme en 2060. Le seul moyen de communiquer avec Oxford, c'était par le point de transfert et, s'il pouvait l'atteindre pour envoyer un message, il n'aurait plus besoin de cet envoi. Il pourrait traverser lui-même.

Il essaya de deviner ce que l'équipe de récupération avait fait quand elle n'avait pas réussi à le trouver à Douvres. Ils avaient dû retourner à Saltram-on-Sea. Le village et le capitaine étaient leur seule piste.

*Je dois faire savoir au capitaine où je suis pour qu'il puisse le leur indiquer.*

Mais comment ? Le capitaine n'avait évidemment pas de téléphone, ou il ne se serait pas servi de celui de l'auberge pour appeler l'Amirauté.

*Peut-être pourrais-je appeler le pub et laisser un message à la serveuse ?*

Quel était son nom ? Dolores ? Deirdre ? Il ne pouvait décemment pas téléphoner et demander la brunette qui avait le don de vous aguicher en vous jetant des œillades par-dessus son épaule, pas avec son père à proximité. Et de toute façon, il aurait parié qu'elle oublierait de délivrer le message. Elle n'avait pas été capable de se rappeler que le capitaine possédait une voiture, alors même que Mike en avait désespérément besoin.

Peut-être pourrait-il envoyer un télégramme au capitaine ? Mais il n'avait aucune idée de la façon de procéder. Et pas d'argent. S'il priait Fordham ou l'une des infirmières d'en envoyer un à sa place, ils concluraient qu'il avait retrouvé la mémoire et lui poseraient toutes sortes de questions gênantes.

*Peut-être puis-je demander à Mme Ives. Elle ignore que je suis censé souffrir d'amnésie. Fordham descend en radiologie cet après-midi. J'en profiterai pour la solliciter.*

Mais quand elle arriva, Fordham était encore là.

— Vous faut-il autre chose ? s'enquit la volontaire avec entrain après qu'elle eut donné son journal à Mike.

*Oui, qu'un brancardier vienne chercher Fordham.*

— Voulez-vous m'aider pour cette définition des mots croisés ? interrogea-t-il, choisissant au hasard. « Mont où le PM va tous les dimanches matin. » Neuf lettres. Je ne trouve pas.

— Ah ! c'est Churchill.

— Churchill ?

— Oui, notre nouveau Premier ministre.

Le brancardier arrivait enfin avec le lit à roulettes. Assisté par l'infirmière, il entreprit de décrocher Fordham de ses poulies.

— Mais comment Churchill est-il le nom d'un mont ?

— Un mont, c'est une colline : *« hill »*.

— Attention ! s'exclama Fordham alors qu'ils le basculaient sur le lit à roulettes. Ne me… Bon Dieu de bon Dieu !… Excusez-moi, Mme Ives !

— Pas de souci, je vous comprends, répondit-elle avant de revenir aux mots croisés. Et l'endroit où l'on va le dimanche matin, c'est une église : *« church »*. Ensemble, cela s'épelle : *« church – hill »*, Churchill.

— Ainsi, les définitions sont des devinettes ?

Mme Ives acquiesça.

Fordham poussa un cri de douleur.

— Désolé, juste un élancement temporaire. En route, chauffeur ! Destination : le studio du photographe !

Et le garçon fut enfin véhiculé vers les doubles portes de la salle.

— J'ai besoin de faire passer un message à quelqu'un, annonça Mike dès que le lit roulant fut hors de portée de voix. Et je me demandais si vous pourriez…

— Écrire une lettre pour vous ? J'en serais ravie.

Elle se mit à préparer du papier à lettres sur son chariot.

— Non, je voulais envoyer un télégramme…

— Oh là là ! non ! Les télégrammes sont de si terribles messagers ! Ils apportent toujours de mauvaises nouvelles, et encore plus en ce moment, avec la guerre. Vous ne voulez pas terroriser la pauvre personne à qui vous écrivez ? Une lettre, c'est beaucoup mieux. (Elle prit un stylo-plume.) Je serai très heureuse de la poster pour vous.

— Mais je dois avertir cette personne tout de suite…

— Une lettre sera presque aussi rapide qu'un télégramme.

Elle s'assit à côté du lit.

— Alors, à qui l'envoyons-nous ?

— Je peux l'écrire moi-même. J'ai juste besoin…

— Oh ! cela ne me dérange pas. C'est ma façon à moi de participer à l'effort de guerre. Et il ne faut pas vous fatiguer. Vous devez conserver toutes vos forces pour votre convalescence.

Mike n'avait pas le temps d'argumenter. Fordham pouvait remonter d'un instant à l'autre.

— Cela s'adresse au capitaine Harold, indiqua-t-il.

Elle transcrivit : « Cher capitaine Harold », d'une écriture soignée, en pattes de mouche.

— « Je suis à l'hôpital des urgences de guerre à Orpington, dicta Mike. On m'a déplacé ici pour opérer mon pied. »

Et maintenant, quoi ? Il devait rédiger ce courrier sans révéler qu'il avait simulé l'amnésie ou qu'il était un civil. Si on le découvrait et le transférait dans un autre hôpital, cela rendrait sa lettre inutile.

Mme Ives le regardait d'un air impatient.

— Je suis trop fatigué pour continuer, annonça-t-il en frottant sa main sur son front. Laissez-la-moi, je finirai plus tard.

— Je reviendrai avec plaisir, déclara-t-elle.

Elle plia la lettre et la glissa dans sa poche.

Non, Fordham serait de retour et il les entendrait.

— Ajoutez juste : « Merci de m'écrire », termina Mike.

Le plus important était de faire savoir au capitaine où il se trouvait. Avec un peu de chance, il lui répondrait et lui dirait si quelqu'un était passé et l'avait demandé.

— Et signez : « Mike Davis ».

Elle s'exécuta, plia la lettre en trois, la plaça dans l'enveloppe, lécha le rabat, détacha un timbre d'une feuille, le lécha aussi et le colla au coin de l'enveloppe. Il valait mieux qu'elle ait rédigé ce courrier pour lui parce qu'il n'aurait pas eu la moindre idée des procédures pour coller une enveloppe ou le timbre. Elle écrivit le nom de Mike et l'adresse de l'hôpital dans le coin gauche, et « Capitaine Harold » au centre.

— Quelle est l'adresse du capitaine ? interrogea-t-elle.

— J'ai besoin de votre aide pour la trouver. Il habite un village qui se nomme Saltram-on-Sea. Dans le Kent. Ou peut-être le Sussex.

— Le postier le saura. Saltram-on-Sea suffira pour que la lettre lui parvienne.

Elle écrivit « Saltram-on-Sea », et dessous : « Angleterre », avant de la mettre dans la poche de son uniforme.

— Je la posterai ce soir en partant.

*J'espère qu'elle maîtrise ce qu'elle fait.*

— Combien de temps pour qu'elle arrive, à votre avis ?

— Oh ! elle devrait être distribuée avec le courrier de demain matin, quoique, avec la guerre, on ne peut jurer de rien. Elle pourrait n'arriver qu'avec le courrier de l'après-midi mais, dans tous les cas, elle sera là-bas demain.

Elle y serait donc mercredi ou, puisqu'il n'avait pas l'adresse du capitaine, plus probablement jeudi. L'équipe de récupération devrait se présenter vendredi. Il avait intérêt à faire de son mieux pour guérir, et vite, de façon qu'ils puissent l'évacuer sans avoir à voler un brancard et une ambulance. Dans ce dessein, Mike se força à manger tout ce qui se trouvait sur son plateau, et s'entraîna à rester assis dans son lit plus de cinq minutes d'affilée.

C'était plus difficile qu'il ne s'y était attendu. Il se sentait incroyablement faible, et même essayer de s'asseoir sur le bord de son lit le trempait de sueur.

— Les poumons sont encore encombrés, indiqua le docteur après avoir écouté sa respiration. Comment va la mémoire ? Quelque chose vous revient ?

— Des petits bouts, répondit Mike avec prudence.

Mme Ives lui avait-elle parlé de la lettre ?

Apparemment pas, à en juger par ce qu'il dit ensuite :

— Ne forcez pas. Allez-y doucement. Pareil quand vous tentez de vous lever. Je ne tiens pas à ce que vous fassiez une rechute.

Quand sœur Carmody vint prendre sa température, elle lui apprit que le médecin lui avait reproché d'avoir autorisé Mike à s'asseoir.

— Il dit que vous ne devez pas vous lever avant la semaine prochaine.

*D'ici là, je serai de retour à Oxford.*

Pourtant, vendredi, il n'y avait toujours aucun signe de l'équipe ni de lettre.

— Il doit y avoir eu du retard, avança Mme Ives. La guerre, vous savez. Je suis sûre qu'elle arrivera demain.

Mais il n'y avait rien non plus au courrier du samedi matin. De toute évidence, Mme Ives s'était trompée, et l'adresse : « Saltram-on-Sea, Angleterre » ne suffisait pas. Mike allait devoir envoyer une seconde lettre et se débrouiller pour que Mme Ives lui trouve le comté, cette fois-ci.

— Au lieu de vous répondre, lui dit-elle, il a peut-être programmé de venir vous voir ce week-end.

Cette éventualité n'avait pas effleuré l'esprit de Mike.

*Seigneur !* L'idée du capitaine entrant dans l'hôpital à grand fracas et annonçant aux infirmières qu'il était un journaliste américain !…

*Je dois leur dire que j'ai retrouvé la mémoire.*

— Quelles sont les heures de visites pendant le week-end, Mme Ives ?

— De 14 heures à 16 heures, aussi bien aujourd'hui que demain.

Il n'aurait pas le temps de simuler un retour de sa mémoire par petits bouts. Elle devait lui revenir d'un seul coup.

*Il faudra prétendre que son retour a été déclenché par quelque chose.*

Dès que Mme Ives eut quitté la pièce, il se plongea dans le *Herald*, en quête d'une nouvelle qui pourrait avoir servi de détonateur. « Aérodrome bombardé », « Les Londoniens s'entraînent contre les attaques aux gaz », « L'invasion pourrait être imminente ». Hélas ! rien sur Dunkerque ou les Américains. Il feuilleta les pages intérieures. Une publicité pour *John Lewis*, des faire-part de décès, de mariage : « Lord James et lady Emma Siston-Hughes annoncent les fiançailles de leur fille Jane… »

*Jane. Parfait…*

Il fit semblant de lire pendant quelques minutes, puis actionna la sonnette d'un air excité.

— Qu'y a-t-il ? demanda Fordham. Quelque chose ne va pas ?

— Je me rappelle qui je suis.

Mike actionna la sonnette derechef. Sœur Carmody le rejoignit, l'air affairé.

— Je sais qui je suis ! s'exclama-t-il en lui tendant le journal, le doigt sur la petite annonce. J'ai lu ce nom, Jane, et d'un seul coup tout m'est revenu : comment je suis allé à Dunkerque, ce que j'y faisais, comment j'ai été blessé. J'étais sur la *Lady Jane*. Et je ne suis pas soldat.

— Pas soldat ?

— Non, je suis correspondant de guerre. J'étais à Dun…

— Mais, si vous n'êtes pas soldat, vous n'êtes pas censé… Je vais chercher le docteur.

Elle sortit en hâte, cramponnée au *Herald*, et revint presque aussitôt, le docteur en remorque.

— Je crois comprendre que votre mémoire commence à revenir ? interrogea-t-il.

— *Est* revenue. Juste comme ça !

Mike claqua des doigts, priant le ciel que la mémoire puisse éventuellement se rétablir de cette façon.

— Je lisais le *Herald*, dit-il en prenant le journal à sœur Carmody et en montrant l'annonce, et à l'instant où j'ai vu le nom « Jane », je me suis souvenu de tout. Je travaille pour un journal américain, l'*Omaha Observer*. Je suis leur correspondant à Londres. J'étais parti pour Dunkerque sur le bateau du capitaine Harold, la *Lady Jane*, afin de couvrir l'évacuation. (Il jeta un coup d'œil de regret à son pied.) J'y ai gagné un peu plus que l'article attendu…

Le docteur écoutait le récit de Mike : l'embarquement des soldats, l'hélice, le Stuka, sans se départir de son calme et de son impassibilité.

— Je vous avais dit de ne pas vous inquiéter, commenta-t-il à la fin. Que votre mémoire vous reviendrait. (Il se tourna vers sœur Carmody.) Voudriez-vous prévenir la surveillante générale que j'ai besoin de lui parler, s'il vous plaît ?

Elle gratifia Mike d'un regard affligé.

— Docteur, pouvez-vous m'accorder un instant ?

Ils s'éloignèrent au centre de la salle pour un autre de leurs entretiens à voix basse. Mike entendait sœur Carmody chuchoter :

— … ce n'est pas sa faute… cela ne pourrait-il attendre que son pied… pneumonie…

Le docteur semblait tout aussi désolé :

— … il n'y a rien que je puisse faire… le règlement…

Il avait dû lui demander de nouveau d'aller chercher la surveillante parce qu'elle croisa les bras d'un air belliqueux et secoua sa tête voilée.

— Je n'en ferai rien du tout… miracle qu'il ait survécu à son transfert la première fois…

Et elle poursuivit le docteur alors qu'il gagnait les doubles portes.

*Maintenant, commandant, il vaudrait mieux vous montrer aujourd'hui !*

Il ne se montra pas. Un flot continu de visiteurs – petites amies, mères, hommes en uniforme – se déversa pendant les deux jours pour s'installer au chevet des patients, mais il n'apportait pas le capitaine.

*Je n'aurais pas dû aller si vite en besogne.*

Mike regardait sœur Carmody chasser les visiteurs de la salle.

— Vont-ils me transférer dans un autre hôpital ? lui demanda-t-il.

— Ne vous inquiétez pas. Essayez de vous reposer.

*Ce qu'il faut traduire par « oui »*, conclut Mike. Et il passa la nuit à chercher un moyen d'éviter cela se produise. Et à imaginer tout ce qui avait pu arriver à sa lettre. La postière l'avait donnée à la serveuse pour qu'elle la transmette au capitaine, mais la jeune fille l'avait collée derrière le comptoir et l'avait oubliée. Le capitaine l'avait laissée tomber dans l'eau de la cale. Ou perdue dans l'amoncellement des cartes et des sardines sur sa table.

— *Toujours* pas de lettre ? dit Mme Ives en claquant de la langue quand elle lui apporta son *Herald* le lundi suivant. J'espère vraiment que rien n'est arrivé.

Ce qui généra une nouvelle crise d'angoisse. Le train qui transportait la lettre avait été bombardé. Saltram-on-Sea avait été bombardée. L'équipe de récupération avait été bombardée…

Cela ne lui procurait pas le moindre soulagement. Mike prit le *Herald* et l'ouvrit à la page des mots croisés. Résoudre des devinettes ridicules serait toujours mieux que de tourner comme un écureuil en cage.

Un horizontal : « Envoyé dans un endroit dont aucun message ne peut sortir. »

Dix vertical : « La calamité tant redoutée est arrivée. »

Mike revint d'une pichenette sur la page de titre du journal. « L'invasion serait imminente », annonçait la une. « Les constructions des Allemands le long de la Manche indiquent… »

Sœur Carmody le lui cueillit des mains.

— Vous avez de la visite, annonça-t-elle. Une jeune demoiselle.

C'est l'équipe de récupération, se dit-il, et la vague du soulagement fut si violente qu'il parvint à peine à tenir le peigne et le miroir que l'infirmière lui tendait « afin qu'il se rafraîchisse pour elle ». Il s'était attendu à un historien de son sexe, mais une femme était plus indiquée. Personne ne poserait de questions à une jeune femme venant voir un malade. *C'est peut-être Merope*, espéra-t-il. *Dieu merci ! Fordham est redescendu en radio. Nous n'aurons pas à parler en code.*

L'infirmière récupéra le peigne et le miroir, l'aida à enfiler une robe de chambre bordeaux, lissa sa couverture, et alla chercher sa visiteuse. Les portes de la salle s'ouvrirent sur une jeune femme en robe verte et au chapeau coquettement perché.

Ce n'était pas Merope. C'était une brunette aux cheveux relevés haut en drapé, aux joues fardées, au rouge à lèvres très vif. Avec ses sandales et sa robe coupée court, elle ressemblait à toutes les femmes et petites amies qui étaient venues en visite, mais elle appartenait évidemment à l'équipe de récupération. La boîte en carton équipée d'une poignée en ficelle qu'elle portait devait contenir un masque à gaz. En dépit de tous les récits historiques qui en faisaient état, Mike n'avait jamais vu de gens en porter depuis qu'il était arrivé.

*J'espère que cela n'attire pas trop l'attention.*

En fait d'attention, la seule dont elle était l'objet était un concert de sifflements au fur et à mesure de sa progression dans la salle.

— Ah ! s'il vous plaît, dites que c'est moi que vous êtes venue voir ! l'appela le soldat qui se trouvait à trois lits de distance quand elle passa devant lui.

Elle fit une courte pause, lui adressant une œillade par-dessus son épaule, doublée d'un sourire aguichant.

*C'est la serveuse*, s'aperçut Mike. Il ne l'avait pas reconnue avec ses cheveux relevés en chignon apprêté et tout ce maquillage. *Doris, ou Dorothy, ou le diable sait quel foutu nom. Ce n'est pas l'équipe de récupération.*

Elle dut lire la déception de Mike sur son visage parce que son propre visage s'allongea.

— Papa m'avait bien dit que je ne devrais pas venir, qu'il fallait d'abord vous écrire une lettre, mais je pensais…

Sa voix se brisa.

— Non, non, fit Mike, qui essayait de se montrer ravi de la voir.

Et de se rappeler son nom. *Deborah ? Non. Il y avait bien un « e » à la fin.*

— Je suis heureux que vous soyez venue, Dottie.

Elle parut encore plus déçue.

— Daphne.

— Daphne. Désolé, tout a été un peu flou pour moi depuis le…

Elle prit immédiatement un air compatissant.

— Oh ! bien sûr. L'infirmière m'a informée du choc qui vous a fait perdre la mémoire, et comment ça vient seulement de vous revenir, et aussi à quel point vous avez été blessé, votre pied… Comment est… (Elle bégayait, l'œil fixé sur la bosse que faisait son pied sous les couvertures.) Vous disiez dans votre lettre qu'il a été opéré. Ont-ils réussi à…

Elle se mordit la lèvre.

— Mon pied cicatrise bien. On est censé m'enlever les bandages la semaine prochaine.

— Ah ! parfait !

Elle poussa la boîte en carton devant lui.

— Je vous ai apporté du raisin. Je voulais vous préparer un gâteau, mais c'est tellement difficile de trouver du sucre et du beurre, avec ce rationnement…

— Du raisin, c'est exactement ce que m'a prescrit le docteur. Merci. Et merci d'être venue de si loin pour me voir.

Il tentait d'imaginer un moyen d'amener la conversation au point où il pourrait lui demander si quelqu'un, au pub, avait posé des questions à son sujet.

— Êtes-vous venue en bus ?

— Non, M. Powney m'a emmenée à Douvres, et j'ai pris le train là-bas.

Elle enleva ses gants et les mit sur ses genoux.

M. Powney... Ainsi, il avait fini par réapparaître.

— Je n'ai pas pu vous rendre visite plus tôt parce que le pub fait salle comble pendant le week-end. Papa voulait que j'écrive, mais je n'en avais pas envie, avec votre blessure et tout. (Elle saisit ses gants et les tortilla.) Je pensais qu'il valait mieux que je vous l'annonce en personne.

L'équipe de récupération était passée. Quelle histoire lui avaient-ils racontée ? Qu'ils le recherchaient parce qu'il était absent sans permission ? Était-ce la raison pour laquelle le capitaine ne leur avait pas révélé où Mike se trouvait ?

— M'annoncer quoi ? demanda-t-il.

— Ça concerne le capitaine et son arrière-petit-fils Jonathan, dit-elle, tordant ses gants entre ses mains.

— Que leur est-il arrivé ? Daphne ?

Elle baissa les yeux sur les gants torturés.

— Ils ont été tués, voyez-vous. À Dunkerque.

*Nous ne pouvons pas savoir
quand ils tenteront de nous envahir.
En fait, nous n'avons aucun moyen
de savoir s'ils feront cette tentative.*

Winston Churchill, 1940

# Londres, le 21 septembre 1940

Polly regardait fixement, derrière Marjorie, la flèche de Saint-Martin-in-the-Fields. Au-delà se trouvait la station du Strand. Et Trafalgar Square.

*Tu te trompes,* pensait-elle. *Les choses ne rentreront pas dans l'ordre à la fin. Pas pour moi.*

Une autre sirène, au sud, commença de hurler, puis une autre, leur bruit résonnant dans la rue obscure jusqu'aux marches où les deux filles étaient assises.

— C'est l'alerte, annonça Marjorie sans nécessité. Nous ne devrions pas nous attarder ici.

*Quelle option me reste-t-il ? Mon point de saut est fichu, et l'équipe de récupération n'est pas venue me chercher.*

— Les bombardiers seront là d'une minute à l'autre. Vous croyez que vous pouvez marcher, Polly ?

Et comme la jeune femme ne répondait pas, Marjorie ajouta :

— Dois-je aller demander de l'aide ?

Et, en conséquence, exposer tout le monde aux menaces du raid qui commencerait dans quelques minutes ? Polly mettait déjà la vie de Marjorie en danger, alors que la vendeuse tentait de l'aider par pur altruisme. Et la bombe qui avait détruit Saint-George n'était pas la dernière de celles qui s'écraseraient. Il y aurait de nouveau des mines parachutées, des HE et des éclats de shrapnel mortel cette nuit. Et la nuit prochaine. Et la suivante.

*Et Marjorie, et Mlle Snelgrove, et le vieil homme qui m'a fait asseoir au bord du trottoir, à Saint-George, sont tous dans le même pétrin que moi. La seule différence, c'est qu'ils ne connaissent pas la date de leur mort.*

Le moins qu'elle pouvait faire, c'était de leur éviter d'être tués quand ils essayaient de l'aider.

— Non, assura-t-elle, et elle força sa voix à paraître solide. Tout va bien. (Elle se leva.) Je peux atteindre la station du Strand. C'est dans quelle direction ?

Marjorie montra du doigt la rue ténébreuse.

— Par là. On peut couper par Trafalgar Square.

Polly faillit saisir le bras de Marjorie pour s'y rattraper. Elle dut fermer les poings et les maintenir serrés contre ses flancs pour résister à cette impulsion.

*Tu peux y arriver*, s'exhorta-t-elle, ordonnant à ses jambes de la porter. *Tu as déjà vu tout ça, quand tu te rendais à Saint-Paul.*

Mais alors, elle ignorait qu'elle était piégée ici.

*Tu dois y arriver.*

*Cela ne ressemblera en rien aux lieux tels qu'ils étaient, cette nuit-là.*

Elle n'aurait pas dû se tracasser, il faisait trop sombre pour distinguer quoi que ce soit. Les lions, les fontaines, le monument à Nelson n'étaient que des silhouettes dans les ténèbres. Cependant, Polly gardait les yeux fixés sur un point devant elle, concentrée sur l'idée d'atteindre la station de métro, de trouver un jeton dans son sac, de repérer l'escalier roulant.

La station du Strand ne ressemblait de fait en rien à ce qu'elle avait été cette nuit-là, pleine d'une foule en liesse. Semblable à toutes les stations où Polly était passée depuis son arrivée, elle était bondée de voyageurs, de réfugiés et d'enfants qui couraient.

Et elle ne présentait aucun risque. Les stations voisines de Charing Cross et de Trafalgar Square avaient été touchées les 10 et 12 octobre, mais celle du Strand avait été épargnée pendant le Blitz. Sur le quai bruyant et surpeuplé, la conversation deviendrait impossible. Polly n'aurait plus besoin de répondre aux questions de Marjorie, ni de continuer à se conduire comme si tout allait bien.

Seulement, la vendeuse ne se mit pas en quête d'une place libre où elles pourraient s'asseoir. Elle ne jeta pas même un regard aux réfugiés. Elle descendit tout droit à la Northern Line et gagna le quai du tunnel en direction du nord.

— Où allez-vous ? demanda Polly.

— Bloomsbury, dit Marjorie, qui jouait des coudes pour se frayer un chemin. C'est là que j'habite.

— Bloomsbury ?

Il y aurait des raids sur Bloomsbury ce soir. Mais l'alerte avait déjà été donnée. Le garde ne les laisserait pas sortir quand elles arriveraient à destination.

— Quelle est votre station ? interrogea Polly, priant pour que ce ne soit pas l'une de celles qui avaient été bombardées.

— Russell Square.

Les rues qui bordaient Russell Square avaient été pilonnées en septembre, et la place avait été détruite par un V1 en 1944, mais la station elle-même ne serait pas touchée avant les attaques terroristes de 2005. Elles seraient en sécurité là-bas.

Mais quand elles atteignirent la station, les grilles n'en avaient pas été tirées.

— Ah ! quelle chance, la sirène de Russell Square n'a pas encore sonné. Ils ne ferment pas les grilles avant, se réjouit Marjorie en s'engageant dans la sortie. Je suis si contente. J'avais promis à Mlle Snelgrove de vous faire à dîner, et on ne peut guère trouver mieux qu'une tasse de thé, ici.

— Oh ! mais je ne veux pas vous…

— Je vous l'ai déjà dit, vous n'abusez pas. En vérité, il est probable que vous m'avez sauvée.

— Sauvée ? Mais comment ?

— Je vous raconterai tout quand nous serons arrivées à ma pension. Venez. Je meurs de faim.

Elle attrapa le bras de Polly et elles s'enfoncèrent dans l'artère enténébrée.

Pendant qu'elles marchaient, Polly tentait de se rappeler quelles parties de Bloomsbury avaient été frappées le 21. Bedford Place avait été presque complètement détruite en septembre et octobre, de même que Guildford Street et Woburn Place. Le British Museum avait été touché trois fois en septembre mais, sauf la première fois, le 17, les dates précises ne figuraient pas sur la liste de Colin. Et un bombardier de la Luftwaffe s'était écrasé sur Gordon Square, elle ne savait pas quand non plus.

Marjorie conduisit Polly dans une série de rues tortueuses, s'arrêta devant une porte, frappa, puis utilisa sa clé.

— Ohé ! appela-t-elle en ouvrant la porte. Mme Armentrude ? (Elle écouta un moment.) Parfait, ils sont tous allés à Saint-Pancras. Elle part tôt pour bénéficier d'un bon emplacement. Nous aurons la maison pour nous seules.

— Vous n'allez pas à Saint-Pancras ?

— Non, répondit Marjorie, qui l'emmenait à l'étage par un escalier couvert de tapis. Le canon de Tavistock

Square tonne toute la nuit, il est impossible de trouver le sommeil.

Cette maison n'était donc pas sise très près de Tavistock Square.

— À quel abri allez-vous ?

— Aucun.

Elles grimpèrent une autre volée de marches couverte de tapis, puis une dernière aux marches nues avant de suivre un sombre corridor.

— Je ne bouge pas d'ici, précisa Marjorie.

— Il y a un abri sur place, alors ? interrogea Polly avec espoir.

— La cave.

Marjorie ouvrit sa porte sur une chambre en tout point semblable à celle de Polly si l'on exceptait une console émaillée avec un réchaud à gaz, un fauteuil au revêtement de chintz usé sur le dos duquel était drapée une paire de bas, et une étagère où étaient juchées des conserves, des boîtes, et une miche de pain.

Apparemment, Mme Armentrude n'était pas aussi rigoureuse que Mme Rickett. Oh ! mon Dieu ! Mme Rickett était morte. Ainsi que Mlle Laburnum. Et…

— Quoique je me demande si notre cave n'est pas plus dangereuse que les bombes, ajouta Marjorie après avoir tiré le rideau de black-out sur la seule fenêtre et allumé la lampe près du lit. Il y a deux nuits, quand l'alerte a commencé, j'ai failli me rompre le cou en descendant l'escalier à la course. (Elle saisit la bouilloire.) Maintenant, asseyez-vous. Je serai de retour en un éclair.

Elle disparut dans le corridor. Polly vint à la fenêtre jeter un coup d'œil derrière le rideau. Elle espérait que les lumières des projecteurs lui permettraient de voir si Marjorie habitait à proximité du British Museum, ou de l'Académie royale d'art dramatique, qui avaient aussi été touchés cet automne, mais les projecteurs n'avaient pas encore été allumés.

Elle entendait Marjorie revenir. Elle laissa tomber le rideau et s'écarta en hâte de la fenêtre. Quand Marjorie entra avec la bouilloire, elle lui demanda :

— Est-on à Bedford Place ?

— Non.

Marjorie posa la bouilloire sur le réchaud.

*Cela pourrait tout aussi bien être Guildford Street ou Woburn Place...*

Mais à cet instant, Polly n'arrivait à imaginer aucune bonne raison de continuer à questionner Marjorie.

— Assieds-toi, dit la jeune femme, qui frottait une allumette pour allumer le gaz sous la bouilloire et prenait une boîte à thé et une théière sur l'étagère. Le thé sera prêt dans une minute.

Elle parlait avec désinvolture, comme si elles ne se trouvaient pas en plein milieu de Bloomsbury, dans une maison qui pouvait très bien se faire bombarder le soir même.

Et Polly ne devrait pas survivre seulement ce soir, mais demain soir, et toutes les autres nuits du Blitz : le 29 décembre et le 11 janvier, et le 10 mai. Elle sentit la panique s'emparer d'elle.

— Marjorie, dit-elle pour empêcher la peur de la submerger, à la station, vous expliquiez que m'amener ici, c'était vous sauver. De quoi ?

— De faire ce que je ne devais pas faire, répondit la jeune femme avec un sourire ironique. Ce pilote de la RAF que je connais... Attends deux secondes !

Elle éteignit la lumière, ouvrit le rideau, récupéra une bouteille de lait et un petit bout de fromage sur l'appui de la fenêtre, referma le rideau et ralluma.

— Il m'a tannée pour que je sorte danser avec lui, et je lui avais dit que je le verrais ce soir...

*Et si elle était sortie avec lui je ne serais pas ici, à risquer un bombardement.*

— Vous pouvez encore y aller.

*Et je retournerai à Russell Square...*

— Non. Je suis contente que tu m'aies empêchée d'y aller. Je n'aurais jamais dû accepter. Tu sais, c'est un pilote. Ce sont tous de terribles noceurs. La fille avec qui je partageais ma chambre, Brenda, dit qu'ils n'ont qu'une seule chose en tête, et elle a raison. Lucille, du rayon « Articles ménagers », est sortie avec un mitrailleur arrière, et il n'arrêtait pas de la peloter. (Elle tendit la main vers l'étagère pour attraper deux tasses.) Il refusait de considérer « non » comme une réponse valable, et Lucille a dû…

Un sifflement suraigu retentit, et Polly se tourna vers la bouilloire, pensant que l'eau s'était mise à bouillir, mais c'était une sirène.

— Il ne manquait plus que ça ! s'exclama Marjorie d'un air dégoûté. Les Allemands ne nous laissent même pas prendre le thé. (Elle éteignit le brûleur du gaz et la lampe.) Ils viennent chaque soir un peu plus tôt, tu as remarqué ? Pense juste à ce que ça va devenir, à Noël. L'année dernière, c'était déjà plutôt dur, et on n'avait que le black-out à supporter… avec la nuit qui tombe à 15 h 30.

*Et je serai encore là. Et après le premier de l'an, je ne connaîtrai même plus les lieux et les dates des raids.*

— Viens, disait Marjorie. Je vais te montrer notre « abri confortable et sûr ».

Elle lui fit descendre l'escalier, traverser la cuisine et gagner la cave. Elle n'en avait pas exagéré la dangerosité. Les marches pour y accéder étaient abruptes et l'une d'elles était brisée. Quant aux poutres du local au plafond surbaissé, elles semblaient prêtes à se fracasser au premier bruit de bombe, *a fortiori* une frappe directe. L'endroit aurait dû figurer sur la liste interdite de M. Dunworthy.

Saint-George n'avait pas été recensée par la liste. Pourquoi donc ?

*Parce que tu étais censée t'abriter dans les stations de métro.*

Mais Saint-George ne figurait pas non plus sur la liste de Colin.

Un canon de DCA se mit à tirer sur les avions au bourdonnement obsédant, et leur bruit était aussi fort et aussi proche qu'il l'avait été quand Polly attendait, assise, l'ouverture de la fenêtre de saut alors qu'elle ignorait encore l'absence anormale de l'équipe de récupération, alors que Mlle Laburnum et les petites filles étaient déjà mortes.

Et sir Godfrey, qui l'avait sauvée cette première nuit quand elle s'était levée pour jeter un coup d'œil au journal de M. Simms, sir Godfrey qui avait dit : « *Si nous ne devons plus nous revoir que dans les cieux… »*

— Tu as peur des canons ? demanda Marjorie. Brenda, ma colocataire, ça la rendait complètement folle ! C'est pour ça qu'elle a quitté Londres. Elle me tanne pour que je parte, moi aussi. Elle m'a écrit la semaine dernière pour me dire que si je venais à Bath elle était certaine de me trouver du boulot dans la boutique où elle travaille. Et quand un truc comme ça se produit – je veux parler de l'église et de tous ces gens –, je me dis que je devrais la prendre au mot. Tu ne penses jamais à tout envoyer balader et à te carapater ?

*Si.*

— Au moins, ça serait mieux que de rester plantée là, à attendre de se faire zigouiller. Oh ! je suis désolée, mais de tels événements vous font réfléchir. Tom – c'est ce pilote dont je t'ai parlé – dit que pendant une guerre on ne peut pas se permettre d'attendre pour vivre, on doit saisir le bonheur quand il se présente, parce qu'on ne sait pas combien de temps il nous reste.

*Combien de temps il nous reste…*

— Brenda dit que c'est juste une façon de draguer, que les hommes s'en servent avec toutes les filles, mais parfois ils le pensent vraiment. Joanna – qui travaillait au rayon « Porcelaine et verrerie » – est sortie avec un lieutenant de vaisseau qui lui disait la même chose, et *lui* le pensait vraiment. Ils se sont enfuis, sans un mot à personne. Et même si Tom me raconte des bobards, c'est *vrai*. N'importe lequel d'entre nous pourrait être tué ce soir, ou la semaine prochaine, et si c'est le cas, alors pourquoi ne pas aller danser, et davantage ? S'amuser un brin ? Ce serait mieux que de n'avoir pas eu de vie du tout. Désolée ! Je dis n'importe quoi. C'est de rester assise dans ce foutu réduit. Ça me rend nerveuse. Je *partirais peut-être* à Bath si tout le monde au boulot n'en déduisait pas que je suis une trouillarde. (Elle leva soudain les yeux vers le plafond.) Ah ! parfait, la fin d'alerte a sonné.

— Je n'ai rien entendu, fit remarquer Polly. (Explosions et canons tonnaient encore.) Je ne crois pas qu'elle ait sonné.

Mais Marjorie s'était levée et montait les marches.

— C'est comme ça qu'on appelle l'arrêt du canon de Cartwright Gardens. Cela signifie que les avions ne survolent plus cette partie de Bloomsbury. On pourra prendre notre thé, finalement.

Elle précéda Polly jusqu'à la chambre, ralluma le réchaud, y posa la bouilloire.

— Maintenant, déshabille-toi. (Elle ouvrit le placard et y décrocha une robe de chambre en chenille.) Enfile ça, je laverai ton chemisier et je passerai un coup d'éponge sur ton manteau. (Elle lui tendit le vêtement.) Montre tes bas, je vais les rincer aussi.

— Je dois d'abord les repriser, indiqua Polly.

Elle les sortit de son sac. Marjorie les saisit avec précaution et les examina.

— J'ai bien peur qu'ils soient irréparables. Ne t'inquiète pas. Je te prêterai une de mes paires.

— Oh non ! Je ne peux pas accepter !

Marjorie aurait besoin de garder tous les bas en sa possession. Le 1er décembre, le gouvernement arrêterait leur fabrication et, à la fin de la guerre, ils seraient devenus plus précieux que l'or.

— Et si j'en filais un ?

— Ne sois pas sotte. Tu ne peux pas mettre le nez dehors sans ça. Allez, donne-moi ton chemisier.

Polly le lui tendit, enleva sa jupe, et s'enveloppa dans la robe de chambre… délicieusement confortable.

La bouilloire chantait. Marjorie pria Polly de s'asseoir dans le fauteuil. Elle prépara le thé et en apporta une tasse à son hôte, puis prit une boîte de soupe sur l'étagère et sortit un ouvre-boîte, une cuillère et un bol du tiroir supérieur de sa commode sans cesser son monologue assidu au sujet de Tom, qui lui avait aussi annoncé qu'il pourrait être envoyé en Afrique d'un jour à l'autre, et que si deux personnes s'aimaient il n'y avait rien de mal, n'est-ce pas ?

— Bois ton thé, ordonna Marjorie.

Polly s'exécuta. Il était chaud et fort.

— Tiens, continua son hôtesse en lui tendant un bol de soupe. Je n'ai qu'un bol et une seule cuillère, il faut que nous mangions à tour de rôle.

Polly but une gorgée de bonne grâce. Elle essayait de se rappeler quand elle avait mangé pour la dernière fois. Ou dormi.

*Il y a deux nuits, à Holborn, ma tête posée sur mon sac à main.*

Non, ça ne comptait pas. Elle s'était juste assoupie, réveillée toutes les cinq minutes par les lumières et les voix, et l'angoisse que cette bande de petits vauriens revienne et tente de la voler. Elle n'avait pas vraiment dormi depuis la nuit de mercredi, à Saint-George.

À Saint-George, avec M. Dorming, les mains croisées sur son estomac, ronflant, et Lila et Viv drapées dans leur manteau, leurs cheveux retenus par des pinces à cheveux, et le pasteur, endormi contre le mur, son livre tombé des mains. *L'Affaire Protheroe*…

— Tu n'as pas du tout fini la soupe, lui reprocha Marjorie. Reprends quelques gorgées, tu te sentiras mieux.

— Non, c'est à ton tour.

Marjorie lui prit le bol et la cuillère.

— Je vais les laver. Je reviens tout de suite.

Polly avait dû s'endormir, parce que Marjorie était de retour dans la chambre, elle la bordait avec une couverture, et les canons de DCA avaient recommencé à tonner.

— On ne devrait pas descendre à la cave ? demanda Polly tout ensommeillée.

— Non. Je te réveillerai si ça se rapproche. Rendors-toi.

Polly obéit et, quand elle se réveilla, il était 5 heures, la fin d'alerte sonnait, et elle avait aussi éclairci une énigme. L'équipe de récupération la cherchait dans les stations de métro. Voilà pourquoi elle n'était pas venue. La liste approuvée par M. Dunworthy comportait bien moins de stations que de magasins sur Oxford Street et, s'ils l'avaient décrite au garde de Notting Hill Gate, ce dernier se serait souvenu d'elle.

Ils s'étaient rendus à Notting Hill Gate ce matin, mais elle était à Holborn, et cet après-midi elle avait quitté tôt le travail pour rentrer chez elle et ne pas être piégée dans la station par l'alerte. Ils n'avaient aucun moyen de savoir qu'elle irait au point de transfert. Et ce soir, elle s'était trouvée à Trafalgar et à Russell Square.

Ils attendaient à Notting Hill Gate depuis le début. Ils l'attendaient en ce moment. *Je dois sortir les retrouver.*

Elle se levait de son fauteuil quand elle se rappela que Marjorie avait lavé son chemisier et que les métros ne commenceraient à circuler qu'à six heures et demie.

*Je vais me reposer ici jusqu'à ce qu'ils démarrent, et après je pars les rejoindre.*

Mais elle avait dû s'endormir de nouveau parce qu'à son réveil il faisait jour et Marjorie, habillée et debout devant une planche à repasser, donnait un coup de fer à un corsage. Celui de Polly, impeccable, était étalé sur le lit.

— Bonjour, la Belle au bois dormant ! lança Marjorie, qui lui souriait par-dessus le fer.

Polly regarda sa montre, mais elle était arrêtée.

— Quelle heure est-il ?

— 16 h 30.

— *16 h 30 ?*

Polly écarta la couverture et se leva.

— Je n'aurais peut-être pas dû te laisser dormir, mais tu avais l'air si lessivée... Que fais-tu ? s'inquiéta Marjorie en voyant son amie attraper sa blouse.

— Je dois y aller, dit Polly en l'enfilant et la boutonnant maladroitement.

— Où ?

*Chez moi...*

— À la pension, répondit-elle en passant sa jupe. Il faut que je sache si j'ai toujours une chambre. (Elle enfonça son chemisier dans sa jupe et s'assit pour mettre ses chaussures.) Et si je n'en ai plus, il faut que j'en trouve une autre.

— Mais c'est dimanche ! Pourquoi ne pas rester ici ce soir. Tu irais au travail avec moi demain, et on pourrait aller ensemble à ta pension après ?

— Non, tu en as déjà fait beaucoup trop pour moi, en m'invitant et en me repassant mon corsage. Je ne peux pas m'imposer davantage.

Elle enfila son manteau.

— Mais... tu ne peux pas attendre ? Je viens avec toi. Tu ne devrais pas aller là-bas toute seule.

— Tout ira bien. (Polly attrapa son chapeau et son sac.) Merci... pour tout.

Elle serra brièvement Marjorie dans ses bras et, quittant la chambre en hâte, elle s'engagea dans l'escalier. Elle était à mi-chemin quand Marjorie l'appela.

— Attends ! tu oublies les bas.

Elle courut pour la rejoindre, les bas flottant dans sa main telle une oriflamme.

Afin d'éviter une discussion qui lui ferait perdre du temps, Polly les prit et les enfonça dans la poche de son manteau.

— De quel côté se trouve la station Russell Square ?

— Tourne à gauche au prochain croisement, puis de nouveau à gauche. Si tu patientes une seconde, je vais chercher mon manteau et…

— C'est inutile. Vraiment, l'interrompit Polly.

Et elle réussit enfin à partir. Elle courut tout du long jusqu'à Russell Square mais, quand elle atteignit la station, une file interminable de réfugiés faisaient la queue, chargés de lits de camp, de paniers à dîner, et de tapis de couchage.

— Y a-t-il une autre queue pour les passagers ? demanda-t-elle à une femme qui poussait un landau rempli d'assiettes et de couverts.

— Remontez juste en tête et dites que vous avez un rencart, lui conseilla-t-elle. Et que si vous êtes en r'tard vous l'raterez.

*C'est le cas.*

Polly remercia la femme et alla trouver le garde. Il acquiesça et la laissa passer, et elle se dépêcha de prendre l'ascenseur pour le quai de la ligne qui desservait le sud. Un tableau noir avait été placé à l'entrée.

« Arrêt temporaire du service pour le sud », annonçait-il.

*Il a dû y avoir des dégâts sur les voies.*

Elle consulta la carte du métro. Elle devrait prendre une rame en direction du nord jusqu'à King's Cross et changerait ensuite pour l'Inner Circle. Pourvu que cette ligne n'ait pas été mise hors service, elle aussi.

Elle avait été coupée, mais seulement entre High Street Kensington et Gloucester Road. Polly prit une rame qui la mena à Notting Hill Gate, puis elle descendit et courut vers les escaliers mécaniques.

— Oh ! mon Dieu ! regarde ! cria de l'autre bout du hall qu'elle traversait la voix perçante d'une femme. C'est Polly !

Et une seconde voix lui fit écho.

— Polly !

*Dieu merci !* se dit-elle, le soulagement déferlant sur elle. *Les voilà ! Enfin.*

— Polly Sebastian ! Par ici ! appelait-on depuis l'escalier roulant.

*Ça ne peut pas être l'équipe de récupération*, comprit Polly alors qu'elle se retournait. *Ils n'attireraient jamais l'attention sur moi ou sur eux de cette façon.*

Effectivement. C'était Lila et Viv.

*Il ne faut jamais abandonner.*
*Personne ne sait ce qui se produira demain.*

L. Frank Baum, *The Patchwork Girl of Oz* [1]

# Londres, le 22 septembre 1940

— Polly ! Par ici ! appelait de nouveau Lila de l'autre
côté de la station.
Et Viv répétait :
— Par ici !
Ça ne pouvait pas être elles, personne n'aurait pu survivre sous cet amas de gravats enchevêtrés, et pourtant
elles étaient là, en train de se frayer un chemin pour la
rejoindre avec leurs tasses de thé et leurs sandwichs.
— Où… Comment… ? bafouilla Polly. Je vous croyais
mortes.
— Vous pensiez que *nous*, nous étions mortes ? s'exclama
Lila. Nous pensions que c'était *vous* qui étiez morte ! Viv,
cours prévenir les autres que nous l'avons trouvée.

---

1. « La Fille rapiécée d'Oz », ouvrage non traduit en français.
(*NdT*)

La jeune fille tendit à Polly le sandwich et le thé qu'elle tenait et s'en retourna à travers la foule.

— Vous avez dit : « prévenir les autres ». Est-ce que cela signifie… ?

Mais Lila ne l'écoutait pas.

— Que vous est-il *arrivé* ? demanda-t-elle. On était sûrs que vous étiez allée à Saint-George. Où étiez-vous *passée* tout ce temps ? Ça fait trois jours !

Polly entendit Viv annoncer :

— Nous allions à la cantine acheter un sandwich, et on l'a trouvée là !

Elle leva les yeux vers l'escalier roulant. Viv se penchait par-dessus, discutant avec quelqu'un qui montait.

— On n'en croyait pas nos yeux !

Et son interlocuteur était le pasteur !

Polly fendit la foule pour les retrouver, mais les petites filles – *Bess et Irene et, oh ! Dieu merci ! Trot !* –, se propulsaient déjà vers elle. Irene la percuta de plein fouet, et Trot lui enserra les jambes.

— Vous êtes pas tuée ! exulta-t-elle.

— Je *savais* qu'elle ne l'était pas, proféra Bess.

Le pasteur les rejoignit.

— Dieu soit loué ! vous êtes vivante !

Irene la tirait par le bras.

— Venez, dit-elle. Il faut que mère vous voie.

— Trot, lâche-la, ordonna Bess, lui attrapant l'autre bras. Tu vas la faire tomber.

Et les trois petites filles l'entraînèrent dans l'escalier roulant, Trot toujours cramponnée à sa jupe, puis sur le quai de la District Line direction nord, hurlant :

— Mère, regarde ce que nous avons trouvé !

Et là, au bout du quai, se tenaient Mme Brightford et Mlle Laburnum et M. Dorming, et tous se levèrent pour entourer Polly, et ils s'exclamaient et souriaient et parlaient tous en même temps dans un joyeux brouhaha.

— Où étiez-vous passée ?… nous avez fichu une telle frousse… si inquiets… sir Godfrey refusait de partir… et quand vous n'êtes pas revenue chez Mme Rickett…

Trot tirait sur la jupe de sa mère.

— Elle est pas tuée, maman.

— Non, elle ne l'est pas, se réjouit Mme Brightford, radieuse. Et nous sommes très, très heureux.

— Je vous avais prévenus que vous la pleuriez pour rien, dit Mme Rickett au pasteur. N'avais-je pas prédit qu'elle referait surface ?

— Mais vous… Je ne comprends pas… L'homme à l'église…, balbutiait Polly. J'ai vu les décombres…

Et Mlle Hibbard apparaissait à son tour, avec son tricot, des larmes coulant sur ses joues. Enfin, trottant au bout d'une laisse, arrivait Nelson.

— Mais les animaux de compagnie ne sont pas autorisés dans les abris publics, s'étonna Polly.

Qui songeait : *Tout ceci n'est qu'un rêve.*

— La direction du métro londonien lui a accordé une dérogation, expliqua M. Simms.

Il était évident qu'elle ne rêvait pas. Elle n'aurait jamais pu imaginer une chose pareille.

— Ah ! je suis si contente de vous voir ! s'exclama Mme Wyvern. Nous avions peur que vous ayez été tuée.

Elle s'avança pour la serrer dans ses bras, ce que Polly n'aurait pas pu imaginer non plus.

Ils étaient bien présents, et non enterrés sous les décombres de l'église.

— Vous n'êtes pas morts. Vous êtes tous là, dit Polly, qui dévisageait joyeusement Mme Rickett, et le pasteur, et Nelson, et…

Où était sir Godfrey ? Éperdue, elle scrutait les gens sur le quai alentour. *« Sir Godfrey refusait de partir »*, avaient-ils expliqué, et le vieil homme à Saint-George avait secoué la tête et murmuré : *« Horrible affaire. Tous ces morts… »*

— Où est sir Godfrey ? demanda-t-elle.

Elle se précipita le long du quai, jouant des coudes à sa recherche, enjambant des réfugiés tandis qu'elle parvenait à cette conclusion : *Oh ! mon Dieu ! on avait creusé ce puits de secours pour lui...* Puis elle le vit franchir l'arche du tunnel, son *Times* plié sous son bras.

*Dieu merci, il va bien*, se dit-elle avant de s'aviser que ce n'était pas le cas. Il avait l'air abattu, brisé, comme si Saint-George s'était *réellement* écrasée sur lui, et il faisait dix ans de plus que la nuit où ils avaient joué *La Tempête*. Son visage marqué avait adopté une couleur de cendre.

Trot la dépassa comme une fusée et traversa la foule des passagers qui s'affairaient en criant :

— Sir Godfrey ! Sir Godfrey !

Il baissa les yeux vers l'enfant, puis les releva. Et aperçut Polly.

— Elle est pas morte ! s'extasiait la petite fille.

— Non, dit-il d'une voix cassée, et il fit un pas vers Polly.

— Sir Godfrey, commença-t-elle, mais les mots lui manquèrent.

— « Car je l'ai vue morte, à ce que j'ai cru, et j'ai fait en vain plus d'une prière sur son tombeau. »[1]

Il tendit les mains pour attraper les siennes et s'arrêta en lui jetant un regard intrigué :

— Quel est ce « don précieux » ?[2]

— Pardon ? s'étonna Polly.

Puis elle regarda ses mains. Elle portait encore le sandwich et la tasse de thé de Viv.

— Je ne sais pas... J'ai dû..., bégaya-t-elle et, en désespoir de cause, elle les lui tendit.

Il secoua la tête.

_____

1. *Le Conte d'hiver*, de William Shakespeare, acte V, scène III. (*NdT*)

2. Allusion à *La Tempête*, de William Shakespeare, acte IV, scène I. (*NdT*)

— « Je suis déjà comblé de vos dons… »[1]

— Ah ! c'est bien, vous l'avez trouvé, mademoiselle Sebastian ! l'interrompit le pasteur, que suivaient Mlle Laburnum et les autres. Ils s'attroupèrent autour d'eux. Nelson tirait sur sa laisse, remuant la queue.

— N'est-ce pas merveilleux, sir Godfrey ? disait Mlle Hibbard. Retrouver Mlle Sebastian saine et sauve ?

— En effet, répondit-il en regardant Polly d'un air grave. « Voici le plus grand des miracles ! Si les mers menacent, elles font grâce aussi. Je les ai maudites sans sujet. »[2] Bienvenue, Viola trois fois noyée[3] !

— Si vous aviez vu sir Godfrey ! s'exclama Lila. Il était tout simplement *hors de lui*.

— Ils avaient des chiens, et tout, continua Viv.

— Ce que je veux savoir, c'est où vous étiez fourrée tout ce temps ? s'enquit Mme Rickett d'une voix aigre.

— Oui, demandez-lui de nous raconter où elle se trouvait, sir Godfrey, insista Mlle Laburnum.

— On ne devrait pas retourner d'abord à notre place ? suggéra M. Simms. Quelqu'un risque de nous la faucher !

— Nous sommes plutôt dans le passage, convint le pasteur.

Et tout le monde le suivit à travers le quai bondé de passagers qui se bousculaient. Bess et Trot donnaient la main à Polly.

— Malheureusement, ce n'est pas aussi confortable qu'à Saint-George, prévint Mlle Laburnum.

— Et assez bruyant, ajouta Mme Brightford, mais ça s'améliore un peu quand les trains s'arrêtent.

— *Moi*, j'aime être ici, souffla Lila à l'oreille de Polly dans le dos du pasteur. Il y a une cantine et…

— … un tas de beaux garçons, finit Viv.

---

1. *Timon d'Athènes*, de William Shakespeare, acte I, scène II. (*NdT*)

2. *La Tempête*, de William Shakespeare, acte V, scène I. (*NdT*)

3. Allusion à *La Nuit des rois*, de William Shakespeare.

Ils atteignaient le bout du quai.

— Maintenant, asseyez-vous, dit Mlle Laburnum, conviant d'un geste Lila et Viv à se pousser pour Polly. Et racontez-nous vos aventures.

Sir Godfrey la débarrassa gentiment de la tasse et du sandwich – que, de façon inexplicable, elle tenait toujours –, et les tendit à Viv. Polly s'assit. Tout le monde en fit autant, déplaçant sièges pliants et couvertures pour former un cercle autour d'elle.

— Que vous est-il arrivé ? interrogea Lila. Pourquoi n'êtes-vous pas retournée chez Mme Rickett ?

— Raconte *tout* ! réclama Trot.

— Oui, Miranda, continua sir Godfrey. « Dis-moi où tu as été conservée ? Où tu as vécu ? Comment tu as retrouvé la cour de ton père ? »[1]

— Elle l'a pas retrouvée ! dit Trot. C'est *nous* qui l'avons trouvée !

— Chut, ma chérie, intervint sa mère. Laisse-la parler.

— « Oui, parle, jeune fille, ordonna sir Godfrey. Raconte-nous quels événements ont sauvé tes jours. Dis-nous comment tu nous rencontres ici, nous qui depuis trois jours avons fait naufrage sur ces bords. »[2]

Elle ne pouvait pas leur dire qu'elle avait passé une nuit au point de transfert. À la place, elle raconta que l'alerte s'était déclenchée alors qu'elle travaillait encore, et qu'elle avait dû passer une nuit dans l'abri souterrain de *Townsend Brothers*.

— Et le matin suivant, je n'avais pas le temps de rentrer avant de reprendre le travail. Et cette nuit c'était la même chose. Quand je suis allée à la pension samedi matin, j'ai découvert l'église, et on m'a dit que des gens avaient été tués. J'ai pensé que vous étiez tous morts. *Qui* a été tué ?

---

1. *Le Conte d'hiver*, de William Shakespeare, acte V, scène III. (*NdT*)

2. *La Tempête*, de William Shakespeare, acte V, scène I. (*NdT*)

— Trois pompiers et un garde de l'ARP, répondit le pasteur. Et toute l'équipe de déminage.

Mlle Hibbard secoua tristement la tête.

— Les pauvres, quels hommes courageux !

— La mine parachutée s'était accrochée dans la corniche d'un immeuble voisin du presbytère, expliqua M. Dorming. Ils essayaient de la dégager quand elle a sauté.

— Mais je ne comprends toujours pas comment vous…

— On nous avait tous évacués, révéla M. Simms.

— Nous venions juste d'arriver à Saint-George quand le garde de l'ARP a frappé à la porte, précisa Mlle Laburnum. Il nous a dit que nous devions partir immédiatement.

— Sir Godfrey refusait de partir sans vous, continua Lila. Il disait que vous ne seriez pas au courant pour la bombe, et que nous devions attendre jusqu'à votre arrivée, mais le garde a affirmé qu'ils avaient interdit la zone.

— Ils nous ont emmenés dans un abri de fortune sur Argyll Road, poursuivit Mlle Laburnum, et nous y parvenions à peine lorsque la mine a explosé. Si nous avions attendu, fût-ce quelques minutes de plus…

Elle secoua la tête.

— Dès que le raid s'est calmé, ils nous ont envoyés ici, reprit Lila. Mais l'administration du métro ne voulait pas laisser entrer Nelson…

— Et M. Simms disait qu'on ne pouvait pas le laisser dehors en plein milieu d'un raid, enchaîna Viv.

— Sir Godfrey a raconté au garde que Nelson était un membre officiel de notre troupe de théâtre, expliqua M. Simms, alors ils ont été *obligés* de le laisser entrer.

Il caressa la tête de Nelson avec affection.

— Nous étions sûrs que vous seriez ici, continua Mme Brightford.

Et elle y était bien passée, mais elle avait poursuivi jusqu'à Holborn afin d'y observer les réfugiés.

556

— Sir Godfrey est allé aux stations Bayswater et Queensway voir si vous n'y aviez pas été envoyée, dit Mlle Hibbard, mais vous n'y étiez pas.

— Après, reprit Mlle Laburnum, quand vous n'êtes pas rentrée à la pension le matin suivant...

La pension. Polly avait pensé que l'équipe de récupération ne pouvait pas la localiser parce qu'ils avaient tous été tués, parce qu'il ne restait plus personne chez Mme Rickett pour indiquer qu'elle vivait là. Mais ils n'étaient pas morts. Ils auraient été *présents* pour répondre. Alors, où l'équipe se trouvait-elle ?

— Nous avons craint le pire, disait Mlle Laburnum.

*Maintenant, c'est mon tour.*

Polly sentait se réveiller sa panique.

— Nous avions peur que certaines zones n'aient pas été interdites et que, dans l'obscurité, vous n'ayez pas découvert le panneau : « Danger, accès interdit », expliqua le pasteur. Et que vous soyez allée à l'église.

— Et fait *tuer* ! claironna Trot.

— Sir Godfrey a insisté pour que les sauveteurs cherchent dans les décombres de toute l'église ! déclara Lila.

*Le puits de secours que j'ai vu n'était pas pour eux. Il n'était pas pour sir Godfrey. C'est moi qu'ils cherchaient.*

— Ils lui disaient que ça ne servait à rien, enchaîna Viv. Que tout le poids du sanctuaire et du toit s'était effondré droit sur le refuge, et que personne n'aurait pu survivre là-dessous, mais sir Godfrey refusait de laisser tomber. Il était décidé à vous retrouver, peu importe le temps que ça prendrait.

*Comme Colin.*

Le problème ne se bornait pas à l'absence de l'équipe, il s'y ajoutait le fait que ni M. Dunworthy ni Colin ne s'étaient manifestés. Ils auraient remué ciel et terre pour la trouver.

— Mme Rickett, une personne qui me cherchait serait-elle passée à la pension ?

— Tout le monde vous cherchait, répondit la logeuse. Sir Godfrey a consacré toute la journée d'hier et d'aujourd'hui à vous chercher dans les hôpitaux. Vous auriez au moins pu tenter de nous faire savoir que vous n'étiez pas blessée.

— Comment aurait-elle pu nous le faire savoir ? protesta Lila. Elle pensait que nous étions *morts* !

Mme Rickett lui lança un regard furieux.

— La seule chose importante est que vous soyez saine et sauve, et que nous soyons ici tous ensemble, les interrompit le pasteur d'une voix apaisante. *Tout est bien qui finit bien*, n'est-ce pas, sir Godfrey ?

— Exactement. « Et si la fin est aussi heureuse, l'amertume du passé doit la rendre encore plus douce. »[1] Ou, pour citer notre chère petite Trot : « Et ils vécurent tous heureux à jamais. »

— Sauf qu'Hitler essayait de les tuer, ajouta M. Dorming d'un ton maussade.

*Et que l'équipe de récupération n'est pas allée à la pension. Où sont-ils passés ? Et si quelque chose de terrible s'était produit ?*

Mais Polly avait pensé que quelque chose de terrible était arrivé au groupe, et ils étaient tous là, sains et saufs.

*C'était stupide de paniquer. Il peut y avoir un tas de raisons pour lesquelles l'équipe ne t'aurait pas encore trouvée.*

Ils s'étaient peut-être présentés à la pension avant le retour de Mme Rickett et des autres. L'accès aux rues alentour avait peut-être été interdit, les résidents seuls autorisés à les emprunter. Ou Badri avait rencontré des difficultés pour découvrir un point de chute pour l'équipe. Il avait mis six semaines avant de localiser celui de Polly.

Cependant, Polly en revenait toujours au fait qu'il s'agissait de voyage dans le temps. Qu'importait le temps

---

1. *Tout est bien qui finit bien*, de William Shakespeare, acte V, scène III. (*NdT*)

nécessaire à Oxford pour localiser un site ou vérifier chaque grand magasin et chaque station de métro, ils pouvaient toujours retourner à Oxford et envoyer une deuxième équipe pour intercepter Polly devant *Townsend Brothers* ce premier matin.

*À moins qu'ils n'aient pas pu se rendre là-bas...*

Elle se rappelait à quel point il lui avait été difficile d'atteindre Saint-Paul ce premier dimanche, et Oxford Street le jour qui avait suivi le bombardement de *John Lewis*. Même l'indomptable Mlle Snelgrove n'avait pas réussi à venir travailler ce jour-là. Si Badri avait vraiment eu du mal à dénicher un nouveau site et si, en conséquence, l'équipe de récupération avait été obligée de passer par l'East End ou par Hampstead Heath, ou par quelque endroit extérieur à Londres, ils pouvaient très bien s'y trouver encore, incapables de rallier la capitale parce que les trains et les bus ne fonctionnaient pas. Ou ils avaient peut-être fait l'erreur de pénétrer dans une zone interdite ou de tenter la traversée d'un amas de décombres, et on les avait arrêtés pour pillage.

Ou, plus probablement, il leur avait fallu deux jours entiers pour atteindre Oxford Street en gérant les raids diurnes, les déviations et les dégâts sur les lignes de métro, si bien qu'à leur arrivée Polly était partie chez Marjorie. Et, plutôt que d'affronter la difficulté du retour, ils avaient simplement décidé d'attendre jusqu'à lundi. Dans ce cas, ils seraient chez *Townsend Brothers* demain matin.

Mais ils n'y vinrent pas. Polly ne bougea pas de son comptoir pendant sa pause-déjeuner et ses pauses-thé de façon à être sûre de ne pas les rater.

Marjorie était enchantée que sir Godfrey et les autres n'aient pas été tués.

— Je te l'avais bien *dit*, que tout se terminerait bien, triompha-t-elle.

*Pas tout.*

Polly escomptait que l'équipe serait à la pension quand elle y rentrerait, mais elle ne les y trouva pas non plus.

— Quelqu'un est-il venu pour moi, aujourd'hui ? demanda-t-elle à Mme Rickett.

— Si c'était le cas, je vous en aurais informée, cela va de soi, répondit-elle, offensée. Qui attendiez-vous ? J'espère que je n'ai pas besoin de vous rappeler la règle en ce qui concerne les messieurs dans votre chambre.

L'équipe n'était pas à Notting Hill Gate non plus, et Polly en avait écumé tous les tunnels et tous les quais.

— Avec Mme Wyvern et le pasteur, nous avons eu la plus astucieuse des idées, annonça Mlle Laburnum à Polly quand celle-ci revint de ses explorations. Nous allons monter notre propre troupe de théâtre !

— Ici, dans le refuge, continua Mme Wyvern. Nous ferons des lectures théâtrales publiques. Ce sera excellent pour le moral des civils…

— Et pas seulement des séances de lecture, l'interrompit Mlle Laburnum. Nous produirons une pièce ! Sir Godfrey sera la tête d'affiche, et nous figurerons tous dedans.

— J'ai fait du théâtre amateur quand j'étais à Oxford, dit le pasteur. Je jouais le révérend Chasuble dans *L'Importance d'être Constant*.

— Quelle coïncidence ! s'exclama Mme Wyvern. Je jouais Cecily dans cette pièce à l'école.

Polly n'arrivait pas à se l'imaginer.

— Nous pourrons jouer *Le Petit Révérend*[1] de Barrie ! s'enflamma Mlle Laburnum.

*Voilà qui fera la joie de sir Godfrey !*

Même s'ils ne le faisaient pas fuir en choisissant Barrie, les théâtres rouvriraient dans une quinzaine, et sir Godfrey retournerait dans le West End.

---

1. *The Little Reverend* : populaire pièce théâtrale de J.M. Barrie, créée en 1897, non traduite en français. (*NdT*)

— Vous ne trouvez pas que monter une pièce est une idée magnifique ? lui demanda Mlle Laburnum.

— Je... Êtes-vous sûre que sir Godfrey sera d'accord ?

— Évidemment, affirma Mme Wyvern. Pour lui, c'est l'occasion de participer à l'effort de guerre.

— *Le Petit Révérend* est une si jolie pièce, continua Mlle Laburnum. Ou alors, nous pourrions jouer *Mary Rose*. Connaissez-vous l'intrigue, mademoiselle Sebastian ? C'est l'histoire d'une jeune femme qui disparaît et réapparaît des années plus tard, sans avoir vieilli d'un jour, puis qui disparaît de nouveau.

*Elle devait être historienne !*

Mais pour Mary Rose, l'équipe de récupération était de toute évidence venue la chercher.

*Pas comme la mienne. Où sont-ils ?*

Ils ne l'attendaient pas dehors à la station le matin suivant. Ni chez Mme Rickett. Ni devant *Townsend Brothers*. Le problème avait une autre explication que les déviations et les délais dans les transports.

*Décalage...*

Elle avait subi un décalage de quatre jours et demi sur son saut, qu'elle avait attribué à un point de divergence. Y avait-il eu un autre point de divergence le jour où son point de transfert avait été endommagé – ou dans les jours suivants – qui aurait pu empêcher leur fenêtre de s'ouvrir ? La bataille d'Angleterre était terminée et l'attaque sur Coventry n'aurait pas lieu avant la mi-novembre. La Luftwaffe avait commencé à lâcher ses sinistres combinaisons de bombes HE et d'incendiaires que les gens appelaient alors les « corbeilles à pain de Göring », mais la présence de l'équipe de récupération ne pouvait pas avoir modifié quelque chose. Churchill ou le général Montgomery avaient-ils frôlé la mort à l'occasion d'un rendez-vous ? Ou le roi ?

Mlle Laburnum et Mlle Hibbard suivaient fidèlement les activités de la reine. Ce soir-là, quand Polly arriva à

Notting Hill Gate, elle leur demanda si la famille royale avait fait l'objet de chroniques, récemment.

— Ah ! ça oui ! répondit Mlle Laburnum.

Elle raconta que la princesse Elizabeth était passée à la radio avec un message d'encouragement pour les enfants évacués, ce qui n'était pas précisément ce que Polly cherchait à savoir.

— La reine a visité l'East End, hier, ajouta Mlle Hibbard. Les familles privées de domicile à cause des bombes, vous voyez. Il y avait une femme, là-bas, qui essayait de dégager son petit chien des décombres. La pauvre bête était trop effrayée pour sortir. Et savez-vous ce que la reine a fait ? Elle a dit : « J'ai toujours été plutôt habile avec les chiens », elle s'est mise à quatre pattes, et elle a réussi à le tirer de là en le rassurant. C'était merveilleux de sa part, non ?

Mme Wyvern intervint d'un ton sceptique :

— Il n'est pas tout à fait digne d'une reine de…

— N'importe quoi ! Elle a fait exactement ce qu'on attend d'une reine, gronda M. Simms. N'est-ce pas, Nelson ? (Il gratta les oreilles de son chien.) Elle participait à l'effort de guerre.

De quelque façon qu'on le prenne, il était peu probable que le sauvetage d'un chien affecte le devenir d'une guerre. Et le palais de Buckingham ne subirait une nouvelle attaque qu'en mars.

Polly emprunta le *Times* de sir Godfrey et en lut les gros titres. Puis elle se rendit à Holborn et feuilleta dans la réserve de la bibliothèque les exemplaires des semaines précédentes du *Herald* et de l'*Evening Standard,* en quête d'autres événements desquels il aurait été nécessaire d'écarter des historiens.

La National Gallery avait été frappée, mais un historien ne pouvait pas interférer dans la trajectoire des bombes. Une bombe incendiaire avait provoqué un feu minime à la Chambre des Lords, feu qu'un délai de quelques minutes aurait pu transformer en incendie majeur. Et avec lequel un historien pouvait interférer, mais il n'y avait aucune raison que l'équipe de récupération soit sur place, ou à l'hôpital Saint-Thomas, qui avait été touché la même nuit. Une mine parachutée était tombée sur le pont de Hungerford, près de Whitehall. Si elle avait détoné, elle aurait tué tout le monde au War Office, y compris Churchill. C'était une possibilité, mais le point de divergence n'aurait duré que le temps nécessaire à l'évacuation de la bombe. Polly ne découvrit rien qui aurait pu empêcher une fenêtre de saut de s'ouvrir pendant les cinq jours qui s'étaient écoulés depuis que son point de transfert avait été endommagé.

Cependant, l'événement n'avait peut-être pas assez d'importance pour faire la une des journaux. À Londres, aujourd'hui, quelques minutes de retard sur le chemin menant à un abri ou pour monter dans un train suffisaient parfois pour faire la différence entre la vie et la mort. Tel un engrenage, ce genre d'action mettait en mouvement une chaîne de contingences dont on ne verrait le dénouement que plusieurs jours ou semaines après. Et en attendant, il n'y avait rien à faire que de prendre son mal en patience.

Ou de trouver l'un des autres historiens présents – mais pas dans le Blitz – et d'utiliser son point de transfert. Qui était missionné ici, en ce moment ? Merope avait dit que Gerald Phipps faisait quelque chose pendant la Seconde Guerre mondiale, mais elle n'avait pas défini quoi ni quand. Michael Davies couvrait Dunkerque. Peut-être était-il là. Mais Dunkerque était terminé depuis près de quatre mois. Michael était sans doute à Pearl Harbor, à présent, ou à la bataille des Ardennes, autant dire que ça n'aidait Polly en rien. Il avait mentionné son compagnon de chambre, lequel serait à Singapour, ce qui n'aidait pas davantage. Polly fronça les sourcils, tentant de se rappeler si lui ou Merope avaient nommé quelqu'un d'autre qui…

Merope. Était-il possible qu'elle soit encore à Backbury ? Quand Polly l'avait vue à Oxford, elle déclarait qu'il lui restait plusieurs mois de mission, mais cela ne signifiait rien de précis. Merope avait-elle indiqué la durée de son affectation ? Polly n'arrivait pas à s'en souvenir. On avait évacué la plupart des enfants en septembre et octobre 1939. Si Merope avait bénéficié d'une mission d'un an, il n'était pas exclu qu'elle y soit toujours.

*Il faut que je lui écrive immédiatement.*

Mais quel était son nom ? Eileen quelque chose. Un nom irlandais. O'Reilly ou O'Malley. Ou Rafferty. Polly l'avait oublié. Elle avait oublié aussi le nom du manoir. Merope l'avait-elle seulement mentionné ?

Il ne devait pas y avoir plus d'un manoir à Backbury. Mais s'il y en avait plusieurs ? Et même s'il n'y en avait qu'un, difficile d'envoyer une lettre juste adressée à « Eileen, servante irlandaise au manoir près de Backbury ».

*Je dois me rendre à Backbury et la trouver.*

De toute façon, elle devrait y aller pour utiliser son point de transfert, et se déplacer serait plus rapide que d'écrire puis d'attendre une lettre en réponse.

*Et si elle n'est pas là ? J'aurai lâché mon boulot – et ma meilleure chance que l'équipe de récupération me retrouve – pour des prunes. Et si un point de divergence les bloquait vraiment, et qu'ils arrivent au moment où je suis partie ?*

Il valait mieux rester ici.

Mais chaque jour qui passait augmentait la probabilité que Merope regagne Oxford et que Polly la manque.

Par ailleurs, Polly n'avait pas besoin de quitter son emploi, il suffisait qu'elle donne à Mlle Snelgrove la lettre de Fournitures annonçant la grave maladie de sa mère et la nécessité de se rendre à son chevet toutes affaires cessantes. Mlle Snelgrove pouvait difficilement refuser de la laisser partir dans ce genre de situation, et elle s'était montrée extrêmement compréhensive le jour où le refuge avait été anéanti. Quant à l'équipe de récupération, Polly demanderait à Marjorie de dire à quiconque l'interrogerait qu'elle travaillait chez *Townsend Brothers* et d'indiquer le jour de son retour.

Enfin, il était destructeur de rester assise à s'angoisser sur ce qui adviendrait au cas où l'équipe ne la récupérerait pas avant la date limite. Le voyage à Backbury serait bien préférable. Cela dit, si l'on considérait les infortunes récentes de Polly, il était fort possible que l'équipe arrive juste après son départ. Surtout si le point de divergence avec lequel ils ne devaient pas interagir était la grosse attaque sur Fleet Street, qui se produirait mercredi soir.

*Je leur donne jusqu'à jeudi. Ils me rejoindront sûrement d'ici là.*

Mais ce ne fut pas le cas.

# Hôpital des urgences de guerre, septembre 1940

— Le capitaine Harold et Jonathan ont été tués à Dunkerque ? répéta Mike. Mais non ! Ils sont rentrés sains et saufs à Douvres. J'étais avec eux. Le capitaine a aidé à m'installer sur le brancard…

— C'est là que vous vous êtes blessé ? interrogea Daphne. Pendant ce premier voyage ?

— Oui… « Premier voyage » ?

Elle hocha la tête.

— Quand la *Lady Jane* a été portée disparue, la petite-fille du capitaine – la maman de Jonathan – craignait

---

1. *Overlord*, ou « le chef suprême », était le nom de code de toute l'opération du débarquement des Alliés en Normandie. (*NdT*)

qu'ils ne soient partis pour Dunkerque. Elle a demandé à papa d'aller à Douvres apprendre tout ce qu'il pourrait, et l'Amirauté lui a dit qu'ils étaient partis pour Dunkerque tout seuls, qu'ils avaient rapatrié des soldats, puis qu'ils étaient repartis sur-le-champ, mais qu'ils n'étaient pas rentrés, cette fois. Ils ignoraient ce qui s'était passé, mais nous savons qu'ils ont atteint Dunkerque. M. Powney les a vus.

— M. Powney ? Le fermier qui voulait s'acheter un taureau ?

— Oui. C'est pour ça qu'il n'est pas revenu ce jour-là. Il n'est jamais arrivé à Hawkhurst. En chemin, on l'a informé de l'opération de secours, et il est allé s'engager à Ramsgate. Ils l'ont mis sur un garde-côte. Il a fait trois voyages et sauvé un tas de soldats.

— Et il a vu le capitaine et Jonathan ?

— Oui, à Dunkerque. Le 30 mai. Ils faisaient monter des troupes sur la *Lady Jane* sous la mitraille. M. Powney les a appelés, mais ils étaient trop loin pour l'entendre. Le *Daffodil* les a vus quitter le môle est, et plus personne ne les a croisés ensuite. L'officier qui a parlé à papa disait qu'une torpille les avait sans doute coulés sur le chemin du retour. Ou une mine.

*Ou un Stuka.* Mike n'avait pas oublié le hurlement de l'avion en piqué. *Ou un autre cadavre enchevêtré dans l'hélice.*

— Quand votre lettre pour lui est arrivée, Mlle Fintworth – c'est notre factrice – se demandait quoi faire. Elle ne pouvait pas la donner à la maman de Jonathan, elle était retournée dans sa famille du Yorkshire après avoir reçu la mauvaise nouvelle, et elle n'avait pas envie de vous la renvoyer, puisqu'il était évident que vous ne saviez pas ce qui s'était passé. Alors elle l'a apportée à papa pour lui demander conseil. J'espère que vous ne nous en voulez pas de l'avoir ouverte, mais papa pensait que c'était peut-être urgent, vu que ça provenait d'un hôpital et tout ça, et quand on l'a lue et qu'on a vu que vous aviez été blessé à Dunkerque, on s'est dit que vous étiez sûrement avec eux. On savait que vous n'étiez pas au courant (ses gants entortillés subirent un tour de plus), que vous ignoriez comment ça s'était terminé, sinon vous n'auriez pas écrit au capitaine, mais on se disait que vous étiez peut-être là quand la *Lady Jane* avait été touchée, et que vous aviez été séparé d'eux d'une façon ou d'une autre avant d'être secouru, et que vous auriez une idée de ce qui s'était passé.

*Non, mais je sais pourquoi ils sont morts.*

Parce qu'il avait débloqué leur hélice. Il leur avait permis d'y retourner.

Daphne posait sur lui un regard interrogateur.

— Non, j'ai été blessé lors du premier voyage. J'ignorais qu'ils y étaient retournés. Je suis vraiment désolé.

— Ce n'est pas votre faute, souffla-t-elle, baissant les yeux vers ses gants. Papa dit que c'est l'imprudence du capitaine qui les a tués. Le Small Vessels Pool avait refusé la *Lady Jane*, vous savez. Papa pense que le capitaine aurait mieux fait de les écouter.

— Il voulait aider. Un tas de bateaux sont allés là-bas de leur propre chef, et c'était une bonne chose. L'armée traversait une très mauvaise passe.

— Et vous êtes parti avec eux pour les soutenir. Je trouve que c'était superbe de les accompagner, pour un Américain comme vous. Très courageux. L'officier a raconté à papa que le capitaine et Jonathan ont ramené presque une centaine de nos gars. Il a dit que c'étaient de véritables héros.

*De véritables héros, oui. Toi qui désirais observer l'héroïsme, ton souhait a été exaucé.*

— Absolument. Ils ont fait preuve d'une bravoure au-delà du commun.

Daphne hocha solennellement la tête.

— Vous aussi, vous êtes un héros. L'infirmière m'a expliqué comment vous avez libéré l'hélice et tout ça. Elle dit qu'on devrait vous donner une médaille.

*Une médaille !* pensa-t-il avec amertume, *pour m'être trouvé là où je n'étais pas censé me trouver, pour avoir criminellement modifié le cours des événements. Si je n'avais pas libéré l'hélice, cette bombe aurait frappé la* Lady Jane *et endommagé son gouvernail. Jamais ils n'auraient été capables de faire un second voyage...*

Daphne le regardait avec inquiétude.

— Je vous ai fatigué, déclara-t-elle en se levant, et elle commença à enfiler ses gants. Je devrais m'en aller.

— Non, ne partez pas !

Il n'avait pas encore eu l'occasion de lui parler de l'équipe de récupération.

— Vous ne pouvez pas rester un peu plus longtemps ?

Elle hésita, jetant un coup d'œil incertain en direction des portes.

— L'infirmière disait que je devais rester seulement un quart d'...

— Je vous en prie. (Il lui saisit la main.) C'est si agréable d'avoir un visiteur. Racontez-moi ce qui s'est passé à Saltram-on-Sea.

— Bon, d'accord, accepta-t-elle, l'air ravie. On a eu pas mal d'animation la semaine dernière. Les Allemands ont balancé une bombe dans le champ de M. Damon. On croyait que l'invasion commençait. M. Tompkins tenait à ce qu'on fasse sonner les cloches de l'église séance tenante, mais le pasteur ne voulait pas céder avant d'avoir la certitude. M. Tompkins disait qu'il serait trop tard, à ce moment-là, qu'ils auraient déjà envoyé des saboteurs et des espions, et qu'ils débarqueraient sous peu, et ils se sont traités de tous les noms devant l'église.

Des espions. Elle lui tendait la perche qu'il avait espérée.

— Alors, j'imagine que vous guettez tous les étrangers ?

— Oh ! oui ! La Home Guard patrouille dans les champs et sur la plage chaque nuit, et le maire a fait circuler un avis nous demandant de lui signaler sans délai tous les étrangers de passage en ville.

— Et vous en avez vu ? Des étrangers ?

— Il y a eu pas mal de journalistes juste après Dunkerque pour parler à M. Powney et aux autres…

— Est-ce que certains sont venus au pub pour discuter avec vous ?

— À vous entendre, on croirait que vous êtes jaloux !

Et elle pencha la tête sur le côté en minaudant.

— Non, je…, bafouilla-t-il, pris par surprise. Je pensais que mon journal avait peut-être envoyé quelqu'un prendre de mes nouvelles. J'avais dit à mon rédacteur en chef que je me rendais à Saltram-on-Sea et que je lui posterais un papier sur les préparatifs du débarquement, et comme je n'ai plus donné signe de vie…

— À quoi il ressemble, ce rédacteur en chef ?

— Cheveux bruns, taille moyenne, improvisa Mike, mais il peut avoir délégué quelqu'un d'autre, un autre journaliste ou… Quelqu'un m'a-t-il demandé ?

— Non, mais ils ont pu s'adresser à papa. Dans ce cas, il leur aura dit que vous étiez retourné à Londres. On croyait que vous y étiez parti.

Ce qui pouvait indiquer que l'équipe le cherchait à Londres.

— Daphne, si mon rédacteur en chef, ou n'importe qui d'autre vient, pourrez-vous leur signaler où je suis et ce qui m'est arrivé ? et demander à votre père si l'on a posé des questions à mon sujet ? Si oui, écrivez-le-moi.

— D'accord. Je vous écrirai même si personne ne vient. Et je reviendrai vous voir si papa peut se passer de moi. (De nouveau, cette œillade accrocheuse…) La prochaine fois, je m'arrangerai pour faire un gâteau, promis !

La surveillante générale vint annoncer que les heures de visites étaient terminées. Daphne se leva.

— Merci pour votre visite. Et pour les raisins. Et pour m'avoir appris ce qui est arrivé au capitaine et à Jonathan. Je suis tellement désolé.

Daphne acquiesça, et la tristesse se peignit soudain sur son visage maquillé.

— Mlle Fintworth dit qu'il ne faut pas perdre espoir, qu'ils sont peut-être encore vivants, mais si c'est vrai, pourquoi ne sont-ils pas rentrés chez eux, pourquoi n'ont-ils pas écrit, ni rien ?

— C'est l'heure ! les interrompit sévèrement la surveillante.

— Au revoir. Je reviendrai vite et, ne vous en faites pas, je ne sortirai avec personne d'autre que vous.

Daphne planta un baiser au rouge à lèvres sur la joue de Mike, puis se dépêcha de quitter la salle sous un concert de sifflements.

— T'es un sacré veinard ! lança l'un des patients.

*Veinard ? J'ai tué un vieil homme et un garçon de quatorze ans.*

Il s'était inquiété d'avoir sauvé la vie du caporal Hardy, au lieu de quoi…

*J'aurais dû refuser de descendre dans l'eau. J'aurais dû dire au capitaine que je lui avais menti, que je ne savais pas nager.*

Mais il avait débloqué l'hélice, et il avait modifié les événements, c'était certain. Il avait provoqué la mort du capitaine et de Jonathan. Qu'avait-il affecté d'autre ? Quels autres dommages avait-il commis ?

Il resta éveillé tard dans la nuit, ressassant encore et toujours la même chose, comme un animal tourne en cage, et quand il ferma les yeux dans l'espoir que cela cesse enfin, ce fut pour voir Jonathan et le capitaine, entendre le Stuka plonger et l'eau jaillir en une énorme gerbe là où la *Lady Jane* se tenait quelques instants auparavant. S'il n'avait pas débloqué l'hélice, la bombe aurait touché la proue. Ils auraient commencé à prendre l'eau, et l'un des autres bateaux les aurait accostés pour les transborder et les transférer à…

Mais aucun bateau ne croisait dans les parages, et il y avait des dizaines de Stuka. Et, avec une proue endommagée, ils seraient devenus une cible facile. Au passage suivant, le Stuka les aurait frappés au cœur et aurait tué tout le monde à bord. Était-ce ce qui était supposé arriver ? Ce qui *aurait dû* arriver si Mike ne s'était pas trouvé là ?

Il s'assit sur son lit et réfléchit aux implications de cette éventualité. S'ils étaient supposés mourir, si la *Lady Jane* était cochée d'un astérisque sur cette liste qu'il n'avait pas mémorisée, alors il n'avait pas modifié les événements en les faisant tuer, mais en les sauvant.

Dans les systèmes chaotiques, des mécanismes intrinsèques contraient les changements. Des boucles négatives permettaient d'en réduire les effets ou de les annuler complètement. L'Histoire en fourmillait d'exemples. Des assassins rataient leur cible, des pistolets s'enrayaient, des bombes ne s'amorçaient pas. Hitler avait survécu à un attentat parce qu'on avait placé l'engin explosif du mauvais côté du pied d'une table. Pour que les navires prennent des mesures défensives, un télégramme qui prévenait de l'attaque contre Pearl Harbor avait été envoyé à temps mais, posé sur la mauvaise pile de décodage, il n'était arrivé qu'après le raid.

Et si le capitaine et Jonathan n'étaient pas censés être sauvés, c'était assez facile à corriger. Leurs morts au cours de ce second voyage appartenaient-elles à une boucle de rétroaction négative, à une sorte d'annulation de son acte ? Si tel était le cas, peut-être Mike n'avait-il pas fait de dégâts, après tout. Voilà pourquoi il avait pu se rendre à Dunkerque, parce que ses actions n'avaient pas d'effet à long terme. Cela dit, Jonathan et le capitaine n'en étaient pas moins morts. Et qu'en était-il pour le caporal Hardy ?

À moins que ce sauvetage ait été lui aussi annulé. Hardy était trempé quand il avait grimpé à bord. Il pouvait avoir attrapé une pneumonie et…

*C'est lui qui a raconté aux infirmières que j'avais débloqué l'hélice*, se dit Mike brusquement. Il s'était persuadé que c'était le capitaine, et pourtant Daphne lui avait appris qu'ils étaient repartis immédiatement, ce qui expliquait pourquoi l'hôpital ne connaissait pas son nom. Mais pourquoi Hardy l'aurait-il accompagné à l'hôpital ?

*Parce qu'il était hospitalisé, lui aussi.* Le soldat n'avait jamais dit qu'il était blessé, mais il avait pu ne pas s'apercevoir qu'il l'était.

*Exactement comme moi.*

Au matin, lorsque sœur Carmody vint ouvrir les rideaux de black-out, Mike demanda :

— Vous serait-il possible de vous renseigner pour moi ? J'ai besoin de savoir si un patient a été hospitalisé à Douvres le même jour que moi. Il s'appelait Hardy.

Elle le dévisagea d'un air sceptique.

— Vous êtes certain qu'il s'agit d'un de vos souvenirs, et pas de quelque chose que vous avez lu ?

— Lu ?

— Oui. Les souvenirs des patients amnésiques sont souvent embrouillés. Et puis, vous connaissez l'expression : « Embrasse-moi, Hardy ! », et tout ça.

— Quoi ?

— Ah ! j'avais oublié, vous êtes américain. Quand lord Nelson fut mortellement blessé, pendant la bataille de Trafalgar, ses derniers mots furent « Embrasse-moi, Hardy ». Hardy était le capitaine du HMS *Victory*, le navire amiral de Nelson. Mais si vous ne connaissiez pas l'anecdote, ça ne peut pas être quelque chose que vous avez lu, n'est-ce pas ?

— Non. Ferez-vous cette recherche ? S'il vous plaît. C'est important.

Il avait dû lui communiquer son sentiment d'urgence : quand elle lui apporta son petit déjeuner, elle lui dit qu'elle avait téléphoné à Douvres. Cependant, aucun patient nommé Hardy n'y avait été admis alors que Mike y était hospitalisé.

Ce qui ne prouvait rien. Il pouvait être tombé malade plus tard. *Ou avoir été blessé en regagnant son unité.* Mike n'avait pas oublié le train dont il avait appris le bombardement par le journal. Ou à Douvres. Les quais avaient été pilonnés. Peut-être Hardy avait-il aidé à installer Mike dans l'ambulance, expliqué au conducteur l'histoire de l'hélice bloquée, et s'était-il fait tuer cinq minutes plus tard. C'était la guerre. Il existait des centaines de façons d'annuler des actions. Mais si les altérations de Mike avaient bien été annulées et s'il n'avait pas changé l'issue de la guerre, pourquoi l'équipe de récupération n'était-elle pas là ? Il regretta de ne pas avoir rappelé à Daphne sa promesse alors qu'elle le quittait. Il craignait que la jeune fille n'oublie d'interroger son père.

Elle y pensa. Une lettre arriva au courrier de mardi après-midi.

« J'ai demandé à papa, écrivait Daphne sur du papier parfumé, mais il m'a dit que personne n'est venu au pub prendre de vos nouvelles. »

Cela n'impliquait pas qu'ils ne s'étaient pas rendus sur place. Elle avait raconté qu'un tas de journalistes avaient envahi la ville après Dunkerque, avant d'ajouter : « Nous pensions tous que vous étiez reparti à Londres. » L'équipe pouvait avoir interrogé M. Tompkins, ou l'un des pêcheurs, et être partie pour Londres à sa recherche, sans imaginer qu'il fallait vérifier les hôpitaux militaires. Cependant, même en 1940, Londres était immense. Comment s'y prendre pour le repérer ?

*Polly Churchill arrivera dès le début du Blitz, la semaine prochaine.*

Ils tenteraient de la joindre pour savoir s'il avait communiqué avec elle. Il était donc *nécessaire* qu'il la contacte. Mais comment ? Elle avait annoncé qu'elle travaillerait dans un grand magasin d'Oxford Street, mais il ignorait lequel, et jusqu'au nom sous lequel elle se ferait embaucher. Il devrait aller à Londres et la chercher.

Encore que s'il était capable d'aller à Londres, il était tout aussi capable de gagner le point de transfert. Et la dernière des choses qui lui paraissaient souhaitables était de se retrouver en plein milieu du Blitz. Il fallait découvrir le moyen de contacter l'équipe de récupération tout de suite, de l'hôpital, avant d'en être éjecté. Quand Mike avait demandé quel était son statut à sœur Carmody, elle lui avait répondu :

— La surveillante générale a appelé l'Amirauté. Puisque les équipages des petites embarcations devaient signer pour un mois de service dans la Marine avant de partir pour Dunkerque, vous avez tout à fait le droit d'être ici.

Mais il était question des petites embarcations formées en convois depuis Douvres. Mike n'avait jamais rien signé, et plus le temps passait, plus le risque qu'ils s'en aperçoivent augmentait… une autre des raisons pour lesquelles il avait besoin de contacter l'équipe de récupération au plus vite.

Et s'ils pensaient que Mike était à Londres, alors ils en étaient au même point. Ils essaieraient de communiquer avec lui. Ils enverraient un message pour lui dire où ils étaient basés et lui demander de se mettre en contact avec eux. Comme ces petites annonces qu'il avait lues : « *Si quiconque sait où trouver le voyageur temporel Mike Davis, vu pour la dernière fois à Saltram-on-Sea, merci de contacter l'équipe de récupération* », et un numéro de téléphone à appeler.

Sauf que le message serait codé, du genre : « *Mike, tout est oublié. S'il te plaît, rentre à la maison* », ou quelque chose d'approchant.

Il attrapa le *Herald* dont il avait commencé les mots croisés et parcourut la page des petites annonces :

« Recherche maison à la campagne acceptant de prendre un chien pékinois pendant la durée des bombardements. L. Smith, 26 Brown Street, Mayfair. »

Non.

« Perdu dans la station de métro Holborn. Sac à main de cuir marron. Récompense. »

Non.

« À vendre, assortiment de plantes à repiquer. Iris, lis, poinsettias. »

Des poinsettias. Juste avant Pearl Harbor, la marine américaine avait intercepté un appel téléphonique entre un journal de Tokyo et un dentiste japonais de Honolulu : « Actuellement, les floraisons sont au plus bas de l'année. Cependant, les hibiscus et les poinsettias ont éclos. »

Il s'agissait d'un message codé pour expliquer au Japon que les cuirassés et les contre-torpilleurs étaient tous au port, mais pas les porte-avions. Et l'équipe de récupération n'ignorait pas que la destination suivante de Mike était Pearl Harbor.

Cependant, l'annonce donnait une adresse dans le Shropshire, et aucun numéro de téléphone. Et cinq lignes plus bas, un nouveau message, presque identique, proposait « des dahlias et des glaïeuls ». Tous les autres étaient les habituels « Objets trouvés » ou « À vendre ». Aucun « Prière de contacter », ni « Appel à informations concernant… ».

Cela dit, Mike n'avait cherché que dans le *Herald*. Ils pouvaient avoir mis un message dans le *Times* ou l'*Evening Standard*. Le lendemain, il devrait demander à Mme Ives de lui prêter de nouveaux journaux. Et découvrir comment y insérer une petite annonce de son cru : « Dunworthy, contactez Mike, hôpital des urgences de guerre, Orpington. Le temps nous manque. » Ou bien, juste : « E.R., contactez M.D. »

Il parcourait le *Herald* à la recherche du coût d'une petite annonce quand il se rappela que son argent était dans sa veste. Laquelle était restée sur le pont de la *Lady Jane*. S'il réclamait de l'aide à Mme Ives, elle lui poserait toutes sortes de questions. Il valait mieux attendre d'avoir quitté l'hôpital.

Hôpital dont il ne pourrait partir tant qu'il ne marcherait pas. Sa priorité était de se remettre d'aplomb. Il soutira une carte postale à Mme Ives, non sans passer quinze minutes à la dissuader de l'écrire à sa place, puis il envoya un message aux poinsettias. Il sollicitait plus d'information et donnait l'adresse de l'hôpital au cas où il s'agirait *réellement* d'un signal. Ensuite, il essaya de convaincre les infirmières de lui permettre de se lever.

Elles refusèrent d'en discuter, même s'il s'aidait de béquilles.

— Vous êtes encore en convalescence, dirent-elles en lui tendant le *Times*.

Il l'éplucha en quête de signes, mais le seul « Prière de contacter » se libellait ainsi : « La jeune personne en robe rouge à pois de la soirée de samedi dernier à l'aérodrome de Tangmere aurait-elle l'obligeance de faire signe au capitaine d'aviation Les Grubman ? »

Suivaient d'autres annonces pour des « plantes à repiquer » et, vendredi, une lettre des poinsettias arriva, accompagnée d'une liste de prix et d'un catalogue de graines. Mike décida de prendre les choses en main et de se lever de son propre chef, mais sœur Carmody le rattrapa avant même qu'il ne soit sorti du lit.

— Vous savez que ce pied ne doit pas porter le moindre poids avant complète guérison.

— Je ne supporterai pas de rester dans ce lit une minute de plus. Ça me rend dingue.

— Je sais exactement ce dont vous avez besoin…

— Un gentil mots croisés de plus ? demanda-t-il, sarcastique.

— Oui, affirma-t-elle en lui tendant le *Herald* et un crayon. Ainsi que de l'air frais et du soleil.

Elle sortit et revint au bout de quelques minutes avec un fauteuil roulant en rotin, et l'emmena, lui et son *Herald*, dans le jardin d'hiver, bien que le soleil ne soit pas au rendez-vous. La pièce bénéficiait de hautes fenêtres, mais de grands X de ruban adhésif noir barraient les vitres, contre lesquelles s'empilaient des sacs de sable, et leurs voilages verts donnaient une ambiance sous-marine à la salle. Les fauteuils à haut dossier étaient en osier, mais on les avait peints en brun foncé et des coussins de velours d'un vert encore plus sombre les couvraient. Sur l'un des fauteuils, un homme rougeaud qui portait une minerve lisait le *Daily Telegraph*.

Entre les fauteuils étaient disposées de massives tables en chêne, des bibliothèques, des vitrines, et des plantes vertes également massives et sombres. Il y avait à peine la place pour le fauteuil de Mike alors que sœur Carmody le poussait en direction des fenêtres protégées par les sacs de sable. Elle l'installa près de l'une des tables et ouvrit la fenêtre.

— Voilà, du bon air frais pour vous.

L'homme aux joues rouges s'éclaircit la gorge avec irritation et secoua bruyamment son journal.

— Y a-t-il autre chose que je puisse faire pour vous ? chuchota-t-elle.

— Non.

Mike examinait le lourd mobilier. Si on le laissait seul, il pourrait y prendre appui et…

— Voulez-vous que je reste pour vous faire la lecture ? demanda sœur Carmody.

— Non, je veux avancer mes mots croisés.

Elle hocha la tête, sortit une cloche de sa poche et la posa sur la table en produisant un infime tintement, mais le journal de son voisin subit de nouveau une saccade coléreuse.

— La surveillante est juste derrière la porte, ajouta l'infirmière dans un murmure. Sonnez si vous avez besoin de quelque chose. Si votre crayon tombe par terre, n'essayez pas de le ramasser. Vous devez appeler la surveillante. Il ne faut pas quitter ce fauteuil. Je reviendrai vous chercher à temps pour le déjeuner.

Et elle sortit de la pièce sur la pointe des pieds.

Peau Rouge en aurait au moins jusqu'au déjeuner avant d'avoir lu son *Telegraph*. Mike allait devoir le bousculer un peu. Il ouvrit son *Herald*, le plia bruyamment en deux, puis en quatre, afin que les mots croisés apparaissent en tête.

— « Un horizontal, émit-il à voix haute, peuvent faire des vagues ».

Il tapota son crayon sur la table.

— Faire des vagues… Les marées ? Non, c'est en huit lettres. Les ouragans ?

Raclements de gorge et froissements ne présageaient rien de bon.

— Excusez-moi, appela Mike. Vous n'auriez pas une petite idée de ces choses qui « peuvent faire des vagues » ? ou qui seraient une « tâche sans fin » ? En sept lettres ?

Peau Rouge claqua son journal, se leva et quitta la pièce d'un pas raide. Mike se pencha sur ses mots croisés quelques minutes de plus, l'air absorbé, au cas où la surveillante entrerait, puis fit rouler son fauteuil à proximité d'un palmier en pot dont il attrapa le tronc d'une main, afin de vérifier s'il était aussi robuste qu'il en avait l'air.

Il l'était. Quand Mike ajouta son autre main sur le tronc et prit appui pour se dresser avec lenteur, les palmes ne frémirent même pas. Il transféra avec précaution un peu de son poids sur son pied malade. Jusqu'ici, parfait. Il avait anticipé une douleur bien plus forte. Sans lâcher le palmier, il se pencha pour atteindre la bibliothèque la plus proche et fit un pas prudent vers elle.

*Oh ! bon Dieu de bon Dieu !*

Ses ongles se plantèrent dans le bois de la bibliothèque. Il s'immobilisa en équilibre, l'air sifflant à travers ses dents serrées, essayant de trouver le courage d'avancer d'un pas de plus et priant pour que la surveillante ne choisisse pas ce moment pour entrer.

*D'accord, un autre pas. Ça ne pourra pas aller mieux si tu ne le fais pas.*

Il agrippa de nouveau la bibliothèque, desserra les dents, et fit un nouveau pas. *Bon Dieu !*

Il lui fallut une demi-heure pour atteindre deux chaises, une autre bibliothèque puis une vitrine, et s'éloigner de cette simple distance l'inonda de sueur.

*Je n'aurais pas dû aller aussi loin.*

S'il entendait la surveillante entrer, il n'y avait aucune chance qu'il parvienne à regagner son fauteuil roulant à temps. Il commença de revenir sur ses pas, bénissant la prédilection des Victoriens pour les meubles solides et stables. Bibliothèque, palmier en pot, fauteuil roulant. Dans lequel il s'effondra avec gratitude, haletant pendant plusieurs minutes, avant de saisir ses mots croisés à la recherche de quelque chose, n'importe quoi, qu'il pourrait remplir en vitesse.

« Créature insulaire que l'auteur de *Peter Pan* a tuée » ? Qu'est-ce que ça pouvait bien être ? « Avertissement de docteur qu'Hitler ignorerait » ?

Il laissa tomber et griffonna quelques mots. Sur le fil. Sœur Carmody arrivait en souriant.

— Avez-vous avancé ?

— Oui.

Il essaya de plier la grille à l'intérieur avant qu'elle ne puisse y jeter un coup d'œil, mais elle la lui avait déjà arrachée des mains.

— En réalité, non. Je me suis assoupi. L'air frais m'a rendu somnolent.

— Et il vous a donné de bonnes couleurs, s'extasia-t-elle. S'il fait beau demain, je vous monterai ici de nouveau.

Elle lui tendit son journal.

— Au fait, vous vous êtes trompé pour le dix-huit vertical. Ce n'est pas « duplicité ».

*C'est ce que vous croyez.*

Cependant, s'il voulait continuer son petit jeu, il ne pouvait pas se permettre d'éveiller ses soupçons, aussi passa-t-il le reste de la journée à élucider des définitions de mots croisés pour sa prochaine visite à l'étage.

Le samedi, le Blitz commença avec le bombardement des quais et de l'East End à Londres et, les deux jours suivants, l'afflux des nouveaux blessés fut tel que personne n'eut le temps de faire monter Mike. Mais, mardi, sœur Carmody l'installa de nouveau dans le fauteuil roulant, et il remplit aussitôt les réponses qu'il avait préparées avant de se lever. Cette fois, il marcha plus loin, même s'il ne pouvait s'éloigner que de quelques pas sans le support des meubles, et si chacun de ces pas le brûlait comme l'enfer.

Mercredi, un groupe de quatre personnes jouait au bridge, et jeudi, c'est *lui* qu'on emmenait pour des radios, mais vendredi le jardin d'hiver était désert. Le temps avait tourné au froid et la pluie menaçait.

— Êtes-vous sûr que vous aurez assez chaud ici ? lui demanda sœur Carmody, qui drapait ses épaules et ses genoux de couvertures en laine. La température est glaciale.

— Ce sera parfait.

Elle hésitait toujours.

— Je ne sais pas. Si jamais vous attrapiez froid…

— Je n'attraperai pas froid. Tout ira bien.

*Allez-vous-en !*

Elle s'en fut, après lui avoir extorqué la promesse qu'il sonnerait la surveillante s'il ressentait la moindre fraîcheur, et il griffonna à la hâte les réponses à sa grille de mots croisés qu'il avait trouvées la nuit précédente.

« Quatre horizontal : bombardier. »

« Vingt-huit vertical : cathédrale. »

« Trente et un horizontal : fuite. »

Puis il repoussa les couvertures, écouta un moment pour s'assurer qu'elle ne revenait pas, et commença son circuit.

Bibliothèque, fenêtre… Son pied s'était raidi ces trois derniers jours. Il devait se forcer pour porter son poids dessus. Horloge, palmier en pot, fauteuil à haut dossier.

— Tss-tss, fit une voix depuis les profondeurs du fauteuil. Je croyais que vous n'étiez pas censé faire porter votre poids sur ce pied, Davis !

*Il n'y a pas de civils.*

Une Anglaise, que l'on interrogeait
sur le moral des civils à Londres,
pendant le Blitz.

## Londres, septembre 1940

Eileen refusa de retourner à la maison pour qu'Alf puisse utiliser les toilettes.

— Les bombes pleuvent, dehors. Tu devras attendre que ce soit terminé.

Quand, évidemment, il prétendit qu'il ne pourrait pas se retenir, elle plongea sa main dans l'eau et tâtonna sous les couchettes pour voir si l'abri était pourvu d'un pot de chambre.

Alf refusa d'employer celui qu'elle trouva.

— En plein d'vant toi et Binnie ?

Sur ce, sa sœur annonça qu'elle avait tout autant besoin d'y aller, et Theodore, claquant des dents, déclara qu'il avait froid. Eileen frissonnait, elle aussi, et ses pieds mouillés lui semblaient changés en glaçons.

*Je me suis trompée. Nous ne serons pas réduits en miettes, nous finirons gelés.*

À la première accalmie du bombardement, elle fonça dans la maison avec les enfants. Elle avait pris la lampe de poche, mais ce n'était pas nécessaire. Les incendies environnants illuminaient le jardin. Même à l'intérieur de l'habitation, il y avait largement assez de lumière pour s'orienter.

*Comment Polly pouvait-elle vouloir observer ça ?* se demandait Eileen tandis qu'elle fouillait les lieux à la recherche de couvertures et tentait de faire accélérer les enfants.

— Les bombardiers seront de retour d'une minute à l'autre !

Elle les poussa dans l'escalier, mais les avions les survolaient déjà. Une bombe tomba en sifflant, ébranlant les murs, alors qu'ils se hâtaient de quitter la cuisine par la porte de derrière.

— J'ai peur, se plaignit Theodore.

*Moi aussi.*

Eileen tendit les couvertures à Binnie, ramassa Theodore et courut le porter dans l'Anderson où elle subit le choc de l'eau glacée.

— Binnie, tiens les couvertures au-dessus de ta tête pour éviter qu'elles se mouillent... Où est Alf ?

— Devant.

Eileen largua Theodore sur la couchette supérieure et se rua dehors. Dressé au milieu de la pelouse, Alf scrutait le ciel empourpré.

— Qu'est-ce que tu *fabriques* ? cria-t-elle par-dessus le vacarme des bombardiers.

— J'tente de zieuter le genre d'avions qu'c'est.

Une explosion tonitruante retentit plus haut dans la rue et un halo rouge et dansant lui succéda.

— Un incendie ! hurla le garçon.

Et il se précipita en direction du feu.

Eileen le rattrapa par un pan de chemise et l'envoya valser à travers la porte, qu'elle claqua alors qu'un autre « bang » assourdissant ébranlait l'abri.

— Ça suffit. Maintenant, vous dormez.

Et, miracle ! ils obéirent. Mais pas avant que Binnie se soit plainte de sa couverture qui grattait, et qu'Alf ait argumenté :

— C'est l'boulot du guetteur de repérer si c'est des Dornier ou des Stuka.

Cependant, dès qu'ils furent enveloppés dans leurs couvertures sèches, tous dormirent – y compris Eileen – jusqu'au mugissement d'une nouvelle sirène.

Celle-ci tenait une note si aiguë qu'Eileen craignit qu'elle n'annonce une attaque au gaz. Elle secoua Binnie pour la réveiller et lui poser la question.

— C'est la fin d'alerte. T'entraves vraiment nib de nib ?

Frappé à la porte, un coup violent se répercuta dans l'abri.

— C'est l'garde, j'parie, lança Alf, qui émergeait de son nid laineux. Y vient t'coffrer maint'nant qu'le raid est fini. J't'avais bien dit qu'y faut pas allumer sa lampe dans le black-out.

Mais ce n'était pas un garde. C'était la mère de Theodore, enchantée de retrouver son fils et insoucieuse de l'eau, même si, quand ils furent tous rentrés dans la maison, elle insista pour qu'Eileen enlève ses bas mouillés et enfile une paire de ses propres pantoufles.

— Vous ne pouvez pas savoir à quel point je vous suis reconnaissante de m'avoir ramené mon cher petit de si loin, soupira-t-elle pendant qu'elle préparait un Horlicks pour tout le monde. Vous vivez à Londres, alors ?

Eileen expliqua que sa cousine venait d'y emménager, après son embauche dans un grand magasin sur Oxford Street.

— Elle ne m'a pas indiqué lequel. J'ai écrit pour le lui demander, mais sa réponse n'était pas encore là quand je suis partie, et j'ignore où elle habite *et* où elle travaille.

Mme Owens, la voisine, entra leur annoncer que les Brown avaient été bombardés.

— Y a-t-il des blessés ? interrogea Mme Willett.

— Juste Emily, la plus jeune. Quelques éraflures, mais leur logement est entièrement détruit.

Eileen frissonna en se rappelant son retour irresponsable dans la maison, la veille.

— Vous avez attrapé froid, s'inquiéta Mme Willett. Allez vous allonger. Quelle terrible nuit vous avez passée pour votre arrivée à Londres ! Restez ici, pour rattraper le sommeil qui vous manque.

— C'est impossible. Je dois ramener Alf et Binnie à leur mère, puis chercher ma cousine.

*Ça m'épargnera une autre nuit dans cet Anderson. Ou dans ce siècle.*

— Bien sûr. Mais restez au moins pour le petit déjeuner, et si vous ne trouvez pas votre cousine tout de suite, revenez loger chez nous. Et s'il y a quoi que ce soit qu'on puisse faire pour vous donner un coup de main…

— Si je pouvais utiliser votre adresse comme point de contact, au cas où j'aurais besoin de laisser un message à ma cousine…

— Ça va de soi. Et je suis sûre que Mme Owens vous donnerait son numéro de téléphone pour qu'on puisse vous y joindre.

Eileen la remercia, même si elle espérait ne pas avoir à employer l'une ou l'autre, pas plus que la proposition de « rester aussi longtemps que vous le voulez », offre qui fut réitérée au moment où elle partait.

— Je veux aller avec Eileen, annonça Theodore.

— Dépêchez-vous, Alf, Binnie, dit Eileen, pressée de lever le camp avant que Theodore ne lui pose la question de son retour. Allons retrouver votre mère.

— Elle sera pas là, prévint Alf.

Sa prédiction se réalisa. Cette fois-ci, la personne qui répondit quand Eileen frappa à l'entrée, une femme de toute évidence exténuée, encombrée d'un bébé braillard et de deux tout-petits accrochés à ses jupes, n'ouvrit même pas entièrement la porte.

Quand Eileen demanda si Alf et Binnie pourraient rester avec elle, elle secoua la tête.

— Pas après comment qu'ils m'ont arrangé mon Mickey.

— Bon, savez-vous quand…, commença Eileen.

Mais la femme avait déjà fermé et verrouillé la porte.

*Je n'arriverai jamais à me délivrer de ces gosses. Ils me seront attachés jusqu'à la fin des temps.*

— On fait quoi, maint'nant ? interrogea Alf.

*Je n'en ai pas la moindre idée*, se disait Eileen, hésitant sur le trottoir. Elle avait besoin de trouver Polly. Mais en admettant qu'elle y parvienne, elle ne pourrait pas gagner le point de transfert tant qu'elle ne se serait pas débarrassée d'Alf et de Binnie.

Il lui fallait au minimum localiser Polly et découvrir où et quand la fenêtre de saut s'ouvrait. Quand Mme Hodbin reviendrait à son domicile, Eileen s'y rendrait directement.

— Venez, annonça-t-elle. On part faire des courses.

— Avec ce bazar ? renâcla Binnie, qui soulevait leur valise.

Elle avait raison. Ils n'entreraient pas dans un grand magasin avec cet attirail. Eileen proposa :

— Demandons-lui si vous pouvez au moins laisser vos affaires ici.

— Non ! Y faucheront nos trucs ! s'exclama Binnie.

— J'connais une planque, avança Alf.

Il se saisit de la valise, fila en haut de la rue jusqu'à la maison bombardée, escalada les décombres et disparut derrière un mur encore debout. Il réapparut immédiatement, sans le bagage, et sauta en bas du tas sur le trottoir.

— Où c'est qu'on va les faire, ces courses ?

— Oxford Street. Vous savez y aller ?

Ils savaient. Eileen était presque heureuse de les avoir à ses côtés pour la guider dans le métro, trouver le bon quai, sortir à la bonne station. La taille d'Oxford Circus ne les intimida pas le moins du monde, ni son réseau de couloirs et ses escaliers roulants sur deux niveaux, ni la foule qui s'y pressait. Les gens avaient-ils vraiment dormi ici pendant les raids ? Comment réussissaient-ils à ne pas se faire piétiner ?

À l'extérieur, le trottoir était tout aussi encombré que la station de métro. Des autos, des taxis et d'énormes bus à impériale vrombissaient en passant.

*Je suis bien contente de n'avoir dû conduire que sur des chemins de campagne*, se disait Eileen. Debout devant le croisement, elle cherchait en vain les établissements que Polly avait nommés. Ce seul pâté de maisons comportait des tas de grands magasins et de boutiques, et leur alignement s'étendait à perte de vue dans les deux directions. Dieu merci ! Eileen connaissait les trois où Polly était susceptible de travailler. Si elle parvenait à les dénicher.

Elle déchiffrait les enseignes au-dessus des portes : *Goldsmiths, Frith and Co., Leighton's…*

— C'est quoi, c'que tu chines ? interrogea Alf.

— *John Lewis*, déclara-t-elle, et elle ajouta, pour qu'ils n'imaginent pas que c'était une personne : C'est un grand magasin.

— On *sait* ! renifla Binnie. C'est par là.

Et elle entraîna Eileen vers le bas de la rue.

Ils passèrent grand magasin après grand magasin – *Bourne and Hollingsworth, Townsend Brothers, Mary Marsh* –, et chacun d'entre eux était énorme, et s'élevait au moins sur quatre niveaux. *Selfridges*, de l'autre côté de la rue, couvrait un pâté de maisons entier.

*Prions pour que Polly ne travaille pas ici !* Cela prendrait une quinzaine pour la dénicher.

Mais *Padgett's* était presque aussi vaste, avec des colonnes grecques encore plus grandioses le long de sa façade. Des colonnes flanquaient également *John Lewis*, deux rues plus bas, et aucune planche ne protégeait ses vitrines.

Eileen rappela Alf et Binnie – qui étaient allés regarder les pâtisseries dans la toute proche devanture du *Lyons Corner House* – et tenta de les nettoyer un minimum. Elle fit un nœud à la ceinture de Binnie et redressa son col.

— Remontez vos chaussettes, ordonna-t-elle, fouillant dans son sac à la recherche d'un peigne.

— J'ai la dalle, grogna Binnie. On peut pas entrer là ?

— Non, dit Eileen, qui passait le peigne dans ses cheveux emmêlés. Rentre ta chemise, Alf.

— On a rien bouffé depuis des *heures* ! se plaignit Alf. On peut pas… ?

— Non.

Elle essayait de l'immobiliser pendant qu'elle lui débarbouillait le visage avec son mouchoir imbibé de salive.

— Suivez-moi.

Elle leur prit la main, les emmena jusqu'à l'entrée, et s'arrêta, coincée. Il n'y avait pas de porte, juste une sorte de cage de verre et de bois, divisée en sections verticales.

— T'as jamais vu de porte à tambour ? s'esclaffa Alf.

Et il se précipita dans l'une des sections, poussant sur la cloison pour la faire pivoter, suivi par Binnie, qui délivrait un commentaire détaillé sur son fonctionnement. Ce drôle de mécanisme ne rassurait pas plus Eileen que les explications des Hodbin mais, en dépit d'une sensation fugitive de piège, elle parvint à franchir la porte et à pénétrer dans le magasin.

Et quel magasin ! Lustres de cuivre et de verre, piliers de bois sculptés, sols cirés. Les comptoirs étaient en chêne, et derrière eux des rangées de tiroirs aux poignées de laiton s'élevaient du sol au plafond. À chaque comptoir, une élégante lampe allumée et une jeune femme tout aussi élégante.

*Bon sang !* se dit Eileen. *John Lewis* était d'évidence bien trop chic pour une servante et deux enfants des taudis... et le problème ne résultait pas simplement de leurs habits miteux. Eileen avait prévu de faire semblant de regarder les articles en attendant d'avoir repéré quelqu'un à qui parler, mais cela n'allait pas être possible. À l'exception de quelques chapeaux sur leurs supports en cuivre et d'écharpes pliées sur l'un des comptoirs, aucune marchandise n'était à l'étalage. De toute évidence, elle était censée demander à voir ce qu'elle était venue chercher, et les vendeuses ne croiraient pas une seconde qu'elle était assez riche pour acheter quoi que ce soit dans le magasin.

Son impression fut rapidement confirmée. Un homme d'âge moyen vêtu d'une redingote et d'un pantalon rayé se précipitait sur eux avec une expression d'épouvante.

— Puis-je vous aider, madame ? interrogea-t-il.

Sa voix était au diapason de son expression.

— Oui. Je cherche quelqu'un qui travaille ici. Polly Sebastian.

— Travaille *ici* ? Comme femme de ménage ?

— Non. Comme vendeuse.

— Je pense que vous vous trompez de magasin, madame.

Et le ton de sa voix indiquait clairement : « Nous n'embaucherions jamais quelqu'un qui vous ressemble. »

*Il ne contrôlera même pas si elle travaille ici. Et il ne me permettra pas davantage de la chercher moi-même.*

Dans moins d'une minute, il la raccompagnerait à la porte, et il ne les laisserait jamais rentrer de nouveau.

*Quelle erreur d'avoir pris Alf et Binnie avec moi !* regretta-t-elle, puis une soudaine inspiration la saisit.

— Ces enfants sont des évacués. Lady Caroline les héberge au manoir Denewell. Je suis sa bonne. Elle m'a envoyée à Londres pour les habiller de neuf. On m'a dit de demander Mlle Sebastian.

— Ah ! bien sûr ! s'exclama-t-il, désormais tout sourires. Il faut vous rendre au rayon « Enfants ». C'est au troisième étage. Par ici, s'il vous plaît.

L'espace d'un instant, comme il les précédait, Eileen craignit qu'il ne les emmène jusqu'au bout, mais il s'arrêta devant un ascenseur. Un garçon guère plus âgé que Binnie se pencha pour interroger :

— Quel étage, mademoiselle ?

— Troisième.

Elle monta dans l'habitacle avec les Hodbin. Le liftier ferma la porte en bois, puis tira la grille de cuivre et abaissa le levier. L'ascenseur s'éleva.

— Deuxième étage : « Vêtements hommes » et « Chaussures », récita le garçon, mécanique. Troisième étage : « Vêtements enfants », « Livres », et « Jouets ».

Il tira la grille, ouvrit la porte et la tint pendant qu'ils sortaient.

Eileen avait redouté d'être confrontée sur-le-champ à un autre homme aux pantalons rayés, mais celui qui officiait à ce niveau assistait une femme et sa fille.

*Parfait.* Eileen saisit les mains des deux enfants et allait emprunter la direction opposée quand les Hodbin freinèrent des quatre fers, refusant de bouger davantage.

— On a la dalle, annonça Binnie.

— Je vous ai dit…

— Tellement la dalle qu'on pourrait bien cafter des trucs qu'on devrait pas, l'interrompit Alf. Comme ça, par exemple : que lady Caroline t'a pas expédiée ici pour nous nipper.

*Eh bien, sales petits maîtres chanteurs !*

Mais elle n'avait pas le temps d'argumenter. Pantalon Rayé se dirigeait vers eux.

— Très bien. Je vous emmène chez *Lyons* déjeuner, chuchota-t-elle. *Après* en avoir fini ici.

— Déjeuner *et* gâteau, enchérit Binnie.

— Déjeuner et gâteau. *Si* vous m'aidez à trouver ma cousine.

— On t'aidera, assura Alf.

Ils tinrent parole. Quand Pantalon Rayé demanda à Eileen s'il pouvait l'aider, Alf répondit immédiatement.

— Nous sommes des évacués de lady Caroline.

Il avait l'air pathétique à souhait.

— C'est notre rayon « Enfants » qu'il vous faut. Par ici, s'il vous plaît.

*Et je fais quoi, quand j'y arrive ?* se disait Eileen, regrettant un peu d'avoir inventé l'histoire des évacués. Maintenant, elle ne pouvait plus demander aux vendeuses si Polly travaillait ici, et quelle excuse fournirait-elle quand ils auraient atteint le fameux rayon et qu'elle ne procéderait à aucun achat ?

Mais Alf vint à la rescousse.

— Eileen, je sens que je vais dégobiller, annonça-t-il en cramponnant son estomac.

Et, à la place, Pantalon Rayé se hâta de les emmener au salon pour dames.

Dès qu'ils furent à l'intérieur, Alf déclara :

— J'ai une meilleure combine pour cavaler dans les étages sans qu'le chef de rayon y nous mate.

Un « chef de rayon », voilà donc ce qu'était Pantalon Rayé.

— Suis-moi, ordonna Alf en montrant le chemin à Eileen.

Binnie faisant le guet, il mena Eileen jusqu'à une porte marquée « Escalier », qu'ils franchirent. La jeune femme suivit les Hodbin dans la cage d'escalier, en essayant de ne pas s'interroger sur l'étonnante familiarité de ces enfants avec les grands magasins, les portes à tambour et les ascenseurs. Chantage *et* vol à l'étalage.

Elle admit rapidement que l'utilisation de l'escalier était un coup de génie. On pouvait rester derrière ses portes vitrées et surveiller un étage entier avant de s'y manifester. Si Polly avait été employée là, Eileen l'aurait aperçue. Elle examina chacun des six étages, y compris le sous-sol dont une zone avait été reconvertie en abri, mais elle ne trouva pas trace de son amie.

— On peut avoir notre déjeuner, maintenant ? supplia Binnie.

— *Et* un gâteau, ajouta Alf.

— Oui, leur accorda Eileen, les guidant hors du magasin et les menant chez *Lyons*. Vous l'avez mérité.

Quand elle découvrit les prix, elle regretta d'avoir accordé le gâteau.

— Non, il n'est pas question de prendre un repas à quatre plats, déclara-t-elle à Alf, qui avait opté pour la proposition la plus chère du menu. J'ai dit oui pour un déjeuner.

— Mais 15 heures ont déjà sonné, plaida Binnie. On devrait avoir déjeuner *et* goûter.

— Quinze heures ?

Eileen jeta un coup d'œil à l'horloge. Hélas ! Binnie ne se trompait pas. Leurs recherches chez *John Lewis* avaient absorbé la majeure partie de l'après-midi. Elle avait prévu d'inspecter *Padgett's* après que les enfants auraient mangé, mais c'était plus vaste que *John Lewis*, et il fallait qu'elle se débarrasse des Hodbin ou elle les aurait sur le dos une nouvelle nuit. D'ici à ce qu'elle ait accompli l'aller-retour à Whitechapel, les raids auraient commencé.

Elle les pressa de finir déjeuner et dessert, de sortir de chez *Lyons*, de remonter la rue vers Oxford Circus.

— Marble Arch, c'est plus près, indiqua Binnie, qui désignait la direction inverse.

Elle avait raison. La station de Marble Arch était très proche de *Lyons*, et encore plus de *Padgett's*. Eileen se fit une petite note mentale en vue de son prochain retour.

Si elle trouvait le temps de revenir.

*Et si leur mère est toujours absente et que je dois les ramener chez Theodore ?* se disait Eileen tandis qu'ils attendaient le métro sur le quai.

Mais quand ils atteignirent Gargery Lane, Mme Hodbin était chez elle : une femme débraillée en kimono de soie défraîchi, qu'Eileen avait de toute évidence réveillée en frappant à sa porte. Sa coiffure blonde à la Pompadour s'était effondrée, et son fond de teint la barbouillait.

— Qu'est-ce que vous foutez là, vous deux ? interrogea-t-elle quand elle vit Alf et Binnie porter la valise que le garçon venait de récupérer dans la maison bombardée. Y vous ont fichus dehors, pas vrai ?

Eileen lui expliqua que le manoir avait été réquisitionné, mais cela n'intéressait pas Mme Hodbin.

— Z'avez leurs carnets de rationnement ?

— Oui.

Eileen les lui tendit.

— Ils ont eu tous les deux la rougeole, cet été, et Binnie a été très malade.

Mais cela n'intéressait pas davantage Mme Hodbin. Elle arracha les carnets de rationnement, ordonna aux deux enfants d'entrer, et claqua la porte.

Eileen resta un moment indécise, se sentant étrangement… quoi ? Flouée, parce que Mme Hodbin ne lui avait pas laissé le temps de leur faire des adieux ? C'était ridicule. Elle tentait depuis trois jours de se débarrasser d'eux.

*Et maintenant tu es libre de rejoindre Polly et son point de transfert, et de rentrer chez toi*, se disait-elle alors qu'elle descendait l'escalier puis la rue, et passait devant les bâtiments bombardés. *J'espère que tout ira bien pour les deux poisons.*

Elle s'arrêta net, se rappelant la lettre du pasteur.

*Oh non !* Elle avait oublié de la transmettre à Mme Hodbin. Elle fouilla dans son sac, la récupéra et commença de revenir vers la maison, avant de s'arrêter de nouveau, irrésolue quant au parti à prendre. Whitechapel était un endroit dangereux, mais le *City of Benares* le serait bien davantage, et Mme Hodbin lui avait donné l'impression qu'elle serait trop heureuse d'envoyer ses enfants au diable. Si elle les emmenait au bureau du Programme outre-mer aujourd'hui ou demain, il était quasi certain qu'ils échoueraient sur le *City of Benares*.

*Tu n'es sûre de rien. Tu ne sais même pas si elle souhaite leur départ. Son geste pour s'emparer de leurs carnets de rationnement était spécialement vif.*

Et Alf et Binnie pouvaient tout aussi bien se faire tuer ici. Pourtant, à Londres, il leur resterait une chance. Dans les eaux noires de l'Atlantique… Par ailleurs, si elle y retournait, Mme Hodbin n'ouvrirait peut-être pas la porte. Et Eileen manquait de temps. Elle devait atteindre Oxford Street avant que *Padgett's* ait fermé.

Elle remit l'enveloppe dans son sac, prit le métro pour Marble Arch, marcha jusqu'à *Padgett's* et commença ses recherches. Sans Alf et Binnie à gérer, elle pourrait inspecter les rayons et poser des questions bien plus vite.

Cependant, quand la sonnerie de fermeture retentit, elle n'avait terminé que le rez-de-chaussée, la mezzanine et le premier étage. L'espace d'un instant de pure terreur, elle crut que la sonnerie était une sirène et, dans la panique, sa réaction instinctive fut de rentrer à Stepney et de retrouver l'Anderson, mais elle avait tant espéré la sécurité d'Oxford ce soir… Elle se força à gagner l'entrée du personnel sur le côté du magasin et à observer les vendeuses qui sortaient en bavardant. Polly n'apparut pas, et aucune des personnes à qui Eileen adressa la parole ne la connaissait.

Les sirènes se déclenchèrent pendant qu'Eileen se rendait à Marble Arch. Des gens campaient dans les couloirs et sur le quai, et elle était tentée de se joindre à eux. De cette façon, elle pourrait croiser Polly, en route pour son travail.

Non, elle était déjà trop mal coiffée, et ses habits trop chiffonnés pour les magasins chics. Elle résolut de retourner à Stepney où elle pourrait se rafraîchir avant de repartir tôt le lendemain.

Hélas ! à Stepney, les raids détruisirent deux des rues principales. Au matin, Eileen dut marcher sur près de trois kilomètres avant de monter dans un bus et, au moment où elle atteignait Oxford Circus, les sirènes se mirent à hurler et elle dut subir trois quarts d'heure d'une attente exiguë dans l'abri aménagé au sous-sol chez *Peter Robinson*.

Il était presque midi quand elle arriva enfin chez *Padgett's*. Elle passa d'un air décidé devant le portier, prit l'ascenseur jusqu'au troisième étage, puis l'escalier jusqu'au cinquième, et commença de descendre, vérifiant chaque niveau avant de demander Polly, au cas où elle se serait trompée en mémorisant son nom.

À midi et demi, elle accédait au rez-de-chaussée et n'avait toujours pas repéré son amie.

*Si Polly n'est pas à cet étage, je devrai essayer* Selfridges, pensait-elle tout en se dirigeant vers le rayon « Papeterie ».

Elle demandait à la vendeuse si Polly Sebastian travaillait là quand deux employées sortirent en bavardant de la cage d'escalier, revenant de toute évidence de déjeuner. Celle qui se trouvait au comptoir mit son chapeau.

C'est l'heure du déjeuner, s'aperçut Eileen. Elle n'avait pas vu tout le monde, après tout. Il faudrait qu'elle inspecte les lieux de nouveau quand tous seraient rentrés de la pause. Et elle avait pu manquer Polly chez *John Lewis* pour la même raison. Elle devrait y retourner aussi.

Mais il n'y avait aucun signe de la jeune femme dans aucun des deux magasins, et personne ne la connaissait. Il ne restait plus que *Selfridges*, qui s'étendait sur des kilomètres, avec toutes sortes de piliers, d'alcôves et de recoins. Il était impossible d'examiner plus d'un rayon à la fois. À l'heure de la fermeture, elle n'avait achevé ses recherches que sur deux des six étages, dont elle était convaincue de ne pas avoir exploré la totalité. Elle sortit afin de trouver l'entrée du personnel mais, quand elle y arriva, les employés en jaillissaient à flots, et de toute évidence ce flux n'en était pas à son début.

Le miaulement crescendo decrescendo d'une sirène retentit, tout proche.

*Je veux rentrer à la maison*, se dit Eileen avant de sourire avec contrition. *Tu parles exactement comme Theodore*. Au moins, elle n'aurait pas à supporter tout ça pendant d'interminables semaines, contrairement à lui. *Tu dois juste tenir une nuit de plus.*

Elle n'était pas certaine d'en être capable. Les raids avaient été si terribles que Mme Owens avait abandonné son placard pour rejoindre Theodore et Eileen dans l'Anderson malgré l'humidité, et seuls la présence de la vieille femme et du tremblant petit corps de Theodore serré contre elle avaient empêché Eileen de se tapir dans un coin en hurlant. Les bombes semblaient tomber tout droit sur le jardin, mais quand Mme Willett revint de l'usine, elle annonça que Stepney avait été largement épargné, et que le plus gros des bombardements s'était concentré sur Westminster et Whitechapel.

*Pourvu que Binnie et Alf aillent bien, et que j'aie fait le bon choix en ne donnant pas cette lettre à Mme Hodbin !*

Aujourd'hui, c'était le 13 septembre. Si elle envoyait la lettre maintenant, elle ne parviendrait probablement pas à destination avant que le *City of Benares* ait appareillé, et aucun autre bateau d'évacués n'avait été coulé après celui-là. Ils seraient beaucoup plus en sécurité au Canada qu'à Londres.

Eileen emprunta un timbre à la mère de Theodore, écrivit l'adresse de Mme Hodbin sur l'enveloppe, décidée à poster la lettre sur son chemin, puis changea d'avis au dernier moment. Si le *City of Benares* n'avait pas appareillé…

Elle avait espéré arriver chez *Selfridges* avant l'ouverture de façon à observer l'entrée de service, mais son métro fut retardé à deux reprises à cause de dégâts sur les voies. Quand elle atteignit enfin le grand magasin, elle conçut une nouvelle stratégie : elle prit l'ascenseur jusqu'au bureau du personnel pour demander si Polly était employée là.

— Désolée, fit la secrétaire alors qu'elle entrait. Nous avons déjà trouvé quelqu'un pour le poste de serveuse dans notre restaurant *Palm Court*.

— Oh ! mais je ne suis pas…

— Je crains que nous n'ayons pas non plus de postes de vendeuses.

Elle se remit au travail interrompu sur sa machine à écrire.

— Je ne cherche pas un emploi. J'essaie de contacter quelqu'un qui travaille ici. Polly Sebastian.

La secrétaire ne cessa même pas de taper à la machine.

— *Selfridges* ne donne aucun renseignement au sujet de ses employés.

— Mais je dois la trouver. Mon frère Michael est à l'hôpital, et il la demande. C'est un pilote de la RAF. Son Spitfire a été abattu.

Et la secrétaire ne se contenta pas de lui chercher le nom de Polly dans les fiches des employés, mais elle vérifia la liste des embauches récentes.

Elle posa aussi un certain nombre de questions difficiles au sujet de l'aérodrome où Michael était affecté. Du coup, lorsque Eileen se rendit chez *John Lewis*, elle raconta qu'il avait été blessé à Dunkerque.

La secrétaire présente ne découvrit pas davantage le nom de Polly et, chez *Padgett's*, son homologue déclara :

— Je ne suis ici qu'à titre temporaire. D'habitude, je travaille au rayon « Parfumerie », mais la secrétaire de Mlle Gregory a été tuée, et on m'a appelée pour la remplacer, alors je ne sais rien sur les fiches du personnel, et Mlle Gregory n'est pas là pour l'instant. Si vous voulez laisser votre nom, je peux lui demander de vous rappeler quand elle reviendra.

Eileen lui laissa son nom et le numéro de téléphone de Mme Owens, puis retourna chez *Selfridges* pour demander aux vendeuses de chaque rayon si elles connaissaient une personne appelée Polly Sebastian qui travaillerait à leur étage, mais aucune ne reconnut ce nom.

— Elle pourrait avoir tout juste commencé, indiqua Eileen à une vendeuse de la chapellerie féminine. Elle a des cheveux blonds et les yeux gris.

Mais la jeune femme secouait la tête.

— Ils n'ont embauché personne depuis juillet, et pourtant plusieurs filles sont parties. Et maintenant je doute qu'ils le fassent, à cause de ces raids qui font chuter le chiffre d'affaires.

Voilà qui créait un tout nouveau problème. Et si Polly n'avait pas réussi à se faire embaucher dans l'un des magasins qu'elle avait énumérés ? Elle aurait sans doute trouvé un emploi de vendeuse ailleurs. Mais où ? Il y avait des dizaines de grands magasins et de boutiques sur Oxford Street. Cela prendrait des semaines de les examiner tous. M. Dunworthy avait insisté pour que Polly travaille dans l'un de ceux qui n'avaient pas été bombardés, mais à l'exception des trois mentionnés Eileen n'avait aucun moyen de savoir ceux qui ne l'avaient pas été.

— Êtes-vous sûre qu'il s'agissait de *Padgett's* et non de *Parson's* ? demandait la vendeuse.

— Oui. Sa lettre indiquait qu'elle venait à Londres travailler chez *Padgett's*.

— A-t-elle dit quand ? Et si elle n'avait pas commencé ?

Eileen n'avait pas pensé à ça non plus. Polly pouvait même ne pas être encore arrivée. Eileen ignorait combien de temps le Blitz s'était maintenu, plusieurs mois sans doute, et Polly avait dit que sa mission ne durerait que quelques semaines. Peut-être ne viendrait-elle que dans une semaine. Ou dans un mois.

— Est-ce que vous allez bien, ma'ame ? interrogeait la vendeuse.

*Non.*

— Oui.

Eileen remercia la jeune femme pour son aide, et gagna les ascenseurs.

— Je vous souhaite de la trouver ! lui lança la vendeuse.

*J'espère surtout que je la trouverai* vite.

Il lui restait juste assez d'argent pour deux jours de tickets de métro et de repas, même si la mère de Theodore continuait de la loger.

*« Restez ici aussi longtemps que vous voudrez »*, avait-elle dit, mais cela signifiait : « jusqu'à ce que vous trouviez votre cousine, dans un jour ou deux », pas plusieurs semaines.

Mais si Polly n'était pas encore ici en 1940, ou si elle travaillait dans l'une des dizaines de boutiques plus petites, cela prendrait bien plus longtemps de la dénicher. Eileen devrait chercher un emploi. Et pour faire quoi ? Sa seule expérience était d'avoir été domestique. Or se mettre au service de quelqu'un était la pire option qui soit. Elle n'aurait au mieux qu'une demi-journée de congé et serait privée de sa liberté de mouvement.

*Je pourrais peut-être me faire embaucher au* Lyons Corner House *?*

Mais quand elle se renseigna, le bureau du personnel lui apprit qu'ils n'engageaient que pour le service du soir, ce qui impliquait de travailler pendant les raids, et elle ignorait si *Lyons* avait été touché.

Elle passa le reste de la journée à quadriller *Parson's*, dans l'hypothèse où elle aurait confondu les noms, dressa une liste de chaque boutique et grand magasin d'Oxford Street de façon à pouvoir les rayer après les avoir inspectés, puis acheta un journal et, dans le métro du retour à Stepney, cercla toutes les offres d'emploi dont les adresses étaient sur Oxford Street.

Il y en avait seulement quatre, et aucune pour *Selfridges*, *Padgett's*, ou *John Lewis*. La meilleure offre était : « Cherchons serveuse. Salon de thé *Wisteria*. 532 Oxford Street. Service de 13 h à 17 h. » L'endroit n'était pas à proximité des grands magasins, mais à quelques pas seulement de la station de Marble Arch, où elle pourrait se réfugier si les raids commençaient avant la fin de son service. Et les horaires lui convenaient parfaitement. Elle occuperait ses matinées à chercher Polly, se rendrait à son travail, puis surveillerait la sortie des vendeuses des grands magasins.

*Je prendrai le premier bus de la journée afin de me trouver en tête dans la file*, se disait-elle alors qu'elle rejoignait la maison de Theodore, mais le garçon l'accueillit à la porte et annonça :

— Une dame t'a téléphoné.

*C'est Polly. Elle est allée postuler chez* Padgett's, *et Mlle Gregory l'a prévenue que j'étais passée et lui a donné mon numéro.*

— Quel était le nom de cette dame ? demanda-t-elle.

— Je sais pas, répondit Theodore. Une dame.

— A-t-elle laissé son adresse, ou un numéro de téléphone ?

Theodore ne le savait pas non plus. Elle l'emmena chez Mme Owens. *Seigneur ! faites que ce ne soit pas Theodore qui ait pris la communication*, pensait-elle, mais Mme Owens avait pris l'appel.

— Quel dommage. Vous venez juste de la rater.

— Qu'a-t-elle dit ? interrogea Eileen, impatiente.

— Juste qu'elle souhaitait vous parler, et qu'il fallait la rappeler à ce numéro.

Elle le tendit à Eileen.

— Puis-je me servir de votre téléphone ? Si je sors appeler de la cabine, j'ai peur que *Padgett's* ne ferme.

— Bien sûr. (Elle désigna l'appareil.) Theodore, suis-moi dans la cuisine. Je vais te donner ton goûter.

*Parfait*, se disait Eileen tout en indiquant à l'opératrice le numéro. *Comme ils ne sont pas dans la pièce, je pourrai demander à Polly où se trouve son point de transfert.*

— Allô, je suis Eileen O'Reilly.

— Oui, ici Mlle Gregory, du magasin *Padgett's*. Vous nous avez laissé votre nom et votre numéro.

— C'est exact.

Polly devait se tenir à son côté, dans le bureau.

— Je vous appelais pour vous annoncer que nous avons un poste vacant dans notre équipe de vente.

— Un poste vacant ? répéta Eileen d'un ton absent.

— Oui, à pourvoir tout de suite. C'est un poste de vendeuse assistante dans notre rayon « Mercerie ».

Ils lui proposaient un emploi. Mlle Gregory avait trouvé la carte qu'Eileen avait laissée et l'avait prise pour une candidature. Eileen avait tant espéré qu'il s'agisse de Polly, qu'elle soit enfin sur le chemin du retour…

— Êtes-vous disponible, mademoiselle O'Reilly ? demandait Mlle Gregory.

*Oui*, pensa-t-elle avec amertume. Elle ne pouvait pas se permettre de refuser cet emploi dans l'un des magasins où Polly pouvait déjà travailler, et non loin des autres. Et même si Polly n'y travaillait pas, Eileen serait au cœur d'Oxford Street et, pendant sa pause-déjeuner, elle monterait et descendrait systématiquement un côté de la rue après l'autre, écumant chacun des grands magasins.

— Oui. Cet emploi me conviendrait très bien.

— Parfait. Pouvez-vous commencer demain matin ?

Et quand Eileen répondit par l'affirmative, Mlle Gregory lui expliqua quand et où se présenter et comment elle devrait s'habiller.

— Tu t'en *vas* ? demanda Theodore, sa voix s'élevant dangereusement alors qu'elle raccrochait.

*Pas encore.*

— Non, déclara-t-elle en lui souriant. Je reste ici : je vais travailler chez *Padgett's*.

*Votre voyage est-il vraiment indispensable ?*

Affiche du ministère des Transports, 1940

## Londres, le 26 septembre 1940

Jeudi soir, l'équipe de récupération n'était toujours pas venue chercher Polly.

*Je ne supporte plus cette attente. Je leur donne jusqu'à samedi et je pars pour Backbury*, pensait-elle tandis qu'elle écoutait Mlle Laburnum et les autres discuter du choix d'une pièce.

Curieusement, sir Godfrey avait accepté l'idée d'une vraie production théâtrale.

— Je serais enchanté d'apporter mon concours à une aussi noble cause, avait-il déclaré. Montons *La Nuit des rois*. Avec Mlle Sebastian dans le rôle de Viola.

— Oh ! je rêvais d'une des pièces de Barrie, soupira Mlle Laburnum.

— Peut-être *Peter Pan*, suggéra Mme Brightford. Les enfants pourraient jouer dedans.

— Et Nelson ferait Nana, ajouta M. Simms.

Sir Godfrey parut atterré.

— *Peter Pan* ?

— On ne peut pas, se hâta d'intervenir Polly. Nous n'avons pas les moyens de gérer les déplacements aériens.

Sir Godfrey lui lança un regard reconnaissant.

— Excellente raison. D'un autre côté, *La Nuit des…*

— Il faut que ce soit une pièce patriotique, trancha Mme Wyvern d'un ton catégorique.

— *Henri V*, proposa sir Godfrey.

— Non, pas assez de femmes. Nous devons choisir une pièce avec des rôles féminins afin que chaque membre de notre petite troupe puisse participer.

— Et avec un chien, insista M. Simms.

— *La Nuit des rois* a beaucoup de rôles féminins, assura Polly. Viola, la comtesse Olivia, Maria…

— *Moi*, je crois qu'on devrait faire celle avec l'horloge, l'interrompit Trot.

— Quelle merveilleuse idée ! s'exclama Mlle Laburnum. Jouons *Un baiser pour Cendrillon,* de Barrie.

— Il y a un rôle pour un chien ? interrogea M. Simms.

— Et que diriez-vous d'une histoire de meurtre ? suggéra le pasteur.

— *La Souricière*, assena sir Godfrey d'un ton pince-sans-rire.

*Quand je serai à Backbury, il faudra que j'apprenne à Merope que sir Godfrey apprécie Agatha Christie*, se réjouissait Polly, puis elle comprit qu'il se référait à *Hamlet*[1]. Et qu'il complotait, de toute évidence, l'assassinat de Mlle Laburnum.

Elle écoutait d'une oreille distraite ses amis proposer d'autres pièces et se demandait quand partir. Si elle

---

1. Sir Godfrey fait allusion à l'acte III, scène II de la pièce de Shakespeare : « LE ROI — Comment appelez-vous la pièce ? HAMLET — *La Souricière*. Et pourquoi cela, direz-vous ? Par métaphore. Cette pièce est la représentation d'un meurtre commis à Vienne. » (*NdT*)

attendait de sortir du travail samedi, elle n'aurait pas besoin de solliciter Mlle Snelgrove pour obtenir un jour de congé, et elle ne courrait pas le risque de manquer l'équipe de récupération pendant son absence.

Mais il lui semblait se rappeler que la demi-journée de libre de Merope était le lundi, et que c'était à ce moment-là qu'elle venait à Oxford faire son rapport. Si Polly mettait plus de temps que prévu pour atteindre Backbury, il se pourrait bien que Merope ne soit pas là quand elle arriverait.

Ou plus là du tout. Sa mission devait toucher à sa fin. Et si, lundi, elle s'en allait pour de bon ?

*Je ferais mieux de ne pas attendre samedi soir.*

— J'ai aperçu trois exemplaires de *Mary Rose* dans une librairie de livres d'occasion la semaine dernière, déclarait Mlle Laburnum. Une pièce d'une telle émotion… Ce pauvre garçon, qui cherche si longtemps son amour perdu… (Elle posa sa main sur son cœur.) Je ferai un tour à Charing Cross Road samedi.

*Et moi j'en ferai un à Backbury. Je partirai samedi, et je reviendrai dimanche.*

Elle devait trouver les horaires des trains. Il était trop tard pour les consulter à la gare d'Euston. Le métro s'était déjà arrêté pour la nuit. Il faudrait qu'elle patiente jusqu'au lendemain matin.

Las ! quand les rames recommencèrent à rouler à six heures et demie, un panneau d'information annonçait que la Central Line était hors service à cause de « dommages sur la ligne », et Polly dut demander à Marjorie de tenir son comptoir pendant qu'elle courait au rayon « Livres » regarder un indicateur des chemins de fer ABC.

Le premier train du samedi partait à 10 h 02, avec deux changements, à Reading et à Leamington. Cela ne permettait pas d'arriver à Backbury avant…

*Oh non !* Vingt-deux heures bien sonnées ! Elle ne pourrait pas aller au manoir avant dimanche matin. Et, s'il était éloigné du village, l'aller-retour absorberait quasi toute sa journée.

Et dans le cas où Merope serait déjà rentrée à Oxford, Polly ne pouvait pas courir le risque de manquer le train du retour. D'après l'ABC, le seul à partir de Backbury dimanche passait à 11 h 19.

*Je dois filer ce soir. S'il y a un train.*

Il y en avait trois. Le premier à 18 h 48.

*Si je vais tout droit à Euston en sortant du travail, je devrais arriver à prendre celui-là.*

Et elle redescendit à son comptoir afin d'en décharger Marjorie.

*Marjorie.* Si Merope était à Backbury, Polly ne reviendrait pas. Avant de quitter Londres, elle devrait acheter à Marjorie des bas pour remplacer ceux qu'elle avait empruntés. Mais elle n'avait pas assez d'argent sur elle pour les payer en plus du billet de train. Il faudrait retourner chez Mme Rickett récupérer les fonds d'urgence de M. Dunworthy. Ce qui présentait au moins un avantage. Indiquer à Mme Rickett où elle se rendait. Si elle était retardée, elle attraperait le 19 h 55, voire le 21 h 03.

Elle se hâta de gagner son comptoir. Marjorie était occupée avec une cliente. Polly chargea Doreen de noter son achat et, quand Marjorie eut terminé la vente, son amie lui apporta les bas.

— Ils sont superbes, mais ce n'était pas nécessaire, tu sais !

*Bien sûr que si. Tu n'imagines pas à quel point les bas vont devenir précieux. Tu pourrais bien être obligée de faire durer ceux-là jusqu'à la fin de la guerre !*

— Merci, continua Marjorie.

Elle se pencha par-dessus le comptoir pour chuchoter :

— Tu ne devineras *jamais* qui est venu pendant que tu étais là-haut.

Et, avant que le cœur de Polly ne s'emballe, elle ajouta :

— L'aviateur dont je t'ai parlé, celui qui me court après pour que je sorte avec lui. Tom. Il voulait m'inviter à danser.

— Et tu y vas ?

— Non, je t'ai dit, c'est un noceur. (Elle fronça les sourcils.) J'aurais peut-être dû accepter. Comme il le répète, dans des moments comme ceux qu'on vit, il faut profiter de toutes les occasions d'être heureux.

C'était une bien vieille rengaine.

— J'ai une question à te poser. Est-ce à Mlle Snelgrove que je dois demander un jour de congé demain, ou à M. Witherill ?

— Un jour de congé ?

Marjorie avait l'air horrifiée.

— Oui. J'ai reçu une lettre de ma sœur. Ma mère est malade et je dois rentrer chez nous.

— Mais tu ne peux pas t'absenter demain ! Le samedi est le jour le plus chargé de la semaine chez *Townsend Brothers*. Ils ne le permettront jamais !

Polly n'avait pas imaginé une seconde qu'on pourrait ne pas lui accorder ce jour de liberté, surtout avec l'excuse d'une mère malade. Il y avait toujours la solution de démissionner, bien sûr, mais si Merope avait quitté Backbury le travail de Polly restait sa meilleure chance d'être retrouvée par l'équipe de récupération.

— Mlle Snelgrove a usé son quota de gentillesse pour la semaine, insistait Marjorie. Et M. Witherill sera convaincu que tu files en douce. (Elle lui décocha un regard vif.) Ce n'est pas le cas, hein ? Non pas que je t'en blâmerais. Assise dans cette horrible cave, la nuit dernière, à entendre dégringoler les bombes, je me disais : *Dès la fin de l'alerte, je vais direct à la gare de Waterloo, je prends le train pour Bath et j'emménage chez Brenda.*

— Je ne me sauve pas.

Polly sortit la lettre de Fournitures et la tendit en se débrouillant pour que Marjorie voie le cachet oblitéré du Northumberland sur l'enveloppe.

— C'est son cœur. Si je l'apprends à Mlle Snelgrove, je suis sûre…

Marjorie secouait la tête.

— Ne dis rien du tout. Ni à elle, *ni* à M. Witherill, ordonna-t-elle en lui rendant sa lettre. Demain matin, je prétendrai que tu m'as téléphoné pour signaler que tu ne te sentais pas bien. Tu seras là lundi ?

— Oui, sauf si…

Polly détestait l'idée que Marjorie puisse avoir des ennuis si elle ne revenait pas.

— Je te couvre lundi aussi. Si tu as besoin de rester plus longtemps, tu peux toujours écrire de chez toi et le leur annoncer.

— Et pour demain ? Tu seras débordée.

— Je me débrouillerai. Personne n'achète de corsets en ce moment. C'est trop long à mettre en cas de raid. Est-ce que tu t'en vas ce soir ?

Polly hocha la tête.

— Merci beaucoup de me couvrir. Si quelqu'un me demande, dis que je serai de retour lundi, ou mardi au plus tard.

Marjorie se pencha sur le comptoir comme pour lui faire une confidence.

— Qui est cette mystérieuse personne dont tu espères sans cesse la venue ? Un homme ?

*Je l'ignore.* Il y avait des chances que l'équipe de récupération soit féminine, mais ce n'était pas certain.

— Est-ce un pilote ?

— Non. Une de mes cousines vient à Londres et devrait chercher à me rencontrer.

Polly retourna en vitesse à son comptoir avant que Marjorie lui pose d'autres questions.

À 17 h 15, elle commença de ranger, souhaitant partir tôt, mais presque à l'heure de fermeture Mlle Snelgrove voulut voir son journal des ventes.

Marjorie s'approcha d'elles, déjà vêtue de son manteau, coiffée de son chapeau.

— Je m'en vais, Mlle Snelgrove, annonça-t-elle avant de se tourner vers Polly. Est-ce que ça va bien ? Tu es toute pâle !

— Ça va, répondit son amie, qui comprit soudain que Marjorie tentait de l'aider à préparer son alibi pour le lendemain. J'ai juste la tête en compote, et j'avais un peu mal à la gorge cet après-midi.

Elle posa la main sur son cou, mais cela n'eut pas l'air d'impressionner Mlle Snelgrove. Marjorie ne s'était pas trompée. La chef de service avait épuisé son quota de gentillesse pour la semaine.

— Où est votre reçu de vente pour Mme Scott ?

Polly aurait voulu dire au revoir à Marjorie – après tout, c'était peut-être la dernière fois qu'elle la voyait –, mais quand Mlle Snelgrove eut terminé de la réprimander pour les bavures de ses carbones la jeune fille était partie et c'était sans doute mieux. Polly n'aurait pas su quoi répondre si elle lui avait demandé le nom de sa cousine. Et, de toute façon, elle n'avait plus le temps pour des adieux. Il était déjà 17 h 45.

Il fallait qu'elle lève le camp. Si elle voulait attraper le 18 h 48, elle devrait prendre un taxi pour aller chez Mme Rickett. Encore fallait-il en dénicher un. Il n'y en avait aucun devant *Townsend Brothers* ni dans la rue. Elle finit par descendre en courant les quatre pâtés de maisons qui la séparaient de *Padgett's* et par prier le portier d'en héler un pour elle, mais plusieurs minutes avaient passé et, quand elle arriva à la pension, il était 18 h 20.

Polly demanda au chauffeur de l'attendre et se rua à l'intérieur, espérant que Mlle Hibbard serait au petit salon et qu'elle s'épargnerait ainsi la rencontre avec Mme Rickett ou avec la volubile Mlle Laburnum, mais elle ne vit personne, et la salle à manger était tout aussi déserte, bien que les plats du dîner traînent encore sur la table. Les sirènes avaient dû se déclencher tôt une nouvelle fois, alors que les raids ne commenceraient qu'à 21 heures ce soir-là.

Elle fonça dans l'escalier jusqu'à sa chambre où elle prit l'argent, dégringola les marches, sauta dans le taxi et dit :

— Gare d'Euston. Vite. Je dois attraper un train.

— Je vous emmène.

Il dévala Cardle Street et passa en trombe devant la station de Notting Hill Gate.

*Oh non ! Je ne les ai pas prévenus que je partais.*

Quand elle avait compris que les sirènes avaient sonné, elle les avait complètement oubliés.

*J'aurais dû laisser un message.*

C'était trop tard, maintenant. Il était déjà 18 h 40. Elle aurait de la chance si elle réussissait à attraper son train.

Cependant, elle voyait les larmes couler sur les joues de Mlle Hibbard, et l'expression de sir Godfrey dans son visage gris de cendre avant qu'il ne l'aperçoive. Elle se rappelait comment ses propres genoux s'étaient dérobés quand elle avait découvert l'église dévastée.

*Impossible de leur rejouer le même tour alors qu'ils vont devoir affronter tant de morts réelles dans les quatre années et demie à venir.*

Elle se pencha en avant et tapota l'épaule du chauffeur.

— J'ai changé d'avis. Emmenez-moi au métro de Notting Hill Gate.

— Et votre train, mademoiselle ?

— Je prendrai le suivant.

Il fit demi-tour et rebroussa chemin.

— Voulez-vous que je vous attende de nouveau ? demanda-t-il alors qu'il s'arrêtait devant la station.

Avec l'alerte en cours, le garde ne la laisserait jamais sortir.

— Non, je me déplacerai en métro à partir d'ici.

Elle lui tendit le prix de la course, dégringola les marches et gagna le quai.

— Ah ! quelle chance, le garde de l'ARP vous a prévenue ! s'exclama Mlle Laburnum à l'instant où elle apparaissait.

— Prévenue de quoi ?

— De la fuite de gaz.

— Une bombe à retardement a explosé et brisé une canalisation de gaz, compléta Mlle Hibbard qui les rejoignait avec son tricot. À deux rues d'ici. Pendant le dîner.

*Une fuite de gaz ! Une simple étincelle en provenance de l'allumage du taxi et nous nous envolions au ciel, le chauffeur et moi !*

Le pasteur et Mme Rickett étaient là, ainsi que Mme Brigthford et ses filles, et tous étalaient leurs couvertures.

— Je suis contente que vous soyez arrivée, déclara Mlle Laburnum. Nous discutions de la pièce.

— Je ne peux pas rester. Je suis juste venue vous dire que je ne serai pas là ce soir.

— Ah ! mais il le faut ! s'exclama Mlle Laburnum.

— Nous avons décidé que pour trancher, la seule solution équitable c'est de voter, expliqua Mme Wyvern.

*Aïe ! Barrie triomphait donc. Pauvre sir Godfrey !*

— Mais sir Godfrey souhaite que nous attendions jusqu'à dimanche. D'abord, il veut nous montrer une scène de *La Nuit des rois*. Celle où Viola meurt d'envie de lui révéler son amour, mais c'est impossible parce qu'elle ne peut pas trahir sa véritable identité. Et il désire que vous jouiez Viola.

De toute évidence, il comptait sur elle pour l'aider à convaincre le groupe de laisser tomber Barrie, mais il n'était pas *question* qu'elle rate le train de 19 h 55.

— Désolée, quelqu'un d'autre devra jouer Viola. Je…

— Sir Godfrey *insiste* pour que ce soit vous. Il dit que vous êtes parfaite pour le rôle.

— Je ne peux pas. J'ai reçu une lettre de ma sœur. Ma mère est malade, et je dois retourner à la maison. Je suis juste venue vous prévenir pour que vous ne pensiez pas…

— … que vous étiez tuée, conclut Trot.

Et Polly se réjouit d'être passée, même si, en conséquence, elle avait raté le départ du 18 h 48.

— Oui, et pour vous avertir que je ne serai pas de retour avant dimanche soir au plus tôt. Tout dépend de la santé de ma mère. Dites à sir Godfrey que je suis désolée, mais mon train…

— Bien sûr, vous devez partir. Nous comprenons parfaitement, affirma le pasteur.

Et les autres, à l'exception de Mme Rickett, hochèrent la tête avec sympathie.

— Merci. Pour tout. Au revoir !

Et Polly les abandonna sur le quai et se précipita dans le couloir, navrée de n'avoir pu dire adieu à sir Godfrey, quoique cela soit sans doute préférable. Mentir à Mlle Laburnum et au pasteur était une chose, mais sir Godfrey n'était pas aussi facile à berner. Et elle n'était pas sûre qu'elle aurait pu refuser s'il lui avait demandé de rester pour incarner Viola face à son Orsino.

*Et il est impératif que je prenne le 19 h 55*, se disait-elle tandis qu'elle se hâtait dans l'escalier roulant, un œil sur sa montre, jouant des coudes à travers la foule. 19 h 15. Si les correspondances ne traînaient pas en longueur, elle parviendrait à…

— Mademoiselle Sebastian, attendez ! l'appela sir Godfrey. (Il la rattrapa.) On vient juste de m'apprendre que vous nous quittez.

— Oui. J'ai reçu une lettre. Ma mère est malade.

— Ainsi, vous partez pour le Northumberland ?

— Oui.

— À jamais ?

*J'aurais dû faire semblant de ne pas avoir entendu quand il m'a hélée.*

Peu importe ce qu'elle lui répondrait, il la déchiffrait comme un livre ouvert.

— Je ne sais pas.

Une expression proche de la douleur lui traversa le visage et il dit doucement, abandonnant sa pose théâtrale :

— Vous trouvez-vous dans une situation difficile, Viola ?

*Oui. Et vous aviez raison. Viola est le rôle idéal pour moi. Je* suis *déguisée. Il m'est* impossible *de vous avouer la vérité.*

— Non, répondit-elle, espérant qu'il ne s'était pas trompé sur son talent d'actrice. C'est juste que je me tracasse tellement pour ma mère. Ma sœur m'écrit qu'elle ne court aucun danger, mais j'ai peur...

— Qu'elle vous cache la vérité ?

— Oui, affirma-t-elle en soutenant fermement son regard. Elle sait à quel point il est compliqué pour moi d'obtenir un congé dans mon travail. Voilà pourquoi je dois me rendre sur place, contrôler que tout va bien. S'il n'y a rien de sérieux, je serai de retour dimanche, mais si elle est vraiment malade je pourrais avoir à rester plusieurs semaines, ou mois.

*Et tu ne crois pas un mot de ce que je te raconte...*

Mais pour tout commentaire il déclara :

— Je souhaite qu'elle se rétablisse au plus vite, et que vous nous reveniez de même. Si vous n'êtes pas rentrée pour le vote samedi soir, je crains d'être condamné à jouer *Peter Pan*, un sort que vous ne voudriez sûrement pas me voir subir !

Polly éclata de rire.

— Non. Au revoir, sir Godfrey.

— Au revoir, belle Viola. Comme je regrette de n'avoir jamais joué *La Nuit des rois* avec vous... quoique cela soit peut-être bien préférable. J'aurais détesté incarner Malvolio, tout sourires et bandé de jarretières. Avec ses espérances amoureuses tristement déçues.

— Jamais ! Vous ne pourriez jouer aucun autre rôle que celui du duc Orsino.

Il étreignit son torse d'un geste théâtral.

— Ah ! retrouver mes vingt-cinq ans ! (Il la poussa dans l'escalier roulant.) Disparaissez, maintenant ! Vite, pour que nous puissions nous retrouver à nouveau. Dimanche soir à Notting's Gate quand la Luftwaffe rugit. Ne m'abandonnez pas, belle dame ! Ma vie et votre réputation en dépendent !

Il se fondit dans la foule avant qu'elle ait pu lui répondre.

Elle se précipita sur le quai de la Central Line. Il était déjà 19 h 40. *Je n'arriverai jamais à Euston à temps. À moins que, par quelque miracle, le train soit en retard.*

Il l'était, et cela tombait bien. Les sirènes se déclenchèrent au moment même où le 19 h 55 sortait de la gare. Bien qu'ils aient échappé à cette alerte, des raids les arrêtèrent pendant la majeure partie de la nuit, et le samedi s'écoula pour l'essentiel sur des voies de garage afin de laisser passer les trains militaires, si bien que Polly rata sa correspondance à Leamington. Et il n'y aurait rien d'autre avant le lendemain matin.

— Il n'y a *rien* ce soir ?

L'agent du guichet secoua la tête.

— C'est la guerre, vous savez.

Si le train du matin était retardé comme celui qu'elle venait de quitter, elle ne parviendrait pas à Backbury avant lundi matin, et Merope serait partie à Oxford faire son rapport. Si elle n'était pas rentrée pour de bon.

— Y a-t-il un bus pour Backbury ?

L'agent consulta un horaire différent.

— Il y a un bus pour Hereford, et un autre qui en part à destination de Backbury demain matin à 7 heures.

Il lui faudrait s'installer pour la nuit dans la gare de Hereford, mais au moins elle serait à Backbury dimanche, et non lundi. Et, à la différence d'un train, un bus ne pouvait pas se trouver bloqué pendant des heures sur une voie d'évitement pendant le défilé d'une série de trains militaires.

Toutefois, un bus pouvait être bloqué à des passages à niveau pendant que ces mêmes transports de troupes se succédaient. Ou à des barrages, quand des officiers de la Home Guard trop zélés insistaient pour vérifier les papiers de chaque voyageur. Polly n'aurait pas dû s'inquiéter de cette nuit dans la gare. Il était presque 7 heures lorsqu'ils atteignirent Hereford.

Le bus à destination de Backbury ne fut arrêté qu'une seule fois par un train militaire, et seulement une demi-heure. Quand le conducteur annonça « Backbury ! », il était juste un peu plus de 8 heures.

— À quelle heure est le prochain bus pour le retour à Hereford ? demanda Polly alors qu'elle descendait.

— 17 h 25.

— Pardon ?

— Seulement deux bus le dimanche. C'est la guerre, vous savez.

*Oui, on ne peut pas l'ignorer.*

Au moins, il y avait un train au départ de Backbury. Elle se réjouit d'avoir consulté l'ABC et noté l'horaire. Le train de 11 h 19 la ramènerait à Londres bien plus vite que le bus. Si elle réussissait à se rendre au manoir et à en revenir en trois heures. Et à le trouver, pour commencer. Le conducteur s'était arrêté au milieu d'un petit ensemble de boutiques et de chaumières. Polly n'apercevait pas de manoir. Ni de gare. Elle se retourna pour interroger le conducteur.

— Pouvez-vous m'indiquer la direction du manoir ?

Il avait déjà fermé la porte et démarrait.

*Je devrai demander à l'un des villageois.*

Mais on n'en voyait aucun. Peut-être étaient-ils à l'église ? C'était dimanche et, même si Backbury n'avait pas de messe matinale, l'équivalent local de Mme Wyvern serait en train de fleurir l'autel. Cependant, quand elle ouvrit la porte et regarda dans le sanctuaire, elle le trouva vide.

— Hello ? appela-t-elle. Il y a quelqu'un ?

Pour seule réponse, elle distingua un sifflement distant. *Maintenant, je connais la direction de la gare.* Dehors, elle s'orienta grâce au bruit et au panache de fumée. Elle parvint au quai à temps pour voir un train militaire passer à toute allure.

*Pourquoi allaient-ils tellement moins vite la nuit dernière ?*

Elle marcha vers un bâtiment qu'il était difficile de qualifier de gare. Il n'était pas plus grand qu'une remise. Il ne servait sans doute à rien de frapper, pourtant, quand elle le fit, elle entendit tousser, puis un froissement, enfin un homme pas rasé et qui souffrait de toute évidence d'une gueule de bois – s'il avait dessoûlé – ouvrit la porte.

— Excusez-moi, monsieur, dit Polly, reculant d'un pas pour éviter qu'il ne tombe sur elle. Pouvez-vous m'indiquer la direction du manoir ?

— *Manoir ?* répéta-t-il.

Il titubait et la lorgnait, le regard trouble. Soûl comme un cochon, pas de doute.

— Oui. Pouvez-vous me dire comment m'y rendre ?

Il fit un vague geste du bras.

— La route juste derrière l'église.

— Dans quel sens ?

— L'a qu'un sens.

Et il aurait fermé la porte si Polly ne l'avait pas saisie et maintenue ouverte.

— Je cherche quelqu'un qui travaille au manoir. Une des servantes. Elle s'appelle Eileen. En charge des évacués. Elle a les cheveux roux et…

— Évacués ? grogna-t-il, ses yeux s'étrécissant. Vous êtes pas là pour ces maudits Hodbin, hein ?

Hodbin ? C'était le nom des évacués qui avaient donné tant de fil à retordre à Merope.

— Z'avez pas intérêt à les ramener !

— Je n'en ai pas l'intention. Eileen travaille-t-elle toujours au manoir ?

Mais il avait déjà claqué la porte, et l'huis aurait écrasé sa main si Polly ne l'avait pas enlevée à la dernière seconde.

— Est-ce que c'est loin ? demanda-t-elle à travers la porte.

Elle n'obtint pas de réponse.

*Ça ne peut pas être si loin que ça. Merope faisait le trajet à pied.*

Polly retourna à l'église, puis s'engagea sur la route qui s'ouvrait derrière. C'était davantage un chemin qu'une route, et du genre qui se termine en cul-de-sac en plein milieu d'un champ, mais rien d'autre ne ressemblait à un axe routier, et il ne menait qu'au sud. Par ailleurs, il était défoncé par des traces de pneus, et Merope avait pris des leçons de conduite.

Si l'on en croyait les dires de l'agent de la gare, cependant, les Hodbin n'étaient plus là, et si les évacués étaient rentrés chez eux, Eileen serait partie aussi. Néanmoins, les propos d'Eileen à leur sujet laissaient penser que les Hodbin pouvaient avoir été renvoyés chez eux en représailles. Ou transférés dans une maison de redressement.

Le chemin longeait une prairie avant de s'enfoncer sous les bois. Une odeur de pluie flottait dans l'air. La pluie. Il ne manquerait plus que ça. Il vaudrait mieux que Merope soit là, après tout ce périple.

Où se cachait ce manoir ? Polly avait déjà parcouru près de deux kilomètres et elle n'apercevait pas de portail, ni de véhicule susceptible de la prendre en stop malgré les innombrables traces de pneus. Seulement des bois. Encore des bois.

Merope – correction, Eileen : il fallait se souvenir de l'appeler Eileen – avait dit que sa fenêtre de saut s'ouvrait dans la forêt, à proximité du manoir. Si Eileen était absente, peut-être Polly réussirait-elle à trouver le site. Évidemment, en cas de retour définitif, il ne serait plus fonctionnel.

Le chemin s'incurvait à gauche. *Cela ne peut pas être beaucoup plus loin*, se disait Polly qui peinait entre les ornières. Il n'y avait toujours aucun signe du manoir dans le bois, ni de quelque maison, d'ailleurs, et le chemin sembla se rétrécir. Devant, du fil de fer barbelé clôturait les arbres.

*Je vais finir par tomber sur un champ. Je me suis sûrement trompée de direction.*

Minute ! Voilà qu'apparaissait le portail du manoir, avec ses piliers de pierre et sa grille en fer forgé. Flanqué d'une guérite, que complétait une barrière pour empêcher les véhicules d'entrer. Et du factionnaire en uniforme.

— Votre nom et l'objet de votre visite, interrogea-t-il.

— Polly Sebastian. Je cherche quelqu'un, mais j'ai dû me tromper de chemin, je voulais me rendre au manoir.

— C'est ici.

De toute évidence, c'était l'armée qui l'occupait désormais. Par chance, elle n'avait pas essayé de trouver le site de son propre chef. Elle aurait pu se faire tuer.

— Quand... depuis combien de temps l'armée s'est-elle installée ?

— Désolé, il faudra demander au lieutenant Heffernan. Je ne suis ici que depuis deux semaines.

— Savez-vous si des membres du personnel sont restés après la réquisition du manoir ?

— Demandez au lieutenant.

Il recula dans la guérite et décrocha le téléphone.

— Une Mlle Sebastian pour le lieutenant Heffernan. Oui, monsieur. (Il raccrocha et sortit.) On vous attend là-bas. (Il leva la barrière.) Suivez l'allée jusqu'à la maison et demandez les opérations. (Il lui tendit un laissez-passer de visiteur en carton.) Il faut traverser là.

Son doigt pointait entre deux casernes à l'air neuves.

— Merci.

Et Polly s'éloigna sur l'allée de gravier, même si cela n'avait plus de sens. La mission de Merope avait évidemment pris fin avec la réquisition du manoir. À moins qu'ils aient transféré le reste des évacués dans un autre village et que la jeune femme soit partie avec eux. Mais le lieutenant Heffernan ne savait rien au sujet des enfants.

— À mon arrivée, l'école était déjà fonctionnelle.

— Quand l'armée a-t-elle investi le manoir ?

— En août, je crois.

Août.

— Est-ce que des domestiques sont restés ?

— Non. Il est possible que certains d'entre eux aient accompagné la dame du manoir. Il me semble qu'elle est partie vivre chez des amis.

Dans ce cas, elle n'aurait emmené que sa femme de chambre et son chauffeur.

— Je peux vous donner l'adresse de la comtesse, dit-il en fouillant dans une pile de papiers. Elle est quelque part là-dedans…

— Ce n'est pas nécessaire. Savez-vous si les évacués du domaine sont retournés chez eux, ou si on les a logés ailleurs ?

— Je l'ignore, malheureusement. Je pense que le sergent Tilson était présent, à cette époque. Peut-être pourra-t-il vous aider.

Hélas ! le sergent Tilson n'était pas davantage au manoir à ce moment-là.

— Je n'étais pas là avant le 15 septembre. Les évacués étaient déjà rentrés chez leurs parents.

— Chez leurs parents ? À Londres ?

Il acquiesça.

Il était exclu que Merope les ait accompagnés.

— Et le personnel ?

— D'après ce que le capitaine Chase disait, ils sont eux aussi partis retrouver leurs familles.

— Le capitaine Chase ?

— Oui. Il était chargé d'installer l'école d'entraînement. Il aurait pu vous renseigner – il était là quand ils ont tous plié bagage –, mais vous venez juste de le manquer. Il a quitté l'école pour Londres tôt ce matin, et il ne reviendra pas avant mardi. (Il fronça les sourcils.) Le pasteur du village devrait pouvoir vous préciser où ils sont allés.

*Si je parviens à le trouver...*

Cela dit, si elle réussissait à regagner Backbury avant 11 heures, il serait à l'église, en train de préparer le service.

Elle se dépêcha de prendre congé du sergent – et de la sentinelle, qui souleva de nouveau la barrière pour la laisser passer, solennel –, et s'engouffra sur le chemin du retour.

Il était déjà plus de 10 heures. *Je ne m'en sortirai jamais à pied*, se dit-elle, et c'était trop loin pour courir. Par ailleurs, à l'instant où elle franchissait le portail, il se mit à pleuvoir pour de bon, et le chemin se transforma en bourbier. Elle dut s'arrêter deux fois pour gratter avec un bâton la boue agglutinée sous la semelle de ses chaussures.

*Ils seront tous à l'église*, pensait-elle quand, pataugeant, elle atteignit enfin le village. Sur le flanc de l'édifice, le pasteur gagnait l'entrée de la sacristie, mi-courant, mi-marchant, son bras serré sur une liasse de papiers, sa robe voletant derrière lui.

— Mon révérend ! appela-t-elle en se précipitant vers lui. Mon révérend !

Était-ce bien le pasteur ? Maintenant qu'elle approchait de lui, il lui semblait terriblement jeune. C'était peut-être le chef de chœur, et les papiers qu'il portait les hymnes du jour.

— Monsieur ! Attendez !

Elle le rattrapa de justesse alors qu'il allait entrer.

— Qu'y a-t-il, mademoiselle ? interrogea-t-il, la main sur la porte à demi ouverte de la sacristie.

Ses yeux glissèrent de ses cheveux mouillés à ses chaussures boueuses.

— Il s'est passé quelque chose ? Avez-vous eu un accident ?

— Non, dit-elle, le souffle coupé par sa course. Je reviens du manoir. Je suis arrivée en bus ce matin…

— Mon révérend ! (Un petit garçon sortait la tête par la porte entrebâillée.) Mlle Fuller dit de vous prévenir qu'ils ont fini le prélude.

Il tira sur la manche du pasteur, lequel répondit :

— Je viens, Peter.

Avant de demander à Polly :

— Il s'est passé quelque chose à l'école ?

— Non. Je souhaitais juste vous poser une question. Je…

— C'est l'heure de l'invocation ! piailla Peter.

— Je dois y aller, déclara le pasteur sur un ton de regret, mais je serai heureux de parler avec vous dès que le service sera terminé. Voudriez-vous vous joindre à nous ?

— Mon *révérend*, c'est *l'heure* ! le gendarma Peter.

Et il l'entraîna à l'intérieur de l'église.

*Les jeux sont faits !* se dit Polly, et elle s'en fut à la gare attendre son train.

*À moins que le chef de gare ne sache où les évacués sont partis ?*

Mais il avait apparemment passé les trois dernières heures à boire.

— Qu'esse v'voulez ?

De toute évidence, il ne l'avait pas reconnue.

— J'attends le train de 11 h 19 pour Londres.

— Y en a p'pour des 'zeures, bafouilla-t-il. Satanés d'trains d'bidasses. Toujours en r'tard.

Parfait. En définitive, elle pourrait retourner à l'église, attendre la fin du service et interroger le pasteur. Et si le train de 11 h 19 avait autant de retard que ceux qu'elle avait pris jusqu'ici, elle pourrait aussi interroger tous les autres habitants du village. Elle regagna l'église sous une pluie battante et se glissa au fond du sanctuaire.

Seules les premières rangées des bancs étaient occupées par des gens : plusieurs dames à toison blanche et chapeau noir, une poignée d'hommes au crâne dégarni, et de jeunes mères avec leurs enfants. Ils finissaient juste de chanter : *Ô mon Dieu, notre aide aux temps jadis.* Avançant sur la pointe des pieds, Polly s'assit sur le dernier banc.

Le pasteur leva les yeux de son livre de cantiques et l'accueillit d'un sourire, et l'une des femmes aux cheveux blancs, qui ressemblait à un hybride de Mlle Hibbard et de Mme Wyvern, se retourna pour lui jeter un regard glacial. Mlle Fuller, à n'en pas douter.

*C'est à elle que je devrais m'adresser.*

Le capitaine avait suggéré le pasteur, mais Polly doutait qu'il fût intime avec les aides appointés du manoir. Backbury était un petit village, et Mlle Fuller et les autres vieilles femmes connaîtraient les allées et venues de tout le monde. Il fallait juste réussir à franchir le cap de ce regard furieux.

Même si Polly n'y parvenait pas, le garçon, Peter, serait sans doute au courant du sort des évacués, ou pourrait au minimum lui indiquer la maîtresse d'école. Laquelle saurait sûrement la renseigner. En attendant, si le sanctuaire n'était pas précisément chaud, au moins on y était au sec, et avec un peu de chance le sermon du pasteur ne serait pas trop long. À en juger par l'épaisseur de sa liasse de feuilles, liasse qu'il arrangeait maintenant sur le pupitre de la chaire, on pouvait en douter.

Il finit de s'installer, puis posa les yeux sur ses fidèles.

— Les Écritures nous enseignent que notre vraie maison n'est pas de ce monde, mais dans le prochain, et que nous ne faisons que passer...

*Voilà qui est bien dit.*

— Et c'est ce qui nous arrive avec cette guerre. Nous nous retrouvons coincés en terre étrangère, au milieu des bombes, des batailles et du black-out, des abris Anderson, des masques à gaz et du rationnement. Et cet autre monde que nous connaissions autrefois, monde de paix, de lumières et d'églises aux cloches carillonnant dans la campagne, monde sans larmes, sans séparation brutale des êtres chéris, ce monde ne nous semble pas seulement follement lointain, mais encore irréel, et nous ne pouvons même plus imaginer son retour. Nous comptons les jours, attendant...

*Que la cérémonie s'achève, que le train arrive, que l'équipe de récupération vienne me chercher !*

Le sermon du pasteur la touchait d'un peu trop près. Pourquoi ne prêchait-il pas sur la conception du Christ ou n'importe quoi d'autre ?

— ... dans l'espoir que cette épreuve se terminera mais, dans le secret de notre cœur, nous craignons de ne jamais revoir cette terre de lait et de miel, de sucre, de beurre et de bacon, et d'être piégés à jamais dans cet horrible endroit...

Un sifflement lui coupa brusquement la parole. Peter se mit à genoux pour regarder par la fenêtre, et Mlle Fuller lui décocha un coup d'œil rageur. Polly consulta sa montre : 11 h 19. Le train. Mais le chef de gare avait dit qu'il était toujours en retard !

*C'est un nouveau transport de troupes*, se dit-elle. Cependant, elle pouvait déjà l'entendre ralentir.

— Comme nous croyons que la guerre s'achèvera un jour, continuait le vicaire, nous croyons qu'un jour nous atteindrons le paradis. Mais de même que nous ne pouvons espérer gagner cette guerre sans y « mettre du nôtre » – rouler des bandages, planter des jardins de la victoire, servir dans la Home Guard – de même nous ne pouvons espérer atteindre le paradis sans faire de notre mieux...

Polly hésitait, pétrifiée dans une agonie d'indécision. C'était le seul train du jour, et le bus ne viendrait pas avant 17 heures. S'il était à l'heure. Pourtant, quelqu'un, ici, savait peut-être où était partie Merope.

*Tu sais où elle est partie, et tu sais ce qu'ils vont t'apprendre. Que tous les évacués sont retournés à Londres et qu'elle a disparu dès leur départ. Elle est revenue à Oxford depuis des semaines. En conséquence, son site ne fonctionne plus et, même si c'était le cas, tu ignores sa position et il est exclu que tu la découvres sans te faire descendre, il n'y a donc aucune raison de t'attarder ici.*

*Et si tu manques ce train, tu ne seras jamais à Londres avant mardi – ou mercredi –, et Marjorie ne peut pas te couvrir indéfiniment. Tu perdras ton boulot, et quand l'équipe de récupération viendra il leur sera impossible de te localiser.*

— Nous devons agir, disait le pasteur.

Le sifflement, beaucoup plus proche, retentit de nouveau.

Polly se leva, lança un regard d'excuse à l'orateur, ouvrit la porte de l'église, et courut attraper son train.

*Au couvent, on est désespérés.*

Message codé adressé à la Résistance française,
le 5 juin 1944

# Hôpital des urgences de guerre, septembre 1940

Mike ne s'était pas douté que quelqu'un puisse être assis derrière le haut dossier du fauteuil en osier. Quand la voix susurra : « Je croyais que vous n'étiez pas censé faire porter votre poids sur ce pied, Davis ! », sa surprise fut telle qu'il lâcha son support, se rattrapa sur son pied malade, faillit tomber et dut se raccrocher en catastrophe au tronc du palmier pour rester debout.

Au même instant, un espoir fou naissait en lui. *C'est l'équipe de récupération. Enfin !*

L'homme portait le pyjama et la robe de chambre bordeaux de l'hôpital, mais il pouvait les avoir obtenus de Garde-robe. Le statut de patient était le déguisement idéal pour s'introduire dans un hôpital, et l'homme avait l'âge requis pour être un historien. Par ailleurs, il avait attendu qu'ils soient seuls dans la pièce avant de prendre la parole.

— Désolé, mon vieux, je n'avais pas l'intention de vous effrayer.

Il se penchait par-dessus le bras de son fauteuil pour sourire à Mike.

— Vous connaissez mon nom.

— Bon, d'accord, on ne s'est pas présentés dans les règles ! plaisanta-t-il en lui tendant sa main. Hugh Tensing. Je suis au troisième étage.

*Et tu n'as rien à voir avec l'équipe de récupération.*

Maintenant qu'il le regardait de plus près, Mike découvrait que Tensing était beaucoup trop maigre, et qu'il avait les traits crispés et fatigués d'un invalide.

— Vous êtes Mike Davis, le correspondant de guerre américain. Vous avez réparé une hélice cassée à mains nues et sauvé à vous tout seul le corps expéditionnaire au complet, si j'en crois Mlle Baker. Elle parle de vous tout le temps.

— Elle se trompe. L'hélice n'était pas cassée. Elle était juste bloquée, et je n'ai fait que tirer…

— Et il s'exprime en véritable héros ! Modeste et humble, alors même qu'il a été blessé en faisant son boulot…

— Je n'étais pas…

— Je vois. Pure invention, ce qu'on raconte ! Vous n'étiez pas du tout à Dunkerque, dit Tensing, amusé. Vous étiez au bureau de votre journal à Londres quand une machine à écrire vous est tombée sur le pied. Désolé, ça ne marche pas. Je sais que vous êtes un héros. Je vous ai vu prendre de gros risques.

— De gros risques… ?

— À l'instant. Défier ouvertement les ordres de votre infirmière ! et le courroux de la surveillante ! Vous êtes *beaucoup* plus courageux que moi.

— Oui ? Eh bien, je ne suis pas assez courageux pour courir le risque d'être surpris. Et elles pourraient débarquer d'une minute à l'autre, alors je ferais mieux de retourner là où elles prévoient de me trouver.

Il lâcha le tronc du palmier et tendit la main pour accrocher l'appui de la fenêtre.

— Attendez, ne partez pas ! Je ne me cachais pas de vous, mais de ma propre infirmière. J'espérais qu'elle croirait qu'on m'avait ramené. Ainsi, j'aurais pu m'exercer exactement comme vous. Pour tout avouer, j'effectuais votre parcours quand votre infirmière vous a roulé jusqu'ici. Elle m'a presque attrapé la main dans le sac. Ou devrais-je dire le pied dans le sac ?

Mike jeta un coup d'œil aux pieds de Tensing, mais ils n'étaient pas plâtrés.

— J'ai le dos en compote, précisa le malade. Et on m'a prescrit…

— … l'alitement, devina Mike.

— Tout juste. « Soyez patient. Votre rétablissement prendra du temps. » Absolument incapables de comprendre que la seule chose dont je ne dispose pas…

— … c'est de temps.

— Voilà. Vous lisez dans mes pensées. (Il sourit.) Alors j'ai une offre à vous faire. Je vois bien que nous souhaitons la même chose : retourner sur le front.

*Tu te trompes. Je veux filer d'ici. Avant d'avoir commis davantage de dégâts.*

— La dernière fois qu'ils m'ont surpris en train d'accélérer mon rétablissement, fin des privilèges : on m'a interdit l'accès au jardin d'hiver pendant trois semaines. Tout ça parce que je manquais d'un système d'alarme adéquat. Je vous propose une association.

*Un complice… Je ne devrais même pas te parler, encore moins t'aider à « accélérer ton rétablissement ». Et si tu retournes te battre un mois plus tôt grâce à moi, et tues quelqu'un qui aurait dû rester en vie, et changes l'issue de la guerre ?*

— Je suggère, poursuivait Tensing, que l'un de nous garde la porte pendant que l'autre marche, et donne l'alerte si quelqu'un approche. Cela ne requiert aucun effort. Ils jetteront un coup d'œil par la porte et vous regarderont lire, ou… Que faisiez-vous, tout de suite ?

— Des mots croisés.

— Ils vous verront résoudre vos mots croisés et ils en déduiront que tout est calme sur le front ouest. Et ils partiront.

— Et s'ils ne partent pas ?

— Alors vous me lancerez un avertissement, et je m'effondrerai sur le fauteuil le plus proche en produisant une parfaite imitation d'un patient endormi. Et, dès qu'ils auront tourné le dos, nous échangerons nos places, je monterai la garde pendant que *vous* marcherez, et nous nous rétablirons tous les deux et sortirons d'ici en un clin d'œil. Qu'en dites-vous ?

*Non,* se disait Mike, *je ne peux pas courir ce risque.*

D'un autre côté, plus vite il sortirait de cet hôpital et de ce siècle, mieux ce serait, pour lui *et* pour le siècle.

— D'accord, dit-il, mais comment s'y prendra-t-on pour se retrouver ici tous les deux en même temps ?

— Je m'en occupe. 10 h 30 me semble l'heure la plus propice. Plus tôt, le colonel Walton sera sans doute là, à lire son *Telegraph*. Voulez-vous que j'inaugure la ronde, ou préférez-vous commencer ?

— Vous d'abord. Je ne tiens que quelques minutes à la suite, expliqua Mike qui entreprenait de clopiner jusqu'à son fauteuil roulant. On choisit quoi, comme signal ? « Le chien aboie à minuit » ? C'est bien le code que tous les espions utilisent ?

Tensing ne répondit pas.

Mike se retourna, se demandant si son auxiliaire, arrivé de l'autre côté de la pièce, ne pouvait plus l'entendre, mais il n'avait pas quitté le fauteuil en osier, les sourcils froncés.

— Tensing ? Je disais…

— Oui. Excusez-moi. Je réfléchissais à une alerte appropriée. Vous n'avez qu'à lire à haute voix l'une des définitions de vos mots croisés. Prévenez-moi quand vous serez de retour à votre fauteuil.

— J'y suis.

Mike s'assit avec précaution, saisit ses mots croisés, se propulsa près de la porte, puis regarda Tensing amorcer son circuit. Il n'avait pas besoin de se tenir aux meubles, mais il dut s'arrêter à deux reprises, ses poings serrés si fort que ses jointures blanchissaient.

*Et s'il a des lésions internes et ne devrait marcher pour rien au monde ? Et si mon aide aggravait ses blessures ?*

Tensing effectua deux passages hésitants autour de la pièce avant de dire :

— À votre tour.

Et il se posta à la porte pendant que Mike s'attaquait à ses va-et-vient jusqu'à la fenêtre.

— Comment se fait-il que vous vous soyez mis aux mots croisés ? demanda-t-il alors que Mike agrippait une bibliothèque. Je pensais que les Américains préféraient le base-ball.

— Ils ne m'auraient pas donné le journal sans ce prétexte, et je voulais lire les nouvelles de la guerre, expliqua Mike, qui tendait la main vers le dossier d'un fauteuil. Je ne suis pas très doué pour vos mots croisés.

— La plupart des Américains ne parviennent pas du tout à les faire.

Il y eut un silence, puis il lança :

— « Six horizontal : barrage. »

— Pardon ? s'exclama Mike, stoppé net.

— « Péage plein de colère. »

— C'est le signal ? Vous entendez quelqu'un ?

— Non, c'est la réponse au six horizontal.

— Ah !

Mike boitilla jusqu'au palmier en pot.

— « Rage » est synonyme de « colère ».

— C'est le code, cette fois ?

— Non, désolé. On ferait peut-être mieux d'adopter « le chien aboie à minuit », après tout. Je vous expliquais la définition. « Rage » est un synonyme de « colère », et « plein de » signifie un mot inclus dans un autre. « Dans le mauvais sens » veut dire que l'on a une anagramme, tout comme « embrouillé ». (Sa voix changea.) « Trente-huit vertical : pris en flagrant délit. »

Là, c'était *forcément* le signal. Mike se rua de la biblio-thèque au palmier, les dents serrées pour ne pas crier de douleur, et se jeta dans son fauteuil roulant.

— À vous ! souffla-t-il.

Et il catapulta son fauteuil vers la porte pendant que Tensing roulait le sien jusqu'à la jungle d'osier, tendant à Mike ses mots croisés au passage et disparaissant derrière un cabinet de curiosités.

Mike eut à peine le temps d'attraper son crayon avant qu'une infirmière apparaisse. Elle balaya la pièce d'un regard suspicieux.

— Avez-vous vu le lieutenant Tensing ?

— Il est là-bas, chuchota Mike en désignant l'extrémité du jardin d'hiver. Pourriez-vous revenir plus tard ? Je crois qu'il s'est endormi.

— Parfait. Il a besoin de repos. Vous ne l'avez pas vu essayer de quitter son fauteuil ?

— Non.

Mike lui aurait bien demandé quelle était la nature de sa blessure, mais sœur Gabriel vint le chercher au même instant.

Il passa son après-midi à s'inquiéter à ce sujet. Et si Tensing souffrait d'une balle ou d'un éclat de shrapnel logé dans la colonne vertébrale, et que le fait de marcher occasionnait un déplacement du corps étranger ? Et si Tensing, comme Bevins, souffrait de psychose trauma-tique, et sortait se jeter du haut d'une falaise dès qu'il aurait retrouvé assez de forces pour accéder jusque-là ?

— J'ai rencontré un patient nommé Tensing aujourd'hui dans le jardin d'hiver, dit Mike à sœur Carmody quand elle lui apporta son thé. Qu'est-ce qui lui vaut d'être ici ?

— À vous entendre, on croirait que nous sommes une prison, le gronda-t-elle. Nous ne sommes pas autorisés à discuter des malades et de leurs affections.

— Était-ce un pilote ?

— Non, il a quelque chose à voir avec le War Office.

— Le War Office ? Comment peut-on se blesser quand on fait un travail de bureau ?

— Je l'ignore. Peut-être un accident d'automobile. Il s'est fêlé cinq côtes et fait une entorse lombaire. (Son visage se décomposa.) *S'il vous plaît*, ne dites pas à la surveillante que je vous ai raconté ça. Je pourrais avoir des ennuis.

*Moi aussi.*

Cependant, si Tensing travaillait au War Office, au moins Mike n'aiderait pas un combattant à retourner au front. Et le fait de marcher n'aggraverait pas une lombalgie ni une cage thoracique abîmée.

Tensing tint parole quant au jardin d'hiver. Un garçon de salle apparut jour après jour à dix heures et demie pour y amener Mike. Lequel s'était demandé si cela n'attirerait pas les soupçons de ses infirmières, mais elles étaient débordées par l'arrivée de nouveaux malades, pour la plupart pilotes de la RAF. Avec Tensing en guetteur, Mike réussissait à s'entraîner presque une heure chaque jour. Au milieu de la semaine suivante, il marchait – d'accord, il boitait ! – sans assistance sur la moitié de la longueur de la pièce. Et, grâce aux obligeants indices de Tensing, il remplissait la grille du *Daily Herald* en quarante minutes pile.

Tensing s'en sortait encore mieux. Il ne marchait pas seulement dans le jardin d'hiver, mais aussi le long des salles, et il montait et descendait l'escalier avec l'approbation de son médecin.

— À cette allure, vous serez parti dans moins de quinze jours, dit Mike quand il vint le voir, un mercredi, en robe de chambre et pantoufles.

— Non, répondit Tensing en approchant une chaise. Je suis libéré demain matin. Je l'ai appris cet après-midi.

Il s'assit et se pencha en avant, baissant la voix.

— Désolé de rompre notre association, mon vieux, mais le devoir m'appelle, et vous vous en tirez à merveille. Vous serez dehors en un clin d'œil.

— Vous reprenez votre ancien boulot ?

*Et si le War Office est bombardé ? En ce moment, Londres n'est pas moins dangereux que le front.*

— Mon ancien boulot ? répéta Tensing, qui semblait déconcerté.

— Au War Office.

— Ah ! oui. Remplir des formulaires n'a rien d'un travail prestigieux, je sais, mais ça doit être fait. Et ces jours-ci, c'est plutôt excitant à Londres, avec les raids et tout ça.

— C'est comme ça que vous vous êtes blessé ? Pendant un raid ?

— Rien d'aussi dramatique, j'en ai peur. Une machine à écrire m'est tombée dessus. (Il serra la main de Mike.) J'espère que nous nous reverrons.

*Sûrement pas*, pensa Mike, mais il acquiesça.

— Bonne chance !

Tensing secoua la tête.

— Mauvaise réplique. La réponse correcte est « dix-neuf horizontal : ce que souhaite un pied gauche. »

Et il s'en fut.

Mike mit dix minutes avant de comprendre que la solution était « merde ».

Il la marqua sur un petit bout de papier qu'il tendit à sœur Carmody quand elle s'approcha de son lit mais, avant qu'il ait pu la prier de le faire passer à Tensing, elle demanda :

— Vous sentez-vous assez bien pour recevoir un visiteur ?

— Un visiteur ?

Cela ne pouvait être Daphne. Dans sa dernière lettre, elle avait écrit qu'il y avait eu un afflux de soldats sur

la côte « à cause de l'invasion toute proche ». En conséquence, le pub affichait complet, impossible pour elle de
s'éclipser. Mike avait traduit qu'elle s'était trouvé un flirt.
Dieu merci !

— Oui, disait sœur Carmody, c'est un nouveau
patient. Dès son admission, il a voulu savoir si vous étiez
ici.

Mike ne se trompait donc pas quand il pensait que
l'équipe viendrait déguisée en patients.

— Où est-il ?

Il allait sauter du lit quand il se rappela qu'il était
encore censé jouer les alités.

— Je vous l'envoie, déclara sœur Carmody.

Presque aussitôt, les portes de la salle volèrent sous
la poussée d'un homme au visage constellé d'éphélides,
l'épaule bandée, un bras dans le plâtre, qui s'avançait
d'un pas vif entre les lits. C'était Hardy.

— Vous vous souvenez de moi ? Le soldat David
Hardy ? de Dunkerque ?

— Oui, répondit Mike, qui regardait son plâtre.

*Je te voulais mort, pour que tu n'aies pas eu la moindre
chance de faire du dégât.*

— Ça ne m'aurait pas surpris, que vous m'ayez oublié.
Vous étiez dans un sale état. Comment va votre pied ?
Est-ce qu'ils ont dû le couper ?

— Non.

— Non ? J'aurais juré qu'il faudrait l'enlever, déclara-
t-il d'un ton joyeux. Ç'avait l'air d'un sacré charcutage.

— Comment avez-vous attrapé ça ? interrogea Mike en
désignant le plâtre de Hardy.

— Dunkerque. Un Messerschmitt. Il fonçait droit sur
nous, alors j'ai plongé sur le pont et je me suis écrasé
sur le côté. Mon omoplate a explosé. C'est pour ça que
je suis ici, pour qu'on l'opère parce qu'elle ne se rétablit pas correctement, et au moment où je suis arrivé,
j'ai demandé : « Y a-t-il un patient, ici, qui a bousillé son
pied en débloquant une hélice à Dunkerque ? », et on

m'a répondu oui. Vous ne pouvez pas imaginer comme j'étais heureux. À Douvres, l'hôpital n'avait aucune trace de votre admission, et pourtant je vous avais mis dans l'ambulance moi-même. Je pensais que vous deviez être mort en chemin. Ensuite, quand ils m'ont annoncé qu'ils m'envoyaient à Orpington, je me suis dit que c'était peut-être ce qui s'était produit pour vous, et voilà, vous êtes là. Je suis tellement content de vous avoir trouvé. Je voulais vous remercier de m'avoir sauvé la vie. Sans vous, je serais dans un camp de prisonniers en Allemagne. Ou pire. (Il sourit, radieux.) Et je tenais aussi à ce que vous sachiez quel bon travail vous avez fait le jour où vous m'avez sauvé. Dès que j'ai pu bénéficier d'un repas chaud et d'un peu de repos, je suis reparti sur la *Mary Rose*, puis, après son naufrage, sur le *Bonnie Lass*. J'ai fait quatre voyages en tout, et j'ai moi-même fait monter cinq cent dix-neuf hommes à bord avant de les ramener sains et saufs à Douvres. (Il décocha un clin d'œil joyeux à Mike.) Et tout ça c'est parce que j'ai aperçu votre lumière !

*Aucun navire en vue.*
*Quelque chose a mal tourné.*

Le capitaine John Dodd,
officier de l'Artillerie royale,
à Dunkerque, mai 1940

# En route pour Londres, le 29 septembre 1940

Le voyage de retour à Londres fut encore plus éprouvant que celui de l'aller à Backbury. Le train n'offrait plus aucune place assise, et Polly dut rester debout dans le couloir, à demi écrabouillée. Ce qui présentait un unique avantage : il était impossible qu'elle tombe quand les voitures tanguaient ou s'immobilisaient à l'occasion du passage d'un des inévitables convois militaires.

Quand elle prit sa correspondance à Daventry, elle se débrouilla pour s'emparer d'un siège dans un compartiment, mais dès le premier arrêt des meutes de soldats envahirent le wagon, tous avec d'énormes sacs dont ils bourraient les porte-bagages au-dessus de leurs têtes, jusqu'à ce qu'ils débordent. Ils les posaient alors sur les banquettes déjà bondées, enserrant Polly dans un espace qui se rétrécissait sans cesse.

*Colin m'avait avertie des dangers des explosions et des shrapnels, mais pas de l'éventualité de périr étouffée. Ou poignardée à mort...* Elle tentait de déplacer le sac déposé à sa droite. Il s'enfonçait si fort entre ses côtes qu'il devait contenir une baïonnette !

Et pourquoi fallait-il que ce train arrive à Backbury à l'heure, aujourd'hui entre tous les autres jours ? Pendant la guerre entière, aucun autre train n'avait respecté ses horaires. S'il avait dû se garer du fait d'un unique convoi militaire, elle aurait eu le temps de parler au pasteur et d'obtenir la certitude que Merope était rentrée à Oxford.

*Bien sûr qu'elle est rentrée ! Elle a levé le camp dès que l'armée a réquisitionné le manoir.* De toute évidence, sa mission avait été conçue pour se terminer à ce moment-là. Dans le remue-ménage des départs, sa disparition n'aurait même pas été remarquée. On aurait pensé qu'elle avait été embauchée ailleurs ou qu'elle était retournée chez elle, dans sa famille, comme le sergent l'avait dit.

Et si elle n'était pas partie pour Oxford ? Si les évacués avaient été envoyés dans un autre village, accompagnés de Merope ?

Non. Le sergent avait affirmé que les enfants étaient rentrés à Londres, et même s'ils avaient été envoyés dans un autre manoir il y aurait eu du personnel à demeure pour les prendre en charge. De plus, escorter les petits Hodbin, c'était bien la dernière des choses qu'aurait souhaité Merope. Tout comme *s'éloigner* de son point de saut. Si on lui avait demandé d'accompagner les évacués, elle aurait trouvé n'importe quelle excuse pour filer au site de transfert et regagner Oxford séance tenante.

Dans tous les cas, elle n'était plus là, ce qui entraînait l'immobilisation de Polly jusqu'à ce qu'on vienne la chercher. Mais cela signifiait aussi qu'elle pouvait cesser d'imaginer que le filet s'était rompu – ou pire –, et qu'on ne pourrait pas la secourir avant la date limite. De toute évidence, le site de Merope fonctionnait, ou la jeune femme ne serait pas rentrée.

Un point de divergence était sans doute à l'origine du problème – ou une série de divergences –, et l'équipe la retrouverait dès que ce serait terminé. Peut-être était-ce déjà fini et l'équipe l'attendait-elle chez *Townsend Brothers*, mais il était hautement improbable qu'ils soient venus le *seul* jour où elle était absente.

Si son absence ne durait qu'*un* jour. À ce régime, il lui faudrait une semaine pour retourner à Londres. Le train de Daventry était tellement en retard, et il y avait eu tant de ralentissements qu'à 18 heures ils n'avaient toujours pas atteint Hereford. Elle aurait donc pu rester jusqu'au bout de la messe, questionner tous les habitants de Backbury, et attraper le bus du retour. Cependant, après Reading, l'allure s'accéléra et, peu avant 22 heures, l'un des soldats annonça :

— On arrive à Ealing. Nous serons à Londres bientôt.

Le train quitta la gare et s'arrêta. Pour de bon.

— Est-ce encore un convoi militaire ? demanda Polly.

— Non. Un raid aérien.

Polly se remémora le sermon du pasteur : « *Nous craignons d'être piégés à jamais dans cet horrible endroit.* » *C'était bien envoyé*, pensa-t-elle, appuyant sa tête contre le sac du soldat, et tentant de se reposer.

Il était heureux que Marjorie ait accepté de la couvrir au cas où elle ne se présenterait pas à l'heure de l'ouverture. Ils n'entrèrent dans la gare d'Euston qu'à 8 h 30 le matin suivant, après quoi Polly dut affronter Londres-après-un-gros-raid, autant dire une véritable course d'obstacles. Les Piccadilly et Northern Lines étaient interrompues ; le bus qu'elle avait eu l'intention de prendre était couché sur le flanc au milieu de la rue et des panneaux indiquant « Danger : UXB » barraient tous les autres accès.

Il était 11 h 30 quand Polly atteignit *Townsend Brothers*. Marjorie aurait certainement appris à Mlle Snelgrove la maladie de la mère de Polly. Laquelle devrait demander à son amie ce qu'elle avait déclaré précisément, afin que leurs allégations concordent.

Mais Marjorie n'était pas là. Quand Polly parvint à son étage, Doreen se précipita sur elle pour l'interroger :

— Où étais-tu *passée* ? On croyait que tu étais partie avec Marjorie !

— Partie ? répéta Polly en jetant un coup d'œil au comptoir de Marjorie où se tenait une brunette potelée qu'elle ne reconnut pas. Où ça ?

— Personne ne sait. Marjorie n'en a parlé à personne. Juste, elle ne s'est pas présentée ce matin. Mlle Snelgrove était *livide*, en plus sans savoir si tu viendrais ou pas, alors qu'on a tout ce monde. Les clients ont débarqué ici en *masse* ! (Elle désigna la brunette.) Ils ont dû faire descendre Sarah Steinberg des « Articles ménagers » pour la remplacer en attendant d'embaucher quelqu'un.

— Embaucher quelqu'un ? Mais ce n'est pas parce que Marjorie n'est pas venue ce matin qu'elle a démissionné. Elle a pu rencontrer des difficultés sur son trajet. C'était une horreur pour moi depuis la gare. Ou quelque chose lui est peut-être arrivé ?

— C'est ce que nous avons d'abord pensé, à cause des raids la nuit dernière. Et quand Mlle Snelgrove a téléphoné à sa logeuse, elle disait que Marjorie n'était pas rentrée, et qu'elle avait appelé les hôpitaux. Mais elle vient de rappeler pour dire qu'elle a vérifié la chambre de Marjorie, et que toutes ses affaires ont disparu. Marjorie racontait tout le temps qu'elle voulait aller à Bath rejoindre sa colocataire, mais je ne la croyais pas capable de le faire vraiment, pas toi ?

— Non, reconnut Polly.

Marjorie ne lui avait pas soufflé un mot de ce départ. Elle lui avait promis de couvrir son absence et d'indiquer à l'équipe de récupération où elle était. Et s'ils étaient passés ce matin ?

— Quelqu'un est-il venu…

Doreen lui coupa la parole.

— Vite ! Voilà Mlle Snelgrove, chuchota-t-elle.

Elle fila vers son comptoir et Polly se dirigea vers le sien, mais trop tard. Mlle Snelgrove fonçait déjà sur elle.

— Eh bien ? interrogea-t-elle. Je suppose que vous avez une bonne raison pour expliquer vos deux heures et demie de retard ?

*Tout dépend de ce que Marjorie t'a raconté samedi.*

Avait-elle prétendu que son amie était malade, ou qu'elle rendait visite à sa mère ?

— Eh bien ? insista Mlle Snelgrove en croisant ses bras d'un air belliqueux. J'imagine que vous vous sentez mieux ?

Polly était donc censée avoir été malade.

*J'espère.*

— Pas vraiment. J'ai encore un peu la courante. J'ai téléphoné pour prévenir que je ne viendrais pas aujourd'hui, mais comme j'ai appris que vous étiez terriblement débordés, j'ai préféré tenter de vous rejoindre.

Mlle Snelgrove ne semblait pas impressionnée.

— À qui avez-vous parlé ? Était-ce Marjorie ?

— Non, je ne sais pas qui c'était. J'ignorais tout pour Marjorie avant d'arriver ici. J'étais tellement surprise...

— Bon. Dites à Mlle Steinberg qu'elle peut retourner à son rayon. Et je crois que vous avez un client.

— Ah ! oui, excusez-moi.

Et Polly se rendit à son poste, mais Mlle Snelgrove continuait de la guetter comme le faucon sa proie, si bien qu'elle ne trouva pas un instant pour interroger Sarah sur une éventuelle visite dans la matinée. Elle n'en eut pas davantage l'occasion avec Doreen avant que Mlle Snelgrove s'en aille pour sa pause-déjeuner. Dès qu'elle fut hors de vue, Polly se précipita au comptoir de Doreen.

— Avant qu'elle parte, Marjorie ne t'a pas dit si quelqu'un avait demandé à me voir ?

— Je n'ai pas eu une minute pour lui parler. On était submergées, avec toi qui étais malade. En plus, juste avant la fermeture, Mlle Snelgrove a prétendu que je m'étais trompée dans mes reçus de vente, et j'ai dû tout additionner de nouveau. Le temps que je finisse, Marjorie avait disparu.

Elle lui adressa un regard inquisiteur.

— Qui attendais-tu ? Quelqu'un que tu as rencontré ?

— Non.

Polly répéta l'histoire servie à Marjorie, sur sa cousine arrivant à Londres, avant d'insister :

— Et tu ne l'as vue discuter avec personne ?

— Non, je t'assure, on était affreusement débordées. Il y avait un article dans les journaux de samedi matin annonçant que le gouvernement allait rationner la soie parce que la RAF en avait besoin pour fabriquer des parachutes, et tout Londres a débarqué pour acheter des chemises de nuit et des culottes. Elle aurait au moins pu dire au revoir. (La voix de Doreen tremblait d'indignation.) Ou laisser un message, par exemple.

Un message. Polly revint à son comptoir et fouilla ses tiroirs et son livre de vente, puis, sous prétexte de ranger la marchandise, les tiroirs des bas et des gants, mais elle ne trouva qu'un bout de papier d'emballage sur lequel étaient écrits ces mots énigmatiques : « Porcelaine 6, Fumée 1 », sans doute un mémento pour commander des couleurs de bas. Ou la description d'un lieu bombardé. Mais pas de message.

Bien qu'il soit douteux que Sarah ait pu le découvrir et l'empocher, Polly courut aux « Articles ménagers » l'interroger pendant sa pause-thé. La jeune femme n'avait rien vu et, non, personne n'était venu demander Polly ce matin avant qu'elle n'arrive. Sarah n'avait pas non plus parlé à Marjorie samedi. Pas plus que les autres filles, à l'exception de Nan, et Marjorie n'avait mentionné aucun visiteur pour Polly.

— Regarde les choses en face, ma belle, il ne viendra pas, lui dit Doreen alors qu'elles couvraient leurs comptoirs.

— Pardon ? fit Polly, interloquée. Qui donc ?

— Ce petit ami pour qui tu questionnes tout le monde au magasin. Comment s'appelle-t-il ?

— Je n'ai pas de petit ami. Je t'ai expliqué, ma cousine…

Doreen n'avait pas l'air convaincue.

— Ce gars ne t'a pas… Tu n'as pas d'ennuis, hein ?

*Si, mais pas le genre auquel tu penses.*

— Non. Je te le répète, je n'ai pas de petit ami.

— Eh bien, une chose est sûre, tu n'en as pas en ce moment. Il t'a laissée en rade.

*Non, ils ne m'ont pas abandonnée.*

Cependant, personne ne l'attendait dehors, à l'entrée du personnel, personne devant la façade de *Townsend Brothers*. Polly patienta aussi longtemps qu'elle put, espérant que l'équipe ignorerait que l'heure de fermeture avait été avancée, mais la nuit – et, en conséquence, les raids – tombait plus tôt, maintenant qu'on était presque en octobre. Encore une semaine et les raids commenceraient avant que les gens aient quitté leur travail.

Sir Godfrey l'accueillit à Notting Hill Gate quand elle descendit du train. Il lui saisit le bras.

— Viola ! J'ai de tragiques nouvelles. Vous n'étiez pas là pour voter avec moi la nuit dernière, et nous sommes donc condamnés à jouer Barrie, ce crétin sentimental.

— Oh là là ! pas *Peter Pan* ?

— Non, Dieu merci ! s'exclama-t-il tandis qu'il l'escortait dans l'escalier roulant. Mais de justesse. M. Simms ne s'est pas contenté de voter pour, il a demandé que Nelson dispose d'une voix puisqu'il jouerait Nana. Alors que je suis le premier à être intervenu pour que ce misérable chien soit accepté ici. Ignoble traître !

Il lui adressa un sourire, puis fronça les sourcils.

— Cet air désespéré n'est pas de mise, mon enfant. Tout n'est pas perdu. S'il *faut* faire Barrie, au moins *L'Admirable Crichton* nous amusera. Et l'héroïne montre beaucoup de courage face à l'adversité.

— Ah ! parfait, vous voilà de retour, se réjouit Mlle Laburnum, qui descendait l'escalier mécanique. Sir Godfrey vous a-t-il appris que nous allons donner *L'Admirable Crichton* ?

Avant que Polly ait pu lui répondre, elle ajouta :

— Comment va votre chère mère ?

*Mère* ? se glaça Polly avant de se rappeler après un moment d'absence qu'elle était censée lui avoir rendu visite.

— Elle va beaucoup mieux, merci. C'était juste un virus.

— Un virus ? répéta Mlle Laburnum, déconcertée.

Seigneur ! les virus n'avaient-ils pas été découverts, en 1940 ?

— Je…

— Un virus est une forme de grippe, intervint sir Godfrey. C'est bien cela, Viola ?

— Oui, soupira-t-elle avec gratitude.

— Ah ! mince ! la grippe peut être affreusement mauvaise.

— C'est vrai, confirma sir Godfrey, mais pas si vous disposez des médicaments adéquats. Avez-vous donné son texte à Mlle Sebastian ?

Mlle Laburnum virevolta à travers la foule pour aller le chercher.

— Si elle vous demande quel type de médicament est approprié, murmura sir Godfrey à l'oreille de Polly, répondez-lui : « du gin ».

— Du *gin* ?

— Oui. Un remède des plus efficaces. Dites-lui que votre mère « s'est si vite rétablie qu'elle a arraché d'un coup de dents la tête de la cuillère ».

C'était une citation du *Pygmalion* de Shaw, et cela traduisait qu'il savait parfaitement qu'elle avait menti au sujet de sa mère. Elle rassembla ses forces en prévision de la question qui ne manquerait pas de suivre quant à sa destination, mais Mlle Laburnum était de retour, avec une pile de petits livres reliés en toile bleue.

Elle en tendit un à Polly.

— Hélas ! je n'ai pas réussi à dénicher assez d'exemplaires de *Mary Rose* pour que nous puissions jouer la pièce, déplora-t-elle en les entraînant vers le quai. J'étais pourtant certaine d'en avoir vu plusieurs dans les librairies pas plus tard que la semaine dernière.

Ils rejoignirent le groupe.

— La mère de Mlle Sebastian va beaucoup mieux, annonça-t-elle avant de s'éloigner pour donner son édition de la pièce au pasteur.

— J'espère que vous appréciez le sacrifice que j'ai fait pour vous, murmura sir Godfrey à l'oreille de Polly. J'ai dépensé trois livres dix afin d'acheter tous les exemplaires de *Mary Rose* sur Charing Cross Road, tout ça pour vous épargner un boniment sentimental du genre : « Au revoir, petite île qui aime bien trop qu'on la visite. »

Polly éclata de rire.

— Votre attention, tout le monde ! clama Mme Wyvern en tapant des mains. Vous avez tous le texte ? Bien. Sir Godfrey jouera le rôle-titre, Mlle Sebastian sera Mary...

— Mary ? s'exclama Polly.

— Oui, le premier rôle féminin. Cela pose-t-il un problème ?

— Non, c'est seulement... Je ne pensais pas que nous faisions *Mary Rose*.

— Il ne s'agit pas de cette pièce, mais de *L'Admirable Crichton*. Vous serez *lady* Mary.

Sir Godfrey ajouta :

— Barrie aimait anormalement le prénom Mary.

— Ah ! je ne suis pas certaine de pouvoir assumer un rôle d'une telle importance, avec ma mère, et tout. Si je devais partir subitement...

— Mlle Laburnum peut être votre doublure, trancha sir Godfrey. Continuez, Mme Wyvern.

Mme Wyvern lut le reste de la distribution.

— Sir Godfrey accepte aussi très gentiment de faire la mise en scène. La pièce conte l'histoire du comte de Loam, de ses trois filles et de leurs fiancés. Ils font naufrage avec leurs domestiques...

*Naufragés, comme c'est approprié.*

— ... sur une île déserte. Et le seul à disposer de quelque compétence en matière de survie, c'est leur maître d'hôtel, Crichton, qui devient leur chef. Au moment *même* où ils se sont résignés à séjourner à jamais sur l'île, on vient à leur secours...

*Me résigner, voilà qui n'est pas une option. Je ne peux pas me permettre de rester assise ici en attendant les secours. Si je n'ai pas quitté l'île au moment de ma date limite...*

Cependant, il n'y avait *rien* d'autre à faire que de rester assise et d'attendre l'équipe de récupération. Ou l'ouverture de la fenêtre de saut. Si le problème *résultait* d'un point de divergence, alors le site n'avait peut-être pas été dévasté, et sa panne n'était que temporaire. Dans ce cas, l'équipe ne se serait pas déplacée, parce que ce n'était pas nécessaire. Polly pourrait rentrer chez elle par ses propres moyens.

Quand la sirène de fin d'alerte retentit, le lendemain matin, Polly s'attarda, prétendant qu'elle voulait apprendre son texte. Elle leur donna une demi-heure pour arriver chez eux et se rendit au point de transfert.

Des ouvriers avaient commencé à déblayer les lieux, et le passage était encore plus apparent depuis Lampden Road, mais personne ne traînait alentour. Le passage et le renfoncement avaient le même aspect que la nuit où Polly avait guetté l'ouverture, à part l'épaisse couche de plâtre qui provenait manifestement du chantier en cours de l'autre côté. Pas une trace de pas dans la poussière. Aucun des hommes qui nettoyaient l'endroit n'avait donc trouvé le passage, ce qui était heureux, mais il n'y avait pas davantage d'empreintes sur les marches descendant au point de transfert, ni le moindre signe que l'équipe avait traversé.

Polly s'assit sur les marches pour attendre, regardant d'un œil fixe les écailles de la porte noire et pensant à *La Lumière du monde*. Et à Marjorie. Cela lui ressemblait si peu de s'en aller quand elle avait promis de couvrir l'absence de Polly… Et sans prévenir personne ! Avait-elle craint qu'on la dissuade de son projet si elle en parlait ? ou d'être accusée de manquer de courage et de se sauver ? Elle aurait alors patienté jusqu'à ce que Polly soit partie et que le magasin grouille d'animation avant de s'éclipser ?

*Si tu avais trouvé Merope à Backbury, tu aurais disparu tout aussi brutalement. Et ce sera le cas maintenant, si jamais la fenêtre s'ouvre.*

Mais elle resta fermée. Tout comme le matin suivant. Et la nuit d'après. Soit le point de divergence était toujours actif, soit le site avait bien été endommagé, finalement. Cependant, même dans cette hypothèse, et si l'équipe était obligée de passer par un autre site, il était possible qu'ils viennent ici en quête d'indices pour localiser l'historienne.

Elle griffonna son nom et « *Townsend Brothers* » sur un bout de papier, le plia, le coinça sous la porte noire et, après son travail, le lendemain, courut au service des retouches y voler un morceau de craie.

Il plut cette nuit-là, ce qui l'empêcha de retourner au site, si bien qu'elle se rendit à Holborn. Sous prétexte d'emprunter un policier d'Agatha Christie à la bibliothèque de prêt, elle inonda la bibliothécaire aux cheveux crêpelés de détails sur sa troupe de théâtre et sur *L'Admirable Crichton*, citant son nom deux fois, et trois fois Notting Hill Gate.

— Pendant la journée, je suis employée au rayon des bas chez *Townsend Brothers* alors, jouer un rôle, ça me change joliment les idées. Il faudra venir voir la pièce. On est sur le quai nord de la District Line.

Le lendemain, elle fit de même au travail, pendant ses pauses-thé et déjeuner. Après la fermeture, elle écrivit son adresse et le numéro de téléphone de Mme Rickett au dos de son livre de ventes et, malgré un léger crachin, elle gagna le point de transfert.

Elle avait oublié les hommes qui déblayaient les lieux. Elle dut se tapir dans l'allée où elle s'était cachée du garde jusqu'à ce que le dernier ouvrier fût parti avant de pouvoir se hisser sur ce qui subsistait de l'amas de décombres et d'atteindre, non sans mal, le passage.

Les seules marques de pas étaient les siennes, et son petit mot n'avait pas bougé. Polly le récupéra, sortit le morceau de craie qu'elle avait volé, puis resta indécise un moment, les yeux fixés sur la porte, se demandant quel message laisser. Elle ne pouvait pas écrire ce qu'elle aurait souhaité : « Au secours ! Je suis bloquée en 1940 ! Venez me chercher. » Que les ouvriers n'aient pas encore découvert le passage ne signifiait pas que cela ne se produirait pas.

À la place, elle traça : « Pour un bon moment, appelez Polly », ajouta sur la porte le numéro de Mme Rickett puis, tout en bas dans le coin, là où personne ne les remarquerait sans les chercher explicitement, le cercle barré qui symbolisait le métro et la mention « Notting Hill Gate ». Elle remonta dans le passage, dessina une flèche sur le tonneau le plus proche des marches, puis s'accroupit pour écrire sur le flanc face au mur : « Polly Sebastian, *Townsend Brothers* » et l'adresse de la pension. Elle s'assit enfin et attendit une heure entière, au cas où le site serait redevenu opérationnel.

Apparemment, ce n'était pas le cas. Elle s'accorda dix minutes de plus avant de sortir dans l'allée, effacer ses empreintes de pas, saupoudrer le sol de poussière de plâtre et griffonner : « Sebastian était là » sur le mur de l'entrepôt, au-dessus de « Londres tiendrat ! », puis elle s'en fut à Notting Hill Gate.

Mlle Laburnum la cueillit au sommet de l'escalier roulant.

— La jeune femme vous a-t-elle trouvée ?

Le cœur de Polly se mit à cogner.

— Quelle jeune femme ?

— Elle ne m'a pas laissé son nom. Elle disait qu'elle venait de chez *Townsend Brothers*. Donnez-moi votre avis pour lady Mary : dentelle blanche dans l'acte I, puis bleue dans les scènes avec les naufragés ? J'ai toujours pensé que le bleu passe bien sur les planches…

— Où est-elle allée ? l'interrompit Polly qui scrutait la foule alentour. La jeune femme ?

— Ma pauvre, je n'en sais rien. Elle… Oh ! la voilà.

C'était Doreen. Elle était écarlate et à bout de souffle.

— Ah ! Polly ! s'exclama-t-elle, pantelante. Je te cherche partout. C'est Marjorie. Sa logeuse a téléphoné à Mlle Snelgrove juste après ton départ. Marjorie n'était pas à Bath, finalement.

— Que veux-tu dire ? Où était-elle ?

— À Jermyn Street. (Doreen fondit en larmes.) Quand la rue a été bombardée.

*Danger. Mines terrestres.*

Avertissement affiché sur une plage anglaise, 1940

# Hôpital des urgences de guerre, septembre 1940

Debout à côté du lit de Mike, Hardy rayonnait.

— Cinq cent dix-neuf vies à votre crédit ! s'exclama-t-il, un sourire illuminant son visage constellé de taches de rousseur. Voilà des états de service dont on peut être fier !

*Si je n'ai pas changé l'issue de la guerre*, se dit Mike avec un haut-le-cœur. *Si l'un des hommes sauvés par ma faute n'a pas altéré de façon critique la bataille d'El-Alamein, le jour J, la bataille des Ardennes, et modifié le cours de la guerre.*

Et il était ridicule d'imaginer que ça ne s'était pas produit. Le continuum était sans doute en mesure d'annuler un ou deux changements, mais il n'y avait aucune chance pour qu'il gomme le sauvetage de cinq cent dix-neuf soldats perdus – et même cinq cent vingt, avec Hardy.

— Je n'avais pas l'intention de vous fatiguer, hésita Hardy. Je pensais juste que vous souhaiteriez qu'on vous remonte le moral. Je peux faire quelque chose pour vous ?

*Tu en as déjà fait beaucoup trop*, voulut lui répondre Mike, mais ce n'était pas la faute du garçon. Il avait essayé d'agir au mieux en revenant à Dunkerque. Il n'avait aucune idée des conséquences de ses actes.

— Je devrais vous laisser vous reposer.

C'était impossible. Il fallait que Mike sorte de là, qu'il se rende au point de transfert et qu'il prévienne Oxford de ce qu'il avait fait. S'il n'était pas trop tard, ce qui expliquerait l'absence de l'équipe de récupération… parce que Mike avait changé l'issue de la guerre et que l'équipe n'existait pas.

Pourtant, Hardy avait dit qu'il l'avait cru mort. L'équipe avait peut-être abouti à cette conclusion en ne trouvant aucune trace de lui. À moins qu'ils ne le cherchent toujours à Londres.

Et, même s'il était trop tard, il devait essayer. Ce qui impliquait de quitter ce foutu hôpital. Mais comment ? Impossible de filer en catimini. D'abord, il n'arrivait pas encore à descendre les escaliers. En eût-il été capable, il n'aurait pas dépassé deux rues en robe de chambre et pantoufles. Par ailleurs, il n'avait pas de papiers. Ni d'argent. Au minimum, il devrait régler son billet de train pour Douvres et le bus à destination de Saltram-on-Sea. Et se payer des chaussures.

Il devait convaincre les docteurs de le laisser sortir, ce qui signifiait qu'il lui faudrait marcher un peu mieux que maintenant. Mike attendit le départ de Hardy et la fin des rondes de l'infirmière de nuit, puis se leva et s'entraîna à boitiller sur toute la longueur de la salle pendant le reste de la nuit. Alors, il montra ses progrès au médecin, qui fut impressionné.

— Étonnant, déclara-t-il. Votre rétablissement est bien plus rapide que je ne l'avais envisagé. Nous devrions pouvoir vous opérer sans délai.

— M'opérer ?

— Oui. Pour réparer le tendon abîmé. C'était impossible tant que la blessure originelle n'était pas guérie.

— Non. Pas d'opération. Je veux être autorisé à quitter l'hôpital.

— Je peux entendre votre désir de retourner sur le front, mais comprenez bien que, sans opérations complémentaires, vos chances de retrouver le plein usage de votre pied sont infimes. Vous risquez d'être infirme toute votre vie.

*Je risque sacrément plus en restant ici.*

Mike passa les jours suivants à tenter de convaincre le docteur de le libérer, et l'attente le rendit quasi fou. Les sirènes et le bruit des bombes de plus en plus proches s'unissaient aux sanglots de Bevins pour ajouter à son tourment.

— C'est l'invasion, criait le caporal. Il faut sortir immédiatement !

*J'essaie*, se disait Mike, enfouissant sa tête sous son oreiller.

— Hitler arrive ! Il sera là d'un moment à l'autre !

Difficile d'imaginer que cela ne se produirait pas. D'après les journaux, la Luftwaffe pilonnait Londres nuit après nuit. La tour de Londres, Trafalgar Square, la station de métro Marble Arch et le palais de Buckingham avaient tous été frappés, et des milliers de gens tués.

— C'est épouvantable ! s'exclama Mme Ives quand elle apporta le *Herald*, dont la une affichait : « Aucune diminution des raids nocturnes : les Londoniens demeurent inébranlables. » Ma voisine a été bombardée la nuit dernière et…

— Comment faut-il procéder pour obtenir de nouveaux papiers d'identité ? l'interrompit Mike. Les miens ont été détruits à Dunkerque, et j'ignore où se sont envolés mes vêtements.

— Le Service d'assistance aux victimes est responsable de toutes ces choses, je crois.

Et, le matin suivant, une jeune femme se présentait au chevet de Mike avec un calepin et des dizaines de questions pour lesquelles il n'avait pas de réponse, depuis son numéro de passeport jusqu'à la pointure de ses chaussures.

— Elle a changé récemment, indiqua-t-il. Ma pointure. Surtout celle du pied droit.

Elle passa outre.

— Quand votre passeport a-t-il été délivré ?

— C'est le rédacteur en chef, au journal, qui s'est occupé de mes papiers, affirma-t-il, priant pour qu'elle suppose une administration différente aux États-Unis.

— Quel est son nom ?

— James Dunworthy. Mais il n'est plus là. On l'a détaché en Égypte.

— Et le nom de votre journal ?

— L'*Omaha Observer*.

*Ils vont vérifier, découvrir qu'il n'y a pas de journal à ce nom, pas davantage de passeport, et je me retrouverai bouclé dans la tour de Londres, avec tous les agents ennemis.*

Cependant, quand elle revint cet après-midi-là, elle apportait une carte d'identité de secours, un carnet de rationnement et une carte de presse.

— Pour obtenir un nouveau passeport, il faut remplir ce formulaire et l'envoyer avec une photographie à l'ambassade américaine, à Londres. J'ai bien peur que cela prenne plusieurs mois. La guerre, vous savez.

*Bénie soit la guerre !*

— En attendant, voici un passeport temporaire et un visa. (Elle les lui tendit.) J'ai laissé des habits pour vous chez la surveillante générale.

*Et soyez bénie, vous aussi.*

— Avez-vous une idée de l'endroit où aller, en sortant d'ici ?

Il n'avait pensé à rien d'autre. Il avait besoin de retourner à Saltram-on-Sea et au point de transfert, mais il devait y arriver sans qu'un seul des villageois l'aperçoive, surtout Daphne. Dont il ne pouvait courir le risque qu'elle s'attache davantage à lui. Elle était capable de refuser un rendez-vous avec l'homme qu'elle était censée épouser, ou de se sentir abandonnée quand il partirait et de se jurer de renoncer aux journalistes. Ou aux Américains. Des centaines d'Anglaises s'étaient mariées à des soldats américains. Daphne pouvait très bien avoir été l'une d'elles. Et Mike avait déjà causé assez de dégâts. Il devait se sauver avant d'en créer encore. Se rendre à Douvres et, là, prendre le bus à destination de Saltram-on-Sea. Et prier pour que le chauffeur accepte de le déposer à hauteur de la plage… et pour que son pied lui permette de descendre le sentier jusqu'au point de saut.

— J'avais dans l'idée d'aller à Douvres, annonça-t-il à l'envoyée du Service d'assistance. J'ai un ami journaliste, là-bas. Il m'accueillera.

Le matin suivant, elle lui apportait un ticket de train pour Douvres, un bon d'hébergement, et un billet de cinq livres :

— Pour vous aider jusqu'à ce que vous soyez installé. Vous faut-il autre chose ?

— Mon autorisation de sortie.

Elle accomplissait *vraiment* des miracles, parce que le docteur la signa dans l'après-midi. Mike appela aussitôt sœur Gabriel et demanda ses vêtements.

— Pas avant que la surveillante ait contresigné vos papiers.

— Et c'est pour quand ?

On était mercredi et, comme son expérience malheureuse le lui avait appris, les bus pour Saltram-on-Sea ne circulaient que les mardis et vendredis. Il faudrait donc être sur place avant vendredi.

— Je ne suis pas sûre. Demain, peut-être. Vous ne devriez pas vous montrer si empressé de nous quitter.

Sœur Carmody lui témoigna plus de compréhension.

— Je sais ce qu'on ressent quand on veut retourner combattre et qu'on est forcé d'attendre. Ça fait *des mois* que j'ai réclamé mon transfert sur une antenne chirurgicale du front.

Et elle promit d'intervenir auprès de la surveillante.

Elle tint parole. Moins d'une heure avait passé quand elle revint avec le ballot des habits fournis par le Service d'assistance.

— Vous êtes autorisé à sortir aujourd'hui.

Le trousseau se composait d'un costume en tweed marron, d'une chemise blanche, d'une cravate, de boutons de manchette, de chaussettes, de sous-vêtements, d'un pardessus en laine, d'un chapeau mou et de chaussures dans lesquelles Mike souffrit le martyre en y enfilant son pied abîmé, sans parler de marcher avec.

*Ils ne me laisseront jamais sortir d'ici quand ils me verront boiter comme ça.*

Et on le lui aurait interdit si l'hôpital n'avait pas eu pour politique d'accompagner en fauteuil roulant jusqu'à leur taxi les patients qui partaient. Au dernier moment, sœur Carmody lui donna une paire de béquilles.

— Ordre du docteur. Il veut que vous évitiez l'appui sur votre pied. Et voici quelque chose pour le voyage. (Elle lui tendait un paquet entouré de papier d'emballage.) De la part de nous tous. Écrivez pour dire comment vous allez.

— Je le ferai, mentit Mike.

Et il demanda au chauffeur du taxi de le conduire à la gare Victoria. En chemin, il ouvrit le paquet. C'était un recueil de mots croisés.

Il grimpa dans le premier train en partance pour Douvres et, dès son arrivée, s'en fut chez un prêteur sur gages troquer les boutons de manchette et le manteau pour quatre livres. Il aurait bien vendu les béquilles, mais elles s'étaient révélées précieuses, lui permettant d'obtenir une place assise dans une rame pleine à craquer. Avec un peu de chance, elles convaincraient aussi le chauffeur du bus de laisser descendre Mike à hauteur de la plage.

S'il parvenait à découvrir où se trouvait l'arrêt du bus. Personne ne semblait au courant, pas même le chef de gare. Ni le prêteur sur gages. Mike se creusait la tête. Dans les hôtels, on saurait. Il connaissait leur emplacement, grâce à la carte de Douvres qu'il avait mémorisée, des mois plus tôt, à Oxford, mais ils étaient tous trop éloignés pour s'y rendre à pied avec sa blessure. Il héla un taxi, se battit avec ses béquilles pour les glisser dans l'habitacle, et s'assit sur le siège arrière.

— On va où, mon pote ? demanda le chauffeur.

— L'hôtel Imperial. Non, attendez. (Cet homme saurait d'où les bus partaient.) J'ai besoin de prendre le bus pour Saltram-on-Sea.

— Aucun bus n'y va. Depuis juin. L'accès de la côte est interdit.

— Interdit ?

— À cause de l'invasion. Zone interdite. Aucun civil n'y pénètre, à moins d'y habiter ou de présenter un sauf-conduit.

*Bon Dieu de bon Dieu !*

— Je suis correspondant de guerre, annonça Mike en montrant sa carte de presse. Combien ça coûterait si *vous* me conduisez à Saltram-on-Sea ?

— Je peux pas, mon pote. J'ai pas assez de coupons d'essence pour faire autant de kilomètres, et même si je les avais la route de la côte est bourrée de cailloux. Mes pneus doivent tenir jusqu'à la fin de la guerre.

— Alors, où peut-on louer une voiture ?

Le chauffeur y réfléchit un moment avant de proposer :

— Je connais un garage qui pourrait en avoir une.

Et il l'y emmena.

Au garage, on ne disposait pas du moindre véhicule.

— Chez Noonan, suggérèrent-ils, juste en haut de la rue.

C'était beaucoup plus loin que ça. Quand Mike y parvint, il était vraiment content de ne pas avoir vendu ses béquilles.

Le garagiste était absent.

— Vous le trouverez au pub, lui déclara un garçon de dix ans maculé de cambouis.

Plus facile à dire qu'à faire. Le pub était aussi bondé que la *Lady Jane* au retour de Dunkerque. Mike ne réussirait jamais à traverser cette cohue avec ses béquilles. Il les déposa à l'entrée et fendit en boitant la masse des ouvriers, soldats et pêcheurs. Ils discutaient tous de l'invasion.

— Ça va nous tomber d'ssus c'te semaine, affirmait un gros bonhomme au nez rouge.

— Non, ils vont d'abord ramollir Londres un peu plus, soutenait son ami. Ça prendra encore au moins une quinzaine.

Son voisin le plus proche acquiesça.

— Ils enverront des espions pour tâter le terrain.

Lequel était le garagiste ?

— Excusez-moi, intervint Mike. Je cherche le propriétaire du garage, juste à côté. J'ai besoin de louer une voiture.

— Une voiture ? corna l'obèse. Z'êtes pas au courant qu'on est en guerre ?

— Pourquoi voulez-vous louer une voiture ? interrogea son ami.

— Je dois me rendre à Saltram-on-Sea.

— Pour quoi faire ?

Il le regardait avec méfiance, et son compagnon demanda, les yeux étrécis :

— Vous venez d'où ?

*Ah ! bon Dieu !* ils le prenaient pour un espion !

— Des États-Unis.

— Un Amerloque ? renifla l'homme. Quand c'est que vous déclarez la guerre, vous autres ?

Et un minuscule individu, l'air tout timide sous son chapeau melon, lança d'un ton belliqueux :

— Vous attendez quoi, sacré nom d'un chien ?

— Si vous pouviez juste m'indiquer où est le propriétaire du garage…

— L'est là derrière, au bar, lâcha le gros bonhomme, le pointant du doigt. Harry ! Cet Amerloque veut te causer pour une location de bagnole.

— Dis-lui d'essayer chez Noonan.

— Je l'ai déjà fait ! cria Mike.

Peine perdue, le garagiste s'était retourné face au bar.

C'était sans espoir. Mike devrait tenter de se faire prendre en stop par un fermier. *M. Powney est peut-être en ville, en train d'acheter un autre taureau ?* Il se dirigea vers la porte et ses béquilles.

— Attendez un peu ! lança l'obèse en désignant le pied de Mike. Comment vous avez attrapé ça ?

— Un Stuka. À Dunkerque.

Et Mike sentit soudain l'hostilité s'évanouir de la salle.

— Quel navire ? demanda le petit homme au chapeau melon, qui avait abandonné sa posture agressive.

Le garagiste quittait le bar et s'approchait.

— La *Lady Jane.* Ce n'était pas un navire. C'était une vedette.

— Elle est revenue ?

— De mon voyage, oui, mais pas du suivant, commença d'expliquer Mike.

Mais ils le bombardaient déjà de questions.

— C'est une torpille qui l'a coulée ?

— Combien d'hommes vous avez ramenés ?

— Vous y étiez quand ?

— Vous avez vu le *Lily Belle* ?

— Laissez-le parler ! cria le garagiste. Et donnez-lui une bière. Et un siège, bon sang ! Ah ! c'est brillant, forcer un héros de Dunkerque à rester debout sans même lui offrir un verre !

Quelqu'un lui avança un banc, et quelqu'un d'autre un verre de bière.

— Alors, vous rentrez chez vous ? demanda l'obèse.

— Oui. Je viens de sortir de l'hôpital.

— J'aimerais bien vous aider, dit le garagiste, mais tout ce que je possède, c'est une Morris sans son carburateur et une Daimler sans magnéto, et aucun moyen de me procurer l'un ou l'autre.

— Il peut emprunter ma voiture, proposa le minuscule individu qui s'était révélé si querelleur. Attendez-moi.

Quelques minutes après, il était de retour avec une Austin.

— Voici la clé de contact. Il y a un bidon de secours dans le coffre si jamais vous tombez à court d'essence. (Il regarda le pied de Mike d'un air sceptique.) Vous êtes certain de pouvoir appuyer sur les pédales ?

— Oui, assura Mike en hâte, de peur qu'il lui offre de le conduire. Je peux vous payer l'essence. Et la location.

— Ah ! n'y pensez même pas ! Les papiers sont dans la boîte à gants, au cas où vous devriez les montrer à un contrôle. Laissez la voiture ici, au pub, quand vous reviendrez.

*Je ne reviendrai pas*, se dit Mike, qui éprouvait un sentiment de culpabilité.

— Je ne sais pas ce que j'aurais fait sans vous. Vous me sauvez la vie.

— N'en parlons plus. (Il tapota le capot de l'Austin.) J'y étais, moi aussi. À Dunkerque. Sur le *Marigold*.

Il regagna le pub. Mike posa ses béquilles sur le siège arrière, s'installa et démarra, vouant une éternelle reconnaissance au petit homme qui n'était pas resté pour le regarder tenter de faire avancer la voiture ou se battre avec le levier de vitesses.

*Il ne me l'aurait jamais prêtée s'il avait assisté à ça*, songeait-il, tressautant d'embardée en embardée sur la route de la côte. *J'aurais dû prendre des leçons de conduite, comme Merope.*

Il roula vers le sud, surveillant les plages qu'il dépassait. S'il avait bien été un espion, son rapport aurait découragé Hitler. Le littoral se hérissait de fil de fer barbelé, de pieux taillés en pointe, de pylônes en béton et de grandes pancartes annonçant : « Cette zone est minée : vous entrez à vos risques et périls. » Il espérait qu'ils n'avaient pas miné la plage à Saltram-on-Sea, ni dressé d'obstacles tels qu'il en apercevait alors qu'il approchait de Folkestone.

Il y eut un contrôle là-bas, et un autre à Hythe, tous deux tenus par des gardes en armes qui l'interrogèrent et examinèrent ses papiers avant de le laisser passer.

— Avez-vous vu des étrangers suspects sur la route ? lui demandèrent-ils au deuxième barrage et, quand il eut répondu par la négative, ils ajoutèrent : Si vous remarquez des personnes non autorisées sur une plage, ou dont le comportement vous paraît douteux, le genre qui pose des questions ou prend des photos, contactez les autorités.

*Voilà pourquoi l'équipe de récupération n'est pas venue*, se disait Mike tout en conduisant. *Parce que Badri n'a pas réussi à trouver un point de chute.* Depuis Dunkerque, la côte tout entière grouillait de soldats, de garde-côtes, d'avions de reconnaissance. De plus, chaque fermier, chaque chauffeur, chaque pilier de bistrot surveillaient les parachutistes et les espions. Il n'y avait aucune chance que l'équipe ait pu traverser dans la zone interdite, où que ce soit, sans se faire repérer, et s'ils avaient traversé à l'extérieur de la zone, ils auraient rencontré les mêmes problèmes que lui pour se rendre à Saltram-on-Sea. Pas étonnant qu'ils ne l'aient pas encore retrouvé.

*Je n'ai pas modifié le futur*, exulta-t-il. *Nous n'avons pas perdu la guerre à cause de moi. Et si je parviens au site sans rien changer d'autre, je rentrerai libre à la maison.*

*Si j'arrive à descendre à la plage*, corrigea-t-il après un regard aux falaises de craie, qui s'élevaient de kilomètre en kilomètre. Point positif, les militaires comptaient apparemment sur ces falaises pour arrêter les tanks. Les seules défenses sur les plages en contrebas consistaient en fil de fer barbelé doublé de deux rangées de pieux.

Il avait commencé à pleuvoir juste après Hythe. À travers le pare-brise, Mike scrutait la route blanche et l'océan gris qu'il apercevait brièvement derrière les falaises, en quête de repères qu'il pourrait reconnaître. La route s'écarta de nouveau de la Manche puis s'en rapprocha tandis qu'elle montait. Mike ne devait plus être loin...

C'était là. On grimpait au sommet d'une petite colline d'où l'on découvrait tout le versant qui menait à Saltram-on-Sea, et la côte au-delà. Mike gara son véhicule sur l'herbe et sortit, affichant une mine renfrognée à destination de quiconque serait en train de l'observer, avant de claquer la porte avec colère. Il souleva le capot et se pencha dessous. Il aurait aimé savoir comment faire jaillir de la vapeur pour produire l'effet d'une surchauffe, mais il n'avait pas la moindre idée du fonctionnement d'un moteur à essence et il ne voulait pas risquer une panne *réelle*.

Il simula quelques ajustements puis, comme s'il était excédé, administra une gifle brutale à l'aile de la voiture, clopina jusqu'au bord de la falaise, regarda d'un air dégoûté la Manche grise, le ciel gris, et enfin la plage en bas. Malgré une saillie pointue de l'escarpement qui lui masquait le point de transfert, il voyait presque tout le reste de la plage. Mêmes pieux et fils de fer barbelés, mais pas de nids de mitrailleuse, pas de gardes postés, pas de barbelés coupants. Parfait.

À moins que la plage ne soit minée. Cependant le site n'était pas éloigné de la paroi de la falaise, et on aurait probablement enfoui les mines à proximité de la ligne d'eau, ou entre les fossés antichars. On s'attendait à une invasion depuis la plage, pas depuis la terre.

Le vent soufflait fort au sommet de la colline. Debout dans le crachin humide, Mike se refroidissait. Il releva le col de sa veste, regrettant d'avoir vendu son manteau. Surtout si la fenêtre de saut tardait à s'ouvrir. Mais cela ne se produirait pas. Le bon point avec ces barbelés et ce temps misérable, c'est qu'il n'avait pas besoin de s'inquiéter de la présence de quelqu'un dehors, y compris des gardes-côtes. Et s'il y avait des bateaux là-bas, dans cette houle impétueuse, ce dont il doutait, leurs équipages auraient les yeux fixés sur la Manche, pas sur la plage. Mike aurait donc le champ libre.

S'il pouvait atteindre le site. Il avança un peu plus loin afin de dégager sa perspective, mais l'éperon la bouchait encore. Il revint à la voiture, s'y installa, fit semblant de tester un démarrage, puis sortit derechef et boita le long de la route comme s'il cherchait une maison où il pourrait demander de l'aide. Quand il jugea qu'il avait dépassé le ressaut de l'escarpement, il clopina de nouveau vers le bord de la falaise.

On découvrait clairement le point de saut depuis cet endroit. Mike voyait les deux flancs dentelés du rocher jaillir du sable. Et entre les deux, au milieu, pile au sommet du site, un canon d'artillerie de 152 mm.

*Et le parc fut soudain envahi d'églantiers et de ronces,*
*si mêlés que personne, à l'avenir,*
*ne pourrait plus y entrer.*

*La Belle au bois dormant*

## Londres, octobre 1940

Bouleversée, Polly dévisageait Doreen, sanglotant au milieu de la station de métro fourmillante, indifférente aux gens qui les poussaient pour passer.

— Bombardée ? répéta-t-elle.

*Marjorie est morte. Voilà pourquoi elle n'a prévenu personne de son départ.*

— Et le pire…, essaya d'ajouter Doreen à travers ses larmes. Oh ! Polly, elle est restée sous les décombres pendant trois jours avant qu'ils la trouvent !

Le pauvre corps mutilé de Marjorie avait attendu là-bas pendant trois jours. Parce que personne ne savait qu'elle était là. Parce que personne ne savait même qu'elle avait disparu.

— Mais sa logeuse disait qu'elle était partie, qu'elle avait emporté ses affaires. Pourquoi… ?

— Je l'ignore. Je le lui ai demandé, mais elle a répondu qu'on ne l'autorise pas à rendre visite à Marjorie.

— On ne l'autorise pas… Elle est vivante ? s'exclama Polly, attrapant les deux bras de Doreen. Où est-elle ?

— À l'hôpital. Mme Armentrude – c'est sa logeuse –, dit qu'elle est très mal en point… Son ventre…

*Seigneur ! elle a des lésions internes.*

— Mme Armentrude dit qu'elle a une rupture de la rate…

Polly sentit renaître l'espoir. Une rupture de la rate se soignait, même en 1940.

— A-t-elle parlé d'infection ?

Doreen secoua la tête.

— Non… Elle s'est cassé les côtes et… et… le bras !

Et la jeune femme s'effondra complètement.

On ne mourait pas d'une fracture du bras, quel que soit le siècle, et si une péritonite n'avait pas compliqué le tableau clinique Marjorie pourrait s'en sortir.

— Tenez, ma chère, disait Mlle Laburnum qui tendait à Doreen un mouchoir au liseré de dentelle. Mlle Sebastian, voulez-vous que j'aille à la cantine chercher une tasse de thé pour votre amie ?

— Ce n'est pas la peine, je vais bien, déclara Doreen, qui s'essuyait les joues. Je suis désolée. C'est juste que je trouve si terrible d'avoir prétendu qu'elle avait filé, et qu'elle nous plantait le bec dans l'eau, alors que pendant tout ce temps…

Elle se remit à pleurer.

— Tu ne savais pas, la réconforta Polly.

*Nous aurions dû savoir. J'aurais dû savoir qu'elle ne serait jamais partie à Bath sans me prévenir, qu'elle ne m'aurait jamais laissée tomber après avoir promis de me couvrir…*

— C'est ce que dit Mlle Snelgrove, renifla Doreen. Que ce n'est la faute de personne. Que même si nous avions appris que Marjorie était toujours à Londres, nous n'aurions pas su où elle était. J'ignore ce qu'elle fabriquait à Jermyn Street. Elle devait être en route pour la gare quand le raid a commencé.

*Mais Jermyn Street n'est pas du tout près de la gare de Waterloo. C'est dans la direction opposée.*

— Vous imaginez ça ? Vous croyez que vous serez bientôt en sécurité loin de Londres, et alors… (Ses pleurs redoublèrent.) J'aimerais tant que nous puissions l'aider, mais Mme Armentrude dit qu'ils n'autorisent aucune visite.

— Vous pourriez envoyer des fleurs, suggéra Mlle Laburnum. Ou de belles grappes de raisin.

— Quelle bonne idée ! s'exclama Doreen, retrouvant le sourire. Marjorie aime beaucoup le raisin. Ah ! Polly, elle va guérir, n'est-ce pas ?

— Bien sûr que oui, intervint Mlle Laburnum, et Polly la gratifia d'un coup d'œil reconnaissant. Elle est entre d'excellentes mains, désormais, et il ne faut pas vous inquiéter. Les docteurs accomplissent des merveilles. Pourquoi ne pas rester ici avec nous dans l'abri pour cette nuit ?

— Je ne peux pas, merci, répondit Doreen avant de se tourner vers Polly. Mlle Snelgrove m'a demandé d'avertir tout le monde, et Nan n'est pas encore au courant. Je dois la trouver et le lui annoncer.

— Mais c'est impossible ! s'affola Polly. L'alerte va démarrer d'une minute à l'autre, et tu n'as rien à faire en plein raid !

— Ça ira. D'habitude, Nan est à Piccadilly. (Doreen regardait d'un œil vague les affichages peints sur les murs.) Est-ce que la Piccadilly Line passe par ici ?

— Il faut prendre la District en direction d'Earl's Court. Il y a une correspondance. Je viens avec toi. Mademoiselle Laburnum, prévenez sir Godfrey que je suis allée aider une amie à chercher quelqu'un.

— Mais nous devions répéter la scène du naufrage, ce soir. Sir Godfrey sera très mécontent.

Elle avait raison. Il s'était attribué le rôle du maître d'hôtel, en plus de celui de metteur en scène, et il invectivait tout le monde, y compris Nelson. Si elle manquait une répétition…

— Non, non, il est inutile que tu m'accompagnes. Je vais beaucoup mieux, maintenant. Merci à vous deux.

Doreen restitua son mouchoir à Mlle Laburnum et se dépêcha de partir.

— Quelle horreur ! compatit Mlle Laburnum en la regardant s'éloigner. Un piège pareil, et personne ne sait où vous êtes. Il ne faut pas vous en vouloir, mademoiselle Sebastian. Ce n'était pas votre faute.

*Bien sûr que si. J'aurais dû deviner que quelque chose allait de travers, mais j'étais trop préoccupée par mon propre sort, à me demander s'il y avait eu contact ou non avec l'équipe de récupération. Je suis tellement désolée, Marjorie.*

Elle se rendit à l'hôpital le matin suivant, mais tout ce qu'elle apprit fut que l'état de la patiente était « stationnaire », et qu'elle ne serait pas en mesure de recevoir de visites avant « un certain temps ».

— Mlle Snelgrove réussira peut-être à obtenir plus d'informations des docteurs, dit Doreen, qui faisait tourner une carte à signer avec des plaisanteries du genre : « Hitler 0 – Marjorie 1 ».

Étant donné les manières fort peu charmantes de leur chef de service, Polly éprouvait quelques doutes mais, quand elle revint, Mlle Snelgrove avait fait le plein de renseignements. On avait enlevé la rate de Marjorie sans problème, il ne semblait pas y avoir d'autres dommages en dehors du bras et de quatre côtes cassées, et on s'attendait à une guérison complète, même s'il faudrait au moins une quinzaine de jours avant que la jeune femme soit en état de retourner travailler. Elle avait perdu beaucoup de sang.

— Elle était sous plus d'un mètre de décombres, raconta Mlle Snelgrove. Les secours ont mis près d'une journée à la dégager après sa localisation. Elle a d'ailleurs eu de la chance qu'on la trouve. La maison était marquée

« vide » dans les registres de l'ARP. La vieille dame qui en était propriétaire l'avait fermée. Elle était partie pour la campagne au début des bombardements…

*Que faisait donc Marjorie dans une maison abandonnée ?*

— … si bien que les sauveteurs n'avaient cherché personne. Si, pendant une de ses rondes, un préposé à la Défense passive ne l'avait pas entendue appeler, sous un pan de mur effondré… (Mlle Snelgrove hocha la tête.) Elle a eu beaucoup de chance. Une profonde embrasure de porte l'a protégée.

*Comme le point de transfert.* Polly n'avait pas oublié cette nuit où les bombes pleuvaient autour d'elle. Si le mur s'était effondré sur le passage, personne n'aurait jamais su qu'elle se trouvait là.

— Vous ont-ils permis de la voir ? demanda Sarah Steinberg.

On l'avait fait descendre pour remplacer Marjorie.

— Non, elle est encore trop fatiguée pour recevoir des visites. J'ai donné à la surveillante vos raisins et votre carte, et elle a promis de les lui transmettre.

— Vous êtes certaine qu'elle va se rétablir ? interrogea Doreen.

— Absolument. Elle est entre d'excellentes mains, et ça ne sert à rien de s'inquiéter. Restons concentrées sur les tâches à notre portée.

La semaine suivante, Polly s'y essaya : se concentrer sur la vente de bas, sur l'emballage des paquets, sur son texte qu'il fallait apprendre ainsi que ses déplacements sur la scène… Mais elle continuait d'imaginer Marjorie ensevelie sous les décombres : terrorisée, perdant son sang, attendant que quelqu'un, n'importe qui, vienne la sortir de là. Si elle avait perdu conscience ou la capacité d'appeler de l'aide, elle y serait encore, et personne n'aurait jamais su ce qui lui était arrivé.

— Lady Mary ! rugit sir Godfrey. C'est votre réplique !

— Excusez-moi.

Elle débita sa tirade.

— Non, non, non ! vociféra sir Godfrey. Vous vous croyez à un pique-nique ? Vous avez fait naufrage. Votre vaisseau avait infléchi son cap, et personne n'a la moindre idée de l'endroit où vous avez abouti. Maintenant, essayez à nouveau.

Elle essaya, mais son esprit ruminait les mots de sir Godfrey : *« Personne n'a la moindre idée de l'endroit où vous avez abouti. »*

Ils avaient pensé que Marjorie était partie à Bath alors qu'elle était ensevelie sous un mur de Jermyn Street. La même chose pouvait-elle s'être produite pour Polly avec l'équipe de récupération ? Avaient-ils vu ou entendu quelque chose qui les avait mal orientés quant à l'endroit où la trouver ? La cherchaient-ils sur Regent Street, ou à Knightsbridge ? ou dans une autre ville ?

Mais elle n'avait pas disparu sans dire où elle se rendait, à l'instar de Marjorie, et aucune tempête n'avait dévié son cap. Elle se trouvait exactement là où elle avait dit au labo – et à Colin – qu'elle serait : elle travaillait dans un grand magasin sur Oxford Street et dormait dans une station de métro qui n'avait jamais été bombardée. Et Doreen l'avait rejointe à Notting Hill Gate pour l'informer de l'accident de Marjorie, ce qui prouvait qu'on savait, chez *Townsend Brothers*, comment la retrouver si l'équipe de récupération demandait de ses nouvelles. Et il s'agissait de voyage dans le temps…

— Nul, nul, nul ! fulmina sir Godfrey.

Polly se précipita à sa place mais, cette fois-ci, il s'en prenait aux autres membres de la troupe.

— Vos chances d'être secourus sont presque réduites à zéro. Vous êtes loin des voies de navigation, et quand la rumeur de votre disparition atteindra l'Angleterre il est pratiquement sûr qu'on vous tiendra pour morts.

*Tenus pour morts.* Et si, plutôt que de la croire ailleurs, l'équipe la supposait morte ? Quand Doreen lui avait parlé de Marjorie, Polly avait d'abord pensé qu'elle était morte. En découvrant les ruines de Saint-George, elle avait pensé que sir Godfrey et les autres avaient été anéantis. Ils l'avaient présumée morte, eux aussi. Sir Godfrey avait demandé aux sauveteurs de creuser pour la chercher. Et si l'équipe, arrivée à ce moment-là, avait appris par le pasteur qu'elle était morte ? ou alors si…

— Mademoiselle Laburnum, chuchota-t-elle. Quand Saint-George a été détruite, avez-vous…

— Lady Mary, avez-vous un commentaire à faire sur cette scène ? s'enquit sir Godfrey d'un ton lourdement sarcastique.

— Non, pardonnez-moi, sir Godfrey.

— *Comme… je… venais… de… le… dire…*, déclara sir Godfrey, appuyant sur chaque mot, à ce stade, seuls le maître d'hôtel, Crichton, et lady Mary (il la fusilla du regard) ont compris la gravité de la situation, et c'est ce qui produit l'humour, pour ce qu'il vaut, dans cette scène. Lady Agatha, venez ici. (Il prit Lila par le bras et la déplaça au bout du quai.) lord Brocklehurst, vous êtes assis là, devant elle, sur le sable.

Polly profita du repositionnement des acteurs pour interroger Mlle Laburnum.

— Pendant ma disparition, le pasteur a-t-il envoyé mon nom aux journaux pour qu'il figure parmi la liste des victimes ?

Mlle Laburnum secoua la tête.

— Mme Wyvern pensait que notre devoir était d'envoyer un avis de décès, murmura-t-elle, mais sir Godfrey ne voulait pas en entendre parler. Il…

— Mary ! tonna le metteur en scène. Si cela ne vous dérange pas trop, j'aimerais répéter ce tableau *avant* la fin de la guerre.

— Désolée.

Ils recommencèrent la scène. Polly se forçait à se concentrer sur son texte et sur ses emplacements pour ne pas s'attirer de nouveau les foudres de sir Godfrey mais, dès la répétition finie, elle s'engouffra dans le métro et se rendit à la bibliothèque de Holborn afin d'y étudier les journaux de l'époque. Mme Wyvern n'avait peut-être pas informé l'administration de sa mort, mais cela ne prouvait pas que l'officier responsable de l'incident – ou l'un des gardes de l'ARP – ne l'avait pas fait. On pouvait aussi avoir mentionné son nom dans le récit de la destruction de l'église. Et si l'équipe de récupération avait vu : « Polly Sebastian, tuée sous le feu ennemi » dans le *Times*…

Hélas ! le moins vieux des journaux disponibles à la bibliothèque datait de trois jours.

— Vous n'avez pas de numéros plus anciens ? demanda Polly à la bibliothécaire.

— Non, répondit-elle d'un air contrit. Des enfants sont passés il y a quelques jours pour la collecte des vieux papiers.

Polly devrait se rendre au bureau du *Times*. Mais quand ? Les archives du journal n'ouvraient pas le dimanche, son seul jour de repos, et sa pause-déjeuner n'était pas assez longue pour lui permettre d'aller jusqu'à Fleet Street et d'en revenir. Et Polly n'osait pas appeler de nouveau en prétendant qu'elle était malade. Mlle Snelgrove s'était convaincue que toute personne qui lui réclamait un répit s'apprêtait à décamper comme Marjorie.

Cependant, il fallait qu'elle voie cette liste des victimes. Après la répétition de la nuit suivante, elle emprunta un mouchoir à Mlle Laburnum et le *Times* de sir Godfrey afin d'y trouver un avis de décès qu'elle pourrait utiliser, et attendit le vendredi soir où, avec un peu de chance, les raids sur Clerkenwell empêcheraient Mlle Snelgrove d'arriver au travail à l'heure le lendemain matin.

Ce fut ce qui se produisit. Polly attrapa le mouchoir et monta en courant jusqu'au bureau du personnel demander à M. Witherill si elle pouvait s'absenter pour la matinée.

— Je souhaite assister à l'enterrement de ma tante.

— Vous devez obtenir l'autorisation de votre chef de service.

— Mlle Snelgrove n'est pas là.

Il lança un coup d'œil à sa secrétaire, qui hocha la tête.

— Elle a téléphoné pour prévenir que sa ligne de métro ne fonctionnait pas, et qu'elle allait tenter de prendre un bus.

— Ah ! votre tante, disiez-vous ?

— Oui, monsieur. Ma tante Louise. Elle s'est fait tuer dans un raid.

Elle se tamponna les yeux avec le mouchoir.

— Mes condoléances. Quand ont lieu les obsèques ?

— À 11 heures, à l'église Saint-Pancras.

Si M. Witherill – ou plus probablement Mlle Snelgrove – vérifiait les avis de décès, il trouverait : « Mme James (Louise) Barnes, âgée de 53 ans, église de Saint-Pancras, 11 h, ni fleurs, ni couronnes. »

— D'accord, mais je veux que vous reveniez dès la fin de la cérémonie.

— Oui, monsieur, je n'y manquerai pas.

Polly descendit en courant dire à Doreen où elle partait et la prier d'indiquer à quiconque se renseignerait à son sujet qu'elle serait de retour à 13 heures. Elle prit le métro pour Fleet Street, et marcha rapidement jusqu'au bureau du *Times*. Elle espérait que l'accès des archives serait autorisé à tout le monde.

C'était le cas. Elle demanda les éditions du matin et du soir du 20 au 22 septembre et fut sidérée de se voir remettre les exemplaires originaux mais, bien sûr, il n'y avait pas encore de copie numérique, ni même de microfilms. Elle compulsa les larges feuilles, en quête des avis de décès, et les lut un à un : « Joseph Seabrook, 72 ans, tombé sous le feu ennemi. Helen Sexton, 43 ans, morte soudainement. Phyllis Sexton, 11 ans, morte soudainement. Rita Sexton, 5 ans, morte soudainement. »

Le nom de Polly ne figurait sur aucune des listes, et l'article du journal consistait en un bref paragraphe intitulé : « Aimée de tous et réduite en miettes : une église du XVIIIᵉ siècle. » Pas un détail, pas de photo, pas même le nom de l'église.

*Parfait.* Polly rapporta les journaux au bureau et poursuivit ses vérifications au *Daily Herald* avec les articles qui parlaient de Saint-George : « Quatrième église historique détruite par la Luftwaffe, mais les Britanniques résistent au découragement », et les avis de décès. Son nom n'apparaissait nulle part, et pas plus dans le *Standard*, lequel était le dernier qu'elle puisse vérifier. Il faudrait qu'elle revienne contrôler les autres journaux plus tard.

Elle retourna en vitesse chez *Townsend Brothers*, s'arrêtant chez *Padgett's* pour appliquer un peu de rouge autour de ses yeux dans le salon de toilette des dames et asperger d'eau ses cils, ses joues et son mouchoir. Cela s'avéra une bonne précaution. Mlle Snelgrove était arrivée et, de toute évidence, elle ne croyait pas que Polly ait assisté à des obsèques.

*Colin ne croirait pas davantage que je suis morte, même s'il lisait mon avis de décès.* Colin refuserait de laisser tomber. Il insisterait pour qu'ils continuent à chercher tout comme sir Godfrey l'avait fait.

*Alors, où sont-ils ?* se disait-elle tandis qu'elle notait ses ventes et attendait le départ de Mlle Snelgrove pour demander à Doreen si quelqu'un l'avait réclamée pendant son absence. *Pourquoi tardent-ils ?* Quatre semaines avaient passé depuis que le site ne fonctionnait plus, et cinq semaines depuis la date où elle aurait dû s'enregistrer.

Elle dut patienter bien après la sonnerie de fermeture avant de parler à Doreen. Laquelle lui apprit que personne n'était venu et voulut discuter de la santé de Marjorie.

— Quand Mlle Snelgrove dit qu'elle ne sera pas assez rétablie pour recevoir des visites pendant au moins quinze jours, est-ce que cela signifie que son état s'aggrave ? Qu'en penses-tu ?

— Que non, bien sûr que non, mentit Polly.

— Je l'imagine sans cesse engloutie sous ces décombres, et nous on ignorait ce qui lui arrivait, et on croyait qu'elle était en sécurité à Bath pendant que, tout ce temps... Je me sens si coupable de ne pas avoir deviné qu'elle était en danger !

— Tu n'avais aucun moyen de le savoir.

Ces mots semblèrent rassurer Doreen. Elle alla couvrir son comptoir, mais Polly ne bougeait pas, perdue dans ses pensées.

*Aucun moyen de le savoir.*

Et si les points de divergence, pas plus que la présumée mort de Polly, ni aucune des hypothèses qu'elle avait envisagées, ne causaient le retard de l'équipe ? Et si le labo ignorait simplement qu'il fallait lui envoyer une équipe de récupération ? Et que quelque chose était allé de travers ?

*Tout comme j'ignorais que Marjorie gisait sous des décombres.*

Le labo avait été débordé par les récupérations, les sauts et les changements de programmes, et M. Dunworthy avait été lui aussi très occupé, avec ses rendez-vous et ses voyages à Londres. Et s'ils avaient tous été si absorbés qu'ils avaient oublié qu'elle devait donner sa position ? ou si quelque chose était arrivé à Michael Davies à Douvres ou à Pearl Harbor, obligeant tant de monde à se mobiliser sur sa récupération que toutes les autres avaient été mises en attente ?

Si c'était le cas, ils ne découvriraient pas l'absence de Polly avant le dernier jour prévu pour son retour. Ce qui signifiait qu'ils seraient là le 22 octobre. Il ne restait donc plus à l'historienne que quelques jours à tenir.

Non, elle omettait Colin. Quels que soient les motifs de distraction, lui n'aurait pas négligé Polly. Il aurait harcelé le labo jour après jour, demandé à savoir si elle s'était manifestée. Et, en constatant que tel n'était pas le cas, il aurait filé tout droit chez M. Dunworthy.

*Ah ! minute, impossible !* On lui avait interdit de mettre les pieds au labo.

*Ça ne l'aurait pas retenu.* Sauf si Colin lui-même était la cause de l'affolement. Il s'était montré déterminé à partir en mission de façon à pouvoir « rattraper » sa différence d'âge avec Polly. Et s'il avait traversé le filet sans permission pour se rendre aux croisades ou ailleurs et qu'ils avaient envoyé une équipe de récupération le chercher, ou M. Dunworthy lui-même ? Au milieu du chaos qui en aurait résulté, ils auraient complètement oublié Polly ! C'était un scénario plus que probable et, jusqu'au 22, elle se fit du souci pour Colin. Et pour Marjorie.

Le 22 octobre arriva et se termina sans un signe de l'équipe de récupération. *Me trouver leur prendra un moment*, se dit-elle, faisant fi des lois du voyage temporel et de la piste en miettes de pain qu'elle avait tracée avec tant de minutie. *Ils seront ici demain.*

Mais ils ne se montrèrent pas le lendemain, ni le 24. Le matin suivant, ils n'étaient toujours pas à la sortie de Notting Hill Gate. *J'ai bien fait de ne pas postuler chez Padgett's*, se disait Polly, alors qu'elle croisait le magasin en gagnant *Townsend Brothers*. C'était ce soir-là qu'il avait été bombardé. L'impact direct d'une HE de cinq cents kilos avait réduit à néant le bâtiment et, comme il avait été touché juste après la fermeture, il n'était pas encore vide et il y avait eu trois morts.

Polly s'arrêta pour jeter un ultime coup d'œil aux colonnes grandioses du magasin, à ses vitrines et à ses mannequins habillés de manteaux de laine et coiffés de feutres à bord mince. « Fin des soldes d'été » proclamait une affiche. « Dernière chance d'acheter à prix cassés. »

*Dernière chance tout court*, songea Polly, qui se demandait quelles avaient été les victimes. Des clients attardés ? ou des vendeuses obligées de rester pour totaliser leurs reçus dans leur journal de vente ou pour emballer des paquets ?

Je ferais mieux de glisser mon manteau et mon chapeau derrière le comptoir, ce soir, et de prendre le métro plutôt que le bus. À moins que l'équipe ne m'attende quand j'arriverai au travail.

Elle franchit les trois rues qui la séparaient encore de *Townsend Brothers*. Personne. *Où sont-ils ?* s'interrogeait Polly, la gorge serrée, tandis qu'elle montait au troisième. *Où sont-ils ?*

*Il y a eu quatre jours et demi de décalage quand j'ai traversé*, se dit-elle en dénudant son comptoir. S'ils avaient essayé de traverser le 22 et avaient subi le même décalage, ils ne la rejoindraient pas avant le lendemain soir.

*Et que te raconteras-tu après-demain quand ils ne seront toujours pas là ? et le jour suivant ? et la veille de ta date limite ?*

Anxieuse, elle jeta un coup d'œil à Doreen et Sarah. Elles discutaient de ce qu'elles feraient après le travail, le soir même. *Si seulement je le savais.*

Mais elles ne le savaient pas non plus. Elles s'organisaient pour aller voir un film à Leicester Square, mais si *Padgett's* avait *bien* été touché juste après sa fermeture les sirènes se déclencheraient au moment où Doreen et Sarah partiraient. Elles devraient sans doute passer la nuit dans la station d'Oxford Circus.

À moins qu'elles ne soient réduites en miettes en cours de route, ou en rentrant chez elles. Elles ignoraient tout autant que Polly ce qui leur arriverait, ou si elles s'en sortiraient vivantes, et elles avaient deux sources d'inquiétude supplémentaires : la menace de l'invasion, et la peur de perdre la guerre. Et quand on était juive, comme Sarah…

*Doreen et Sarah n'ont pas d'équipe de récupération, elles, ni de M. Dunworthy – ou de Colin – pour venir à leur secours*, pensa Polly, honteuse. Pourtant, elles se débrouillaient pour ne pas donner prise à l'anxiété ou au désespoir, pour servir gaiement Mlle Eliot alors qu'elle reprochait à Sarah la rupture de stock du magasin en maillots de corps de laine, et Mme Stedman, laquelle avait amené aujourd'hui ses tout-petits, qui n'avaient pas été évacués.

Si les deux filles parvenaient à faire bonne figure, Polly devait pouvoir y réussir aussi. Après tout, n'était-elle pas comédienne ? Tête d'affiche, partageant la vedette avec un acteur anobli, dans une pièce de J.M. Barrie ?

— Courage, lady Mary ! murmura-t-elle.

Et elle s'en fut aider Doreen en la débarrassant des petiots. Elle leur montra comment marchait le système des tubes pneumatiques, puis les emmena – en serrant fort leurs mains minuscules – voir Mlle Snelgrove, à qui elle demanda si l'on avait autorisé les visites à Marjorie, maintenant.

— J'ai appelé ce matin, mais la surveillante a dit qu'elle était encore trop faible pour recevoir qui que ce soit.

Ce qui ne présageait rien de bon, et c'était sans doute aussi ce que pensait Mlle Snelgrove parce qu'elle ajouta :

— Il faut essayer de ne pas s'inquiéter.

Polly acquiesça, ramena les enfants à leur mère et à une Doreen reconnaissante, et commença de servir Mme Milliken et une série de clientes d'une humeur de chien. L'éprouvante Mme Jones-White fit son apparition, suivie de Mme Aberfoyle et de son pékinois mordeur, puis de la vieille Mlle Rose, tristement célèbre au magasin parce qu'elle faisait déballer le contenu entier de chacun des tiroirs pour finir par ne rien acheter.

— Les gens les plus désagréables de Londres se sont tous donné rendez-vous ici aujourd'hui, chuchota Doreen alors qu'elle se rendait à l'atelier.

— Tu l'as dit, approuva Polly.

Elle emballait les achats de Mlle Gill, qui dans un premier temps désirait qu'on les lui envoie, puis qui avait changé d'avis et décidé de les emporter. À l'heure de la fermeture, Polly terminait à peine quand Mlle Gill avait de nouveau fait volte-face.

— Dieu merci ! s'exclama Doreen quand la sonnerie retentit.

Et elle entreprit de couvrir son comptoir.

Polly enfila son manteau et elle attrapait son chapeau quand Mlle Snelgrove approcha.

— Avez-vous servi Mme Jones-White tout à l'heure ?

— Oui, elle a pris deux paires de bas. Elle souhaitait qu'on les lui envoie.

*S'il te plaît, ne m'annonce pas qu'elle a changé d'avis et qu'elle veut elle aussi qu'on lui emballe ses achats !*

— Mme Jones-White a décidé qu'elle préférait…

— Ahhh !

Doreen avait poussé un long cri étranglé et, doublant le comptoir de Polly, elle se précipitait vers l'ascenseur.

— Où allez-vous, mademoiselle Timmons ? se fâcha Mlle Snelgrove.

Ce fut sur un ton totalement différent qu'elle s'exclama :

— Oh ! ça alors !

Avant de s'élancer à son tour vers l'ascenseur.

Une jeune femme en sortait. Elle se déplaçait avec raideur, comme si elle souffrait, et elle portait son bras en écharpe. C'était Marjorie.

*Voici la Marine… avec l'Armée !*

Gros titre d'un article
sur l'évacuation de Dunkerque,
juin 1940

## Londres, le 25 octobre 1940

Marjorie sortit de l'ascenseur et traversa l'étage pour rejoindre Polly, qui était restée figée devant son comptoir.

— Marjorie ! souffla Polly.

Et elle courut vers elle.

Doreen arriva la première.

— Quand as-tu quitté l'hôpital ? demanda-t-elle. Pourquoi n'avoir rien dit ?

Marjorie négligea l'intervention de Doreen.

— Oh ! Polly ! s'exclama-t-elle. Je suis si contente de te retrouver !

Elle était effrayante à voir, si maigre, avec des cernes noirs sous les yeux… Quand Polly la serra dans ses bras, elle sursauta.

— Désolée. J'ai bien peur de m'être cassé quatre côtes.

— Et tu n'as rien à faire ici, la gronda Polly. Tu n'as pas l'air de quelqu'un qu'on aurait dû laisser sortir de l'hôpital.

— Pour le moins, rit Marjorie.

Mais sa voix chevrotait.

Mlle Snelgrove s'approcha.

— Que faites-vous là, Marjorie ? Votre docteur n'aurait jamais dû permettre…

— Il ne l'a pas fait. Je… je suis venue de mon propre chef.

Un peu vacillante, elle porta une main à son front.

— Mademoiselle Sebastian, courez lui chercher une chaise, ordonna Mlle Snelgrove.

Polly s'exécutait quand Marjorie saisit sa manche.

— Non, s'il te plaît, Polly, reste avec moi.

— J'y vais, proposa Doreen.

— Merci, acquiesça Marjorie, qui s'accrochait toujours à Polly.

Doreen partie, elle se tourna vers Mlle Snelgrove.

— Vous serait-il possible de signaler à M. Witherill que je suis ici ? J'avais l'intention de monter au bureau pour lui parler de mon retour, mais je crains de ne pas me sentir…

— Ne vous inquiétez pas, répondit gentiment Mlle Snelgrove. Je peux vous garantir que votre place vous attendra, quel que soit le moment de ce retour. (Doreen apportait la chaise, et Marjorie s'affala dessus.) Et prenez autant de temps qu'il le faudra.

— Merci, mais si je pouvais juste parler à M. Witherill…

— Certainement, ma chère.

Mlle Snelgrove lui tapota la main et se dirigea vers les ascenseurs.

— Que lui avez-vous fait ? dit Doreen, qui la regardait s'éloigner d'un air médusé. Ça fait des semaines qu'elle est d'une humeur massacrante ! (Elle se tourna vers Marjorie.) Tu ne nous as pas raconté ce que tu faisais à Jermyn Street.

— Doreen, pourrais-je avoir un verre d'eau ? réclama Marjorie d'une voix faible. Pardonne-moi de te casser les pieds…

— Je t'apporte ça tout de suite.

Et Doreen détala.

— Ah ! tu n'aurais pas dû venir, s'alarma Polly.

— Il le fallait. (Elle agrippa le bras de son amie.) Je l'ai envoyée chercher de l'eau pour te parler tranquillement. J'étais si inquiète. Tu as eu des ennuis ?

— Des ennuis ?

— Parce que je n'étais pas là pour prévenir Mlle Snelgrove de ton absence, déclara-t-elle, les larmes aux yeux. Je suis tellement désolée. Je ne m'en suis souvenue que ce matin. J'ai entendu deux des infirmières discuter, et la première disait qu'elle avait besoin de s'en aller tôt et demandait à la seconde de la couvrir. Et je me suis dit : *Oh non ! j'étais censée couvrir Polly si elle ne rentrait pas à temps lundi.* Je suis venue aussi vite que j'ai pu. Il a fallu que je m'échappe en douce de l'hôpital…

— Tout va bien. Il n'y a aucune raison que tu te tracasses. Il ne s'est rien passé.

— Alors, tu es *vraiment* rentrée à temps travailler ce lundi-là ! (Ses joues retrouvèrent leur couleur, et elle parut si soulagée que Polly n'eut pas le courage de la détromper.) L'idée que Mlle Snelgrove avait pu te virer me désespérait.

*Elle aurait adoré ça.*

— Non, je ne me suis pas fait virer.

— Et ta mère n'était pas trop mal ?

Polly acquiesça.

— C'est bien. J'avais si peur que tu aies dû rester et que je t'aie laissée tomber.

— *Toi*, me laisser tomber ? C'est *moi* qui t'ai laissée tomber. Je te croyais partie pour Bath. J'aurais dû savoir que tu ne pouvais pas avoir quitté Londres sans m'informer. J'aurais dû prévenir les autorités que tu avais disparu. J'aurais dû leur demander de reg…

Marjorie secouait la tête.

— Ils n'auraient pas pu me trouver. Je n'avais dit à personne où j'allais.

— Et *où* allais-tu ?

Polly regretta aussitôt sa question. Marjorie avait l'air accablée.

— Ne t'inquiète pas, enchaîna-t-elle en hâte. Tu n'as pas besoin d'en parler si tu n'en as pas envie. (Elle regarda les ascenseurs.) Je ne comprends pas pourquoi Doreen met si longtemps avec l'eau. Je vais voir ce qui la retient.

— Merci. Ta cousine t'a-t-elle retrouvée ?

Polly se figea.

— Ma cousine ?

— Oui. Elle est venue le jour où tu étais partie. Eileen O'Reilly…

Merope. Ils avaient envoyé Merope. Bien sûr. Elle ne connaissait pas seulement Polly, mais aussi la période historique. Mais quelle ironie ! Pendant que Merope la cherchait ici, Polly était à Backbury à sa recherche.

— Elle m'a raconté que vous étiez allées à l'école ensemble.

À l'école.

— C'est vrai. Elle est passée le samedi de mon départ ?

Cela faisait presque quatre semaines.

— Oui. Je lui ai indiqué que tu serais de retour lundi. Elle n'est pas revenue ?

— Non. Qu'a-t-elle dit d'autre ?

— Elle a demandé si tu travaillais là, et j'ai répondu oui, et elle a demandé où elle pourrait te trouver.

— Et alors ?

— Elle était si pressée de te contacter ! Je lui ai appris que tu étais partie rendre visite à ta mère dans le Northumberland.

Et en entendant l'explication que le labo leur fournissait pour couvrir leur disparition en fin de mission,

Merope avait dû conclure que Polly était déjà rentrée à Oxford. Voilà pourquoi elle n'était pas revenue lundi.

— Elle m'a donné son adresse, continua Marjorie, mais j'ai peur de l'avoir perdue. Elle était dans l'une de mes poches et, quand ils m'ont secourue, ils ont dû couper mes vêtements à cause de tout le sang… L'infirmière m'a dit qu'ils les avaient bazardés.

— Et tu ne t'en souviens pas ?

— Non, reconnut-elle, et l'accablement crispa de nouveau ses traits. C'était à Stepney. Ou Shoreditch. Quelque part dans l'East End. J'y ai juste jeté un coup d'œil, tu sais. Je pensais te l'apporter lundi matin. Mais je me rappelle où elle travaille.

— Elle travaille ? répéta Polly, stupéfaite.

— Oui. C'est facile parce que c'est ici, sur Oxford Street comme nous. Chez *Padgett's*.

— Voilà, fit Doreen qui arrivait en tendant un verre d'eau. Excuse-moi, j'ai dû monter jusqu'à la salle à manger et, quand je leur ai appris que c'était pour toi, ils ont voulu que je leur donne de tes nouvelles. Il faut nous raconter ce qui s'est passé. On croyait que tu avais filé en douce, n'est-ce pas, Polly ? Pourquoi es-tu partie sans…

— Marjorie, l'interrompit Polly, es-tu certaine qu'elle a dit *Padgett's* ?

— Oui, elle a dit qu'elle travaillait au…

Elle jeta un coup d'œil en direction des ascenseurs. Mlle Snelgrove et M. Witherill quittaient celui du centre. Ils les rejoindraient dans un instant.

— Elle travaillait au…, pressa Polly.

— Au troisième étage. À la mercerie. Je m'en souviens parce que c'est le même étage que le nôtre et, quand j'ai commencé chez *Townsend Brothers*, c'est aussi le rayon où je…

— Mademoiselle Hayes, déclama M. Witherill en approchant de Marjorie, au nom de *Townsend Brothers*, permettez-moi de vous souhaiter la bienvenue.

— Je lui ai promis qu'on maintiendrait son poste jusqu'à ce qu'elle soit prête à revenir, dit Mlle Snelgrove.

Polly s'éloigna furtivement. Elle essayait de trouver une logique à ce que Marjorie venait de lui apprendre. Cela ne pouvait être qu'une couverture. M. Dunworthy n'aurait jamais laissé Merope travailler dans un grand magasin de la liste interdite pendant les quelques jours nécessaires à la localisation de Polly. La jeune femme ne l'avait mentionné que pour établir un lien avec Marjorie, et l'adresse dans l'East End indiquait l'emplacement du nouveau point de saut.

Mais cela n'avait pas de sens. L'East End était tout aussi dangereux que *Padgett's*. Et quand Merope s'était aperçue que Polly n'était pas revenue à Oxford, pourquoi n'était-elle pas retournée chez *Townsend Brothers* ? À moins qu'elle ne fasse pas du tout partie d'une équipe de récupération. À moins que sa propre fenêtre de saut refuse de s'ouvrir, et qu'elle soit venue à Londres pour retrouver Polly, exactement comme Polly était allée à Backbury pour la retrouver. Et lorsqu'elle avait annoncé qu'elle vivait à Shoreditch et travaillait chez *Padgett's*, c'était la vérité. Chez *Padgett's*, qui avait été frappé – *ah ! Seigneur ! ce soir !* Et il y avait eu des victimes !

*Il faut que je la trouve et que je la sorte de là*, se dit Polly, se dirigeant comme un automate vers l'ascenseur. Hélas ! il était au sixième étage. Elle se retourna pour observer Mlle Snelgrove et M. Witherill. D'un instant à l'autre, ils risquaient de lever le nez et de la voir s'en aller. Elle gagna en vitesse la porte menant à l'escalier, puis descendit à toute allure les trois étages et se précipita dehors.

Il pleuvait dru, mais elle n'avait pas le temps de boutonner son manteau ni même de relever son col. Elle courait tête nue, bousculant les gens qui surgissaient des boutiques, repoussant les parapluies et les clients qui avançaient d'un pas pressé, tête baissée pour se protéger de la pluie, peu attentifs au maintien de leur cap. Si seulement elle avait su par ses recherches l'heure exacte du bombardement de *Padgett's*...

*Mais je ne pensais pas me trouver encore ici...*

Évitant un landau, elle tenta de se rappeler ce qu'elle avait lu sur *Padgett's*. Il y avait eu trois victimes parce que le magasin avait été touché tôt, pendant le premier raid. Et le début des raids, ce soir, c'était à 18 h 22. Les sirènes sonneraient d'un instant à l'autre.

*Encore deux croisements.*

Elle traversa une rue pleine de flaques, et ce fut l'alerte. Les gens commençaient à se diriger vers un abri. Polly zigzagua parmi eux et parvint à l'entrée de *Padgett's*. Un portier se tenait sous le porche aux colonnades, et discutait avec une femme et un petit garçon.

— Appelez-moi un taxi sur-le-champ, ordonna la femme.

— Les sirènes ont sonné, madame. Vous et votre fils devriez gagner un abri. Aïe !

Le pied du garçon lui avait percuté le tibia. Polly se précipita sur la porte à tambour et poussa, mais rien ne bougea.

— Désolé, mademoiselle, dit le portier, qui se détournait de la femme. *Padgett's* est fermé.

— Mais je dois retrouver une amie, déclara Polly, qui tentait de voir l'intérieur du magasin à travers la porte. Elle...

— Elle sera partie. Et, comme je l'expliquais à cette dame, il faut gagner un abri...

— Je sais, mais je ne cherche pas une cliente. Mon amie est employée ici. Au troisième. Elle...

— Je *dois* me rendre chez *Harrods* avant la fermeture, s'entêta la femme.

Le petit garçon prenait son élan pour donner un autre coup de pied. Le portier s'écarta en vitesse et dit à Polly :

— C'est l'entrée du personnel qu'il vous faut.

— Où est-ce ?

— J'insiste pour que vous me trouviez un taxi immédiatement. Mon fils part pour l'Écosse jeudi, et il est essentiel qu'il dispose d'un équipement correct...

Polly ne pouvait pas attendre qu'on lui indique où était l'entrée du personnel. Elle dévala l'un des côtés de l'immeuble, puis le contourna par l'arrière. Des vendeuses sortaient, hésitaient sur le seuil pour estimer l'intensité de la pluie avant d'ouvrir leur parapluie et regardaient avec inquiétude le ciel et les avions, dont le grondement approchait.

— Quel ennui ! s'exclama l'une d'elles alors que Polly les croisait. Je voulais m'acheter une côtelette pour mon thé en rentrant. Maintenant, je suis bonne pour les sandwichs du refuge. Encore une fois. Jamais ils ne prennent une nuit de congé, ces Boches ?

Chez *Townsend Brothers*, l'entrée du personnel était gardée, mais ça ne semblait pas le cas chez *Padgett's*, Dieu merci ! Polly dépassa les vendeuses et leurs parapluies et se faufila à l'intérieur.

Pour percuter un garde qui se tenait juste derrière la porte.

— Où allez-vous ? interrogea-t-il.

Il fallait qu'elle prétende travailler là.

— J'ai oublié mon chapeau.

Elle se dépêcha de le contourner comme si elle connaissait les lieux. Elle n'apercevait aucun escalier, juste une succession de portes le long d'un vaste couloir. Laquelle menait aux étages supérieurs ?

— Vous, là, attendez ! criait le garde derrière elle.

Alors, la dernière porte à gauche s'ouvrit, révélant une cage d'escalier et deux jeunes femmes qui enfilaient leurs gants. Polly se glissa derrière elles et monta les marches en courant. Au moment où la porte se fermait, elle entendit le garde appeler :

— Hé ! où croyez-vous aller ?

Un bruit de course maladroite lui indiqua qu'il se lançait à sa poursuite. Elle accéléra, dépassa l'entrée de la mezzanine et continua jusqu'au premier. Le garde arriverait d'une seconde à l'autre. Elle ouvrit la porte et fila à travers l'étage, priant pour qu'il soit désert. Il l'était. On avait éteint les lumières et recouvert les vitrines pour la nuit. Polly plongea derrière le comptoir le plus proche et se tint accroupie. L'accès à l'escalier ne tarda pas à grincer. Recroquevillée, sa respiration suspendue, Polly écoutait le bruit des pas qui finirent par battre en retraite. La porte se referma.

Polly attendit une longue minute, l'oreille aux aguets. Elle n'entendait plus rien que le grondement des avions, encore distant, mais qui se rapprochait sans cesse. Elle jeta un coup d'œil à l'ascenseur. Elle pourrait le faire fonctionner – elle avait observé les liftiers chez *Townsend Brothers* –, mais le cadran au-dessus de la porte indiquait que l'appareil était au rez-de-chaussée. Il n'arriverait pas au premier sans opérateur. Et si elle retournait dans l'escalier et que le garde était monté plus haut, elle lui rentrerait droit dedans.

Elle traversa l'étage. Elle pensait trouver une autre cage d'escalier en face, et ce fut le cas. Elle fonça vers le haut, comptant les niveaux. *Un et demi. Deux.* Pourquoi Merope n'avait-elle pas eu l'idée de travailler au rez-de-chaussée ?

Le bourdon des avions gagnait en force. Elle espérait que la cage d'escalier amplifiait le vacarme. Sinon…

*Deux… deux et demi… Trois.*

Elle ouvrit la porte en silence et observa les lieux. Aucun signe du gardien ni de Merope dans l'espace obscur. Le bruit des avions était moins fort ici que dans l'escalier, mais l'affaiblissement était marginal et, loin vers l'est, Polly entendit le sourd éclatement d'une bombe.

Elle entreprit de traverser l'étage, en quête du rayon « Mercerie ».

— Merope ! cria-t-elle. Où es-tu ?

Pas de réponse. Polly se souvint que la jeune femme n'avait pas identifié son nom, ce jour où son amie l'avait appelée, à Oxford. Et si quelqu'un d'autre s'était attardé, il ne connaîtrait pas davantage ce nom.

— Eileen !

Toujours pas de réponse. *Elle n'est pas là.* Polly courut à travers le rayon « Linge de maison ». *Ou alors les avions couvrent ma voix.*

— Eileen ! hurla-t-elle de toutes ses forces. Eileen O'Reilly !

Une main attrapa son bras. Polly tournoya, essayant de trouver une excuse à fournir au gardien.

— D'accord, vous avez dit que le magasin avait fermé, mais…

Elle s'arrêta, bouche bée d'étonnement.

Ce n'était pas le gardien. C'était Michael Davies.

*Étant donné la situation actuelle,*
*tous les parents dont les enfants*
*sont encore à Londres sont priés*
*de les évacuer sans délai.*

Annonce du gouvernement, septembre 1940

## Londres, le 25 octobre 1940

— On jurerait que les gens les plus désagréables de Londres ont décidé de faire leurs courses chez *Padgett's* aujourd'hui, murmura Mlle Peterson à Eileen qui l'avait rejointe dans la réserve.

Eileen en convint. Elle avait passé tout l'après-midi à servir Mme Sadler et Roland, son insupportable fils, que l'on évacuait tardivement jeudi, en Écosse.

*Dommage que ce ne soit pas en Australie !*

Elle apportait un énième blazer pour que Roland l'essaie. Il refusa de tendre son bras afin qu'elle puisse lui enfiler la manche et, quand sa mère tourna le dos pour regarder les gilets, il envoya un violent coup de pied dans les tibias d'Eileen.

— Aïe !

— Oh ! vous ai-je cogné ? demanda le garçon d'une voix mielleuse. Veuillez m'en excuser.

*Moi qui trouvais Alf et Binnie abominables !* C'étaient des anges comparés à Roland.

— Celui-ci vous convient-il, madame ?

Elle avait enfin obligé l'enfant à endosser le vêtement.

— Ah ! cela tombe beaucoup mieux, mais je ne suis pas sûre de la couleur. L'auriez-vous en bleu ?

— Je vais voir, madame.

Essayant d'oublier sa cheville lancinante, Eileen boitilla jusqu'à la réserve que masquait un rideau. Elle en rapporta un blazer bleu, puis brun, qu'elle dut mettre de force au rebelle Roland.

*Pourquoi faut-il toujours que j'aie des gamins malfaisants sur le dos ? Je n'aurais jamais dû consentir à mon transfert de « Mercerie », et tant pis s'ils manquaient de vendeuse.*

La raison de ce défaut de personnel au rayon « Vêtements enfants » lui apparaissait maintenant avec une clarté aveuglante.

*Quand je serai de retour à Oxford, je n'accepterai plus jamais une mission impliquant des enfants. Même si cela me fait rater le VE Day.*

— Ce bleu est beaucoup plus joli, disait Mme Sadler en palpant les revers, mais je crains qu'il ne soit pas assez chaud. Les hivers écossais sont très froids. Auriez-vous quelque chose en laine ?

*Les quatre premiers qu'il a essayés.*

— Je vais voir, madame.

Et elle repartit pour un voyage à la remise, ruminant : *Pourquoi n'ai-je pas d'abord cherché dans les magasins d'en face ?* Si elle avait commencé par là, elle n'aurait pas manqué Polly. Son amie n'aurait pas encore quitté *Townsend Brothers* quand Eileen y serait passée, et elles seraient rentrées à Oxford ensemble. Au lieu de quoi, Polly s'était envolée, et Eileen était coincée chez *Padgett's* à servir des psychopathes de six ans jusqu'à ce qu'on vienne à son secours, ou qu'elle ait économisé assez d'argent pour retourner à Backbury.

Elle avait écrit au pasteur sous prétexte de lui annoncer qu'elle avait emmené les enfants à bon port, de façon qu'il sache où elle habitait et puisse l'indiquer à l'équipe de récupération mais, si elle revenait à Backbury, ils n'auraient pas besoin d'aller à sa recherche dans Londres.

Et ce serait plus sûr. Stepney était bombardé en permanence, et Oxford Street avait déjà écopé à deux reprises. La première fois, *John Lewis* avait été éventré, il ne devait donc pas faire partie des magasins que Polly avait mentionnés. Eileen avait dû confondre avec *Leighton's*, qui avait un peu la même consonance, et c'est à cause de *Townsend Brothers* qu'elle s'était mis dans l'idée que c'était le nom d'un homme. Grâce à Dieu, elle n'avait pas été embauchée chez *John Lewis*. Mais on n'était en sécurité nulle part, sur Oxford Street. Si elle avait été en chemin vers le métro quand les vitrines du grand magasin avaient explosé… De toute façon, pour l'instant, elle n'avait pas réussi à économiser assez d'argent pour retourner à Backbury. Il ne lui faudrait pas seulement payer son billet de train, mais aussi ses dépenses quand elle séjournerait là-bas. Parce qu'elle gardait Theodore le soir, et parce que jusqu'ici ils avaient passé toutes leurs nuits dans l'Anderson, Mme Willett ne lui prenait pas de loyer. Mais elle lui faisait payer une pension, et s'y ajoutaient déjeuners et tickets de métro. Eileen devrait travailler encore une quinzaine entière avant de pouvoir envisager de s'en aller.

Quant à Mme Sadler, on aurait dit qu'elle mettrait autant de temps à se décider pour un blazer !

— Non, j'ai peur que celui-ci ne soit pas non plus assez chaud. Vous n'avez rien de plus épais ? Du tweed, peut-être ?

Eileen partit de nouveau en quête, priant pour que la cliente se prononce afin que ses achats puissent être inscrits sur le livre de comptes avant la fermeture de

*Padgett's*. Les raids avaient commencé de plus en plus tôt au fil de la semaine, et la route était longue jusqu'à Stepney. Si elle était forcée de rester à Londres, Theodore devrait rester, lui, chez la voisine de Mme Willett, à qui on ne pouvait se fier pour l'emmener dans l'Anderson. Deux nuits auparavant, Eileen avait dû dormir dans l'abri de *Padgett's* et, quand elle était rentrée, Theodore lui avait raconté qu'il avait passé la nuit à jouer aux cartes dans la cuisine de Mme Owens.

— Elle m'apprend le gin-rami, déclara fièrement le garçon. Quand ça barde trop, on se cache dans le placard sous l'escalier.

Quand Eileen avait exigé des explications, Mme Owens avait répondu :

— Ce placard est plus sûr qu'un petit bout de tôle, je me fiche de ce que prétend le gouvernement.

Eileen espérait que la mère d'Alf et de Binnie se montrait moins cavalière en matière de refuges. Whitechapel était bombardé presque toutes les nuits. Pourvu qu'elle ait fait le bon choix en ne donnant pas la lettre du pasteur à Mme Hodbin ! Il était trop tard pour la lui remettre maintenant. Après le naufrage du *City of Benares*, les évacuations par voie maritime subventionnées par le Programme outre-mer avaient été supprimées, et la radio avait annoncé cette semaine qu'il y avait un sérieux manque de places pour les évacués.

— Non, ce tweed est beaucoup trop rêche. Roland est extrêmement délicat.

*Délicat, mon œil !*

— Vous n'avez rien en poil de chameau ?

La sonnerie de fermeture retentit alors qu'Eileen cherchait derechef. *Dieu merci !* se dit-elle, mais Mme Sadler n'en fit aucun cas et pourtant, alentour, les clients s'en allaient et les vendeuses couvraient leurs comptoirs et mettaient manteau et chapeau.

— Excusez-moi, mais c'est l'heure de la fermeture, madame. Voulez-vous que l'on vous envoie les affaires que vous avez achetées jusqu'ici, et vous vous déciderez pour un blazer demain ?

— Non, ça n'ira pas du tout. Roland s'en va jeudi prochain, et s'il faut faire une retouche…

La chef de service d'Eileen, Mlle Haskins, les rejoignit en hâte.

— Un problème, Mme Sadler ?

*Merci mon Dieu ! Dis-lui que le magasin ferme.*

Hélas ! Mme Sadler s'était déjà lancée dans le récit de sa décision d'évacuer Roland en Écosse.

— Tout le monde m'a poussé à l'installer à la campagne, mais qu'est-ce qui empêche les Allemands de bombarder le Warwickshire en plus de Londres ? Je veux le savoir vraiment en sécurité. À mon avis, la reine est très imprudente de ne pas envoyer les princesses en Écosse. Après tout, on doit d'abord penser au salut de ses enfants, si douloureuse que soit la séparation.

*« Douloureuse » est le mot.*

Sa mère ayant cessé de le surveiller, Roland avait saisi l'occasion pour pincer de toutes ses forces le bras d'Eileen.

— … Alors, vous comprenez bien l'importance pour moi de terminer les courses de Roland aujourd'hui.

— Bien sûr. Mademoiselle O'Reilly, cela ne vous dérange pas de rester, n'est-ce pas ? (Mlle Haskins n'attendit pas la réponse.) Mlle O'Reilly sera très heureuse de vous aider. (Elle se retourna vers Eileen.) N'oubliez pas d'éteindre les lampes de votre rayon en partant.

— Oui, ma'ame.

Mlle Haskins s'en fut et, quelques instants après, les lumières du reste de l'étage s'éteignirent, laissant le rayon « Vêtements enfants » dans un îlot de clarté.

Eileen gagna la bataille du blazer en poil de chameau sans subir de nouvelles blessures.

— Celui-là lui sied à la perfection, dit-elle, esquivant habilement le coup de pied que l'enfant lui destinait. Et il est très chaud…

Elle s'arrêta pour écouter une sirène sonner.

— *Effectivement*, il lui sied, réfléchissait Mme Sadler.

Eileen ne cessait de s'étonner du sang-froid des Londoniens pendant les raids. Les sirènes ou le bruit des canons de DCA ne paraissaient pas du tout les inquiéter et, quand ils se rendaient aux abris, ils flânaient comme s'ils faisaient du lèche-vitrines. Lors de ses premiers jours à Londres, Eileen avait pensé qu'ils en avaient simplement plus l'expérience qu'elle. « Vous vous habituerez vite », assurait la mère de Theodore lorsqu'elle la voyait tressaillir aux éclatements des bombes. Mais Eileen paniquait encore à chaque déclenchement des sirènes, même quand elle savait qu'elle ne courait aucun danger, comme ici, chez *Padgett's*.

— Madame, les sirènes ont sonné, annonça-t-elle, le regard fixé sur le plafond.

Il lui semblait entendre, au loin, bourdonner les avions.

Roland les avait apparemment entendus, lui aussi.

— Maman, écoute ! s'exclama-t-il en lui tirant le bras. Des bombardiers.

— Oui, mon chéri. Il me plaît *beaucoup*, mais je ne suis pas sûre...

On comprenait sans peine pourquoi Mme Sadler avait mis plus d'un an avant de faire évacuer son fils. De toute évidence, elle avait traîné pour prendre sa décision de la même façon qu'elle traînait maintenant pour acheter ce blazer.

*Tu accusais la reine de se montrer imprudente. Et ta conduite, là, tu appelles ça comment ?* Padgett's *peut être bombardé d'un instant à l'autre.*

— Madame, nous ne pouvons pas rester ici. Nous ne sommes pas en sécurité.

— Sera-t-il assez chaud, c'est toute la question.

*Pour l'amour du ciel ! ce gosse ne part pas pour l'Antarctique !*

— Mais nous n'avons rien vu de mieux... Très bien, je le prends.

*Dieu merci !*

— Parfait, madame. Il vous sera livré avec vos autres achats demain matin à la première heure.

— Il est peut-être préférable que je les emporte ?

*Non, non, non. Si tu les emportes, il faudra les emballer et, là-haut, ce sont catégoriquement des avions.*

— Vous me garantissez qu'ils seront livrés demain matin ? Roland…

*… part en Écosse jeudi. Je sais.*

— Absolument, madame. J'y veillerai en personne.

Elle les accompagna jusqu'aux ascenseurs où s'impatientait le liftier, puis fonça à son comptoir, rédigea le ticket de caisse, l'épingla à la pile d'habits dont elle se chargea pour l'emporter à la réserve.

Seigneur, non ! ils revenaient !

— Avez-vous oublié quelque chose, madame Sadler ?

— Non. Je veux voir Roland avec le blazer et le gilet en laine. Il fera très froid, en Écosse. Roland, déboutonne ton manteau.

— Pas question !

— Je sais que tu es fatigué, mon trésor, mais nous sommes presque au bout de nos peines.

*Presque morts, oui.*

Eileen jeta un coup d'œil nerveux au plafond. Les avions semblaient très proches, et le chemin était long du magasin jusqu'à la station de métro.

*Où est l'équipe de récupération ?* se lamenta-t-elle pour la millième fois depuis qu'elle était arrivée à Londres. *S'ils ne viennent pas bientôt, il ne restera rien à récupérer.*

— Veux-tu s'il te plaît mettre ce blazer pour ta mère ? plaidait Mme Sadler. Ça, c'est un gentil garçon.

Il était tout sauf gentil. Il secoua la tête avec violence quand Eileen tenta de lui passer le gilet et, alors qu'elle lui présentait la veste, il croisa les bras sur sa poitrine d'un air belliqueux.

— Je l'aime pas, celle-là. Elle m'a tordu le bras, tout à l'heure.

*Sale petit menteur !*

Eileen aurait voulu qu'Alf et Binnie soient présents.

— Je vais faire très attention, promit-elle avant d'ajouter dans un souffle : Tends-moi ton bras ou je te le casse.

Il le tendit sur-le-champ et elle lui enfila le blazer.

— Eh bien, ça lui sied parfaitement.

— Vous avez raison, c'est parfait. (Mme Sadler recula d'un pas, le doute inscrit dans ses yeux.) Mais, maintenant que je les regarde ensemble, je ne suis pas sûre…

— Je peux vous les mettre de côté, proposa Eileen avant qu'elle puisse demander à voir quelque chose d'autre.

— Ah ! je ne sais pas. J'avais tant espéré terminer mes achats aujourd'hui. Mais si vous n'avez rien en marron… Oui, je crois qu'il vaut mieux les mettre de côté.

*Dieu merci !* soupira Eileen, même si cela voulait dire qu'elle devrait tout recommencer demain. Elle délivra Roland du blazer et du gilet et, dans son impatience de les voir partir, oublia de le surveiller. Il écrasa son pied de tout son poids. Quand elle cria de douleur, il lança d'un ton innocent :

— Oh ! j'ai marché sur votre pied ? Je suis *vraiment* désolé.

— Viens, Roland. Il faut se dépêcher.

*Elle a enfin compris que nous sommes en plein milieu d'un raid, c'est pas malheureux !*

Les projecteurs s'étaient allumés, et les canons de DCA commençaient à tonner.

— Vite, mon chéri. On doit aller chez *Harrods* regarder ce qu'ils ont.

Harrods *est fermé.*

Eileen se garderait bien de le dire, ou quoi que ce soit d'autre qui les retarde. Elle les accompagna de nouveau à l'ascenseur, puis clopina pour éteindre la lumière de son rayon. Elle se demandait si Roland ne lui avait pas cassé le pied.

*Et juste quand il devient nécessaire de courir pour gagner l'abri du métro.*

Elle retourna en boitant à son comptoir. Un nouveau canon, plus proche, se mit à tirer, et une explosion retentit.

*Si je ne pars pas bientôt, je devrai encore passer la nuit ici.*

Et peut-être serait-ce préférable. Les avions semblaient se diriger droit sur Oxford Street, et au moins elle était en sécurité, chez *Padgett's*. Elle ramassa le blazer et le gilet, les jeta dans la réserve et couvrit son comptoir.

Alors, elle entendit des voix en provenance des ascenseurs.

*Oh non ! Les revoilà !*

Elle éteignit en vitesse la lampe de son comptoir et s'éclipsa dans la réserve. Ça ne l'étonnerait pas que Mme Sadler envoie Roland la chercher jusque-là. Elle gagna le fond de la remise en boitillant et se cacha derrière la dernière rangée d'étagères, l'oreille tendue pour percevoir les bruits malgré le grondement grandissant des avions.

Les voix s'approchaient. *Je ne sortirai pas d'ici, quoi qu'il arrive.* Elle se blottit dans le coin et se prépara à patienter jusqu'à ce qu'ils s'en aillent.

*Je veux rentrer à la maison, si je peux.*

Post-scriptum, sur une carte postale
écrite par un évacué

# Londres, le 25 octobre 1940

Pendant une interminable minute, debout, toute raide, chez *Padgett's*, Polly ne réussit pas à enregistrer ce que Michael Davies lui disait, ni même sa présence, tant elle s'était concentrée sur l'idée de trouver Merope. Elle se tenait devant lui, bouche bée, pendant qu'il lui secouait le bras et lui criait qu'ils devaient sortir du magasin.

Elle finit par retrouver la parole.

— Qu'est-ce que tu fais là ? Tu ne devais pas aller à Pearl Harbor ?

— C'est une longue histoire. Je te raconterai plus tard. La question, c'est : qu'est ce que, *toi*, tu fabriques ici ? Tu n'as pas entendu les sirènes ? Viens !

*L'équipe de récupération*, se dit-elle, stupéfiée. *La voilà enfin !*

Elle se sentait soudain légère et pleine d'entrain, comme si l'énorme poids qu'elle avait ignoré porter jusque-là avait été enlevé de ses épaules.

— Oh ! mon Dieu ! Michael, je… je suis *tellement* contente de te voir !

— *Toi*, tu es contente ? (Un canon de DCA se mit à tonner.) Écoute, on ne peut pas rester ici. Il faut rejoindre un abri. Est-ce que ce magasin en a un ?

— Oui, mais on ne peut pas l'utiliser. Il a été démoli.

— Démoli ? Que veux-tu…

— *Padgett's* sera bombardé ce soir.

— *Ce soir ?* À quelle heure ?

— Sais pas. Pendant l'un des premiers raids.

— Alors filons d'ici !

Il la poussa vers la cage d'escalier.

— Non ! On doit d'abord trouver Merope.

— *Merope ?* Que fait-elle chez *Padgett's* ? Elle était supposée rentrer depuis des siècles !

— Aucune idée, mais elle travaille au troisième étage, rayon « Mercerie ».

Elle lui arracha son bras et se précipita dans les lieux obscurs, appelant :

— Eileen !

Ah ! elle était là, debout près d'un comptoir.

— Merope ! clama Polly.

Mais ce n'était pas elle, juste un mannequin drapé de mousseline, dont la pose imitait une attitude à la mode. Polly le doubla en courant, dépassa des rouleaux de tissu et des rangées de machines à coudre, à la recherche de la mercerie.

C'était forcément ici, elle reconnaissait la vitrine à boutons et les casiers à fils, mais le comptoir était recouvert comme tous les autres d'un tapis vert, et sa lampe était éteinte.

— Merope ? Eileen ? Tu es là ?

Elle avait crié sans obtenir de réponse ni déceler de mouvement.

— Il n'y a personne, déclara-t-elle à Michael alors qu'il la rejoignait.

Il boitait.

— Que t'est-il arrivé ? Tu t'es abîmé le pied ?

— Oui, mais ce n'est pas récent. Je t'en parlerai plus tard. Tout de suite, il faut filer d'ici.

— Pas sans Merope.

— Qui t'a dit qu'elle bossait chez *Padgett's* ?

— Une fille avec qui je travaille. Pourquoi ?

— Parce que je t'ai cherchée tout l'après-midi, et je ne l'ai pas vue.

— Mais… tu as regardé à cet étage ? Ici, au rayon « Mercerie » ?

— Oui. Elle n'y était pas.

— Elle s'est peut-être absentée pour sa pause-thé, ou…

— Non, je suis resté plus d'une heure. Et quand le magasin a fermé, je me suis posté à un endroit d'où je pourrais surveiller l'entrée du personnel. C'était ce que je faisais quand je t'ai repérée. Elle n'est pas sortie par là.

— Alors, c'est qu'elle est encore ici. Elle doit travailler ailleurs dans le magasin, déclara Polly. (Pourtant, Marjorie avait affirmé que la jeune femme était affectée à la mercerie, au troisième.) Ou on l'a envoyée faire un remplacement à un autre étage.

— Même si c'était le cas, elle serait partie, maintenant. (Il regarda le plafond.) Il faut filer. Tu entends ces avions ? Ils seront sur nous d'une minute à l'autre.

— Pas avant d'avoir fouillé les autres étages.

— On n'a pas le temps…

— Nous l'aurons si nous nous séparons. Tu redescends au premier, et tu remontes, et moi…

— Pas question. Ça m'a pris presque un mois pour te trouver. On ne se sépare plus. Viens. (Il lui attrapa le bras et la propulsa en avant.) On prend l'ascenseur.

— L'ascenseur ? Mais…

— Ne t'inquiète pas, je sais le faire marcher. C'est comme ça que je suis arrivé jusqu'ici.

Il la poussa dans la cabine restée ouverte.

— Mais on ne doit pas s'en servir pendant les raids.

— Le raid n'a pas encore commencé. (Il tira la grille en métal et posa la main sur le levier.) Quel étage ?

Elle jeta un coup d'œil sur les numéros qui surmontaient la porte.

— Le plus haut. Le sept. On ira de haut en bas.

— Comme les bombes ! (Il renversa le levier de l'autre côté du cadran et l'ascension démarra.) Il n'y a rien au septième, que des bureaux. On commencera au six.

— Te rappelles-tu ce qu'il y avait au sixième ?

— Sixième étage : « Porcelaine », « Articles de cuisine », « Ameublement », chantonna-t-il tel un liftier. Vous y êtes, madame. (L'ascenseur s'arrêta brutalement.) Désolé.

Il fit glisser la grille et tendit la main pour ouvrir.

— Attention, chuchota Polly. Si jamais le garde est là...

— Il n'y est pas. Il me cherche au rez-de-chaussée. (Il poussa la porte sur un vrombissement d'avions.) Ou, s'il a le moindre instinct de survie, il est dans un abri. Merope n'a pas l'air d'être...

— Prends ce côté, je prends l'autre.

Et Polly se précipita entre les rayons plongés dans l'obscurité, dépassa les ménagères et les sofas en criant fort le nom de la jeune femme pour dominer le grondement des avions. Mais elle n'apparut pas.

Et pas davantage au cinquième.

— Elle n'est pas là, grogna Michael, qui clopinait pour rejoindre Polly. Et il faut qu'on s'en aille. Les avions...

— Quatrième, déclara Polly d'un ton résolu.

Ils retournèrent dans l'ascenseur.

— S'il n'y a personne ici non plus, dit Michael en ouvrant la porte, on devra vraiment...

— Elle est là. Regarde, les lumières sont encore allumées.

En fait, des projecteurs antiaériens et le rougeoiement d'un incendie distant illuminaient l'étage, selon toute apparence désert.

— Elle n'est pas là non plus, affirma Michael.

— On doit quand même vérifier, s'obstina Polly.

Et elle quitta l'ascenseur. Il lui attrapa le bras.

— Nous n'avons plus le temps. Rends-toi à l'évidence, elle n'est pas à ce niveau. Même si elle y travaille vraiment, nous l'avons manquée, d'une façon ou d'une autre. Elle descendait peut-être dans un des ascenseurs pendant que nous montions dans l'autre. Il n'y a personne ici. Le magasin est entièrement vide.

— Non, il ne l'est pas. Il y a eu trois victimes. Trois personnes ont été tuées…

— D'accord, et nous serons deux d'entre elles si nous ne sortons pas *dans l'instant*.

Il avait raison. Les avions grondaient quasi au-dessus de leurs têtes. Et il était évident que Merope n'était pas là. Marjorie avait dû confondre le nom du magasin…

Marjorie, dont personne n'avait su qu'elle était à Jermyn Street. Et si Merope s'était attardée pour ranger ses étagères ? Et si elle était revenue parce qu'elle avait oublié quelque chose ? Il y avait eu trois victimes…

Polly échappa aux mains de Michael et se rua à travers l'étage.

— Merope ! cria-t-elle, plus fort que le vrombissement des avions.

Il y eut un bruit énorme d'écrasement, et un éclair illumina les immenses baies. Elle tressaillit.

— Eileen !

— Polly ! hurla Michael, boitillant dans sa direction. Éloigne-toi des fenêtres !

Elle négligea son avertissement, courant vers ce qui devait être le rayon « Vêtements enfants », à en juger par le petit mannequin habillé d'une robe à fanfreluches.

— Eileen ! appela-t-elle en le dépassant.

Et elle poursuivit sa course le long d'une rangée de lits d'enfants.

— Il faut partir ! vociféra Michael. Elle n'est pas là…

Une autre explosion retentit, plus proche, et la voix de Michael se tut.

Polly volta, mais il n'était pas blessé : immobile, il scrutait le rayon « Vêtements enfants » comme s'il avait entendu quelque chose.

— Que se passe-t-il ? demanda Polly.

Merope accourait vers eux depuis l'entrée d'une remise, le visage illuminé par un sourire radieux. Elle se jeta dans les bras de Polly.

— Polly ! Ça alors, je n'ai jamais été si heureuse de voir quelqu'un de ma vie ! (Elle étreignit Michael dans la foulée.) Et tu es là aussi ! C'est merveilleux. J'avais perdu tout espoir. Qu'est-ce que vous *fabriquiez* ?

Le « poum-poumpoumpoum » d'un canon de DCA démarra, si près qu'il ébranlait les vitres, et Michael s'écria :

— On discutera plus tard. Tout de suite, il faut lever le camp.

— Il y a un abri ici, dit Merope. Au sous-sol…

— Non, on doit sortir du magasin, l'interrompit Polly.

— Ah ! alors je prends mon manteau et…

— Pas le temps, venez ! hurla Michael qui tentait de se faire entendre malgré le bruit assourdissant des avions. Quel est le plus court chemin pour descendre ?

— Il y a un escalier par là, indiqua Merope.

— L'ascenseur sera plus rapide, assura Michael.

Et il fit demi-tour pour traverser l'étage.

— Mais le raid a commencé, dit Polly. L'escalier ne serait-il pas plus sûr ?

Puis elle se rappela les quatre étages. Avec une telle boiterie, il ne pourrait pas se déplacer vite. Elle le suivit, entraînant Merope.

— Dépêche-toi.

Merope boitait, elle aussi.

— Tu t'es blessée ? lui cria Polly alors qu'elles couraient.

— Non. Une parfaite horreur de gosse m'a écrasé le cou-de-pied.

— Ceux dont tu parlais à Oxford ?

— Alf et Binnie ? Ce sont des amateurs comparés à cette petite ordure. J'espère qu'une de ces bombes lui tombera dessus.

Elle scrutait anxieusement le plafond. Les avions approchaient. Un autre canon de DCA se mit à tonner, et un vert criard embrasa les baies. Une fusée éclairante.

— Je ne crois pas qu'on ait le temps de gagner un abri. On va devoir utiliser celui de *Padgett's*. C'est bon, il a été renforcé.

Polly secoua la tête.

— *Padgett's* sera bombardé.

— Vraiment ? (Merope lui jeta un regard d'effroi.) Mais tu disais… *Quand ?*

— Je l'ignore. D'une minute à l'autre.

— Mais tu disais que *Padgett's* n'avait pas été touché.

— Je n'ai jamais dit ça. Dépêche-toi ! On en parlera plus tard.

Merope continua de pérorer tandis que Polly la tirait, claudicante, jusqu'à l'ascenseur.

— J'ai pris ce travail ici à cause de ça, parce que tu avais dit que c'était sûr. Tu avais dit que tu travaillerais dans un grand magasin, *Selfridges* ou *Padgett's* ou…

*Seigneur ! j'ai dit que c'était ceux chez qui Dunworthy m'interdisait de travailler*, comprit Polly, mais ce n'était pas le moment d'en discuter. Ni de demander à Merope pourquoi elle n'était pas revenue chez *Townsend Brothers*, ce lundi. Ou ce qu'elle faisait encore là.

— On débrouillera tout ça plus tard.

Merope acquiesça.

— À notre retour. Quand j'ai découvert que tu étais partie, j'ai eu peur de ne jamais revoir Oxford. Je ne savais pas quoi faire…

Michael était déjà dans l'ascenseur.

— Allez ! hurla-t-il.

Un craquement sinistre retentit, à quelques centaines de mètres, puis un éclair fulgura. Polly poussa Merope dans la cabine et tira la grille en fer.

— On y va ! s'exclama-t-elle.

Michael bascula le levier de l'autre côté, et l'ascenseur entama sa descente.

— Je n'arrive toujours pas à croire que vous soyez là, babillait Merope. J'ai entendu des voix, mais je m'imaginais que Mme Sadler était revenue avec Roland, son insupportable fils. Voilà pourquoi je me suis cachée dans la remise, jusqu'à ce que j'entende appeler le nom de Polly. Quand je pense que j'ai failli ne pas sortir…

Un bang fracassant éclata suivi d'un silence de mort et, dans une secousse, l'ascenseur s'arrêta. Ils n'avaient pas atteint un étage. Derrière la grille, on ne voyait qu'un mur aveugle.

*C'est enrayé,* s'affola Polly. *Il y a eu trois victimes. Nous ne sommes venus au secours de Merope que pour la piéger ici.*

— Que s'est-il passé ? demanda la jeune femme.

Michael négligea sa question. Il poussa de toutes ses forces sur le levier, puis le tira en arrière. L'ascenseur se mit à monter. Le garçon attendit un moment avant de renverser le levier. L'appareil repartit vers le bas.

Polly le suppliait en silence, le souffle suspendu.

*Deuxième étage, c'est bien, et maintenant, premier…*

Une nouvelle secousse ébranla la cabine. Elle s'immobilisa et, cette fois, ça semblait sans appel.

Michael tenta de manipuler le levier à deux mains, mais ce fut peine perdue. Il fit glisser la grille et leva les yeux. Le plancher était à un mètre au-dessus d'eux.

— Polly, j'ai besoin que tu montes ouvrir la porte. (Il s'adossa à la paroi latérale et noua ses doigts.) Grimpe sur mes mains.

Elle acquiesça et l'escalada, s'étirant pour atteindre la lisière du plancher. Soutenu par Merope, il la hissa, et elle parvint à poser un genou sur le bord.

— Maintenant, essaie d'attraper la poignée de la porte. Tu y es presque. Est-ce que tu arrives à la faire tourner ?

C'était plus facile à dire qu'à faire. Elle n'avait quasiment pas de champ de manœuvre, puis son genou ripa, et elle faillit tomber.

— Ne t'inquiète pas, la rassura Michael. (Il la fit descendre.) Ce n'était pas mal, pour un premier essai. Si seulement nous disposions d'un point d'appui pour nous aider !

Il regarda autour de lui mais, chez *Padgett's*, on n'équipait même pas les ascenseurs d'un siège pour l'opérateur.

— Allez, on recommence.

— À mon tour d'essayer, proposa Merope, qui se débarrassait de ses chaussures.

Elle sauta prestement sur les mains de Michael, s'accrocha à la poignée, parvint à la faire tourner et à entrebâiller la porte, se glissa dans l'ouverture, ses jambes dansant au-dessus d'eux tandis qu'elle se hissait sur le plancher. Puis elle se releva et ouvrit en grand sur le concert des canons et des bombes. Jetant un coup d'œil nerveux par-dessus son épaule, elle s'agenouilla, main tendue.

— À toi, Polly. Soulève-la, Michael.

Il s'exécuta et, agrippant la main libre de Polly, elle la tira sur le rebord. Une bombe explosa, tout près. Merope frissonna et demanda d'un ton angoissé :

— C'était à quelle distance, à votre avis ?

— Tout près. Aide-moi à sortir Michael.

*Si c'est possible ! J'aurais dû le soulever d'abord.*

— Attrape mes chevilles, ordonna-t-elle à Merope.

Et elle s'étendit sur le plancher, tendant ses bras à Michael.

— Ça ne marchera pas, lui cria le garçon. Je suis trop lourd. Écoute, il faut que vous filiez, toutes les deux.

Merope bondit et s'en fut en courant, déchaussée, dans l'obscurité. Polly la regarda s'éloigner, folle de rage. D'accord, elle était terrorisée, mais elles ne pouvaient pas abandonner Michael !

— Merope !

— Toi aussi, cria le garçon. Je vais réparer ça et je vous retrouve en bas.

— Je ne pars pas sans toi.

— Ce n'est pas le moment de discuter. Il faut…

Cependant, Merope était de retour, tirant une petite échelle.

— Désolée, haleta-t-elle, j'ai dû aller jusqu'à la remise. Aide-moi.

Ensemble, elles basculèrent l'échelle. Michael l'escalada, maladroit.

— Attends, s'écria Merope. Mes chaussures !

— On n'a plus le temps pour…, commença Polly.

Mais il était déjà descendu, les avait enfoncées dans ses poches, et il était de retour sur l'échelle.

Merope s'agenouilla à côté de Polly, et elles parvinrent à le hisser et à le sortir de la cabine.

— L'escalier le plus proche ? demanda-t-il à Merope.

— Là.

Et les deux filles se ruèrent à travers l'étage illuminé par l'incendie, Michael boitant derrière elles.

— Vivement le retour à Oxford. Je ne supporte plus cet horrible endroit ! s'exclama Merope tandis qu'elles couraient. Tu sais la première chose que je ferai quand j'arriverai là-bas ?

*Si nous y arrivons.*

Les avions étaient au-dessus d'eux, désormais. Les bombes sifflaient alentour et, dans un vacarme assourdissant, des éclairs aveuglants embrasaient le niveau. Ils plongèrent dans l'escalier et dégringolèrent les marches.

— Je dirai à M. Dunworthy que je n'accepterai *jamais* plus de mission impliquant des enfants, dit Merope.

Polly jeta un coup d'œil à Michael. Il tenait l'allure, mais portait tout son poids sur le garde-corps.

— J'ai cru que tu ne me trouverais jamais, Polly, continuait Merope. Quand je me suis aperçue que tu étais rentrée, je…

Ils atteignirent le rez-de-chaussée. Polly ouvrit la porte, et ils se précipitèrent le long du magasin, dans un déluge d'éclairs et d'explosions, leurs bras en bouclier au-dessus de leur tête avant de traverser la rue.

Quand ils parvinrent sur le trottoir d'en face, Merope et Michael s'immobilisèrent, pantelants.

— Non. C'est trop près, les avertit Polly.

Elle attrapa le coude de Merope et la traîna vers le bas de la voie, Michael boitillant derrière. Elle essayait de se tenir à l'écart des vitrines tout en gardant la protection des bâtiments. Ils auraient dû rester du côté de *Padgett's*. L'explosion se propagerait en arc de cercle et, là où ils étaient, aucune paroi ne ferait écran entre eux et la violence de la secousse. Polly ne savait pas jusqu'où s'étendait le souffle d'une explosion.

— Désolée, annonça Merope au bout de deux pâtés de maisons, il faut que je m'arrête un instant.

Polly hocha la tête et, afin qu'ils puissent reprendre haleine, elle les poussa à l'abri derrière l'angle de l'immeuble le plus proche.

— Merci, haleta Merope en s'appuyant contre le mur.

Plié en deux, les mains sur les genoux, Michael suffoquait.

— J'aimerais… pouvoir dire… que… ça se calme… mais… je crois que c'est… de pire en pire.

— Mais si on gagne un refuge, objecta Merope, ça nous coincera toute la nuit ! On ne devrait pas aller droit au point de transfert ?

*Le point de transfert.*

Sortir Merope de chez *Padgett's* et guider ses amis vers un endroit sûr avait tellement obnubilé Polly qu'elle en avait oublié l'équipe de récupération. Michael était là pour la ramener – pour les ramener – à Oxford, en sécurité. À la maison.

— Oui, bien sûr. Tu as raison. (Elle se tourna vers Michael.) Allons au site.

— Parfait. Où se trouve-t-il ?

— Pardon ?

— Ton site. Où est-il ? Loin d'ici ?

Ils posaient tous les deux sur elle un regard d'expectative.

— Michael, tu n'es pas l'équipe de récupération ? demanda Polly.

— L'équipe de récupération ? Non.

*J'aurais dû m'en douter.*

Tous les indices concordaient : son pied blessé, son ignorance quant à la présence de Merope, et le fait qu'il l'ait cherchée, elle, depuis presque un mois.

— Attends, je ne comprends pas, dit Merope qui les regardait alternativement l'un et l'autre d'un air effaré. Aucun de vous deux n'est l'équipe de récupération ? Mais alors, qu'est-ce que tu fais là, Michael ?

— Je ne peux pas accéder à mon site. Je suis venu à Londres pour utiliser celui de Polly.

— Moi aussi, déclara Merope, mais quand je suis allée chez *Townsend Brothers* on m'a annoncé que tu étais rentrée, Polly, et…

— Écoutez, on discutera de tout ça à Oxford, s'impatienta Michael. Tout de suite, on a besoin de se rendre à ton site, Polly. À quelle distance… ?

— Il est à Kensington, l'interrompit Polly, mais on ne peut pas l'utiliser non plus. *Pourquoi* l'accès du tien est-il impossible ?

Une HE s'écrasa au bas de la rue, projetant du verre en tous sens. D'instinct, ils protégèrent leur visage avec leurs mains.

— Il faut gagner un abri, dit Michael. Lequel est le plus près ?

— Oxford Circus, indiqua Polly.

Et elle les entraîna au pas de course vers la bouche de métro et en bas des marches. On avait déjà tiré la grille en fer. Le garde la leur ouvrit.

— Vous avez eu chaud, vous autres ! fit-il remarquer alors qu'ils fonçaient à l'intérieur. Vous avez intérêt à descendre tout de suite.

Ils n'avaient pas besoin d'encouragements et se ruèrent jusqu'aux tourniquets.

— Je n'ai pas d'argent, s'aperçut Merope. Mon sac…

Polly fouilla dans le sien pour trouver des jetons supplémentaires. Une nouvelle HE tonna tout près, secouant la station.

— Tu es certaine que nous sommes en sécurité, ici ? demanda Merope, qui regardait nerveusement le plafond.

— Oui, affirma Polly. Oxford Circus n'a pas été touchée avant la fin du Blitz.

Elle poussa le tourniquet et courut jusqu'à l'escalier roulant.

— Ah ! c'est vrai, se rappela Merope. J'avais oublié. Tu sais où toutes les bombes sont tombées.

*Jusqu'au 1er janvier.* Polly s'engagea sur le long escalier mécanique. *Ce qui signifie qu'il vaudrait mieux avoir gagné le site de Michael d'ici là.*

Qu'est-ce qu'il voulait dire, par cette impossibilité d'y accéder ? Elle se tourna pour lui poser la question, mais il était encore à plusieurs marches, boitant pour les rejoindre, lourdement appuyé sur la main courante.

— Est-ce que tu vas bien ? demanda Merope. Tu ne t'es pas tordu la cheville en me cherchant chez *Padgett's*, j'espère ?

— Non. Je… C'est une blessure. Shrapnel. À Dunkerque.

Dunkerque ? Polly éprouva un tiraillement de panique. Était-ce pour cette raison qu'il ne pouvait plus accéder à son site, parce qu'il était allé à Dunkerque ? Si c'était le cas, ils ne pourraient pas l'atteindre avant la fin de la guerre et ce serait trop tard. Mais son point de saut ne pouvait être à Dunkerque. Et il n'aurait pas pu s'y rendre non plus.

— Qu'est-ce que tu fabriquais à Dunkerque ? interrogeait Merope.

— Chh ! lui intima Michael, désignant l'espace en dessous.

La foule était si dense qu'ils eurent du mal à la fendre pour quitter l'escalier, et encore plus de mal ensuite à s'y frayer un chemin. Le hall était plein à craquer. Tout le monde, sur Oxford Street – et Regent Street, et New Bond Street –, avait accouru quand le bombardement avait commencé, et ils avaient tous des paquets, des sacs de courses et des parapluies mouillés pour ajouter au chaos.

Les couloirs n'étaient pas moins bondés, et Polly savait par expérience que ce serait pire sur les quais.

— C'est impossible ! s'exclama Michael. On a besoin de trouver un endroit où parler tranquillement. Et si on changeait de station ? Les métros roulent encore, non ?

Elle acquiesça et les entraîna à travers la foule, rabâchant :

— Excusez-nous, nous allons prendre le métro. Excusez-nous…

— Pas la peine d'aller jusqu'au quai, ma jolie, lui annonça une femme sous l'arche qui menait à la Central Line. Les métros ne roulent plus, ici.

— Et ceux de la Bakerloo Line ?

La femme haussa les épaules.

— Aucune idée, trésor.

— Il va falloir remonter, conclut Polly.

S'ils y parvenaient ! S'ils parvenaient déjà à s'extraire de ce passage et à retourner dans le tunnel…

— *Là !* Une place ! cria Merope.

Avant que Polly puisse l'en empêcher, elle courut vers le quai. Quand Polly et Michael la rejoignirent, elle s'était installée, ravie, sur une couverture bleue maintenue à ses quatre coins par une chaussure.

— Impossible de s'asseoir ici, l'informa Polly, qui n'avait pas oublié sa première nuit à Saint-George et les difficultés que sa méconnaissance des codes avait entraînées.

La troupe ! Ses amis lui étaient complètement sortis de la tête. En ne la voyant pas venir, ils penseraient que quelque chose lui était arrivé, et sir Godfrey serait…

— Pourquoi est-ce impossible ? demanda Merope. Celui ou celle qui était assis là est parti à la cantine, ou aux toilettes, ou que sais-je, et ça lui prendra des heures pour revenir, dans cette foule.

— Et on ne trouvera pas de meilleur endroit pour parler, insista Michael.

Il avait raison. De part et d'autre, les gens plongés dans leurs conversations ne remarquèrent même pas Merope quand elle s'assit sur la couverture et glissa ses pieds sous elle. Michael s'appuya sur son épaule pour s'installer lui aussi, grimaçant alors qu'il croisait les jambes.

— Maintenant, dit-il en se penchant en avant et en baissant la voix, je veux tout entendre au sujet de ton point de saut, Polly. Pourquoi ne…

Merope l'interrompit.

— Non, tu dois d'abord nous apprendre ce qui est arrivé à ton pied. Que faisais-tu à Dunkerque ? Je croyais que tu allais à Douvres.

— Oui, sauf que j'ai débarqué sur une plage à cinquante kilomètres de distance.

*Ah ! Dieu merci !* Son point de transfert *n'était pas* à Dunkerque. Il était de ce côté de la Manche.

— Et, avant que je puisse atteindre Douvres, on m'a embarqué de force comme membre d'équipage…

— *Embarqué de force ?*

— C'est une longue histoire. En bref, j'ai fini par prendre part à l'évacuation de Dunkerque, où j'ai gagné ceci. (Il désigna son pied.) Ils m'ont opéré et se sont débrouillés pour le sauver, mais les tendons sont abîmés, ce qui explique la boiterie.

— Mais pourquoi ne pas être rentré à Oxford pour le faire réparer ? s'étonna Merope.

— Je te l'ai dit : je n'ai plus accès à mon site.

— Pourquoi ? s'enquit Polly. Des patrouilles contrôlent la plage ?

Si c'était le seul problème, à eux trois ils trouveraient bien un moyen de distraire l'attention des gardes.

— Peu importe. Ils ont installé un canon juste au sommet du site.

*Et il restera là jusqu'à la fin de la guerre…*

— Mais alors, pourquoi ne t'ont-ils pas envoyé une équipe de récupération ? chuchota Merope.

— Ils l'ont peut-être fait et ne m'ont pas localisé. J'étais inconscient quand on m'a transporté, et je n'avais aucun papier sur moi. L'hôpital ne savait pas qui j'étais et, avant qu'ils aient l'information, on m'a transféré à Orpington.

Polly leva les yeux.

— Orpington ?

— Ouais, au sud-est de Londres. Ils n'auraient jamais pensé à me chercher là-bas. Écoutez, on pourra discuter de ce qui m'est arrivé plus tard. (Il baissa la voix.) Tout de suite, on a besoin de se trouver un point de saut. Polly, tu es certaine que le tien ne marche pas ?

— Oui.

Elle leur raconta l'incident. Michael hocha la tête.

— Les explosions entraînent parfois des effets bizarres. J'ai appris ça pendant ma prépa. Elles peuvent tuer sans laisser la moindre trace sur le corps de la victime. Il ne reste donc plus que ton site, Merope. Que voulais-tu dire quand tu affirmais que tu ne pouvais pas t'y rendre non plus ? Et, s'il te plaît, ne nous annonce pas qu'il y a un canon dessus.

— Non, mais les militaires ont réquisitionné le manoir pour en faire une école de tir.

— Le point de transfert se trouvait sur les terres du manoir ?

— Non, dans les bois, mais l'armée s'en sert pour ses exercices.

— Et ils ont tendu du fil de fer barbelé tout autour, ajouta Polly.

Merope la dévisagea, surprise.

— Comment sais-tu ça ?

— Je suis allée à Backbury te chercher. C'est là que j'étais le jour où tu es venue chez *Townsend Brothers*. Nous nous sommes croisées.

— Mais pourquoi ont-ils prétendu que tu étais partie dans le Northumberland ? Je croyais…

— Plus tard, les bouscula Michael, impatient. La clôture est-elle gardée ? Penses-tu que nous pourrions la cisailler pour passer ? ou ramper par-dessous ?

— C'est possible, mais ce n'est pas le seul problème. Il me semble que mon site a été endommagé, lui aussi. La fenêtre de saut ne s'ouvrait pas, même avant l'arrivée de l'armée. Après la quarantaine, j'ai tenté de traverser plus d'une dizaine de fois, mais…

— Après la quarantaine ? l'arrêta Michael.

— Oui, ma mission était censée se terminer le 2 mai, mais Alf a contracté la rougeole, et on a mis le manoir en quarantaine pendant presque trois mois…

Sa mission s'était terminée le 2 *mai* ? Polly imaginait qu'elle avait pris fin quand l'armée avait investi le manoir.

— Quand as-tu quitté le manoir ?

— Le 9 septembre.

Du 2 mai au 9 septembre ! Quatre mois ! Elle était restée au manoir *quatre mois* après la fin de sa mission !

— Et aucune équipe de récupération n'est venue te chercher ? s'exclama Michael.

— Non, à moins qu'ils soient venus pendant la quarantaine, et que Samuels ne leur ait pas permis d'entrer.

Même s'ils n'avaient pas été capables de l'approcher à ce moment-là, ce qui semblait douteux, ils avaient eu plus d'un mois ensuite pour la sortir du manoir, et ils n'avaient pas l'excuse d'ignorer l'endroit où elle se trouvait, comme pour Polly ou Michael. Oxford savait exactement où elle était.

Et il y avait plus : M. Dunworthy n'aurait jamais laissé Merope affronter une épidémie, et il n'aurait certainement pas laissé Michael traîner avec un pied blessé.

Et il s'agissait de voyage dans le temps. Même si localiser Michael dans son hôpital prenait des mois, Oxford pouvait envoyer une seconde équipe à l'instant précis où il débarquait à Douvres, et l'emmener vers un nouveau site de transfert afin de le ramener en sécurité.

— Une explosion n'a pas pu abîmer mon point de saut, ajouta Merope. Le manoir n'a pas été bombardé. Alors, qu'est-il arrivé ?

— Je l'ignore, soupira Michael.

*Moi, je sais*, pensa Polly, nauséeuse. Elle l'avait su dès qu'elle avait découvert les ruines de Saint-George, quand elle avait compris que l'équipe de récupération aurait dû se manifester chez *Townsend Brothers* la veille. C'est pourquoi ses genoux s'étaient dérobés sous elle, parce qu'elle avait saisi ce qu'une telle absence signifiait. Mais, pour ne pas affronter la vérité, elle leur avait inventé des excuses. Et, la vérité, c'était que quelque chose de terrible s'était produit à Oxford, et que l'équipe de récupération ne viendrait pas.

*Personne ne viendra.*

— Mais si nous ne pouvons utiliser aucun de nos sites, disait Merope, qu'allons-nous faire, maintenant ?

## Londres, le 25 octobre 1940

— Comment rentrer chez nous, si mon point de saut
et celui de Polly sont fichus ?

Merope essayait à la fois de se faire entendre malgré le
vacarme ambiant, et de rester inaudible pour les réfugiés
installés sur les couvertures voisines.

— On n'est pas sûrs qu'ils sont fichus, remarqua
Michael. Tu as dit qu'il y avait des soldats au manoir. Ils
étaient peut-être assez près du site pour empêcher son
ouverture.

Merope secoua la tête.

— La quarantaine était finie depuis un mois quand
ils sont arrivés.

— À quelle distance était le site, dans les bois ?
insista Michael. Quelqu'un pouvait-il l'apercevoir de la
route ? ou l'un de tes évacués te suivre ? Et le tien, Polly ?
Tu es certaine qu'il a été détruit ? Un garde de l'ARP qui

traînait par là aurait pu repérer le halo, non ? ou un guetteur d'avions ?

Polly aurait voulu crier : « Tout ça n'a aucune importance ! Tu ne comprends donc pas ce qui s'est passé ? »

*Je dois partir d'ici*, se dit-elle, et elle se leva.

— Il faut que je vous quitte.

— Que tu nous quittes ? s'exclamèrent Michael et Merope, médusés.

— Oui, j'avais promis de retrouver des contemporains. Je dois les prévenir que je ne pourrai pas être là.

— On t'accompagne, déclara Michael.

— *Non*. Ça ira plus vite si je les rejoins sans vous.

Et elle s'enfuit à travers la foule.

— Polly, attends ! l'entendit-elle appeler. Non, reste ici, Merope, je vais la chercher.

Polly se garda de se retourner, creusant son sillon au milieu des gens, par-dessus jambes étendues, couvertures et paniers de pique-niques, traversant l'arche et descendant le couloir, prête à tout pour s'échapper et trouver un endroit où elle pourrait s'installer seule, où elle pourrait assimiler ce que Michael et Merope venaient de lui apprendre. Mais, où qu'elle se tourne, c'était la cohue. Le hall principal se révélait encore plus envahi que les tunnels.

— Polly, attends ! répétait Michael.

Elle lui jeta un coup d'œil. Il gagnait du terrain en dépit de son handicap, et le hall était si bondé qu'elle ne parvenait pas à s'y frayer un chemin.

— Vous, là-bas, arrêtez-vous ! hurla quelqu'un.

Et deux enfants lui filèrent sous le nez, se faufilant telles des anguilles entre les gens, un garde de la station à leurs trousses. La foule s'écartait sur leur passage, et Polly profita de cette ouverture momentanée pour courir dans leur sillage alors qu'ils fonçaient vers l'escalier roulant. La foule se referma derrière elle.

Les petits démons, qui avaient tout l'air d'être les voleurs du panier de pique-nique à Holborn, dégringolèrent l'escalier mécanique jusqu'au niveau inférieur et s'engouffrèrent dans le tunnel de la Bakerloo Line desservant le sud, leur poursuivant et Polly en remorque.

— Stop, vous deux ! vociféra le garde alors qu'ils tournaient à l'angle du couloir.

Deux hommes quittèrent un groupe appuyé au mur pour se joindre à la chasse. Polly se glissa en vitesse à leur place et s'aplatit contre la paroi, le souffle court.

Elle se pencha devant les membres du groupe, qui n'avaient pas bougé, et regarda en arrière, mais Michael n'apparut pas dans l'escalier. *Je l'ai semé.* Elle était tranquille pour le moment.

*Tranquille*, se dit-elle avec lassitude. *On est en plein Blitz, incapables d'en sortir. Et personne ne viendra nous chercher.* Elle posa une main sur son estomac, comme pour y contenir cet affreux savoir, mais il débordait déjà, et l'engloutissait.

Un événement terrible – non, pire que terrible –, un événement *impensable* s'était produit à Oxford. La faillite conjointe de son site et de celui de Merope, l'absence des équipes de récupération et de M. Dunworthy ne pouvaient s'expliquer autrement. M. Dunworthy n'aurait jamais abandonné un Michael blessé à l'hôpital, pas plus qu'il n'aurait laissé Merope en rade en pleine épidémie. Et il n'aurait jamais lâché Polly alors qu'il connaissait sa date limite. Il l'aurait extirpée *à l'instant* où il s'apercevait que le site de Merope ne fonctionnait plus, et il n'aurait pas envoyé une équipe de récupération chez Mme Rickett ou chez *Townsend Brothers* ou à Notting Hill Gate : c'est dans le passage, au moment même où Polly traversait, cette première nuit, qu'ils seraient intervenus. Et leur défaillance ne pouvait avoir qu'une cause.

*M. Dunworthy doit être mort.* Hébétée, elle se demanda ce qui s'était produit. Quelque chose que personne n'avait vu arriver, comme Pearl Harbor ? ou d'encore pire… un terroriste avec une bombe de précision, ou une seconde Pandémie ? ou la fin du monde ?

Il fallait une vraie catastrophe, parce que le labo et son filet eussent-ils été détruits, on pouvait les reconstruire, et il s'agissait de *voyage dans le temps*. Quand bien même élaborer un nouveau filet et recalculer leurs coordonnées aurait pris cinq ans, ou cinquante, ils ne pouvaient pas moins la sortir de ce piège dès le premier jour, et récupérer Michael et Merope avant le début de la quarantaine, avant la blessure au pied. Sauf s'il ne restait plus personne en vie qui sache où ils se trouvaient.

Ce qui signifiait qu'ils étaient tous morts, Badri et Linna et M. Dunworthy. *Et, oh ! mon Dieu ! Colin.*

— Est-ce que ça va, ma petite ? lui demanda une femme ronde aux joues enluminées qui lui faisait face.

Elle regardait la main de Polly, pressée contre son cœur.

— Il ne faut pas avoir peur. Il y a toujours du boucan. (Elle désigna le plafond, d'où provenait, très faible, le bruit des bombes.) La première nuit que j'ai passée ici, j'ai cru qu'on était bons.

*On le sera*, pensa Polly sombrement. *On est coincés au beau milieu du Blitz sans aucune perspective de secours. On y sera encore quand le couperet de ma date limite tombera.*

— Vous êtes totalement en sécurité, continuait la femme. Les bombes ne peuvent pas nous atteindre, à cette profondeur… (Elle s'arrêta net pour interroger le garde, qui revenait dans le tunnel, la lippe maussade.) Les avez-vous trouvés ?

— Non. C'est comme s'ils s'étaient dissous dans l'air. Ils n'ont pas reparu par là ?

— Non, répondit la femme, qui se retourna vers Polly pour ajouter : Ces enfants, livrés à eux-mêmes… (Elle fit claquer sa langue.) J'espère *vraiment* qu'on en verra bientôt le bout, de cette guerre !

*Toi peut-être. Moi, non. Je l'ai déjà vu.* Et Polly eut la vision soudaine de la foule en liesse à Trafalgar Square, de…

*Voilà pourquoi tu savais avant qu'Eileen ne t'apprenne que son site ne fonctionnait pas,* comprit-elle brusquement, *pourquoi tu savais déjà ce matin-là à Saint-George, avant d'arriver chez* Townsend Brothers, *avant que tu découvres l'absence de l'équipe de récupération.*

Jusqu'ici, elle n'avait jamais fait le lien, même pas la nuit où Marjorie l'avait emmenée chez elle et où elles avaient abouti à Trafalgar Square. Elle avait écarté avec soin ce savoir de sa conscience, effrayée d'y toucher, effrayée même de le considérer, comme s'il était un UXB sur le point d'exploser. Et c'était exactement ça. La preuve définitive que cette chose terrible s'était produite, que personne n'était intervenu à temps. À moins que... *Oh ! Seigneur !* Elle n'avait pas envisagé cette possibilité. Elle s'était imaginé... mais c'était encore pire...

— Vous vous sentez mal, ma petite ? lui demanda la femme. Venez, asseyez-vous. (Elle tapota sa couverture). Il y a de la place.

— Non, je dois y aller, répondit Polly d'une voix qui s'étranglait.

Et elle se précipita dans le couloir et l'escalier roulant. Il fallait qu'elle retourne au quai interroger Merope...

— Polly ! appela une femme derrière elle.

C'était Mlle Laburnum. Chargée de deux sacs de courses, elle se frayait tant bien que mal un chemin à travers la fourmilière grouillante. Des mèches folles fusaient de son chignon, elle était écarlate et le souci plissait son visage.

*Je vais faire comme si je ne l'avais pas vue.*

Hélas ! la foule s'était refermée, et la retraite était coupée.

— Je suis si contente que vous soyez en retard pour la répétition, vous aussi. J'avais peur d'être la seule. Je suis allée à Croxley emprunter une livrée de maître d'hôtel à ma tante pour notre pièce. J'ai trouvé un très joli costume pour votre naufrage. Tenez-moi ça. (Elle tendit à

Polly l'un des sacs et commença à fouiller dans l'autre.) Il est là-dedans.

— Mlle Laburnum…

— Je sais, nous sommes terriblement en retard. Au retour, le métro s'est arrêté… une bombe sur la voie. (Elle cessa de chercher.) Tant pis, je vous le montrerai à la répétition.

— Je ne peux pas venir avec vous.

Polly tenta de lui rendre son sac.

— Mais pourquoi ? Et la répétition ?

— Je…

Quelle excuse avancer ? Mes amis voyageurs temporels m'ont rejointe ? Difficile. Des camarades d'école ? Non, Merope s'était déjà présentée à Marjorie comme sa cousine.

*Marjorie.*

— Mon amie qui était à l'hôpital, vous vous en souvenez ? Vous étiez avec moi le soir où j'ai appris qu'elle avait été blessée.

— Oui, dit Mlle Laburnum, qui semblait enfin prêter attention à son expression tendue. Oh ! ma pauvre petite, votre amie n'est pas… ?

— Non, elle va beaucoup mieux, tellement mieux qu'elle peut recevoir des visites, maintenant, et j'ai promis que…

— Ah ! mais vous ne pouvez pas lui rendre visite en plein milieu d'un raid.

Trop préoccupée pour s'occuper de quoi que ce soit d'autre, Polly avait oublié les bombes qui pilonnaient la ville.

— Non, non, je ne lui rends pas visite. Je lui ai promis d'aller à Saint-Pancras voir sa logeuse pour lui donner les bonnes nouvelles et la liste des choses que Marjorie voudrait qu'elle lui apporte à l'hôpital.

— Bien sûr. Je comprends tout à fait. (Elle reprit son sac.) Mais vous serez là demain ?

*Oui. Demain et après-demain et après-après-demain.* [1]

— Annoncez à sir Godfrey que je serai à la répétition.

Et Polly partit en hâte. Elle devait rejoindre Merope et lui demander...

Une main lui agrippa l'épaule.

— Je t'ai cherchée partout, ragea Michael. Pourquoi t'es-tu enfuie comme ça ?

— Je te l'ai dit. Les contemporains que j'avais promis de retrouver : il fallait que je les prévienne que je ne pourrais pas venir.

Il ne l'écoutait pas.

— Ne me joue plus jamais un tour pareil ! J'ai passé trois semaines et demie à quadriller tout Londres pour te trouver. Je ne supporterai pas de te perdre.

— Je suis désolée.

*Et surtout désolée que tu m'aies trouvée avant que je sois parvenue à déterminer...*

— Michael, quand es-tu parti en mission à Douvres ?

— Juste après t'avoir croisée à Oxford.

*Dieu merci !*

Mais il s'agissait de voyage dans le temps. Il aurait pu se rendre à Pearl Harbor en temps-flash.

— Tu n'as pas réussi à convaincre M. Dunworthy de rétablir ton planning ?

Elle avait besoin de certitudes.

— Non, je n'ai même pas réussi à entrer pour le voir. (Il la regarda avec curiosité.) Pourquoi ?

— Je me demandais, c'est tout. On ferait mieux de rejoindre Merope. Elle va s'inquiéter.

Elle recommença de fendre la foule, espérant le semer de nouveau.

— Non, attends ! (Michael verrouilla une main sur son bras.) Je dois savoir...

---

1. « *Tomorrow and tomorrow and tomorrow* » : Polly fait allusion ici au célèbre soliloque de Macbeth dans la pièce du même nom de William Shakespeare, acte V, scène v, notre traduction. (*NdT*)

— Polly ! cria Merope.

Ils se tournèrent tous les deux vers la jeune femme qui arrivait par l'escalier roulant, jouant des coudes pour en descendre et les rejoindre.

— Michael ! Merci, mon Dieu ! Je vous ai cherchés partout. L'homme à qui cette couverture appartenait est revenu et j'ai dû partir. Il disait que c'était son emplacement, et que sa femme avait fait la queue depuis midi pour le lui garder, et il n'y avait pas d'autre endroit pour s'asseoir, alors je me suis mise à votre recherche, mais je ne pouvais vous trouver *nulle part*, et j'ai eu peur de ne plus jamais vous revoir !

Elle éclata en sanglots.

— Ne pleure pas. (Michael lui entoura les épaules.) Tout va bien. Tu nous as retrouvés.

— Je sais. (Elle s'éloigna de lui et s'essuya les joues.) Je suis désolée. Je n'ai pas pleuré une seule fois depuis que je suis arrivée ici, même pas quand j'ai appris que tu étais retournée à Oxford, Polly. Je veux dire, je sais que tu n'y es pas allée, mais je croyais que oui, et que je restais toute seule ici…

Elle se remit à sangloter.

— Tu n'es plus seule, maintenant, dit Michael, qui lui tendait un mouchoir.

— Merci. Je sais. C'est ridicule de pleurer *maintenant*. C'est sûrement la réaction. Je suis désolée d'avoir perdu cette place où on était assis…

— Tout va bien, on en trouvera une autre. Que penses-tu de l'étage au-dessus, Polly ?

— On peut essayer.

Et Polly partit vers l'escalier mécanique.

— Attends ! s'exclama Merope, agrippant la main de Polly. Que fait-on si nous sommes séparés ?

— Elle a raison, dit Michael. Il faut décider d'un point de rendez-vous. Que diriez-vous du pied de l'escalier roulant ?

— Vous seriez d'accord pour l'étage le plus bas ? interrogea Merope.

Elle jetait des coups d'œil angoissés en direction du plafond et du grondement assourdi des bombes.

— Parfait, résuma Michael. Si on est de nouveau séparés, ou si quoi que ce soit se produit, on se rend directement au niveau le plus bas de l'escalier et on attend les autres. D'accord ?

Merope et Polly acquiescèrent, et ils gagnèrent l'étage supérieur. Tout aussi bondé.

— Lorsque le trafic s'arrêtera, on pourra peut-être se glisser en douce près de la rue, proposa Polly. Il n'y aura plus que le garde pour surveiller la station.

— Et les raids ? demanda Merope, effrayée.

— Oxford Circus n'a pas été touchée…

— Tu disais que *Padgett's* ne l'avait pas été non plus, l'accusa Merope.

Et Michael secoua la tête pour avertir Polly avant d'avancer :

— Je ne crois pas que monter soit un bon plan. On ne peut pas trouver quelque chose en bas ?

— Non.

Polly regardait les entrées des couloirs et elle tentait d'imaginer lequel pourrait…

Elle fronça les sourcils. Sous ses yeux, émergeant du sud, sortaient les deux vauriens que le garde avait pourchassés. Comment étaient-ils arrivés là ? Le garde avait affirmé qu'ils s'étaient « dissous dans l'air ».

— Attendez, j'ai une idée. Restez ici.

Et, avant qu'ils puissent émettre une objection, elle se précipita dans le couloir.

À mi-chemin, elle découvrit une porte en métal gris qui portait l'inscription « Sortie de secours » et, sous celle-ci : « Accès interdit ». Assis devant, sur un plaid écossais, un couple relevait plusieurs assiettes renversées et tamponnait une mare de thé.

Polly rejoignit en courant Merope et Michael.

— Je crois que j'ai trouvé quelque chose, annonça-t-elle.

Elle tendit son sac à Merope.

— Pourquoi me donnes-tu ça ?

— Tu verras. Suivez-moi. (Elle les emmena dans le couloir et s'arrêta à quelques mètres de la porte.)

— Affirme à ces gens que tu es un employé du métro, chuchota-t-elle à Michael, et que tu as besoin de passer. Ensuite, entre dans mon jeu.

Ce qu'il fit...

— Mission officielle.

— Nous sommes à la recherche de deux enfants, ajouta Polly. Ils ont volé mon sac.

— Qu'est-ce que je t'avais dit, Virgil ! s'exclama la femme. Que c'étaient des voleurs, pas vrai ?

— Vous ne les trouverez pas là-dedans, signala Virgil. Ils en sont sortis comme des diables il y a quelques minutes, et ils ont envoyé valser toutes nos affaires.

— Et cassé mon assiette à fleurs !

— Ils sont partis par là, déclara Virgil en pointant du doigt la direction. Mais vous ne risquez pas de les attraper, pas ces deux-là !

— Nous prévoyons de leur tendre un piège, expliqua Michael. Voulez-vous nous laisser entrer ?

Le couple entreprit sur-le-champ de remballer son panier et de s'écarter de la porte.

— Si vous réussissez à les avoir, j'espère que vous les bouclerez, gronda la femme alors qu'ils ouvraient et passaient de l'autre côté. Petits vandales !

— Pourquoi faut-il que d'horribles gamins infestent tous les lieux où je vais, se lamenta Merope quand ils furent à l'intérieur.

Elle se figea et observa leur environnement faiblement éclairé. Ils se tenaient sur un palier, au-dessus et en dessous duquel montait et descendait un escalier de métal en colimaçon, à perte de vue.

Polly traversa la plate-forme pour regarder du haut en bas des marches, mais à part les enfants, personne ne semblait avoir encore découvert l'endroit et, avec un peu de chance, Virgil et sa femme en maintiendraient quiconque éloigné, au moins à ce niveau. Il y avait évidemment des portes aux autres paliers, sinon les enfants n'auraient pas pu se servir de ce passage comme raccourci. Et s'il s'agissait d'un escalier de secours, il rejoignait donc la surface, des dizaines de mètres plus haut.

— C'est parfait, approuva Merope. (Elle s'éleva de quelques marches et s'assit.) Maintenant, on peut parler sans s'inquiéter qu'on nous entende. J'ai tellement de choses à vous raconter...

— Chh, fit Michael, qui surveillait l'escalier. Il faut d'abord vérifier s'il n'y a personne. J'ai le sentiment que les sons portent loin, ici. Polly, tu contrôles au-dessus, et toi, va voir en bas.

Merope se leva sans discussion et dévala les marches. Au moins, personne ne leur sauterait dessus par surprise. Les pas de la jeune femme claquaient sur les degrés de fer.

Polly s'engageait à son tour dans l'escalier, mais la main de Michael agrippa son poignet.

— Chh, articula-t-il en silence. Reste ici, j'ai besoin de te parler.

Il patienta jusqu'à ce que le cliquetis des pieds de Merope s'estompe.

*Oh non ! Il a compris pourquoi je lui ai demandé quand il était parti pour Douvres. Il veut savoir si j'ai une date limite et, si je le lui dis, il me pourrira de questions...*

— Est-ce que *John Lewis* était dans ta liste des bâtiments bombardés ? interrogea-t-il.

Elle s'était attendue à une question si différente qu'elle le regarda bouche bée, incapable de répondre.

— *Oui ou non ?*

— Oui.

— Et le palais de Buckingham ? Le roi et la reine étaient-ils censés frôler la mort de si près ?

— Oui. Pourquoi me…

— Et les autres raids ? Ont-ils eu lieu aux endroits recensés ?

— Oui.

*Heureusement qu'il ne me parle pas de ça dehors, dans la station, ou nous nous ferions arrêter comme espions allemands.*

— Pourquoi me demandes-tu tout ça ?

— Parce que Dunkerque est un point de divergence.

— Mais…

— Chh !

Il posa son doigt sur ses lèvres. Polly prêta l'oreille. On entendait un faible tintement aux étages inférieurs.

— Elle revient.

Michael libéra son poignet et la poussa dans les marches qu'elle gravit sur la pointe des pieds, en essayant de ne pas faire de bruit. Et de trouver un sens à ce qu'il venait de dire. Avait-il vu quelque chose qui ne concordait pas avec ce qu'il avait lu sur le Blitz ? ou sur l'évacuation de Dunkerque ?

Croyait-il que sa présence à Dunkerque avait changé le cours de l'Histoire, et que c'était la raison pour laquelle leurs fenêtres de saut ne s'ouvraient plus ? Mais c'était impossible, et si les déplorables nouvelles de la soirée ne l'avaient pas autant perturbé il aurait admis le ridicule consommé d'une telle théorie.

*Et toi ? Est-ce pour ça que tu imagines des catastrophes, toi aussi ? Parce que, comme le dirait Mlle Snelgrove, tu as subi « un choc très violent » ? La situation est peut-être moins mauvaise que tu le penses.*

Ou peut-être pire ? Il fallait parler à Merope. Seule. Mais comment ? Charger Michael d'une expédition quelconque ? Il l'avait déjà houspillée quand elle était partie sans eux.

Elle monta jusqu'au palier suivant, pourvu d'une porte, et l'entrebâilla. Une rangée de marmots reposaient juste devant l'ouverture, emmaillotés dans leur couverture comme dans des cocons. Très bien, personne n'entrerait par là. Elle escalada deux nouvelles volées de marches, scruta les ténèbres au-dessus d'elle, puis redescendit au galop vers le gradin où Merope et Michael s'étaient assis.

— La voie est libre, indiqua-t-elle en s'installant à leur côté. Y avait-il quelqu'un en bas, Merope ?

— Non. Maintenant, Michael, je veux écouter…

— Pas Michael. Ni Merope. Tu es Eileen O'Reilly, et je suis Mike Davis, et tu es Polly… quel nom de famille utilisais-tu ?

— Sebastian.

— Sebastian, répéta-t-il. Si seulement je l'avais su ! Je t'aurais repérée bien plus vite. Tu es Polly Sebastian, et ce sont nos noms pour toute la durée de notre séjour ici. Même quand nous sommes seuls. Compris ? Quelqu'un pourrait nous entendre nous appeler sous un autre nom et on ne peut pas courir ce risque.

Merope acquiesça.

— D'accord, Michael… Je veux dire, Mike.

— Parfait. Maintenant, la première chose à faire…

— C'est de trouver quelque chose à manger, l'interrompit Polly. Je n'ai pas dîné. Et vous ?

— Je n'ai rien avalé depuis le petit déjeuner, répondit Merope… rectification : Eileen. J'ai passé toute ma pause-déjeuner à servir Mme Sadler et son horrible fils. Je meurs de faim !

— Ça ne peut pas attendre, Polly ? interrogea Michael… Mike.

— Non. Je ne connais pas les heures d'ouverture de la cantine.

— Bon, mais on ne devrait pas y aller tous. L'un de nous doit rester ici. Polly, tu montes la garde, et j'y pars avec Eileen.

Avant qu'elle ait pu inventer une raison d'accompagner Eileen à sa place, ils avaient déjà commencé à descendre les marches.

— Zut ! j'avais oublié ! entendit-elle son amie s'exclamer un peu plus bas. Je n'ai pas d'argent.

*Et maintenant tu n'as plus de travail non plus.*

Polly se demandait si Mike en avait un. Probablement pas. Il sortait à peine d'un hôpital. *De quoi vivrons-nous ?*

En contrebas, une porte se ferma et, un instant plus tard, les marchent résonnèrent. Les gosses qui avaient utilisé cet escalier auparavant ? *ou un garde ?* Polly se souvenait de la mention : « Accès interdit ».

C'était Mike.

— J'ai déclaré à Eileen que je n'étais pas sûr d'avoir assez d'argent. Je lui ai donné deux shillings et lui ai dit de commencer à faire la queue, et que je la rejoindrais dans une minute.

— Oh !

Polly tendit la main vers son sac. Il l'arrêta.

— C'était juste une excuse pour finir notre conversation. Est-ce qu'une bombe a détruit un endroit qui n'aurait pas dû l'être ?

— Non. Mike…

— Et y a-t-il eu quoi que ce soit qui devait être touché et qui ne l'a pas été ? insista-t-il. Ou une nuit sans raids alors que tu en attendais ?

— Pas une nuit sans raids jusqu'en novembre, et tous à l'heure. C'est parce que tu es allé à Dunkerque, toutes ces questions ?

— Je n'étais pas seulement à Dunkerque. J'y ai fait quelque chose qui a peut-être altéré les événements.

— Mais tu sais aussi bien que moi que c'est impossible. Les lois du voyage temporel ne nous le permettraient pas.

— Les lois du voyage temporel ne laissent aucun historien s'approcher d'un point de divergence, pourtant je me suis retrouvé en plein milieu d'un de ces points.

— Et à ton avis c'est pour cette raison que nos sites nous font défaut ? Mais c'est absurde ! Si ta présence là-bas avait changé les choses, le filet t'aurait empêché de t'y rendre.

— C'est justement le problème. Il m'a envoyé à cinquante kilomètres du lieu où j'étais censé arriver, et cinq jours en retard de telle façon que j'ai manqué le bus et que je n'ai pas pu gagner Douvres.

Il lui raconta par quels détours il avait fini par atteindre Dunkerque.

— Le décalage tentait de m'arrêter. Si je n'avais pas embarqué sur la *Lady Jane*…

— Si ta présence à Dunkerque risquait d'altérer les événements, il t'aurait *vraiment* stoppé. Il t'aurait fait traverser après l'évacuation. Ou au pays de Galles, ou n'importe où. Les historiens ne peuvent pas changer le cours de l'Histoire. Tu le sais bien.

— Dans ce cas, explique-moi ton air horrifié quand je t'ai dit que j'étais allé à Dunkerque.

*Prudence*…

— Tu venais de m'annoncer qu'aucun de nos sites ne marchait. Et que ton équipe de récupération ne t'avait pas rapatrié quand tu étais blessé. Même si ça leur avait pris longtemps de te localiser à l'hôpital…

— Non, tu ne comprends pas. Ils n'auraient jamais *pensé* à me chercher dans des hôpitaux. Personne ne savait que j'étais allé à Dunkerque, à l'exception du capitaine du bateau et de son arrière-petit-fils, et tous les deux avaient été tués.

*Tués ?*

Mike continuait.

— Pour les gens du village, j'avais prétendu que je retournais à Londres déposer mon article et, à l'hôpital, personne ne savait qui j'étais. Bref, le fait est que l'équipe de récupération n'avait aucun moyen de me trouver.

— Mike, on parle de voyage *dans le temps*. Même s'ils consacraient des mois ou des années pour te localiser, ils auraient dû être là.

— Pas s'ils sont encore à ma recherche. Je viens de passer trois semaines et demie à te chercher dans les magasins d'Oxford Street sans pouvoir mettre la main sur toi. Dans quel magasin travaillais-tu ?

— *Townsend Brothers*.

— J'ai arpenté *deux fois* chaque étage de *Townsend Brothers* sans jamais t'apercevoir, et pas davantage Merope – je veux dire : Eileen –, qui est employée à quatre rues de là. Et tu ne l'as pas trouvée en allant à Backbury.

— Mais il s'agit de…

— Je sais, de voyage dans le temps. Lequel intègre le décalage.

— Un décalage de cinq *mois* ?

— Non, juste assez pour que nos équipes de récupération perdent notre trace. S'ils ont traversé après mon transfert de l'hôpital de Douvres, ou après le départ d'Eileen pour Londres…

Il avait raison. Ils n'avaient aucun moyen de savoir qu'Eileen travaillait chez *Padgett's* et, si l'hôpital ne connaissait pas l'identité de Mike, il devenait complexe de le dépister.

— Et toutes ces semaines pendant lesquelles Eileen était en quarantaine ? Ils n'ignoraient pas où elle était, à ce moment-là.

— Je ne sais pas. La quarantaine était peut-être une sorte de point de divergence. On peut mourir de la rougeole, non ? On a peut-être empêché l'équipe de traverser parce que s'ils l'avaient attrapée ils auraient pu contaminer un général appelé à jouer un rôle critique le jour J ?

Cela ressemblait comme deux gouttes d'eau à ses propres arguments ces derniers temps, quand elle tentait de se convaincre que les secours la joindraient d'un jour à l'autre. Elle se demanda si Mike suivait le même raisonnement. De toute façon, cela ne fournissait aucune interprétation pour les sites.

— Je n'ai jamais prétendu que le mien ne fonctionnait pas, précisa Mike. J'ai juste dit que je n'y avais plus accès. Et cela vaut aussi pour Eileen. S'il y avait des évacués dans les bois, ils ont pu entraver l'ouverture, ou quelqu'un du village…

On martela la porte du dessous.

— Reste ici, lança Mike.

Et il dévala les marches pour aller voir qui frappait.

C'était Eileen qui expliquait :

— Je n'avais de l'argent que pour des sandwichs et deux thés, mais j'ai pensé qu'on pourrait partager. (Polly les entendit remonter.) La queue était *interminable*.

Tout en les attendant, Polly réfléchissait aux déclarations de Mike. S'il y avait eu deux ou trois jours de décalage pour sa propre équipe de récupération, ils seraient arrivés avant son embauche et, à leur passage chez *Townsend Brothers*, on leur aurait dit qu'elle n'y travaillait pas. Ils ne l'auraient pas trouvée la nuit venue, puisqu'elle était à Saint-George, et non dans un abri du métro. Mike ne se trompait pas. Ils pouvaient être toujours à sa recherche.

Eileen émergea de l'escalier. Elle portait des sandwichs enveloppés dans du papier huilé. Mike la suivait avec des tasses pleines de thé.

— C'était ce qu'ils avaient de moins cher : des sandwichs au fromage. (Elle les distribua.) Eh bien, Mike ? Tu n'es pas redescendu ? Pourquoi ?

— On discutait avec Polly de ce qu'on allait faire.

— Et alors ?

Elle déballa son sandwich et en prit une énorme bouchée.

— Pour commencer, on va manger un peu.

— Et tu me raconteras comment tu t'es fait embarquer de force. Et toi, Polly, pourquoi tu prétendais que *Padgett's* était un lieu sûr.

Polly s'expliqua, puis ils échangèrent le récit de leurs aventures. Polly s'aperçut avec horreur que Mike vivait à Fleet Street et Eileen à Stepney.

— Stepney ? Pour le taux de mortalité à Londres, tu pouvais difficilement trouver mieux. Pas étonnant que tu aies peur des bombes.

— Il faut qu'on te sorte de là tout de suite.

— Elle peut emménager avec moi, proposa Polly. J'ai une chambre double.

— Parfait. Et demande à ta logeuse si elle a quelque chose de libre. On sera beaucoup plus facile à localiser si on se retrouve tous à la même adresse.

*Et plus en sécurité*, pensa Polly, mais elle le garda pour elle. Eileen avait meilleure mine maintenant qu'elle avait mangé quelque chose. Cependant, la narration de ses recherches laborieuses révélait qu'elle avait passé plusieurs semaines très éprouvantes et, quand Mike lui dit qu'elle devrait récupérer ses affaires au petit matin, elle parut accablée.

— Toute seule ? Et si on est de nouveau séparés ?

— Nous ne serons plus séparés.

Et Polly leur nota l'adresse de Mme Rickett.

— Je travaille au troisième étage chez *Townsend Brothers*. Et si je suis absente…

— Pigé, l'interrompit Eileen. Je vais tout droit au pied de l'escalier roulant, au niveau le plus bas d'Oxford Circus.

Mike distribua les tâches. Polly devrait leur établir une liste des heures et des lieux des raids pour la prochaine semaine, et Eileen enverrait une lettre au manoir et à tous les gens qu'elle y avait croisés pour leur donner les coordonnées de Mme Rickett.

— De cette façon, si ton équipe de récupération se présente, ils sauront où tu es. Préviens aussi la poste de Backbury. Et le chef de gare.

— Je l'ai rencontré, celui-là, intervint Polly. On perdrait son temps à lui écrire, à mon avis.

— Alors, le pasteur du coin.

— Je lui ai adressé un courrier dès mon arrivée à Londres pour lui dire que les enfants avaient bien retrouvé leurs parents.

*Le pasteur savait qu'Eileen était à Londres.*

Si ce satané train avait eu ce fameux retard prédit par le chef de gare, Polly aurait pu rester après la fin du service, elle aurait retrouvé Eileen depuis un mois, et la jeune femme n'aurait pas risqué la mort chez *Padgett's*.

— Expédie une nouvelle lettre, continuait Mike. Et joins les parents des autres évacués que tu as ramenés.

— Alf et Binnie ? s'écria Eileen, horrifiée.

— Oui, et toute personne chargée de l'évacuation. On a besoin de tous les contacts possibles. Et de trouver un point de transfert…

Il s'arrêta et tendit l'oreille. Une porte s'ouvrit au-dessus d'eux puis claqua, et des individus dévalèrent l'escalier. Quels qu'ils soient, ils couraient. Leurs pieds martelaient les marches à toute allure, et Polly pouvait les entendre glousser.

*Ces enfants qui fuyaient le garde…*

— J'espère bien que les raids ne dureront pas trop longtemps cette nuit, claironna-t-elle.

Les bruits de pas s'interrompirent brutalement puis les marches cliquetèrent dans le sens inverse. La porte s'ouvrit et claqua de nouveau.

— Ils ont filé, nota Mike. Où en étions-nous ?

— Tu disais que nous avions besoin de trouver un point de transfert, rappela Eileen.

— Exact, et si possible qui ne soit pas, pour ainsi dire, en ligne de mire ! ajouta-t-il d'un ton espiègle.

À en juger par sa voix et par sa posture, il allait mieux. Polly avait dû le convaincre qu'il n'avait pas changé le cours des événements.

*Si seulement il avait réussi à me persuader qu'il ne s'est rien passé à Oxford !*

— Il faut débusquer l'un des autres historiens qui sont présents, continua Mike.

— Quelqu'un partait pour la bataille des Ardennes, se souvint Eileen.

— C'était moi. Et je suis heureux que le problème actuel ne se soit pas produit à ce moment-là. Les Ardennes en hiver, sale coin pour rester piégé !

— Alors qu'ici…, se moqua Polly en écartant les mains pour désigner l'obscure cage d'escalier.

— Au moins, ici, personne n'exécute les prisonniers. Et il ne neige pas.

— C'est tout comme, fit Eileen, serrant ses bras contre sa poitrine. Mon manteau me manque. On *gèle*.

Mike retira sa veste et la lui drapa sur les épaules.

— Merci. Mais tu n'auras pas froid ?… (Elle s'interrompit, l'air consterné.) Oh ! je viens juste de penser à quelque chose : comment vais-je acheter un nouveau manteau ? Et payer la chambre et la pension que je dois à la mère de Theodore ? Tout l'argent dont je disposais se trouvait dans mon sac. Je devais toucher mon salaire demain, mais si *Padgett's*…

— Le magasin a-t-il été complètement détruit ? interrogea Mike. Peut-être…

Polly secoua la tête.

— Frappe directe. Une HE de cinq cents kilos.

— C'est déjà fait ? demanda Eileen.

Elle regardait la spirale de l'escalier s'élever au-dessus d'elle.

— Oui. Je n'ai pas l'heure précise. Je n'étais pas censée être encore à Londres, alors j'ignore les détails. Je sais juste que c'était tôt dans la soirée, et qu'il y a eu trois victimes.

— Mais s'il avait été bombardé, est-ce qu'on ne l'aurait pas entendu ? ou les sirènes d'incendie, ce genre de choses ?

— Pas ici. Ne te tracasse pas pour le manteau. Mme Wyvern – c'est l'une des personnes avec qui je passe les nuits au refuge – aide à la distribution des vêtements pour les familles sinistrées. Je verrai si elle peut t'en réserver un.

— Crois-tu que tu pourrais lui en demander un pour moi ? glissa Mike. J'ai mis le mien au clou.

Polly acquiesça.

— Vous en aurez besoin tous les deux. L'hiver 1940 a battu des records pour le froid et la pluie.

— Alors, essayons de ne pas y séjourner plus que nécessaire. Au moins un autre historien se trouve ici en ce moment. Les deux fois où je suis allé au labo, Linna était au téléphone, et elle donnait à quelqu'un une liste d'historiens dont les missions étaient en cours. Je n'ai saisi que des bribes, mais il y en avait une en octobre 1940.

— Tu es certain que ce n'était pas moi ? objecta Polly. Je devais rentrer le 22 octobre.

Il secoua la tête.

— Octobre, c'était la date d'arrivée. La date de départ était le 18 décembre.

— Ce qui signifie qu'il est là, quel qu'il soit, conclut Eileen. Tu n'as pas une idée de son nom ?

— Non, mais j'ai aussi rencontré un type, au labo. Venu pour un saut de reco et prépa. J'ignore la date de sa mission, mais les reco et prépa étaient à Oxford, le 2 juillet 1940. Il s'appelait Phillips ou Phipps…

— Gerald Phipps ? demanda Eileen.

— Je n'ai pas entendu son prénom. Tu le connais ?

— Oui, grimaça Eileen. Il est insupportable. Quand je lui ai parlé pour la première fois de ma mission, il a dit : « Une bonne ? Tu ne pouvais rien trouver de plus excitant ? Tu manqueras toute la guerre ! »

— Ce qui nous apprend que *lui* la verrait, remarqua Polly.

— Et que sa mission, *elle*, était excitante, ajouta Mike. A-t-il indiqué où il allait ?

— Oui. Ça commençait par un D, je pense. Ou un P. Ou peut-être un T. Je n'écoutais pas vraiment.

— Et il ne t'a pas précisé ce qu'il observerait ? insista Mike, avant de demander, quand Eileen secoua la tête : Polly, qu'est-il arrivé en juillet ?

— En Angleterre ? La bataille d'Angleterre.

— Non, je ne crois pas que ce soit sa mission. Il portait du tweed, pas un uniforme de la RAF.

— Mais tu as dit que c'était une préparation, argumenta Polly. Il devait organiser son transfert vers un aérodrome.

— Il a expliqué qu'il avait posté quelques lettres et passé un appel interurbain. Quels aérodromes commencent par un D ?

— Detling ? suggéra Polly. Duxford ?

— Non, intervint Eileen, qui fronçait les sourcils. C'était peut-être un T.

— T ? répéta Mike. Mais tu disais un D ou un P.

— Je sais. (Elle mordit sa lèvre dans son effort de réflexion.) Mais je pense que c'était peut-être un T.

— Tangmere ? proposa Polly.

— Non… Désolée. Je le saurai si je l'entends.

— On a besoin d'une liste des aérodromes anglais, déclara Mike.

— Je n'arrive pas à imaginer Gerald en pilote, dit Eileen.

— Ouais, je suis d'accord, avoua Mike. Ce maigrichon porte des lunettes, en plus.

— Et c'est un bûcheur atroce. Maths et…

— Il pourrait se faire passer pour un routeur ou un opérateur radio, suggéra Polly. C'est plus plausible que pilote. L'espérance de vie des pilotes pendant la bataille d'Angleterre était de trois semaines. M. Dunworthy ne l'aurait jamais permis. Et en tant que routeur ou expéditeur il pourrait observer la bataille d'Angleterre sans courir vraiment de danger, même si les bombardements ont touché aussi les aérodromes et les stations de radio. Mais s'il était là pour observer la bataille d'Angleterre il est peut-être déjà reparti. Il ne t'a pas indiqué combien de temps il restait, Eileen ?

— Non. Enfin, je ne crois pas. (La concentration plissait le front de la jeune femme.) J'étais en retard pour ma leçon de conduite et, comme je l'ai dit, il est insupportable. Je ne pensais qu'à une chose, m'éloigner de lui. Si j'avais su ce qui allait se produire, j'aurais écouté avec plus d'attention.

— Eh bien, si on avait su qu'on se retrouverait coincés ici, on se serait tous comportés différemment, déclara Mike d'un ton acide. Peu importe, on trouvera facilement les aérodromes. L'une de vous a-t-elle une info sur l'autre historien présent d'octobre à décembre ? ou connaissez-vous qui que ce soit qui pourrait être ici ?

— Robert Glabers avait annoncé qu'il devait faire la Seconde Guerre mondiale, dit Polly.

— C'est juste. Les essais de la bombe atomique au Nouveau-Mexique en 1945, ce qui ne nous aide pas.

*Tu te trompes. Ça me donne une chance de poser à Eileen la question qui me travaille.*

— 1945, répéta-t-elle d'un air pensif. 1945. Et la personne qui allait au VE Day et avec qui tu souhaitais échanger, Eileen ? As-tu persuadé M. Dunworthy de te laisser partir ?

— On a besoin de quelqu'un tout de suite, intervint Mike impatiemment. Pourquoi parlez-vous de 1945 ?

— Oui ou non ? insista Polly.

— Non, je n'ai jamais réussi à le rencontrer. Et maintenant, avec tout ça, il ne voudra sans doute même pas envisager que j'y aille.

*Dieu merci ! Elle n'a pas fait le VE Day. Elle n'a pas de date limite, Dieu merci ! Et Mike non plus. Mais alors…*

— Crois-tu que cet individu d'octobre pourrait être à Londres ?

— Non, Mike. Si Badri avait dû trouver deux points de saut à Londres, je suis certaine qu'il me l'aurait signalé ; il avait eu tellement de mal pour le mien ! Mais à part le Blitz, je ne vois rien qu'un historien souhaiterait étudier en octobre, du moins en Angleterre.

— Dans ce cas, Gerald semble être notre meilleure chance. Si on parvient à dénicher son aérodrome. Demain, on se procurera une carte…

Il s'arrêta de nouveau en entendant des bruits sourds en provenance de l'escalier.

Encore les enfants, pensa Polly. Cependant, aucun pas ne résonnait et pas plus de gloussements.

— Fausse alerte, décida Mike.

— Attends.

Polly dévala les marches et entrebâilla la porte. Le couple qui s'était tenu devant était parti et, de l'autre côté du couloir, les gens pliaient leurs couvertures et rangeaient assiettes et bouteilles vides dans leurs paniers. Polly ouvrit un peu plus largement et appela une petite fille qui, assise sur le sol, enfilait ses chaussures.

— La fin du raid a-t-elle sonné ?

La gamine acquiesça et Polly, de retour dans la cage d'escalier, courut l'annoncer à Mike et à Eileen.

— Nom de Dieu ! il est presque 6 heures. On a passé la nuit à discuter.

— Et je dois être à mon poste dans trois heures.

Polly s'étira et brossa sa jupe.

Eileen enleva la veste de Mike de ses épaules et la lui rendit.

— OK, dit-il. Eileen, tu vas récupérer tes affaires, et tu essaies de te rappeler le nom de l'aérodrome dont Gerald a parlé.

Il lui donna de l'argent pour prendre son métro.

— Polly, tu nous établis cette liste des raids et je veux que tu me montres où se trouve ton site avant que tu partes au boulot.

Ils sortirent de la cage d'escalier. Dans le couloir, tout le monde avait ramassé son fourbi et quitté les lieux, à l'exception de deux gamins très sales qui grappillaient les restes de nourriture abandonnés. Ils s'envolèrent à l'instant où Polly poussait la porte.

Le hall principal était lui aussi quasi désert.

— Quel métro prends-tu pour Stepney, Eileen ? interrogea Polly.

— Bakerloo, puis District.

— On prend la Central Line, expliqua Polly qui, en découvrant l'expression désolée d'Eileen, ajouta : On t'accompagne jusqu'à ton quai.

C'était plus facile à dire qu'à faire. Les réfugiés du quai de Bakerloo étaient encore en train de plier leur matériel. Un groupe s'était rassemblé autour d'un garde de l'ARP en combinaison déchirée et couverte de suie. Il arrivait de toute évidence de l'extérieur.

— Ça a bardé, là-haut ? lui demanda une femme au moment où ils croisaient l'attroupement. Est-ce que Marylebone a encaissé encore une fois ?

Il acquiesça.

— Et Wigmore Street. (Il retira son casque pour essuyer sa figure avec un mouchoir noir de suie.) Trois incidents. L'un des pompiers parlait aussi de gros dommages à Whitechapel.

— Et Oxford Street ? interrogea Mike.

— Non, la chance lui a souri, cette fois. Pas une égratignure.

La couleur déserta le visage de Mike.

— Vous êtes certain..., commença Eileen.

Mais Mike descendait déjà le couloir en boitant. Il avait presque atteint l'escalier roulant quand Polly réussit à le rejoindre.

— Ce garde a pu ne pas remarquer *Padgett's*. Tu l'as entendu, il a passé son temps sur Wigmore Street. C'est au nord d'ici, et il fait nuit. Et, quand il y a un incident, ça provoque plein de poussière et de fumée. Personne n'y voit rien.

— Ou alors, il n'y a rien à voir.

Et il continua de monter l'escalier.

— Je ne comprends pas, s'exclama Eileen, qui les rattrapait alors qu'ils arrivaient en haut. *Padgett's* n'aurait pas été touché ?

Mike ne répondit pas. Il sortit en boitant de la station.

Dehors, il faisait encore sombre, mais pas assez pour que Polly ne puisse distinguer les toits noirs des magasins d'Oxford Street contre le ciel d'encre. Il n'y avait aucun signe de destruction, et pas de verre brisé sur la chaussée obscure.

— On se gèle, ici, déclara Eileen, frissonnant dans son mince chemisier alors qu'ils regardaient vers l'extrémité de la rue. Si une bombe avait frappé *Padgett's*, est-ce qu'il ne serait pas en train de brûler ?

*Si.*

Pas la moindre flamme, pas de lueur rougeoyante, ni même de fumée. L'air était humide et propre.

— Es-tu sûre d'avoir eu le nom du bon établissement ? demanda Eileen, qui claquait des dents. Ce n'est pas *Parmenter's* qui a été touché ? ou *Peter Robinson* ?

— Je suis sûre.

— Tu t'es peut-être trompée de date, suggéra Eileen, et le bombardement aura lieu demain soir. Ce qui veut dire que je peux aller chercher mon manteau. Et mon sac.

Elle entreprit de descendre la rue ténébreuse.

— Alors, interrogea Mike, t'es-tu trompée de date ?

— Non. Tous les raids sur Oxford Street m'ont été implantés. Simplement, on ne peut pas le repérer d'ici.

C'était vrai, mais ils auraient dû voir les voitures des pompiers et entendre les sirènes des ambulances. Et apercevoir la lumière bleue de l'officier en charge de l'incident.

— On le découvrira quand on s'approchera, affirma-t-elle, et elle suivit Eileen.

— À moins que j'aie changé le cours des événements et qu'il n'ait pas été touché. Je ne t'ai pas raconté ce que j'ai fait à Dunkerque.

— Ce que tu as fait n'a aucune importance ; les historiens ne peuvent pas changer le cours des événements. C'est une HE qui a frappé *Padgett's*, pas une incendiaire. Elles ne provoquent pas nécessairement de brasiers, et si cela s'est produit tôt la nuit dernière, le feu peut être éteint depuis des heures…

Devant, Eileen les appela.

— *Padgett's* est toujours là. Je peux le voir.

Et Mike se précipita vers elle, en une étrange course claudicante.

*Ce n'est pas possible.*

Polly bondit à son tour et le dépassa. Mais si, c'était possible. Avant d'avoir parcouru la moitié du chemin, elle distinguait le *Lyons Corner House*, toujours intact et, derrière lui, la première des colonnes de *Padgett's*. Eileen y était presque. Polly courut pour la rejoindre, essayant de percer les ténèbres. Les colonnes de *Padgett's* se dressaient au complet, ainsi que le bâtiment au-delà.

*Non. Il ne peut pas être encore debout.*

Il ne l'était pas. Avant même d'arriver au *Lyons*, elle reconnaissait le mur latéral à demi détruit de l'immeuble qui jouxtait *Padgett's*, et découvrait l'espace vide entre ce mur et le restaurant.

Eileen avait atteint la devanture, et Polly l'entendit s'exclamer :

— Oh non !

Elle se tourna pour appeler Mike.

— Tout va bien. Il a été bombardé.

Et elle se précipita vers le magasin. Ou plutôt vers l'espace où il s'était trouvé. Les colonnes – et derrière elles, un grand cratère – étaient tout ce qui en subsistait. La bombe avait totalement vaporisé le bâtiment, ce qui confirmait qu'il s'était agi d'une HE de cinq cents kilos.

*Et quand nous lirons les journaux demain, nous apprendrons cela, et qu'il y a eu trois victimes.*

Une corde était tirée au bord du trottoir, condamnant l'incident. Eileen se tenait, inerte, juste derrière, les yeux fixes. Soulagée ou choquée ? Polly ne parvenait pas à savoir, il faisait trop sombre pour déchiffrer l'expression sur son visage.

Elle la rejoignit.

— Regarde ! dit Eileen, tendant le doigt.

Et Polly découvrit qu'elle n'observait pas ce qui restait de *Padgett's*, mais le trottoir jonché de verre brisé entre les piliers. Et ce que Polly n'avait pas encore vu à cause de l'obscurité.

Des corps, éparpillés, et il y en avait au moins une dizaine.

*Sois prudent. L'ajout ou l'omission
d'un seul mot peut détruire le monde.*

Le Talmud

## Oxford Street, le 26 octobre 1940

Les yeux plissés, Polly considérait les corps qui jonchaient le trottoir. Bien qu'elle réussisse tout juste à les distinguer dans les ténèbres, elle devinait les angles torturés des bras et des jambes.

Mike les rejoignit en claudiquant.

— Nom de Dieu ! souffla-t-il. Combien y en a-t-il ?

— Je l'ignore, répondit Eileen. Sont-ils morts ?

Ils devaient l'être. Il n'y avait pas assez de lumière pour voir leurs visages – ou le sang –, mais des cous ne pouvaient se tordre à ce point. Ces gens étaient forcément morts.

*Mais c'est impossible. Il n'y a eu que trois victimes.*

Alors, certains d'entre eux étaient en vie ? Malgré la torsion des cous, les membres rompus ?

— Mike, va chercher de l'aide !

Il ne sembla pas l'entendre. Il restait figé, et ses yeux ne s'arrêtaient pas sur Polly, mais sur les dépouilles.

— Je le savais, dit-il d'un ton morne. C'est ma faute.

— Eileen ! appela Polly. *Eileen !* (La jeune femme la regarda enfin, l'air incrédule.) Retourne à la station et va chercher de l'aide. Explique-leur qu'on a besoin d'une ambulance.

Muette, Eileen hocha la tête et s'en fut, chancelante.

— Mike, il me faut une lampe.

Et Polly se glissa sous la corde. Tandis qu'elle courait vers les corps, le verre crissant sous ses pas, elle avait déjà analysé la scène.

Et rien ne collait. Les gens auraient dû être enfouis sous les décombres, et non projetés à l'extérieur. Ils devaient se trouver devant les vitrines et leur tourner le dos quand la bombe était tombée, ce que n'aurait fait aucun Londonien sain d'esprit. Et où était passée l'équipe de secours ? De toute évidence, ils étaient intervenus. Ils avaient tendu la corde autour de l'incident. Et ils étaient repartis ?

*Ils ne les auraient pas laissés étalés comme ça…*

Elle s'agenouilla près d'une femme.

Même s'ils étaient tous morts, ce qui était clairement le cas.

L'explosion avait arraché le bras de la femme avec la manche de son manteau. Il gisait, raide, plié à angle droit…

Polly se redressa et s'assit sur ses talons.

— Eileen ! Reviens ! appela-t-elle. Mike ! Tout va bien. Ce sont des mannequins. Le souffle de la bombe a dû les éjecter des vitrines.

— Vous, là-bas ! cria une grosse voix de l'autre côté de la corde. Qu'est-ce que vous fabriquez ?

*Bon sang, c'est le garde qui m'a surprise quand je me rendais à mon point de transfert !* s'affola Polly, mais elle se trompait. Ce n'était même pas un homme. C'était une femme en combinaison de l'ARP.

— Sortez de la zone tout de suite ! Le pillage est un délit.

— Nous n'étions pas en train de piller, dit Polly en reposant le bras et en se levant. Nous croyions que ces mannequins étaient des corps. Nous voulions aider. (Elle désigna Eileen, qui était revenue en courant.) Elle travaille ici. Elle avait peur que ce soit quelqu'un qu'elle connaisse.

La femme se tourna vers Eileen.

— Vous travaillez chez *Padgett's* ?

— Oui, au cinquième étage. Rayon « Vêtements enfants ». Je suis Eileen O'Reilly.

— Vous vous êtes signalée ?

Eileen regarda le trou béant qui avait remplacé *Padgett's*.

— Signalée ?

— Là-derrière, indiqua la garde.

Elle les conduisit à l'angle de l'avenue et pointa du doigt le bas de la rue latérale, où Polly aperçut la lueur bleue d'un incident et des gens qui se déplaçaient alentour.

— Monsieur Fetters ! appela la femme.

— Attendez, intervint Mike. Y a-t-il eu des victimes ?

— Nous ne le savons pas encore. Venez, mademoiselle O'Reilly.

Elle amena Eileen à M. Fetters, qui sortait visiblement de son lit. Il portait son pyjama sous son manteau et n'avait pas peigné ses cheveux gris, mais il paraissait vif et efficace.

— J'ai besoin de connaître vos nom, étage et rayon.

Eileen les lui donna.

— On m'a fait monter de la mercerie la semaine dernière.

Voilà pourquoi elle avait déserté le troisième étage.

— Ah ! parfait. Vous étiez l'une des employées pour lesquelles nous nous faisions du souci. Quelqu'un croyait que vous pouviez être restée dans le bâtiment. (Il cocha

742

son nom et, dans l'expectative, se tourna vers Polly.) Et vous êtes ?

— Je suis... nous sommes des amis de Mlle O'Reilly. Ni lui ni moi ne travaillons chez *Padgett's*.

— Ah ! excusez-moi, proféra-t-il d'un ton digne, en dépit de son pyjama, avant de se retourner vers Eileen. Qui se trouvait à votre étage quand vous l'avez quitté ?

— Personne. J'étais la dernière.

*C'est le cas de le dire !*

— Mlle Haskins et Mlle Peterson sont parties avant moi. Mlle Haskins m'avait priée d'éteindre les lumières.

— Avez-vous vu quelqu'un en sortant ? Savez-vous si Mlle Miles ou Mlle Rainsford étaient toujours là ?

*Et voilà deux de nos trois victimes.*

— Sont-elles portées disparues ?

— Nous n'avons pas encore réussi à les localiser. Je suis certain qu'elles sont dans un abri et qu'elles vont très bien. (Il sourit d'une manière rassurante.) Rejoignez Mlle Varden. (Il la lui désigna.) Donnez-lui votre adresse et votre numéro de téléphone pour que nous puissions vous contacter dès que nous serons prêts à rouvrir.

Eileen acquiesça.

— Attends, lui demanda Mike. À quel étage bossaient Mlle Miles et Mlle Rainsford ?

— Toutes les deux au cinquième. J'espère qu'il ne leur est rien arrivé.

Et elle s'en fut avec M. Fetters.

Dès qu'elle eut tourné le dos, Mike s'exclama d'un ton accusateur :

— Tu disais qu'il devait y avoir trois victimes.

— Ce sera le cas. Ils ne cherchent que depuis quelques heures. Ils trouveront...

— Trouveront *qui* ? Tu as entendu Eileen. Ces deux filles travaillaient au cinquième. Nous *étions* au cinquième. Il n'y avait personne à ce niveau.

— Je sais, chuchota Polly, le ramenant à l'angle de la rue, hors de portée de vue et d'oreille. Mais cela ne signifie pas qu'elles n'étaient pas dans le magasin. Elles peuvent s'être réfugiées dans l'abri du sous-sol...

Il n'écoutait pas.

— Ça fait seulement deux, continua-t-il avec cette même voix forcée. Il devait y en avoir trois.

— Quelqu'un dans les bureaux, peut-être ? ou une femme de ménage. Ou le garde qui nous pourchassait. Ce n'est pas parce qu'ils n'ont pas encore découvert les victimes qu'il n'y en a aucune. Cela prenait parfois des semaines avant qu'ils trouvent tous les corps, après un incident. Et tu as vu ce trou. Cela ne prouve en rien que ta présence à Dunkerque a changé...

— Tu ne comprends pas. J'ai sauvé la vie d'un soldat. Un certain David Hardy. Il a détecté ma lumière...

— Mais un soldat...

— Ce n'était pas *un seul* soldat. Après que je l'ai sauvé, il est revenu à Dunkerque, et il a ramené quatre pleins bateaux de ses congénères. Cinq cent dix-neuf en tout. Et ne me raconte pas que réformer l'avenir d'autant de soldats n'a pas altéré l'Histoire. On est dans un système chaotique. Si un putain de *papillon* peut provoquer une mousson à l'autre bout du monde, modifier l'avenir de cinq cent vingt soldats doit foutrement pouvoir déchaîner *quelque chose* ! Je prie juste le ciel de ne pas avoir changé le vainqueur de la guerre.

— Tu ne l'as pas changé.

— Comment peux-tu le savoir, nom d'un chien !

*Parce que j'étais là le jour où nous avons gagné.*

Mais le lui dire reviendrait à lui annoncer qu'elle vivait sous la menace d'une date limite, et il était encore ébranlé par ce qu'il venait d'apprendre sur les sites et les équipes de récupération.

— Parce que les lois du voyage temporel rendent ce cas de figure impossible. Et les historiens se déplacent dans le passé depuis près de quarante ans. Si nous altérions des événements, on en aurait subi les effets depuis longtemps, maintenant. (Elle posa sa main sur son bras.)

Et les hommes que tu as sauvés étaient des soldats britanniques, pas des pilotes allemands. Ils n'auraient pas pu affecter le bombardement de *Padgett's*.

— Tu n'en sais rien, s'emporta-t-il. On parle d'un système chaotique. Toutes les actions sont connectées.

— Mais elles ne produisent pas toujours un effet, répondit-elle, pensant à sa dernière mission. Quelquefois, tu crois que ton action va modifier le cours des choses et, au final, rien ne se passe. Et tu disais toi-même qu'on aurait dû constater des divergences, et il n'y en a pas eu.

— Tu en es sûre ? Que tous les événements supposés survenir ont vraiment eu lieu ? Aucun n'est intervenu plus tôt ou plus tard que prévu ?

— Non.

Alors, elle se remémora l'UXB à Saint-Paul dont M. Dunworthy avait assuré que l'équipe de déminage l'avait extrait en trois jours, ce qui les aurait menés au samedi, plutôt qu'au dimanche. Cependant, M. Dunworthy pouvait s'être trompé sur la date, ou avoir été abusé par un compte-rendu fautif des journaux.

— Non, pas un seul. Et, même dans un système chaotique, il doit y avoir des connexions. Le papillon qui bat des ailes ne déclenche une mousson que parce qu'ils déplacent tous les deux une masse d'air. Le réseau de connexions entre tes soldats et le nombre de victimes chez *Padgett's* n'existe pas, tout simplement. Quoi qu'il en soit, cinq cent vingt soldats britanniques échappant à la mort ou aux camps de prisonniers *serviraient* l'effort de guerre, et non l'inverse.

— Pas nécessairement. Dans les systèmes chaotiques, des actions positives peuvent provoquer des résultats négatifs autant que positifs, et tu sais aussi bien que moi que la guerre présentait des points de divergence où la moindre action, bonne *ou* mauvaise, aurait changé toute la situation.

*Je vais devoir lui raconter le VE Day, même si cela signifie qu'il comprendra que j'ai une date limite. C'est le seul moyen de le convaincre.*

Mais dès qu'il la découvrirait sous le coup de cette menace il…

— Polly ! Mike !

C'était la voix d'Eileen, et elle semblait affolée. Ils se dépêchèrent de tourner au coin.

— Je suis venue vous dire…

— Que se passe-t-il ? demanda Mike. Ont-ils trouvé des corps ?

— Non, et personne n'est porté manquant, à part Mlle Miles et Mlle Rainford.

— Et le garde, à l'entrée du personnel ?

— Il est là. C'est lui qui leur a dit qu'il pensait que j'étais encore dans l'immeuble. Il croyait que tu pouvais y être aussi, Polly, mais je lui ai expliqué que dès ton arrivée au quatrième tu t'étais aperçue que je n'étais plus là et tu avais filé. Apparemment, la bombe a frappé juste après notre départ.

*Et si nous n'avions pas réussi à sortir de l'ascenseur, ou si nous avions buté dans le garde en dévalant l'escalier…*

Elle examina Eileen, angoissée à l'idée qu'elle se représente le même piège.

La jeune fille tremblait, mais peut-être à cause de son chemisier trop fin dans l'air froid et humide.

*On aurait dû réaliser ce pillage et voler le manteau du mannequin.*

— Tu es certaine qu'ils ont compté *tout le monde* ? y compris les femmes de ménage ?

Mike avait élevé la voix, comme Eileen dans la station de métro.

*Il est aussi près qu'elle du point de rupture. Et pas du tout en état d'apprendre davantage de mauvaises nouvelles.*

— Oui, tout le monde, mais ce n'est pas ce que j'étais venue vous dire. C'était deux mots.

— Et *alors* ? s'impatienta Mike.

— Le nom de l'endroit où se rendait Gerald : c'était deux mots. Je parlais à Mlle Varden de Mlle Miles, et elle m'a raconté qu'elle habitait à Tegley Place, et à cet instant j'ai pensé : *Le nom de l'aérodrome que Gerald m'a indiqué ! Il est composé de deux mots.*

— Middle Wallop ? proposa Polly.

Eileen secoua la tête.

— West Malling ?

— Non. Je suis sûre que l'un des mots commençait par un T. Ou un P…

Elle s'interrompit, regardant par-dessus l'épaule de Polly.

— Oh ! Dieu merci ! voilà Mlle Miles !

Elle courut à la rencontre de la vendeuse, qui traversait la rue.

— Que s'est-il passé ? disait Mlle Miles, arrêtée devant les mannequins éparpillés.

— *Padgett's* a été bombardé la nuit dernière, commença Eileen.

Mike coupa court.

— Mlle Rainford était-elle dans l'immeuble quand vous l'avez quittée, la nuit dernière ?

— Non, répondit la jeune femme, qui continuait d'observer d'un œil hagard le désastreux spectacle.

— Non, vous ne savez pas ? ou non, elle n'était pas dans le bâtiment ? hurla Mike.

Eileen se retourna pour le dévisager, incrédule, mais la fureur du garçon avait sorti Mlle Miles de sa transe.

Elle se détourna des mannequins.

— Elle n'était pas présente hier. Son frère s'est fait tuer il y a deux nuits.

— Il vaudrait mieux l'annoncer à M. Fetters, déclara Eileen avant d'ajouter, pour Mike et Polly : Je reviens tout de suite.

— Eh bien ? attaqua Mike alors que les deux filles étaient encore à portée d'oreille. Tu l'as entendue. Ils ont retrouvé tout le monde. Ce qui signifie qu'il n'y a pas eu de victimes.

— Ça ne signifie pas ça du tout. C'était peut-être des passants. En arrivant chez *Padgett's*, j'ai vu une femme et son petit garçon insister auprès du portier pour qu'il leur appelle un taxi. Ils pouvaient l'attendre quand la bombe a frappé.

Cependant, si tel avait été le cas, leurs corps auraient été projetés sur le trottoir comme les mannequins.

— Personne n'était informé de notre présence chez *Padgett's*. Qui sait si d'autres personnes…

— Qui sait si le continuum n'a pas été altéré. (Mike semblait sur le point de vomir.) Et nous allons perdre la guerre. Et ne me raconte pas que c'est impossible.

*C'est impossible*, pensa-t-elle, mais elle dit :

— Si l'Angleterre avait perdu la guerre, alors les parents d'Ira Feldman seraient morts à Auschwitz ou à Buchenwald, il n'aurait jamais inventé le voyage temporel, Oxford n'aurait jamais construit le filet, et nous n'aurions pas pu traverser.

— Tu oublies quelque chose, affirma-t-il avec amertume.

— Quoi ?

— Nous avons traversé avant que j'aie sauvé Hardy.

*Et je suis allée au VE Day avant qu'il sauve Hardy, mais…*

— Pour quelle autre raison y aurait-il une divergence ?

— Tu ignores que c'est une divergence. Tu ne sais pas davantage si tu as sauvé Hardy.

— Qu'est-ce que tu racontes ? Je t'ai dit…

— Et si ce n'était pas ta lumière, ce qu'il a vu ? Et si elle provenait d'un bateau différent ? Et si c'était juste un reflet sur l'eau ? ou une fusée éclairante ?

— Une fusée éclairante ? (Un peu de couleur regagna ses joues.) Je n'y avais pas pensé. Il y *en avait*, des fusées éclairantes.

— De toute façon, on ne peut être sûrs de rien avant d'avoir trouvé Gerald et découvert si son site fonctionne.

— Ou le tien, ajouta-t-il.

Ce n'était pas le moment d'évoquer ses multiples visites à son point de transfert.

— Je t'y emmènerai ce soir après le travail. Tout de suite, tu devrais accompagner Eileen à Stepney. Elle a encaissé trop de chocs pour s'y rendre seule.

Avant qu'il puisse émettre une objection, elle appela Eileen et se dépêcha de rallier l'endroit où elle parlait avec Mlle Miles. La jeune femme claquait des dents, et elle serrait étroitement ses bras autour d'elle.

— Tiens, mets mon manteau, dit Polly en le déboutonnant.

— Mais…

— Je n'en ai pas besoin. Je vais à la pension organiser ton emménagement avec moi, et je prendrai ma veste. (Elle posa le manteau sur les épaules d'Eileen.) Je te vois à ton retour de Stepney. Viens chez *Townsend Brothers*, et on planifiera la suite.

Maintenant, c'était à son tour de frissonner dans l'air glacé de l'aube.

— Je ferais mieux de filer chez Mme Rickett si je veux aller jusque-là et revenir à temps pour le boulot. À tout à l'heure. Je suis au troisième. Comptoir des bas. Prends soin de toi.

Et elle fonça vers la station de métro.

La rame pour Notting Hill Gate était vide, et elle en fut heureuse. Elle avait besoin de calme pour réfléchir. Annoncer à Mike pourquoi elle savait qui avait gagné la guerre mettrait fin à son inquiétude quant à d'éventuels bouleversements historiques.

Mais il faudrait qu'elle lui raconte tout. Dévoiler qu'elle était allée au VE Day ne le convaincrait pas. Il répondrait que le continuum n'avait différé que plus tard, après le sauvetage de Hardy. Elle devrait lui expliquer pourquoi ce n'était pas vrai. Et ils avaient enduré tous les deux assez de chocs pour une nuit.

Eileen avait déjà craqué une fois, et quand elle comprendrait à quel point la mort l'avait frôlée chez *Padgett's*, elle s'effondrerait peut-être complètement.

Et Mike, malgré ses airs d'Admirable Crichton et sa façon de prendre les choses en main, était encore plus mal en point qu'Eileen. Il avait de toute évidence ressassé depuis des semaines la possibilité qu'il ait changé l'issue de la guerre. Lui parler du VE Day pouvait l'envoyer tout droit dans le précipice.

Cependant, le résultat serait le même s'il continuait à penser qu'il avait catalysé l'avènement cauchemardesque d'un monde où Hitler et son monstrueux Troisième Reich auraient triomphé... camps de concentration, chambres à gaz, fours, et combien d'autres horreurs. Hitler avait prévu d'installer des potences devant le palais de Westminster pour y exécuter Churchill, le roi et la reine. Et les princesses Elizabeth et Margaret Rose, âgées de quatorze et dix ans.

*Il va falloir le lui dire. Je le ferai dès qu'ils rentreront de Stepney.*

À cet instant de ses réflexions, une secousse ébranla le métro, qui ralentit.

*Arrivons-nous à la station ?*

Elle regarda par la fenêtre, mais elle n'y voyait rien. Le métro freina et s'immobilisa. Et cela s'éternisa.

Quelle était la cause de cet arrêt ? Une bombe sur la voie, comme celle de Mlle Laburnum quand elle revenait de Croxley, ou l'effondrement d'un tunnel ? ou une simple avarie mécanique ? Il n'y avait aucun moyen de le savoir, pas plus qu'ils ne pouvaient, tous les trois, savoir si une catastrophe à Oxford expliquait la défaillance de leurs points de transfert plutôt que le sauvetage d'un soldat à Dunkerque... ou un problème mineur, comme un décalage, ou la complexité de leur localisation pour les équipes de récupération.

Le métro démarra, accéléra, avança dans un bruit de ferraille l'espace d'une minute, et s'arrêta de nouveau.

*Je ne sortirai jamais d'ici.*

Elle sourit amèrement. Mike s'était déjà persuadé qu'il était le responsable de leur situation. Et si, quand elle lui aurait parlé, il ne la croyait toujours pas ? Et si cela ne faisait qu'aggraver les choses ? Et s'il en faisait part à Eileen ? Il devait bien y avoir un moyen de le convaincre qu'il ne pouvait altérer les événements sans évoquer le VE Day.

Mais lorsque le métro entra dans la station de Notting Hill Gate, trois quarts d'heure plus tard, elle n'en avait trouvé aucun. Elle remonta en vitesse le couloir et l'escalier roulant, tout en regardant sa montre. Huit heures et demie. Elle avait à peine le temps de se rendre chez Mme Rickett et de revenir, sans parler de s'adresser à Mme Wyvern au sujet des manteaux. Polly se pressa de passer les tourniquets.

— Enfin le baisser du rideau, alors ? lui demanda le garde au moment où elle le croisait.

— Pardon ? La troupe répète toujours en bas ?

Il hocha la tête.

— Merci ! lui lança-t-elle d'un ton fervent.

Et elle redescendit en courant jusqu'au niveau de la District Line. Avec un peu de chance, Mme Rickett *et* Mme Wyvern seraient toutes les deux là.

Hélas ! quand elle atteignit le quai, elle n'en vit aucune. Les autres travaillaient encore une scène.

— Non, non, *non* ! disait sir Godfrey à Lila. Pas comme ça. Le ton doit être plus joyeux.

— Joyeux ? s'exclama Lila. Vous avez dit que nous sommes censés jouer cette scène comme si nous ignorions ce qui va nous arriver, il me semble !

— Je l'ai dit, mais ce n'est pas une raison pour convaincre l'auditoire que vous serez tous morts au tomber de rideau. C'est une comédie, pas une tragédie.

*Ça reste à confirmer…*

— Mlle Laburnum, réclama sir Godfrey. Veuillez donner la réplique à lady Agatha.

— « Voici Ernest », lut Mlle Laburnum sur le script. (Elle aperçut Polly.) Mlle Sebastian ! L'avez-vous trouvée ?

L'espace d'un instant, Polly se demanda de quoi elle parlait – il s'était passé tant de choses depuis qu'elle avait rencontré Mlle Laburnum à Oxford Circus –, puis elle se rappela qu'elle avait prétendu devoir délivrer un message à la logeuse de Marjorie.

— Oui, je veux dire… non, bafouilla-t-elle.

Sa mission ne pouvait évidemment pas lui avoir pris toute une nuit.

— Quelque chose est arrivé. Mme Rickett est-elle rentrée ?

— Oui, elle est partie devant pour préparer le petit déjeuner.

— Petit déjeuner, renifla M. Dorming. Ça mérite ce nom, à votre avis ?

— Mlle Laburnum, savez-vous si elle a des chambres à louer ?

— Lady Mary, enfin là ! s'exclama sir Godfrey d'un ton sarcastique. Puis-je vous remémorer qu'il s'agit de *L'Admirable Crichton*, et non de *Mary Rose*, et que par conséquent disparaître pendant de longs moments puis réapparaître n'est pas… (Il changea d'expression.) Il s'est passé quelque chose. Qu'est-ce que c'est, Viola ?

Impossible de répondre : « rien ». Ça ne marcherait pas. Et il faudrait bien expliquer à la troupe pourquoi Eileen emménageait avec elle.

— Elle devait délivrer un message pour une amie qui est à l'hôpital, chuchota Mlle Laburnum à l'oreille de sir Godfrey. J'ai peur que quelque chose soit arrivé à cette jeune femme.

— Non. Ce n'est pas Marjorie. C'est *Padgett's*. On l'a bombardé la nuit dernière.

— *Padgett's* ? Le grand magasin ? demanda Mlle Laburnum.

Les autres se rassemblèrent immédiatement autour d'elle pour lui poser des questions.

— Quand ?

— Quelle gravité ?

— Vous n'avez pas été blessée, n'est-ce pas ?

— Mais je croyais que vous bossiez chez *Townsend Brothers*, dit Lila.

— C'est vrai, mais ma cousine travaille… travaillait chez *Padgett's*, et on devait se retrouver à la fermeture…

— Oh ! ma *pauvre*, compatit Mlle Laburnum. J'espère qu'elle n'est pas…

— Non, elle va bien, mais le magasin a été bombardé juste après, et on venait seulement de partir. (Avec un peu de chance, cela expliquerait la peur que sir Godfrey avait déchiffrée sur son visage.) *Padgett's* est anéanti.

Nouvelles questions. Étaient-ce des incendiaires ou une HE ? Une HE de quelle taille ? Y avait-il des victimes ?

Polly répondit du mieux qu'elle put, malgré sa conscience aiguë des minutes qui s'envolaient et du regard inquisiteur de sir Godfrey. Elle passa un quart d'heure entier à les rassurer à son sujet avant qu'ils ne commencent à rassembler leurs affaires.

Polly consulta sa montre, essayant de décider si elle avait assez de temps pour se rendre chez Mme Rickett et revenir.

— Je ne comprends pas, dit Mlle Laburnum. Pourquoi avez-vous besoin d'une chambre si c'est le lieu de travail de votre cousine qu'ils ont bombardé ?

— Je la retrouvais pour que nous puissions lui chercher une chambre. La pension où elle vivait a été bombardée, et maintenant c'est le tour de *Padgett's*…

Son histoire était totalement invraisemblable. Heureusement, sir Godfrey était allé récupérer son manteau et son *Times*.

— Je comptais sur Mme Rickett pour lui louer une chambre.

— Ne pourrait-elle s'installer avec vous ? Votre chambre est double, non ?

— Oui, mais l'un de nos amis, M. Davis, a lui aussi été bombardé.

Les sourcils de Mlle Laburnum dessinèrent un accent circonflexe.

— Un ami ?

*Oh non !* Elle avait tout de suite envisagé une intrigue amoureuse.

— Oui, affirma Polly avant d'ajouter, sans vergogne : Il a été blessé à Dunkerque.

— Ah ? le pauvre ! compatit aussitôt Mlle Laburnum. Mme Rickett n'a pas de chambre libre en ce moment, mais je crois que Mlle Harding en a une. Sur Box Lane.

Qui ne se trouvait pas sur la liste des adresses interdites par M. Dunworthy. Parfait. Maintenant, il ne lui restait plus qu'à gagner Box Lane pour réserver la chambre.

— Et vous feriez mieux de chercher quelque chose pour votre cousine, grogna M. Dorming qui les croisait. Elle a déjà subi un bombardement, vous n'allez pas en plus lui infliger la cuisine de Mme Rickett, hein ?

Il s'en fut. Polly remercia Mlle Laburnum et s'apprêtait à le suivre quand sir Godfrey l'arrêta.

— Viola, qu'y a-t-il ? Que s'est-il réellement passé ?

— Je vous l'ai dit, répondit-elle en évitant ses yeux. Ma cousine…

— Viola n'expliquait pas non plus à Orsino la raison de son chagrin ni le frère qu'elle avait perdu. Mais le silence n'est pas sans dangers. Quelle que soit la nature de vos tourments, vous pouvez…

— Sir Godfrey, désolée de vous interrompre, osa Mlle Laburnum, mais je *dois* vous parler. C'est au sujet des chaussures.

— Des *chaussures* ?

— Oui, au troisième acte, sur l'île, après le naufrage, tout le monde est censé marcher pieds nus, mais les sols de la station sont tellement *insalubres* que je me demandais si des sandales de plage…

— Ma chère mademoiselle Laburnum, à ce stade, nous n'*atteindrons* même pas le troisième acte. lord Loam est incapable de se rappeler son texte. Lady Catherine et Tweeny sont incapables de se rappeler leurs emplacements. Lady Mary (il regarda Polly) essaie sans désarmer de se faire réduire en miettes, et les Allemands peuvent nous envahir d'une minute à l'autre. Nous avons des problèmes bien plus urgents à résoudre que celui des *chaussures.*

*Vous avez raison, des problèmes bien plus urgents. Notre ignorance quant à l'aérodrome où Gerald se trouve. Le manque de manteaux, de travail ou de toits pour nous abriter. Une vigilance de tous les instants afin d'éviter une arrestation comme espions allemands... ou la mort par éclats de shrapnel ou mines parachutées au hasard.*

— Mais sir Godfrey, si nous ne nous en occupons pas maintenant..., protestait Mlle Laburnum.

— Si nous atteignons ce point, et quand il deviendra nécessaire de décider si le fait de marcher pieds nus est une menace pour notre santé, nous en discuterons. Jusque-là, je vous suggère de persuader lady Catherine de cesser de glousser à chacun de ses vers. Il ne sert à rien de se tracasser pour des choses qui ne se produiront peut-être jamais. « À chaque jour suffit sa peine », ma chère mademoiselle Laburnum.

*Et voilà ma réponse,* pensa Polly avec gratitude. *Eileen et Mike ont assez de problèmes sans que je leur en ajoute. La priorité, c'est de sortir la première de Stepney et le second de Fleet Street, et de les habiller chaudement. Et de localiser Gerald Phipps. Si on y parvient, et si son site est opérationnel, je n'aurai rien à dire du tout.*

— « À chaque jour... », hésitait Mlle Laburnum, c'est dans *Hamlet* ?

— C'est dans la Bible[1] ! mugit sir Godfrey.

— Ah ! bien sûr. Et c'est un excellent conseil mais, avec l'hiver si proche et toutes ces pénuries, des sandales

---

1. Matthieu, VI, 34, traduction de Louis Segond, 1910. (*NdT*)

de plage risquent d'être difficiles à trouver, et si nous ne les achetons pas maintenant…

— Pardon de vous interrompre, sir Godfrey, intervint Polly, le prenant en pitié, mais je dois demander quelque chose à Mlle Laburnum.

— Je vous en prie, Viola, déclara le metteur en scène, lui décochant une œillade reconnaissante. « Souvenez-vous bien de ce que je vous ai dit »[1], et il s'enfuit.

— Avez-vous l'adresse du centre de secours de Mme Wyvern ? interrogea Polly. Je dois la solliciter parce que ma cousine et M. Davis ont besoin de manteaux.

— Des manteaux ?

— Oui, ils ont perdu les leurs dans le bombardement. (Pourvu que Mlle Laburnum ne veuille pas savoir lequel !) Je pensais que Mme Wyvern pourrait nous aider.

— J'en suis certaine. Quelles tailles ?

— Ma cousine a la même carrure que moi, mais elle est moins grande. Quand je lui ai passé mon manteau, il était trop long. Je ne suis pas sûre pour M. Davis…

— Passé *votre* manteau ? Et maintenant, comment ferez-vous ?

— Ça ira. *Townsend Brothers* n'est pas loin d'Oxford Circus.

— Mais on gèle, dehors. C'est un coup à attraper la mort ! Prenez le mien. (Elle se mit à le déboutonner.) J'ai un vieux tweed de rechange, à la maison.

— Et vous ? Marcher jusqu'à la pension, ce n'est pas tout près. Je déteste l'idée de vous enlever…

— C'est idiot, l'interrompit-elle vivement. On doit s'entraider, et spécialement en temps de guerre. Comme le dit Shakespeare : « Aucun homme n'est seul. »[2]

*Dieu merci ! sir Godfrey n'est plus là pour entendre ça !*

---

1. *Hamlet* (1603, Premier Quarto), de William Shakespeare, acte I, scène II, notre traduction. (*NdT*)

2. *Devotions Upon Emergent Occasions* (1624), de John Donne, notre traduction. (*NdT*)

— « Chacun de nous est un fragment d'un ensemble, une part de l'humanité », continuait Mlle Laburnum en tendant à Polly son manteau. Avez-vous besoin d'autre chose ?

*Le nom de l'aérodrome où Gerald est basé.*

Polly chercha des yeux Lila et Viv, mais elles étaient parties. Elle consulta sa montre. Elle n'avait plus le temps de les poursuivre. Il était presque 9 heures, et elle ne pouvait courir le risque de perdre son emploi en ayant du retard. La chambre, la pension, les billets de train pour se rendre aux aérodromes, tout cela coûterait de l'argent. Cependant, prévenir Mme Rickett du partage de sa chambre avec Eileen ne pouvait attendre qu'elle sorte de son travail.

— Il y a quelque chose que vous pourriez faire pour moi, si c'est possible. Si vous pouviez informer Mme Rickett de tous ces problèmes, et…

— … lui demander si votre cousine peut s'installer avec vous ? Évidemment. Partez travailler, ma chère. Je m'occupe de tout.

— Merci mille fois !

Et Polly s'en fut à toutes jambes et arriva chez *Townsend Brothers* avec quelques secondes de battement.

— Où as-tu disparu, hier soir ? s'enquit Doreen pendant qu'elle découvrait son comptoir. Marjorie voulait te parler.

— J'avais un rendez-vous.

Et, pour éviter un interrogatoire – *je passe mon temps à ça*, pensa-t-elle –, elle lança :

— Est-ce que Marjorie t'a dit ce qu'elle faisait à Jermyn Street la nuit où elle a été blessée ?

— Non. Mlle Snelgrove ne nous a pas laissées lui poser une seule question. Elle prétendait qu'elle était trop malade pour supporter notre blabla. Elle a insisté pour la ramener elle-même à l'hôpital. Quel genre de rendez-vous ? Avec un homme ? Qui c'est ?

Par chance, Sarah arriva juste à cet instant, messagère du bombardement de *Padgett's*, ce qui dispensa Polly de répondre. D'un autre côté, elle n'avait pas pu non plus amener la conversation sur le terrain des aérodromes. Elle dut attendre la sonnerie d'ouverture et le passage de Doreen avec un chargement de boîtes de lingerie destinées à la remise pour annoncer :

— J'ai rencontré un soldat de la RAF dans le refuge, il y a deux nuits, et ça marche plutôt bien entre nous.

— Je le savais ! Un rendez-vous, mon œil !

Doreen posa les boîtes et appuya ses coudes sur le comptoir.

— Je veux tout connaître sur lui. Il est beau ?

— Oui, mais il n'y a pas grand-chose à dire. Comme sa permission était terminée, il rentrait à sa base. On a juste parlé un petit moment, mais il m'a demandé de lui écrire. Le problème, c'est que je ne me rappelle plus sur quel aérodrome il est basé. Ça débute par un D, je crois, ou un T.

— Tempsford ? suggéra Doreen. Debden ?

— Je ne suis pas sûre. Le nom devait comporter deux mots.

— Deux mots ? réfléchit Doreen. High Wycombe ? Non, ça ne commence ni par un T ni par un D. Attention ! voilà Mlle Snelgrove.

Elle ramassa ses boîtes et se précipita vers la remise.

Polly déchira un morceau de papier d'emballage, nota les noms pour ne pas les oublier, et enfonça la liste dans sa poche. Avec un peu de chance, elle en obtiendrait d'autres des vendeuses au déjeuner, et l'un d'eux réveillerait la mémoire d'Eileen. Laquelle arriverait bientôt, avec Mike. Stepney était à moins de trois quarts d'heure, et la jeune femme avait sans doute peu d'affaires à empaqueter.

Ils n'étaient pourtant toujours pas là à 11 heures, et Polly s'aperçut un peu tard qu'elle ne connaissait pas l'adresse de Mike, et pas davantage le nom des gens qui hébergeait Eileen. Et le registre des employés de

*Padgett's* venait justement d'être réduit en miettes. *Où sont-ils ? Ça ne prend pas quatre heures de se rendre à Stepney et d'en revenir.*

Polly regardait l'horloge, la cage d'escalier, les ascenseurs et tentait de ne pas s'inquiéter, s'efforçant de croire qu'ils allaient la rejoindre à l'instant, sains et saufs, et qu'ils trouveraient Gerald Phipps, que sa fenêtre de saut s'ouvrirait et qu'ils rentreraient à Oxford où M. Dunworthy autoriserait la mission d'Eileen au VE Day. Elle essayait aussi d'imaginer l'imminente arrivée de son équipe de récupération et leur exclamation : « Où étiez-vous passée ? Nous avons remué *ciel et terre* pour mettre la main sur vous ! »

Mais alors que les minutes s'égrenaient sans que Mike ni Eileen ne paraissent, ses doutes recommencèrent à s'épaissir comme le brouillard la première nuit de sa traversée. Même si l'épidémie de rougeole avait été un point de divergence et si elle avait empêché l'équipe de joindre Eileen avant son départ pour Londres, le lieutenant Heffernan aurait indiqué à Polly qu'ils étaient venus. Et d'abord, si la rougeole était un point de divergence, pourquoi avait-on autorisé Eileen à traverser ?

Par ailleurs, il s'agissait de *voyage dans le temps*. Certes, parce qu'elle avait un train à prendre, Polly n'avait pas obtenu du pasteur l'adresse d'Eileen, mais l'équipe de récupération n'avait aucune contrainte. Ils disposaient littéralement de tout le temps du monde.

Et si rien n'avait détruit Oxford, si Colin n'était pas mort, où *était le garçon* ? Il avait promis de venir à son secours si elle avait des problèmes.

— Si tu peux, murmura Polly. Si tu n'as pas été tué.

La flèche au-dessus de la porte de l'ascenseur s'arrêta sur le trois, et Polly la regarda d'un air de défi, s'attendant à demi à découvrir Colin. Mais ce n'était pas lui. Ni Mike, ni Eileen. C'était Marjorie.

— Oh ! Polly ! s'écria-t-elle. Dieu merci ! j'ai appris que *Padgett's* avait été bombardé, et j'avais si peur... Ta cousine n'a rien ?

— Non.

Polly lui attrapa le bras pour lui fournir un appui. Elle paraissait encore plus pâle et plus mal en point que la veille.

— Le ciel soit loué ! souffla Marjorie. Ne t'inquiète pas ; c'est que j'ai eu si peur… Je veux dire, c'est moi qui t'ai *envoyée* là-bas, et si quelque chose t'était arrivé…

— Rien n'est arrivé. Je n'ai rien du tout, et ma cousine non plus. C'est toi qui nous donnes du souci, lui reprocha Polly. Il faut arrêter de te sauver de l'hôpital pour te précipiter ici. Je te rappelle que tu es malade !

— Je suis désolée. C'est juste… quand j'ai appris que des gens avaient été tués…

— Tués ?

*Dieu merci ! je vais pouvoir l'annoncer à Mike, et il cessera de se morfondre.*

— Oui. L'un d'eux est mort sur le chemin de l'hôpital. C'est comme ça que j'ai su. J'ai entendu les infirmières en parler. Pour les quatre autres, c'était terminé quand on les a trouvés.

## Londres, le 17 septembre 1940

Le halo l'aveugla l'espace d'un instant et il trébucha. Et faillit se tuer. Il se trouvait sur un étroit escalier en colimaçon et il serait tombé s'il n'en avait attrapé la rampe métallique à l'ultime seconde. Il se cogna violemment le genou, s'écorcha les deux jambes, le tout dans un fracas de métal retentissant.

*Joli début !*

Tout en massant son genou meurtri, il observait les environs. Aussi loin qu'on puisse en juger, la cage sans fenêtres où se nichait l'escalier se poursuivait vers le haut et le bas. Il était apparemment seul à s'y tenir puisque personne ne s'était inquiété du bruit. Maintenant que les derniers échos s'en étaient évanouis, le silence restait total.

*Rien ne pourrait traverser des murs pareils*, pensa-t-il en examinant la pierre dans la maigre lumière. Si la rampe n'avait pas été métallique, il se serait cru dans la tour d'un château. Ou dans son cachot. Dans ce cas, il devrait *monter* pour sortir. Mais avec un peu de chance l'une ou l'autre direction lui apporterait assez d'indices pour apprendre où – et à quelle époque – il avait abouti. Et il était plus facile de descendre que de monter, surtout avec un genou blessé.

Il se lança. Trois tours d'hélice plus bas, on avait installé une ampoule nue sur une prise murale, ce qui signifiait qu'il avait atteint le bon siècle, mais aucun panneau ne révélait de quel bâtiment dépendait l'escalier ni où il menait… s'il menait quelque part. Il avait déjà descendu une centaine de marches, et il n'en voyait toujours pas le bout.

*J'aurais dû monter.*

Il parcourut une nouvelle spire du colimaçon. Et là, en dessous, il découvrit enfin une porte.

— Prions pour qu'elle ne soit pas fermée ! s'exclamat-il, sa voix résonnant dans l'espace exigu.

Et il ouvrit la porte.

Sur une scène de foule. Des hordes de gens filaient de part et d'autre à toute allure, femmes en robes au genou, hommes en trench-coats, soldats en uniforme, marins, WAAF, Wrens, tous avançaient d'un pas aussi vif que résolu sous la lumière violente d'un couloir au plafond bas. Sur le mur, une flèche surmontait ces mots : « Vers les quais » et, sous elle, une autre pointant à l'opposé indiquait : « Sortie ».

*C'est une station de métro.*

Il s'engagea dans le tunnel, en direction d'une affiche placardée. « Faites de votre mieux pour l'effort de guerre, pouvait-on lire. Achetez les Victory Bonds ! Battez Hitler ! »

*J'ai réussi. Je suis vraiment à Londres pendant la Seconde Guerre mondiale !*

Il souriait d'une oreille à l'autre, une expression parfaitement inappropriée au moment d'un raid aérien – et en pleine guerre –, mais il ne parvenait pas à s'en empêcher. Et, de toute façon, personne ne lui prêtait la moindre attention. Les gens le bousculaient, bien décidés à conserver leur cap, quel qu'il soit : ouvriers en bleus de travail, hommes d'affaires à moustache en brosse et parapluie plié, mères avec enfants en remorque. Et ils portaient tous un chapeau. Chapeau melon, feutre mou, casquette en laine, pas un homme tête nue.

Il aurait dû en avoir un. Le reste de ses vêtements semblait convenir, mais il n'avait pas envisagé un usage aussi universel du couvre-chef à cette époque. Même les petits garçons étaient coiffés de casquettes.

*Je vais détonner, en bel imposteur que je suis !* se dit-il, fouillant des yeux la foule en quête d'une personne nu-tête.

Là ! une blonde en uniforme du WVS, et juste derrière un gaillard à la crinière grise.

Il commença de se détendre un peu. L'homme tenait un oreiller sous son bras.

*Ce doit être un des réfugiés.*

Pourtant, personne ne s'était assis ni allongé le long du couloir.

*Ils ne dorment peut-être que sur les quais, ou bien c'est l'une des stations qui ne sont pas utilisées comme abri. Ou alors ils ne se servent pas encore des stations.*

Quelle pouvait être la date ? Il avait programmé le filet pour arriver à 19 heures, le 16 septembre 1940.

*Je dois contrôler ça.*

Il s'avança dans le tunnel, puis se rappela qu'il aurait besoin de retrouver le chemin du point de transfert et revint examiner la porte par laquelle il était sorti. Elle était métallique et peinte en noir, et des lettres blanches écrites au pochoir notifiaient : « Sortie de secours. Interdite sauf cas d'urgence. » Voilà qui expliquait le nombre interminable des marches. Et l'impression d'abandon du lieu.

Au bas de la porte, quelqu'un avait gravé : « E.H. + M.T. » Il enregistra mentalement les initiales, le coin décollé de l'affiche des Victory Bonds, une seconde affiche indiquant : « Ne pas s'en remettre aux autres : s'engager aujourd'hui ! » Et pour finir, une pancarte, au bout du couloir, qui annonçait : « Central Line ».

Aucune mention du nom de la station. Il avait besoin de le trouver, ainsi que la date et l'heure, avant de faire quoi que ce soit d'autre. Pour l'heure, ce serait facile, presque tout le monde portait une montre. Et il pourrait demander le nom de la station en même temps. Cependant, juste au moment où il allait taper sur l'épaule d'un homme arborant un brassard de l'ARP, il aperçut un avis : « Attention aux espions. Signalez tout comportement suspect. »

Vous considérait-on d'un œil suspicieux quand vous demandiez le nom de la station où vous vous trouviez ? Il ne voyait pas de raison de le croire – il pourrait prétendre qu'il était descendu au mauvais arrêt ou inventer autre chose –, mais il s'était déjà trompé pour le chapeau. Que se passerait-il si quelque chose clochait avec ses vêtements ? Il ferait mieux de ne pas attirer l'attention sur lui.

Et il était plus important de connaître la date et la station que de passer inaperçu. Le nom en serait placardé sur le quai. Il se mit en marche dans la direction que lui indiquait la flèche, puis s'arrêta et joua des coudes afin d'atteindre un banc où ronflait un vieil homme, son journal encore ouvert sur le poitrail.

« Londres dévastée par les bombes » affichait la une.

Il se pencha pour lire la date. Le 17 septembre. Et non le 16. Il avait dû se tromper dans les réglages.

La station de Marble Arch avait été bombardée le 17. Il devait identifier sa station tout de suite. Il se hâta vers les quais.

À mi-chemin, il découvrit une carte du métro. Elle proposerait peut-être le fléchage habituel « Vous êtes ici » sur ses entrelacs de lignes multicolores.

Il n'y en avait pas. Il ne lui restait plus qu'à rejoindre le quai. Deux enfants s'étaient approchés de lui pour regarder la carte, un petit garçon au visage sale, et une fille plus âgée dont la large ceinture et le ruban à cheveux pendaient, pitoyables. En général, les enfants acceptaient sans broncher les questions, fût-ce les plus bizarres. Il demanda au gamin :

— Peux-tu me dire…

— J'ai rien fait du tout, se défendit le petit en se dérobant. J'faisais rien que zieuter la carte.

— On biglait le métro qui faut prendre, renchérit la fille.

*Bravo pour la discrétion !*

— Je voulais juste savoir quelle est cette station.

— Ça alors, y sait pas où qu'il est, çui-là ! pavoisa la fille.

Le garçon le considéra, les yeux étrécis.

— Combien y raque si on le rencarde ?

— Combien ?

Combien payait-on un jeune vaurien pour une information, en 1940 ? Deux pence ? Non, ça, c'était chez Dickens. Six pence ?

— Le tuyau pour un shilling, offrit la fille.

— D'accord.

Il fouilla ses poches pour en tirer sa monnaie, espérant qu'il pourrait reconnaître un shilling, mais ce ne fut pas nécessaire, le gamin piqua sur-le-champ la pièce dans sa main ouverte.

— Ici, c'est Saint-Paul, annonça-t-il.

Parfait. Ce n'était pas Marble Arch. Mais s'il était à Saint-Paul, alors une rue seulement le séparait de la cathédrale. De Saint-Paul !

*Il faut que je la voie. Juste une minute.*

S'il y arrivait. Pendant les raids, on fermait les grilles pour empêcher les gens de sortir.

— Savez-vous quelle heure il est ? interrogea-t-il.

— Combien y raque…, commença le garçon, mais la fille lui donna un petit coup sur le bras.

Elle désignait le couloir, et tous deux s'enfuirent comme s'ils avaient la mort à leurs trousses.

Il se retourna pour découvrir ce qui leur avait fait si peur et vit approcher un garde en uniforme.

— Ces deux-là vous cherchaient des ennuis, mon gars ?

— Non, je leur demandais juste mon chemin.

Le garde acquiesça, l'air préoccupé.

— Si j'étais vous, je vérifierais mon argent, mon gars. Et mon carnet de rationnement.

Un employé scrutant ses papiers, c'était bien la dernière chose dont il avait besoin, mais le garde attendait, immobile.

Il sortit son carnet de rationnement, le feuilleta en vitesse, et le rentra dans sa poche avant que le garde ait eu le loisir de le regarder de près.

— Tout y est…

*Ah, zut !* Comment s'adressait-on au garde d'une station ? Monsieur ? Monsieur l'agent ? Il décida préférable de ne risquer ni l'un ni l'autre.

— Pas de bobo, ajouta-t-il.

Et il s'éloigna d'un pas rapide, comme s'il connaissait son chemin.

Il se trouva qu'il avait pris la bonne direction. Le long escalier roulant aux marches de bois le mena à la sortie de la station. Parfait, les portes étaient ouvertes. Hélas ! à l'instant où il franchissait le tourniquet, le lamento strident d'une sirène débuta, crescendo, decrescendo. C'était un son épouvantable. *Pas étonnant qu'ils l'appellent « le triton du diable ».* Au moins, cela lui donnait l'heure. Le 17 septembre, l'alerte avait sonné à 19 h 28.

Il avait passé plusieurs minutes dans l'escalier et la station. Et dix au minimum avec les enfants et le garde. Cela signifiait qu'il avait traversé pile à l'heure prévue, il s'était donc forcément trompé pour la date.

Un autre garde tirait la grille de métal en accordéon devant la sortie. *Zut ! Si ces gosses n'avaient pas réclamé d'argent ! Maintenant, je vais rater…*

Cependant, une petite ouverture subsistait. Il y fila telle une flèche, se glissa dans la foule qui se pressait de gagner la station, monta les marches et jaillit dans une étroite rue crépusculaire que bordaient de hauts immeubles en brique. Pas de cathédrale. Il se tourna pour regarder derrière lui, mais elle restait invisible. Il tendit le cou, essayant d'apercevoir le dôme au-dessus des édifices.

— Vous feriez mieux de vous mettre à l'abri, mon garçon, lui dit un ouvrier qui avait suspendu sa course vers la station l'espace d'un instant. Les Boches seront là d'une minute à l'autre.

L'homme avait raison : il n'avait rien à faire dehors en plein milieu d'un raid, mais l'occasion de voir *vraiment* Saint-Paul était trop belle pour la manquer, et il disposerait d'un délai de vingt minutes entre le début de l'alerte et celui des raids.

Et tout ce qu'il voulait, c'était un coup d'œil. Il bondit à l'opposé de la station et regarda en bas d'une rue transversale. Toujours rien ! Comment une énorme cathédrale couronnée d'un dôme écrasant pouvait-elle être si difficile à trouver ? Les petits filous lui auraient-ils menti ? Il fonça jusqu'au croisement suivant.

Enfin, elle était là, au bout de l'artère, parfaitement identique à ses photographies : le dôme, les tours, le large porche et ses piliers... mais tellement plus éblouissante ! Il se demanda s'il avait le temps d'y entrer, juste un instant. La sirène se taisait. Il lui sembla entendre le faible bourdon d'un avion et il leva les yeux vers le ciel qui s'assombrissait. Une autre sirène démarra, puis une autre, lointaine, chacune des deux en léger décalage et noyant tout bruit environnant dans leur gémissement dissonant. Il n'apercevait aucun avion et il lui restait encore au moins un quart d'heure, mais les gens dans la rue se dépêchaient, désormais, leurs têtes rentrées dans les épaules comme s'ils s'attendaient à recevoir un choc d'une seconde à l'autre. Il ferait mieux de retourner au métro. Il ne pouvait courir le risque de mourir. Il devait mener à bien ce qu'il était venu accomplir. Se résignant à cesser de regarder la cathédrale, il volta pour revenir sur ses pas. Et heurta de plein fouet une jeune femme qui portait un uniforme des Wrens. Le chargement qu'elle transportait vola tous azimuts.

— Je suis vraiment désolé, je ne vous avais pas vue.

Il se baissa pour ramasser un paquet emballé de papier kraft ficelé.

— Il n'y a pas de mal.

Elle attrapa le sac à main qu'elle avait lâché. Il s'ouvrit dans la manœuvre et tout le contenu se répandit au sol : poudrier, mouchoir, carnet de rationnement, pièces de monnaie, rouge à lèvres. Ce dernier roula sur les pavés jusqu'au caniveau.

Bondissant à la poursuite du tube, il le récupéra, le lui tendit, s'excusa de nouveau. Elle le fourra dans son sac, l'œil anxieusement fixé sur le ciel. On pouvait clairement entendre les avions, désormais, un vrombissement lourd. Un « whump » distant retentit, sans doute produit par une bombe. La Wren rassemblait ses affaires avec plus de célérité. Il ramassa promptement son mouchoir et un deuxième paquet. Un homme âgé en costume noir s'arrêta pour les aider, ainsi qu'un officier de marine, et tous se penchèrent pour retrouver les pièces de monnaie éparpillées.

Il y eut un « bang » assourdissant, beaucoup plus fort que le « whump ». Quelques secondes plus tard, un autre lui succéda, puis un autre, et cela ne cessa plus.

*Les canons de DCA.*

Il espérait se trouver hors d'atteinte d'un éclat de shrapnel. Il rapporta son peigne et son carnet de rationnement à la Wren. L'homme au costume noir lui remit plusieurs petites pièces et s'éloigna en vitesse.

— Est-ce que ça ira, maintenant ? demanda l'officier de marine en lui donnant le reste de sa monnaie.

Elle acquiesça.

— Je suis juste en bas, indiqua-t-elle en désignant sa gauche d'un geste vague.

L'officier de marine salua d'un doigt sur sa casquette et remonta la rue vers Saint-Paul.

Un autre « whump » retentit, beaucoup plus proche et, l'espace d'un instant, les cieux flamboyèrent.

Il tendit à la jeune femme le dernier des paquets, et elle s'en fut.

— Je suis *vraiment* désolé ! lui lança-t-il.

— Pas de souci !

Il se retourna et s'élança vers la station. Un nouveau « whump » éclata, suivi d'un grondement sourd et d'une explosion terrible, et la nue entière s'embrasa.

Il se mit à courir.

# Glossaire[1]

A

***A Nightingale Sang in Berkeley Square*** : « Un rossignol chantait dans Berkeley Square », chanson britannique d'Eric Maschwitz et Manning Sherwin, 1940.

**Air Raid Precautions (ARP)** : c'était un corps mixte, préposé à la Défense passive, qui comportait plusieurs sections. Les gardes *(« wardens »)* veillaient au respect du black-out, et ils aidaient la population à gagner les abris. Ils arrivaient les premiers sur les lieux des sinistres.

**Albert Memorial** : monument à la mémoire d'Albert de Saxe-Coburg-Gotha (1819-1861), époux de la reine Victoria. Conçu par George Gilbert Scott, il fut posé dans Kensington Gardens à Londres en 1875.

**« Allée des bombes »** *(Bomb Alley)* : large couloir de la région du Kent, que survolaient les V1 lancés du Pas-de-Calais. Ceux qui n'atteignirent pas Londres et ne

---

1. Source : Les notes de ce glossaire ont été largement inspirées par Wikipedia, et nous invitons les lecteurs intéressés à s'y reporter pour de plus amples informations. (*NdE*)

furent pas détruits par la défense antiaérienne explosè-
rent le long de ce couloir.

**Antietam** : célèbre et meurtrière bataille de la guerre
de Sécession, également connue comme bataille de
Sharpsburg, le 17 septembre 1862, et qui fit près de vingt-
trois mille victimes en une seule journée.

**Auxiliary Territorial Service (ATS) :** branche féminine
de l'armée territoriale britannique pendant la Seconde
Guerre mondiale.


B

**Barrie, James Matthew (1860-1937) :** journaliste,
dramaturge et romancier écossais qui signa la plupart
de ses œuvres littéraires J.M. Barrie. Les plus connues
sont ses pièces de théâtre : *L'Admirable Crichton* (*The
Admirable Crichton*, 1902), *Peter Pan* (1904) et *Mary
Rose* (1920) (voir ci-après). Citation célèbre : « Chaque
fois qu'un enfant dit : "Je ne crois pas aux fées", il y a
quelque part une petite fée qui meurt. »

**Bataille de la Somme :** affrontement qui eut lieu pendant la Première Guerre mondiale, quand les troupes
britanniques et françaises tentèrent de percer les lignes
fortifiées construites par les Allemands dans un secteur
du front au nord de la France. Ce fut une des batailles
les plus longues et les plus meurtrières de l'Histoire, entre
juillet et novembre 1916. Elle fit plus d'un million de victimes dans les deux camps, dont quatre cent vingt-deux
mille morts ou disparus. Le 1er juillet 1916, début de l'assaut, fut la journée la plus sanglante dans les annales de
l'armée britannique, lui coûtant dix-neuf mille deux cent
quarante morts. Et aucun des deux objectifs principaux

affichés par les stratèges de cette offensive ne furent atteints.

**Bataille de l'Atlantique :** ce terme, dû à Winston Churchill, qualifie la série d'affrontements qui opposèrent les Allemands et les Alliés de septembre 1939 à mai 1945. En fait, les engagements s'étendirent à l'océan Arctique, à la mer Méditerranée et jusqu'à l'océan Indien. Ils opposaient principalement les sous-marins allemands – les fameux *U-Boote* –, aux destroyers et avions alliés.

**Bataille de Plum Creek :** le « Grand Raid de 1840 », organisé en représailles au Texas par le chef comanche Buffalo Hump, avait provoqué la ruine de Victoria et du port de Linnville, et le pillage de centaines de chevaux, de milliers de têtes de bétail et d'un énorme butin. Empêchés d'avancer à leur allure habituelle, les Comanches furent interceptés le 12 août à Plum Creek, près de la ville actuelle de Lockhart, par les milices et les compagnies de Texas Rangers lancées à leur poursuite. La bataille est saluée comme une victoire par les Texans, mais les Comanches ne perdirent en réalité qu'une dizaine des leurs et une partie de leur butin, les Rangers ayant renoncé à les poursuivre pour s'assurer le bénéfice du bétail et des biens abandonnés.

**Bataille de Trafalgar :** elle eut lieu le 21 octobre 1805 entre la flotte franco-espagnole dirigée par le vice-amiral Villeneuve et celle de la Royal Navy commandée par le vice-amiral Nelson, juste à l'ouest du cap Trafalgar sur la côte sud-ouest de l'Espagne, près de Cadix. Malgré son infériorité en nombre – vingt-sept vaisseaux de ligne contre trente-trois chez ses adversaires –, Nelson obtint une éclatante victoire en coupant la ligne de bataille formée par les navires adverses et en leur imposant un engagement à courte portée où la qualité de ses équipages et de leur armement fut déterminante. Avant de lancer l'attaque, Nelson hissa par pavillons ce message à destination de ses hommes : « L'Angleterre attend de chacun qu'il fasse son devoir » *(England expects that every man will do his duty)*. Nelson lui-même trouva la mort lors d'un duel qui opposa son vaisseau amiral, le HMS *Victory*, au français le *Redoutable*. Mais la cuisante défaite des coalisés, qui perdirent les deux tiers de leurs navires, éloigna définitivement toute menace d'une invasion du Royaume-Uni par les troupes de Napoléon. Jusqu'au début du xxe siècle, le 21 octobre était célébré chaque année comme jour de fête, *Trafalgar Day*, dans tout l'Empire britannique.

**Baum, L. Frank (1856-1919) :** auteur du célèbre livre *Le Magicien d'Oz*, en 1900.

**Beaverbrook (lord) (1879-1964) :** né William Maxwell « Max » Aitken, cet homme d'affaires anglo-canadien devint propriétaire des journaux anglais l'*Evening Standard* et le *Daily Express*. Pendant la Seconde Guerre mondiale, il fut nommé membre du gouvernement de Winston Churchill, d'abord comme ministre chargé de la Production aéronautique, puis comme ministre du Ravitaillement.

***Bideford*, HMS :** sloop de la Royal Navy, ce navire participait à l'évacuation des soldats britanniques de Dunkerque le 29 mai 1940. Touché par une bombe alle- mande, il perdit toute sa section arrière et s'échoua sur la plage. Le lieutenant-chirurgien John Jordan et George Crowther, ambulancier militaire, restèrent à bord afin de s'occuper des blessés. Finalement, deux remorqueurs venus de Douvres purent ramener l'épave à bon port de l'autre côté de la Manche.

**Bovril :** marque déposée d'un extrait de bœuf épais et salé, consommé par les Anglais sous forme de boisson – dilué dans de l'eau –, sur des tartines ou comme condiment pour les soupes et les ragoûts.

**Bristol Blenheim :** bombardier léger triplace britannique, en service au début de la Seconde Guerre mondiale.

**British Expeditionary Force (BEF) :** nom et sigle du corps expéditionnaire britannique envoyé en France et en Belgique au début de la Seconde Guerre mondiale. Ces troupes étaient commandées par le général Gort et durent être évacuées en urgence des plages de Dunkerque lors de la débâcle en France face au *Blitzkrieg* allemand.

**Bureau d'accueil des enfants outre-mer (Children's Overseas Reception Board – CORB) :** organisation britannique qui eut en charge l'évacuation des enfants vers l'étranger de juillet à septembre 1940. Le SS *City of Benares* fut coulé par une torpille allemande le 17 septembre 1940. Soixante-dix-sept des quatre-vingt-dix enfants à bord furent tués et le Programme outre-mer fut arrêté, même si des évacuations financées par des familles aisées continuèrent pendant toute la guerre.


C

**Christie, Agatha (1890-1976) :** la « Reine du crime », auteur de plus de quatre-vingts romans, pièces de théâtre et recueils de nouvelles, surtout des histoires policières ou à énigmes – les fameux *whodunit* (« qui l'a fait ») – à huis clos. Créatrice d'Hercule Poirot et de Miss Marple, bon nombre de ses œuvres ont été adaptées au cinéma ou à la télévision, tels *Le Crime de l'Orient-Express*, *Dix petits nègres*, *Mort sur le Nil* ou *Le Meurtre de Roger Ackroyd*.

**Colonel Moutarde (Colonel Mustard) :** personnage du Cluedo, jeu de société où l'on doit identifier le meurtrier, trouver l'arme et déterminer le lieu du crime.

**« Corbeilles à pain de Göring »** *(Göring breadbasket)* : surnom donné par les Londoniens aux bombes incendiaires dévastatrices lâchées par l'aviation allemande pendant le Blitz. Lors du raid sur Londres le 29 décembre 1940, vingt-deux mille engins incendiaires tombèrent sur la City en à peine trois heures. La lumière des feux provoqués par ces bombes permettait aux bombardiers des vagues suivantes de mieux cibler leurs bombes à forte puissance explosive, ou HE (voir ci-après).

D

**Daphne :** dans la mythologie grecque, Daphné est une nymphe d'une très grande beauté, fille du dieu fleuve Pénée. Pourchassée par le dieu Apollon, elle demanda l'aide de son père, qui la transforma en laurier-rose (en grec : *rhododaphné*). Les lecteurs noteront que les Anglais écrivent et prononcent ce nom différemment de « Daphné » à la française, avec une deuxième syllabe proche du mot « ni » (/dæfni / selon l'alphabet phonétique international).

**DCA :** abréviation de « défense contre les aéronefs ». Défense antiaérienne mettant en œuvre la protection d'un site ou d'une armée contre les attaques ennemies. Détection (radar, optique, projecteur…), empêchement (ballons de barrage…) et destruction (canons fixes ou mobiles, batteries de missiles) sont utilisés.

***Debrett (Debrett's Peerage and Baronetage) :*** guide généalogique de l'aristocratie britannique, régulièrement mis à jour par la maison d'édition Debrett depuis 1769 sous différents titres.

**Défense côtière (Coastal Defences) :** chargée des préparatifs de la première ligne de défense contre une possible invasion allemande.

**Défense passive (Civil Defence) :** regroupe tous les services mobilisés lors des raids aériens : Air Raid Precautions, Home Guard, guetteurs d'avions, pompiers, ambulanciers, etc.

**Donne, John (1572-1631) :** poète et prédicateur sous le règne du roi James Stuart (Jacques 1er d'Angleterre et Jacques VI d'Écosse), auteur de poèmes d'amour, sonnets religieux, élégies, chansons, serments, proses diverses parmi lesquelles on trouve l'un des textes les plus célèbres de la littérature anglaise : *Devotions Upon Emergent Occasions* (1624) (« *No man is an island…* »).

***Don't Sit Under the Apple Tree* :** chanson de Sam H. Stept, Lew Brown et Charles Tobias, 1942.

**Dornier :** société allemande de construction aéronautique. Son modèle Do-17, surnommé « le Crayon Volant » à cause de son fuselage fin, servit d'abord à la Luftwaffe comme bombardier moyen avec un équipage de quatre hommes. Il pouvait porter jusqu'à mille kilos de bombes. Surclassé par les He-111 et les Ju-88 pendant le Blitz (voir « Heinkel » et « Junkers » ci-après), il fut reconverti en chasseur de nuit.

***Drame en trois actes (Three Act Tragedy)* :** roman d'Agatha Christie publié en anglais en 1935 qui met en scène Hercule Poirot.

E

**East End :** zone de Londres incluant toute la partie de la ville située à l'est du mur médiéval de la City jusqu'à la rivière Lee. Ces quartiers pauvres – Whitechapel, Stepney et Bethnal Green, entre autres – furent particulièrement frappés par les bombardements pendant le Blitz.

**Emergency War Powers Act :** le 22 mai 1940, le Parlement vota cette loi, officiellement connue sous le nom de « Emergency Powers (Defense) Act », qui donnait les pleins pouvoirs à l'exécutif dirigé par Winston Churchill pour la durée de la guerre.

***En suivant la flotte (Follow the Fleet) :*** comédie musicale américaine de Mark Sandrich, avec Fred Astaire et Ginger Rogers, 1936.

F

**First Aid Nursing Yeomanry (FANY) :** organisation caritative et corps indépendant féminin affilié à l'armée territoriale britannique. Initialement, ses membres montaient à cheval, d'où le terme *yeomanry* (« cavalerie »). Pendant la Seconde Guerre mondiale, le FANY formait des équipes d'ambulancières et alimentait des services administratifs et techniques.

**Fortitude South :** opération de désinformation menée par les Alliés pour cacher aux Allemands le lieu réel du débarquement. Fortitude Sud les invitait à croire qu'il aurait lieu dans le Pas-de-Calais. Fortitude Nord, en Norvège.

G

**Gelée de veau (calves' foot jelly) :** gelée obtenue par filtration après avoir fait bouillir des pieds de veau, traditionnellement aromatisée avec des arômes et des épices, et autrefois considérée comme un fortifiant pour les malades.

***God Save the King* (ou *Queen*) :** hymne national *de facto* de la Grande-Bretagne, il devint populaire dès l'année qui suivit sa première édition, en 1744, et fut adopté par la famille régnante des Hanovre comme hymne royal britannique. Traduit en allemand en 1790, il servit également pendant un temps comme hymne au roi de Prusse et à l'empereur d'Autriche-Hongrie. D'autres versions furent utilisées à certaines périodes par les monarques de la Norvège, de la Suède et même de Hawaii.

**Grand Incendie de Londres :** il ravagea toute la City du 2 au 5 septembre 1666, consumant treize mille deux cents maisons, quatre-vingt-sept églises, la cathédrale Saint-Paul et la majorité des bâtiments municipaux. Par la suite, sir Christopher Wren rebâtit la cathédrale – en gravant les mots « Je me relèverai » sur la voûte –, ainsi que cinquante autres églises.

**Grey, Jane (1537-1554) :** petite-nièce de Henry VIII, elle monta sur le trône d'Angleterre mais ne régna que quelques jours en juillet 1553 avant d'être évincée par sa cousine, la catholique Mary Tudor (« Bloody Mary »), qui l'enferma dans la tour de Londres et finalement la fit exécuter.

**Guetteur d'avions (plane spotter) :** en anglais, passionné d'avions qui passe son temps à les observer, apprend à les reconnaître et note leurs horaires de passage. Lors des hostilités, notamment pendant la Seconde

Guerre mondiale, le gouvernement britannique encourageait ces activités, voire les imposait comme un devoir. Il créa le Royal Observer Corps et obligeait le patronat à installer des employés sur les toits des usines pour guetter l'arrivée des bombardiers allemands.

# H

**Heinkel :** entreprise aéronautique allemande fondée par Ernst Heinkel en 1922, et qui se mit au service du Troisième Reich dès 1933 pour fabriquer des bombardiers en secret et en contrevenant au traité de Versailles. Son modèle He-111, qui pouvait porter jusqu'à quatorze hommes et deux mille kilos de bombes, fit son premier vol en 1935 avant d'être déployé pendant la guerre civile en Espagne (1937). Le He-111 fut l'un des trois principaux types de bombardiers à prendre part aux raids nocturnes sur l'Angleterre tout au long du Blitz (voir « Dornier » et « Junkers »).

**High Explosive Bomb (HE) :** bombe de très forte puissance, dite aussi « bombe à explosif brisant ».

**Home Guard :** formation paramilitaire britannique constituée de volontaires et instituée au début de la Seconde Guerre mondiale pour protéger le territoire national contre une éventuelle invasion allemande. La plupart de ses membres n'étant plus aptes à servir dans l'armée régulière, elle reçut le sobriquet de *« Dad's Army »*, l'armée de papa.

***Hood*, HMS :** dernier *battlecruiser* construit pour la Royal Navy, il fut le navire amiral de la Home Fleet, dépêchée d'urgence en Méditerranée occidentale après la débâcle en France pour procéder à la destruction de la flotte française à Mers el-Kébir en 1940. Il fut coulé à son tour le 24 mai 1941 lors d'un engagement à la sortie du détroit du Danemark contre les navires allemands *Prinz Eugen* et *Bismarck*. Il n'y eut que trois survivants parmi les mille quatre cent dix-neuf hommes d'équipage.

***Horizons perdus (Lost Horizon)*** : film américain réalisé par Frank Capra en 1937, tiré du roman homonyme de James Hilton.

**Horlicks** : boisson chaude instantanée, à base de lait et de céréales.

**Howe, Richard (1726-1799)** : amiral de la Royal Navy, il s'est battu dans presque tous les conflits de la Grande-Bretagne pendant la deuxième moitié du XVIII<sup>e</sup> siècle, notamment en tant que commandant en chef des forces navales britanniques pendant la guerre d'Indépendance américaine et commandant de la flotte de la Manche qui vainquit les Français lors du Combat de Prairial (1794).

**Hurricane** : premier chasseur monoplan mis en service par la RAF, le Hawker Hurricane joua un rôle important dans la bataille d'Angleterre, attaquant les bombardiers allemands tandis que les Spitfire s'occupaient surtout des chasseurs ennemis.


I

**Inklings (les)** : littéralement « soupçons », mais aussi jeu de mots avec *ink* (« encre »), les Inklings sont un cercle littéraire informel lié à l'université d'Oxford, actif dans les années 1930 et 1940, et dont les membres les plus connus furent C.S. Lewis, J.R.R. Tolkien et Charles Williams.

***I Spy*** : jeu anglais où l'on essaie de faire deviner à de jeunes enfants le nom d'un objet qu'ils peuvent voir à partir de sa première lettre. *I spy, with my little eye, something beginning with…* (« Je vois, avec mon petit œil, quelque chose commençant par… »)

**It's a Long Way to Tipperary** : air de music-hall anglais écrit par Jack Judge et Harry Williams en 1912, devenu populaire chez les soldats britanniques qui avaient pris part à la Première Guerre mondiale.


J


**Jardins de la victoire (Victory Gardens)** : petits pota-gers créés chez les particuliers et dans les parcs publics en Grande-Bretagne pendant la Seconde Guerre mondiale pour faire pousser des légumes, des fruits et des fines herbes, et réduire les problèmes d'approvisionnement.

**Jitterbug** : danse acrobatique sur un rythme de swing ou de boogie-woogie.

**Junkers** : société métallurgique et fabricant aéronau-tique allemand. Son avion de combat le plus tristement célèbre était sans doute le Ju-87 (ou « Stuka »), bom-bardier en piqué qui terrorisait les populations civiles mais qui se révélait une proie facile pour les Spitfire. Le Ju-88 était un chasseur bombardier triplace utilisé pour des missions très diverses sur tous les fronts de la Seconde Guerre mondiale (voir également « Dornier » et « Heinkel » ci-dessus pour les autres modèles de bombar-diers utilisés par la Luftwaffe pendant le Blitz).


K

**Kensington Gardens** : l'un des parcs royaux de Londres, immédiatement à l'ouest de Hyde Park, entre Kensington et Westminster, connu de tous les écoliers britanniques car il sert de cadre au *Peter Pan* de James Barrie.

L

**L'Admirable Crichton (The Admirable Crichton)** : pièce de théâtre comique écrite en 1902 par J.M. Barrie, auteur plus célèbre pour avoir créé le fameux *Peter Pan*.

**L'Affaire Protheroe (The Murder at the Vicarage)** : roman d'Agatha Christie, publié en 1930. Ce fut la première apparition de Miss Marple.

**La Lumière du monde (The Light of the World)** : très grande toile de William Holman Hunt suspendue dans la cathédrale Saint-Paul, à Londres. C'est l'un des principaux tableaux religieux du XIX$^e$ siècle.

**La Souricière (The Mousetrap)** : pièce de théâtre policière d'Agatha Christie, représentée sur scène pour la première fois le 6 octobre 1952 au Theatre Royal de Nottingham. Elle ouvrit ensuite à Londres le 25 novembre au New Ambassadors Theatre, près de Charing Cross Road, et ce jusqu'au 23 mars 1974, date à laquelle elle fut transférée au St Martin's Theatre voisin où elle se joue toujours. Pour ne pas en gâcher la surprise, les spectateurs sont instamment priés de ne pas dévoiler le dénouement de cette pièce qui bat le record de représentations consécutives : plus de vingt-trois mille depuis sa création. L'auteur a refusé toute adaptation au cinéma tant que ce succès ne se dément pas.

**Le Petit lord Fauntleroy (Little lord Fauntleroy)** : livre pour enfants de Frances Hodgson Burnett, paru en feuilleton dans *St Nicholas Magazine* en 1885-1886 et publié sous forme de livre en 1886. Selon l'auteur Polly

Hovarth, « Fauntleroy fut le Harry Potter de son époque »
et Burnett eut un énorme succès.

*L'Importance d'être Constant (The Importance
of Being Earnest)* **:** comédie d'Oscar Wilde, créée en
1895.

**« Londres tiendra »** *(London can take it)* **:** grand slogan des Londoniens pendant le Blitz. Ce fut aussi le titre
d'un documentaire réalisé par Humphrey Jennings en
1940. Destiné à influencer l'opinion publique américaine
en faveur du camp britannique, il montrait la dévastation
causée par les bombardements allemands et le courage
stoïque des gens ordinaires sous le déluge de feu.

**Lugosi, Bela (1882-1956) :** acteur célèbre pour son
interprétation de Dracula.


M

**Mafeking (siège de) :** épisode célèbre de la Seconde
Guerre des Boers (1899-1902) en Afrique du Sud, où
une petite ville fut encerclée par une force boer quatre
fois supérieure en nombre à la garnison britannique. La
défense dirigée par le colonel Robert Baden-Powell, futur
fondateur du mouvement scout, résista avec succès pendant deux cent dix-sept jours jusqu'à l'arrivée de renforts.

*Mary Rose* **:** pièce de J.M. Barrie, créée en 1920.

*Mary Rose* **(la) :** navire emblème de la dynastie Tudor,
construit sous le règne de Henry VIII et lancé en 1511.
Après trente-trois ans de service, ayant participé aux
guerres anglaises contre la France, l'Écosse et la Bretagne,
elle coula dans le Solent (le bras de mer séparant l'île
de Wight du reste de l'Angleterre) en 1545, lors d'une

attaque contre les galères françaises. L'épave de la *Mary Rose* fut découverte en 1971 et, une dizaine d'années plus tard, son renflouage partiel permit de découvrir des milliers d'objets de son époque.

**Messerschmitt :** fabricant allemand de plusieurs modèles d'avions, dont le Me 109 (officiellement, Bf 109), chasseur bombardier monoplace qui joua un rôle clé dans la bataille d'Angleterre et pendant le Blitz.

***Le Meurtre de Roger Ackroyd* (*The Murder of Roger Ackroyd*) :** roman d'Agatha Christie avec Hercule Poirot, publié en 1926.

**Mine parachutée (parachute mine ou land mine) :** il s'agissait en fait de mines magnétiques conçues à l'origine pour un emploi maritime. La Luftwaffe avait découvert leur efficacité mortelle lorsqu'elles étaient larguées de ses avions, suspendues à des parachutes. Flottant silencieusement vers la ville, sans cible précise et d'une imprévisibilité absolue, leurs effets furent particulièrement dévastateurs pour les immeubles modernes construits en béton armé.

**Montgomery, Bernard (1887-1976) :** au début de la Seconde Guerre mondiale, le général Montgomery commanda la 3e division de la BEF (voir ci-dessus), stationnée au sud de Lille. Il prit part aux combats qui suivirent l'invasion allemande des Pays-Bas, de la Belgique et de la France en mai 1940 et, témoin de la débâcle, dénonça les insuffisances en matériel et en organisation des forces françaises et britanniques. Nommé par Churchill à la tête de la 8e armée britannique en Afrique du Nord, il remporta en octobre-novembre 1942 la seconde bataille d'El-Alamein face à l'Afrika Korps d'Erwin Rommel, première victoire terrestre importante des Alliés contre les Allemands. Il y gagna son surnom de « Monty ». Il joua ensuite un rôle clé dans la plupart des opérations majeures menées par les Alliés en Europe occidentale : l'invasion de la Sicile, la bataille de Normandie, l'avancée sur le Rhin et l'occupation de l'Allemagne nazie. Le 1er septembre 1944, il fut élevé au grade de maréchal.

***Moonlight Serenade*** : célèbre chanson américaine créée par Glen Miller en 1939 et qui fut, entre autres, chantée par Sinatra. Dave l'a interprétée en français sous le titre : *Dansez maintenant*.

**Morrison, Herbert (1888-1965) :** politicien britannique membre du Parti travailliste, il fut longtemps dirigeant du conseil du comté de Londres (London County Council). Devenu membre du gouvernement de Churchill, il fut nommé ministre de l'Intérieur (Home Secretary and Minister for Home Security) en octobre 1940, remplaçant sir John Anderson. À ce titre, il était le grand coordinateur central de tous les aspects de la Défense passive pendant le Blitz. Énergique et attentif aux plaintes de la population, notamment à propos des abris Anderson, qu'il fallait enterrer dans les jardins, il fit distribuer à partir de 1941 des abris « Morrison », qui pouvaient être installés à l'intérieur des maisons.


N

**Nightingale, Florence (1820-1910) :** pionnière des soins infirmiers modernes, cette Britannique soignait les blessés pendant la guerre de Crimée (1853-1856).


O

**Olivier, Laurence (1907-1989) :** acteur, metteur en scène, directeur de théâtre, réalisateur et scénariste britannique. Alors qu'il était déjà une grande figure de la scène et des écrans, Laurence Olivier s'engagea comme aviateur naval dans le Fleet Air Arm dès le début de la Seconde Guerre mondiale et servit deux ans. C'est à la demande de Winston Churchill lui-même que la Royal Navy le laissa partir pour tourner l'adaptation cinématographique de la pièce shakespearienne *Henri V* (1944), censée remonter le moral du peuple britannique. Le film lui valut un Oscar d'honneur. À notre connaissance, Laurence Olivier n'a jamais joué dans *Peter Pan*…

**Opération Lion de mer :** *Operation Sealion*, pour les Anglais, *Unternehmen Seelöwe*, pour les Allemands. Projet d'Hitler pour envahir la Grande-Bretagne et qui n'aboutit pas, la Luftwaffe ayant échoué à conquérir l'espace aérien au cours de la bataille d'Angleterre.


P

**Peter Pan :** créé par J.M. Barrie en racontant des histoires aux fils de son amie Sylvia Llewelyn Davies, le célèbre personnage vit d'abord le jour sous forme de roman (*The Little White Bird*, 1902, *Le Petit Oiseau blanc* en français) avant de s'incarner en 1904 dans la pièce *Peter Pan, ou le garçon qui ne voulait pas grandir (Peter Pan, or The Boy Who Wouldn't Grow Up)*. Depuis, celle-ci a eu plusieurs adaptations et suites au théâtre et au cinéma, dont *Peter Pan 2 : Return to Neverland (Retour au Pays Imaginaire)*, long-métrage d'animation réalisé par Robin Budd et produit par les studios Disney, où Peter Pan revient à Londres pour rencontrer Wendy en 1940, alors que la ville est bombardée par la Luftwaffe.

**Post Exchange (PX) :** magasin réservé aux militaires américains en service et source unique de marchandises comme les bas en nylon pour les Anglais pendant la Seconde Guerre mondiale.

**Pygmalion** (***Pygmalion : A Romance in Five Acts***) : pièce de théâtre du dramaturge irlandais George Bernard Shaw (1856-1950), créée en 1912. Comédie romantique autour de la rencontre entre un professeur de phonétique habitant le quartier chic de Westminster et une vendeuse de fleurs *cockney* née dans l'East End. Elle a connu plusieurs adaptations, dont la comédie musicale *My Fair Lady*.


Q


**Quatre Quatuors** (***Four Quartets***) : ensemble de quatre poèmes écrits entre 1936 et 1942 par T.S. Eliot (1888-1965) et publiés en un seul volume en 1943. Eliot lui-même le considérait comme son chef-d'œuvre. Trois des poèmes datent de la période de la Seconde Guerre mondiale et le dernier, *Little Gidding* incorpore certaines de ses expériences comme garde de l'ARP chargé de protéger la maison d'édition Faber and Faber à Londres pendant le Blitz.


R


« **Roublard** » **(le)** (*« The Artful Dodger »*) : sobriquet de Jack Dawkins, parfois traduit en français par « le Renard » ou « le fin Matois », personnage créé par Charles Dickens (1812-1870) dans son roman *Oliver Twist*, publié en feuilleton entre 1837 et 1839. Après l'arrivée d'Oliver à Londres, le Roublard le prend sous son aile et lui apprend l'art du vol à la tire. Dickens voulait dénoncer le sort cruel réservé aux nombreux enfants orphelins présents à Londres à son époque, souvent livrés à l'exploitation et à la criminalité. Un siècle plus tard, les morts et le boule-versement de la vie quotidienne pendant le Blitz allaient provoquer des problèmes assez semblables.

**Royal Nursing Corps :** ce service formait des infirmières pour les hôpitaux de l'armée.

S

**St John Ambulance :** leader des associations de charité du Royaume-Uni pour les soins, la santé et la sécurité.

**Scott, Robert Falcon (1868-1912) :** officier de la Royal Navy et explorateur britannique, il dirigea une expédi-tion de cinq personnes qui atteignit le pôle Sud le 17 jan-vier 1912, où ils découvrirent qu'une équipe menée par le norvégien Amundsen les avait devancés quelques semaines plus tôt. Le capitaine Scott et ses hommes mou-rurent d'épuisement, de faim et de froid sur le trajet du retour. Malgré son échec, le capitaine Scott est considéré comme un héros national par les Britanniques.

**Serpents et échelles (Snakes and Ladders) :** popu-laire jeu de société consistant à déplacer avec un dé des jetons sur un tableau formé de cases, en essayant de monter les échelles et d'éviter les serpents.

**Shackleton, Ernest (1874-1922) :** explorateur anglo-irlandais célèbre pour ses exploits en Antarctique. Il fut d'abord le troisième officier du capitaine Robin Falcon Scott lors de l'expédition Discovery entre 1901 et 1904, puis dirigea sa propre expédition Nimrod qui arriva presque au pôle Sud en janvier 1909. Mais c'est surtout sa troisième expédition qui marqua les esprits à l'époque. Partie de l'Angleterre en août 1914 avec la bénédiction de Churchill, alors *First lord* de l'Amirauté britannique, au moment même où la Première Guerre mondiale venait de commencer, cette « expédition impériale transantarctique » devait effectuer la traversée du continent de la mer de Weddell à la mer de Ross en passant par le pôle. Mais le navire de Shackleton, l'*Endurance*, se trouva bloqué dans la banquise de Weddell à partir de janvier 1915. Après quelques mois de dérive, sa coque commença à céder sous la pression de la glace. Shackleton donna l'ordre à ses hommes d'abandonner le vaisseau, qui termina broyé et aspiré par la banquise.

Quand la glace se brisa enfin en avril 1916, l'équipage put s'embarquer dans trois canots et atteindre l'île de l'Éléphant, mais celle-ci se révéla inhospitalière et hors d'atteinte des secours. Shackleton décida alors de prendre la plus robuste des embarcations et de naviguer jusqu'aux stations baleinières sur l'île de Géorgie du Sud, distante de mille trois cents kilomètres. Après un voyage de quinze jours en bateau ouvert, à la merci de tempêtes terrifiantes, Shackleton et cinq de ses hommes échouèrent sur la côte sud – hélas ! déserte – de cette île. Vu leur état d'épuisement, Shackleton dut se résoudre à se séparer de trois membres d'équipage et à couper court par voie terrestre. Il arriva à la station norvégienne de Stromness sur la côte septentrionale le 20 mai 1916 et put organiser des missions de sauvetage pour ramener sains et saufs tous ses hommes : les trois restés sur la côte sud, ainsi que les vingt-deux autres qui se trouvaient encore sur l'île de l'Éléphant. Il publia ensuite un récit de toute cette aventure : *L'Odyssée de l'« Endurance »* (*South !*, 1919). Shackleton mourut en 1922, à l'ancre sur son navire en Géorgie du Sud, alors qu'il préparait une nouvelle expédition en Antarctique.

**Small Vessels Pool :** service créé pour encadrer la flotte des petits navires privés de tous bords, pêche, plaisance, « tout ce qui pouvait se déplacer sur l'eau » – et qui était parfois en fort mauvais état –, réquisitionnés par l'Amirauté britannique. Les marins sur ces vaisseaux, pour n'avoir pas été recrutés ailleurs, étaient ou infirmes, ou à la retraite, ou très jeunes.

**Snow, C.P. (1905-1980) :** physicien et romancier anglais. Célèbre pour son discours à l'université de Cambridge en 1959, « Les Deux Cultures » *(The Two Cultures)*, publié comme essai en 1963 sous le même titre, qui soutenait que la rupture de communication entre le monde des sciences et le monde des lettres constitue un obstacle majeur pour trouver des solutions aux problèmes qui accablent notre monde.

**Soirées des GI (canteen dances) :** soirées où les GI américains pouvaient manger gratuitement, mais où on ne leur proposait pas d'alcool. Des stars y servaient parfois les repas et dansaient avec eux pour participer à l'effort de guerre.

**Souscription Spitfire (Spitfire Fund) :** dès 1940, civils et commerçants organisaient des collectes pour financer la construction d'un chasseur Spitfire qui porterait leur nom lors des combats.

**Special Means :** unité chargée de diffuser de fausses informations pendant l'opération de diversion Fortitude.

**Spitfire :** officiellement appelé le Supermarine Spitfire, ce chasseur monoplace britannique armé de huit mitrailleuses Vickers de 7,7 mm a permis à la Royal Air Force de garder sa suprématie au-dessus du territoire national – durant la journée, du moins – lors de la bataille d'Angleterre contre la Luftwaffe.

**Strand :** station du métro londonien ouverte en 1906 sous le nom de « Trafalgar Square » et rebaptisée « Strand » en 1915, elle desservait la Northern Line. Elle fut fermée en 1973 pour rouvrir ses portes six ans plus tard sous le nom de « Charing Cross », permettant les correspondances entre les Northern et Bakerloo Lines. À ne pas confondre avec la gare de « Charing Cross » pour les chemins de fer de surface, la station de métro « Charing Cross » (de 1915 à 1974, aujourd'hui appelé « Embankment », sur la District Line) ou la station « Trafalgar Square » qui desservait la Bakerloo Line entre 1906 et 1979.

**Sword Beach :** l'une des cinq plages du débarquement allié en Normandie.


T

**Tangmere :** aérodrome de la Royal Air Force dans le Sussex, près de Chichester. Autres bases RAF qui jouaient un rôle important pendant la Seconde Guerre mondiale et mentionnées dans ce roman : Biggin Hill, Debden, Detling, Duxford, High Wycombe, Middle Wallop, Tempsford et West Malling.

**Tempest :** chasseur monoplace britannique fabriqué par Hawker Aircraft, mis en service par la RAF en avril 1944. Conçu pour mener des missions de « reconnaissance armée » loin derrière les lignes ennemies, ses performances à basse altitude le rendaient également efficace pour éliminer bon nombre des V1 qui visaient Londres à partir de juin 1944.

***To a Mouse :*** poème en écossais de Robert Burns (1759-1796), surnommé le « fils préféré de l'Écosse » et auteur de la chanson *Auld Lang Syne*. Les vers (traduits en anglais) *« The best laid schemes of mice and men / Go often askew »* (Les projets les mieux élaborés des souris et des hommes / Tombent souvent en panne) sont abondamment cités par les anglophones et ont fourni le titre du roman *Des souris et des hommes*, de John Steinbeck. Titre complet du poème, en anglais : *To a Mouse, on Turning Her Up in Her Nest with the Plough* (« À la souris, ayant déterré son nid avec la charrue »). On ne peut trouver meilleure analogie avec la situation des Londoniens qui avaient perdu leur demeure pendant le Blitz !

**Turner, Joseph Mallord William (1775-1851) :** peintre et graveur anglais, surnommé le « peintre de la lumière » et souvent considéré comme un précurseur de l'impressionnisme. Parmi ses tableaux les plus célèbres on peut citer : *La Bataille de Trafalgar* (1822-1824), *Le Dernier voyage du Téméraire* (1839) et *Pluie, vapeur et vitesse* (1844).

## U

***Un Baiser pour Cendrillon* :** pièce écrite par J.M. Barrie en 1912 (titre en anglais : *A Kiss for Cinderella*).

**Unexploded Bomb (UXB) :** engin non explosé, mais qui constituait toujours un péril pour les riverains et les passants, obligeant la Défense passive à effectuer une opération délicate d'enlèvement, suivie d'une détonation contrôlée dans un site prévu à cet effet (Hackney Marshes, dans le cas de Londres). Cause constante de problèmes de circulation et retards de transport dans les villes anglaises pendant le Blitz.

**Union Jack :** drapeau officiel du Royaume-Uni de la Grande-Bretagne et de l'Irlande du Nord, dont l'emploi remonte à 1801. Il intègre dans un seul emblème la croix de Saint George (médianes rouges sur fond blanc symbolisant l'Angleterre), la croix de Saint Andrew (diagonales blanches sur fonc bleu outremer) de l'Écosse, et une étendue croix de Saint Patrick (diagonales rouges sur fond blanc) censée représenter l'Irlande.

**United Service Organisation (USO) :** société et association à but non lucratif fournissant des services de loisirs et de soutien moral aux membres de l'armée américaine.

V

**VE Day (Victory in Europe Day) :** le 8 mai 1945, jour de la capitulation de l'Allemagne et de la fin de la Seconde Guerre mondiale en Europe.

**Victory Bonds :** bons d'emprunt contractés par l'État britannique pour financer l'effort de guerre.

**V1 et V2 :** de l'allemand *Vergeltungswaffe ein* et *zwei*. Fameuses « armes de représailles » secrètes d'Hitler, les V1 et V2 participèrent plus de la guerre psychologique que tactique, du fait de leur imprécision et de leur faible charge explosive. La première, une bombe volante, pouvait être tirée d'un avion ou d'une rampe au sol. Des milliers furent tirées du 13 juin 1944 au 29 mars 1945. La seconde, un missile balistique sol-sol, beaucoup plus efficace mais bien plus longue à fabriquer, qui sévit de septembre à fin 1944, ouvrit la voie des lanceurs spatiaux et de la conquête de l'espace.

W

**War Office :** cabinet du gouvernement britannique en charge de l'administration de l'armée. En 1963, ses attributions furent transférées au ministère de la Défense.

***When The Lights Go on Again All Over the World :*** « Quand les lumières se rallumeront partout dans le monde ». Chanson écrite par Bennie Benjamin, Sol Marcus et Eddie Seiler pendant le black-out et interprétée pour la première fois par Vera Lynn en 1942.

**Whitehall :** rue de Londres qui regroupe plusieurs ministères. Nom souvent utilisé pour désigner le gouvernement central britannique.

**Women's Army Corps (WAC) :** corps auxiliaire de l'armée américaine composé de femmes.

**Women's Auxiliary Air Force (WAAF) :** corps féminin de l'armée de l'air britannique, affecté au sol pendant la Seconde Guerre mondiale.

**Women's Home Defence :** branche féminine et non officielle de la Home Guard, qui n'acceptait que les hommes.

**Women's Institute :** outre un soutien moral, ces regroupements de femmes apportaient leurs soins aux évacués, et surtout elles maintenaient les cultures et la production de nourriture.

**Women's Royal Naval Service (Wrens) :** branche féminine de la Royal Navy. Formée pendant la Première Guerre mondiale et dissoute en 1919, elle fut réactivée en 1939, poursuivit son activité après la guerre et fut finalement intégrée à la Royal Navy en 1993.

**Women's Voluntary Service (WVS) :** établi le 18 juin 1938, peu après l'Air Raid Precautions (voir ci-dessus), parce que le Home Office croulait sous l'immensité de la tâche. On fit appel au bénévolat auprès des femmes qui ne travaillaient pas.

**Woolf, Virginia (1882-1941) :** romancière et femme de lettres anglaise, auteur de *Mrs. Dalloway* (1925), *Vers* _nare_ (*To the Lighthouse*, 1927), *Orlando* (1928), *Les Vagues* (*The Waves*, 1931), *Les Années* (*The Years*, 1937), *Entre les actes* (*Between the Acts*, 1941). Elle s'est suicidée en mars 1941 en se jetant dans la rivière Ouse après avoir rempli ses poches de pierres. Dépressive toute sa vie, les raisons de son geste restent sujets à débats. Mais on peut supposer que la perte de sa maison dans le quartier de Bloomsbury à Londres sous les bombes allemandes et la folie meurtrière des hommes qui se déchaînait autour d'elle pesaient lourdement sur son esprit à ce moment-là.

**Wren, Christopher (1632-1723) :** considéré comme le plus grand architecte anglais de son temps, concepteur notamment de la cathédrale Saint-Paul, où il est enterré. Il avait construit cinquante-cinq églises à Londres, dont trente sont encore visibles.

## Z

**Zeppelin :** pendant la Première Guerre mondiale, l'Angleterre avait déjà subi des bombardements aériens de la part des Allemands, menés par les aérostats de type dirigeable fixe conçus par le comte Ferdinand von Zeppelin. Les villes de King's Lynn et Great Yarmouth sur la côte est anglaise en subirent les premières attaques en janvier 1915. En mai 1916, un zeppelin bombarda Londres, accidentellement, puis en juillet 1916 le Kaiser Guillaume II, autorisa des raids aériens directement sur les centres urbains. Les Britanniques durent improviser des défenses antiaériennes en améliorant la visée des mitrailleuses et en déployant de puissants projecteurs. Mais c'est surtout l'introduction d'avions chasseurs efficaces qui découragea les Allemands de continuer, et le nombre d'attaques diminua en 1917 et 1918. Le dernier raid eut lieu le 5 août 1918. Au total, les zeppelins effectuèrent cinquante et un raids sur la Grande-Bretagne, lâchant cinq mille huit cents bombes, tuant cinq cent cinquante-sept personnes et en blessant mille trois cent cinquante-huit. Lors du Blitz en 1940-1941, les bombardements de la Luftwaffe causèrent plus de quarante-trois mille cinq cents morts parmi la population civile du pays, selon les estimations officielles.

10664

*Composition*
NORD COMPO

*Achevé d'imprimer en Italie
par* GRAFICA VENETA
*Le 28 octobre 2016.*

1er dépôt légal dans la collection: février 2014.
EAN 9782290071021
L21EPGN000509A007

ÉDITIONS J'AI LU
87, quai Panhard-et-Levassor, 75013 Paris

*Diffusion France et étranger : Flammarion*